HUGO VON HOFMANNSTHAL SÄMTLICHE WERKE

HUGO VON HOFMANNSTHAL
SÄMTLICHE WERKE
KRITISCHE AUSGABE

VERANSTALTET VOM
FREIEN DEUTSCHEN HOCHSTIFT
HERAUSGEGEBEN VON
HEINZ OTTO BURGER, RUDOLF HIRSCH
DETLEV LÜDERS, HEINZ RÖLLEKE
ERNST ZINN

S. FISCHER VERLAG

HUGO VON HOFMANNSTHAL

SÄMTLICHE WERKE

XXVIII

ERZÄHLUNGEN 1

HERAUSGEGEBEN VON
ELLEN RITTER

S. FISCHER VERLAG

Freies Deutsches Hochstift – Frankfurter Goethe-Museum
Frankfurt am Main, Großer Hirschgraben

Redaktion:
Ernst Dietrich Eckhardt
Ingeborg Beyer-Ahlert
Hans Grüters
Martin Stern war bis 1974 Herausgeber,
an seine Stelle trat Heinz Rölleke.

Die Ausgabe wird von der
Deutschen Forschungsgemeinschaft gefördert.
Die Erben Hugo von Hofmannsthals,
die Houghton Library der Harvard University, Cambridge, USA
und die Stiftung Volkswagenwerk
stellten Handschriften zur Verfügung.

© S. Fischer Verlag GmbH, Frankfurt am Main 1975
Gesamtherstellung: Cicero Presse, Hamburg 20
Einrichtung für den Druck: Horst Ellerhusen
Printed in Germany 1975
ISBN 3 10 731528 1

DAS GLÜCK AM WEG

Ich saß auf einem verlassenen Fleck des Hinterdecks auf einem dicken, zwischen zwei Pflöcken hin- und hergewundenen Tau und schaute zurück. Rückwärts war in milchigem, opalinem Duft die Riviera versunken, die gelblichen Böschungen, über die der gezerrte Schatten der schwarzen Palmen fällt und die weißen, flachen Häuser, die in unsäglichem Dickicht rankender Rosen einsinken. Das alles sah ich jetzt scharf und springend, weil es verschwunden war, und glaubte, den feinen Duft zu spüren, den doppelten Duft der süßen Rosen und des sandigen, salzigen Strandes. Aber der Wind ging ja landwärts, schwärzlich rieselnd lief er über die glatte, weinfarbene Fläche landwärts. So war es wohl nur Täuschung, daß ich den Duft zu spüren glaubte. Dann sprangen dort, wo golden der breite Sonnenstreifen auf dem Wasser lag, drei Delphine auf und sprudelten sprühendes Gold und spielten gravitätisch und haschten sich heftig rauschend und tauchten plötzlich wieder unter. Leer lag der Fleck und wurde wieder glatt und blinkte.

Jetzt hätte es dort aufrauschen müssen, und wie der wühlende Maulwurf weiche Erdwellen aufwerfend den Kopf aus den Schollen hebt, so hätten sich die triefenden Mähnen und rosigen Nüstern der scheckigen Pferde herausheben müssen, und die weißen Hände, Arme und Schultern der Nereiden, ihr flutendes Haar und die zackigen, dröhnenden Hörner der Tritonen. Und in der Hand die rotseidenen Zügel, an denen grüner Seetang hängt und tropfende Algen, müßte er im Muschelwagen stehen, Neptun, kein langweiliger, schwarzbärtiger Gott, wie sie ihn zu Meißen aus Porzellan machen, sondern unheimlich und reizend, wie das Meer selbst, mit weicher Anmut, frauenhaften Zügen und Lippen rot, wie eine giftig rote Blume ...

Über das leere, glänzende Meer lief schwärzlich rieselnd der leise Wind. Am Horizont, nicht ganz dort, wo in der kommenden Nacht

wie ein schwarzblauer Streif der bergige Wall von Corsica auftauchen
sollte, stand ein winziger schwarzer Fleck.

Nach einer Stunde war das Schiff recht nahe gegen unseres gekommen. Es war eine Yacht, die offenbar nach Toulon fuhr. Wir mußten sie fast streifen. Mit guten Augen unterschied man schon recht deutlich die Maste und Raaen, ja sogar die Vergoldung, dort, wo der Name des Schiffes stand. Ich wechselte meinen Platz, trug meinen englischen Roman ins Lesezimmer zurück und holte mein Fernglas. Es war ein sehr gutes Glas. Es brachte mir einen bestimmten runden Fleck des fremden Schiffes ganz nahe, fast unheimlich nahe. Es war, wie wenn man durchs Fenster in ein ebenerdiges Zimmer schaut, worin sich Menschen bewegen, die man nie gesehen hat und wahrscheinlich nie kennen wird; aber einen Augenblick belauscht man sie ganz in der engen dumpfen Stube, und es ist, als ob man ihnen da unsäglich nahe käme.

Den runden Fleck in meinem Glas begrenzte schwarzes Tauwerk, messingeingefaßte Planken, dahinter der tiefblaue Himmel. In der Mitte stand eine Art Feldsessel, auf dem lag, mit geschlossenen Augen, eine blonde junge Dame. Ich sah alles ganz deutlich: den dunklen Polster, in den sich die Absätze der kleinen, lichten Halbschuhe einbohrten, den moosgrünen breiten Gürtel, in dem ein paar halboffene Rosen steckten, rosa Rosen, la France-Rosen ...

Ob sie schlief?

Schlafende Menschen haben einen eigentümlichen, naiven, schuldlosen, traumhaften Reiz. Sie sehen nie banal und nie unnatürlich aus.

Sie schlief nicht. Sie schlug die Augen auf und bückte sich um ein heruntergefallenes Buch. Ihr Blick lief über mich, und ich wurde verlegen, daß ich sie so anstarrte, aus solcher Nähe; ich senkte das Glas, und dann erst fiel mir ein, daß sie ja weit war, dem freien Auge nichts als ein lichter Punkt zwischen braunen Planken, und mich unmöglich bemerken könne. Ich richtete also wieder das Glas auf sie, und sie sah jetzt wie verträumt gerade vor sich hin. In dem Augenblick wußte ich zwei Dinge: daß sie sehr schön war, und daß ich sie kannte. Aber woher? Es quoll in mir auf, wie etwas Unbestimmtes, Süßes, Liebes und Vergangenes. Ich versuchte es, schärfer zu denken: ein gewisser kleiner Garten, wo ich als Kind gespielt hatte, mit weißen Kieswegen und Pegonienbeeten ... aber nein, das war es nicht ... damals mußte sie ja auch ein kleines Kind gewesen sein ... ein Theater, eine Loge mit einer alten Frau und zwei Mädchenköpfe, wie biegsame lichte

Blumenköpfe hinter dem Zaun ... ein Wagen, im Prater, an einem Frühlingsmorgen ... oder Reiter? ... Und der starke Geruch der taufeuchten Lohe und Kastanienblütenduft und ein gewisses helles Lachen ... aber das war ja jemand Anderes Lachen ... ein gewisses Boudoir mit einem kleinen Kamin und einem gewissen hohen Louis-Quinze-Feuerschirm ... alles das tauchte auf und zerging augenblicklich, und in jedem dieser Bilder erschien schattenhaft diese Gestalt da drüben, die ich kannte und nicht kannte, diese schmächtige lichte Gestalt und die blumenhafte müde Lieblichkeit des kleinen Kopfes und darin die faszinierenden, dunkeln, mystischen Augen ... Aber in keinem der Bilder blieb sie stehen, sie zerrann immer wieder, und das vergebliche Suchen wurde unerträglich. Ich kannte sie also nicht. Der Gedanke verursachte mir ein unerklärliches Gefühl von Enttäuschung und innerer Leere; es war mir, als hätte ich das Beste an meinem Leben versäumt. Dann fiel mir ein: Ja, ich kannte sie, das heißt, nicht wie man gewöhnlich Menschen kennt, aber gleichviel, ich hatte hundertmal an sie gedacht, Hunderte von Malen, Jahre und Jahre hindurch.

Gewisse Musik hatte mir von ihr geredet, ganz deutlich von ihr, am stärksten Schumannsche; gewisse Abendstunden auf grünen Veilchenwiesen, an einem rauschenden kleinen Fluß, darüber der feuchte, rosige Abend lag; gewisse Blumen, Anemonen mit müden Köpfchen ... gewisse seltsame Stellen in den Werken der Dichter, wo man aufsieht und den Kopf in die Hand stützt und auf einmal vor dem inneren Aug' die goldenen Tore des Lebens aufgerissen scheinen ... Alles das hatte von ihr geredet, in all dem war das Phantasma ihres Wesens gelegen, wie in gläubigen Kindergebeten das Phantasma des Himmels liegt. Und alle meine heimlichen Wünsche hatten sie zum heimlichen Ziel gehabt: in ihrer Gegenwart lag etwas, das allem einen Sinn gab, etwas unsäglich Beruhigendes, Befriedigendes, Krönendes. Solche Dinge begreift man nicht: man weiß sie plötzlich.

Ja, ich wußte noch viel mehr; ich wußte, daß ich mit ihr eine besondere Sprache reden würde, besonders im Ton und besonders im Stil: meine Rede wäre leichtsinniger, beflügelter, freier, sie liefe gleichsam nachtwandelnd auf einer schmalen Rampe dahin; aber sie wäre auch eindringlicher, feierlicher, und gewisse seltsame Saitensysteme würden verstärkend mittönen.

Alle diese Dinge dachte ich nicht deutlich, ich schaute sie in einer fliegenden, vagen Bildersprache.

In dem Augenblick war uns das fremde Schiff recht nah; näher würde es wohl kaum kommen.

Ich wußte noch mehr von ihr: ich wußte ihre Bewegungen, die Haltung ihres Kopfes, das Lächeln, das sie haben würde, wenn ich ihr gewisse Dinge sagte. Wenn sie auf der Terrasse säße, in einer kleinen Strandvilla in Antibes (ganz ohne Grund dachte ich gerade Antibes) und ich käme aus dem Garten und bliebe unter ihr stehen, drei Stufen unter ihr (und mir war, als wüßte ich ganz genau, das würde hundertmal geschehen, ja beinahe, als wäre es schon geschehen...), dann würde sie mit einer undefinierbaren reizenden kleinen Pose die Schultern wie frierend in die Höhe ziehen und mich mit ihren mystischen Augen ernst und leise spöttisch von oben herab ansehen...

Es liegt unendlich viel in Bewegungen: sie sind die komplizierte und feinabgetönte Sprache des Körpers für die komplizierte und feine Gefallsucht der Seele, die eine Art Liebesbedürfnis und eine Art Kunsttrieb ist: Koketterie ist ein sehr plumpes Wort dafür. In dieser kleinen Pose lag für mich eine Unendlichkeit von Dingen ausgedrückt: eine ganz bestimmte Art, ernsthaft, zufrieden und in Schönheit glücklich zu sein; ganz bestimmte graziöse, freie, wohltuende Lebensverhältnisse und vor allem mein Glück lag darin ausgedrückt, die Bürgschaft meines tiefen, stillen, fraglosen Glückes. Alle diese Gedanken waren ohne Sentimentalität, mit einer sicheren, ruhigen Anmut erfüllt. Dabei sah ich ununterbrochen hinüber. Sie war aufgestanden und sah gerade zu uns her. Und da war mir, als ob sie leise, mit unmerklichem Lächeln den Kopf schüttelte. Gleich darauf bemerkte ich mit einer Art stumpfer Betäubung, daß die Schiffe schon wieder anfingen, sich leise voneinander zu entfernen. Ich empfand das nicht als etwas Selbstverständliches, auch nicht als eine schmerzliche Überraschung, es war einfach, als glitte dort mein Leben selbst weg, alles Sein und alle Erinnerung, und zöge langsam, lautlos gleitend seine tiefen, langen Wurzeln aus meiner schwindelnden Seele, nichts zurücklassend als unendliche, blöde Leere. Mir war, als fühlte ich fröstelnd, wie durch diese Leere ein Lufthauch lief. Stumpf, gedankenlos aufmerksam sah ich zu, wie sich zwischen sie und mich ein leerer, reinlicher, emailblauer, glänzender Wasserstreifen legte, der immer breiter wurde. In hilfloser Angst sah ich ihr nach, wie sie mit langsamen Schritten schlank und biegsam eine kleine Treppe hinabstieg, wie Ruck auf Ruck in der Luke der grüne Gürtel verschwand, dann die feinen Schultern und dann das dunkelgoldene Haar. Dann war nichts mehr von ihr da, nichts. Für mich war es, als hätte man sie in einen schmalen kleinen Schacht gelegt und darüber einen schweren Stein und darauf Rasen. Als hätte man sie zu den Toten gelegt, ja, gar nichts konnte sie mehr für mich sein. Wie ich so hinstarrte auf das schwindende Schiff, das sich ein wenig gedreht hatte, kehrte sich mir unter Bord etwas Blinkendes zu. Es waren vergoldete Genien, goldene, an das Schiff geschmiedete Geister, die trugen auf einem Schild in blinkenden Buchstaben den Namen des Schiffes: »La Fortune«...

DAS MÄRCHEN DER 672. NACHT

Ein junger Kaufmannssohn, der sehr schön war und weder Vater noch Mutter hatte, wurde bald nach seinem fünfundzwanzigsten Jahre der Geselligkeit und des gastlichen Lebens überdrüssig. Er versperrte die meisten Zimmer seines Hauses und entließ alle seine Diener und Dienerinnen, bis auf vier, deren Anhänglichkeit und ganzes Wesen ihm lieb war. Da ihm an seinen Freunden nichts gelegen war und auch die Schönheit keiner einzigen Frau ihn so gefangen nahm, daß er es sich als wünschenswert oder nur als erträglich vorgestellt hätte, sie immer um sich zu haben, lebte er sich immer mehr in ein ziemlich einsames Leben hinein, welches anscheinend seiner Gemütsart am meisten entsprach. Er war aber keineswegs menschenscheu, vielmehr ging er gerne in den Straßen oder öffentlichen Gärten spazieren und betrachtete die Gesichter der Menschen. Auch vernachlässigte er weder die Pflege seines Körpers und seiner schönen Hände noch den Schmuck seiner Wohnung. Ja, die Schönheit der Teppiche und Gewebe und Seiden, der geschnitzten und getäfelten Wände, der Leuchter und Becken aus Metall, der gläsernen und irdenen Gefäße wurde ihm so bedeutungsvoll, wie er es nie geahnt hatte. Allmählich wurde er sehend dafür, wie alle Formen und Farben der Welt in seinen Geräten lebten. Er erkannte in den Ornamenten, die sich verschlingen, ein verzaubertes Bild der verschlungenen Wunder der Welt. Er fand die Formen der Tiere und die Formen der Blumen und das Übergehen der Blumen in die Tiere; die Delphine, die Löwen und die Tulpen, die Perlen und den Akanthus; er fand den Streit zwischen der Last der Säule und dem Widerstand des festen Grundes und das Streben alles Wassers nach aufwärts und wiederum nach abwärts; er fand die Seligkeit der Bewegung und die Erhabenheit der Ruhe, das Tanzen und das Totsein; er fand die Farben der Blumen und Blätter, die Farben der Felle wilder Tiere und der Gesichter der Völker, die Farbe der Edelsteine, die

Farbe des stürmischen und des ruhig leuchtenden Meeres; ja, er fand
den Mond und die Sterne, die mystische Kugel, die mystischen Ringe
und an ihnen festgewachsen die Flügel der Seraphim. Er war für lange
Zeit trunken von dieser großen, tiefsinnigen Schönheit, die ihm gehörte, und alle seine Tage bewegten sich schöner und minder leer
unter diesen Geräten, die nichts Totes und Niedriges mehr waren,
sondern ein großes Erbe, das göttliche Werk aller Geschlechter.

Doch er fühlte ebenso die Nichtigkeit aller dieser Dinge wie ihre
Schönheit; nie verließ ihn auf lange der Gedanke an den Tod und oft
befiel er ihn unter lachenden und lärmenden Menschen, oft in der
Nacht, oft beim Essen.

Aber da keine Krankheit in ihm war, so war der Gedanke nicht
grauenhaft, eher hatte er etwas Feierliches und Prunkendes und kam
gerade am stärksten, wenn er sich am Denken schöner Gedanken oder
an der Schönheit seiner Jugend und Einsamkeit berauschte. Denn oft
schöpfte der Kaufmannssohn einen großen Stolz aus dem Spiegel, aus
den Versen der Dichter, aus seinem Reichtum und seiner Klugheit,
und die finsteren Sprichwörter drückten nicht auf seine Seele. Er
sagte: »Wo du sterben sollst, dahin tragen dich deine Füße«, und sah
sich schön, wie ein auf der Jagd verirrter König, in einem unbekannten Wald unter seltsamen Bäumen einem fremden wunderbaren Geschick entgegengehen. Er sagte: »Wenn das Haus fertig ist, kommt
der Tod« und sah jenen langsam heraufkommen über die von geflügelten Löwen getragene Brücke des Palastes, des fertigen Hauses, angefüllt mit der wundervollen Beute des Lebens.

Er wähnte, völlig einsam zu leben, aber seine vier Diener umkreisten
ihn wie Hunde und obwohl er wenig zu ihnen redete, fühlte er doch
irgendwie, daß sie unausgesetzt daran dachten, ihm gut zu dienen.
Auch fing er an, hie und da über sie nachzudenken.

Die Haushälterin war eine alte Frau; ihre verstorbene Tochter war
des Kaufmannssohns Amme gewesen; auch alle ihre anderen Kinder
waren gestorben. Sie war sehr still und die Kühle des Alters ging von
ihrem weißen Gesicht und ihren weißen Händen aus. Aber er hatte sie
gern, weil sie immer im Hause gewesen war und weil die Erinnerung
an die Stimme seiner eigenen Mutter und an seine Kindheit, die er
sehnsüchtig liebte, mit ihr herumging.

Sie hatte mit seiner Erlaubnis eine entfernte Verwandte ins Haus
genommen, die kaum fünfzehn Jahre alt war; diese war sehr verschlossen. Sie war hart gegen sich und schwer zu verstehen. Einmal

warf sie sich in einer dunkeln und jähen Regung ihrer zornigen Seele aus einem Fenster in den Hof, fiel aber mit dem kinderhaften Leib in zufällig aufgeschüttete Gartenerde, so daß ihr nur ein Schlüsselbein brach, weil dort ein Stein in der Erde gesteckt hatte. Als man sie in ihr Bett gelegt hatte, schickte der Kaufmannssohn seinen Arzt zu ihr; am Abend aber kam er selber und wollte sehen, wie es ihr ginge. Sie hielt die Augen geschlossen und er sah sie zum ersten Male lange ruhig an und war erstaunt über die seltsame und altkluge Anmut ihres Gesichtes. Nur ihre Lippen waren sehr dünn und darin lag etwas Unschönes und Unheimliches. Plötzlich schlug sie die Augen auf, sah ihn eisig und bös an und drehte sich mit zornig zusammengebissenen Lippen, den Schmerz überwindend, gegen die Wand, so daß sie auf die verwundete Seite zu liegen kam. Im Augenblick verfärbte sich ihr totenblasses Gesicht ins Grünlichweiße, sie wurde ohnmächtig und fiel wie tot in ihre frühere Lage zurück.

Als sie wieder gesund war, redete der Kaufmannssohn sie durch lange Zeit nicht an, wenn sie ihm begegnete. Ein paarmal fragte er die alte Frau, ob das Mädchen ungern in seinem Hause wäre, aber diese verneinte es immer. Den einzigen Diener, den er sich entschlossen hatte, in seinem Hause zu behalten, hatte er kennengelernt, als er einmal bei dem Gesandten, den der König von Persien in dieser Stadt unterhielt, zu Abend speiste. Da bediente ihn dieser und war von einer solchen Zuvorkommenheit und Umsicht und schien gleichzeitig von so großer Eingezogenheit und Bescheidenheit, daß der Kaufmannssohn mehr Gefallen daran fand, ihn zu beobachten, als auf die Reden der übrigen Gäste zu hören. Um so größer war seine Freude, als viele Monate später dieser Diener auf der Straße auf ihn zutrat, ihn mit demselben tiefen Ernst, wie an jenem Abend, und ohne alle Aufdringlichkeit grüßte und ihm seine Dienste anbot. Sogleich erkannte ihn der Kaufmannssohn an seinem düsteren, maulbeerfarbigen Gesicht und an seiner großen Wohlerzogenheit. Er nahm ihn augenblicklich in seinen Dienst, entließ zwei junge Diener, die er noch bei sich hatte, und ließ sich fortan beim Speisen und sonst nur von diesem ernsten und zurückhaltenden Menschen bedienen. Dieser Mensch machte fast nie von der Erlaubnis Gebrauch, in den Abendstunden das Haus zu verlassen. Er zeigte eine seltene Anhänglichkeit an seinen Herrn, dessen Wünschen er zuvorkam und dessen Neigungen und Abneigungen er schweigend erriet, so daß auch dieser eine immer größere Zuneigung für ihn faßte.

Wenn er sich auch nur von diesem beim Speisen bedienen ließ, so pflegte die Schüsseln mit Obst und süßem Backwerk doch eine Dienerin aufzutragen, ein junges Mädchen, aber doch um zwei oder drei Jahre älter als die Kleine. Dieses junge Mädchen war von jenen, die man von weitem, oder wenn man sie als Tänzerinnen beim Licht der Fackeln auftreten sieht, kaum für sehr schön gelten ließe, weil da die Feinheit der Züge verloren geht; da er sie aber in der Nähe und täglich sah, ergriff ihn die unvergleichliche Schönheit ihrer Augenlider und ihrer Lippen und die trägen, freudlosen Bewegungen ihres schönen Leibes waren ihm die rätselhafte Sprache einer verschlossenen und wundervollen Welt.

Wenn in der Stadt die Hitze des Sommers sehr groß wurde und längs der Häuser die dumpfe Glut schwebte und in den schwülen, schweren Vollmondnächten der Wind weiße Staubwolken in den leeren Straßen hintrieb, reiste der Kaufmannssohn mit seinen vier Dienern nach einem Landhaus, das er im Gebirg besaß, in einem engen, von dunklen Bergen umgebenen Tal. Dort lagen viele solche Landhäuser der Reichen. Von beiden Seiten fielen Wasserfälle in die Schluchten herunter und gaben Kühle. Der Mond stand fast immer hinter den Bergen, aber große weiße Wolken stiegen hinter den schwarzen Wänden auf, schwebten feierlich über den dunkelleuchtenden Himmel und verschwanden auf der anderen Seite. Hier lebte der Kaufmannssohn sein gewohntes Leben in einem Haus, dessen hölzerne Wände immer von dem kühlen Duft der Gärten und der vielen Wasserfälle durchstrichen wurden. Am Nachmittag, bis die Sonne hinter den Bergen hinunterfiel, saß er in seinem Garten und las meist in einem Buch, in welchem die Kriege eines sehr großen Königs der Vergangenheit aufgezeichnet waren. Manchmal mußte er mitten in der Beschreibung, wie die Tausende Reiter der feindlichen Könige schreiend ihre Pferde umwenden oder ihre Kriegswagen den steilen Rand eines Flusses hinabgerissen werden, plötzlich innehalten, denn er fühlte, ohne hinzusehen, daß die Augen seiner vier Diener auf ihn geheftet waren. Er wußte, ohne den Kopf zu heben, daß sie ihn ansahen, ohne ein Wort zu reden, jedes aus einem anderen Zimmer. Er kannte sie so gut. Er fühlte sie leben, stärker, eindringlicher, als er sich selber leben fühlte. Über sich empfand er zuweilen leichte Rührung oder Verwunderung, wegen dieser aber eine rätselhafte Beklemmung. Er fühlte mit der Deutlichkeit eines Alpdrucks, wie die beiden Alten dem Tod entgegenlebten, mit jeder Stunde, mit dem unaufhaltsamen leisen Anderswerden ihrer Züge und ihrer Gebärden, die er so gut kannte; und wie die beiden Mädchen in das öde, gleichsam lustlose Leben hineinlebten. Wie das Grauen und die tödliche Bitterkeit eines furchtbaren, beim Erwachen vergessenen Traumes, lag ihm die Schwere ihres Lebens, von der sie selber nichts wußten, in den Gliedern.

Manchmal mußte er aufstehen und umhergehen, um seiner Angst nicht zu unterliegen. Aber während er auf den grellen Kies vor seinen Füßen schaute und mit aller Anstrengung darauf achtete, wie aus dem kühlen Duft von Gras und Erde der Duft der Nelken in hellen Atemzügen zu ihm aufflog und dazwischen in lauen übermäßig süßen Wolken der Duft der Heliotrope, fühlte er ihre Augen und konnte an nichts anderes denken. Ohne den Kopf zu heben, wußte er, daß die alte Frau an ihrem Fenster saß, die blutlosen Hände auf dem von der Sonne durchglühten Gesims, das blutlose, maskenhafte Gesicht eine immer grauenhaftere Heimstätte für die hilflosen schwarzen Augen, die nicht absterben konnten. Ohne den Kopf zu heben, fühlte er, wenn der Diener für Minuten von seinem Fenster zurücktrat und sich an einem Schrank zu schaffen machte; ohne aufzusehen, erwartete er in heimlicher Angst den Augenblick, wo er wiederkommen werde. Während er mit beiden Händen biegsame Äste hinter sich zurückfallen ließ, um sich in der verwachsensten Ecke des Gartens zu verkriechen und alle Gedanken auf die Schönheit des Himmels drängte, der in kleinen leuchtenden Stücken von feuchtem Türkis von oben durch das dunkle Genetz von Zweigen und Ranken herunterfiel, bemächtigte sich seines Blutes und seines ganzen Denkens nur das, daß er die Augen der zwei Mädchen auf sich gerichtet wußte, die der Größeren träge und traurig, mit einer unbestimmten, ihn quälenden Forderung, die der Kleineren mit einer ungeduldigen, dann wieder höhnischen Aufmerksamkeit, die ihn noch mehr quälte. Und dabei hatte er nie den Gedanken, daß sie ihn unmittelbar ansahen, ihn, der gerade mit gesenktem Kopfe umherging, oder bei einer Nelke niederkniete, um sie mit Bast zu binden, oder sich unter die Zweige beugte; sondern ihm war, sie sahen sein ganzes Leben an, sein tiefstes Wesen, seine geheimnisvolle menschliche Unzulänglichkeit.

Eine furchtbare Beklemmung kam über ihn, eine tödliche Angst vor der Unentrinnbarkeit des Lebens. Furchtbarer, als daß die ihn unausgesetzt beobachteten, war, daß sie ihn zwangen, in einer unfruchtbaren und so ermüdenden Weise an sich selbst zu denken. Und der Garten war viel zu klein, um ihnen zu entrinnen. Wenn er aber

ganz nahe von ihnen war, erlosch seine Angst so völlig, daß er das
Vergangene beinahe vergaß. Dann vermochte er es, sie gar nicht zu
beachten oder ruhig ihren Bewegungen zuzusehen, die ihm so vertraut
waren, daß er aus ihnen eine unaufhörliche, gleichsam körperliche
Mitempfindung ihres Lebens empfing.

Das kleine Mädchen begegnete ihm nur hie und da auf der Treppe
oder im Vorhaus. Die drei anderen aber waren häufig mit ihm in
einem Zimmer. Einmal erblickte er die Größere in einem geneigten
Spiegel; sie ging durch ein erhöhtes Nebenzimmer: In dem Spiegel
aber kam sie ihm aus der Tiefe entgegen. Sie ging langsam und mit
Anstrengung, aber ganz aufrecht: Sie trug in jedem Arme eine schwere
hagere indische Gottheit aus dunkler Bronze. Die verzierten Füße der
Figuren hielt sie in der hohlen Hand, von der Hüfte bis an die Schläfe
reichten ihr die dunklen Göttinnen und lehnten mit ihrer toten Schwere
an den lebendigen zarten Schultern; die dunklen Köpfe aber mit
dem bösen Mund von Schlangen, drei wilden Augen in der Stirn und
unheimlichem Schmuck in den kalten, harten Haaren, bewegten sich
neben den atmenden Wangen und streiften die schönen Schläfen im
Takt der langsamen Schritte. Eigentlich aber schien sie nicht an den
Göttinnen schwer und feierlich zu tragen, sondern an der Schönheit
ihres eigenen Hauptes mit dem schweren Schmuck aus lebendigem,
dunklem Gold, zwei großen gewölbten Schnecken zu beiden Seiten
der lichten Stirn, wie eine Königin im Kriege. Er wurde ergriffen von
ihrer großen Schönheit, aber gleichzeitig wußte er deutlich, daß es ihm
nichts bedeuten würde, sie in seinen Armen zu halten. Er wußte es
überhaupt, daß die Schönheit seiner Dienerin ihn mit Sehnsucht, aber
nicht mit Verlangen erfüllte, so daß er seine Blicke nicht lange auf ihr
ließ, sondern aus dem Zimmer trat, ja auf die Gasse, und mit einer
seltsamen Unruhe zwischen den Häusern und Gärten im schmalen
Schatten weiterging. Schließlich ging er an das Ufer des Flusses, wo
die Gärtner und Blumenhändler wohnten, und suchte lange, obgleich
er wußte, daß er vergeblich suchen werde, nach einer Blume, deren
Gestalt und Duft, oder nach einem Gewürz, dessen verwehender
Hauch ihm für einen Augenblick genau den gleichen süßen Reiz zu
ruhigem Besitz geben könnte, welcher in der Schönheit seiner Dienerin lag, die ihn verwirrte und beunruhigte. Und während er ganz vergeblich mit sehnsüchtigen Augen in den dumpfen Glashäusern umherspähte und sich im Freien über die langen Beete beugte, auf denen
es schon dunkelte, wiederholte sein Kopf unwillkürlich, ja schließlich

gequält und gegen seinen Willen, immer wieder die Verse des Dichters: »In den Stielen der Nelken, die sich wiegten, im Duft des reifen Kornes erregtest du meine Sehnsucht; aber als ich dich fand, warst du es nicht, die ich gesucht hatte, sondern die Schwestern deiner Seele.«

II.

In diesen Tagen geschah es, daß ein Brief kam, welcher ihn einigermaßen beunruhigte. Der Brief trug keine Unterschrift. In unklarer Weise beschuldigte der Schreiber den Diener des Kaufmannssohnes, daß er im Hause seines früheren Herrn, des persischen Gesandten, irgendein abscheuliches Verbrechen begangen habe. Der Unbekannte schien einen heftigen Haß gegen den Diener zu hegen und fügte viele Drohungen bei; auch gegen den Kaufmannssohn selbst bediente er sich eines unhöflichen, beinahe drohenden Tones. Aber es war nicht zu erraten, welches Verbrechen angedeutet werde und welchen Zweck überhaupt dieser Brief für den Schreiber, der sich nicht nannte und nichts verlangte, haben könne. Er las den Brief mehrere Male und gestand sich, daß er bei dem Gedanken, seinen Diener auf eine so widerwärtige Weise zu verlieren, eine große Angst empfand. Je mehr er nachdachte, desto erregter wurde er und desto weniger konnte er den Gedanken ertragen, eines dieser Wesen zu verlieren, mit denen er durch die Gewohnheit und andere geheime Mächte völlig zusammengewachsen war.

Er ging auf und ab, die zornige Erregung erhitzte ihn so, daß er seinen Rock und Gürtel abwarf und mit Füßen trat. Es war ihm, als wenn man seinen innersten Besitz beleidigt und bedroht hätte und ihn zwingen wollte, aus sich selber zu fliehen und zu verleugnen, was ihm lieb war. Er hatte Mitleid mit sich selbst und empfand sich, wie immer in solchen Augenblicken, als ein Kind. Er sah schon seine vier Diener aus seinem Hause gerissen und es kam ihm vor, als zöge sich lautlos der ganze Inhalt seines Lebens aus ihm, alle schmerzhaftsüßen Erinnerungen, alle halbunbewußten Erwartungen, alles Unsagbare, um irgendwo hingeworfen und für nichts geachtet zu werden wie ein Bündel Algen und Meertang. Er begriff zum erstenmal, was ihn als Knabe immer zum Zorn gereizt hatte, die angstvolle Liebe, mit der sein Vater an dem hing, was er erworben hatte, an den Reichtümern seines gewölbten Warenhauses, den schönen, gefühllosen Kindern seines

Suchens und Sorgens, den geheimnisvollen Ausgeburten der undeutlichen tiefsten Wünsche seines Lebens. Er begriff, daß der große König der Vergangenheit hätte sterben müssen, wenn man ihm seine Länder genommen hätte, die er durchzogen und unterworfen hatte vom Meer im Westen bis zum Meer im Osten, die er zu beherrschen träumte und die doch so unendlich groß waren, daß er keine Macht über sie hatte und keinen Tribut von ihnen empfing, als den Gedanken, daß er sie unterworfen hatte und kein anderer als er ihr König war.

Er beschloß alles zu tun, um diese Sache zur Ruhe zu bringen, die ihn so ängstigte. Ohne dem Diener ein Wort von dem Brief zu sagen, machte er sich auf und fuhr allein nach der Stadt. Dort beschloß er vor allem das Haus aufzusuchen, welches der Gesandte des Königs von Persien bewohnte; denn er hatte die unbestimmte Hoffnung, dort irgendwie einen Anhaltspunkt zu finden.

Als er aber hinkam, war es spät am Nachmittag und niemand mehr zu Hause, weder der Gesandte, noch einer der jungen Leute seiner Begleitung. Nur der Koch und ein alter untergeordneter Schreiber saßen im Torweg im kühlen Halbdunkel. Aber sie waren so häßlich und gaben so kurze mürrische Antworten, daß er ihnen ungeduldig den Rücken kehrte und sich entschloß, am nächsten Tage zu einer besseren Stunde wiederzukommen.

Da seine eigene Wohnung versperrt war – denn er hatte keinen Diener in der Stadt zurückgelassen – so mußte er wie ein Fremder daran denken, sich für die Nacht eine Herberge zu suchen. Neugierig, wie ein Fremder, ging er durch die bekannten Straßen und kam endlich an das Ufer eines kleinen Flusses, der zu dieser Jahreszeit fast ausgetrocknet war. Von dort folgte er in Gedanken verloren einer ärmlichen Straße, wo sehr viele öffentliche Dirnen wohnten. Ohne viel auf seinen Weg zu achten, bog er dann rechts ein und kam in eine ganz öde, totenstille Sackgasse, die in einer fast turmhohen, steilen Treppe endigte. Auf der Treppe blieb er stehen und sah zurück auf seinen Weg. Er konnte in die Höfe der kleinen Häuser sehen; hie und da waren rote Vorhänge an den Fenstern und häßliche, verstaubte Blumen; das breite, trockene Bett des Flusses war von einer tödlichen Traurigkeit. Er stieg weiter und kam oben in ein Viertel, das er sich nicht entsinnen konnte je gesehen zu haben. Trotzdem kam ihm eine Kreuzung niederer Straßen plötzlich traumhaft bekannt vor. Er ging weiter und kam zu dem Laden eines Juweliers. Es war ein sehr ärmlicher Laden, wie er für diesen Teil der Stadt paßte, und das Schaufenster mit solchen wertlosen Schmucksachen angefüllt, wie man sie bei Pfandleihern und Hehlern zusammenkauft. Der Kaufmannssohn, der sich auf Edelsteine sehr gut verstand, konnte kaum einen halbwegs schönen Stein darunter finden.

Plötzlich fiel sein Blick auf einen altmodischen Schmuck aus dünnem Gold, mit einem Beryll verziert, der ihn irgendwie an die alte Frau erinnerte. Wahrscheinlich hatte er ein ähnliches Stück aus der Zeit, wo sie eine junge Frau gewesen war, einmal bei ihr gesehen. Auch schien ihm der blasse, eher melancholische Stein in einer seltsamen Weise zu ihrem Alter und Aussehen zu passen; und die altmodische Fassung war von der gleichen Traurigkeit. So trat er in den niedrigen Laden, um den Schmuck zu kaufen. Der Juwelier war sehr erfreut, einen so gut gekleideten Kunden eintreten zu sehen, und wollte ihm noch seine wertvolleren Steine zeigen, die er nicht ins Schaufenster legte. Aus Höflichkeit gegen den alten Mann ließ er sich vieles zeigen, hatte aber weder Lust, mehr zu kaufen, noch hätte er bei seinem einsamen Leben eine Verwendung für derartige Geschenke gewußt. Endlich wurde er ungeduldig und gleichzeitig verlegen, denn er wollte loskommen und doch den Alten nicht kränken. Er beschloß, noch eine Kleinigkeit zu kaufen und dann sogleich hinauszugehen. Gedankenlos betrachtete er über die Schulter des Juweliers hinwegsehend einen kleinen silbernen Handspiegel, der halb erblindet war. Da kam ihm aus einem andern Spiegel im Innern das Bild des Mädchens entgegen mit den dunklen Köpfen der ehernen Göttinnen zu beiden Seiten; flüchtig empfand er, daß sehr viel von ihrem Reiz darin lag, wie die Schultern und der Hals in demütiger kindlicher Grazie die Schönheit des Hauptes trugen, des Hauptes einer jungen Königin. Und flüchtig fand er es hübsch, ein dünnes goldenes Kettchen an diesem Hals zu sehen, vielfach herumgeschlungen, kindlich und doch an einen Panzer gemahnend. Und er verlangte, solche Kettchen zu sehen. Der Alte machte eine Türe auf und bat ihn, in einen zweiten Raum zu treten, ein niedriges Wohnzimmer, wo aber auch in Glasschränken und auf offenen Gestellen eine Menge Schmucksachen ausgelegt waren. Hier fand er bald ein Kettchen, das ihm gefiel, und bat den Juwelier, ihm jetzt den Preis der beiden Schmucksachen zu sagen. Der Alte bat ihn noch, die merkwürdigen, mit Halbedelsteinen besetzten Beschläge einiger altertümlichen Sättel in Augenschein zu nehmen, er aber erwiderte, daß er sich als Sohn eines Kaufmannes nie mit Pferden abgegeben habe, ja nicht einmal zu reiten verstehe und weder an alten noch an neuen Sätteln Gefallen finde, bezahlte mit einem Goldstück und einigen Silbermünzen, was er gekauft hatte, und zeigte einige Ungeduld, den Laden zu verlassen. Während der Alte, ohne mehr ein Wort zu sprechen, ein schönes Seidenpapier hervorsuchte und das Kettchen und den Beryllschmuck, jedes für sich, einwickelte, trat der Kaufmannssohn zufällig an das einzige niedrige vergitterte Fenster und schaute hinaus. Er erblickte einen offenbar zum Nachbarhaus gehörigen, sehr schön gehaltenen Gemüsegarten, dessen Hintergrund durch zwei Glashäuser und eine hohe Mauer gebildet wurde. Er bekam sogleich Lust, diese Glashäuser zu sehen, und fragte den Juwelier, ob er ihm den Weg sagen könne. Der Juwelier händigte ihm seine beiden Päckchen ein und führte ihn durch ein Nebenzimmer in den Hof, der durch eine kleine Gittertür mit dem benachbarten Garten in Verbindung stand. Hier blieb der Juwelier stehen und schlug mit einem eisernen Klöppel an das Gitter. Da es aber im Garten ganz still blieb, sich auch im Nachbarhaus niemand regte, so forderte er den Kaufmannssohn auf, nur ruhig die Treibhäuser zu besichtigen und sich, falls man ihn behelligen würde, auf ihn auszureden, der mit dem Besitzer des Gartens gut bekannt sei. Dann öffnete er ihm mit einem Griff durch die Gitterstäbe. Der Kaufmannssohn ging sogleich längs der Mauer zu dem näheren Glashaus, trat ein und fand eine solche Fülle seltener und merkwürdiger Narzissen und Anemonen und so seltsames, ihm völlig unbekanntes Blattwerk, daß er sich lange nicht sattsehen konnte. Endlich aber schaute er auf und gewahrte, daß die Sonne ganz, ohne daß er es beachtet hatte, hinter den Häusern untergegangen war. Jetzt wollte er nicht länger in einem fremden, unbewachten Garten bleiben, sondern nur von außen einen Blick durch die Scheiben des zweiten Treibhauses werfen und dann fortgehen. Wie er so spähend an den Glaswänden des zweiten langsam vorüberging, erschrak er plötzlich sehr heftig und fuhr zurück. Denn ein Mensch hatte sein Gesicht an den Scheiben und schaute ihn an. Nach einem Augenblick beruhigte er sich und wurde sich bewußt, daß es ein Kind war, ein höchstens vierjähriges, kleines Mädchen, dessen weißes Kleid und blasses Gesicht gegen die Scheiben gedrückt waren. Aber als er jetzt näher hinsah, erschrak er abermals, mit einer unangenehmen Empfindung des Grauens im Nacken und einem leisen Zusammenschnüren in der Kehle und tiefer in der Brust. Denn das Kind, das ihn regungslos und böse ansah, glich in einer unbegreiflichen Weise dem fünfzehnjährigen Mädchen, das er in seinem Hause hatte. Alles war gleich, die lichten Augenbrauen, die feinen, bebenden Nasenflügel, die dünnen Lippen; wie die andere zog auch das Kind eine der Schultern etwas in die Höhe. Alles war gleich, nur daß in dem Kind das alles einen Ausdruck gab, der ihm Entsetzen verursachte. Er wußte nicht, wovor er so namenlose Furcht empfand. Er wußte nur, daß er es nicht ertragen werde, sich umzudrehen und zu wissen, daß dieses Gesicht hinter ihm durch die Scheiben starrte.

In seiner Angst ging er sehr schnell auf die Tür des Glashauses zu, um hineinzugehen; die Tür war zu, von außen verriegelt; hastig bückte er sich nach dem Riegel, der sehr tief war, stieß ihn so heftig zurück, daß er sich ein Glied des kleinen Fingers schmerzlich zerrte, und ging, fast laufend, auf das Kind zu. Das Kind ging ihm entgegen und, ohne ein Wort zu reden, stemmte es sich gegen seine Kniee, und suchte mit seinen schwachen kleinen Händen ihn hinauszudrängen. Er hatte Mühe, es nicht zu treten. Aber seine Angst minderte sich in der Nähe. Er beugte sich über das Gesicht des Kindes, das ganz blaß war und dessen Augen vor Zorn und Haß bebten, während die kleinen Zähne des Unterkiefers sich mit unheimlicher Wut in die Oberlippe drückten. Seine Angst verging für einen Augenblick, als er dem Mädchen die kurzen, feinen Haare streichelte. Aber augenblicklich erinnerte er sich an das Haar des Mädchens in seinem Hause, das er einmal berührt hatte, als sie totenblaß, mit geschlossenen Augen, in ihrem Bette lag, und gleich lief ihm wieder ein Schauer den Rücken hinab und seine Hände fuhren zurück. Sie hatte es aufgegeben, ihn wegdrängen zu wollen. Sie trat ein paar Schritte zurück und schaute gerade vor sich hin. Fast unerträglich wurde ihm der Anblick des schwachen, in einem weißen Kleidchen steckenden Puppenkörpers und des verachtungsvollen, grauenhaften, blassen Kindergesichtes. Er war so erfüllt mit Grauen, daß er einen Stich in den Schläfen und in der Kehle empfing, als seine Hand in der Tasche an etwas Kaltes streifte. Es waren ein paar Silbermünzen. Er nahm sie heraus, beugte sich zu dem Kinde nieder und gab sie ihm, weil sie glänzten und klirrten. Das Kind nahm sie und ließ sie ihm vor den Füßen niederfallen, daß sie in einer Spalte des auf einem Rost von Brettern ruhenden Bodens verschwanden. Dann kehrte es ihm den Rücken und ging langsam fort. Eine Weile stand er regungslos und hatte Herzklopfen vor Angst, daß es wiederkommen werde und von außen auf ihn durch die Scheiben schauen. Jetzt hätte er gleich fortgehen mögen, aber es war besser, eine Weile vergehen zu lassen, damit das Kind aus dem Garten fortginge. Jetzt war es in dem Glashause schon nicht mehr ganz hell und die Formen der Pflanzen fingen an, sonderbar zu werden. In einiger Entfernung traten aus dem Halbdunkel schwarze, sinnlos drohende Zweige unangenehm hervor und dahinter schimmerte es weiß, als wenn das Kind dort stünde. Auf einem Brette standen in einer Reihe irdene Töpfe mit Wachsblumen. Um eine kleine Zeit zu übertäuben, zählte er die Blüten, die in ihrer Starre lebendigen Blumen unähnlich waren und etwas von Masken hatten, heimtückischen Masken mit zugewachsenen Augenlöchern. Als er fertig war, ging er zur Türe und wollte hinaus. Die Tür gab nicht nach; das Kind hatte sie von außen verriegelt. Er wollte schreien, aber er fürchtete sich vor seiner eigenen Stimme. Er schlug mit den Fäusten an die Scheiben. Der Garten und das Haus blieben totenstill. Nur hinter ihm glitt etwas raschelnd durch die Sträucher. Er sagte sich, daß es Blätter waren, die sich durch die Erschütterung der dumpfen Luft abgetrennt hatten und niederfielen. Trotzdem hielt er mit dem Klopfen inne und bohrte die Blicke durch das halbdunkle Gewirr der Bäume und Ranken. Da sah er in der dämmerigen Hinterwand etwas wie ein Viereck dunkler Linien. Er kroch hin, jetzt schon unbekümmert, daß er viele irdene Gartentöpfe zertrat und die hohen dünnen Stämme und rauschenden Fächerkronen über und hinter ihm gespenstisch zusammenstürzten. Das Viereck dunkler Linien war der Ausschnitt einer Tür und sie gab dem Drucke nach. Die freie Luft ging über sein Gesicht; hinter sich hörte er die zerknickten Stämme und niedergedrückten Blätter wie nach einem Gewitter sich leise raschelnd erheben.

Er stand in einem schmalen, gemauerten Gange; oben sah der freie Himmel herein und die Mauer zu beiden Seiten war kaum über mannshoch. Aber der Gang war nach einer Länge von beiläufig fünfzehn Schritten wieder vermauert, und schon glaubte er sich abermals gefangen. Unschlüssig ging er vor; da war die Mauer zur Rechten in Mannsbreite durchbrochen und aus der Öffnung lief ein Brett über leere Luft nach einer gegenüberliegenden Plattform; diese war auf der zugewendeten Seite von einem niedrigen Eisengitter geschlossen, auf den beiden anderen von der Hinterseite hoher bewohnter Häuser. Dort, wo das Brett wie eine Enterbrücke auf dem Rand der Plattform aufruhte, hatte das Gitter eine kleine Tür.

So groß war die Ungeduld des Kaufmannssohnes, aus dem Bereiche seiner Angst zu kommen, daß er sogleich einen, dann den anderen Fuß auf das Brett setzte und, den Blick fest auf das jenseitige Ufer gerichtet, anfing, hinüberzugehen. Aber unglücklicherweise wurde er sich doch bewußt, daß er über einem viele Stockwerke tiefen, gemauerten Graben hing; in den Sohlen und Kniebeugen fühlte er die Angst und Hilflosigkeit, schwindelnd im ganzen Leibe, die Nähe des Todes. Er kniete nieder und schloß die Augen; da stießen seine vorwärts tastenden Arme an die Gitterstäbe. Er umklammerte sie fest, sie gaben nach, und mit leisem Knirschen, das ihm, wie der Anhauch des Todes, den Leib durchschnitt, öffnete sich gegen ihn, gegen den Abgrund, die Tür, an der er hing; und im Gefühle seiner inneren Müdigkeit und großen Mutlosigkeit fühlte er voraus, wie die glatten Eisenstäbe seinen Fingern, die ihm erschienen wie die Finger eines Kindes, sich entwinden und er hinunterstürzt, längs der Mauer zerschellend. Aber das leise Aufgehen der Türe hielt inne, ehe seine Füße das Brett verloren und mit einem Schwunge warf er seinen zitternden Körper durch die Öffnung hinein auf den harten Boden.

Er konnte sich nicht freuen; ohne sich umzusehen, mit einem dumpfen Gefühle, wie Haß gegen die Sinnlosigkeit dieser Qualen, ging er in eines der Häuser und dort die verwahrloste Stiege hinunter und trat wieder hinaus in eine Gasse, die häßlich und gewöhnlich war. Aber er war schon sehr traurig und müde und konnte sich auf gar nichts besinnen, was ihm irgendwelcher Freude wert schien. Seltsam war alles von ihm gefallen und ganz leer und vom Leben verlassen ging er durch die Gasse und die nächste und die nächste. Er verfolgte eine Richtung, von der er wußte, daß sie ihn dorthin zurückbringen werde, wo in dieser Stadt die reichen Leute wohnten und wo er sich eine Herberge für die Nacht suchen könnte. Denn es verlangte ihn sehr nach einem Bette. Mit einer kindischen Sehnsucht erinnerte er sich an die Schönheit seines eigenen breiten Bettes, und auch die Betten fielen ihm ein, die der große König der Vergangenheit für sich und seine Gefährten errichtet hatte, als sie Hochzeit hielten mit den Töchtern der unterworfenen Könige, für sich ein Bett von Gold, für die anderen von Silber; getragen von Greifen und geflügelten Stieren. Indessen war er zu den niedrigen Häusern gekommen, wo die Soldaten wohnen. Er achtete nicht darauf. An einem vergitterten Fenster saßen ein paar Soldaten mit gelblichen Gesichtern und traurigen Augen und riefen ihm etwas zu. Da hob er den Kopf und atmete den dumpfen Geruch, der aus dem Zimmer kam, einen ganz besonders beklemmenden Geruch. Aber er verstand nicht, was sie von ihm wollten. Weil sie ihn aber aus seinem achtlosen Dahingehen aufgestört hatten, schaute er jetzt in den Hof hinein, als er am Tore vorbei kam. Der Hof war sehr groß und traurig und, weil es dämmerte, erschien er noch größer und trauriger. Auch waren sehr wenige Menschen darin und die Häuser, die ihn umgaben, waren niedrig und von schmutziggelber Farbe. Das machte ihn noch öder und größer. An einer Stelle waren in einer geraden Linie beiläufig zwanzig Pferde angepflöckt; vor jedem lag ein Soldat in einem Stallkittel aus schmutzigem Zwilch auf den Knieen und wusch ihm die Hufe. Ganz in der Ferne kamen viele andere in ähnlichen Anzügen aus Zwilch zu zweien aus einem Tore. Sie gingen langsam und schlürfend und trugen schwere Säcke auf den Schultern. Erst als sie näher kamen, sah er, daß in den offenen Säcken, die sie schweigend schleppten, Brot war. Er sah zu, wie sie langsam in einem Torweg verschwanden und so wie unter einer häßlichen, tückischen Last dahingingen und ihr Brot in solchen Säcken trugen, wie die, worin die Traurigkeit ihres Leibes gekleidet war.

Dann ging er zu denen, die vor ihren Pferden auf den Knieen lagen und ihnen die Hufe wuschen. Auch diese sahen einander ähnlich und glichen denen am Fenster und denen, die Brot getragen hatten. Sie mußten aus benachbarten Dörfern genommen sein. Auch sie redeten kaum ein Wort untereinander. Da es ihnen sehr schwer wurde, den Vorderfuß des Pferdes zu halten, schwankten ihre Köpfe und ihre müden, gelblichen Gesichter hoben und beugten sich wie unter einem starken Winde. Die Köpfe der meisten Pferde waren häßlich und hatten einen boshaften Ausdruck durch zurückgelegte Ohren und hinaufgezogene Oberlippen, welche die oberen Eckzähne bloßlegten. Auch hatten sie meist böse, rollende Augen und eine seltsame Art, aus schiefgezogenen Nüstern ungeduldig und verächtlich die Luft zu stoßen. Das letzte Pferd in der Reihe war besonders stark und häßlich. Es suchte den Mann, der vor ihm kniete und den gewaschenen Huf trocken rieb, mit seinen großen Zähnen in die Schulter zu beißen. Der Mann hatte so hohle Wangen und einen so todestraurigen Ausdruck in den müden Augen, daß der Kaufmannssohn von tiefem, bitterem Mitleid überwältigt wurde. Er wollte den Elenden durch ein Geschenk für den Augenblick aufheitern und griff in die Tasche nach Silbermünzen. Er fand keine und erinnerte sich, daß er die letzten dem Kinde im Glashause hatte schenken wollen, das sie ihm mit einem so boshaften Blick vor die Füße gestreut hatte. Er wollte eine Goldmünze suchen, denn er hatte deren sieben oder acht für die Reise eingesteckt.

In dem Augenblicke wandte das Pferd den Kopf und sah ihn an mit tückisch zurückgelegten Ohren und rollenden Augen, die noch boshafter und wilder aussahen, weil eine Blesse gerade in der Höhe der Augen quer über den häßlichen Kopf lief. Bei dem häßlichen Anblicke fiel ihm blitzartig ein längst vergessenes Menschengesicht ein. Wenn er sich noch so sehr bemüht hätte, wäre er nicht imstande gewesen, sich die Züge dieses Menschen je wieder hervorzurufen; jetzt aber waren sie da. Die Erinnerung aber, die mit dem Gesichte kam, war nicht so deutlich. Er wußte nur, daß es aus der Zeit von seinem zwölften Jahre war, aus einer Zeit, mit deren Erinnerung der Geruch von süßen, warmen, geschälten Mandeln irgendwie verknüpft war.

Und er wußte, daß es das verzerrte Gesicht eines häßlichen armen Menschen war, den er ein einzigesmal im Laden seines Vaters gesehen hatte. Und daß das Gesicht von Angst verzerrt war, weil die Leute ihn bedrohten, weil er ein großes Goldstück hatte, und nicht sagen wollte, wo er es erlangt hatte.

Während das Gesicht schon wieder zerging, suchte sein Finger noch immer in den Falten seiner Kleider, und als ein plötzlicher, undeutlicher Gedanke ihn hemmte, zog er die Hand unschlüssig heraus und warf dabei den in Seidenpapier eingewickelten Schmuck mit dem Beryll dem Pferd unter die Füße. Er bückte sich, das Pferd schlug ihm den Huf mit aller Kraft nach seitwärts in die Lenden und er fiel auf den Rücken. Er stöhnte laut, seine Knie zogen sich in die Höhe und mit den Fersen schlug er immerfort auf den Boden. Ein paar von den Soldaten standen auf und hoben ihn an den Schultern und unter den Kniekehlen. Er spürte den Geruch ihrer Kleider, denselben dumpfen, trostlosen, der früher aus dem Zimmer auf die Straße gekommen war, und wollte sich besinnen, wo er den vor langer, sehr langer Zeit schon eingeatmet hatte: dabei vergingen ihm die Sinne. Sie trugen ihn fort über eine niedrige Treppe, durch einen langen, halbfinsteren Gang in eines ihrer Zimmer und legten ihn auf ein niedriges eisernes Bett. Dann durchsuchten sie seine Kleider, nahmen ihm das Kettchen und die sieben Goldstücke und endlich gingen sie, aus Mitleid mit seinem unaufhörlichen Stöhnen, einen ihrer Wundärzte zu holen.

Nach einer Zeit schlug er die Augen auf und wurde sich seiner quälenden Schmerzen bewußt. Noch mehr aber erschreckte und ängstigte ihn, allein zu sein in diesem trostlosen Raum. Mühsam drehte er die Augen in den schmerzenden Höhlen gegen die Wand und gewahrte auf einem Brette drei Laibe von solchem Brot, wie die es über den Hof getragen hatten.

Sonst war nichts in dem Zimmer, als harte, niedrige Betten und der Geruch von trockenem Schilf, womit die Betten gefüllt waren, und jener andere trostlose, dumpfe Geruch.

Eine Weile beschäftigten ihn nur seine Schmerzen und die erstickende Todesangst, mit der verglichen die Schmerzen eine Erleichterung waren. Dann konnte er die Todesangst für einen Augenblick vergessen und daran denken, wie alles gekommen war.

Da empfand er eine andere Angst, eine stechende, minder erdrückende, eine Angst, die er nicht zum ersten Male fühlte; jetzt aber fühlte er sie wie etwas Überwundenes. Und er ballte die Fäuste und verfluchte seine Diener, die ihn in den Tod getrieben hatten; der eine in die Stadt, die Alte in den Juwelierladen, das Mädchen in das Hinterzimmer und das Kind durch sein tückisches Ebenbild in das Glashaus, von wo er sich dann über grauenhafte Stiegen und Brücken bis unter den Huf des Pferdes taumeln sah. Dann fiel er zurück in große, dumpfe Angst. Dann wimmerte er wie ein Kind, nicht vor Schmerz, sondern vor Leid, und die Zähne schlugen ihm zusammen.

Mit einer großen Bitterkeit starrte er in sein Leben zurück und verleugnete alles, was ihm lieb gewesen war. Er haßte seinen vorzeitigen Tod so sehr, daß er sein Leben haßte, weil es ihn dahin geführt hatte. Diese innere Wildheit verbrauchte seine letzte Kraft. Ihn schwindelte, und für eine Weile schlief er wieder einen taumeligen schlechten Schlaf. Dann erwachte er und wollte schreien, weil er noch immer allein war, aber die Stimme versagte ihm. Zuletzt erbrach er Galle, dann Blut, und starb mit verzerrten Zügen, die Lippen so verrissen, daß Zähne und Zahnfleisch entblößt waren und ihm einen fremden, bösen Ausdruck gaben.

DAS DORF IM GEBIRGE

I

Im Juni sind die Leute aus der Stadt gekommen und wohnen in allen großen Stuben. Die Bauern und ihre Weiber schlafen in den Dachkammern, die voll alten Pferdegeschirrs hängen, voll verstaubten Schlittengeschirrs mit raschelnden gelben Glöckchen daran, voll alter Winterjoppen, alter Steinschloßgewehre und rostblinder, unförmlicher Sägen. Sie haben aus den unteren Stuben alle ihre Sachen weggetragen und alle Truhen für die Stadtleute freigemacht, und nichts ist in den Stuben zurückgeblieben, als der Geruch von Milchkeller und von altem Holz, der sich aus dem Innern des Hauses durch die kleinen Fenster zieht und in unsichtbaren Säulen säuerlich und kühl über den Köpfen der blaßroten Malven bis gegen die großen Apfelbäume hin schwebt.

Nur den Schmuck der Wände hat man zurückgelassen: die Geweihe und die vielen kleinen Bilder der Jungfrau Maria und der Heiligen in vergoldeten und papiernen Rahmen, zwischen denen Rosenkränze aus unechten Korallen oder winzigen Holzkugeln hängen. Die Frauen aus der Stadt hängen ihre großen Gartenhüte und ihre bunten Sonnenschirme an die Geweihe; in der Schlinge eines Rosenkranzes befestigen sie das Bild einer Schauspielerin, deren königliche Schultern und hochgezogene Augenbrauen unvergleichlich schön einen großen Schmerz ausdrücken; die Bilder von jungen Männern, von berühmten alten Menschen und von unnatürlich lächelnden Frauen lehnen sie an den Rücken eines kleinen wächsernen Lammes, das die Kreuzesfahne trägt, oder sie klemmen sie zwischen die Wand und ein vergoldetes Herz, in dessen purpurnen Wundmalen sieben kleine Schwerter stecken.

Sie selber aber, die Frauen und Mädchen aus der Stadt, sieht man überall sitzen, wo sonst kein Mensch sitzt: auf den beiden Enden der hölzernen Brunnentröge, wo das zurücksprühende Wasser vom Wind in ihre Haare getragen wird, bis sie ganz voll Tau hängen, wie feine, dichte Spinnweben am Morgen. Oder sie sitzen auf dem Zauntritt, wo sie jeden stören, dessen Weg da hinüberführt. Aber sie wissen nichts davon, daß einer gerade dahin muß, gerade auf dieses bestimmte Feld zwischen den zwei Zäunen und dem tiefeingeschnittenen, lärmenden Bach. Für sie ist es gleichgültig, wo man geht. Es liegt etwas so Zufälliges, Müheloses in ihrem Dasein. Sie brauchen keinen Feiertag und können aus jeder Stunde machen, was sie wollen. So ist auch ihr Singen. Sie singen nicht in der Kirche und nicht zum Tanz. Auf einmal, abends, wenn es dunkelt und zwischen die düsternden Bäume und über die Wege aus vielen kleinen Fenstern Lichtstreifen fallen, fangen sie zu singen an, hier eine, dort eine. Ihre Lieder scheinen aus vielerlei Tönen zusammengemischt, manchmal sind sie einem Tanzlied ganz nahe, manchmal einem Kirchenlied: es liegt Leichtigkeit darin und Herrschaft über das Leben. Wenn sie verstummen, nimmt das dunkelnde Tal sein schwerblütiges Leben wieder auf: man hört das Rauschen des großen Baches, anschwellend und wieder abfallend, anschwellend und abfallend, und hie und da das abgesonderte Rauschen eines kleinen hölzernen Laufbrunnens. Oder die Obstbäume schütteln sich und lassen einen Schauer raschelnder Tropfen von oben durch alle ihre Zweige fallen, so plötzlich wie das unerwartete Aufseufzen eines Schlafenden, und der Igel erschrickt und läuft ein Stück seines Weges schneller.

Manche von den Lichtstrahlen aber erlöschen lange nicht und sind noch da, wenn der große Wagen bis an den Rand des Himmels herabgeglitten ist und seine tiefsten Sterne auf dem Kamm des Berges ruhen und durch die Wipfel der ungeheuren Lärchen unruhig durchflimmern. Das sind die Zimmer, in denen ein junges Mädchen aus einem Buch die Möglichkeiten des Lebens herausliest und verworren atmet wie unter der Berührung einer berauschenden und zugleich demütigenden Musik, oder in denen eine alternde Frau mit beängstigtem und staunendem Denken nicht darüber hinauskommt, daß dies traumhafte Jetzt und Hier für sie das Unentrinnbare, das Wirkliche bedeutet. Aus diesen Fenstern fällt immerfort das Kerzenlicht, legt einen Streifen über die Wiese, und über den Steindamm, bis hinunter an den schwarzen Seespiegel, der es zurückzustoßen und zu tragen scheint, wie einen ausgegossenen blaßgelben Schimmer. Aber es taucht auch hinunter und wirft in das feuchte Dunkel einen leuchtenden Schacht, in dem die schwarzgrauen Barsche stumpfsinnig stehen und die ruhelosen kleinen Weißfische unaufhörlich beben wie Zitternadeln.

2

Auf den Wiesen stecken sie ihre viereckigen Tennisplätze aus und umstellen sie mit hohen, grauen Netzen. Von weitem sind sie anzusehen wie ungeheure Spinnennetze.

Wer innen steht, sieht die Landschaft wie auf japanischen Krügen, wo das Email von regelmäßigen, feinen Sprüngen durchzogen ist: der blaugrüne See, der weiße Uferstreif, der Fichtenwald, die Felsen drüber und zu oberst der Himmel von der zarten Farbe, wie die blassen Blüten von Heidekraut, alles das trägt die grauen feinen Vierecke des Netzes auf sich.

Auf den welligen Hügeln, die jenseits der Straße liegen, wird gepflügt. So oft die Spieler ihre Plätze tauschen, um Sonne und Wind gerecht zu verteilen, so oft wenden die Pflüger das schwere Gespann und werfen mit einem starken Hub die Pflugschar in den Anfang einer neuen Furche. Gleichmäßig pflügen die Pflüger, wie ein schweres Schiff furcht der Pflug durch den fetten Boden hin, und die großen, von Luft und Arbeit gebeizten Hände liegen stetig mit schwerem Druck auf dem Sterz. Wechselnd ist das Spiel der vier Spieler. Zuweilen ist einer sehr stark. Von seinen Schlägen, die ruhig und voll sind, wie die Prankenschläge eines jungen Löwen, wird das ganze Spiel gehalten. Die fliegenden Bälle und die andern Spieler, ja der Rasengrund und die Netze, in denen sich das Bild der Wälder und Wolken fängt, alles folgt seinem Handgelenk, geheimnisvoll gebunden, wie von einem starken Magnet.

Ein anderer ist schwach, ganz schwach. Zwischen ihm und jedem seiner Schläge kommt das Denken. Er muß sich selber zusehen. Seine Bewegungen sind von einer tiefen Unwahrheit: zuweilen sind es die Bewegungen des Degenfechters und zuweilen die Bewegungen dessen, der Steine von sich abwehren will.

Ein dritter ist gleichgültig gegen das Spiel. Er fühlt den Blick einer Frau auf sich, auf seinen Händen, auf seinen Wangen, auf seinen Schläfen. Er schließt bisweilen die Augen, um ihn auch auf den Lidern zu fühlen. Er lebt im vergangenen Abend: denn die Frau, deren Blick er auf sich fühlt, ist nicht hier. Manchmal läuft er ein paar Schritte ganz zerstreut dorthin, wo kein Ball aufgefallen ist. Trotzdem spielt er nicht ganz schlecht. Zuweilen schlägt er mit einer großen gelassenen Bewegung, wie einer aus dem Schlaf heraus nach geträumten Früchten in die Luft greifen könnte. Und der Ball, den er so berührt, fliegt mit vollerer Wucht zurück, als selbst unter den Schlägen des Starken. Er bohrt sich in den Rasen ein und fliegt nicht mehr auf.

Das Spiel der vier Spieler ist wechselnd: morgen, kann es sein, wird der Gleichgültige den Starken ablösen. Vielleicht auch werden eitle und kühne Erinnerungen und der eingeatmete Morgenwind den zum Stärksten machen, der heute ganz schwach war.

Aber gleichmäßig pflügen die Pflüger, und die schönen dunklen Furchen laufen gerade durch den schweren Boden.

REITERGESCHICHTE

Den 22. Juli 1848, vor 6 Uhr morgens, verließ ein Streifkommando, die zweite Eskadron von Wallmodenkürassieren, Rittmeister Baron Rofrano mit 107 Reitern, das Kasino San Alessandro und ritt gegen Mailand. Über der freien, glänzenden Landschaft lag eine unbeschreibliche Stille; von den Gipfeln der fernen Berge stiegen Morgenwolken wie stille Rauchwolken gegen den leuchtenden Himmel; der Mais stand regungslos, und zwischen Baumgruppen, die aussahen, wie gewaschen, glänzten Landhäuser und Kirchen her. Kaum hatte das Streifkommando die äußerste Vorpostenlinie der eigenen Armee etwa um eine Meile hinter sich gelassen, als zwischen den Maisfeldern Waffen aufblitzten und die Avantgarde feindliche Fußtruppen meldete. Die Schwadron formierte sich neben der Landstraße zur Attacke, wurde von eigentümlich lauten, fast miauenden Kugeln überschwirrt, attackierte querfeldein und trieb einen Trupp ungleichmäßig bewaffneter Menschen wie die Wachteln vor sich her. Es waren Leute der Legion Manaras, mit sonderbaren Kopfbedeckungen. Die Gefangenen wurden einem Korporal und acht Gemeinen übergeben und nach rückwärts geschickt. Vor einer schönen Villa, deren Zufahrt uralte Zypressen flankierten, meldete die Avantgarde verdächtige Gestalten. Der Wachtmeister Anton Lerch saß ab, nahm zwölf mit Karabinern bewaffnete Leute, umstellte die Fenster und nahm achtzehn Studenten der Pisaner Legion gefangen, wohlerzogene und hübsche junge Leute mit weißen Händen und halblangem Haar. Eine halbe Stunde später hob die Schwadron einen Mann auf, der in der Tracht eines Bergamasken vorüberging und durch sein allzu harmloses und unscheinbares Auftreten verdächtig wurde. Der Mann trug im Rockfutter eingenäht die wichtigsten Detailpläne, die Errichtung von Freikorps in den Giudikarien und deren Kooperation mit der piemontesischen Armee betreffend. Gegen 10 Uhr vormittags fiel dem Streifkommando

eine Herde Vieh in die Hände. Unmittelbar nachher stellte sich ihr ein
starker feindlicher Trupp entgegen und beschoß die Avantgarde von
einer Friedhofsmauer aus. Der Tete-Zug des Leutnants Grafen Trautsohn übersprang die niedrige Mauer und hieb zwischen den Gräbern
auf die ganz verwirrten Feindlichen ein, von denen ein großer Teil in
die Kirche und von dort durch die Sakristeitür in ein dichtes Gehölz
sich rettete. Die siebenundzwanzig neuen Gefangenen meldeten sich
als neapolitanische Freischaren unter päpstlichen Offizieren. Die
Schwadron hatte einen Toten. Einer das Gehölz umreitenden Rotte,
bestehend aus dem Gefreiten Wotrubek und den Dragonern Holl und
Haindl, fiel eine mit zwei Ackergäulen bespannte leichte Haubitze in
die Hände, indem sie auf die Bedeckung einhieben und die Gäule am
Kopfzeug packten und umwendeten. Der Gefreite Wotrubek wurde
als leicht verwundet mit der Meldung der bestandenen Gefechte und
anderer Glücksfälle ins Hauptquartier zurückgeschickt, die Gefangenen gleichfalls nach rückwärts transportiert, die Haubitze aber von
der nach abgegebener Eskorte noch 78 Reiter zählenden Eskadron
mitgenommen.

Nachdem laut übereinstimmender Aussagen der verschiedenen Gefangenen die Stadt Mailand von den feindlichen sowohl regulären als
irregulären Truppen vollständig verlassen, auch von allem Geschütz
und Kriegsvorrat entblößt war, konnte der Rittmeister sich selbst und
der Schwadron nicht versagen, in diese große und schöne, wehrlos
daliegende Stadt einzureiten. Unter dem Geläute der Mittagsglocken,
der Generalmarsch von den vier Trompeten hinaufgeschmettert in den
stählern funkelnden Himmel, an tausend Fenstern hinklirrend und
zurückgeblitzt auf achtundsiebzig Kürasse, achtundsiebzig aufge-
stemmte nackte Klingen; Straße rechts, Straße links, wie ein aufge-
wühlter Ameishaufen sich füllend mit staunenden Gesichtern; flu-
chende und erbleichende Gestalten hinter Haustoren verschwindend,
verschlafene Fenster aufgerissen von den entblößten Armen schöner
Unbekannter; vorbei an Santo Babila, an San Fedele, an San Carlo, am
weltberühmten marmornen Dom, an San Satiro, San Giorgio, San
Lorenzo, San Eustorgio; deren uralte Erztore alle sich auftuend und
unter Kerzenschein und Weihrauchqualm silberne Heilige und brokat-
gekleidete strahlenäugige Frauen hervorwinkend; aus tausend Dachkammern, dunklen Torbogen, niedrigen Butiken Schüsse zu gewärtigen, und immer wieder nur halbwüchsige Mädchen und Buben, die
weißen Zähne und dunklen Haare zeigend; vom trabenden Pferde

herab funkelnden Auges auf alles dies hervorblickend aus einer Larve von blutgesprengtem Staub; zur Porta Venezia hinein, zur Porta Ticinese wieder hinaus: so ritt die schöne Schwadron durch Mailand.

Nicht weit vom letztgenannten Stadttor, wo sich ein mit hübschen Platanen bewachsenes Glaçis erstreckte, glaubte der Wachtmeister Anton Lerch am ebenerdigen Fenster eines neugebauten hellgelben Hauses ein ihm bekanntes weibliches Gesicht zu sehen. Neugierde bewog ihn, sich im Sattel umzuwenden, und da er gleichzeitig aus einigen steifen Tritten seines Pferdes vermutete, es hätte in eines der vorderen Eisen einen Straßenstein eingetreten, er auch an der Queue der Eskadron ritt und ohne Störung aus dem Gliede konnte, so bewog ihn alles dies zusammen, abzusitzen, und zwar nachdem er geradezu das Vorderteil seines Pferdes in den Flur des betreffenden Hauses gelenkt hatte. Kaum hatte er hier den zweiten weißgestiefelten Vorderfuß seines Braunen in die Höhe gehoben, um den Huf zu prüfen, als wirklich eine aus dem Innern des Hauses ganz vorne in den Flur mündende Zimmertür aufging und in einem etwas zerstörten Morgenanzug eine üppige, beinahe noch junge Frau sichtbar wurde, hinter ihr aber ein helles Zimmer mit Gartenfenstern, worauf ein paar Töpfchen Basilikum und rote Pelargonien, ferner mit einem Mahagonischrank und einer mythologischen Gruppe aus Biskuit dem Wachtmeister sich zeigte, während seinem scharfen Blick noch gleichzeitig in einem Pfeilerspiegel die Gegenwand des Zimmers sich verriet, ausgefüllt von einem großen weißen Bette und einer Tapetentür, durch welche sich ein beleibter, vollständig rasierter älterer Mann im Augenblicke zurückzog.

Indem aber dem Wachtmeister der Name der Frau einfiel und gleichzeitig eine Menge anderes: daß es die Witwe oder geschiedene Frau eines kroatischen Rechnungsunteroffiziers war, daß er mit ihr vor neun oder zehn Jahren in Wien in Gesellschaft eines anderen, ihres damaligen eigentlichen Liebhabers, einige Abende und halbe Nächte verbracht hatte, suchte er nun mit den Augen unter ihrer jetzigen Fülle die damalige üppig-magere Gestalt wieder hervorzuziehen. Die Dastehende aber lächelte ihn in einer halb geschmeichelten slawischen Weise an, die ihm das Blut in den starken Hals und unter die Augen trieb, während eine gewisse gezierte Manier, mit der sie ihn anredete, sowie auch der Morgenanzug und die Zimmereinrichtung ihn einschüchterten. Im Augenblick aber, während er mit etwas schwerfälligem Blick einer großen Fliege nachsah, die über den Haarkamm der

Frau lief, und äußerlich auf nichts achtete, als wie er seine Hand, diese Fliege zu scheuchen, sogleich auf den weißen, warm und kühlen Nacken legen würde, erfüllte ihn das Bewußtsein der heute bestandenen Gefechte und anderer Glücksfälle von oben bis unten, so daß er ihren Kopf mit schwerer Hand nach vorwärts drückte und dazu sagte: »Vuic«, – diesen ihren Namen hatte er gewiß seit 10 Jahren nicht wieder in den Mund genommen und ihren Taufnamen vollständig vergessen – »in acht Tagen rücken wir ein, und dann wird das da mein Quartier«, auf die halb offene Zimmertür deutend. Unter dem hörte er im Hause mehrfach Türen zuschlagen, fühlte sich von seinem Pferde, zuerst durch stummes Zerren am Zaum, dann, indem es laut den anderen nachwieherte, fortgedrängt, saß auf und trabte der Schwadron nach, ohne von der Vuic eine andere Antwort als ein verlegenes Lachen mit in den Nacken gezogenem Kopf mitzunehmen. Das ausgesprochene Wort aber machte seine Gewalt geltend. Seitwärts der Rottenkolonne, einen nicht mehr frischen Schritt reitend, unter der schweren metallischen Glut des Himmels, den Blick in der mitwandernden Staubwolke verfangen, lebte sich der Wachtmeister immer mehr in das Zimmer mit den Mahagonimöbeln und den Basilikumtöpfen hinein und zugleich in eine Zivilatmosphäre, durch welche doch das Kriegsmäßige durchschimmerte, eine Atmosphäre von Behaglichkeit und angenehmer Gewalttätigkeit ohne Dienstverhältnis, eine Existenz in Hausschuhen, den Korb des Säbels durch die linke Tasche des Schlafrockes durchgesteckt. Der rasierte, beleibte Mann, der durch die Tapetentür verschwunden war, ein Mittelding zwischen Geistlichem und pensioniertem Kammerdiener, spielte darin eine bedeutende Rolle, fast mehr noch als das schöne breite Bett und die feine weiße Haut der Vuic. Der Rasierte nahm bald die Stelle eines vertraulich behandelten, etwas unterwürfigen Freundes ein, der Hoftratsch erzählte, Tabak und Kapaunen brachte, bald wurde er an die Wand gedrückt, mußte Schweigegelder zahlen, stand mit allen möglichen Umtrieben in Verbindung, war piemontesischer Vertrauter, päpstlicher Koch, Kuppler, Besitzer verdächtiger Häuser mit dunklen Gartensälen für politische Zusammenkünfte, und wuchs zu einer schwammigen Riesengestalt, der man an zwanzig Stellen Spundlöcher in den Leib schlagen und statt Blut Gold abzapfen konnte.

Dem Streifkommando begegnete in den Nachmittagsstunden nichts Neues und die Träumereien des Wachtmeisters erfuhren keine Hemmungen. Aber in ihm war ein Durst nach unerwartetem Erwerb, nach

Gratifikationen, nach plötzlich in die Tasche fallenden Dukaten rege geworden. Denn der Gedanke an das bevorstehende erste Eintreten in das Zimmer mit den Mahagonimöbeln war der Splitter im Fleisch, um den herum alles von Wünschen und Begierden schwärte.

Als nun gegen Abend das Streifkommando mit gefütterten und halbwegs ausgerasteten Pferden in einem Bogen gegen Lodi und die Addabrücke vorzudringen suchte, wo denn doch Fühlung mit dem Feind sehr zu gewärtigen war, schien dem Wachtmeister ein von der Landstraße abliegendes Dorf, mit halbverfallenem Glockenturm in einer dunkelnden Mulde gelagert, auf verlockende Weise verdächtig, so daß er, die Gemeinen Holl und Scarmolin zu sich winkend, mit diesen beiden vom Marsche der Eskadron seitlich abbog und in dem Dorfe geradezu einen feindlichen General mit geringer Bedeckung zu überraschen und anzugreifen oder anderswie ein ganz außerordentliches Prämium zu verdienen hoffte, so aufgeregt war seine Einbildung. Vor dem elenden, scheinbar veröden Nest angelangt, befahl er dem Scarmolin links, dem Holl rechts die Häuser außen zu umreiten, während er selbst, Pistole in der Faust, die Straße durchzugaloppieren sich anschickte, bald aber, harte Steinplatten unter sich fühlend, auf welchen noch dazu irgendein glitschiges Fett ausgegossen war, sein Pferd in Schritt parieren mußte. Das Dorf blieb totenstill; kein Kind, kein Vogel, kein Lufthauch. Rechts und links standen schmutzige kleine Häuser, von deren Wänden der Mörtel abgefallen war; auf den nackten Ziegeln war hie und da etwas Häßliches mit Kohle gezeichnet; zwischen bloßgelegten Türpfosten ins Innere schauend, sah der Wachtmeister hie und da eine faule, halbnackte Gestalt auf einer Bettstatt lungern oder schleppend, wie mit ausgerenkten Hüften, durchs Zimmer gehen. Sein Pferd ging schwer und schob die Hinterbeine mühsam unter, wie wenn sie von Blei wären. Indem er sich umwendete und bückte, um nach dem rückwärtigen Eisen zu sehen, schlürften Schritte aus einem Hause, und da er sich aufrichtete, ging dicht vor seinem Pferde eine Frauensperson, deren Gesicht er nicht sehen konnte. Sie war nur halb angekleidet; ihr schmutziger, abgerissener Rock von geblümter Seide schleppte im Rinnsal, ihre nackten Füße staken in schmutzigen Pantoffeln; sie ging so dicht vor dem Pferde, daß der Hauch aus den Nüstern den fettig glänzenden Lockenbund bewegte, der ihr unter einem alten Strohhute in den entblößten Nacken hing, und doch ging sie nicht schneller und wich dem Reiter nicht aus. Unter einer Türschwelle zur Linken rollten zwei ineinander verbissene

blutende Ratten in die Mitte der Straße, von denen die unterliegende
so jämmerlich aufschrie, daß das Pferd des Wachtmeisters sich verhielt
und mit schiefem Kopf und hörbarem Atem gegen den Boden stierte.
Ein Schenkeldruck brachte es wieder vorwärts und nun war die Frau
in einem Hausflur verschwunden, ohne daß der Wachtmeister hatte
ihr Gesicht sehen können. Aus dem nächsten Hause lief eilfertig mit
gehobenem Kopfe ein Hund heraus, ließ einen Knochen in der Mitte
der Straße fallen und versuchte, ihn in einer Fuge des Pflasters zu verscharren. Es war eine weiße unreine Hündin mit hängenden Zitzen;
mit teuflischer Hingabe scharrte sie, packte dann den Knochen mit den
Zähnen und trug ihn ein Stück weiter. Indessen sie wieder zu scharren
anfing, waren schon drei Hunde bei ihr: zwei waren sehr jung, mit
weichen Knochen und schlaffer Haut; ohne zu bellen und ohne beißen
zu können, zogen sie einander mit stumpfen Zähnen an den Lefzen.
Der Hund, der zugleich mit ihnen gekommen war, war ein lichtgelbes
Windspiel von so aufgeschwollenem Leib, daß es nur ganz langsam
auf den vier dünnen Beinen sich weitertragen konnte. An dem dicken
wie eine Trommel gespannten Leib erschien der Kopf viel zu klein; in
den kleinen ruhelosen Augen war ein entsetzlicher Ausdruck von
Schmerz und Beklemmung. Sogleich sprangen noch zwei Hunde
hinzu: ein magerer, weißer, von äußerst gieriger Häßlichkeit, dem
schwarze Rinnen von den entzündeten Augen herunterliefen, und ein
schlechter Dachshund auf hohen Beinen. Dieser hob seinen Kopf
gegen den Wachtmeister und schaute ihn an. Er mußte sehr alt sein.
Seine Augen waren unendlich müde und traurig. Die Hündin aber lief
in blöder Hast vor dem Reiter hin und her; die beiden jungen schnappten lautlos mit ihrem weichen Maul nach den Fesseln des Pferdes, und
das Windspiel schleppte seinen entsetzlichen Leib hart vor den Hufen.
Der Braun konnte keinen Schritt mehr tun. Als aber der Wachtmeister
seine Pistole auf eines der Tiere abdrücken wollte und die Pistole versagte, gab er dem Pferde beide Sporen und dröhnte über das Stein-
pflaster hin. Nach wenigen Sätzen aber mußte er das Pferd scharf
parieren. Denn hier sperrte eine Kuh den Weg, die ein Bursche mit
gespanntem Strick zur Schlachtbank zerrte. Die Kuh aber, von dem
Dunst des Blutes und der an den Türpfosten genagelten frischen Haut
eines schwarzen Kalbes zurückschaudernd, stemmte sich auf ihren
Füßen, sog mit geblähten Nüstern den rötlichen Sonnendunst des
Abends in sich und riß sich, bevor der Bursche sie mit Prügel und
Strick hinüber bekam, mit kläglichen Augen noch ein Maulvoll von

dem Heu ab, das der Wachtmeister vorne am Sattel befestigt hatte. Er hatte nun das letzte Haus des Dorfes hinter sich und konnte, zwischen zwei niedrigen, abgebröckelten Mauern reitend, jenseits einer alten einbogigen Steinbrücke über einen anscheinend trockenen Graben den weiteren Verlauf des Weges absehen, fühlte aber in der Gangart seines Pferdes eine so unbeschreibliche Schwere, ein solches Nichtvorwärtskommen, daß sich an seinem Blick jeder Fußbreit der Mauern rechts und links, ja jeder von den dort sitzenden Tausendfüßen und Asseln mühselig vorbeischob, und ihm war, als hätte er eine unmeßbare Zeit mit dem Durchreiten des widerwärtigen Dorfes verbracht. Wie nun zugleich aus der Brust seines Pferdes ein schwerer röhrender Atem hervordrang, er dies ihm völlig ungewohnte Geräusch aber nicht sogleich richtig erkannte und die Ursache davon zuerst über und neben sich und schließlich in der Entfernung suchte, bemerkte er jenseits der Steinbrücke und beiläufig in gleicher Entfernung von dieser, als wie er sich selbst befand, einen Reiter des eigenen Regiments auf sich zukommen, und zwar einen Wachtmeister, und zwar auf einem Braunen mit weißgestiefelten Vorderbeinen. Da er nun wohl wußte, daß sich in der ganzen Schwadron kein solches Pferd befand, ausgenommen dasjenige, auf welchem er selbst in diesem Augenblicke saß, er das Gesicht des anderen Reiters aber immer noch nicht erkennen konnte, so trieb er ungeduldig sein Pferd sogar mit den Sporen zu einem sehr lebhaften Trab an, worauf auch der andere sein Tempo ganz im gleichen Maße verbesserte, so daß nun nur mehr ein Steinwurf sie trennte, und nun, indem die beiden Pferde, jedes von seiner Seite her, im gleichen Augenblick, jedes mit dem gleichen, weißgestiefelten Vorfuß die Brücke betraten, der Wachtmeister mit stierem Blick in der Erscheinung sich selber erkennend, wie sinnlos sein Pferd zurückriß und die rechte Hand mit ausgespreizten Fingern gegen das Wesen vorstreckte, worauf die Gestalt, gleichfalls parierend und die Rechte erhebend, plötzlich nicht da war, die Gemeinen Holl und Scarmolin mit unbefangenen Gesichtern von rechts und links aus dem trockenen Graben auftauchten und gleichzeitig über die Hutweide her, stark und aus gar nicht großer Entfernung die Trompeten der Eskadron »Attacke« bliesen. Im stärksten Galopp eine Erdwelle hinansetzend, sah der Wachtmeister die Schwadron schon im Galopp auf ein Gehölz zu, aus welchem feindliche Reiter mit Piken eilfertig debouchierten; sah, indem, er die vier losen Zügel in der Linken versammelnd, den Handriemen um die Rechte schlang, den vierten Zug sich von der Schwadron ablösen und langsamer werden, war nun schon auf dröhnendem Boden, nun in starkem Staubgeruch, nun mitten im Feinde, hieb auf einen blauen Arm ein, der eine Pike führte, sah dicht neben sich das Gesicht des Rittmeisters mit weit aufgerissenen Augen und grimmig entblößten Zähnen, war dann plötzlich unter lauter feindlichen Gesichtern und fremden Farben eingekeilt, tauchte unter in lauter geschwungenen Klingen, stieß den nächsten in den Hals und vom Pferd herab, sah neben sich den Gemeinen Scarmolin, mit lachendem Gesicht, Einem die Finger der Zügelhand ab- und tief in den Hals des Pferdes hineinhauen, fühlte die Mêlée sich lockern und war auf einmal allein, am Rand eines kleinen Baches, hinter einem feindlichen Offizier auf einem Eisenschimmel. Der Offizier wollte über den Bach; der Eisenschimmel versagte. Der Offizier riß ihn herum, wendete dem Wachtmeister ein junges, sehr bleiches Gesicht und die Mündung einer Pistole zu, als ihm ein Säbel in den Mund fuhr, in dessen kleiner Spitze die Wucht eines galoppierenden Pferdes zusammengedrängt war. Der Wachtmeister riß den Säbel zurück und erhaschte an der gleichen Stelle, wo die Finger des Herunterstürzenden ihn losgelassen hatten, den Stangenzügel des Eisenschimmels, der leicht und zierlich wie ein Reh die Füße über seinen sterbenden Herrn hinhob.

Als der Wachtmeister mit dem schönen Beutepferd zurückritt, warf die in schwerem Dunst untergehende Sonne eine ungeheure Röte über die Hutweide. Auch an solchen Stellen, wo gar keine Hufspuren waren, schienen ganze Lachen von Blut zu stehen. Ein roter Widerschein lag auf den weißen Uniformen und den lachenden Gesichtern, die Kürasse und Schabracken funkelten und glühten, und am stärksten drei kleine Feigenbäume, an deren weichen Blättern die Reiter lachend die Blutrinnen ihrer Säbel abgewischt hatten. Seitwärts der rotgefleckten Bäume hielt der Rittmeister und neben ihm der Eskadronstrompeter, der die wie in roten Saft getauchte Trompete an den Mund hob und Appell blies. Der Wachtmeister ritt von Zug zu Zug und sah, daß die Schwadron nicht einen Mann verloren und dafür neun Handpferde gewonnen hatte. Er ritt zum Rittmeister und meldete, immer den Eisenschimmel neben sich, der mit gehobenem Kopf tänzelte und Luft einzog, wie ein junges, schönes und eitles Pferd, das es war. Der Rittmeister hörte die Meldung nur zerstreut an. Er winkte den Leutnant Grafen Trautsohn zu sich, der dann sogleich absaß und mit sechs gleichfalls abgesessenen Kürassieren hinter der Front der Eskadron die erbeutete leichte Haubitze ausspannte, das Geschütz von den sechs Mannschaften zur Seite schleppen und in ein von dem Bach gebildetes, kleines Sumpfwasser versenken ließ, hierauf wieder aufsaß und, nachdem er die nunmehr überflüssigen beiden Zuggäule mit der flachen Klinge fortgejagt hatte, stillschweigend seinen Platz vor dem ersten Zug wieder einnahm. Während dieser Zeit verhielt sich die in zwei Gliedern formierte Eskadron nicht eigentlich unruhig, es herrschte aber doch eine nicht ganz gewöhnliche Stimmung, durch die Erregung von vier an einem Tage glücklich bestandenen Gefechten erklärlich, die sich im leichten Ausbrechen halbunterdrückten Lachens, sowie in halblauten untereinander gewechselten Zurufen äußerte. Auch standen die Pferde nicht ruhig, besonders diejenigen, zwischen denen fremde erbeutete Pferde eingeschoben waren. Nach solchen Glücksfällen schien allen der Aufstellungsraum zu enge, und solche Reiter und Sieger verlangten sich innerlich, nun im offenen Schwarm auf einen neuen Gegner loszugehen, einzuhauen und neue Beutepferde zu packen. In diesem Augenblicke ritt der Rittmeister Baron Rofrano dicht an die Front seiner Eskadron, und indem er von den etwas schläfrigen blauen Augen die großen Lider hob, kommandierte er vernehmlich, aber ohne seine Stimme zu erheben: »Handpferde auslassen!« Die Schwadron stand totenstill. Nur der Eisenschimmel neben dem Wachtmeister streckte den Hals und berührte mit seinen Nüstern fast die Stirne des Pferdes, auf welchem der Rittmeister saß. Der Rittmeister versorgte seinen Säbel, zog eine seiner Pistolen aus dem Halfter, und indem er mit dem Rücken der Zügelhand ein wenig Staub von dem blinkenden Lauf wegwischte, wiederholte er mit etwas lauterer Stimme sein Kommando und zählte gleich nachher »eins« und »zwei«. Nachdem er das »zwei« gezählt hatte, heftete er seinen verschleierten Blick auf den Wachtmeister, der regungslos vor ihm im Sattel saß und ihm starr ins Gesicht sah. Während Anton Lerchs starr aushaltender Blick, in dem nur dann und wann etwas Gedrücktes, Hündisches aufflackerte und wieder verschwand, eine gewisse Art devoten, aus vieljährigem Dienstverhältnisse hervorgegangenen Zutrauens ausdrücken mochte, war sein Bewußtsein von der ungeheuren Gespanntheit dieses Augenblicks fast gar nicht erfüllt, sondern von vielfältigen Bildern einer fremdartigen Behaglichkeit ganz überschwemmt, und aus einer ihm selbst völlig unbekannten Tiefe seines Innern stieg ein bestialischer Zorn gegen den Menschen da vor ihm auf, der ihm das Pferd wegnehmen wollte, ein so entsetzlicher Zorn über das Gesicht, die Stimme, die Haltung und das ganze Dasein dieses Menschen, wie er nur durch jahrelanges, enges Zusammenleben auf geheimnisvolle Weise entstehen kann. Ob aber in dem Rittmeister etwas Ähnliches vorging, oder ob sich ihm in diesem Augenblicke stummer Insubordination die ganze lautlos um sich greifende Gefährlichkeit kritischer Situationen zusammenzudrängen schien, bleibt im Zweifel: Er hob mit einer nachlässigen, beinahe gezierten Bewegung den Arm, und indem er, die Oberlippe verächtlich hinaufziehend, »drei« zählte, krachte auch schon der Schuß, und der Wachtmeister taumelte, in die Stirn getroffen, mit dem Oberleib auf den Hals seines Pferdes, dann zwischen dem Braun und dem Eisenschimmel zu Boden. Er hatte aber noch nicht hingeschlagen, als auch schon sämtliche Chargen und Gemeinen sich ihrer Beutepferde mit einem Zügelriß oder Fußtritt entledigt hatten und der Rittmeister, seine Pistole ruhig versorgend, die von einem blitzähnlichen Schlag noch nachzuckende Schwadron dem in undeutlicher dämmernder Entfernung anscheinend sich ralliierenden Feinde aufs neue entgegenführen konnte. Der Feind nahm aber die neuerliche Attacke nicht an, und kurze Zeit nachher erreichte das Streifkommando unbehelligt die südliche Vorpostenaufstellung der eigenen Armee.

ERLEBNIS DES MARSCHALLS VON BASSOMPIERRE

Zu einer gewissen Zeit meines Lebens brachten es meine Dienste mit sich, daß ich ziemlich regelmäßig mehrmals in der Woche um eine gewisse Stunde über die kleine Brücke ging (denn der Pont neuf war damals noch nicht erbaut) und dabei meist von einigen Handwerkern oder anderen Leuten aus dem Volk erkannt und gegrüßt wurde, am auffälligsten aber und regelmäßigsten von einer sehr hübschen Krämerin, deren Laden an einem Schild mit zwei Engeln kenntlich war, und die, so oft ich in den fünf oder sechs Monaten vorüber kam, sich tief neigte und mir soweit nachsah, als sie konnte. Ihr Betragen fiel mir auf, ich sah sie gleichfalls an und dankte ihr sorgfältig. Einmal, im Spätwinter, ritt ich von Fontainebleau nach Paris und als ich wieder die kleine Brücke heraufkam, trat sie an ihre Ladentür und sagte zu mir, indem ich vorbeiritt: »Mein Herr, Ihre Dienerin!« Ich erwiderte ihren Gruß und, indem ich mich von Zeit zu Zeit umsah, hatte sie sich weiter vorgelehnt, um mir soweit als möglich nachzusehen. Ich hatte einen Bedienten und einen Postillon hinter mir, die ich noch diesen Abend mit Briefen an gewisse Damen nach Fontainebleau zurückschicken wollte. Auf meinen Befehl stieg der Bediente ab und ging zu der jungen Frau, ihr in meinem Namen zu sagen, daß ich ihre Neigung, mich zu sehen und zu grüßen, bemerkt hätte; ich wollte, wenn sie wünschte, mich näher kennen zu lernen, sie aufsuchen, wo sie verlangte.

Sie antwortete dem Bedienten: Er hätte ihr keine erwünschtere Botschaft bringen können, sie wollte kommen, wohin ich sie bestellte.

Im Weiterreiten fragte ich den Bedienten, ob er nicht etwa einen Ort wüßte, wo ich mit der Frau zusammenkommen könnte? Er antwortete, daß er sie zu einer gewissen Kupplerin führen wollte; da er aber ein sehr besorgter und gewissenhafter Mensch war, dieser Diener Wilhelm aus Courtrai, so setzte er gleich hinzu: Da die Pest sich hie und da zeige und nicht nur Leute aus dem niedrigen und schmutzigen Volk, sondern auch ein Doktor und ein Domherr schon daran gestorben seien, so rate er mir, Matratzen, Decken und Leintücher aus meinem Hause mitbringen zu lassen. Ich nahm den Vorschlag an, und er versprach mir ein gutes Bett zu bereiten. Vor dem Absteigen sagte ich noch, er solle auch ein ordentliches Waschbecken dorthin tragen, eine kleine Flasche mit wohlriechender Essenz und etwas Backwerk und Äpfel; auch solle er dafür sorgen, daß das Zimmer tüchtig geheizt werde, denn es war so kalt, daß mir die Füße im Bügel steif gefroren waren, und der Himmel hing voll Schneewolken.

Den Abend ging ich hin und fand eine sehr schöne Frau von ungefähr zwanzig Jahren auf dem Bette sitzen, indes die Kupplerin, ihren Kopf und ihren runden Rücken in ein schwarzes Tuch eingemummt, eifrig in sie hineinredete. Die Tür war angelehnt, im Kamin lohten große frische Scheiter geräuschvoll auf, man hörte mich nicht kommen, und ich blieb einen Augenblick in der Tür stehen. Die Junge sah mit großen Augen ruhig in die Flamme; mit einer Bewegung ihres Kopfes hatte sie sich wie auf Meilen von der widerwärtigen Alten entfernt; dabei war unter einer kleinen Nachthaube, die sie trug, ein Teil ihrer schweren dunklen Haare vorgequollen und fiel, zu ein paar natürlichen Locken sich ringelnd, zwischen Schulter und Brust über das Hemd. Sie trug noch einen kurzen Unterrock von grünwollenem Zeug und Pantoffeln an den Füßen. In diesem Augenblick mußte ich mich durch ein Geräusch verraten haben: Sie warf ihren Kopf herum und bog mir ein Gesicht entgegen, dem die übermäßige Anspannung der Züge fast einen wilden Ausdruck gegeben hätte, ohne die strahlende Hingebung, die aus den weit aufgerissenen Augen strömte und aus dem sprachlosen Mund wie eine unsichtbare Flamme herausschlug. Sie gefiel mir außerordentlich; schneller als es sich denken läßt, war die Alte aus dem Zimmer und ich bei meiner Freundin. Als ich mir in der ersten Trunkenheit des überraschenden Besitzes einige Freiheiten herausnehmen wollte, entzog sie sich mir mit einer unbeschreiblichen lebenden Eindringlichkeit zugleich des Blickes und der dunkeltönenden Stimme. Im nächsten Augenblick aber fühlte ich mich von ihr umschlungen, die noch inniger mit dem fort und fort emporrängenden Blick der unerschöpflichen Augen als mit den Lippen und den Armen an mir haftete; dann wieder war es, als wollte sie sprechen, aber die von Küssen zuckenden Lippen bildeten keine Worte, die bebende Kehle ließ keinen deutlicheren Laut als ein gebrochenes Schluchzen empor.

Nun hatte ich einen großen Teil dieses Tages zu Pferde auf frostigen Landstraßen verbracht, nachher im Vorzimmer des Königs einen sehr ärgerlichen und heftigen Auftritt durchgemacht und darauf, meine schlechte Laune zu betäuben, sowohl getrunken als mit dem Zweihänder stark gefochten, und so überfiel mich mitten unter diesem reizenden und geheimnisvollen Abenteuer, als ich von weichen Armen im Nacken umschlungen und mit duftendem Haar bestreut dalag, eine so plötzliche heftige Müdigkeit und beinahe Betäubung, daß ich mich nicht mehr zu erinnern wußte, wie ich denn gerade in dieses Zimmer gekommen wäre, ja sogar für einen Augenblick die Person, deren Herz so nahe dem meinigen klopfte, mit einer ganz anderen aus früherer Zeit verwechselte und gleich darauf fest einschlief.

Als ich wieder erwachte, war es noch finstere Nacht, aber ich fühlte sogleich, daß meine Freundin nicht mehr bei mir war. Ich hob den Kopf und sah beim schwachen Schein der zusammensinkenden Glut, daß sie am Fenster stand: Sie hatte den einen Laden aufgeschoben und sah durch den Spalt hinaus. Dann drehte sie sich um, merkte, daß ich wach war, und rief (ich sehe noch, wie sie dabei mit dem Ballen der linken Hand an ihrer Wange emporfuhr und das vorgefallene Haar über die Schulter zurückwarf): »Es ist noch lange nicht Tag, noch lange nicht!« Nun sah ich erst recht, wie groß und schön sie war, und konnte den Augenblick kaum erwarten, daß sie mit wenigen der ruhigen großen Schritte ihrer schönen Füße, an denen der rötliche Schein emporglomm, wieder bei mir wäre. Sie trat aber noch vorher an den Kamin, bog sich zur Erde, nahm das letzte schwere Scheit, das draußen lag, in ihre strahlenden nackten Arme und warf es schnell in die Glut. Dann wandte sie sich, ihr Gesicht funkelte von Flammen und Freude, mit der Hand riß sie im Vorbeilaufen einen Apfel vom Tisch und war schon bei mir, ihre Glieder noch vom frischen Anhauch des Feuers umweht und dann gleich aufgelöst und von innen her von stärkeren Flammen durchschüttert, mit der Rechten mich umfassend, mit der Linken zugleich die angebissene kühle Frucht und Wangen, Lippen und Augen meinem Mund darbietend. Das letzte Scheit im Kamin brannte stärker als alle anderen. Aufsprühend sog es die Flamme in sich und ließ sie dann wieder gewaltig emporlohen, daß der Feuerschein über uns hinschlug, wie eine Welle, die an der Wand sich brach und unsere umschlungenen Schatten jäh emporhob und wieder sinken ließ. Immer wieder knisterte das starke Holz und nährte aus seinem Innern immer wieder neue Flammen, die emporzüngelten und das schwere Dunkel mit Güssen und Garben von rötlicher Helle verdrängten. Auf einmal aber sank die Flamme hin, und ein kalter Lufthauch tat leise wie eine Hand den Fensterladen auf und entblößte die fahle widerwärtige Dämmerung.

Wir setzten uns auf und wußten, daß nun der Tag da war. Aber das da draußen glich keinem Tag. Es glich nicht dem Aufwachen der Welt. Was da draußen lag, sah nicht aus wie eine Straße. Nichts einzelnes ließ sich erkennen: es war ein farbloser, wesenloser Wust, in dem sich zeitlose Larven hinbewegen mochten. Von irgendwoher, weither, wie aus der Erinnerung heraus, schlug eine Turmuhr, und eine feuchtkalte Luft, die keiner Stunde angehörte, zog sich immer stärker herein, daß wir uns schaudernd aneinander drückten. Sie bog sich zurück und heftete ihre Augen mit aller Macht auf mein Gesicht; ihre Kehle zuckte, etwas drängte sich in ihr herauf und quoll bis an den Rand der Lippen vor: Es wurde kein Wort daraus, kein Seufzer und kein Kuß, aber etwas, was ungeboren allen dreien glich. Von Augenblick zu Augenblick wurde es heller und der vielfältige Ausdruck ihres zuckenden Gesichts immer redender; auf einmal kamen schlürfende Schritte und Stimmen von draußen so nahe am Fenster vorbei, daß sie sich duckte und ihr Gesicht gegen die Wand kehrte. Es waren zwei Männer, die vorbeigingen: Einen Augenblick fiel der Schein einer kleinen Laterne, die der eine trug, herein; der andere schob einen Karren, dessen Rad knirschte und ächzte. Als sie vorüber waren, stand ich auf, schloß den Laden und zündete ein Licht an. Da lag noch ein halber Apfel: Wir aßen ihn zusammen, und dann fragte ich sie, ob ich sie nicht noch einmal sehen könnte, denn ich verreise erst Sonntag. Dies war aber die Nacht vom Donnerstag auf den Freitag gewesen.

Sie antwortete mir: Daß sie es gewiß sehnlicher verlange als ich; wenn ich aber nicht den ganzen Sonntag bliebe, sei es ihr unmöglich; denn nur in der Nacht vom Sonntag auf den Montag könnte sie mich wiedersehen.

Mir fielen zuerst verschiedene Abhaltungen ein, so daß ich einige Schwierigkeiten machte, die sie mit keinem Worte, aber mit einem überaus schmerzlich fragenden Blick und einem gleichzeitigen fast unheimlichen Hart- und Dunkelwerden ihres Gesichts anhörte. Gleich darauf versprach ich natürlich, den Sonntag zu bleiben, und setzte hinzu, ich wollte also Sonntag Abend mich wieder an dem nämlichen Ort einfinden. Auf dieses Wort sah sie mich fest an und sagte mir mit einem ganz rauhen und gebrochenen Ton in der Stimme: »Ich weiß recht gut, daß ich um deinetwillen in ein schändliches Haus gekommen bin; aber ich habe es freiwillig getan, weil ich mit dir sein wollte, weil ich jede Bedingung eingegangen wäre. Aber jetzt käme ich mir vor, wie die letzte niedrigste Straßendirne, wenn ich ein zweitesmal hierher zurückkommen könnte. Um deinetwillen hab' ich's getan, weil du für mich der bist, der du bist, weil du der Bassompierre bist, weil du der Mensch auf der Welt bist, der mir durch seine Gegenwart dieses Haus da ehrenwert macht!« Sie sagte: »Haus«; einen Augenblick war es, als wäre ein verächtlicheres Wort ihr auf der Zunge; indem sie das Wort aussprach, warf sie auf diese vier Wände, auf dieses Bett, auf die Decke, die herabgeglitten auf dem Boden lag, einen solchen Blick, daß unter der Garbe von Licht, die aus ihren Augen hervorschoß, alle diese häßlichen und gemeinen Dinge aufzuzucken und geduckt vor ihr zurückzuweichen schienen, als wäre der erbärmliche Raum wirklich für einen Augenblick größer geworden.

Dann setzte sie mit einem unbeschreiblich sanften und feierlichen Tone hinzu: »Möge ich eines elenden Todes sterben, wenn ich außer meinem Mann und dir je irgendeinem andern gehört habe und nach irgendeinem anderen auf der Welt verlange!« und schien, mit halboffenen, lebenhauchenden Lippen leicht vorgeneigt, irgendeine Antwort, eine Beteuerung meines Glaubens zu erwarten, von meinem Gesicht aber nicht das zu lesen, was sie verlangte, denn ihr gespannter suchender Blick trübte sich, ihre Wimpern schlugen auf und zu, und auf einmal war sie am Fenster und kehrte mir den Rücken, die Stirn mit aller Kraft an den Laden gedrückt, den ganzen Leib von lautlosem, aber entsetzlich heftigem Weinen so durchschüttert, daß mir das Wort im Munde erstarb und ich nicht wagte, sie zu berühren. Ich erfaßte endlich eine ihrer Hände, die wie leblos herabhingen, und mit den eindringlichsten Worten, die mir der Augenblick eingab, gelang es mir nach langem, sie soweit zu besänftigen, daß sie mir ihr von Tränen überströmtes Gesicht wieder zukehrte, bis plötzlich ein Lächeln, wie ein Licht zugleich aus den Augen und rings um die Lippen hervorbrechend, in einem Moment alle Spuren des Weinens wegzehrte und das ganze Gesicht mit Glanz überschwemmte. Nun war es das reizendste Spiel, wie sie wieder mit mir zu reden anfing, indem sie sich mit dem Satz: »Du willst mich noch einmal sehen? so will ich dich bei meiner Tante einlassen!« endlos herumspielte, die erste Hälfte zehnfach aussprach, bald mit süßer Zudringlichkeit, bald mit kindischem gespielten Mißtrauen, dann die zweite mir als das größte Geheimnis zuerst ins Ohr flüsterte, dann mit Achselzucken und spitzem Mund, wie die selbstverständlichste Verabredung von der Welt, über die Schulter hinwarf und endlich, an mir hängend, mir ins Gesicht lachend und schmeichelnd wiederholte. Sie beschrieb mir das Haus aufs genaueste, wie man einem Kind den Weg beschreibt, wenn es zum erstenmal allein über die Straße zum Bäcker gehen soll. Dann richtete sie sich auf, wurde ernst – und die ganze Gewalt ihrer strahlenden Augen heftete sich auf mich mit einer solchen Stärke, daß es war, als müßten sie auch ein totes Geschöpf an sich zu reißen vermögend sein – und fuhr fort: »Ich will dich von zehn Uhr bis Mitternacht erwarten und auch noch später und immerfort, und die Tür unten wird offen sein. Erst findest du einen kleinen Gang, in dem halte dich nicht auf, denn da geht die Tür meiner Tante heraus. Dann stößt dir eine Treppe entgegen, die führt dich in den ersten Stock, und dort bin ich!« Und indem sie die Augen schloß, als ob ihr schwindelte, warf sie den Kopf zurück, breitete die Arme aus und umfing mich, und war gleich wieder aus meinen Armen und in die Kleider eingehüllt, fremd und ernst, und aus dem Zimmer; denn nun war völlig Tag.

Ich machte meine Einrichtung, schickte einen Teil meiner Leute mit meinen Sachen voraus und empfand schon am Abend des nächsten Tages eine so heftige Ungeduld, daß ich bald nach dem Abendläuten mit meinem Diener Wilhelm, den ich aber kein Licht mitnehmen hieß, über die kleine Brücke ging, um meine Freundin wenigstens in ihrem Laden oder in der daranstoßenden Wohnung zu sehen und ihr allenfalls ein Zeichen meiner Gegenwart zu geben, wenn ich mir auch schon keine Hoffnung auf mehr machte, als etwa einige Worte mit ihr wechseln zu können.

Um nicht aufzufallen, blieb ich an der Brücke stehen und schickte den Diener voraus, um die Gelegenheit auszukundschaften. Er blieb längere Zeit aus und hatte beim Zurückkommen die niedergeschlagene und grübelnde Miene, die ich an diesem braven Menschen immer kannte, wenn er einen meinigen Befehl nicht hatte erfolgreich ausführen können. »Der Laden ist versperrt«, sagte er, »und scheint auch niemand darinnen. Überhaupt läßt sich in den Zimmern, die nach der Gasse zu liegen, niemand sehen und hören. In den Hof könnte man nur über eine hohe Mauer, zudem knurrt dort ein großer Hund. Von den vorderen Zimmern ist aber eines erleuchtet, und man kann durch einen Spalt im Laden hineinsehen, nur ist es leider leer.«

Mißmutig wollte ich schon umkehren, strich aber doch noch einmal

langsam an dem Haus vorbei, und mein Diener in seiner Beflissenheit
legte nochmals sein Auge an den Spalt, durch den ein Lichtschimmer
drang, und flüsterte mir zu, daß zwar nicht die Frau, wohl aber der
Mann nun in dem Zimmer sei. Neugierig, diesen Krämer zu sehen, den
ich mich nicht erinnern konnte, auch nur ein einzigesmal in seinem
Laden erblickt zu haben, und den ich mir abwechselnd als einen un-
förmlichen dicken Menschen oder als einen dürren gebrechlichen
Alten vorstellte, trat ich ans Fenster und war überaus erstaunt, in dem
guteingerichteten vertäfelten Zimmer einen ungewöhnlich großen
und sehr gut gebauten Mann umhergehen zu sehen, der mich gewiß
um einen Kopf überragte und, als er sich umdrehte, mir ein sehr
schönes tiefernstes Gesicht zuwandte, mit einem braunen Bart, darin
einige wenige silberne Fäden waren, und mit einer Stirn von fast seltsamer Erhabenheit, so daß die Schläfen eine größere Fläche bildeten,
als ich noch je bei einem Menschen gesehen hatte. Obwohl er ganz
allein im Zimmer war, so wechselte doch sein Blick, seine Lippen bewegten sich, und indem er unter dem Auf- und Abgehen hie und da
stehen blieb, schien er sich in der Einbildung mit einer anderen Person zu unterhalten: einmal bewegte er den Arm, wie um eine Gegenrede mit halb nachsichtiger Überlegenheit wegzuweisen. Jede seiner
Gebärden war von großer Lässigkeit und fast verachtungsvollem
Stolz, und ich konnte nicht umhin, mich bei seinem einsamen Umhergehen lebhaft des Bildes eines sehr erhabenen Gefangenen zu erinnern,
den ich im Dienst des Königs während seiner Haft in einem Turmge-
mach des Schlosses zu Blois zu bewachen hatte. Diese Ähnlichkeit
schien mir noch vollkommener zu werden, als der Mann seine rechte
Hand emporhob und auf die emporgekrümmten Finger mit Aufmerksamkeit, ja mit finsterer Strenge hinabsah.

Denn fast mit der gleichen Gebärde hatte ich jenen erhabenen Gefangenen öfter einen Ring betrachten sehen, den er am Zeigefinger
der rechten Hand trug und von welchem er sich niemals trennte. Der
Mann im Zimmer trat dann an den Tisch, schob die Wasserkugel vor
das Wachslicht und brachte seine beiden Hände in den Lichtkreis, mit
ausgestreckten Fingern: er schien seine Nägel zu betrachten. Dann
blies er das Licht aus und ging aus dem Zimmer und ließ mich nicht
ohne eine dumpfe zornige Eifersucht zurück, da das Verlangen nach
seiner Frau in mir fortwährend wuchs und wie ein umsichgreifendes
Feuer sich von allem nährte, was mir begegnete und so durch diese
unerwartete Erscheinung in verworrener Weise gesteigert wurde, wie

durch jede Schneeflocke, die ein feuchtkalter Wind jetzt zertrieb und die mir einzeln an Augenbrauen und Wangen hängen blieben und schmolzen.

Den nächsten Tag verbrachte ich in der nutzlosesten Weise, hatte zu keinem Geschäft die richtige Aufmerksamkeit, kaufte ein Pferd, das mir eigentlich nicht gefiel, wartete nach Tisch dem Herzog von Nemours auf und verbrachte dort einige Zeit mit Spiel und mit den albernsten und widerwärtigsten Gesprächen. Es war nämlich von nichts anderem die Rede, als von der in der Stadt immer heftiger umsichgreifenden Pest, und aus allen diesen Edelleuten brachte man kein anderes Wort heraus als dergleichen Erzählungen von dem schnellen Verscharren der Leichen, von dem Strohfeuer, das man in den Totenzimmern brennen müsse, um die giftigen Dünste zu verzehren, und so fort; der Albernste aber erschien mir der Kanonikus von Chandieu, der, obwohl dick und gesund wie immer, sich nicht enthalten konnte, unausgesetzt nach seinen Fingernägeln hinabzuschielen, ob sich an ihnen schon das verdächtige Blauwerden zeige, womit sich die Krankheit anzukündigen pflegt.

Mich widerte das alles an, ich ging früh nach Hause und legte mich zu Bette, fand aber den Schlaf nicht, kleidete mich vor Ungeduld wieder an und wollte, koste es was es wolle, dorthin, meine Freundin zu sehen, und müßte ich mit meinen Leuten gewaltsam eindringen. Ich ging ans Fenster, meine Leute zu wecken, die eisige Nachtluft brachte mich zur Vernunft, und ich sah ein, daß dies der sichere Weg war, alles zu verderben. Angekleidet warf ich mich aufs Bett und schlief endlich ein.

Ähnlich verbrachte ich den Sonntag bis zum Abend, war viel zu früh in der bezeichneten Straße, zwang mich aber, in einer Nebengasse auf- und niederzugehen, bis es zehn Uhr schlug. Dann fand ich sogleich das Haus und die Tür, die sie mir beschrieben hatte, und die Tür auch offen, und dahinter den Gang und die Treppe. Oben aber die zweite Tür, zu der die Treppe führte, war verschlossen, doch ließ sie unten einen feinen Lichtstreif durch. So war sie drinnen und wartete und stand vielleicht horchend drinnen an der Tür, wie ich draußen. Ich kratzte mit dem Nagel an der Tür, da hörte ich drinnen Schritte: es schienen mir zögernd unsichere Schritte eines nackten Fußes. Eine Zeit stand ich ohne Atem und dann fing ich an zu klopfen: aber ich hörte eine Mannesstimme, die mich fragte, wer draußen sei. Ich drückte mich ans Dunkel des Türpfostens und gab keinen Laut von mir: die Tür blieb zu und ich klomm mit der äußersten Stille, Stufe für Stufe, die Stiege hinab, schlich den Gang hinaus ins Freie und ging, mit pochenden Schläfen und zusammengebissenen Zähnen, glühend vor Ungeduld, einige Straßen auf und ab. Endlich zog es mich wieder vor das Haus: ich wollte noch nicht hinein; ich fühlte, ich wußte, sie würde den Mann entfernen, es müßte gelingen, gleich würde ich zu ihr können. Die Gasse war eng; auf der anderen Seite war kein Haus, sondern die Mauer eines Klostergartens: an der drückte ich mich hin und suchte von gegenüber das Fenster zu erraten. Da loderte in einem, das offen stand, im oberen Stockwerk, ein Schein auf und sank wieder ab, wie von einer Flamme. Nun glaubte ich alles vor mir zu sehen: sie hatte ein großes Scheit in den Kamin geworfen wie damals, wie damals stand sie jetzt mitten im Zimmer, die Glieder funkelnd von der Flamme, oder saß auf dem Bette und horchte und wartete. Von der Tür würde ich sie sehen und den Schatten ihres Nackens, ihrer Schultern, den die durchsichtige Stelle an der Wand hob und senkte. Schon war ich im Gang, schon auf der Treppe; nun war auch die Tür nicht mehr verschlossen: angelehnt, ließ sie auch seitwärts den schwankenden Schein durch. Schon streckte ich die Hand nach der Klinke aus, da glaubte ich drinnen Schritte und Stimmen von mehreren zu hören. Ich wollte es aber nicht glauben: ich nahm es für das Arbeiten meines Blutes in den Schläfen, am Halse, und für das Lodern des Feuers drinnen. Auch damals hatte es laut gelodert. Nun hatte ich die Klinke gefaßt, da mußte ich begreifen, daß Menschen drinnen waren, mehrere Menschen. Aber nun war es mir gleich: denn ich fühlte, ich wußte, sie war auch drinnen, und sobald ich die Türe aufstieß, konnte ich sie sehen, sie ergreifen, und, wäre es auch aus den Händen anderer, mit einem Arm sie an mich reißen, müßte ich gleich den Raum für sie und mich mit meinem Degen, mit meinem Dolch aus einem Gewühl schreiender Menschen herausschneiden! Das einzige, was mir ganz unerträglich schien, war, noch länger zu warten.

Ich stieß die Tür auf und sah:

In der Mitte des leeren Zimmers ein paar Leute, welche Bettstroh verbrannten, und bei der Flamme, die das ganze Zimmer erleuchtete, abgekratzte Wände, deren Schutt auf dem Boden lag, und an einer Wand einen Tisch, auf dem zwei nackte Körper ausgestreckt lagen, der eine sehr groß, mit zugedecktem Kopf, der andere kleiner, gerade an der Wand hingestreckt, und daneben der schwarze Schatten feiner Formen, der emporspielte und wieder sank.

Ich taumelte die Stiege hinab und stieß vor dem Haus auf zwei Totengräber: der eine hielt mir seine kleine Laterne ins Gesicht und fragte mich, was ich suche? Der andere schob seinen ächzenden, knirschenden Karren gegen die Haustür. Ich zog den Degen, um sie mir vom Leibe zu halten, und kam nach Hause. Ich trank sogleich drei oder vier große Gläser schweren Weins und trat, nachdem ich mich ausgeruht hatte, den anderen Tag die Reise nach Lothringen an.

Alle Mühe, die ich mir nach meiner Rückkunft gegeben, irgend etwas von dieser Frau zu erfahren, war vergeblich. Ich ging sogar nach dem Laden mit den zwei Engeln; allein die Leute, die ihn jetzt inne hatten, wußten nicht, wer vor ihnen darin gesessen hatte.

M. de Bassompierre, Journal de ma vie, Köln 1663.
Goethe, Unterhaltungen deutscher Ausgewanderten.

ERINNERUNG SCHÖNER TAGE

Die Sonne stand noch ziemlich hoch, als wir ankamen, aber ich ließ sogleich in die engen, dunklen Gassen einbiegen. Ferdinand und seine Schwester saßen nebeneinander, als wir so lautlos hinglitten, und ihre Augen gingen über die alten Mauern, deren rote und graue Spiegelung wir zerteilten, über die Portale, deren Schwelle das Wasser bespülte, über die steinernen, feuchtglänzenden Wappen und die mächtig vergitterten Fenster. Wir fuhren unter kleinen Brücken durch, deren feuchte Wölbung dicht über unseren Köpfen war, über die kleine alte Frauen und ganz gebogene alte Männer hinhumpelten und nackte Kinder sich seitlich herabließen, um zu baden. Vor einem engen, stillen Platz ließ ich anlegen. Stufen führten zu einer Kirche. In den Mauern standen viele Steinfiguren in Nischen und traten in das Abendlicht vor ... Die Geschwister wollten stehen bleiben, aber ich zog sie fort, hinter mir her, durch noch engere Gassen, in denen kein Wasser war, sondern Steinboden, endlich durch einen dumpfen, finsteren Schwibbogen hinaus auf den großen Platz, der dalag wie ein Freudensaal, mit dem Himmel als Decke, dessen Farbe unbeschreiblich war: denn es wölbte sich das nackte Blau und trug keine Wolke, aber die Luft war gesättigt von aufgelöstem Gold, und wie ein Niederschlag aus der Luft hing an den Palästen, die die Seiten des großen Platzes bilden, ein Hauch vom Abendrot. Die beiden Geschwister, die zum erstenmal dies sahen, waren wie in einem Traum. Katharina sah zur Rechten hin auf den Palast des Sansovin, diese Säulen, diese Balkone, diese Loggien, aus denen die Schatten und das Strahlende des Abends etwas Unwahrscheinliches machten – den stummen Anfang eines Festes, zu dem der Tag und die Nacht geladen waren; sie sah zur Linken den älteren Palast, dessen rote Mauern zu leben schienen, den phantastischen Turm mit der blauen Uhr, sie sah vor sich die märchenhafte Kirche, die Kuppeln, die ehernen Pferde hoch oben, die durchsichtigen, steinernen Gehäuse, in denen Gestalten standen, die goldenen Tore, das Innere geheimnisvoll leuchtend, und sie fragte immer wieder: »Ist dies wirklich? kann dies wirklich sein?« Ferdinand eilte immer vorwärts: »Kommt noch etwas? Geht es noch weiter?« fragte er. Nun stand er und sah das offene Meer und Barken und Segel und Säulenportale, neue Kuppeln drüben, und den Triumph des Abends auf Wolken wie ferne Goldgebirge, jenseits der Inseln. Nun kehrte er sich um, uns zu rufen, da gewahrte er hinter sich die Wucht des Glockenturmes, pfeilgerade aufsteigend, daß das leuchtende Gewölbe droben vor ihm zurückzuweichen schien. »Ich will hinauf!« rief Ferdinand, der selten einen Turm, und wäre es einer Dorfkirche, unbestiegen ließ. Aber Katharina nahm ihn heftig bei der Hand, daß er sich umwenden mußte, und mit ihren beiden Händen zeigte sie vor sich hin und blieb nicht stehen, sondern ging immer vorwärts gegen das Wasser, in dem ein Strom von goldenem Feuer sich über einem tiefen blauen, metallisch blinkenden Element hinzuwälzen schien. Ferdinand blieb neben ihr; nun waren sie nah dem Rande, die Männer in den Barken, die in dem blendenden, traumhaften Licht völlig schwarz aussahen, winkten ihnen; einer ruderte nahe heran, sie ließen sich zu ihm hinunter in das schwarze Boot und glitten hinaus in die Feuerstraße. Viele Barken waren draußen, und zwischen ihnen schnitten die finstern Segelboote durch, alles war beladen mit Leben, überall waren Gesichter, die sich einander entgegentragen wollten, und die Wege, die einander durchkreuzten, waren wie magische Figuren auf einer feurigen Tafel, und in der Luft flogen dunkle kleine Vögel, und auch ihre Wege waren solche Zauberfiguren. Ich mußte, wie ich so auf der Brücke stand und an dem glatten, uralten Stein mich überlehnte und draußen zwei Barken zueinander lenkten, jäh an Lippen denken, wie sie den langentwöhnten Weg zu geliebten Lippen leicht und traumhaft wiederfinden. Ich fühlte die schmerzliche Süßigkeit des Gedankens, aber ich schwamm zu leicht auf der Oberfläche meines Denkens, ich konnte nicht hinabtauchen, um zu erfahren, an wen ich im Innersten gedacht hatte; so traf mich der Gedanke wie ein Blick aus einer Maske, und mir war, als wär' es Katharinas Aug', deren Mund ich noch nie geküßt hatte. Nun war alles in Feuer, hinter den Inseln die Wolken schienen in goldnen Rauch aufzugehen, der Geflügelte auf seiner goldnen Kugel glühte: ich begriff, es war nicht nur die Sonne dieses Augenblicks, sondern vergangener Jahre, ja vieler Jahrhunderte. Mir war, als könnte ich dies Licht nie mehr aus mir verlieren, ich wandte mich und ging zurück. Mädchen streiften an mir vorbei, eine stieß die andere und riß ihr das schwarze Umhängtuch von rückwärts herab; da sah ich ihren Nacken zwischen dem schwarzen Haar und dem schwarzen Tuch, das sie gleich wieder hinaufzog: aber das Leuchten dieses schmächtigen Nackens war ein Aufleuchten des Lichtes, das überall war, aber überall zugedeckt wurde. Die Halbkinder mit den Umhängtüchern waren gleich wieder verschwunden, wie Fledermäuse in einem Mauerspalt, und ein alter Mann kam vorbei, und im Tiefsten seiner Augen, die Augen eines traurigen alten Vogels waren, war ein Funke von Licht. Ohne es zu wollen, denn mir war zu wohl, als daß ich etwas gewollt hätte, ging ich nun im Kreis und trat wieder durch den Schwibbogen zurück auf den großen Platz, ging unter den Säulengängen hin. Aber das goldne Leben des Feuers war nicht mehr in der Luft, nur in den erleuchteten Läden, die überall waren, unter den dämmernden Säulengängen lagen Dinge, die leuchteten: da war der Laden eines Juweliers mit Rubinen, Smaragden, Perlen, kleinen an Schnüren und großen, die jede ihren Schimmer um sich hatte wie der Mond. Ich trat vor die Butike eines Antiquitätenhändlers, da lagen alte Seidenstoffe mit eingewebten Blumen aus Gold und Silber: in diesen Seiden war überall das Leben des Lichtes und ich weiß nicht was für eine Erinnerung an schöne Gestalten, von denen diese starren Hüllen in lebendigen Nächten abgefallen waren. Gegenüber war ein kleiner Laden, da funkelten blaue und grüne Schmetterlinge und Muscheln, besonders Nautilusmuscheln, die aus Perlmutter sind und die Form eines Widderhorns haben. Ich stand vor jedem Laden und ging hin und wieder von einem zum andern dieser Geschöpfe, aus denen das Leben des Lichtes auch bei Nacht nicht weicht, und ich war voll Lust, etwas dergleichen mit meinen Händen hervorzubringen, aus der gärenden Seligkeit in mir etwas zu bilden und es auszuwerfen. Wie die feurige, feuchte Luft eines Inselstrandes den funkelnden Schmetterling aus sich bildet, wie das Meer mit dem unter seiner Wucht begrabenen dämonischen Licht die Perle und den Nautilus bildet und sie auswirft, so wollte ich etwas bilden, das funkelte von dem inneren Licht des Lebens, und es hinter mich werfen, wenn der unaufhaltsame und entzückende Sturz des Daseins mich dahinriß.

Und ich fühlte wohl die dunkeln Kräfte, aber ich wußte noch nicht, was es war, das ich machen sollte. So ging ich zurück nach dem Gasthof, und mir fiel ein, daß ich mein Zimmer noch nicht gesehen hatte. Als ich die finstere Treppe hinaufstieg, kam eine junge Frau an mir vorbei. Sie war sehr groß, sie trug ein helles Abendkleid und Perlen um den bloßen Hals. Sie war eine von den Engländerinnen, die antiken Statuen gleichen. Wunderbar war der junge Glanz ihres fast strengen Gesichtes und der Schwung ihrer Augenbrauen, die geformt waren wie Flügel. Sie stieg hinunter an mir vorbei und sah mich an, weder flüchtig noch überlange, weder scheu noch allzu sicher, sondern ganz ruhig. Ihr Blick war einer Art mit ihrer Schönheit, die voll Gleichgewicht war, die mitten inne war zwischen der Anmut eines jungen Mädchens und dem allzubewußten Glanz einer großen Dame. Sie hätte in einem Maskenspiel Diana spielen mögen, die von Aktäon überrascht wird, aber man hätte gesagt: Sie ist zu jung. Sie wartete unten und sah herauf, das fühlte ich mehr als ich es sah, und nun kam ihr Mann oder ihr Freund an mir vorüber, der auch jung, sehr groß und ein schöner Mensch war, mit dunklem Haar und einem Mund, der einst, wenn er älter wäre, aussehen würde wie der Mund einer römischen Imperatorenbüste, eines jungen Nero. – –

Ich lag auf dem Bette und war noch halb angekleidet und hörte durch die Tapetentür die Stimmen der beiden im Nebenzimmer. Unten tief plätscherte es leise, das war wohl der Laufbrunnen in der Gasse, nein, das war nicht die Dorfgasse, es war das Meer, das an den marmornen Stufen des Hauses leckte. Von ferne kamen die singenden Stimmen; sie mußten jetzt mit ihren lampionbehängten Barken drüben sein, drüben bei den Inseln, vielleicht waren sie ausgestiegen und hatten ihre Lampions in die Zweige des Klostergartens gehängt und saßen beieinander im Gras zwischen fünftausend blühenden Lilien und Rosmarinstöcken und sangen. Die Töne waren wie hochfliegende Vögel, so hoch, daß sie das Licht, das hinter der Welt hinabgestürzt ist, noch halten, bis es überall wieder zu leben angefangen. Nun erlosch das Singen, aber auf einmal tauchte es ganz nahe wieder auf, dunkel tönender, voller, wie der seelenvolle Laut eines Vogels war es, so nahe der menschlichen Sprache, menschlicher als die Sprache, getränkt mit dunklem, hervorquellendem Leben, nicht überlaut und doch ganz nahe bei mir. Dort hinter der Tapetentür war es: es war kein Singen, es war ja das leise, dunkeltönige Lachen dieser schönen großen Frau: o wie sie ganz in diesem Lachen gewesen war, ihr schöner hoher Leib, ihre gebietenden Schultern. Nun sprach sie: sie sprach mit dem, der ihr Mann war oder ihr Freund. Ich konnte nicht verstehen, was sie sprachen. Versagte sie ihm, um was er flüsternd bat? Sie durfte gewähren, sie durfte versagen, sie durfte alles. Es war solch ein schwellendes Gefühl ihres Selbst im Klang ihres halblauten Lachens. Nun ging daneben eine Tür und draußen auf dem Gang tönten Schritte. Dann war alles still. So war sie allein. Es war in diesem Augenblick herrlicher, von dieser Einsamkeit umspielt allein zu sein und neben ihr, als bei ihr. Es war eine Herrschaft über sie aus dem Dunklen. Es war Zeus, dem noch nicht eingefallen ist, daß er Amphytrions Gestalt wie einen Mantel um seine göttlichen Glieder schlagen kann und i h r erscheinen, die zweifeln wird und an ihren Zweifeln zweifeln und ihr Gesicht verwandeln unter diesen Zweifeln wie eine Welle. Aber das Dunkel wollte mich in sich hineinziehen, in ein schwarzes Boot, das auf schwarzem Wasser hinglitt. Nirgends mehr lebte das Licht als hier in der Nähe dieser Frau. Mein Denken durfte nicht ganz ins Dunkel fallen, sonst schlief ich auch: wie ein Sperber mußte es immer über dem Leuchtenden kreisen, über der Wirklichkeit, über mir und dieser Schlafenden. Wollust des Fremden, der kommt und geht ... – so nährte sich mein Denken vom Leuchtenden und kreiste weiter – ... die Anrechte des Herrn haben und doch fremd sein ... So muß es diesem zumute sein, der heute nicht neben seiner Geliebten schlafen darf. So muß es sein. Kommen und Gehen. Fremd und daheim. Wiederkommen. Zuweilen kam Zeus wieder zu Alkmene. Auf Verwandlungen geht unsere tiefste Lust. Von dieser entzückenden Wahrheit brannte das Denken so hell wie eine lodernde Fackel. Nein, vier lodernde Fackeln, über jedem Bettpfosten eine. Es ist der alte finstre Fackelwagen; jetzt legen sich die Pferde ins Geschirr, es reißt mich hin in die Nacht. Ich muß liegen, still liegen wie ein Schlafender, denn es geht jäh bergauf, hinauf ins Gebirg, auf steinernen Brücken über tosende Bäche, ganz hinauf ins alte Dorf. Hier geht der Bach still und tief zwischen den alten Häusern hin. Ich muß mich eilen: ich muß ja den Fisch fangen, eh' der Morgen graut. Im Dunkel, wo das Mühlwasser am tiefsten und am reißendsten geht, ober dem Wehr, dort steht im Dunkel der große alte Fisch, der das Licht geschluckt hat. Stechen muß ich nach ihm mit dem Dreizack, so kann ich das Licht mit den Händen aus seinem Bauch nehmen. Das Licht, das er verschluckt hat, ist die Stimme der Schönen, nicht die Stimme, mit der sie spricht, sondern ihr geheimstes Lachen, womit sie sich gibt. Ich muß den Dreizack suchen, weiter oben am Bach, zwischen Wacholdergebüsch. Die Wacholder sind klein, aber sie sind mächtig, wenn sie so beisammenstehn: sie sind treu, das ist ihre Kraft. Wenn ich unter sie gerate, verwandle ich mich nie mehr. Ich will nur mit der

Hand zwischen sie hinein nach dem Dreizack greifen, da zuckt etwas, das ist Katharinas noch nie geküßter Mund. So stehe ich wieder und getraue mich nicht. Aber ich bedarf ja auch dessen, was ich da suche, nicht mehr, denn es ist schon nahe dem Morgen. Ich höre Glocken und Orgeltöne. Sicherlich ist Kathi jetzt schon leise die Treppe hinunter und betet in der Markuskirche, betet wie ein Kind ein Lippengebet, träumt dann wortlos vor sich hin in der goldnen Kirche.

Es war ein Schlaf und immer ein neues Hinüberwachen in neue Träume, Besitzen und Verlieren. Ich sah meine Kindheit ferne wie einen tiefen Bergsee und ging in sie hinein wie in ein Haus. Es war ein Sichhaben und Sichnichthaben – Alleshaben und Nichtshaben. Es mischte sich Morgenluft der Kinderzeit und Ahnung des Todseins, die Weltkugel schwebte vorüber im blauen starren Licht, indes ein Toter tiefer und tiefer ins Dunkel sank, und dann war es eine Frucht, die mir entgegenrollte, aber meine Hand war zu kalt und steif, um sie zu fassen: da sprang ich selber als Kind unter dem Bett hervor, auf dem ich selber mit kalten, steifen Händen lag, und haschte danach. Aus jedem Traumbild schlugen wie aus Äolsharfen Harmonien heraus, ein Widerschein von Flammen fiel auf die weiße Decke, und der frühe Meerwind hob und bewegte das weiße Papier auf dem kleinen Tischchen. Abgefallen war der Schlaf, fröhlich berührten die nackten Füße den Steinboden, und aus dem Waschkrug sprang das Wasser mit eigenem Willen wie eine lebendige Nymphe. Die Nacht hatte ihre Kraft in alles hineingeströmt, alles sah wissender aus, nirgendmehr lag Traum, aber überall Liebe und Gegenwart. Die weißen Blätter leuchteten im vollen Morgenlicht, sie wollten mit Worten bedeckt sein, sie wollten mein Geheimnis haben, um mir dafür tausend Geheimnisse zurückzugeben. Neben ihnen lag die schöne, große Orange, die ich abends hingelegt hatte; ich schälte sie und aß sie eilig. Es war, als lichtete ein Schiff die Anker und ich müßte hastig fortgehen in eine fremde Welt. Eine Zauberformel drängte und zuckte in mir, aber das erste Wort fiel mir nicht ein. Ich hatte nichts, als die durchsichtigen farbigen Schatten meiner Träume und Halbträume. Wenn ich sie voll Ungeduld an mich heranreißen wollte, wichen sie zurück, und es war, als hätten die Wände und die sonderbar geformten altmodischen Möbel des Gasthofzimmers sie in sich gesogen. Das ganze Zimmer sah noch immer wissend aus, aber höhnisch und leer. Aber sogleich waren die Schatten wieder da, und indem ich mit dem Herzen gegen sie drängte und meinen Wunsch, der auf Treue und Untreue, auf Scheiden und Bleiben, auf Hier und Dort zugleich gerichtet war, gegen sie spielen ließ wie eine Zaubergerte, fühlte ich, wie ich wirkliche Gestalten aus dem nackten Steinboden vor mir ziehen konnte und wie sie leuchteten und körperliche Schatten warfen, wie mein Wunsch sie gegeneinander bewegte, wie sie ja um meinetwillen da waren und sich doch nur umeinander bekümmerten, wie mein Wunsch ihnen Jugend und Alter und alle Masken angebildet hatte und in ihnen sich erfüllte und sie doch von mir abgelöst waren und eines nach dem andern und jedes nach sich selber gelüsteten. Ich konnte mich von ihnen entfernen, konnte einen Vorhang vor ihr Dasein fallen lassen und ihn wieder aufziehen. Aber immerfort, wie die Strahlen der schrägen Sonne hinter einer üppigen Gewitterwolke auf eine fahlgrüne Gartenlandschaft fallen, sah ich, wie die Herrlichkeit der Luft, des Wassers und des Feuers gleichsam von oben her in schrägen, geisterhaften Strahlen in sie hineinströmte, so daß sie für mein geheimnisvoll begünstigtes Auge zugleich Menschen waren und zugleich funkelnde Ausgeburten der Elemente.

LUCIDOR,
FIGUREN ZU EINER
UNGESCHRIEBENEN KOMÖDIE

Frau von Murska bewohnte zu Ende der siebziger Jahre in einem Hotel der inneren Stadt ein kleines Appartement. Sie führte einen nicht sehr bekannten, aber auch nicht ganz obskuren Adelsnamen; aus ihren Angaben war zu entnehmen, daß ein Familiengut im russischen Teile Polens, das von Rechts wegen ihr und ihren Kindern gehörte, im Augenblick sequestriert oder sonst den rechtmäßigen Besitzern vorenthalten war. Ihre Lage schien geniert, aber wirklich nur für den Augenblick. Mit einer erwachsenen Tochter Arabella, einem halb erwachsenen Sohn Lucidor und einer alten Kammerfrau bewohnten sie drei Schlafzimmer und einen Salon, dessen Fenster nach der Kärntnerstraße gingen. Hier hatte sie einige Familienporträts, Kupfer und Miniaturen, an den Wänden befestigt, auf einem Gueridon ein Stück alten Samts mit einem gestickten Wappen ausgebreitet und darauf ein paar silberne Kannen und Körbchen, gute französische Arbeit des achtzehnten Jahrhunderts, aufgestellt, und hier empfing sie. Sie hatte Briefe abgegeben, Besuche gemacht, und da sie eine unwahrscheinliche Menge von »Attachen« nach allen Richtungen hatte, so entstand ziemlich rasch eine Art von Salon. Es war einer jener etwas vagen Salons, die je nach der Strenge des Beurteilenden »möglich« oder »unmöglich« gefunden werden. Immerhin, Frau von Murska war alles, nur nicht vulgär und nicht langweilig, und die Tochter von einer noch viel ausgeprägteren Distinktion in Wesen und Haltung und außerordentlich schön. Wenn man zwischen vier und sechs hinkam, war man sicher, die Mutter zu finden, und fast nie ohne Gesellschaft; die Tochter sah man nicht immer, und den dreizehn- oder vierzehnjährigen Lucidor kannten nur die Intimen.

Frau von Murska war eine wirklich gebildete Frau, und ihre Bildung hatte nichts Banales. In der Wiener großen Welt, zu der sie sich vaguement rechnete, ohne mit ihr in andere als eine sehr peripherische

Berührung zu kommen, hätte sie als »Blaustrumpf« einen schweren Stand gehabt. Aber in ihrem Kopf war ein solches Durcheinander von Erlebnissen, Kombinationen, Ahnungen, Irrtümern, Enthusiasmen, Erfahrungen, Apprehensionen, daß es nicht der Mühe wert war, sich bei dem aufzuhalten, was sie aus Büchern hatte. Ihr Gespräch galoppierte von einem Gegenstand zum andern und fand die unwahrscheinlichsten Übergänge; ihre Ruhelosigkeit konnte Mitleid erregen – wenn man sie reden hörte, wußte man, ohne daß sie es zu erwähnen brauchte, daß sie bis zum Wahnsinn an Schlaflosigkeit litt und sich in Sorgen, Kombinationen und fehlgeschlagenen Hoffnungen verzehrte – aber es war durchaus amüsant und wirklich merkwürdig, ihr zuzuhören, und ohne daß sie indiskret sein wollte, war sie es gelegentlich in der fürchterlichsten Weise. Kurz, sie war eine Närrin, aber von der angenehmeren Sorte. Sie war eine seelengute und im Grund eine scharmante und gar nicht gewöhnliche Frau. Aber ihr schwieriges Leben, dem sie nicht gewachsen war, hatte sie in einer Weise in Verwirrung gebracht, daß sie in ihrem zweiundvierzigsten Jahre bereits eine phantastische Figur geworden war. Die meisten ihrer Urteile, ihrer Begriffe waren eigenartig und von einer großen seelischen Feinheit; aber sie hatten so ziemlich immer den falschesten Bezug und paßten durchaus nicht auf den Menschen oder auf das Verhältnis, worauf es gerade ankam. Je näher ein Mensch ihr stand, desto weniger übersah sie ihn; und es wäre gegen alle Ordnung gewesen, wenn sie nicht von ihren beiden Kindern das verkehrteste Bild in sich getragen und blindlings danach gehandelt hätte. Arabella war in ihren Augen ein Engel, Lucidor ein hartes, kleines Ding ohne viel Herz. Arabella war tausendmal zu gut für diese Welt, und Lucidor paßte ganz vorzüglich in diese Welt hinein. In Wirklichkeit war Arabella das Ebenbild ihres verstorbenen Vaters: eines stolzen, unzufriedenen und ungeduldigen, sehr schönen Menschen, der leicht verachtete, aber seine Verachtung in einer ausgezeichneten Form verhüllte, von Männern respektiert oder beneidet und von vielen Frauen geliebt wurde und eines trockenen Gemütes war. Der kleine Lucidor dagegen hatte nichts als Herz. Aber ich will lieber gleich an dieser Stelle sagen, daß Lucidor kein junger Herr, sondern ein Mädchen war und Lucile hieß. Der Einfall, die jüngere Tochter für die Zeit des Wiener Aufenthaltes als »travesti« auftreten zu lassen, war, wie alle Einfälle der Frau von Murska, blitzartig gekommen und hatte doch zugleich die kompliziertesten Hintergründe und Verkettungen. Hier war vor allem der

Gedanke im Spiel, einen ganz merkwürdigen Schachzug gegen einen alten, mysteriösen, aber glücklicherweise wirklich vorhandenen Onkel zu führen, der in Wien lebte und um dessentwillen – alle diese Hoffnungen und Kombinationen waren äußerst vage – sie vielleicht im Grunde gerade diese Stadt zum Aufenthalt gewählt hatte. Zugleich hatte aber die Verkleidung auch noch andere, ganz reale, ganz im Vordergrund liegende Vorteile. Es lebte sich leichter mit einer Tochter als mit zweien von nicht ganz gleichem Alter; denn die Mädchen waren immerhin fast vier Jahre auseinander; man kam so mit einem kleineren Aufwand durch. Dann war es eine noch bessere, noch richtigere Position für Arabella, die einzige Tochter zu sein als die ältere; und der recht hübsche kleine »Bruder«, eine Art von Groom, gab dem schönen Wesen noch ein Relief.

Ein paar zufällige Umstände kamen zustatten: die Einfälle der Frau von Murska fußten nie ganz im Unrealen, sie verknüpften nur in sonderbarer Weise das Wirkliche, Gegebene mit dem, was ihrer Phantasie möglich oder erreichbar schien. Man hatte Lucile vor fünf Jahren – sie machte damals, als elfjähriges Kind, den Typhus durch – ihre schönen Haare kurz schneiden müssen. Ferner war es Luciles Vorliebe, im Herrensitz zu reiten; es war eine Gewohnheit von der Zeit her, wo sie mit den kleinrussischen Bauernbuben die Gutspferde ungesattelt in die Schwemme geritten hatte. Lucile nahm die Verkleidung hin, wie sie manches andere hingenommen hätte. Ihr Gemüt war geduldig, und auch das Absurdeste wird ganz leicht zur Gewohnheit. Zudem, da sie qualvoll schüchtern war, entzückte sie der Gedanke, niemals im Salon auftauchen und das heranwachsende Mädchen spielen zu müssen. Die alte Kammerfrau war als einzige im Geheimnis; den fremden Menschen fiel nichts auf. Niemand findet leicht als erster etwas Auffälliges: denn es ist den Menschen im allgemeinen nicht gegeben, zu sehen, was ist. Auch hatte Lucile wirklich knabenhaft schmale Hüften und auch sonst nichts, was zu sehr das Mädchen verraten hätte. In der Tat blieb die Sache unenthüllt, ja unverdächtigt, und als jene Wendung kam, die aus dem kleinen Lucidor eine Braut oder sogar noch etwas Weiblicheres machte, war alle Welt sehr erstaunt.

Natürlich blieb eine so schöne und in jedem Sinne gut aussehende junge Person wie Arabella nicht lange ohne einige mehr oder weniger erklärte Verehrer. Unter diesen war Wladimir weitaus der bedeutendste. Er sah vorzüglich aus, hatte ganz besonders schöne Hände. Er war mehr als wohlhabend und völlig unabhängig, ohne Eltern, ohne Ge-

schwister. Sein Vater war ein bürgerlicher österreichischer Offizier
gewesen, seine Mutter eine Gräfin aus einer sehr bekannten baltischen
Familie. Er war unter allen, die sich mit Arabella beschäftigten, die
einzige wirkliche »Partie«. Dazu kam dann noch ein ganz besonderer
Umstand, der Frau von Murska wirklich bezauberte. Gerade er war
durch irgendwelche Familienbeziehungen mit dem so schwer zu be-
handelnden, so unzugänglichen und so äußerst wichtigen Onkel liiert,
jenem Onkel, um dessentwillen man eigentlich in Wien lebte und um
dessentwillen Lucile Lucidor geworden war. Dieser Onkel, der ein
ganzes Stockwerk des Buquoyschen Palais in der Wallnerstraße bewohnte und früher ein sehr vielbesprochener Herr gewesen war, hatte
Frau von Murska sehr schlecht aufgenommen. Obwohl sie doch
wirklich die Witwe seines Neffen (genauer: seines Vaters-Bruders-
Enkels) war, hatte sie ihn doch erst bei ihrem dritten Besuch zu sehen
bekommen und war darauf niemals auch nur zum Frühstück oder zu
einer Tasse Tee eingeladen worden. Dagegen hatte er, ziemlich de
mauvaise grâce, gestattet, daß man ihm Lucidor einmal schicke. Es
war die Eigenart des interessanten alten Herrn, daß er Frauen nicht
leiden konnte, weder alte noch junge. Dagegen bestand die unsichere
Hoffnung, daß er sich für einen jungen Herrn, der immerhin sein Bluts-
verwandter war, wenn er auch nicht denselben Namen führte, irgend-
einmal in ausgiebiger Weise interessieren könnte. Und selbst diese
ganz unsichere Hoffnung war in einer höchst prekären Lage unendlich
viel wert. Nun war Lucidor tatsächlich einmal auf Befehl der Mutter
allein hingefahren, aber nicht angenommen worden, worüber Lucidor
sehr glücklich war, die Mutter aber aus der Fassung kam, besonders
als dann auch weiterhin nichts erfolgte und der kostbare Faden abgerissen schien. Diesen wieder anzuknüpfen, war nun Wladimir durch
seine doppelte Beziehung wirklich der providentielle Mann. Um die
Sache richtig in Gang zu bringen, wurde in unauffälliger Weise Lucidor manchmal zugezogen, wenn Wladimir Mutter und Tochter be-
suchte, und der Zufall fügte es ausgezeichnet, daß Wladimir an dem
Burschen Gefallen fand und ihn schon bei der ersten Begegnung aufforderte, hie und da mit ihm auszureiten, was nach einem raschen,
zwischen Arabella und der Mutter gewechselten Blick dankend angenommen wurde. Wladimirs Sympathie für den jüngeren Bruder einer
Person, in die er recht sehr verliebt war, war nur selbstverständlich;
auch gibt es kaum etwas Angenehmeres als den Blick unverhohlener
Bewunderung aus den Augen eines netten vierzehnjährigen Burschen.

Frau von Murska war mehr und mehr auf den Knien vor Wladimir. Arabella machte das ungeduldig wie die meisten Haltungen ihrer Mutter, und fast unwillkürlich, obwohl sie Wladimir gern sah, fing sie an, mit einem seiner Rivalen zu kokettieren, dem Herrn von Imfanger, einem netten und ganz eleganten Tiroler, halb Bauer, halb Gentilhomme, der als Partie aber nicht einmal in Frage kam. Als die Mutter einmal schüchterne Vorwürfe wagte, daß Arabella gegen Wladimir sich nicht so betrage, wie er ein Recht hätte, es zu erwarten, gab Arabella eine abweisende Antwort, worin viel mehr Geringschätzung und Kälte gegen Wladimir pointiert war, als sie tatsächlich fühlte. Lucidor-Lucile war zufällig zugegen. Das Blut schoß ihr zum Herzen und verließ wieder jäh das Herz. Ein schneidendes Gefühl durchzuckte sie: sie fühlte Angst, Zorn und Schmerz in einem. Über die Schwester erstaunte sie dumpf. Arabella war ihr immer fremd. In diesem Augenblick erschien sie ihr fast grausig, und sie hätte nicht sagen können, ob sie sie bewunderte oder haßte. Dann löste sich alles in ein schrankenloses Leid. Sie ging hinaus und sperrte sich in ihr Zimmer. Wenn man ihr gesagt hätte, daß sie einfach Wladimir liebte, hätte sie es vielleicht nicht verstanden. Sie handelte, wie sie mußte, automatisch, indessen ihr Tränen herunterliefen, deren wahren Sinn sie nicht verstand. Sie setzte sich hin und schrieb einen glühenden Liebesbrief an Wladimir. Aber nicht für sich, für Arabella. Daß ihre Handschrift der Arabellas zum Verwechseln ähnlich war, hatte sie oft verdrossen. Gewaltsam hatte sie sich eine andere, recht häßliche Handschrift angewöhnt. Aber sie konnte sich der früheren, die ihrer Hand eigentlich gemäß war, jederzeit bedienen. Ja, im Grunde fiel es ihr leichter, so zu schreiben. Der Brief war, wie er nur denen gelingt, die an nichts denken und eigentlich außer sich sind. Er desavouierte Arabellas ganze Natur: aber das war ja, was er wollte, was er sollte. Er war sehr unwahrscheinlich, aber ebendadurch wieder in gewisser Weise wahrscheinlich als der Ausdruck eines gewaltsamen inneren Umsturzes. Wenn Arabella tief und hingebend zu lieben vermocht hätte und sich dessen in einem jähen Durchbruch mit einem Schlage bewußt worden wäre, so hätte sie sich allenfalls so ausdrücken und mit dieser Kühnheit und glühenden Verachtung von sich selber, von der Arabella, die jedermann kannte, reden können. Der Brief war sonderbar, aber immerhin auch für einen kalten, gleichgültigen Leser nicht ganz unmöglich als ein Brief eines verborgen leidenschaftlichen, schwer berechenbaren Mädchens. Für den, der verliebt ist, ist zudem die Frau, die er liebt, immer ein unberechenbares Wesen. Und schließlich war es der Brief, den zu empfangen ein Mann in seiner Lage im stillen immer wünschen und für möglich halten kann. Ich nehme hier vorweg, daß der Brief auch wirklich in Wladimirs Hände gelangte: dies erfolgte in der Tat schon am nächsten Nachmittag, auf der Treppe, unter leisem Nachschleichen, vorsichtigem Anrufen, Flüstern von Lucidor als dem aufgeregten, ungeschickten, vermeintlichen postillon d'amour seiner schönen Schwester. Ein Postskriptum war natürlich beigefügt: es enthielt die dringende, ja flehende Bitte, sich nicht zu erzürnen, wenn sich zunächst in Arabellas Betragen weder gegen den Geliebten noch gegen andere auch nur die leiseste Veränderung würde wahrnehmen lassen. Auch er werde hoch und teuer gebeten, sich durch kein Wort, nicht einmal durch einen Blick, merken zu lassen, daß er sich zärtlich geliebt wisse.

Es vergehen ein paar Tage, in denen Wladimir mit Arabella nur kurze Begegnungen hat, und niemals unter vier Augen. Er begegnet ihr, wie sie es verlangt hat; sie begegnet ihm, wie sie es vorausgesagt hat. Er fühlt sich glücklich und unglücklich. Er weiß jetzt erst, wie gern er sie hat. Die Situation ist danach, ihn grenzenlos ungeduldig zu machen. Lucidor, mit dem er jetzt täglich reitet, in dessen Gesellschaft fast noch allein ihm wohl ist, merkt mit Entzücken und mit Schrecken die Veränderung im Wesen des Freundes, die wachsende heftige Ungeduld. Es folgt ein neuer Brief, fast noch zärtlicher als der erste, eine neue rührende Bitte, das vielfach bedrohte Glück der schwebenden Lage nicht zu stören, sich diese Geständnisse genügen zu lassen und höchstens schriftlich, durch Lucidors Hand, zu erwidern. Jeden zweiten, dritten Tag geht jetzt ein Brief hin oder her. Wladimir hat glückliche Tage und Lucidor auch. Der Ton zwischen den beiden ist verändert, sie haben ein unerschöpfliches Gesprächsthema. Wenn sie in irgendeinem Gehölz des Praters vom Pferd gestiegen sind und Lucidor seinen neuesten Brief übergeben hat, beobachtet er mit angstvoller Lust die Züge des Lesenden. Manchmal stellt er Fragen, die fast indiskret sind; aber die Erregung des Knaben, der in diese Liebessache verstrickt ist, und seine Klugheit, ein Etwas, daß ihn täglich hübscher und zarter aussehen macht, amüsiert Wladimir, und er muß sich eingestehen, daß es ihm, der sonst verschlossen und hochmütig ist, hart ankäme, nicht mit Lucidor über Arabella zu sprechen. Lucidor posiert manchmal auch den Mädchenfeind, den kleinen, altklugen und in kindischer Weise zynischen Burschen. Was er da vorbringt, ist durchaus nicht banal; denn er weiß einiges von dem darunter zu mischen, was die Ärzte »introspektive Wahrheiten« nennen. Aber Wladimir, dem es nicht an Selbstgefühl mangelt, weiß ihn zu belehren, daß die Liebe, die er einflöße und die er einem solchen Wesen wie Arabella einflöße, von ganz eigenartiger, mit nichts zu vergleichender Beschaffenheit sei. Lucidor findet Wladimir in solchen Augenblicken um so bewundernswerter und sich selbst klein und erbärmlich. Sie kommen aufs Heiraten, und dieses Thema ist Lucidor eine Qual, denn dann beschäftigt sich Wladimir fast ausschließlich mit der Arabella des Lebens anstatt mit der Arabella der Briefe. Auch fürchtet Lucidor wie den Tod jede Entscheidung, jede einschneidende Veränderung. Sein einziger Gedanke ist, die Situation so hinzuziehen. Es ist nicht zu sagen, was das arme Geschöpf aufbietet, um die äußerlich und innerlich so prekäre Lage durch Tage, durch Wochen – weiter zu denken, fehlte ihm die Kraft – in einem notdürftigen Gleichgewicht zu erhalten. Da ihm nun einmal die Mission zugefallen ist, bei dem Onkel etwas für die Familie auszurichten, so tut er sein mögliches. Manchmal geht Wladimir mit; der Onkel ist ein sonderbarer alter Herr, den es offenbar amüsiert, sich vor jüngeren Leuten keinen Zwang anzutun, und seine Konversation ist derart, daß eine solche Stunde für Lucidor eine wahrhaft qualvolle kleine Prüfung bedeutet. Dabei scheint dem Alten kein Gedanke ferner zu liegen als der, irgend etwas für seine Anverwandten zu tun. Lucidor kann nicht lügen und möchte um alles seine Mutter beschwichtigen. Die Mutter, je tiefer ihre Hoffnungen, die sie auf den Onkel gesetzt hatte, sinken, sieht mit um so größerer Ungeduld, daß sich zwischen Arabella und Wladimir nichts der Entscheidung zu nähern scheint. Die unglückseligen Personen, von denen sie im Geldpunkt abhängig ist, fangen an, ihr die eine wie die andere dieser glänzenden Aussichten als non-valeur in Rechnung zu stellen. Ihre Angst, ihre mühsam verhohlene Ungeduld teilt sich allen mit, am meisten dem armen Lucidor, in dessen Kopf so unverträgliche Dinge durcheinander hingehen. Aber er soll in der seltsamen Schule des Lebens, in die er sich nun einmal begeben hat, einige noch subtilere und schärfere Lektionen empfangen.

Das Wort von einer Doppelnatur Arabellas war niemals ausdrücklich gefallen. Aber der Begriff ergab sich von selbst: die Arabella des Tages war ablehnend, kokett, präzis, selbstsicher, weltlich und trocken fast bis zum Exzeß, die Arabella der Nacht, die bei einer Kerze an den Geliebten schrieb, war hingebend, sehnsüchtig fast ohne Grenzen.

Zufällig oder gemäß dem Schicksal entsprach dies einer ganz geheimen Spaltung auch in Wladimirs Wesen. Auch er hatte, wie jedes beseelte Wesen, mehr oder minder seine Tag- und Nachtseite. Einem etwas trockenen Hochmut, einem Ehrgeiz ohne Niedrigkeit und Streberei, der aber hochgespannt und ständig war, standen andere Regungen gegenüber, oder eigentlich standen nicht gegenüber, sondern duckten sich ins Dunkel, suchten sich zu verbergen, waren immer bereit, unter die dämmernde Schwelle ins Kaumbewußte hinabzutauchen. Eine phantasievolle Sinnlichkeit, die sich etwa auch in ein Tier hineinträumen konnte, in einen Hund, in einen Schwan, hatte zu Zeiten seine Seele fast ganz in Besitz gehabt. Dieser Zeiten des Überganges vom Knaben zum Jüngling erinnerte er sich nicht gerne. Aber irgend etwas davon war immer in ihm, und diese verlassene, auch von keinem Gedanken überflogene, mit Willen verödete Nachtseite seines Wesens bestrich nun ein dunkles, geheimnisvolles Licht: die Liebe der unsichtbaren, anderen Arabella. Wäre die Arabella des Tages zufällig seine Frau gewesen oder seine Geliebte geworden, er wäre mit ihr immer ziemlich terre à terre geblieben und hätte sich selbst nie konzediert, den Phantasmen einer mit Willen unterdrückten Kinderzeit irgendwelchen Raum in seiner Existenz zu gönnen. An die im Dunkeln Lebende dachte er in anderer Weise und schrieb ihr in anderer Weise. Was hätte Lucidor tun sollen, als der Freund begehrte, nur irgendein Mehr, ein lebendigeres Zeichen zu empfangen als diese Zeilen auf weißem Papier? Lucidor war allein mit seiner Bangigkeit, seiner Verworrenheit, seiner Liebe. Die Arabella des Tages half ihm nicht. Ja, es war, als spielte sie, von einem Dämon angetrieben, gerade gegen ihn. Je kälter, sprunghafter, weltlicher, koketter sie war, desto mehr erhoffte und erbat Wladimir von der anderen. Er bat so gut, daß Lucidor zu versagen nicht den Mut fand. Hätte er ihn gefunden, es hätte seiner zärtlichen Feder an der Wendung gefehlt, die Absage auszudrücken. Es kam eine Nacht, in der Wladimir denken durfte, von Arabella in Lucidors Zimmer empfangen, und wie empfangen worden zu sein. Es war Lucidor irgendwie gelungen, das Fenster nach der Kärntnerstraße so völlig zu verdunkeln, daß man nicht die Hand vor den Augen sah. Daß man die Stimmen zum unhörbarsten Flüstern abdämpfen mußte, war klar: nur eine einfache Tür trennte von der Kammerfrau. Wo Lucidor die Nacht verbrachte, blieb ungesagt: doch war er offenbar nicht im Geheimnis, sondern man hatte gegen ihn einen Vorwand gebraucht. Seltsam war, daß Arabella ihr schönes

Haar in ein dichtes Tuch fest eingewunden trug und der Hand des Freundes sanft, aber bestimmt versagte, das Tuch zu lösen. Aber dies war fast das einzige, das sie versagte. Es gingen mehrere Nächte hin, die dieser Nacht nicht glichen, aber es folgte wieder eine, die ihr glich, und Wladimir war sehr glücklich. Vielleicht waren dies die glücklichsten Tage seines ganzen Lebens. Gegen Arabella, wenn er unter Tags mit ihr zusammen ist, gibt ihm die Sicherheit seines nächtlichen Glückes einen eigenen Ton. Er lernt eine besondere Lust darin finden, daß sie bei Tag so unbegreiflich anders ist; ihre Kraft über sich selber, daß sie niemals auch nur in einem Blick, einer Bewegung sich vergißt, hat etwas Bezauberndes. Er glaubt zu bemerken, daß sie von Woche zu Woche um so kälter gegen ihn ist, je zärtlicher sie sich in den Nächten gezeigt hat. Er will jedenfalls nicht weniger geschickt, nicht weniger beherrscht erscheinen. Indem er diesem geheimnisvoll starken weiblichen Willen so unbedingt sich fügt, meint er, das Glück seiner Nächte einigermaßen zu verdienen. Er fängt an, gerade aus ihrem doppelten Wesen den stärksten Genuß zu ziehen. Daß ihm die gehöre, die ihm so gar nicht zu gehören scheint; daß die gleiche, welche sich grenzenlos zu verschenken versteht, in einer solchen unberührten, unberührbaren Gegenwart sich zu behaupten weiß, dies wirklich zu erleben, ist schwindelnd, wie der wiederholte Trunk aus einem Zauberbecher. Er sieht ein, daß er dem Schicksal auf den Knien danken müsse, in einer so einzigartigen, dem Geheimnis seiner Natur abgelauschten Weise beglückt zu werden. Er spricht es überströmend aus, gegen sich selber, auch gegen Lucidor. Es gibt nichts, was den armen Lucidor im Innersten tödlicher erschrecken könnte.

Arabella indessen, die wirkliche, hat sich gerade in diesen Wochen von Wladimir so entschieden abgewandt, daß er es von Stunde zu Stunde bemerken müßte, hätte er nicht den seltsamsten Antrieb, alles falsch zu deuten. Ohne daß er sich geradezu verrät, spürt sie zwischen sich und ihm ein Etwas, das früher nicht war. Sie hat sich immer mit ihm verstanden, sie versteht sich auch noch mit ihm; ihre Tagseiten sind einander homogen; sie könnten eine gute Vernunftehe führen. Mit Herrn von Imfanger versteht sie sich nicht, aber er gefällt ihr. Daß Wladimir ihr in diesem Sinne nicht gefällt, spürt sie nun stärker; jenes unerklärliche Etwas, das von ihm zu ihr zu vibrieren scheint, macht sie ungeduldig. Es ist nicht Werbung, auch nicht Schmeichelei; sie kann sich nicht klar werden, was es ist, aber sie goutiert es nicht. Imfanger muß sehr wohl wissen, daß er ihr gefällt. Wladimir glaubt

seinerseits noch ganz andere Beweise dafür zu haben. Zwischen den
beiden jungen Herren ergibt sich die sonderbarste Situation. Jeder
meint, daß der andere doch alle Ursache habe, verstimmt zu sein oder
einfach das Feld zu räumen. Jeder findet die Haltung, die ungestörte
Laune des andern im Grunde einfach lächerlich. Keiner weiß, was er
sich aus dem andern machen soll, und einer hält den andern für einen
ausgemachten Geck und Narren.

Die Mutter ist in der qualvollsten Lage. Mehrere Auskunftsmittel
versagen. Befreundete Personen lassen sie im Stich. Ein unter der
Maske der Freundschaft angebotenes Darlehen wird rücksichtslos
eingefordert. Die vehementen Entschlüsse liegen Frau von Murska
immer sehr nahe. Sie wird den Haushalt in Wien von einem Tag auf
den andern auflösen, sich bei der Bekanntschaft brieflich verabschieden, irgendwo ein Asyl suchen, und wäre es auf dem sequestrierten
Gut im Haus der Verwaltersfamilie. Arabella nimmt eine solche Entschließung nicht angenehm auf, aber Verzweiflung liegt ihrer Natur
ferne. Lucidor muß eine wahre, unbegrenzte Verzweiflung angstvoll
in sich verschließen. Es waren mehrere Nächte vergangen, ohne daß
sie den Freund gerufen hätte. Sie wollte ihn diese Nacht wieder rufen.
Das Gespräch abends zwischen Arabella und der Mutter, der Entschluß zur Abreise, die Unmöglichkeit, die Abreise zu verhindern:
dies alles trifft sie wie ein Keulenschlag. Und wollte sie zu einem verzweifelten Mittel greifen, alles hinter sich werfen, der Mutter alles
gestehen, dem Freund vor allem offenbaren, wer die Arabella seiner
Nächte gewesen ist, so durchfährt sie eisig die Furcht vor seiner Enttäuschung, seinem Zorn. Sie kommt sich wie eine Verbrecherin vor,
aber gegen ihn, an die anderen denkt sie nicht. Sie kann ihn diese
Nacht nicht sehen. Sie fühlt, daß sie vor Scham, vor Angst und Verwirrung vergehen würde. Statt ihn in den Armen zu halten, schreibt
sie an ihn, zum letztenmal. Es ist der demütigste, rührendste Brief,
und nichts paßt weniger zu ihm als der Name Arabella, womit sie ihn
unterschreibt. Sie hat nie wirklich gehofft, seine Gattin zu werden.
Auch kurze Jahre, ein Jahr als seine Geliebte mit ihm zu leben, wäre
unendliches Glück. Aber auch das darf und kann nicht sein. Er soll
nicht fragen, nicht in sie dringen, beschwört sie ihn. Soll morgen noch
zu Besuch kommen, aber erst gegen Abend. Den übernächsten Tag
dann – sind sie vielleicht schon abgereist. Später einmal wird er vielleicht erfahren, begreifen, sie möchte hinzufügen: verzeihen, aber das
Wort scheint ihr in Arabellas Mund zu unbegreiflich, so schreibt sie

es nicht. Sie schläft wenig, steht früh auf, schickt den Brief durch den Lohndiener des Hotels an Wladimir. Der Vormittag vergeht mit Packen. Nach Tisch, ohne etwas zu erwähnen, fährt sie zu dem Onkel. Nachts ist ihr der Gedanke gekommen. Sie würde die Worte, die Argumente finden, den sonderbaren Mann zu erweichen. Das Wunder würde geschehen und dieser festverschnürte Geldbeutel sich öffnen. Sie denkt nicht an die Realität dieser Dinge, nur an die Mutter, an die Situation, an ihre Liebe. Mit dem Geld oder dem Brief in der Hand würde sie der Mutter zu Füßen fallen und als einzige Belohnung erbitten – was? – ihr übermüdeter, gequälter Kopf versagt beinahe – ja! nur das Selbstverständliche: daß man in Wien bliebe, daß alles bliebe, wie es ist. Sie findet den Onkel zu Hause. Die Details dieser Szene, die recht sonderbar verläuft, sollen hier nicht erzählt werden. Nur dies: sie erweicht ihn tatsächlich – er ist nahe daran, das Entscheidende zu tun, aber eine greisenhafte Grille wirft den Entschluß wieder um: er wird später etwas tun, wann, das bestimmt er nicht, und damit basta. Sie fährt nach Hause, schleicht die Treppe hinauf, und in ihrem Zimmer, zwischen Schachteln und Koffern, auf dem Boden hockend, gibt sie sich ganz der Verzweiflung hin. Da glaubt sie, im Salon Wladimirs Stimme zu hören. Auf den Zehen schleicht sie hin und horcht. Es ist wirklich Wladimir – mit Arabella, die mit ziemlich erhobenen Stimmen im sonderbarsten Dialog begriffen sind.

Wladimir hat am Vormittag Arabellas geheimnisvollen Abschiedsbrief empfangen. Nie hat etwas sein Herz so getroffen. Er fühlt, daß zwischen ihm und ihr etwas Dunkles stehe, aber nicht zwischen Herz und Herz. Er fühlte die Liebe und die Kraft in sich, es zu erfahren, zu begreifen, zu verzeihen, sei es, was es sei. Er hat die unvergleichliche Geliebte seiner Nächte zu lieb, um ohne sie zu leben. Seltsamerweise denkt er gar nicht an die wirkliche Arabella, fast kommt es ihm sonderbar vor, daß sie es sein wird, der er gegenüberzutreten hat, um sie zu beschwichtigen, aufzurichten, sie ganz und für immer zu gewinnen. Er kommt hin, findet im Salon die Mutter allein. Sie ist aufgeregt, wirr und phantastisch wie nur je. Er ist anders, als sie ihn je gesehen hat. Er küßt ihr die Hände, er spricht, alles in einer gerührten befangenen Weise. Er bittet sie, ihm ein Gespräch unter vier Augen mit Arabella zu gestatten. Frau von Murska ist entzückt und ohne Übergang in allen Himmeln. Das Unwahrscheinliche ist ihr Element. Sie eilt, Arabella zu holen, dringt in sie, dem edlen jungen Mann nun, wo alles sich so herrlich gewendet, ihr Ja nicht zu versagen. Arabella ist maßlos erstaunt. »Ich stehe durchaus nicht so mit ihm«, sagt sie kühl. »Man ahnt nie, wie man mit Männern steht«, entgegnet ihr die Mutter und schickt sie in den Salon. Wladimir ist verlegen, ergriffen und glühend. Arabella findet mehr und mehr, daß Herr von Imfanger recht habe, Wladimir einen sonderbaren Herrn zu finden. Wladimir, durch ihre Kühle aus der Fassung, bittet sie, nun endlich die Maske fallen zu lassen. Arabella weiß durchaus nicht, was sie fallen lassen soll. Wladimir wird zugleich zärtlich und zornig, eine Mischung, die Arabella so wenig goutiert, daß sie schließlich aus dem Zimmer läuft und ihn allein stehen läßt. Wladimir in seiner maßlosen Verblüffung ist um so näher daran, sie für verrückt zu halten, als sie ihm soeben angedeutet hat, sie halte ihn dafür und sei mit einem Dritten über diesen Punkt ganz einer Meinung. Wladimir würde in diesem Augenblick einen sehr ratlosen Monolog halten, wenn nicht die andere Tür aufginge und die sonderbarste Erscheinung auf ihn zustürzte, ihn umschlänge, an ihm herunter zu Boden glitte. Es ist Lucidor, aber wieder nicht Lucidor, sondern Lucile, ein liebliches und in Tränen gebadetes Mädchen, in einem Morgenanzug Arabellas, das bubenhaft kurze Haar unter einem dichten Seidentuch verborgen. Es ist sein Freund und Vertrauter, und zugleich seine geheimnisvolle Freundin, seine Geliebte, seine Frau. Einen Dialog, wie den sich nun entwickelnden, kann das Leben hervorbringen und die Komödie nachzuahmen versuchen, aber niemals die Erzählung.

Ob Lucidor nachher wirklich Wladimirs Frau wurde oder bei Tag und in einem anderen Land das blieb, was sie in dunkler Nacht schon gewesen war, seine glückliche Geliebte, sei gleichfalls hier nicht aufgezeichnet.

Es könnte bezweifelt werden, ob Wladimir ein genug wertvoller Mensch war, um so viel Hingabe zu verdienen. Aber jedenfalls hätte sich die ganze Schönheit einer bedingungslos hingebenden Seele, wie Luciles, unter anderen als so seltsamen Umständen nicht enthüllen können.

PRINZ EUGEN DER EDLE RITTER

Sein Leben in Bildern

Prinz Eugen von Savoyen
kehrt dem französischen Königshof den Rücken

Prinz Eugenius von Savoyen, den das Lied den edlen Ritter nennt, ist auf fremder Erde aus fremdem, fürstlichem Blute entsprossen, an einem Österreich feindlichen Hofe in fremder Denkart aufgezogen worden, und nach menschlicher Voraussicht mußte es sein Beruf werden, gegen Habsburg Dienste zu tun, sei es als Krieger, sei es als Diplomat und Staatsmann, vielleicht in geistlichem Gewande. Es war anders über ihn bestimmt: seine Falkenaugen trugen ein Licht in sich von der aufgehenden Sonne: sein Lebenslauf ging nach Osten und Süden. So war ihm bestimmt, an die Gestade des gewaltigen Stromes zu kommen, an dem wir wohnen; und er mußte unsere Fahne mit dem doppelköpfigen Adler nach Osten und Süden tragen und noch als er starb, hat er uns einen letzten Willen hinterlassen, der uns nach Osten und Süden weist, dort unsere Schickung zu erfüllen, die bei der Gründung des Heiligen Römischen Reiches Deutscher Nation durch Karl den Großen uns zugeteilt worden ist. Niemand hat klarer als er unseren Weg erkannt und niemand uns um unserer Schickung willen tiefer geliebt, mit jener Liebe, die in Werken und nicht in Worten redet, als dieser Fremde und darum führt er nach Gottes sichtbarem Willen den Namen des größten Österreichers. Er hat die Spuren vorgegraben, die unbewußt alles wahre Wollen und Denken bei uns wieder geht: sie führen donauabwärts und führen übers Meer hinaus. Er hat Österreichs Heer geschaffen, das gleiche lebendige, vielsprachige, das heute in Litauen und Beßarabien, an der Save und am Isonzo kämpft und siegt, und hat mit ihm in sieben der folgenreichsten Schlachten seines Jahrhunderts den Sieg erfochten; und er wiederum hat eine Einigung mit Ungarn geahnt, wie sie nun wirklich geworden ist, da Tiroler-, Ungarn- und Kroatenblut am Isonzo fließt wie am Bug. Prinz Eugen verbrachte seine Jugend an dem Hofe des französischen Königs Ludwig XIV., bei dem sein Vater als Kommandant der Schweizergarde und Statthalter einer Provinz in Diensten stand. Als Eugen achtzehn Jahre alt war, ging er zu dem König und verlangte, er solle ihm eine Kompagnie Reiter geben, die wolle er befehligen und dem König damit nach den Kräften, die er in sich fühle, dienstbar sein. Aber weil Eugen von kleiner Gestalt und zartem Ansehen war, so hatte der König sein Gutdünken, er habe ein Geistlicher zu werden und kein Soldat. Danach schlug er die Bitte ab. Als man später den König fragte, warum er einem jungen Prinzen aus erlauchtem Hause eine so bescheidene und dringende Bitte nicht gewährt habe, sagte der König: »Die Bitte war bescheiden, aber der Bittsteller nicht, nie hat jemand gewagt, mir mit zwei Augen wie ein zorniger Sperber so ins Gesicht zu starren.« Als dies bekannt wurde, fragten den Prinzen seine Freunde, warum er dem König so unbescheiden ins Gesicht gesehen habe. »Sollte ich ihm nicht scharf ins Gesicht schauen,« gab Eugen zur Antwort, »da ich doch sehen mußte, ob er tauge, mein Herr zu sein oder nicht, und danach in einem Augenblicke für mein Leben mich entscheiden mußte. Nun weiß ich, daß er nicht taugt, so will ich denn nicht anders wie als Feind mit dem Degen in der Faust sein Land wieder betreten. Mir ist nicht bange, daß ich nicht in dieser Welt einen Herrn fände, dem ich mit Lust und in Treue dienen könne.« Er meinte aber den Kaiser Leopold, Römischen Kaiser Deutscher Nation aus dem Hause Österreich, von dem er viel vernommen hatte als von einem großmütigen und frommen Monarchen, und sogleich machte er sich auf und reiste an den Hof des Kaisers.

Prinz Eugen ficht vor Wien im kaiserlichen Heer und hilft die Stadt befreien

Eugen fand den Kaiser nicht in seiner Residenzstadt Wien, denn diese war von einem ungeheuren Heere der Türken unter dem Großvezier Kara Mustapha belagert. Dies war das Jahr 1683, eines der dunkelsten und schicksalvollsten in Österreichs Geschichte, wie kein so dunkles und schicksalvolles wiedergekommen ist bis 1914. Im gleichen Augenblick war in Wien am kaiserlichen Hoflager die Unglücksbotschaft eingetroffen, daß sich Straßburg im Elsaß, die uralte freie Reichsstadt, hatte den französischen Waffen ergeben und ihren ehrwürdigen Schlüssel einem Minister Ludwigs XIV. ausliefern müssen, als zugleich von Osten her die ungarischen Aufständischen, mit dem Türkensultan verbündet und vom französischen König mit Gold und Waffen unterstützt, durch die Pässe des Waagtales in Mähren eindrangen, türkische Reiter aber, Spahis und Tataren, in ungezählten Schwärmen von der Leitha bis zur March hinauf auftauchten, als Vorhut eines Heeres, wie es damals keine Macht der Welt außer den Türken aufstellen konnte. An die dreimalhunderttausend Mann führte Kara Mustapha herbei und ihnen hatte der kaiserliche Feldherr, Herzog Karl von Lothringen, kaum den zehnten Teil entgegenzustellen. So mußte er hinter die Donau zurück, mußte Wien, in das er eine Besatzung von zwölftausend Mann geworfen hatte, fürs nächste seinem Schicksal überlassen, um die Verstärkungen aus dem Reich und aus Polen abzuwarten. Da stand Nacht für Nacht um Wien ein Feuerkreis, der reichte von der Leitha bis Baden und Mödling und bis an den Kahlenberg. In dieses schreckensvolle Österreich hieß Eugens Schicksal ihn den Einzug halten. Zu Linz an der Donau hielt der Kaiser sein Hoflager. Eugen trat vor ihn und als er seine Augen zu ihm erhoben hatte, wußte er auch, daß dieser der Herr sei, dem er mit ganzem Herzen dienen könne und für den er, tue es not, sein Leben lassen wolle, und ehrfurchtsvoll bat er, im kaiserlichen Heer Dienste nehmen zu dürfen. Der Kaiser nahm die Bitte des jungen fremden Prinzen gnädig auf und vertraute dem Neunzehnjährigen nicht bloß eine Kompagnie Reiter an, wie der König von Frankreich sie ihm abgeschlagen hatte, sondern ein schönes kaiserliches Dragonerregiment. Dieses Regimentes Inhaber war Eugen durch volle zweiundfünfzig Jahre; es ist das gleiche, das noch heute und auf ewige Zeiten seinen Namen führt, das dreizehnte Dragonerregiment, das in diesem Kriege wiederum auf russischem und galizischem Boden besonders glorreiche Taten zu Pferde und zu Fuß, in der Attacke und in der Verteidigung vollbracht hat. In der großen Schlacht, durch welche Wien gerettet und das Türkenheer vernichtet wurde, ritt Eugen unter den Reiterscharen, die der Markgraf Ludwig von Baden führte, von den Abhängen des Kahlenberges herab auf den Feind ein, durchbrach die feindliche Aufstellung der Janitscharen, hieb Geschützmannschaften nieder und drang mit einer Handvoll Reitern gar in die türkischen Laufgräben bis dicht unter die Mauern der Stadt. Dann bahnte er sich eine Gasse zurück durch das Türkenlager und plötzlich zwischen brennenden Zelten und umgestürzten Pulverwagen, eingepferchten brüllenden Viehherden und flüchtenden Türken reckten sich Hände ihm entgegen, und unter dem fürchterlichen Schlachtenlärm drang das Ave Maria aus der

Kehle von mehr als hundert knienden Menschen: das waren die weggeschleppten Greise, Frauen und Kinder von Perchtoldsdorf, denen der junge Oberst Prinz Eugen der Befreier wurde an diesem glorreichen Tage.

Prinz Eugen siegt bei Zenta über den Sultan

Nun fluteten die Türken zurück und die kaiserliche Armee folgte in jahrelangen glorreichen Kämpfen immer tiefer nach Ungarn hinein und endlich über die Save ins eigentliche Türkenland. Da konnte Eugen zeigen, daß noch mehr in ihm steckte als ein tapferer Reiteroberst oder ein General über drei- oder viertausend Mann, daß ein großer Feldherr in ihm lebte, einer, der alles in seiner Seele vereinigte, was für dieses gewaltige Amt nottut: den Mut und die Vorsicht, die Wissenschaft und die Geistesgegenwart; einer, der das Gelände mit einem Adlerauge überschaut, die Massen gegeneinander abwiegt, den richtigen Augenblick wie mit zauberischer Witterung wahrnimmt und, wenn es nottut, die eigene Person für Hunderttausende in die Wagschale wirft und so das Gleichgewicht herstellt. Dieser Mann trat den Türken gegenüber, da war er wirklich der Herr des Feldes: wo er den Feind hinhaben wollte, dorthin lockte er ihn. Als ihm durch seine Späher und Kundschafter, deren er viele hatte und die er vortrefflich zu nutzen verstand, angesagt wurde, daß die Türken auf Schiffsbrücken über die Theiß zu gehen gedachten, da war er zur Stelle, nicht zu früh, daß sie hätten drüben bleiben und sich verschanzen können, nicht zu spät, daß sie alle auf dem diesseitigen Ufer vereint gewesen wären, sondern ganz genau zur richtigen Stunde, da packte er sie von vorn mit Fußvolk und ließ mit schwerem und leichtem Geschütz in die hineinarbeiten, die aus einem verschanzten Brückenkopfe hervorströmten, seitwärts aber, flußabwärts, erspähten seine scharfen Augen eine Furt, durch die schickte er Reiter und Fußvolk dem Türkenlager in die Flanke, den Pferden ging das Wasser bis an den Hals, die Fußgänger hängten sich an die Schweife und Mähnen, aber sie kamen durch und brachen von der unbewachten Seite ins Türkenlager ein: da gerieten auch die vorderen in Verwirrung und zumal die auf der Brücke, so schlug er sie aufs Haupt und warf ihrer fünfzehntausend in die Theiß, daß sie ertranken. Am anderen Ufer saß der Sultan in seinem Zelt bei einer prächtigen Mahlzeit und hatte Musik, die spielte

hinter dem Vorhang, und ehe die Mahlzeit vorbei war, meldeten ihm
seine Vertrauten, der Flußübergang sei nun gelungen und drüben
hülle eine Staubwolke alles ein, das beweise, wie mutig seine Janitscharen und seine tatarischen Reiter gegen den Feind losrückten, da
lachte er und schloß die Augen im Vorgefühl seines großen Sieges
und ließ die Ketten herbeibringen, zehn Wagen voll eiserner für die
Mannschaft, silberne für die Generale und Obersten und eine dünne
goldene für den kleinen kaiserlichen Feldmarschall. Indem fuhr ein
mächtiger Windstoß daher und warf den Vorhang des Zeltes auf, die
ungeheure Staubwolke am anderen Ufer tat ihre Flanke auf und
zeigte die Türken, Reiterei und Fußvolk, in der Flucht, wie sie gegen
das steile Ufer hingedrängt wurden und zu Tausenden hinabstürzten,
da sprang der Sultan auf und wie ein Rasender schrie er auf, in das
Geschrei seines geschlagenen Heeres und das Gebrüll der Geschütze
hinein, er bleckte die Zähne gegen den Himmel und ihm war, als sehe
er da einen riesigen doppelköpfigen Adler, der mit den Schwingen
schlug, daß alle Türkenzelte zusammenstürzten, und aus seinen Fängen in einemfort Feuer auf das Türkenlager hinabwarf. Da verfluchte
der Sultan sein Leben und mit dem goldenen Kettlein, das er in der
Hand hatte, wollte er sich erwürgen. Die wenigen Getreuen, die er
noch hatte, die liefen zu ihm, brachten ihn zu sich, warfen den Mantel
eines Janitscharen über ihn und in dieser Verkleidung flohen sie mit
ihm, vier Mann hoch, auf einsamen Wegen durch Sümpfe und über
Berge ins Türkenland zurück.

Prinz Eugen baut Schlösser und Paläste

Über Wien südlich steigt eine sanfte Anhöhe auf: da ragte zu alten
Römerzeiten die große Zitadelle Fabiana. Eben auf dieser Höhe ließ
sich Eugen von einem der besten Baumeister seiner Zeit, mit Namen
Lucas Hildebrand, seine Sommerresidenz, das Belvedere, erbauen. So
stand auf dem alten Kriegshügel, von wo die römischen Adler gegen
Osten Wacht gehalten hatten, wiederum das Gezelt eines Feldherrn:
an dieses sollte nach des Baumeisters Willen der Palast gemahnen,
wenngleich er aus Steinen aufgerichtet war anstatt aus Plachen und
Stangen und mit Kupfer eingedeckt anstatt mit seidenen Teppichen
wie jenes Zelt des Kara Mustapha, das die Wiener hatten der Löwel-
bastei gegenüber vor dreißig Jahren mit bebendem Herzen aufrichten

sehen. Betrachtet man aber diesen leichten sommerlichen Bau genauer, so tritt jenes geahnte fürstliche Prunk- und Lustgezelt hervor, wie es vor der Seele des Baumeisters gestanden haben mag: in der Mitte das Hauptzelt, die beiden Flügel nochmals jeder in einem runden Zelt endend, von dessen leichtem vergoldetem Dach deutlich die Zeltschnüre mit Quasten als steinerne Ornamente herabhängen. Hier sollte der Feldherr eine kurze Ruhe finden zwischen Kriegszug und Kriegszug. Die Stadt seines Kaisers, dem er glorreich und gehorsam diente, sollte sich vor den Fenstern seines Ruhegemaches ausbreiten und der uralte ehrwürdige Dom zu ihm hinaufgrüßen. Das gewaltige Treppenhaus, die hellen Säle sollten von Bildern erfüllt sein, die seine Taten verherrlichten, von Statuen, die in ihrer allegorischen Sprache von seinem Ruhm und seiner Größe, seiner Weisheit und Bescheidenheit redeten: so wollte es der Geist jener Zeit, in der alles, was im Menschen und in der Welt vorging, zu bedeutungsvollen Bildern wurde, alle Bildwerke aber und noch die Ornamente im Knauf eines Schwertes oder in der Klinke einer Türe in einer geistigen Sprache redeten. Noch einen zweiten Palast besaß Eugen in Wien, seine Winterresidenz in der Himmelpfortgasse. Diese ist überreich geschmückt mit Statuen und halberhabenen Bildern: noch die Füllungen der Tore tragen schöne Bilder und alle stehen sie in Bezug untereinander und verherrlichen das Haus Savoyen, aus dem Eugen entsprossen war. In diesem Palast war auch die berühmte Bibliothek aufgestellt, an welcher Eugen durch Jahrzehnte gesammelt hatte. An sie reihte sich die Sammlung der Kupferstiche; hier hatte Eugen die Gesichter aller seiner merkwürdigen Zeitgenossen zusammengebracht, desgleichen der bedeutenden Männer aus früheren Zeiten, und sein Auge, das in den Zügen der Menschen zu lesen verstand, durchlief diese Sammlung wie die Seiten eines aufgeschlagenen Buches. Aber wie er in allem ein mächtiger und das Große wollender Mensch war, in seinen Taten und Entwürfen, in dem, was er von sich verlangte und was er für Österreich begehrte, so war er auch als Bauherr, und so war ihm an jenen beiden Palästen nicht genug, denn er baute nicht, um ein Haus zu haben, sondern um des Bauens willen und um seiner Natur zu genügen, die schöpferisch, nicht zerstörend war, und so ließ er noch am einsamen Ufer der March, gegen Osten gewendet, das schöne Schloß Hof errichten, er baute ein Schloß zu Petronell und eines zu Deven im Preßburgischen und seine Schlösser zu Hainburg gestaltete er um und hinterließ der Reichshauptstadt wie dem flachen Lande die Denkmäler seines großen Sinnes in seinen Häusern wie in der Erinnerung seiner Taten.

Eugen gibt seinem Verwalter eine gute Lehre

Der Prinz Eugen hatte eine eigene Art, Menschen anzusehen, die merkte sich der König Ludwig von Frankreich sein Leben lang, aber auch ein geringerer Mann: das war der Verwalter des Schlosses Hof an der March, das der Prinz Eugen gebaut hatte mit schönen Freitreppen und Terrassen bis an den Fluß hinab und mit Teichen und Springbrunnen, mit Stallungen für hundert Pferde und Bewohnung für eine Dienerschaft, wie sie einem großen Fürsten und Herrn ziemte. Diesen Bau betrieb er, als hätte er nichts anderes vor, wie dieses Schloß zu beziehen. Tausende arbeiteten bei Tag und sogar nachts beim Schein von Pechfackeln und mauerten die Terrassen auf und gruben die Wasserleitungen oder faßten die Teiche ein, und immer neue Partien von Arbeitern ließ der Prinz einstellen und hieß seinen Zahlmeister, auf die Kosten nicht achten. Damit hatte er aber ganz anderes im Auge als seine Bequemlichkeit oder daß er vor anderen großen Herren damit prunken wolle, wie schnell er ein Schloß aus dem Nichts hervorzaubern könne: sondern es war dieses Jahr ein Miß- und Notjahr im ganzen Marchfelde und nicht das erste, sondern schon das dritte solche, aber das bitterste, und da kam es dem Prinzen auf eines an: den Leuten Verdienst zu schaffen; darüber redete er aber zu niemandem. So wußte auch der Oberverwalter nicht, was der Prinz im Auge hatte, wenn er oft von Wien hinausgeritten kam und immer neue Arbeiten anbefahl, dort eine steingefaßte Auffahrt für sechsspännige Wagen, da eine haushohe Stützmauer gegen die Wasserseite hin, und befahl, man solle die Arbeiter einstellen, soviele ihrer nur zuströmten, von der Hainburger oder von der Mistelbacher Seite her oder auch von drüben aus dem Slowakischen. Eines Tages, als er wieder vom Pferde gestiegen war und sich vom Verwalter, der links und einen Schritt hinter ihm ging, über die Bauplätze und durch die Parkanlagen begleiten ließ, wo alles von Spaten klirrte und von Hämmern dröhnte, da sah er gleich, daß an einer Stelle, wo vergangene Woche ihrer fünfzehnhundert oder mehr an der Arbeit gewesen waren, jetzt nur etwa fünfzig schaufelten und karrten, da fragte er den Verwalter: »Wo habt Ihr die Leute hingeschickt, die hier an der Arbeit waren?«

worauf der Verwalter sagte: »Melde gehorsamst, diese Partie habe ich entlassen, die brauche ich jetzt nicht mehr.« Daraufhin sagte der Prinz: »Meint Er, ich brauche Ihn? Meint Er, man brauche einen Menschen in der Welt? Wenn Er meint, Er dürfe die Menschen verhungern lassen, die man nicht braucht, so sage Er mir, wer Ihn und mich vor dem Verhungern schützen soll!« Und gab diesem Manne, bevor er ihm ungnädig den Rücken kehrte, einen seiner gewissen Blicke, aber einen von den schärfsten. Da verwandelte sich diesem die Miene von amtlich lächelnder Devotion und Wichtigkeit in eine graue Armesündermiene und das Ganze schlug sich ihm derart in die Beine, daß er sich nur mit Mühe bis in seine Verwalterswohnung zurückschleppen konnte; dann mußte er sich ins Bett legen und seine Frau mußte ihm einen Lindenblütentee kochen und acht Tage lang durften die Kinder im ganzen Hause nur auf Socken gehen, denn dem Verwalter drehte sich sein Schlafzimmer vor den Augen mit samt den Pelargonientöpfen am Fenster und dem grünen Kachelofen und das alles von dem Blick, den ihm sein Herr gegeben hatte, und dem Ton, wie er das Wort »brauchen« ihm ins Gesicht geworfen hatte.

Prinz Eugen will aus den Deutschen ein Volk in Waffen machen

Das große Deutschland war damals kein einiges machtvolles Reich wie heute, es hatte zwar dem Namen nach seine Einheit, daß man es Heiliges Römisches Reich Deutscher Nation nannte, und der Kaiser zu Wien aus dem habsburgischen Erzhause war sein gekröntes und gesalbtes Oberhaupt, aber es war keine Einheit der Kraft und dem Wesen nach, sondern ein vielköpfiges zerfahrenes politisches Wesen und mit hundert Herren über sich, die da und dorthin ihren Sinn stellten, bald dem Kaiser zu Wien gehorchten, bald mit den Franzosen oder den Engländern oder den Schweden sich verbündeten und in ihrer Selbstsucht und Ohnmacht aus Deutschland nichts anderes als den Tummelplatz und Kriegsschauplatz für ganz Europa machten. Den Dreißigjährigen Krieg, an dem freilich die Franzosen und die Spanier, die Schweden und die Wallonen teilgenommen hatten, der aber vor allem ein Krieg der Deutschen gegen die Deutschen war, hatte ein Friede beendet, den alle Glocken des großen deutschen Landes einen Monat lang einläuteten; aber es war kein gesegneter Friede: er machte die Fremden, Franzosen und Schweden, zu Gliedern des

Heiligen Reiches und bestellte sie zu Wächtern und Bürgen des bestehenden Zustandes. So waren sie Wächter darüber, daß Deutschland seiner selber nicht mächtig werden solle, und Bürge dafür, daß es in sich zerklüftet und zerspalten bleibe. Und als der bestehende Zustand wurde einer besiegelt, in welchem ein allmähliches Herabsinken der deutschen Reichs- und Volksherrlichkeit seit den Tagen Kaiser Maximilians endlich sein Tiefstes erreicht hatte. So trübe Zeiten währten zu Eugens Ankunft schon über hundertfünfzig Jahre, sie sollten nach ihm noch hundertfünfzig Jahre dauern, bis eine neue Ordnung der Dinge das neue Deutsche Reich schuf, jenes, das heute mit uns verbündet ist in einem Bündnis von einer Festigkeit und Heiligkeit, dessengleichen die Welt noch nicht gesehen hat, weil die beiden Reiche wie zwei mächtige geschwisterte Bäume aus einem und demselben Wurzelstock hervorgewachsen sind. Die Lage der Dinge im Römisch-Deutschen Reiche, die Eugen mit seinen sehenden Augen wahrnahm, war niemandem so leid als ihm, denn die stärkste Seele empfindet das Verkehrte und Schmachvolle am stärksten. Er wußte, wo der Deutschen Schwäche lag und nannte sie mit Namen: »Das deutsche Übel.« Damit meinte er die Uneinigkeit, die Eigensucht und Widerhaarigkeit der einzelnen Teile, die zu heilen es noch einer harten Schule und fast zweier Jahrhunderte bedurfte, und erkannte auch ihre Stärke: die herrliche unversiegliche Volkskraft. Auf seinen Feldzügen quer durch Deutschland an dem unteren Rhein hin lernte er Bayern und die Schwaben kennen, die Rheinländer und die Hessen: Anhalter und Brandenburger fochten in seinem Heer, er kannte die Deutschen: »Laßt mich einen Landsturm ausheben von zweihunderttausend deutschen Männern und ich will die Franzosen für immer über den Rhein zurückjagen und Straßburg, Metz, Toul und Verdun zurückgewinnen!« so sprach er auf der Fürstenversammlung zu Mainz zu den deutschen Fürsten. Aber das Wort war zu früh geboren, so fand es kein Gehör. Aber unter die großen Deutschen muß dieser große Österreicher nicht allein um dieses Wortes willen, sondern um seiner Taten willen eingeschrieben werden nach Recht: denn es kann kein großer Österreicher Deutschland verkennen noch umgekehrt.

Prinz Eugen rät dem Kaiser, Triest zu einer mächtigen Hafenstadt auszubauen

Prinz Eugen kannte Österreich so, wie nie wieder ein Mann dieses große Reich gekannt hat. Er kannte alle Landschaften, denn alle hatte er auf seinen Kriegszügen durchritten, mehr als einmal, von Passau die Donau abwärts durch Ober- und Niederösterreich, Steiermark und Kroatien bis in die große fruchtbare Ebene im Süden Ungarns, bis hinab nach Siebenbürgen und tiefer hinab nach Bosnien. Nicht minder kannte er Tirol, unsere große, von Gott gebaute Bergfestung, und alle ihre Bollwerke und Zugänge. Überall war sein Zelt schon gestanden, im niederösterreichischen Hügelland, im Etschtal und im slawonischen Walde. Wenn er nicht mit seinem Heer durchs Land zog, so beugte er sich über Karten und Pläne und folgte mit den Augen dem Laufe der Flüsse und dem Streichen der Gebirge und sah im Geiste vor sich, welche Stärke oder welche Gefahr für Österreich darin lag, daß sie so und nicht anders verliefen, und in Gedanken zog er unsere Grenzen immer weiter hinaus und machte sie immer stärker. Die Flüsse und die Gebirge Österreichs waren ihm Bundesgenossen in künftigen Kriegen, die er in Gedanken voraus führte; über alles liebte er den Donaustrom und dies war sein Gedanke: daß alles Land, was dieser mächtige Strom auf seinem Weg zum Meer bespüle, Österreich untertan sein müsse oder mit Österreich auf Tod und Leben verbündet. Dies schien ihm die Lehre zu sein, die unser Strom uns gibt in seinem majestätischen Dahinfließen nach Süden und Osten. Nicht minder aber achtete er das große schöne Meer, das gegen Süden unsere große offene Straße ist, auf der wir Handel treiben sollen bis nach Asien und Afrika hinein. Daß nicht nur Spanien und Venedig, nicht nur England und die Niederlande auf dem Meere etwas bedeuten sollten, sondern auch Österreich, diesen Gedanken war er allein unter den damaligen Österreichern zu denken fähig. Denn Aller Gedanken hafteten an dem, was man für wichtig zu erkennen gewohnt war: an dem spanischen und italienischen Besitz des Erzhauses, allenfalls an der Abwehr der Türken und Niederwerfung der ungarischen Rebellen, weiter hinaus dachte niemand. Er allein hatte den großen, freien Blick, vor welchem das ganze Österreich dalag, herausgewachsen aus der Ostmark des Deutschen Reiches, ein mächtiges, aber eingeengtes Bollwerk: die Brücke der Völker vom Herzen Europas zum Orient hinübergespannt. Was es aber bedeute, gegen den Orient hin nicht nur den mühseligen Landweg übers Gebirge und durch feindselige oder zweideutige Völker zu haben, sondern die offene freie Straße, wie sehr Österreichs Leben dieses Fensters bedurfte, von wo ihm Luft und Licht komme: das sah er, denn er sah immer das Wesentliche. Sein Sehen aber war zugleich auch schon Wollen, sein Wollen war Tun. Er sah das Ziel, den Weg und die Mittel in Einem. Dazu war ihm noch die Kraft gegeben, daß er die Gemüter der Menschen zu lenken verstand; ohne diese Kraft ist kein Staatsmann groß und schöpferisch. So lenkte er den Blick des Kaisers auf Triest und ebenso der Männer, die mächtig waren durch Rang, Macht und Reichtum. Er reiste selber mit dem Kaiser über Graz nach Süden und zeigte dem Kaiser das Meer, das heute Tausende unserer Schiffe befahren. Er ließ durch Männer, die auf ihn hörten, eine orientalische Handelskompagnie begründen, derengleichen in den westeuropäischen Ländern in Blüte stand, und sein Werk war es, daß der Kaiser für Triest alles tat, wodurch es groß ward, so wie es heute ist und nach diesem Kriege immer mehr werden wird.

Prinz Eugen gewinnt in der kühnsten seiner Schlachten Stadt und Festung Belgrad

Eugen schlug die Franzosen, die in Italien eingefallen waren, das damals dem Hause Österreich gehörte, in vielen Schlachten, er schlug sie, als sie sich mit dem Kurfürsten von Bayern verbündeten, auf bayrischem Boden, am Rhein wie in Flandern, nahm ihnen die Festung Lille weg und schloß endlich mit ihnen in des Kaisers Namen Frieden. Inzwischen waren die Türken wieder stark und begehrlicher geworden, so zog Eugen abermals donauabwärts. Er schlug sie bei Peterwardein, dann schloß er die Festung Belgrad ein und bezog um sie ein halbmondförmiges Lager zwischen Save und Donau. Indessen hatte der Türkensultan ein neues und gewaltiges Heer gesammelt und zog zum Entsatz seiner Festung herbei und lagerte sich in einem großen Halbkreis hinter Eugens Armee, so daß der Belagerer der Festung nun selber von dem Feind belagert war. Eugen hatte vierzigtausend Mann, von denen starben täglich über tausend am Sumpffieber hin, fast ebensoviel wie er selber hatte, waren in der Festung, der Sultan aber lag mit über zweihunderttausend hinter ihm. Die aus der Festung fielen aus wie wütende Hunde, die anderen schoben sich mit Laufgräben und Batterien immer näher an Eugens Heer heran, Zufuhr blieb aus, die Munition wurde knapp, den Offizieren und Soldaten sank der Mut. Das war die schwerste Prüfung, die Eugen und sein Heer jemals durchzumachen hatten. Da kam alles auf den einen Mann an. Abend für Abend ging er nach seiner Gewohnheit in einem unscheinbaren Uniformrock, nur von einem einzigen Offizier begleitet, in den Lagergassen umher, blieb hinter einer Zeltwand oder hinter einem Fuhrwerk stehen und horchte auf die Reden der Soldaten. Da hörte er eines Abends zwei miteinander reden; einer, der auf Krücken ging, sagte zu einem, der im Dunkel auf Stroh lag und sich nicht schleppen konnte: »Was bleibt uns jetzt übrig von unseren glorreichen Siegen am Rhein und bei Turin, als daß wir hier verrecken sollen wie Hunde« – und darauf sagte der andere: »Es bleibt halt nichts als die Hoffnung, die bleibt einem christlichen Soldaten immer.« Da trat Eugen aus dem Dunkel hervor: »Nichts als die Hoffnung«, fragte er scharf und seine Augen blitzten, daß es auf einmal heller wurde und man noch ein paar Husaren sah, die da lagen und schliefen auf wenig Stroh, den Tschako unter dem Kopf – »ich meine, es bleibt kaiserlicher Armee allezeit etwas Besseres« und kehrte den Rücken. Was das Bessere war, das wurde in seiner Seele in diesem Augenblicke geboren und zwei Nächte später bei Tagesgrauen ins Werk gesetzt: das war, der Festung den Rücken kehren und wenige Kompagnien und Geschütze dort in den Gräben lassen, die nach dieser Seite achtgaben, und mit der ganzen Kraft, Infanterie, Reiterei und Artillerie, den übermächtigen Feind angreifen und seinen Halbmond durchstoßen. Dies hub an bei Morgennebel am ewig denkwürdigen 16. August des Jahres 1717. In fünf Stunden war es gelungen und der größte Sieg des damaligen Jahrhunderts gewonnen und die Festung zugleich. Von da an war durch kaiserliche Waffen und Eugens Genius die Macht der Türken als einer eigentlichen angreifenden gegen das Herz Europas vorstoßenden Ostmacht für immer gebrochen, so wie es in diesen heutigen Tagen durch Gottes Hilfe mit der neuen halbasiatischen Großmacht, den Russen, geschehen ist, und wie wir hoffen wollen, auf ewige Zeiten.

Die Soldaten singen zum erstenmal das Lied von ihrem Feldherrn

In Prinz Eugens Heer fochten Männer aus allen Völkern Österreichs, so wie sie heute nebeneinander fechten und stürmen: Niederösterreicher und Mährer, Salzburger und Egerländer, die treuen Kroaten und die frommen Tiroler, Männer aus dem windischen Lande, die man heute Slovenen nennt, und Furlaner, die im Görzischen wohnen, Steirer und Schlesier, Tschitschen und Huzulen, aber auch aus dem Deutschen Reich zogen viele unter dem Doppeladler mit: tapfere Schwaben und lustige Rheinländer und zähe baumstarke Pommern und Brandenburger und dazu noch aus fremden Ländern viele: Irländer und Spanier und Wallonen. Diese alle vertrugen sich gut, denn es ist leicht, gute Kameradschaft halten unter siegreichen Fahnen, und viele von ihnen blieben in den Ländern, die sie den Türken abgewonnen hatten, und ihre Nachkommen sitzen noch heute da und der Name des Prinzen Eugen ist unter ihnen lebendig und geht vor aller Heiligen Namen. So war es auch in seiner Armee, da hätte kein Verbot sein dürfen, diesen Namen eitel zu nennen, denn er war beständig in der Soldaten Mund: sie redeten von seiner kleinen schmächtigen Gestalt und von seinem großen Mut, wie er da in die Bresche gesprungen war und dort sein Pferd ins dichteste Gewühl hineingetrieben hatte, wie es ihm gar nichts ausmachte, wenn eine Kartätsche dicht neben ihm einschlug, oder wenn eine Stückkugel dem Adjutanten, der gerade mit ihm redete, den Kopf wegriß. Sie wußten alle dreizehn Stellen an seinem Leib, wo er die Narben von schweren Wunden trug, und noch besser wußten sie alle Antworten, die er fremden Gesandten oder Parlamentären einmal gegeben hatte, und die Streiche, die er dem Feinde gespielt hatte. Sie trauten ihm zu, daß er die Furt in einem Flusse auf dreitausend Schritte gewahr wurde, wo kein anderer sie sah, und daß er mit seiner Nase unterm Karstboden die Quelle witterte; daß er seine Truppen mit Wagen und Geschützen ebensogut über einen gläsernen Tiroler Eisberg hinab in den Rücken des Feindes zu werfen vermochte als über einen zehn Meilen weiten slavonischen Sumpf; daß er, wenn es sein mußte, mit fünftausend Mann durch ein Rattenloch in eine Festung eindringen konnte, und daß einmal in der Belgrader Schlacht, wie die Not am größten war, er an zwei Stellen der Schlacht zugleich gesehen worden war: auf einem braunen Irländer, gelb gezäumt, bei den Artilleristen, denen er sagte, sie sollten noch

zwei Vaterunser lang warten, der Nebel würde sich gleich heben, und
im gleichen Augenblick auf einem Schimmel mit roter und goldener
Zäumung an der Spitze der Kürassiere, mit deren erstem Glied er auf
die Janitscharen einhieb. Wenn sie nicht von ihm selber redeten, so
redeten sie von seiner Kleidung und dem braunen Rock mit den Messingknöpfen, den er am liebsten trug und wegen dessen sie ihn den
kleinen Kapuziner nannten, von seiner Schnupftabakdose, von der es
hieß, er nähme ebensoviel Tabak als feindliche Stellungen, oder von
seinen Lieblingspferden. Wenn er etwas unternahm, so lachten sie im
voraus, wie er es jetzt dem Feinde wieder zeige, und wenn er nichts
unternahm, so lachten sie, wie er durch diese scheinbare Untätigkeit
den Feind foppen wolle. Wenn er ihrer etliche eines Vergehens gegen
die Kriegsgesetze begnadigte, so lachten sie, und wenn er etliche
andere hängen ließ, so hatten sie auch ihren Spaß daran, denn er war
allezeit der geliebte Feldherr. Einer aber unter ihnen, ein Trompeter
beim Kürassierregiment Herberstein, der hatte eine hübsche Singstimme und verstand auch, was er sich ausdachte, in Reime zu bringen
und dem eine Melodie unterzulegen. Der dichtete das Lied »Prinz
Eugen, der edle Ritter« und sang es fünf Reitern, mit denen er auf
Patrouille war, in einem Dickicht am Saveufer vor, und bald sang es
die ganze Armee.

Prinz Eugen sieht oft im Geiste verborgene und zukünftige Dinge

Eugen hatte Augen, die vieles sahen, was andere Menschen nicht
sehen, er sah auf Meilen die Schwächen in einer feindlichen Aufstellung oder die Furt in einem Fluß und er sah auch einem Menschen
durch und durch, wenn er die Front abritt oder die Lagergassen abging, aber noch weiter konnte er bisweilen sehen, wenn seine Augen
zu waren. Wie dies zuging, darüber hätte er auch seinem vertrautesten
Freunde keine Auskunft geben können. Eines Abends trat er in den
Laufgraben vor der Festung Lille, um das schwere Geschütz zu visitieren, da schloß er gerade für eines Augenblicks Dauer die Augen
und lehnte sich gegen die Erdwand. Ihm war, er trete in einen langen
gewölbten Gang, in diesem kam ihm seine Mutter, die er viele Jahre
lang nicht gesehen hatte, langsam entgegen, in einem schwarzen Gewand, eine Nonnenhaube auf dem Kopfe, eine brennende Kerze in der

Hand, den Blick streng auf ihn gerichtet. Als er die Augen wieder aufschlug, sprach er zu keinem darüber, aber er war nachdenklich und in sich gekehrt. Nach zwei Tagen kam Botschaft, daß seine Mutter an jenem Abend zur gleichen Stunde gestorben war. In späteren Jahren seines Lebens mehrte es sich, daß er für kurze Augenblicke seiner Umgebung entrückt war und an verborgenem Geschehen teil hatte. So ging er eines Abends im Herbst auf der Terrasse seines Schlosses Hof auf und ab, trat an das steinerne Geländer vor und sah hinaus auf die Niederung, die von einem schwachen frühen Mondlicht erfüllt war und in der der Flußnebel aufstieg und sich regte. Ein Teil des Nebels hob sich plötzlich und fing an, gegen Osten zu ziehen in vielen Streifen und Wölkchen, ein langer, langer Zug. Eugens Augen sahen auf dieses Schauspiel der Luft, immer neue Züge schoben sich nach, es war ein tausendfaches Drängen und Vorwärtswollen, auf einmal geschah in seinem Innern eine kleine Bewegung, nur so wie wenn ein Glas Wasser ausgegossen wird, da wußte er mit einemmal, daß er jetzt nicht bloß mit leiblichen Augen in die Ferne des Himmelraumes sah, sondern durch die Zeiten hindurch und daß diese Wölkchen und Streifen, die nach Osten drängten, wieder stockten und wieder hinglitten, in Wirklichkeit etwas anderes waren, nämlich ein ungeheurer Heereszug Österreichs, der sich zu irgend einer Zeit zutrug, in die seine Seele in diesem Augenblick entrückt war. Er spürte die ganze Kraft dieses Zuges nach Osten, die Seelen von Hunderttausenden, das Überwinden der Hindernisse, das Klirren der Waffen, er fühlte, wie Menschen und Tiere das Geschütz über vereiste Berge hinschleppten, er fühlte das tausendfache Rufen: Vorwärts, Österreich! Vorwärts! und den Hauch von Sterbenden. Dies war so groß, daß es ihn schauderte wie einen Knaben, aber er zitterte vor Glück, seine Seele schwang sich aus ihm heraus und flog diesem nach und schwebte durch eine Kette von brennenden donnernden Schlachten hindurch, vertraut wie ein Engel im Bereich des Himmels. Sein Leib blieb ganz still zurück, dort an die Steinbalustrade gelehnt mit offenen Augen, aber so starr und still, daß der Diener, der leise herzugeschlichen war, nicht herankam, er stand im Dunkel, als hielten ihn Fäuste, bis sein Herr wieder eine Regung tat und auf ihn zukam, als wäre nichts gewesen. Aber das Gesicht seines Herrn sah in dieser Stunde im Mondlicht so aus, wie dieser vertraute Diener es nie zuvor gesehen hatte und nie wieder sah.

Eugens letzte Tage und der Löwe im Belvedere

Jetzt saß zu Wien schon der dritte Kaiser seit jenem Leopold, an dessen Hof Eugen gekommen war, und allmählich war Eugen ein sehr alter Mann geworden, und sein Leib, der so oft auf Stroh und im Laufgraben einen erquickenden Schlaf gefunden hatte, war nun schwach und fand auch in einem schönen Himmelbett nur wenige Stunden Schlafes, und statt zu Pferde zu sitzen, fuhr er in einem großen Wagen mit sechs schönen Isabellen-Schimmeln. Aber die Pferde waren auch alt und gingen schläfrig, und der Kutscher, der auf dem Bock saß, schlief manchmal unterm Kutschieren ein. Hinten auf dem Trittbrett standen zwei Leibhusaren, die hatten mitgefochten bei Turin und Höchstädt, bei Oudenarde und bei Zenta und sie waren auch alt und machten im Stehen ihr Schläfchen, und erst wenn die Pferde von selber hielten, erwachten sie von dem Ruck und rissen den Wagenschlag auf, und davon erwachte dann der alte Prinz Eugen. Aber sein Geist war frisch und stark und er leitete die Konferenzen und empfing die Gesandten, und welcher Mann immer von Geist und Ruf nach Wien kam, der war im Palaste Eugens willkommen. Und er sah Österreich klar vor sich und die Welt und wer darin Freund und Feind war und er, der sich zeitlebens mit der Erkenntnis der Menschen abgegeben und Generale und Minister, Soldaten und Priester durchschaut hatte, wandte jetzt seine klaren, wunderbar tiefen Augen auch auf die anderen Geschöpfe Gottes und, wie er vordem in seinem Palaste in der Himmelpfortgasse die größte Sammlung menschlicher Gesichter in Kupferstich angelegt hatte, so richtete er jetzt im Garten seines Schlosses Belvedere eine Menagerie aller seltenen und fremden Tiere ein. Da schenkten ihm fremde Monarchen ausländische Tiere, und der Sultan, dem er so viel Land weggenommen hatte, schenkte dem alten Feldherrn einen ganzen Käfig voll lustiger Affen, der König von Frankreich, den er so oft besiegt hatte, verehrte ihm einen afrikanischen Löwen. Dieser liebte seinen alten Herrn über alles und wollte von niemand anderem Futter nehmen als von dem Prinzen, er drückte sich an die Gitterstäbe und sah dem Fortgehenden jedesmal nach, so lange er konnte. Nicht alle Tage hatte Eugen Lust, bei den Affen und den Papageien und den Bären stehen zu bleiben, aber bei seinem Löwen blieb er jeden Abend stehen und sah ihm in die Augen, und der Löwe hielt seinen Blick aus und erwiderte ihn mit einem mächtigen dumpfen Tierblick voll Liebe. Da kam eine Zeit, wo Eugens Hand, mit der er die Gitterstäbe des Käfigs berührte, viel weißer war als früher und der Blick auf den Löwen noch anders als zuvor, und der Löwe brüllte stärker und klagender, wenn Eugen fortging. Endlich kamen drei Tage, wo der Löwe seinen Herrn nicht sah, er verweigerte alles Fressen und lief unruhig im Käfig auf und nieder, von Zeit zu Zeit dumpf aufstöhnend. In der Nacht nach dem dritten Tage wurde er ganz ruhig und legte sich und blieb ohne Regung, aber seine Augen waren offen. Gegen drei Uhr morgens stieß er ein solches Gebrüll aus, daß der Tierwärter und seine Gehilfen im Bette auffuhren und hinausliefen in die Menagerie, nachzusehen. Da sahen sie Lichter in allen Zimmern des Schlosses, zugleich hörten sie in der Kapelle das Sterbeglöcklein und so wußten sie, daß ihr Herr, der große Prinz Eugen, zu eben dieser Stunde gestorben war.

> Prinz Eugens Geist ist immer dort, wo unsere
> Soldaten fechten und siegen

Prinz Eugenius, der edle Ritter,
Wollt' dem Kaiser wied'rum kriegen
Stadt und Festung Belgerad;
Er ließ schlagen eine Brucken,
Daß man kunnt' hinüberrucken
Mit d'r Armee wohl für die Stadt!

Als die Brucken nun war geschlagen,
Daß man kunnt' mit Stuck und Wagen
Frei passiern den Donaufluß,
Bei Semlin schlug man das Lager,
Alle Türken zu verjagen,
Ihn'n zum Spott und zum Verdruß.

Am einundzwanzigsten August soeben
Kam ein Spion bei Sturm und Regen,
Schwur's dem Prinzen und zeigt's ihm an,
Daß die Türken furagieren,
So viel, als man kunnt' verspüren,
An die dreimalhunderttausend Mann.

Als Prinz Eugenius dies vernommen,
Ließ er gleich zusammenkommen
Sein' General und Feldmarschall.
Er tät sie recht instruieren,
Wie man sollt' die Truppen führen
Und den Feind recht greifen an.

Bei der Parole tät er befehlen,
Daß man sollt' die Zwölfe zählen
Bei der Uhr um Mitternacht:
Da sollt' all's zu Pferd' aufsitzen,
Mit dem Feinde zu scharmützen,
Was zum Streit nur hätte Kraft.

Alles saß auch gleich zu Pferde,
Jeder griff nach seinem Schwerte,
Ganz still ruckt' man aus der Schanz':
Die Musketier, wie auch die Reiter,
Täten alle tapfer streiten:
Es war fürwahr ein schöner Tanz!

»Ihr Konstabler auf der Schanze,
Spielet auf zu diesem Tanze
Mit Kartaunen, groß und klein,
Mit den großen, mit den kleinen,
Auf die Türken, auf die Heiden,
Daß sie laufen all' davon.«

Prinz Eugenius wohl auf der Rechten
Tät als wie ein Löwe fechten,
Als General und Feldmarschall;
Prinz Ludewig ritt auf und nieder:
»Halt't euch brav, ihr deutschen Brüder,
Greift den Feind nur herzhaft an!«

Prinz Ludewig, der mußt' aufgeben
Seinen Geist und junges Leben,
Ward getroffen von dem Blei.
Prinz Eugenius ward sehr betrübet,

Weil er ihn so sehr geliebet,
Ließ ihn bringen nach Peterwardein.

Prinz Eugen, der edle Ritter,
Sah herab vom Himmelsgitter
In das grüne Bosnatal:
»Hei!« rief er: »Da gibt's ein Schlagen,
Wie es war in meinen Tagen,
Glorreich, anno dazumal!«

»Halt't euch brav, ihr tapfern Brüder,
Werft den Feind nur herzhaft nieder,
Laßt des Kaisers Fahne wehn!
Ist mein Leib auch längst vermodert,
Zeigt der Welt, daß in euch lodert
Noch der Geist vom Prinz Eugen!«

»Laßt es blitzen, laßt es knallen,
Und die Helden, die da fallen,
Gehen all' zum Himmel ein;
Petrus öffnet euch die Türe,
Ich begrüß' euch, salutiere,
Sollt mir schön willkommen sein!«

Die drei letzten Strophen sind um die Mitte des 19. Jahrhunderts von Anton Langer gedichtet.

DIE FRAU OHNE SCHATTEN
Erzählung

Der Kaiser war bei der Kaiserin, die des Sommers wegen ihr Gemach auf der obersten Terrasse des blauen Palastes bewohnte. Die Amme verharrte ihrer Gewohnheit nach wachend auf der Terrasse und überdachte zornig das Geschick, das ihre Herrin, eine Fee und eifersüchtig behütete Tochter des mächtigen Geisterfürsten, als Gattin in die Hände eines sterblichen Mannes gegeben hatte, mochte er gleich der Kaiser der Südöstlichen Inseln sein. In ihrer Einbildung verweilte sie, wie so oft, mit dem ihr anvertrauten Feenkinde noch auf der einsamen kleinen Insel, umflossen von dem ebenholzschwarzen Wasser des Bergsees, den die sieben Mondberge einschlossen, wo sie stille abgeschiedene Jahre verbracht hatten. Wieder meinte sie dem halbwüchsigen Kinde zuzusehen, das sich vor ihren Augen in einen hellroten Fisch verwandelte und leuchtend die dunkle Flut durchstrich, oder die Gestalt eines Vogels annahm und zwischen düsteren Zweigen hinflatterte. Aber mitten in ihre träumenden Gedanken brach mit Gewalt das widerwärtige zweideutige Gefühl der Gegenwart. Mit einem unwillkürlichen Seufzer öffnete sie ganz die Augen und spähte in die schöne Finsternis hinaus. Eine Erhellung über dem großen Teich fiel ihr bald auf. Das Leuchtende kam rasch näher, die Baumwipfel empfingen, wie es darüber hinging, einen Schein. An ihrem Bangen fühlte sie, daß es ein Wesen aus jener Welt war, der sie angehörte und der sich zuzurechnen sie seit einem Jahr kaum mehr den Mut hatte: doch war es nicht Keikobad der Geisterkönig selber, der Vater ihrer Herrin, sonst hätte sie heftiger gezittert. Wie die Terrasse sich erhellte, traf sie der Anhauch der Geisterwelt bis ins Mark. Der Bote stand vor ihr auf dem flachen Dach, er trug einen Harnisch aus blauen Schuppen, der seinen gedrungenen Leib eng umschloß. Sein blauschwarzes Haar war geflochten, und seine Augen funkelten. — Wer bist du, fragte die Amme erschrocken, dich habe ich nie gesehen. — Ich bin der Zwölfte,

das mag dir genügen, entgegnete der Bote. Es ist an mir zu fragen, an
dir zu antworten. Trägt sie diesmal ein Ungeborenes im Schoß? Ist
das Verhaßte in diesem Monat geschehen? Dann wehe dir und mir
und uns allen. — Die Amme verneinte heftig. — Also wirft sie noch
keinen Schatten? fragte der Bote weiter. — Keinen, rief die Amme, ich
darf es dir beteuern wie den Elf, die vor dir kamen, sooft ein Mond
geschwunden war. So wenig wirft sie Schatten, als wenn ihr Leib von
Bergkristall wäre. Ja, was sie hinter sich läßt, Steine, Rasen oder
Wasser, leuchtet nachher stärker auf, so als wären es Smaragden und
Topas. — Danke deinem Schöpfer, daß dem so ist, danke ihm auf den
Knien, leichtfertiges strafbares Weib. — Leichtfertig! Strafbar! Sollte
ich einen glitschigen Fisch im Wasser mit meinen Händen packen?
Konnte ich eine junge störrische Gazelle an den Hörnern festhalten?
Warum hat er ihr die Gabe der Verwandlung gegeben? So war sie ja
schon den Menschen verfallen! Was fruchtete meine Wachsamkeit,
meine beständige Angst! — Geprüft müssen alle werden, entgegnete
der Bote. — Und warum, gab die Amme zurück, hat sie die schöne
Gabe wiederum verloren, die ihr jetzt nottäte, wodurch sie vielleicht
dem Verhängnis auf dem gleichen Wege, wo sie ihm verfiel, längst
wieder entschlüpft wäre! — Alles ist an eine Zeit gebunden, sonst
wären es keine Prüfungen. Zwölf Monde sind hinab, drei Tage kommen nun! — Drei Tage! rief die Amme voll unmäßiger Freude. — Der
Bote sah sie streng an. Wer hat dich belehrt, sagte er, die Augenblicke
gegeneinander abzuschätzen? Nimm dich zusammen und wache über
ihr mit hundert Augen. Das goldene Wasser ist auf der Wanderschaft,
es wäre nicht gut, wenn sie ihm begegnete. — Das Wasser des Lebens?
rief die Amme, ich habe es nie springen sehen, ich weiß, es ist voll
geheimer Gaben, könnte es ihr zu einem Schatten verhelfen? — Sie
hätte gerne noch viel gefragt, aber ihr war, als hörte sie hinter sich im
Schlafgemach ein Geräusch. Sie wandte den Kopf und sah beim matten
Schein der Ampel den Kaiser, der sich leise von der Seite seiner schlafenden Frau erhoben hatte und völlig angekleidet dastand. Schnell
kehrte die Amme sich wieder um: der Bote war verschwunden, und
es schien die Helligkeit, die ihn umgab, sich in die ganze Atmosphäre
verteilt zu haben. Der Kaiser trat leichten Fußes über den Leib der
Amme hinweg, die ihr Gesicht an den Boden drückte. Er achtete ihrer
so wenig, als läge hier nur ein Stück Teppich. Er ging schnell bis an
den Rand des Daches vor, und sein vorgebogener Kopf spähte in die
fahle Dämmerung hinaus. Die erfrischte Luft trug ihm aus mäßiger

Ferne zu, was er zu hören begehrte. Man führte leise durch die Platanen sein Pferd heran, dem er die Hufe stets mit Tüchern zu umwinden befohlen hatte; denn es war seine Gewohnheit, zeitig vor Tag zur Jagd auszureiten und seine Gemahlin noch schlummernd zurückzulassen, abends aber erst spät heimzukehren, wenn schon Fackeln auf den Absätzen der Treppe brannten und das Schlafgemach von den neun Lampen einer Ampel sanft erleuchtet war. Immerhin hatte er noch keine einzige Nacht dieses Jahres, dessen zwölfter Monat eben zu Ende gegangen war, bei seiner Frau zu verbringen versäumt. Die Amme war hineingegangen und hatte sich zu den Füßen der Schlafenden auf den Rand des Bettes niedergesetzt; mit zweideutiger Zärtlichkeit betrachtete sie ihr Pflegekind. Sie nahm eine Lampe aus der Ampel und hielt sie seitwärts: kein Schatten des Hauptes, der Schultern, der schönen schmalen Hüften ließ sich an der Wand erblicken. Die Schlafende warf sich herum, ihr Gesicht zog sich schmerzlich zusammen, ein leises Stöhnen drang durch die Kehle bis an die Lippen. Auf einmal schlug sie die Augen auf, setzte sich im Bette auf und war nun so völlig wach wie die Tiere des Waldes, die den Schlaf in einem Nu abwerfen. — Er ist fort, sagte sie, und diesmal bleibt er drei Nächte aus. — Die Amme zuckte, sie dachte an das Wort des Boten, aber sie beherrschte sich schnell. — Wovon träumst du, wenn du schläfst? fragte sie hastig, deine Träume sind schlimm. — Er ist hinaus ins Gebirge seinen roten Falken suchen, sagte die Kaiserin, und er wird nicht ruhen, bis er ihn gefunden hat, und müßte er dreißig Tage und dreißig Nächte fortbleiben. — Wehe, daß wir unter Menschen gefallen sind, sprach die Amme. Ist es so weit, daß du, wenn du schläfst, schon fast dreinsiehst wie ihresgleichen! — Warum hast du mich nicht schlafen lassen, rief die Kaiserin, wie soll ich die lange Zeit hinbringen, könnte ich ihm nach, ach, daß ich den Talisman verlieren mußte. — Unglückseliges Kind, daß du ihn verlieren konntest! Habe ich dir nicht auf die Seele gebunden, daß du ihn bewahrest: an ihm hängt dein Schicksal. — Das wußte ich freilich nicht, daß er es war, der mir die Kraft gab, aus mir heraus und in den Leib eines Tieres hinüberzuschlüpfen. Nun weiß ich es und bin gestraft. Hätte ich ihn noch, wie lustig wären meine Tage, statt daß sie mir nun zwischen meinen glücklichen Nächten öde und traurig hingehen. Was hätte ich tagsüber für ein Leben, und wie wollte ich jeden Tag in einer anderen Gestalt meinem Herrn in die Hände fallen! — Es ist an einem Mal genug, sagte finster die Amme. — Meinst du denn, erwiderte lebhaft die Kaiserin, er hätte mich damals so schnell erlangt, wenn mir nicht sein roter Falke auf den Kopf geflogen wäre und mich nicht mit unablässigen Schlägen seiner Schwingen geblendet hätte, daß mir Feuer aus den Augen sprang und ich im Dorngebüsch zusammenbrach. — Er konnte wirklich den Speer nach dir werfen, der Mörder, der stumpfäugige Höllensohn? Die Amme schrie auf voll ungestillten Hasses. — Verlangst du, daß er mich in dieser Gestalt hätte erkennen sollen, erwiderte die Kaiserin. Aber er hat es mir seitdem oft geschworen, der Blick, der aus dem Auge der Gazelle brach, machte, daß sein Arm unsicher war und der Speer mich nur an der Seite des Halses ritzte wie ein Dorn, anstatt mir die Kehle zu durchbohren. — Die Amme stieß einen halben Fluch aus. — Es war freilich an der Zeit, daß ich mich nicht nur durch einen Blick verriet, sondern schneller als ich es jetzt sage, aus dem Leib der Gazelle mich in diesen meinen eigenen hinüberwarf und die Arme flehend zu ihm aufhob. Denn er war schon vom Pferd gesprungen und hatte den zweiten Wurfspeer, der ihm noch blieb, gezückt; seine Augen waren rot von der Hast und Wildheit der Verfolgung, und seine Züge waren gespannt, daß ich vor ihm, die ihn selbst seit dem ersten Blick liebte und unablässig an mich herangelockt hatte, grausige Todesfurcht empfand und laut aufschrie. Und erst dieser Schrei, so hat er mir gesagt, hat ihn aus der Besessenheit aufgeweckt und uns beiden das Leben gerettet. Nie aber, fügte sie leiser hinzu, ist einer Frau ein herrlicherer Anblick zuteil geworden als auf dem Antlitz meines Liebsten der jähe Übergang von der tödlichen Drohung des Jägers zu der sanften Beseligung des Liebenden. Ach und nur einmal und nie wieder bin ich so die seinige geworden und soll nie wieder sein Gesicht so übergehen sehen. Sie schlug die Augen wieder auf und fuhr fort: — Er hat mir zugeschworen, daß ein sterblicher Mensch, wie er, ein Glück von solcher jähen Stärke nicht öfter als einmal im Leben ertragen könnte. Es mag wahr sein, denn ich habe ihn unmittelbar nach jener Stunde wie einen Rasenden gesehen, als sein roter Falke ihm unter die Augen kam und er das Tier mit Steinwürfen verfolgte, ja in sinnloser Wut dreimal den Dolch nach dem Vogel warf, dafür, daß dieser mit seinen Schwingen meine Augen geschlagen hatte, und nie vergesse ich den Blick, mit dem der blutende Falke von einem hohen Stein aus seinen Herrn zum letztenmal lang ansah, ehe er sich abwandte, und mit gräßlich zuckenden mühsamen Flügelschlägen in die Dämmerung hinein entschwand. — Die Amme war aufgestanden und auf das flache Dach hinausgetreten; die Ge-

schichte jener Jagd und ersten Liebesstunde kannte sie genau genug:
dies alles war wie mit einem glühenden Griffel ihrer Seele eingebrannt.
An dem Schicksal des Falken nahm sie ebensowenig Anteil als an dem
Glück der Liebenden, dessen Flammen die Wiederkehr von dreihundert Nächten nicht schwächer lodern machte. Ein Gedanke allein
erfüllte sie: sie konnte es kaum erwarten, die Sonne hervortreten zu
sehen, die fahle Dämmerung war ihr unerträglich: alle Wesen sollten
einen Schatten werfen, damit die Einzige, die keinen würfe, um so
herrlicher ausgesondert wäre; mit jedem Blick wollte sie sich des Zustandes vergewissern können, an den, wenn er jetzt nur noch drei
Tage lang anhielte, eine fürchterliche Schicksalswendung geknüpft
war. Voll Ungeduld blickte sie in den Himmel empor, der schon
erhellt die Farbe von grünlichem Türkis annahm: ihr scharfes Auge
gewahrte einen Vogel, der in der höchsten Höhe langsam kreiste:
aber auch auf ihm war noch kein Abglanz der Sonne. Die Kaiserin
war gleichfalls hinausgetreten, die Amme fragte nochmals: — Wovon
hast du vor dem Erwachen geträumt? — Ich glaube, von Menschen,
antwortete die Kaiserin. — Gräßlich genug, entgegnete die Amme. Es
war an deinem Gesicht zu lesen, daß du von Häßlichem träumtest.
Wehe, daß wir hier sind, wehe, der es verschuldet hat. — Warum sind
Menschengesichter so wild und häßlich, und Tiergesichter so redlich
und schön? sagte die Kaiserin. — Vor seinesgleichen graut es sie,
murmelte die Amme vor sich hin, ihn sieht sie nicht. Daß ich noch
einmal eine Otter wäre und ein gähfließendes Bergwasser quer durchstriche, sagte die Kaiserin. Ungewiesen seinen Weg finden wie die
Schlange an der Erde und wie der Weih in der Luft ist Seligkeit, aber
Liebe ist mehr. — Sich an die Menschen hängen, murmelte die Amme,
heißt sich ausgießen in ein durchlöchertes Faß. — Die Kaiserin wurde
den Falken gewahr, der hoch oben kreiste, und die Amme sah mit
Lust auf seinen Schwingen den Abglanz der Sonne. Er schien sich
langsam niederzulassen, aber das Licht blieb bei ihm: seine Fänge
blitzten wie Edelsteine, oder er hielt einen Edelstein in den Fängen.
— O glücklicher Tag, rief die Kaiserin mit einemmal, es ist der rote
Falke, der Liebling meines Herrn. Er ist geheilt von seiner Wunde, er
hat uns vergeben. — Der Falke hing mit ausgebreiteten Schwingen
in der Luft. — Der Talisman, schrie die Kaiserin auf, er hat ihn, er
bringt ihn mir wieder. — Die Amme lief und brachte ein grünseidenes
von Perlen und Edelsteinen funkelndes Obergewand. Sie hielten es
empor: — Sieh, wie wir dich und deine Geschenke ehren, du Guter,

riefen sie laut, du Königlicher, du Großmütiger! — Der Falke schwebte
mit einem einzigen Flügelschlag in einem sanften Bogen nach oben
und seitwärts, dann ließ er sich jäh niedergleiten, ein Sausen schlug an
den Gesichtern der beiden Frauen vorbei, in einem Nu war der Vogel
wieder hoch oben in der Luft, auf dem Gewande lag der Talisman; die
Schriftzeichen, die in den fahlweißen flachen Stein gegraben waren,
glommen wie Feuer und zuckten wie Blicke. — Ich kann die Schrift
lesen, sagte die Kaiserin und verfärbte sich. — Die Amme schauderte,
denn ihr waren die Zeichen undurchdringlich wie eh und immer. Ein
seltsamer, zweischneidiger Gedanke durchfuhr sie, sie griff schnell
nach dem Stein, sie wollte ihn wegreißen, die Schrift verdecken: es
war zu spät, die Zeichen waren in Blitzeseile gelesen und sogleich der
Sinn durchdrungen. Mit erstarrtem Arm hielt die Kaiserin den Talisman vor sich hin: es war als sähe sie durch ihn in die Hölle hinab; über
ihren Mund kamen Worte nicht wie eines, der sein Urteil abliest, sondern gräßlicher wie aus der Brust eines Tiefschlafenden starr und
furchtbar: — Fluch und Tod dem Sterblichen, der diesen Gürtel löst,
zu Stein wird die Hand, die es tat, wofern sie nicht der Erde mit dem
Schatten ihr Geschick abkauft, zu Stein der Leib, an den die Hand
gehört, zu Stein das Auge, das dem Leib dabei geleuchtet — innen der
Sinn bleibt lebendig, den ewigen Tod zu schmecken mit der Zunge
des Lebens — die Frist ist gesetzt nach Gezeiten der Sterne. — Mir ist,
sagte die Kaiserin und ließ den Arm sinken, ich weiß es von der
Wiege an, vielleicht hat es mein Vater mir, als ich schlief, ins Ohr
geraunt, wehe mir, daß ich es habe vergessen können! — Die Amme
blieb still wie das Grab. — Nun verstehe ich, was ich nicht verstand,
sagte die Kaiserin und hing den Talisman an die Perlenschnur zwischen ihren Brüsten. Aber ihre aufgerissenen Augen wußten nichts
von dem, was ihre schlafwandelnden Hände taten: — Der Schatten ist
mein Schatten, den ich nicht werfe, ich habe meinen Herrn dergleichen
sprechen hören mit einem seiner Vertrauten, er sagte: Ich will nicht
zu Gericht sitzen über die Meinigen und kein Bluturteil sprechen, ehe
ich der Erde nicht mein Leben heimgezahlt habe. Es ist das Schattenwerfen, mit dem sie der Erde ihr Dasein heimzahlen. Ich wußte nicht,
daß ihnen dieses dunkle Ding so viel gilt. Fluch über mich, daß ich es
alles habe gleichgültig anhören können, als ginge es mich nichts an!
Ich selber werde sein Tod sein, darum, weil ich auf der Erde gehe und
keinen Schatten werfe! — Die erste Erstarrung wich einer tödlichen
Angst. Unsagbar war das Verlangen, den Geliebten zu retten. Sie

umklammerte die Amme: ihr war, als müsse Hilfe und Rettung von
dieser einzigen Freundin kommen, zu der sie als Kind mit ihren
Ängsten und Bedürfnissen so oft geflüchtet war. — Du hast mich nie
im Stich gelassen, rief sie und drückte heftig die Arme um den Leib
der Alten zusammen, hilf mir, du Einzige! Du hast mir alles verziehen,
nachgewandert bist du mir von unserer Insel, bist über die Mondberge
geklettert, drei Monate bist du in den Städten und Dörfern herumgezogen,
bis du erfragt hattest, wo ich hingeraten war, unter den Menschen
hast du gewohnt, vor denen es dich schauderte, hast mit ihnen
gegessen und geschlafen, ihren Atem über dich ergehen lassen, und
alles um meinetwillen, hilf mir du, dir ist nichts verborgen, du findest
die Wege und ahndest die Mittel, die Bedingungen sind dir offenbar,
das Verbotene weißt du zu umgehen! Hilf mir zu einem Schatten,
du Einzige! Zeige mir, wo ich ihn finde, und müßte ich mein Gewand
abwerfen und hinabtauchen ins tiefste Meer. Weise mich an, wie ich
ihn kaufe, und müßte ich alles für ihn geben, was die Freigebigkeit
meines Geliebten auf mich gehäuft hat, ja die Hälfte des Blutes aus
meinen Adern! — Das Schweigen der Alten ängstigte sie noch mehr,
sie wollte ihr ins Gesicht sehen. Eben brachen querüber die ersten
Strahlen der Sonne wie Fackeln herein. Der gräßlich verschlagene, an
sich haltende Ausdruck im Gesicht der Amme durchfuhr sie, sie
fühlte sich verlassen wie noch nie im Leben, das seit der Kindheit
Vertraute wich von ihr, sie war allein. Aber sie war von den Wesen,
deren Kräfte mit dem Widerstand wachsen. — Du weißt es, böse Alte,
rief sie, du hast es seit je gewußt, du hast es kommen sehen und dich
gefreut, du kennst wohl auch die Frist, und dem Tag, der mich tötet,
zählst du mit Lust die Tage entgegen wie einem Fest. Dir ist er auch
ein Fest, er kommt und bringt dir Lohn oder Nachsicht der Strafe,
mein Vater wird wissen, womit er ein feiges, zweideutiges Herz gekauft
hat. Allein du hast dich verrechnet, du wolltest mich bewußtlos
meinem Unheil ausliefern, aber es ist ein Vogel des Himmels gekommen
und hat mich gewarnt. Ich wache und bin mir der Gewalt bewußt,
die mir über dich zusteht. Ich will die Frist nicht wissen, vielleicht
läuft sie in dieser Stunde ab, und ich könnte erstarren, wenn ich es
wüßte. Ich frage dich nichts, ich gebiete dir, daß du mir einen Schatten
schaffest, und müßtest du darüber dein Leben lassen und ich mit dir,
ja sollten wir beide dabei mit lebendigem Herzen zu Stein werden.
Mein Vater ist weit, und ich bin dir nahe, auf und mir voran, ich hinter
dir, und schaffe mir, bei den gewaltigen Namen! den Schatten. Hier

und nicht anderswo wird der Weg angetreten, heute und nicht morgen, in dieser Stunde und nicht bis die Sonne höher steht. — Die Amme erzitterte, sie wußte nicht, was sie erwidern sollte, alles, was ihre Schlauheit ausgesonnen hatte, was sich ihr fast zur Gewißheit der Befreiung verdichtet hatte, alles wurde verschwimmend vor ihrem Blick. Die Schlafende, schmerzlich Zuckende, die einer irdischen Frau glich, hatte sie mit verachtender Zärtlichkeit angeblickt und beinahe gehaßt. Nun stand wieder die unbedingte Herrin vor ihr, und die Lust des Dienenmüssens durchdrang die Alte von oben bis unten. Sie fing etwas unbestimmtes Beruhigendes zu reden an. — Kein Wort, rief die Herrin, als das Wort der Wegweisung, keine Ausflüchte, denn du weißt, keine Zögerung, denn mir brennen die Sekunden auf dem Herzen. — Kind, wüßte ich gleich die Wege und ahndete mir vielleicht, unter welchen Bedingungen ein Schatten sich erwerben ließe... — Das ist es, rief die junge Frau, dorthin! Du voran, ich hinter dir, in diesem Atemzug. Erwerben ist auch nicht das richtige Wort, murmelte die Amme, abdienen vielleicht, ablisten noch eher dem rechtmäßigen Besitzer. — Hin dort, wo ein solcher wohnt, und wäre es ein Drache mit seiner Brut! — Vielleicht etwas Schlimmeres, schwant dir nichts? — Voran, du Umständliche, du Doppelzüngige, schrie die Herrin zornig und zerrte die Alte vom Boden auf. Du bist mir schlimmer als ein Drache. — Schlimmer als ein Drache, abscheulicher dem Auge, widerwärtiger der Seele, sagte die Alte und sah der jungen Frau starr ins Gesicht, ist ein Mensch. — Führe mich zu dem Menschen, dem sein Schatten feil ist, daß ich ihn kaufen kann, ich will seine Füße küssen. — Wahnwitziges Kind, rief die Amme, weißt du, was du sagst! Schauderts dich nicht vor ihnen bis in deine Träume hinein, so wenig du von ihnen weißt? Und nun — hausen willst du mit ihnen! Handeln mit ihnen? Rede um Rede, Atem um Atem? Ihre Blicke erspähen? Ihrer Bosheit dich schmiegen? Ihrer Niedrigkeit schmeicheln? Ihnen dienen? Denn auf das läufts hinaus. Grausts dich nicht? — Ich will den Schatten, rief die Kaiserin, hinab mit uns, daß ich ihrer einem diene um den Schatten. Wo steht das Haus, bringe mich zu ihm! Ich will! — Das Haus? entgegnete die Amme, und ihr Blick wurde blöde, wüßte ich, wo das steht, so wären wir weiter als wir sind. Wir müssen es finden. — Die Junge hing am Munde der Alten: sie erkannte, daß das, was sie jetzt gesprochen hatte, die Wahrheit war, und sie erblaßte noch tiefer. — Du weißt nicht den Menschen noch das Haus, flüsterte sie, so gilt es, daß wir beide suchen und beide finden, du voran, ich hinter dir. — Ihr

fester Mut loderte in ihr wie eine Flamme in einem Gefäß von Alabaster. — Ich weiß, daß ihnen alles feil ist, das ist alles, was ich weiß, sagte die Amme. Auf nun du und schreibe einen Brief an deinen Gebieter.
— Was soll ich schreiben, fragte die Kaiserin gehorsam wie ein Kind. —
Die kluge Alte riet ihr, wie sie den Brief abfassen sollte. Es galt ihre Abwesenheit vom blauen Palaste unauffällig zu machen, aber nichts sollte von dem gesagt sein, was sie ängstigte, noch weniger etwas von dem, was sie vorhatte. Sie hielt das Blatt aus geglätteter Schwanenhaut zierlich auf der flachen linken Hand, sie malte mit der rechten die Zeichen hin, aber die Hand wurde ihr schwer, Seufzer über Seufzer drang aus ihrem Mund. Wie harmlos immer sie die Zeichen setzte, wie schön sie sie anordnete, immer wieder schien sich die Ankündigung des Unheils durchzudrängen. Alles schien ihr zweideutig, die schönen Zeichen selber wurden ihr fürchterlich, unter Seufzern brachte sie den Brief zu Ende, eine kristallene Träne fiel auf die Schwanenhaut. Die Amme sah zu, sie verstand nicht, was da so schwer war. Sie nahm den Brief aus der Hand, rollte und faltete ihn zusammen, umhüllte ihn mit einem perlengestickten Tüchlein und schob alles in eine flache Hülse aus vergoldetem Leder. Die Kaiserin zog ihr eigenes Haarband durch die goldenen Ösen an der Hülse, sie knüpfte es in einen Knoten, den nur der Kaiser zu lösen verstand. Der Brief war geschlossen und bald einem Boten übergeben, der wohlberitten und der Wege kundig war.

Indessen er auf einem schnellen Paßgänger dahinritt, die Jagd einzuholen, glitt die Amme voran, die Kaiserin hinter ihr durch die Luft hinab und ließen sich in der volkreichsten Stadt der Südöstlichen Inseln zur Erde nieder. Sie hatten dürftige Kleider, das der Alten war aus schwarz und weißen Flicken zusammengesetzt, daß sie erschien wie eine gesprenkelte Schlange, die Junge sah noch unscheinbarer aus und ihr strahlendes Gesicht war durch Bestreichen mit einem dunklen Saft unkenntlich gemacht. Niemand achtete der Beiden, sie schritten eilig am Gelände des Flusses hin, der die große Stadt durchfloß. Das gelbliche Wasser trug große Flecken von dunkler Farbe dahin, die sich aus dem Viertel der Färber, das oberhalb der Brücke lag, immer erneuten; vom andern Ufer, wo die niedrigen Häuser der Loh- und Weißgerber standen, drang der scharfe Geruch der Lohe herüber und Häute von Tieren waren an den Abhängen des Flusses mit kleinen Holzpflöcken zum Trocknen ausgespannt. Herüben wohnten die Huf- und Nagelschmiede, und die Luft war erfüllt vom Getöse fallender Hämmer, vom Widerschein offener Feuer, vom Geruch verbrannten Hufes. Die Amme ging rasch und sicher, als folge sie einer Spur, die Kaiserin lief hinter ihr drein. Sie kamen auf eine Brücke, über die viele Leute sich schoben, Lastträger, Soldaten, zweirädrige Wagen und Berittene. Die Amme drang durch die Menschen hindurch, die Kaiserin wollte dicht hinter ihr bleiben, aber es gelang ihr nicht. Das Fürchterliche in den Gesichtern der Menschen traf sie aus solcher Nähe, wie noch nie. Mutig wollte sie hart an ihnen vorbei, ihre Füße vermochten es, ihr Herz nicht. Jede Hand, die sich regte, schien nach ihr zu greifen, gräßlich waren so viele Münder in solcher Nähe. Die erbarmungslosen, gierigen, und dabei, wie ihr vorkam, angstvollen Blicke aus so vielen Gesichtern vereinigten sich in ihrer Brust. Sie sah die Amme vor sich, die nach ihr umblickte, sie wollte nach, sie ging fast unter in einem

Knäuel von Menschen, auf einmal war sie vor den Hufen eines großen
Maulesels, der wissende, sanfte Blick des Tieres traf sie, sie erholte sich
an ihm. Der Reiter schlug den Esel, der zögerte, die zitternde Frau
nicht zu treten, mit dem Stock über den Kopf. — Ist es an dem, daß
ich mich in ein Tier verwandeln und mich den grausamen Händen der
Menschen preisgeben muß? ging es durch ihre Seele und sie schauderte, dabei vergaß sie sich einen Augenblick und fand sich, vom
Strome geschoben, am Ende der Brücke, sie wußte nicht wie. — Sie
sah die Amme bei einer Garküche stehen, einer offenen Bude, und auf
sie warten. Die Leiber schöner, kleiner rosiggoldener Fische lagen da,
in denen die Hände eines Negers wühlten. An einem Balken hing ein
enthäutetes Lamm mit dem Kopf nach abwärts und sah sie mit sanften
Augen an. Ein Arm zog sie an sich, es war die Amme, die gesehen
hatte, daß sie sich verfärbte und für kurz die Augen schloß, und die sie
aus dem Gedränge in eine kleine Seitengasse riß. Hier gingen wenige
Menschen vorbei, sie waren mit Ballen Tuches beladen, an den Häusern hingen hie und da große Streifen gefärbten Zeuges von Trocken-
stangen herab. Halbwüchsige Kinder schleppten Tröge und dunkel-
farbiges Zeug zum Schwemmen. Die Alte war stehengeblieben vor
einem niedrigen Haus unter den Häusern der Färber und horchte auf
die Stimmen von Streitenden, die aus dem Innern drangen. Mehrere
Männerstimmen ließen sich aufgebracht vernehmen, die Stimme einer
noch jungen Frau erwiderte ihnen böse und herrisch; dann mischte
sich eine andere Männerstimme ein von tiefem, gelassenem Klang, die
anscheinend zum Frieden redete. Aber die Stimme der jungen Frau
erhob sich böser und herrischer als zuvor. — Die Stimme gefällt mir,
sagte die Amme und winkte der Kaiserin, sich dicht an die Mauer zu
stellen. — Der Zank drinnen wurde heftiger, endlich sagte die tiefe
Stimme, die am wenigsten gesprochen hatte, etwas Befehlendes sehr
nachdrücklich, wenn auch mit völliger Gelassenheit. Darauf näherten
sich die anderen Männerstimmen, die unzufrieden und mißtönend
waren, der Haustür. Die Amme tat als ginge sie weiter, aber so langsam, als wäre sie sehr alt und krank und vermöchte mit jedem Schritt
nur ein Geringes zurückzulegen. Die Kaiserin schlich neben ihr hin;
aus dem Haus traten drei Männer, ein einäugiger, ein einarmiger und
ein dritter viel jüngerer, der verwachsen war und aus gelähmter Hüfte
hinkte. — Wahrlich, meine Brüder, sagte der Einäugige, der der älteste
schien, der Büttel, der mir vor zweiundzwanzig Jahren mein Auge
ausstieß, hat an mir nicht getan wie unseres Bruders Frau an unserem

Bruder tut. — Wahrlich nein, sagte der Einarmige, indem sie die Gasse hingingen, und die verfluchte Ölmühle, die mir vor fünfzehn Jahren meinen Arm ausriß, hat an mir nicht getan wie sie an ihm tut. — Und das Kamel, das mir vor neun Jahren meinen Rücken krumm trat, nicht an mir! setzte der Jüngste hinzu. — Wahrlich, dieses Weib, unsere Schwägerin, sagte der Älteste wieder, ist durch ihren Hochmut und ihre Bosheit ein pestgleiches Übel und darum bleibt sie unfruchtbar, obwohl sie jung und schön ist und obwohl unser Bruder ein Mann unter den Männern ist. — Das ist unser Haus, sagte die Amme, und wandte sich im Rücken der drei Männer wieder dem Färberhaus zu. — Sie trat schnell ins Haus, glitt durch den Flur und in einen niedrigen Schuppen, der vor Alter dem Zusammenstürzen nahe war, und zog die Kaiserin hinter sich. — Wir müssen warten, bis der Mann aus dem Hause ist, flüsterte sie ihr zu, und zeigte auf einen Spalt in der Lehmwand, an den sie ihr Auge legte. — Sie wies der Kaiserin einen andern Spalt und beide blickten sie in das einzige Gemach des Hauses. Die Kaiserin sah eine junge Frau, sehr ärmlich gekleidet, mit einem hübschen aber unzufriedenen Gesicht auf der Erde sitzen und festgeschlossenen Mundes ins Leere schauen, und sie sah einen großen, stämmigen Mann von etwa vierzig Jahren, welcher mit seinen dunkelblauen Händen einen ungeheuren Ballen von scharlachrotem Schabrackentuch aufschichtete und mit Stricken umwand, um ihn seinem Rücken aufzuladen, der stark war wie der eines Kameles: das war Barak, der Färber. Unter der Arbeit kehrte er der Wand sein großes Gesicht zu, worin die Stirne niedrig, die Ohren wegstehend und der Mund wie ein Spalt war. Er erschien der Kaiserin abschreckend häßlich, und die junge Frau dünkte sie böse und gemein. Man konnte wahrnehmen, daß der Färber gerne zu seiner Frau gesprochen hätte; als er das Bündel geschnürt hatte, trat er ungeschickt mit seinen gewaltigen Füßen hin und her, tat, als höbe er etwas auf, das nicht weit von ihr auf dem Boden lag, beschmutzte seine Hände in einer Pfütze abgeronnenen Farbwassers, murmelte etwas und sah seine Frau von der Seite an; aber ihr Blick ging beharrlich an ihm vorüber ins Leere, als wäre er nicht da. Endlich seufzte er, schwang mit einem Hub die schwere Last auf seinen Rücken und ging gebeugt wie ein Lasttier, aber mit festen, gleichmäßigen Schritten, zur Tür hinaus. Als sich die Frau allein fand, stand sie sogleich auf. Sie ging träge durchs Zimmer und stieß mit schleppendem Fuß einen alten Steinmörser um, der auf der Erde stand, und das Gestoßene ergoß sich auf dem fleckigen Boden. Sie bückte sich halb es aufzusammeln, aber mit einem verächtlichen Zucken ihrer Lippen ließ sie es sein. Sie ging auf ihr und des Färbers niedriges Lager zu, das in der hintersten Ecke an der Ziegelmauer aus ein paar alten Kissen und Decken zugerichtet war und brachte es in Ordnung, indem sie, was schief lag, mit dem Fuß gerade stieß. Dann ging sie wieder weg und warf aus der Mitte des Zimmers einen bösen Blick auf das Bett. Gähnend machte sie sich daran aus einem Mauerloch einen dürftigen Vorrat gelbgrünlicher Olivenzweige hervorzusuchen; sie warf das Holz vor der Feuerstelle, die nichts war als ein rauchgeschwärztes Loch in der Mauer, zu Boden, und richtete sich wie einer, der einer langen Arbeit satt ist, langsam auf. Ihre Hände strichen seitlich an ihrem Leib herab, und als sie die Schlankheit ihrer Hüften fühlte, lächelte sie unwillkürlich. — Wir sind soweit, flüsterte die Amme, hinein mit uns; und sie glitten aus dem Schuppen und traten völlig in die Tür des Wohngemaches. — Die Kaiserin hatte noch nie den Fuß über die Schwelle einer menschlichen Behausung, mit Ausnahme ihres eigenen Palastes, gesetzt; eine namenlose Bangigkeit wandelte sie an, wieder mußte sie die Augen schließen und fühlte sich taumeln, ja fast wäre sie über den langen Stiel einer Schöpfkelle, die auf der Erde lag, hingeschlagen und um sich zu stützen griff sie nach einem an einer Kette hängenden Kessel, der nachgab und sie mit einer scharlachroten Flüssigkeit besprizte. Als die Frau über die Schwelle, an der selten ein fremdes Gesicht erschien, eine alte Person, die einer schwarz-weißen Elster glich, und eine junge Stolpernde eilfertig eintreten sah, mußte sie laut auflachen wie ein Kind und vermochte mit Lachen lange nicht aufzuhören, indessen die Amme in einem augenblicklichen Wortschwall, womit sie sich einführte, alles geschickt zu wenden und zu nützen wußte. — Es sei kein Wunder, fing sie an, wenn ihre Tochter gestolpert sei, wenngleich sie dafür um Verzeihung bitte, denn das Kind sei der Stadt ungewohnt und matt genug geworden vom Gassenablaufen, Fragen und Suchen — es habe mancher sie unrecht gewiesen, vielleicht aus Unkenntnis, vielleicht aus Bosheit, sie aber habe nicht nachgelassen, bis sie das richtige Haus gefunden habe, nun aber, da sie die auserlesene Schönheit ihrer jungen Herrin — hier verneigte sie sich vor der Färbersfrau, und berührte mit ihrer Stirn den Boden und hieß ihre Tochter das Gleiche tun — mit Augen sehe, sei in ihr auch nicht mehr der mindeste Zweifel, daß sie am richtigen Ort sei. — Inwiefern am richtigen Ort? Wer sie denn geschickt? Zu welchem Ende? Und was das alles heißen solle? fragte die Färberin, zitternd vor Staunen. — Als die Alte mit abermaligen Verneigungen vorbrachte, sie wisse wohl, daß ihre junge Herrin Bedarf nach Dienerinnen habe, und sie bitte inständig — hierbei küßte sie der Frau den Saum des Kleides — die Erfahrenheit ihres noch rüstigen Alters und die Anstelligkeit ihrer Tochter einer Probe zu würdigen, wollte sich die junge Frau totlachen, besonders, weil jede der beiden Fremden von der Berührung des unreinlichen Fußbodens einen dunkelblauen Fleck mitten auf der Stirn trug. Darüber, wer es denn gewesen sei, der sie hierher beschieden und ihr den angeblichen Dienstplatz nachgewiesen habe, ließ sie sich mit vielen Worten, aber doch nicht ganz deutlich aus. Es wäre, soviel ergab sich denn endlich, ein Begegnender auf der Brücke gewesen, nicht auf der neuen Brücke, sondern auf einer andern, ein junger Mann, fast noch ein Knabe, ein recht zierlicher; vielleicht habe dieser aber auch nur im Auftrage des andern gehandelt, eines etwas älteren, stolzen und vornehmen, wie ein Fürst dreinsehenden, der sich zuerst seitwärts gehalten, dann aber doch auch mit ihr geredet; ja, wenn sie es auch recht bedenke, wäre es wohl dieser: an diesem habe ihre junge Herrin einen wahrhaft anteilvollen Verehrer und Freund. Hier zwinkerte sie mit den rotumränderten Augen so seltsam und bedeutungsvoll, daß die Färberin einen Schritt zurücktrat, und mit dem süßen Schauder der Überraschung in sich schwor, sie habe in der Welt draußen einen solchen Freund, wenngleich sie ihn nie gesehen, nie bis zu dieser Stunde ein Zeichen seines Lebens empfangen hatte. Die Alte war gleich wieder dicht bei ihr, und eben weil sie fühlte, daß die Frau sich nicht von ihr ab, sondern gerade jetzt im Innersten ihr zuwandte, tat sie mit Verstellung, als befürchte sie das Gegenteil, und rief Gott zum Zeugen an, daß ein seltsameres Mißverständnis kaum möglich sei, als wenn sie nun doch an den unrichtigen Ort geraten wäre! Kaum getraue sie sich nun zu fragen, ob denn die weiteren Zeichen stimmten, ob die auserlesen schöne, junge Herrin in der Tat vermählt sei, seit zwei Jahren vermählt und, seltsam genug, kinderlos bis zum heutigen Tag — ei ja, dies wäre sie — und vermählt mit einem Mann aus dem Färberstande von gesetztem Alter — er könnte leichtlich der Vater seiner Frau sein — von plumper Gestalt, mit einem klaffenden Mund und großen Ohren? Ach ja doch, so ungefähr wäre Barak ihr Mann beschaffen. Und ob drei unvermählte Schwäger im Hause wären, böse, lästige Burschen, einarmig, einäugig und bucklig, zänkische Nichtstuer und Schmarotzer am Tisch des Bruders, die der geheimnisvolle Freund hasse bis auf den Tod um der Belästigungen willen, die sie seiner schönen Freundin beständig bereiteten. Von diesem Augenblicke an war für die schöne Färberin nichts so unumstößlich, als daß sie einen verborgenen Freund von wunderbarer Zartheit des Denkens und Fühlens besitze: das schien ihr vor allem köstlich, daß er von ihrem Dasein bis ins einzelne wußte, über ihr wachte, und die Betrübnisse und Kränkungen, an denen ihr junges Leben vermeintlich reich war, mit ihr teilte, wodurch sich ihr die Öde ihrer Lebenstage von innen her so plötzlich durchleuchtete, daß ein Widerschein davon auf ihrem Gesicht aufflammte. — Wohl uns, rief jetzt die Amme, wir sind vor die rechte Schmiede gekommen! Du bist es, die Seltene, Auserlesene unter tausenden, von der ich weiß, was zu wissen mir das alte Herz im Leibe erwärmt. Du bist es, die über ihren eigenen Schatten springt, die abgeschworen hat ihres Mannes unablässiger, vergeblicher Umarmung und zu sich selber gesprochen: Ich bin satt worden der Mutterschaft, ehe ich davon gekostet habe. Du bist es, welche die ewige Schlankheit des unzerstörten Leibes gewählt hat und abgesagt in ihrer Weisheit einem zerrütteten Schoß und den frühwelken Brüsten. — Die Alte sprach diese Sätze mit lauter Stimme und mit einer Art von feierlichem Singsang, und die abscheuliche Fratze, die sie sich für die Menschenwelt angelegt hatte, glich wirklich dem Kopf einer aufgerichteten gesprenkelten Schlange. Die Färbersfrau sah ihr auf den zahnlosen Mund, in dem die zauberisch beredte Zunge zwischen dünnen Lippen eilig herumfuhr und wußte nicht wie ihr war: etwas, das diesem ähnlich war, lag seit dem zweiten Jahre ihrer unfruchtbaren Ehe dunkel in ihr zwischen Schlafen und Wachen — sie hatte es nie ausgesprochen, auch nie zu sich selber, und doch war es vielleicht unausgesprochen im Halbschlaf über die Lippen gekrochen, wenn sie die unermüdliche Zärtlichkeit des starken Färbers mürrisch und träge erwiderte wie ein unwilliges Kind — es war ausgesprochen und niemand als Barak konnte es wissen, und wenn diesem sogar etwas davon in die Tiefe seiner Seele gedrungen war, nie ging ihm solches über die schwere Zunge, und nun sang es dieses fremde Weib ihr da in ihre Ohren, daß es klang wie eine Lobpreisung, es war durchflochten mit Prophezeiung und verknüpft mit der reizenden Botschaft von einem unbekannten Liebenden; nie hatte ein Mensch so zu ihr gesprochen, vor Verlegenheit und Wichtigkeit überlief es sie heiß und kalt, Neugier und Scham riß sie weg und hin zu der Alten, sie fühlte, wie ihr vor Aufregung das Weinen in die Kehle stieg und verzog den

Mund, um es nicht aufkommen zu lassen und kehrte sich ab. Die Alte hinter ihrem Rücken machte der Kaiserin heimlich Zeichen mit ihren schauerlich zwinkernden, wimperlosen Augen, sie zeigte auf den schwachen Schatten, den die Frau in dem halbdunklen Raum an die Erde warf und tat als streichelte sie ihn, spreizte die Finger nach ihm aus, als könnte sie ihn vom Boden wegreißen und ihrer Herrin zustecken. Dann kroch sie um die Färberin herum und begann mit neuen zudringlichen Dienstesbezeugungen das Feuer der Verwirrung zu schüren, das sie entzündet hatte. — O Herrin, erbarme dich unser und willfahre uns, die wir dir dienen wollen! Wie nur können wir deine Zufriedenheit erwerben, daß du uns hier prüfest und dann später in dein Freudenleben mitnimmst. — Du Närrische, sagte die Frau, hier und nirgends anders spielt sich mein Freudenleben ab. Dort die Schöpfkellen sollen rein werden, die Rührstangen abgekratzt, die Stampfmörser geputzt, der Zuber ausgeleert, der Boden aufgewaschen, der Trog angefüllt, dem kalten Kessel soll untergeheizt werden und der heiße umgerührt, die Tierhaut da soll glatt geschabt werden, und der Sack voll Körner in der Handmühle gemahlen, Öl soll aus dem Schlauch und Fische in die Pfanne, das Feuer soll brennen, die Fische sollen braten und Ölfladen gar werden. Barak, mein Mann, ist hungrig, und das Einaug, der Einarm und der Buckel wollen auch essen. — Heran, meine Tochter, schrie die Alte wie besessen, heran und rühre die Hände, wir müssen uns beglaubigen vor unserer Herrin, damit sie uns aufnimmt in ihre Herrlichkeit! — Was soll die närrische Rede, sagte die Frau und lachte. — Herbei ihr Pfannen und Feuer brenne! rief die Amme gellend, ohne ihr zu antworten. — Die Pfannen flogen ihr durch die Luft in die Hände, und die grünen Ölzweige fingen an zu knistern. — Wer seid ihr, sagte mit schwankender Stimme die Färberin, wer ist dort die Junge, ist sie wirklich deine Tochter, die Lautlose? sie sieht dir nicht ähnlich, warum hält sie sich im Dunkeln und was starrt sie so auf mich? — Das Feuer loderte auf und der Schatten der jungen Frau fiel über den Lehmboden bis an die drübere Wand. — Herzu ihr Fischlein aus Fischers Zuber! rief die Alte, und hantierte unablässig über dem Feuer. — Sieben Fischlein glitten durch die Luft und die dünnen Finger der Alten und landeten ihre rosiggoldenen Leiber nebeneinander auf dem Hackstock. — Wer seid ihr? fragte die Frau nochmals mit verlöschendem Atem. — Gewürze aus dem Gewürzgarten meiner Herrin! rief die Alte befehlend und steckte beide Klauen in die leere Luft, aus der sie sich mit Gewürzen füllten,

deren Duft das Zimmer durchzog. — Welcher Herrin? schrie die junge
Frau, wie aus dem Traume heraus, halb toll vor Angst und Neugierde. — Die Alte warf die Fischlein in die Pfanne und goß Öl über
sie und rückte sie ans Feuer. — Frage deinen Spiegel! gab sie über die
Schulter zurück. — Ich habe keinen Spiegel, rief hastig die Färberin,
ich mache mein Haar über dem Bottich. — Das Feuer lohte höher auf
und der Schatten bewegte sich und wurde schöner und schöner. —
Worauf läuft es hinaus? dachte die Kaiserin und zitterte vor Fremdheit
und Ungeduld. — Ihr war, als gäben die Fischlein in der Pfanne alle
zusammen einen klagenden Laut. Ja, sie riefen ganz deutlich in singendem Ton diese Worte:

> Mutter, Mutter, laß uns nach Haus
> Die Tür ist verriegelt: wir finden nicht hinein.

— Wo bin ich, sprach die Kaiserin, höre ich es allein? — Der Laut traf
sie an einer Stelle so tief und geheim, daß dort nie etwas sie getroffen
hatte. Die Amme hantierte am Feuer wie eine Tolle, die Pfannen
hüpften, das Öl sott, die Fische schnalzten, die Kuchen quollen auf.
Sie schrie etwas in die Luft, in ihrer ausgereckten Hand blitzte ein
kostbares Band, durchflochten mit Perlen und Edelsteinen, jenem
gleich, mit dem die Kaiserin ihren Brief gesiegelt hatte, in der andern
ein runder Spiegel. Sie kniete vor der Färberin nieder, die sich zu ihr
auf die Erde kauerte. Die Alte führte ihr die Hand, das Haarband
flocht sich ins Haar, das junge Gesicht glühte aus dem runden Spiegel
wie aus purem Feuer wiedergeboren. Kläglich sangen die Fischlein:

> Wir sind im Dunkel und in der Furcht
> Mutter laß uns doch hinein
> Oder ruf den lieben Vater
> Daß er uns die Tür auftu!

Hören die es nicht? dachte die Kaiserin, ihr wurde dunkel vor den
Augen, aber die Sinne vergingen ihr nicht. Deutlich sah sie die beiden
andern Gestalten. Die Junge lag gekauert und sah unablässig in den
Spiegel, die Alte sprang zwischen ihr und dem Herd hin und her.
— Mir hat Ähnliches geträumt, sagten die Lippen der Färberin. — Das
Gesicht der jungen Frau war seltsam verändert und ihre nächsten
Worte waren nicht zu verstehen. Die Alte sprang auf sie zu wie ein
Liebhaber, sie kniete bei ihr nieder, ihr Mund flüsterte dicht am Ohr:
— Hat dir auch geträumt, daß es auf ewig sein wird? — Sie verstanden

sich mit halben Worten. Die Junge sank zusammen vor Glück, ihr
Auge drehte sich nach oben, daß man nur das Weiße aufleuchten sah.
— Drei Nächte zuerst — wirst du stark sein? zischte die Amme, drei
Nächte ohne deinen Mann. — Die Junge nickte dreimal, — das ist
nichts, aber was kommt dann? flüsterte sie, ist es arg? ist es gräßlich,
was ist es, das ich tun muß? — O du Unschuldige, rief die Amme,
streichelte ihr die Hände, die Wangen, die Füße. Ein Nichts ist es.
— Wirst du zu meinem Beistand bei mir sein? hauchte die Färberin.
— Sind wir nicht deine Sklavinnen von Stund an! rief die Alte. — Sag
mir wie es sein wird, fragte die Junge. — Du erwartest das Große und
wirst erstaunen über das Geringe, entgegnete die Amme. Die drei
Nächte und der feste Entschluß, diese sind das Schwere. — Der Entschluß ist gefaßt und die drei Nächte sind mir leicht, sag mir, wie das
Werk vollbracht wird! — Du schleichst dich zwischen Tag und Nacht
aus dem Haus an ein fließendes Wasser, sagte die Amme. — Der Fluß
ist nah, lispelte die Junge. — Dem fließenden Wasser kehrst du den
Rücken und tust die Kleider ab, behälst nichts an dir als den Pantoffel
am linken Fuß. — Nichts als den? sagte die Färberin und lächelte
ängstlich. — Dann nimmst du sieben solcher Fischlein, wirfst sie mit
der linken Hand über die rechte Schulter ins Wasser und sagst dreimal:
Weichet von mir, ihr Verfluchten, und wohnet bei meinem Schatten.
Dann bist du die Ungewünschten für immer los und gehest ein in die
Herrlichkeit, wovon dieses Haarband und das Mahl, das ich hier
bereitet habe, nur ein erbärmlicher Vorgeschmack ist.

— Was soll das bedeuten, daß ich zu ihnen, die nicht gewünscht
sind, sagen werde: Wohnet bei meinem Schatten? —

— Es ist ein Teil des Bundes, den du schließest und soll heißen, daß
in dieser Stunde dein trüber Schatten von dir abfallen wird und du
eine Leuchtende sein wirst so von vorne als in deinem Rücken. — Die
Frau sah mit einem verlorenen Blick über den Spiegel hinweg. — Ich
werde es tun, sagte sie dann. — Mutter o weh! riefen die Fischlein mit
ersterbender Stimme und waren fertig gekocht. — Die Kaiserin allein
hörte den Schrei und er durchdrang sie, und sie mußte für eine unbestimmte Zeit die Augen schließen. Als sie sie wieder aufschlug, sah sie
beim Scheine des zusammengesunkenen Feuers, wie die Färberin sich
bückte und der Alten die Hand küssen wollte. Vorne im Zimmer, nahe
der Feuerstelle, war aus der Hälfte des Ehelagers für den Färber Barak
eine Schlafstätte errichtet, hinten war vor das Lager der Frau ein Vorhang geschoben. Die Amme verneigte sich tief vor der Färberin und

zog ihre Tochter nach sich zur Tür hinaus. — Was ist geschehen? fragte die Kaiserin als sie durch die Nacht hinschwebten. — Viel, erwiderte die Amme. — Ist es vollbracht? fragte die Kaiserin und rührte zutraulich die Amme an, vor der ihr nicht mehr graute, seit sie sie nicht mehr mit den Menschen sah. — Die Alte gab ihr einen fast spöttischen Blick zurück: — Geduld! sagte sie, alles will seine Zeit. —

Der Färber Barak kam spät nach Hause. Er fand das Gemach dunkel und erfüllt von Duft wie das Haus eines Reichen. Nachdem er ein Licht entzündet hatte, sah er zu seiner unmäßigen Überraschung das eheliche Lager entzweigeteilt, und die eine Hälfte an einer völlig ungewohnten Stelle nahe am Herd, die ihn zu erwarten schien, die andere mit einem Stück Zeug verhängt. Er ging hin, und indem er das Licht mit der Hand verdeckte, schob er den Vorhang beiseite und fand seine Frau, die mit geballten Fäusten schlief wie ein Kind. Ihr Atem ging ruhig, und sie schien ihm begehrenswert, aber er hielt sich im Zaum, ging mit leisen Schritten an den Herd und fand, dem Geruch nachgehend, den Rest einer köstlichen Mahlzeit von Fischen und gewürzten, in Öl gebackenen Kuchen, derengleichen er niemals gegessen hatte. Er sparte sich einen halben Fisch und einen Teil von den Kuchen vom Munde ab und trug diese Reste mit leisen Schritten hinaus in den Schuppen, damit sein jüngster Bruder, der Verwachsene, wenn ihm nachts oder früh am Morgen noch nach Essen gelüstete, sie fände. Dann ging er zu seinem Lager und verrichtete auf dem Bette sitzend ein kurzes Gebet; nachher verharrte er noch eine Weile regungslos und sah unverwandt auf den Vorhang hinüber, der ihm den Anblick seiner Frau verwehrte. Aber es regte sich nichts, und mit einem leisen Seufzer, der aber doch wie bei ihm Alles gewaltig war, streckte er seine Glieder und schlief sogleich ein. Am nächsten Morgen ging er vor Tagesgrauen hinaus an den Fluß, er nahm einen Stampfmörser mit und verrichtete diese Arbeit draußen hundert Schritte vom Haus, um mit dem Geräusch den Schlaf seiner Frau nicht abzukürzen. Als er wiederkam, sah er zwei fremde Frauen, die hereinschlichen und die Schwelle des Wohngemaches überschritten, als ob sie hier zu Hause wären.
— Das sind meine Muhmen, die mir dienen werden ohne Lohn, sagte die Frau, die zu seinem Staunen schon auf war. — Als die beiden

Fremden sich bückten, um den Saum ihres Kleides zu küssen, war ihre Haltung, mit der sie es geschehen ließ, von einer Anmut, daß er meinte, sie nie so schön gesehen zu haben. Aber er hatte keine Zeit, seinen Blick an ihr zu weiden. Er lud sich eine gehörige Last frischgebeizter Tierhäute auf den Rücken, die Alte sprang herzu und war ihm behilflich. Sie lief ihm voran an die Tür, tat sie für ihn auf und verneigte sich, als er vorüberging. — Komm bald wieder nach Hause, mein Gebieter, rief sie dann, meine Herrin verzehrt sich vor Sehnsucht, wenn du nicht da bist! — Dann war sie mit einem Sprung bei ihrer jungen Herrin und zeigte ihr ein Gesicht, das den Hinausgegangenen lautlos verlachte. — Die Augenblicke sind rinnender Goldstaub, zischte sie, heran, daß ich dich schmücke und mit dir ausgehe. —

— Wir haben nichts außer dem Haus zu suchen, sprach die Frau. —

— So verstattest du, daß ich den rufe, der danach schmachtet, zu kommen. —

— Von wem redest du da, sagte die Frau ganz kühl und sah ihr hart ins Gesicht. — Die Amme war betroffen, aber sie ließ es sich nicht merken. — Von dem auf der Brücke, gab sie ohne Verlegenheit zurück, von diesem rede ich, von dem Unglückseligsten unter den Männern! Verstatte, daß ich ihn rufe und ihn hereinhole zur Schwelle der Sehnsucht und der Erhörung! — Ich will das Haus rein, sagte die Färberin und sah an der Alten vorbei, die Kessel sollen blank werden und die Mörser gescheuert, die alten Rührstangen sollen aussehen wie neu, der Boden muß aufgewaschen sein und so fort, eines nach dem andern. — O meine Herrin, rief die Alte kläglich, bedenke: es gibt einen, dem der Gedanke an dein offenes Haar die Knie zittern macht. — Die Küpen hinaus zum Schwemmen, rief die Färberin, du Schamlose, die Tröge, Fässer rein, neues Brennholz aus dem Schuppen, fünf Klafter geschichtet, Feuer unter die Kessel, die Mühlen gedreht, daß die Funken stieben, die Betten gemacht, auf, eins, zwei! Vorwärts ihr Beiden! Barak, mein Mann, soll sich freuen, daß ich zwei Dienerinnen habe. — Wehe uns, rief die Alte und fiel der Frau zu Füßen. Hinaus mit uns, meine Tochter, wir sind der Herrin verächtlich, und sie will nicht, daß wir ihr dienen zu wahrem Dienst!

— Seid ihr mir in Dienst gestanden oder nicht? schrie die Färberin böse und entzog der Alten ihren Fuß, daß sie taumelte. Habt ihr mir geschworen oder nicht? — Und sie stampfte auf. Die Amme und die Kaiserin liefen, sie machten flink die Betten, sie trugen die Küpen und Zuber zum Schwemmen; dann schleppten sie das Brennholz aus dem

Schuppen herbei und schichteten es auf, sie putzten die Mörser blank und kratzten die Schöpfkellen ab. Indessen hatte die Färberin sich unter ihrem Kopfkissen das köstliche Haarband und den Spiegel hervorgeholt. Sie saß an der Erde auf einem Bündel getrockneter Kräuter und schmückte sich, aber ihr Gesicht war unfreudig. — Ihr meint, ihr habt mich in der Tasche, rief sie über die Schultern, ja, da hättet ihr früher aufstehen müssen! Lauft nur und schwitzt. — Du wirst hungrig sein, o meine Herrin, sagte demütig die Alte. Nichts macht so hungrig als arbeiten sehen, und reichte ihr auf einem Teller eine Menge von kleinen Pasteten von zartem gewürzten Duft, derengleichen der Färbersfrau nie vor Augen gekommen: sie besah sie mit Verwunderung, nahm dann den Teller und aß eine der kleinen Pasteten nach der anderen. Als Barak mittags nach Hause kam, hatte sie keinen Hunger und ließ die Mahlzeit unberührt, welche die Amme gekocht hatte und die Barak wohlschmeckte. Sie sprach auch wenig und antwortete nicht auf die Fragen ihres Mannes. Dieser aß kaum einen Bissen, ohne dazwischen seine kugeligen Augen, an denen man das Weiße sah, wenn er aufmerksam oder besorgt war, nach seiner Frau zu wenden. — Betet, ihr, die ihr mit uns esset, sagte Barak zu den Muhmen, die etwas entfernt an der Erde saßen und das verzehrten, was übrig blieb. Betet, daß sie wieder essen könne, und daß es ihr gut anschlage. Ihr müßt wissen, fuhr er fort, daß ich vor einer Woche alle Frauen meiner Verwandtschaft ins Haus gebeten habe, und sie haben schöne Sprüche gesprochen, die Gevatterinnen, über dieser da, meiner Frau, und ich habe, müßt ihr wissen, siebenmal vor Nacht von dem gegessen, was sie gesegnet hatten mit dem Segen der Befruchtung. Und wenn meine Frau seltsam ist und anders als sonst, so preise ich ihre Seltsamkeit und neige mich zur Erde vor der Verwandlung: denn Glück ist über mir und Erwartung in meinem Herzen. — Der jungen Frau Gesicht sah mit einem Mal blaß und böse aus. — Aber triefäugige Vetteln, sagte sie mit schiefem Mund, müßt ihr wissen, die Sprüche murmeln, müßt ihr wissen, haben nichts zu schaffen mit meinem Leibe, und was dieser Mann in sich gegessen hat vor Nacht, müßt ihr wissen, das hat keine Gewalt über meine Weibschaft. — Sie stand jäh von der Erde auf, ging nach hinten an ihr Bette und zog den Vorhang zu. Auch Barak war aufgestanden; sein Mund öffnete sich, als ob er noch etwas hätte sagen wollen, und sein rundes Auge haftete auf dem Vorhang, der ihm seine Frau verbarg. Schweigend machte er sich daran, eine ungeheure Last von gefärbtem Zeug aufzuhäufen und sie seinem Rücken aufzuladen. Als er beladen war, richtete er an der Tür seinen gewaltigen Rücken nochmals ein wenig auf und sagte zu den Muhmen, indem er sie freundlich ansah: — Ich zürne der Frau nicht für ihre Reden, denn ich bin freudigen Herzens, müßt ihr wissen, und ich harre der Gesegneten, die da kommen. — Es kommen keine, flüsterte in sich hinein die Frau, keine in dieses Haus, viel eher werden welche hinausgehen. — Sie flüsterte es fast ohne Laut und hinter dem Vorhang, so daß niemand es hören konnte; aber die Amme hörte es doch und ihre wimperlosen Augen zuckten.

Die Frau saß auf ihrem Bette und regte sich nicht, eine volle Stunde lang. Die Amme lief nach einer längeren Zeit an den Vorhang und flüsterte ans Bette hin; es kam keine Antwort. — Wehe, mit diesen Wesen zu leben ist schlimmer als von ihnen zu träumen, flüsterte die Kaiserin, sag mir, um was geht es zwischen diesem boshaften Weibe und ihrem häßlichen plumpen Mann? — Um deinen Schatten, antwortete die Amme ebenso leise. — Die Frau trat plötzlich hervor. — Warum kommt er denn nicht, du Lügnerische, der, von dem du immer redest, sagte sie mit einem Male und wurde im gleichen Augenblick, als sie es gesprochen hatte, dunkelrot. Ich weiß es, und du brauchst mir nicht zu erwidern, fuhr sie fort, er ist selber ein Alter und Abscheulicher, das sehe ich daraus, daß er dich als Gelegenheitsmacherin vorschickt. — Die Amme erwiderte kein Wort. — Gestehe mir, rief die Färberin, daß du eine bezahlte Kupplerin und Betrügerin bist, und daß alles Gaukeleien sind, womit du darauf aus bist, mir den Kopf taumelig zu machen! — Die Alte blieb stumm. — Meinen Pantoffel in dein Gesicht, du Hexe, schrie die Junge, da nimm dafür, daß du mich mein Elend erst recht hast fühlen machen, da nimm — und sie schlug noch einmal zu — dafür, daß du mich aus dem Regen in die Traufe bringen wolltest, denn wer wird er denn sein, der deinesgleichen mir ins Haus schickt, — hat er mich vielleicht auf der Straße gesehen und untersteht er sich, mich so ohne weiteres haben zu wollen? — sag mir das noch, bevor ich dich hinausjage, und dann frage ihn, wer ihm erlaubt hat, sein Auge zu mir zu heben. Erzähle ihm ein wenig, daß Barak der stärkste unter den Färbern ist und auch unter den Lastträgern nicht seinesgleichen hat. — Die Amme blieb regungslos und schwieg beharrlich; sie hatte ihren Kopf ein weniges von der Erde gehoben, aber es schien, sie getraue sich nicht dem Blick ihrer zürnenden Herrin zu begegnen. Erst als diese von ihr ließ und mit schleppenden Schritten wegging, sah sie ihr nach und flüsterte, wie ihrer selbst vergessen, ins Leere: —Sieh hin, o mein Gebieter, hat sie nicht einen schwimmenden Gang gleich einer verdürstenden Gazelle? — Meine Finger um deine Kehle, schrie die Färberin, die jedes Wort verstanden hatte, und wandte sich jäh um, mit wem redest du, du Hexe! — Die Röte war aus ihrem Gesicht geschwunden, sie war blaß und sah aus wie ein geängstigtes Kind. — Mit ihm, der draußen steht, mit ihm, der die Hände reckt gegen die Türe deines Hauses, der den Kopf sich zerschlägt gegen die Mauer deines Hauses, der sein Gewand zerrissen hat vor Verlangen und vergeblicher Sehnsucht. — Komm her zu mir, sagte die Färberin mit veränderter Stimme, komm, aber berühre mich nicht! — Sie setzte sich auf ihr Lager und ließ die Alte dicht an sich herankommen. — Du bist eine Kupplerin, sagte sie, wehe mir, und eine von den gewöhnlichen, und du bist an mich gekommen, weil ich arm bin und hast aufs Geratewohl deine gewöhnlichen Künste gebraucht, verziehen seien sie dir. Jetzt aber laß ab von mir und nimm diese mit dir, denn ich will euch nicht länger im Hause behalten: das ist es, was ich bedacht habe, als ich auf meinem Bette saß und stumm war. Ich will nicht mit dir gehen, und ich will den nicht sehen, der dich ausgeschickt hat; denn ich bin seiner überdrüssig, bevor ich ihn gesehen habe. Die Begehrlichen sind einander gleich auf dieser Welt, und ihr Begehren ekelt mir. — Sie sah um sich im ganzen Raum, als sinne sie über etwas nach. — Vieles war unrein, und ihr habt es rein gemacht, fuhr sie fort, aber es ist nichts besser geworden, die Geräte sind mir nicht lieber als zuvor, und das Haus ist mir trauriger als ein Gefängnis. Du bist hereingekommen zur bösen Stunde, du hast mir ins Ohr geflüstert vom Freudenleben, das auf mich wartet, das war deine schwärzeste Lüge, denn es kommt nichts für mich, als was schon gewesen ist. Ich bin wie eine angepflöckte Ziege, ich kann blöken Tag und Nacht, es achtet niemand darauf, treibt mich der Hunger, so nehme ich mit meinem Munde Nahrung in mich, und so lebe ich einen Tag um den andern, und das geht so fort, bis ich dein runzliges Kinn habe und deine rinnenden Augen, ich Unglückselige. — Die Tränen überwältigten ihre Stimme, sie sank nach vorn, die Alte unterstützte sie. Ganze Bäche stürzten ihr über die Wangen, die Alte sah es mit Entzücken. Sie ließ die Weinende leise auf das Bett gleiten, sie streichelte ihr die Wangen, sie küßte ihr die Fingerspitzen, die Knie. — Oh wie du bist, du Köstliche, wie Räucherwerk bist du, das seinen Duft lange in sich hält in der Kühle, du Strenge gegen dich selber. — Warum zündest du Weihrauch an, ich will es nicht, sagte die Frau mit schwacher Stimme und richtete sich in den Armen der Alten halb auf. — Es ist kein Ambra, es sind keine Narden, murmelte die Andere, es ist der Duft der Sehnsucht und der Erfüllung. — Sprich keine Zauberworte, rief die Junge ängstlich und zuckte in den Armen, die sie fest umschlangen und auf das Bett niederdrückten. — Ruhig, du Unnennbare, du bist es selber, rief die Amme, dein Hauch ist süßer als Narden, deine Blicke sättigen mit dem Feuer der Entzückung. — Die Färberin wehrte sich gegen die Umschlingung der Alten und klammerte sich doch an sie, sie sah in einem Wirbel voll Angst und Wollust nach oben in das feurige Weben hinein, aus dem ein Etwas mit durchdringender Gewalt zu ihr wollte, ihr schwindelte, und sie mußte die Augen schließen. — O mein Gebieter, widerstehst du ihren Augen, wenn sie ersterben? flüsterten dicht an ihrem Kopf die Lippen der Amme, sie flüsterten es nach oben. — Wer soll es sein, es gibt ihn nicht, hauchte die Frau und fühlte, wie sie willenslos der Alten im Arm hing. Mit wem redest du? —

— Mit einem, der nahe ist und nach dir lechzt, mit einem, der mir zuruft: so verdecke ihr die Augen, und wenn du sie ihr wieder auftust, dann bin ich es, dessen Gesicht auf ihren Füßen ruht.

— Die Augen, sagte die Frau und riß sich los, nicht um alles! — Du tust es, rief die Amme mit schmeichelnder Stimme, du legst dich wieder auf dein Bette, du liegst schon, du lässest mich den Mantel über dich breiten, meine Tochter deckt dir die Füße zu und legt sanft ihre Hand auf deine Augen — du hast es gewährt, o meine Herrin! — Es kann nie geschehen, sprach die Kaiserin in sich, sie will es ja nicht! Es kann nie geschehen, wiederholte sie, indessen die Augen der Frau schon gegen ihre flachen Hände schlugen. Es war schon geschehen, indem sie es aussprach. Inmitten des Raumes stand ein Lebendiger, der vordem nicht dagewesen war. Sie nahm ihn nur aus dem Winkel des Auges wahr, seine Gegenwart war stark und lauernd wie eines Tieres. Die Kaiserin konnte es nicht ertragen, dies in ihrem Rücken zu haben. Sie trat zurück und gab die Augen der Färberin frei. Diese setzte sich auf und zitterte vor Furcht und Verlegenheit. Die Amme neigte sich zur Erde vor dem Ankömmling, und er schritt langsam auf die schöne Färberin zu. Die Kaiserin trat hinter sich; sie sah, wie das eine seiner Augen größer war als das andere und einen Blick von besonderer tierhafter Heftigkeit auswarf, und sie erkannte, daß es einer von den Efrit war, welche beliebige Gestalten annehmen können, um die Menschen anzulocken und zu überlisten. Sie sah, daß er schön war, aber die unbezähmbare Gier, die seine Züge durchsetzte, ließ ihr sein Gesicht abscheulicher erscheinen als selbst eines der Menschengesichter, die ihr auf der Erde begegnet waren. Sie wußte, daß diese Efrit das Bereich der Lebenden umlauern, aber nie hatte sich einer von ihnen unterstanden, ihr so nahezukommen. Haß und Verachtung durchbebten sie, sie richtete sich hoch auf und blitzte vor Hochmut. Die Amme spürte ihren Zorn, sie glitt neben sie hin und faßte sie besänftigend an, sie schob sie zur Seite, der Efrit stand vor der Färberin und heftete seine Augen auf sie, vor denen sie die ihrigen niederschlug. — Da bist du, sagte er mit einer Stimme, welche tiefer und seltsamer war, als die Kaiserin erwartet hätte, und der er einen schmeichelnden, beinahe unterwürfigen Klang gab, du Köstliche, die auf mich wartet. — Wartet — sagte die Frau — ich auf dich?

— Du bist ein Weib, aber der den Knoten deines Herzens lösen soll, ist dir noch nicht nahe gewesen vor dieser Stunde. — Die Frau öffnete den Mund, aber es kam kein Laut hervor. Seine Hände lagen auf ihren Knien, er glitt neben sie hin, es war etwas vom Panther und etwas von der Schlange in ihm. Der Kaiserin riß es durch die Seele. — Hilf ihr von dem Unhold, flüsterte sie der Amme zu, siehst du denn nicht, daß sie ihn nicht will! — Ins Schwarze treffen und der Scheibe nicht weh tun, das wäre freilich eine vortreffliche Kunst, gab die Amme kalt zurück. — Der Efrit ergriff mit beiden Händen die Handgelenke der Färberin und zwang sie, zu ihm aufzusehen; ihre Blicke konnten sich des Eindringens der seinigen nicht erwehren: sie lag ihm offen bis ins Herz hinein. — Die Augen, heiße ihn die Augen wegtun, rief die Frau, und es schien, sie wollte flüchten, aber der Efrit blieb dicht an ihr, seine Hände lagen auf ihrem Nacken und die Worte, die seinen Lippen schnell entflossen, klangen schmeichelnd und drohend zugleich. Die Kaiserin wollte nicht hinsehen und sah hin. Sie begriff nicht, was sie sah, und doch war es nicht völlig unbegreiflich: das beklemmende Gefühl der Wirklichkeit hielt alles zusammen. — Vorbei! hauchte sie und drückte fest ihr Gesicht in einen Sack mit getrockneten Wurzeln — was ist er ihr, was ist sie ihm, wie kommen sie zueinander! Warum erwehrt sie sich seiner nur halb! Um was geht es zwischen diesen Geschöpfen? —

— Um deinen Schatten, gab die Amme zur Antwort, und ihr Gesicht leuchtete auf. — Nein, nicht dies, rief die Kaiserin dicht am Ohr der Alten. — Ruhig, sagte die Alte, ruhig, sie ist eine Verschmäherin und muß gebrannt werden im Feuer des Begehrens. —

— Verlocke sie mit Schätzen, es war von köstlichen Mahlzeiten die Rede — sie will ein Haus und Sklavinnen, sagte die Junge, gib ihr was sie will, nicht dies! —

— Ein krummer Nagel, antwortete die flinke Zunge der Alten, ist noch keine Angel, es muß erst ein Widerhaken daran. —

Die Frau hatte ihre Hände frei bekommen und war aufgestanden. — Ich will mich verstecken, sagte sie, hilf mir, Alte, ich will mich vor diesem da verstecken! Was geht er mich an, der fremde Mensch! Mag er gleich schön sein! — Die Amme war schnell bei ihr: — Dir nicht fremd zu sein, du Köstliche, sagte sie mit einem unbeschreiblichen Ausdruck, ist alles, was er begehrt. — Ich will mich vor seinen Blicken verstecken, schrie die Frau und schob die Alte so ungeschickt zur Seite, daß sie selbst dem Manne näher war als zuvor. — Frage ihn, wie er sich unterfangen kann, von mir zu verlangen, was er verlangt hat, er, den ich vor einer Stunde nicht gekannt habe! Frage ihn! Er sagt, er verlangt es als ein Pfand des Zutrauens und als ein Wahrzeichen, daß mein Gemüt nicht karg ist! — Wahrhaftig, da sagt er die Wahrheit, rief die Alte mit Begeisterung und tauschte einen Blick mit dem Efrit, und daß du ihn vor einer Stunde nicht gekannt hast, ist ein Grund mehr, dich großmütig zu bezeigen: so ist es gesetzt zwischen Herz und Herz, und wer dich anders gelehrt hat, war schlechthin darauf aus, dich zu betrügen, du Arglose. — So ist es, rief der Efrit, aber die Alte winkte ihm, still zu sein. — Sie horchte angestrengt nach außen. — Ihr müßt auseinander, rief sie, ihr Liebenden, ich höre den Schritt des Färbers, der nach Hause kommt. Er ist fröhlichen Herzens und trägt eine irdene Schüssel in den Händen. — Der Kaiserin Herz schlug vor Freude; sie konnte es kaum erwarten, den Großen, Starken eintreten zu sehen. — Warum stößt er nicht die Tür auf, warum dringt er nicht herein, dachte sie und hob den Kopf. Eine Art von Musik erklang von draußen, eine Art von mißtönendem Gesang. Die Amme stand bei ihr und warf ihr einen seltsamen Blick zu: — Auf, du, und heiße sie auseinandergehen für heute, sagte sie, es ist Zeit. — Der Efrit hatte die Färberin um die Mitte gefaßt, er wollte sie mit sich fortziehen, es schien, als söge er mit der Nähe der Gefahr einen doppelten frechen Mut in sich. Er war bereit, seine Beute hoch in der Luft über den Köpfen der Eindringenden hinwegzutragen, und er war schön in seiner knirschenden Ungeduld. Die Kaiserin trat ihm in den Weg. Ihr Mut war dem seinen gleich, sie legte beide Arme um die Frau, der Efrit wandte ihr sein Gesicht zu, das loderte wie ein offenes Feuer;

durch seine zwei ungleichen Augen grinsten die Abgründe des nie zu Betretenden herein, ein Grausen faßte sie, nicht für sich selber, sondern in der Seele der Färberin, daß diese in den Armen eines solchen Dämons liegen und ihren Atem mit dem seinen vermischen sollte. Sie wollte die Färberin an sich ziehen, sie achtete es nicht, daß es ein menschliches Wesen war, um das sie zum ersten Male ihre Arme schlang. Die Färberin hing ihr willenlos im Arm, ihre Augen sahen nur den Efrit, sie ging ganz in ihm auf. Ein ungeheures Gefühl durchfuhr die Kaiserin vom Wirbel bis zur Sohle. Sie wußte kaum mehr, wer sie war, nicht, wie sie hierhergekommen war. Eine wissende Schwäche fiel sie an, — ihre schöne reine Kraft selber fing an zu versagen, ihr Denken, zum erstenmal zerrissen, suchte dahin und dorthin nach Hilfe, in ihr rief es mit Inbrunst nach dem Färber Barak, und sie fühlte, wie er Schritt für Schritt auf die Tür zukam. Nun kam er herein, er trat ins Zimmer, fröhlich und geräuschvoll, beladen und begleitet: sein Gesicht war vor Freude und Aufregung gerötet, und er trug auf beiden Händen eine mächtige Schüssel, auf der köstliche Speisen gehäuft waren: eine Henne in Reis, Eingemachtes, in jungen Weinblättern gewickelt, Kürbisse mit Pistazien gewürzt und zehnerlei andere Arten von Zukost. Der Verwachsene, der mit Blumen bekränzt war und die Maultrommel spielte, drängte sich an ihm vorbei, der Einarmige schleppte einen irdenen Weinkrug, der Einäugige trug auf dem Nacken eben jenes abgehäutete Lamm, dessen sanfte Augen gestern beim Kommen den Blick der Kaiserin in sich gezogen hatten, Kinder, die sich scharenweise angesammelt hatten, angelockt von der Maultrommel und dem Geruch so üppiger Speisen, lauerten in der Tür und begierige Hunde mit ihnen. Dies alles drang schon ins Gemach, der Efrit im Nu eines Blitzes war verschwunden, die aufgehängten Tücher schwankten, und ein Ziegel löste sich aus den Fugen, in die Hände klatschte begrüßend die Amme und verneigte sich in heuchlerischer Demut vor dem Hausherrn. In den Armen der Magd richtete sich die Halbohnmächtige auf und sammelte mit einem Blick, der nichts in dem Gemach, nicht die Schwäger und nicht den eigenen Mann erkannte, mit wilden Atemzügen und Stößen ihres zuckenden Herzens die fast dem Leib entflogene Seele. Aber so groß war in der arglosen Brust des Färbers die Freude über seinen unerhörten Einkauf und die Zurüstungen zu einem Mahl, wie sein armes Haus es noch nicht gesehen hatte, daß er nichts von der Verwirrung gewahr wurde, in der er seine Frau vorfand. — Was sagst du nun, du Prinzessin, rief er ihr mit mächtiger Stimme zu, was sagst du mir zu dieser Mahlzeit, du Wählerische, die mir das Mittagessen verschmäht: und wie findest du die Zurichtung? — Und als die Frau stumm dastand und mit weit offenen Augen auf ihn starrte wie auf einen Geist, so meinte er, es habe ihr vor Freude und Staunen die Rede verschlagen, und mußte laut über sie lachen. — Erzählt ihr ein wenig, meine Brüder, rief er, damit sie sieht, was wir für Einkäufer sind. Wie war es mit dem Schlachter! Und wie war es mit dem Gewürzhändler? —

— Schlag ab, du Schlachter, ab vom Kalbe, sang der Bucklige. — Und ab vom Hammel und her mit dem Hahn! fielen das Einaug und der Einarmige ein. — Und Bratenbrater heraus mit dem Spieß! schrien sie alle zusammen, und der Einarmige zog einen mächtigen Bratspieß hervor, den er seitlich am Lendenschurz befestigt hatte. — Du Bratenbrater heraus mit dem Spieß! jauchzten die fremden Kinder und drängten sich herbei. — Und wie war es mit der Vorkost und wie mit dem Wein! schrie Barak lauter und fröhlicher als alle. — So war es: Heran du Bäcker mit dem Gebackenen, antworteten die Brüder, und du Verdächtiger, her mit dem Wein! — Ja, so war es, rief stolz der Färber, und kehrte sein freudig gerötetes Gesicht allen im Kreise nacheinander zu. — Er ging auf seine Frau zu, zog sie an sich und bedeckte ihren Mund und ihre Wangen mit Küssen. Die Amme sprang dicht daneben und bog sich vor Lachen. Sie legte überall Hand an, sie trat und stieß nach den Kindern, die überall dazwischen kamen, mit den Fingern in die große Schüssel fuhren, nach den brennenden Kienspänen griffen und das tote Lamm anrühren wollten; der Verwachsene spielte mit einer Hand die Maultrommel und half mit der andern das Lamm an den Spieß stecken, der Einäugige goß den Wein in irdene Scherben und fing mit vorgestrecktem Maul auf, was daneben ging, und Barak saß auf der Erde vor der großen Schüssel, er hatte die Frau auf seine Knie niedergezogen und liebkoste sie, indem er abwechselnd mit den Fingern die besten Stücke hervorholte und ihr in den Mund steckte, abwechselnd sie küßte und immer wieder gewaltig an sich drückte. Er bemerkte es nicht, daß sie an den Bissen würgte und unter seinen Liebkosungen starr blieb wie eine Tote. Da sie ihm zu langsam von den köstlichen Dingen aß, stopfte er dazwischen den Kindern in den Mund, die ihn umringten, während er selbst nur hie und da ein Geringes zu sich nahm und kaum darauf achtete. — Heraus du Bäcker mit dem Gebackenen! schrien die Kinder und warfen herausfordernde Blicke auf den Einarmigen und Einäugigen. — Wenn wir einkaufen,

das ist ein Einkauf! sang der Verwachsene und griff mit seinen langen
Armen über alle hinweg in die Mitte der Schüssel. — O Tag des
Glücks, o Abend der Gnade! sang Barak mit seiner dröhnenden
Stimme und nahm mit seiner freien Linken das kleinste von den Kindern, dann noch eines, indem er es rückwärts am Gewande fest packte,
und warf sie seiner Frau zwischen die Knie, aber behutsam, indem er
vor Freude laut lachte. — Die Frau zog jäh die Knie nach oben, sie
streifte die Kinder von ihrem Schoß, daß sie hart ans offene Feuer
hinrollten, sie stieß Barak von sich, daß er taumelte und dabei mit den
Beinen die große Schüssel zerschlug. Die größeren Kinder schrien und
rissen die kleinen Geschwister aus dem Feuer, der Einäugige schlug
unter sie und rettete von den Speisen, was zu retten war. Die Amme
ließ das Lamm und den Spieß und sprang hin zu der Frau. Diese lag
auf den Knien, sie focht mit den Händen in der Luft, und aus ihrem
Mund drang ein langer gellender Schrei. Schnell trugen die beiden
Muhmen die Zuckende auf ihr Bett. Barak war neben ihnen und
getraute sich nicht, seine schreiende Frau anzurühren, er lief ans Feuer
zurück, sah mit ratlosem Blick auf die Speisen, lief wieder ans Bett
und berührte angstvoll ihren Leib, der sich wild herumwarf wie ein
Fisch auf dem Trockenen: er glaubte sie vergiftet. Er reichte der Alten
ein Tuch und drängte die Brüder und Kinder hinaus, sie rissen das
Lamm vom Spieß, und der scharfe Dunst von verbranntem Fett
erfüllte den Raum. Das Schreien hatte aufgehört, aber ein Krampf
zerrte alle Glieder der Färberin. Sie bleckte die Zähne gegen ihren
Mann, als sie ihn gewahr wurde, und stieß zu der Alten hervor:
— Schaff mich fort, du weißt die Wege, schwöre mir, daß ich nie mehr
dieses Haus und dieses Gesicht sehen werde. — Die Alte streckte drei
Finger, dann schlug sie den einen ein und deutete mit verstohlenem
Blick auf die zwei, die noch blieben. Die Frau schloß die Augen,
Barak hatte nicht gehört, was sie sagten, er sah, wie die Alte zu ihr
flüsterte, wie die Junge spärlich antwortete, aber nicht mehr mit verkrampftem Mund, wie sie allmählich ruhiger wurde und sanft dalag.

Am Abend des dritten Tages zog sich die Jagd oben am Hange eines tiefen Tales hin, das sich immer mehr zur Schlucht verengte. Die Schlucht wurde schroff und abgrundtief, unten schoß ein schäumendes Wasser. Ober einer steinernen hohen Brücke, die den Abgrund übersprang, lag ein einsames Dorf, das schon von der Jägerei besetzt war. Der Kaiser kam über die steinerne Brücke geritten, er hielt sein Pferd auf der Straße an, die hinter ihm sprangen aus dem Sattel, alle erwarteten, daß er absteigen würde; zwei von den Vornehmsten eilten hin und hielten ihm Zaum und Bügel, aber mit einer lässigen Gebärde der schönen langen Hand winkte er ihnen ab und blieb im Sattel sitzen. Der Spaßmacher hatte nur auf diesen Augenblick gewartet, um eine Posse auszuführen, durch die er die gegenwärtige Sorge des Kaisers schmeichelnd mit einer derben Dorfhetze vermischen wollte; er sprang plötzlich seitwärts heran und zog einen Alten, der sich demütig dreingab, an seinem langen gelblich-weißen Bart hinter sich her bis vor des Kaisers Pferd. — Hier, du Ältester eines verfluchten Dorfes, schrie er ihn an, hier wirf dich nieder und bekenne, daß ihr berüchtigte Falkendiebe seid, ihr Bergdörfler, und daß ihr Falken anzulocken versteht und sie zu ködern mit einem geblendeten Vogel, und daß ihr selber erpicht auf die Falkenjagd seid und Wilddiebe vom Mutterleib, und daß jeder von euch für einen roten kaiserlichen Falken, der — Gott verhüte es! — in eure Hände fiele, seine leibliche Mutter verkaufen würde, geschweige denn sein Eheweib, die einem euresgleichen feil ist um einen auf Sperlinge abgerichteten Habicht! — Der Alte zuckte mit den Augenlidern, er nahm alles für bare Münze, der Tod schwebte ihm vor den Augen, er hob beteuernd die Hände und sah sie schon abgehauen und verstümmelt. Er wollte eine Rede anheben, aber die eherne Stimme des Possenreißers und das gewaltige Ansehen, das er sich zu geben wußte, schlugen ihn zu Boden. Er sah mit hilfeflehender

Miene nach dem, der über ihm auf dem Pferde saß, aber der blieb
regungslos und würdigte ihn keines Blickes. — Bei meinen Augen,
rief der Alte verzweifelt, möge ich blind werden auf der Stelle! Wir
sind armselige Hirten, wir wissen nichts von der Jagd und vermögen
einen Falken nicht von einer Krähe zu unterscheiden! — In seiner
Angst faßte er mit den Händen in die Luft zu nah vor den Augen des
Pferdes, daß es sich hoch aufbäumte und der Kaiser mit der Rechten
hastig nach der Hülse griff, die er mit dem Brief der Kaiserin unterm
Gewand am Halse trug, um sie zu schützen, dann erst faßte er in die
Zügel und beruhigte das Pferd; aber der Possenreißer, der ihm begierig um ein Lächeln und Nicken am Gesicht hing, bekam keinen Blick,
die Augen des Kaisers sahen gerade vor sich, wie eines Adlers, dem
schläfert. Es war hoch am Nachmittag und die Luft hier im innersten
Bereich der sieben Mondberge so rein, daß der Kaiser in einer großen
Ferne den selben Fluß, der tief unter seinen Füßen hinschoß, in seinem Ursprung gewahren konnte, wo er als ein fadendünner Wasserfall hoch droben an der Felswand hing und sich von dort in einen
kleinen Wald hinabstürzte. Auf dem höchsten Wipfel des Wäldchens
sah man einen Falken sitzen, der einen Vogel in den Klauen hielt und
ihn rupfte. Der Kaiser winkte den Obersten der Falkner herbei und
zeigte ihm mit den Wimpern die Richtung; der Falkner hatte mit seinen weit auseinanderstehenden, aufmerksamen Augen den Vogel
längst gesehen und erkannt, daß jener, der dort in der Ferne äste, nicht
der gleiche war, den sie suchten und den zu finden und wieder anzulocken seine oberste Pflicht war, und indes sein rotes Gesicht ober und
unter der großen Narbe, die quer über seine Nase lief, dunkler wurde,
wandte er es wie beschämt zur Seite. Aber des Kaisers Miene verfinsterte sich, er neigte sich ein wenig gegen den Falkner. — Auf deinen
Kopf, sagte er leise, daß wir in diesem Revier den roten Falken finden
und ihn wiedergewinnen, wir beide, du und ich. — Der Falkner wagte
nicht seinem Herrn ins Gesicht zu sehen, er hielt seine Augen fest auf
die Brust des Kaisers gerichtet; er wurde blaßgelb, und seine auseinanderstehenden Augen nahmen einen erschrockenen Ausdruck an. Er
lief hin, ließ zwei Maultiere vorführen, nahm einen Filzmantel und
einen Ledermantel an sich und hängte zwei lederne Taschen an seinen
Gürtel, von denen die eine Luftlöcher hatte wie ein Käfig. Der Kaiser
war vom Pferd gesprungen, er schwang sich auf das eine Maultier,
ohne den Bügel zu berühren, der Falkner stieg auf das andere; er
mußte sich am Sattelknopf anhalten, seine Glieder waren ihm wie

gelähmt, mehr als den Zorn seines Herrn und die dunkle Drohung fürchtete er noch das Alleinsein mit ihm. Hilflos drehte er sich im Sattel um, er sah, wie der Stallmeister einem der Knaben winkte, die ihm untergeben waren; der Falkner, als hätte er nur darauf gewartet, warf dem Knaben die Mäntel zu. Der Knabe lauerte mit Begierde, er hatte sich absichtlich herangeschlichen, seine Augen leuchteten, flink war er auf einem dritten Maultier droben und trabte hinter den beiden her.

Stumm ritten sie am Abhang hin, der Weg hob sich schnell in die Höhe. Sie blieben hintereinander, die Maultiere setzten den Fuß über lose, glänzende Blöcke und Baumwurzeln, mit dem einen Knie hingen die Reiter über dem Abgrund, mit dem andern streiften sie den Efeu, der die schwarze Felswand umklammerte, kleine Vögel äugten aus ihren Nestern auf sie herab und flogen hastig vor ihrer Brust vorbei. Der Falkner hielt seine Augen auf den Rücken des Kaisers geheftet, die Schultern und der Nacken erschienen ihm felsenstark, unnahbar, ohne Gnade. Sie waren oben, der Kaiser sprang ab, der Kleine war schnell, wie eine Katze, vom Pferd, der Kaiser achtete ihn gar nicht, aber das Kind war selig mit dem erhabenen Herrn allein zu sein, denn der Falkner schlich sich seitwärts, immer die Augen am Himmel. Der Kaiser sah hinab: Glanz ohnegleichen lag auf den Tälern und Bergen, da und dort fielen Wasserfälle ins Tal hinab und leuchteten, aus den tiefsten Schluchten fing an bläulicher Nebel sich emporzuziehen. In der Ferne kreuzten sich Bergkämme, dunkle Wälder standen auf den Hängen, oben war alles kahl und zerrissen. Niemals glichen sich zwei dieser Klippen, aber Alles ging leuchtend ineinander über wie die Zeichen in dem Brief der Kaiserin, die alle wundervoll waren, keines dem andern gleichend, und nirgends ein Anfang zu finden — das Ende verflocht sich mit dem Anfang, so als ob in unsäglicher Scheu und Schamhaftigkeit die Anrede vermieden sein sollte; und ein solcher reiner, starker Duft, wie über diesen Schluchten hin und her wogte, drang aus dem Brief für den Einen, dem er zu lesen bestimmt war. In der Erinnerung schloß der Kaiser unwillkürlich die Augen, der Knabe las ihm jetzt Gnade und Milde vom Gesicht, die Freude durchdrang ihn, er brach vor Lust einen Zweig ab und warf ihn gleich wieder hin. Sie traten ins Wäldchen und gingen zwischen Bäumen am Wasser hin, auf einen Weiher zu.

Der Falkner blieb dahinten, er spähte zum hundertsten Mal den Himmel ab, der noch hell war und schon vom ersten Mondlicht durchströmt. Er sah gegenüber, zwischen den zwei Zinken des höchsten Mondberges, die Sonne hinabsinken, ihr letzter, ganz schwarzer Strahl durchfuhr den Himmel und den Abgrund, hernach wanden sich einzelne Wolken, wie Schlangen, aus den Klüften hervor. Er seufzte auf: seine Hoffnung war gering, er vertröstete sich auf den Morgen, aber er wollte nichts unversucht lassen. Er öffnete die eine lederne Tasche, die er am Gürtel trug, und zog einen kleinen rostfarbenen Vogel heraus, der sich heftig sträubte. Der Falkner, mit gerunzelter Stirn, befestigte mit einem Lederriemchen den Vogel an einem Dornstrauch. — Vorwärts du, sagte er, deine Angst sieht schärfer als das schärfste Auge, melde mir du den, auf den ich warte, und melde ihn bald oder es soll dein Tod sein. Denn so wie Er da hinten über mir ist, so bin ich über dir. — Es verging kurze Zeit und der Vogel riß an seiner Fessel wie ein Verzweifelter und stieß einen durchdringenden Angstlaut aus. Der Falkner konnte sich kaum fassen vor Unruhe und Erwartung. Er warf sich hinterm Dorngesträuch an die Erde und ahmte den Ruf der Ringeltaube nach, dreimal und öfter. Aus dem Wäldchen bei dem Wasser strichen die männlichen Tauben daher und suchten die Ruferin. Nicht lange und zu oberst am Himmel erschien nun ein Vogel, der größer und größer wurde. — Du bist es, rief der Falkner voll Entzücken, du erinnerst dich deines Wärters, du kommst zurück zu der Hand, die dir zuerst Speise gereicht hat. — Er riß eine kleine Trommel vom Gurt und schlug mit den Fingerknöcheln auf ihr einen besonderen Wirbel. — Erkennst du den Klang, rief er, wir sind es, die Deinigen, die dich um Verzeihung bitten! Wir haben uns vergangen gegen deine edlen Sitten, wir wissen nicht wie, aber du bist großmütig und hast uns vergeben! — Der angebundene Vogel bohrte sich vor Angst tief ins Dorngestrüpp, die Tauben stoben auseinander, von oben fuhr der Falke senkrecht nieder, über dem Falkner hielt er sich in der Luft mit ausgebreiteten Schwingen, dann schoß er schräg, ohne die Schwingen zu regen, auf das Wäldchen zu. Dem Falkner stand das Herz still, ihm war, als hätte der Falke mit rötlich glitzernden, ganz offenen Augen ihn zornig und gebietend angesehen, doch er war es, unverkennbar war jeder Zug an dem herrlichen Vogel.

In großen Sätzen sprang er ihm nach ins Wäldchen, die angepflöckten Maultiere schraken auf, für ihn ging es jetzt um alles, er erstaunte und bangte, als er den Kaiser nicht fand. Lautlos stürzte der Wasserfall von der Felswand herab, im Weiher spiegelte sich ein Stück des Himmels mit dem Falken, der jetzt über den Wipfeln ruhig kreiste.

Von Zeit zu Zeit stieß er seinen scharfen Ruf aus, wie ungeduldig, daß er seinen Herrn nicht sah, von dem Diener sich nicht wollte greifen lassen. Der Knabe hockte dem Wasserfall gegenüber still wie eine Eule; aus ihm war nichts herauszubringen, als: der Kaiser sei dort hineingegangen. Er deutete auf eine Höhle drüben an der Felswand, kaum über mannshoch; die verfallene Schwelle war übersprüht von der Nässe des wehenden Schleiers, ein paar Stufen führten vom Wasser herauf, sie schienen von Menschenhand geglättet aber uralt. Der Kaiser habe für sich geredet, mit der Hand das Wasser berührt, sein Obergewand abgelegt; dem Kind war ängstlich und schläfrig, ihm war, bei dem Mond, der von oben hereinsah, wie eine Ampel, als hätte man ihn auf der Schwelle vor dem kaiserlichen Schlafgemach vergessen, absichtlich schloß er die Augen, bei dem stetigen Rauschen nickte er ein. Auf einmal sei der Kaiser vor ihm gestanden, habe ihn aufgerüttelt und gefragt, ob er singen höre. Er habe es ganz in der Nähe vernommen, dann weiter weg. Der Kaiser habe ihm plötzlich den Rücken gewandt, sei schnell auf die Höhle zugegangen. Der Knabe traute sich zuerst nicht ihm unbefohlen nachzugehen, aber dann sei er nachgeschlichen und habe den Kaiser nicht mehr gesehen. Die Höhle müsse ein altes Gewölbe sein: sie habe behauene Wände und wohl auch einen anderen Ausgang. Aber er warte nun schon lange, bis der Kaiser wiederkäme. Der Falkner hörte kaum zu, er konnte die Zeit nicht nachmessen, die ihm vergangen war in der zitternden Erwartung des Falken, der ihn nun wieder narrte mit beständigem Zuruf. Jetzt bäumte der schöne Vogel auf und äugte von dem obersten kahlen Stumpf einer blitzgetroffenen Eiche, die unten üppig fortgrünte, herunter. Der Falkner stand wie angewurzelt, endlich riß er sich los, schlich geduckt hinüber; er sah seine Hand rot vor sich, wie abgehauen, wenn er den Baum erkletterte und vergebens nach dem Falken griffe, im gleichen Augenblick der Kaiser aus dem Berg hervorträte, der böse Vogel sich höhnisch für immer nach oben schwänge. Der Knabe lief lautlos neben ihm. Der Falke hob die Schwingen, flog freundlich auf sie zu, dann warf er sich mit einem einzigen Flügelschlag hoch nach oben und seitwärts, fuhr dann sausend herab und mit einem Schrei wie Lust und Hohn durch den aufsprühenden Wassersturz in die Bergwand hinein. Mit unbegreiflichen Kräften begabt, mußte er dort einen Eingang wissen, den das stürzende Wasser verhüllte. Der Falkner, vor ohnmächtigem Zorn, verbiß die Zähne ineinander, er rollte die Augen um sich, in des Knaben Miene trat ihm ein verschmitzter Ausdruck entgegen, vielleicht vor lauter Verlegenheit über das Unerwartete. Der Falkner schlug ihn voll Zorn ins Gesicht. Der Knabe sprang ins Gebüsch und duckte sich, aber er freute sich im Innersten über die unverdienten Schläge, ein huldvolles, wunderbares Lächeln schwebte vor ihm, er wartete lautlos zwischen den Sträuchern, bis sein Herr wieder heraustreten würde.

Der Kaiser stieg die steilen glatten Stufen schnell hinab, er achtete nicht auf die Falltür in seinem Rücken; die singenden Stimmen, das Unerklärliche, die Umstände des Ortes bannten alle seine Sinne. Gerade hier drang alles tief in ihn, er war im Bereich seines ersten Abenteuers mit der geliebten Frau. Jene unvergeßliche erste Liebesstunde war ihm nahe, sein Blut war bewegt, daß er die seltsame Grabeskühle kaum fühlte, die aus den Wänden des Berges und von unten auf ihn eindrang. Für ein neues Abenteuer wäre kein Platz in ihm gewesen — oder doch? wer hätte es sagen können. — Er dachte nichts Bestimmtes, aber alles, was ihm ahnte, verknüpfte sich innig mit seiner Geliebten. Er konnte die Worte des Gesanges nicht verstehen. Von Stufe zu Stufe schien es ihm, jetzt würden sie ihm gleich verständlich sein. Eine gewisse Reihe kam öfter wieder. Er sprang die letzten Stufen schnell hinab und fand sich in einer Art Vorhalle, dämmerig erleuchtet; das Licht kam unter einer Tür hervor, die ihm entgegenstand, aus Holz mit ehernen verzierten Bändern. Er fand kein Schloß und keinen Griff, aber als er sich der Tür näherte, bewegten sich die Türflügel in den Angeln. Deutlich hörte er in diesem Augenblick die letzten von den Worten, die schon öfters wiedergekehrt waren. Sie hießen:

Was fruchtet dies, wir werden nicht geboren!

Er hatte keine Zeit, über den Sinn dieser Worte nachzudenken. Er war über die Schwelle getreten und die Türflügel schnappten hinter ihm leise wieder zu. Er stand in einem geräumigen Saal, dessen Wände, wie ihm schien, aus nichts anderem als dem geglätteten Gestein des Berges bestanden. In der Mitte des Raumes war ein Tisch gedeckt, für je einen Gast an jedem Ende. Zu jeder Seite des Tisches brannten mit sanftem feierlichen Licht sechs hohe Lampen. Nirgend war an den Wänden ein Gerät; trotzdem atmete das Ganze eine seltsam altertümliche Pracht, die dem Kaiser die Brust beengte. Ein Knabe ging zwischen dem Tisch und dem dunklen, der Tür entgegen gelegenen Teil des Saales ab und zu. Es mußte dieser sein, der gesungen hatte. Er brachte Schüsseln, die aus purem Gold schienen, und langhalsige, mit Edelsteinen besetzte Krüge und ordnete sie auf die Tafel. Manche Schüssel mit ihrem Deckel war so schwer, daß er sie nicht auf den Händen, sondern auf dem Kopf trug, aber er ging unter der Last wie ein junges Reh. Der Knabe kam aus dem Dunkel gegen das Licht, er sah den Kaiser in der Tür stehen und schien nicht überrascht. Er drückte die Hände über der Brust zusammen und verneigte sich. Von rückwärts rief eine Stimme: — Es ist an dem! — Doch war dieser Teil des Saales im Halbdunkel und erst später gewahrte der Kaiser, daß sich dort eine Tür befand, völlig gleich der in seinem Rücken, durch die er eingetreten war, und ihr genau entgegenstehend. Der laute Ruf verhallte nach allen Seiten und offenbarte die Größe des Gemachs. Der Knabe neigte sich vor dem Kaiser bis gegen die Erde und sprach kein Wort. Aber er wies mit einer ehrfurchtsvollen Gebärde auf den einen Sitz am oberen Ende der Tafel. Obwohl alle zwölf Lampen, welche die beiden langen Seiten des Tisches begleiteten, anscheinend mit gleicher Stärke brannten, mußte doch das Licht, das denen am oberen Teil entströmte, von der stärkeren Beschaffenheit sein und umgab diesen Platz und die Prunkgeräte, die dort angerichtet waren, mit strahlender Helle, die Mitte des Tisches war noch sanft und rein erleuchtet und das untere Ende lag in einer bräunlichen Dämmerung. Der Knabe sah mit Aufmerksamkeit auf den Kaiser hin, aber sein Mund blieb fest zu. Es dauerte einen Augenblick, bis sich der Kaiser besann, daß es in jedem Fall an ihm wäre, die ersten Worte zu sprechen. — Was ist das? fragte er, du richtest hier eine solche Mahlzeit an für einen, der zufällig des Weges kommt? — Die festverschlossenen Lippen des schönen Knaben lösten sich; er schien verlegen, und trat hinter sich und sah sich um. Aber der Kaiser achtete schon nicht mehr auf ihn; denn drei Gestalten, die er nicht genug ansehen konnte, waren irgendwo seitwärts aus der Mauer herausgetreten. Die mittlere war ein schönes junges Mädchen, sie glitt mehr als sie ging auf den Kaiser zu, zwei Knaben liefen neben ihr und konnten ihr kaum nachkommen; sie glichen dem Tafeldecker an Schönheit, aber sie waren kleiner und kindhafter als dieser. Das Mädchen hielt einen gerollten Teppich in Händen, den sie vor den Kaiser hinlegte; dabei neigte sie sich bis fast an den Boden. — Vergib, o großer Kaiser, sagte sie — nun erst, da sie sich aufrichtete, sah er, daß sie trotz ihrer noch kindlichen Zartheit nicht um vieles kleiner war als er selbst — vergib, sagte sie, daß ich dein Kommen überhören konnte, vertieft in die Arbeit an diesem

Teppich. Sollte er aber würdig werden bei der Mahlzeit, mit der wir dich vorlieb zu nehmen bitten, unter dir zu liegen, so durfte der Faden des Endes nicht abgerissen, sondern er mußte zurückgeschlungen werden in den Faden des Anfanges. — Sie brachte alles mit niedergeschlagenen Augen vor; der schöne Ton ihrer Stimme drückte sich dem Kaiser so tief ein, daß er den Sinn der Worte fast überhörte. Der Teppich lag vor seinen Füßen; er sah nur einen Teil und nur die Rückseite, aber er hatte nie ein Gewebe wie dieses vor Augen gehabt, in dem die Sicheln des Mondes, die Gestirne, die Ranken und Blumen, die Menschen und Tiere ineinander übergingen. Er konnte kaum den Blick davon lösen. Er besann sich mit Mühe auf die Pflicht der Höflichkeit, und es verging eine kleine Weile, bevor er einige Worte an die jungen Unbekannten gerichtet hatte.

— Ihr seid vermutlich auf einer Reise, sagte er mit großer Herablassung, und indem er von seiner Stimme alles Gebieterische abstreifte. Eure Zelte und die eures Gefolges, denke ich, sind in der Nähe aufgeschlagen, und ihr habt der Kühle wegen dieses alte Gewölbe aufgesucht? Ich möchte nicht hören, daß ihr in diesem Berge wohnet! — Die Kinder hingen mit der größten Aufmerksamkeit an seinem Munde. Bei den letzten Worten, die unwillkürlich mit mehr Strenge über seine Lippen kamen, zuckte ein Lachen über ihre Gesichter. Man sah, wie die drei Knaben sich bemühen mußten, nicht laut herauszulachen. Das Mädchen aber war gleich wieder gefaßt, ihre Züge nahmen wieder den Ausdruck der größten Aufmerksamkeit, fast der Strenge an. — Oder ist eures Vaters Haus nahe? fragte der Kaiser abermals; nichts an ihm verriet, daß er ihr unziemliches Betragen bemerkt hätte. — Die drei Knaben mußten noch mehr mit dem Lachen kämpfen, und der Tafeldecker bückte sich eilig und machte sich an dem Tisch zu tun, um sein Gesicht zu verbergen. — Wer ist denn euer Vater, ihr Schönen? fragte der Kaiser zum drittenmal mit unveränderter Gelassenheit; nur wer ihn gut kannte, hätte an einem geringen Zittern seiner Stimme seine Ungeduld erraten. Das schöne Mädchen bezwang sich zuerst. — Vergib uns, erhabener Gebieter, sagte sie, und zürne nicht über meine jungen Brüder, sie sind ohne alle Erfahrung in der Kunst des höflichen Gespräches. Dennoch müssen wir dich bitten, mit der geringen Unterhaltung, die wir dir bieten können, für eine Weile vorliebzunehmen, denn es scheint, unser ältester Bruder hat noch nicht alle Speisen und Zutaten beisammen, die er für würdig findet, dir vorgesetzt zu werden. — Ihre Gebärde lud ihn ein, sich

dem Tisch zu nähern, und er fühlte, daß er fast matt vor Hunger war, aber die Haltung der Kinder und die unbegreifliche Anmut aller ihrer Stellungen, selbst der ungezogenen, entzückte ihn so, daß er keinen Gedanken an etwas anderes wenden konnte. Das Mädchen war am oberen Ende des Tisches niedergekniet, sie breitete den Teppich aus und lud ihn ein, sich darauf niederzulassen. Das Gewebe war unter seinen Füßen, Blumen gingen in Tiere über, aus den schönen Ranken wanden sich Jäger und Liebende los, Falken schwebten darüber hin wie fliegende Blumen, alles hielt einander umschlungen, eines war ins andere verrankt, das Ganze war maßlos herrlich, eine Kühle stieg aber davon auf, die ihm bis an die Hüften ging. — Wie hast du es zustande gebracht, dies zu entwerfen in solcher Vollkommenheit? — Er wandte sich dem Mädchen zu, das in Bescheidenheit einige Schritte weggetreten war. Das Mädchen schlug sofort die Augen nieder, aber sie antwortete ohne Zögern. — Ich scheide das Schöne vom Stoff, wenn ich webe; das was den Sinnen ein Köder ist und sie zur Torheit und zum Verderben kirrt, lasse ich weg. — Der Kaiser sah sie an. — Wie verfährst du? fragte er und fühlte, daß er Mühe hatte, gesammelt zu bleiben. Denn jeder einzelne Gegenstand, den sein Auge berührte, drang mit wunderbarer Deutlichkeit in ihn: er sah vieles im Saal und glaubte von Atemzug zu Atemzug mehr zu sehen. — Wie verfährst du? fragte er nochmals. — Die junge Dame folgte seinem Blick mit Entzücken. Es verging eine Weile, bis sie antwortete. — Beim Weben verfahre ich, sagte sie, wie dein gesegnetes Auge beim Schauen. Ich sehe nicht was ist, und nicht was nicht ist, sondern was immer ist, und danach webe ich. — Aber er hörte sie nicht, so verloren war sein Blick im Anschauen der herrlichen Wände, in denen das Licht der Lampen sich spiegelte. An der Spannung, mit der die Gesichter der Knaben sich ihm zuwandten, erkannte er, daß die Antwort an ihm war. Er war ganz gebunden von der Schönheit dieser Gesichter, auf denen ein Schmelz lag, wie er ihn nie auf den Gesichtern von Kindern meinte gekannt zu haben, und in den Augen, die sich gespannt auf ihn richteten, sah er, was er nie in irgendwelchen Augen wahrgenommen hatte.
— Sind euer noch mehr Geschwister? fragte er ohne Übergang den einen, der ihm zunächst war. Er wußte nicht, wie ihm gerade diese Frage in den Mund kam. Sein Auge hing wie gebannt an ihren Gestalten. Die Lust des Besitzenwollens durchdrang ihn von oben bis unten, er mußte sich beherrschen, sie nicht anzurühren. — Das hängt von dir ab, gab ihm nicht der Gefragte, sondern der andere der beiden zur

Antwort. — Nun wandte sich der Kaiser an diesen und fühlte selbst, wie er sich bemühte, der Frage einen spaßhaften Ton zu geben. — Ist das Haus nahe oder ferne? Nun vorwärts, seid ihr im Guten oder Bösen weggelaufen, wie? — Der Knabe blieb die Antwort schuldig, er sah über den Tisch den Tafeldecker an, sie hatten aufs neue Mühe, ihr Lachen zu unterdrücken. Der Kaiser richtete sich in den perlenbestickten Kissen, in denen er lehnte, etwas auf. Es kostete ihn eine sonderbare Mühe, seine Stellung zu ändern; ein Gefühl der Kälte, das von seinen Füßen und Händen ausging, drang ihm bis ans Herz. Er sah die Kinder scharf an. — Habt ihr vorausgewußt, daß wir einander begegnen werden? fragte er wieder, aber ohne sich an einen Bestimmten aus der Gesellschaft zu wenden. Ist das das Ende einer Reise oder der Anfang? Liegt mehr vor euch oder mehr hinter euch? — Der Ton seiner Stimme klang strenger in dem hohen Gemach, als er gewollt hätte, und seine Fragen folgten schnell nacheinander. — Du liegst vor uns, und du liegst hinter uns! rief der Tafeldecker ganz laut, wobei er mit zur Erde gestreckten Händen, in denen er den goldenen Schöpflöffel hielt, eine tiefe Verbeugung vor dem Kaiser machte. — Der eine von den Kleinen lief zu dem Kaiser hin, stellte sich dicht an ihn, und indem er ihm mit gespieltem Ernst fest in die Augen schaute, sagte er langsam und nachdrücklich: — Deine Fragen sind ungereimt, o großer Kaiser, wie eines kleinen Kindes. Denn sage uns dieses: wenn du zu Tische gehst, geschieht es, um in der Sättigung zu verharren oder dich wieder von ihr zu lösen? Und wenn du auf Reisen gehst, ist es, um fortzubleiben oder um zurückzukehren? — Was sind das für Reden, rief das Mädchen, und ihre Augen vergrößerten sich. — Hierher und hinter mich! — Der Kleine sprang zurück an ihre Seite und küßte mit Reue und Ehrfurcht immer wieder ihre herabhängenden Ärmel und der andere auch, obwohl sie sich über ihn nicht erzürnt hatte. Sie gab ihnen keinen Blick und hob ängstlich flehend die Hände gegen den Kaiser. — O wie können wir deine Zufriedenheit erwerben, die wir so unvollkommen sind! rief sie voll Angst. — Der Kaiser sah nur ihre Hand, die unvergleichlich schön war und von alabasterhaft durchscheinendem Glanz. — Ihr seid's, die ich besitzen und behalten muß, rief er aus, es sei auf welchem Wege immer! — Ihre Hand zuckte zurück, ihr Auge traf ihn mit unsäglicher Scheu und Ehrfurcht, er bereute seine überheblichen Worte, noch mehr die unverhüllte Heftigkeit seines Tons, und setzte schnell mit sanftem dringenden Tonfall hinzu: — Auf welchem Wege werde ich mit euch für immer vereinigt? Denn das will ich, und müßte ich Blut meines Herzens dafür hergeben! — Das Mädchen erschrak abermals sichtlich. Es schien, als wäre ihr diese Frage zu gewaltig für Worte, und als vermöchte sie darauf nur mit den Augen zu antworten. — Ich bin gewohnt, zu erreichen, was ich begehre! rief der Kaiser. — Ihre ganze Seele lehnte sich aus ihrem Auge, und sie traf den Kaiser mit einem langen Blick, in dem sich Ehrfurcht, Zärtlichkeit und namenloses Bangen mischten, und der so stark war, daß der Kaiser sein Auge niederschlug, um sich in sich zu sammeln zu einer entscheidenden Frage; ihm war, als schwebte sie schon auf seinen Lippen, aber er vergaß sie: denn als er die Augenlider wieder aufschlug, sah er den ganzen Tisch mit Blumen bedeckt, die im Licht der Lampe aufleuchteten wie ausgeschüttete Edelsteine, er sah noch, wie die Hand des Mädchens die letzten an der Seite zu den übrigen hingleiten ließ, wie sie ihr aus den Händen flossen und sich von selber ordneten und schließlich alle geordnet dalagen gleich einer herrlichen kunstvollen Stickerei. Er sah ihr Gesicht leuchten, und wie sie mit den Augen liebevoll Einem zuwinkte, der vordem nicht dagewesen war, und der an Größe und Schlankheit der Gestalt ihr selber glich, und er gewahrte jetzt am entgegengesetzten Ende des Saales eine Tür, gerade wie die, durch welche er selbst vor nicht langer Zeit eingetreten war, deren Flügel jetzt offenstanden, und durch welche paarweise halbgroße Kinder eintraten, die verdeckte Schüsseln in Händen trugen. — Wer ist dieser? fragte der Kaiser das Mädchen, indem er mit seinen Augen auf den wies, der vordem nicht dagewesen war. Ist er der Küchenmeister? — Es ist an dem! rief dieser, als wollte er sich als solchen zu erkennen geben, denen mit den Schüsseln zu, und sie näherten sich paarweise, lautlos und sehr schnell, und trugen laufend auf, indem immer der eine auf das obere Ende des Tisches und den Platz des Kaisers zulief und der andere auf das entgegengesetzte Ende.

— Was soll dieses Wort, das ich zum zweiten Male höre? rief der Kaiser aus. Und warum vollzieht sich dies so schnell, daß ich kaum zu mir selber komme? Sage diesem, er solle sich die nötige Zeit lassen. — Die Zeit? sagte das Mädchen und sah ihn mit verlegenem Ausdruck an. Wir kennen sie nicht, aber es ist unser ganzes Begehren, sie kennen zu lernen und ihr untertan zu werden. — Die Verlegenheit stand ihr noch reizender. Der Kaiser weidete seinen Blick an ihr; aber es war nichts von Begehrlichkeit in seinem Entzücken.

Der Küchenmeister schlug in die Hände; die Auftragenden sprangen zur Seite und bildeten zwei Reihen. Wie ein blitzendes Licht kam zwischen ihnen ein Reiter herein und sogleich noch einer, der eine auf einem stahlgrauen Pferd, der andere auf einem feuerfarbenen. Sie trugen jeder eine verdeckte goldene, mit Edelsteinen gezierte Schüssel vor sich auf dem Sattelknopf. Sie parierten die Pferde einer nach dem andern; zu jedem sprang einer von den Vorschneidern und nahm mit höchstem Ernst die Schüssel in Empfang und präsentierte sie kniend von dort her dem Kaiser. Die Reiter rissen ihre Säbel hervor und begrüßten den Kaiser, indem sie gegen ihn anritten und sich blitzschnell aus dem Sattel senkten und zur Rechten und zur Linken des Tisches mit den Spitzen ihrer Säbel klingend den Boden berührten. Des Kaisers Seele trat in sein Auge; mehr als alles entzückte ihn die geschwisterliche Ähnlichkeit zwischen diesen Jünglingen und den kindischen Knaben, mit denen er vorher Gesellschaft gepflogen hatte. Er wünschte über alles nun mit diesen Neuen zu sprechen, er gab ihnen Blicke der äußersten Huld und Vertraulichkeit, er winkte sie zu sich heran. Aber alles war vergeblich. Als verstünden sie nicht, daß er ihre Gesellschaft begehrte, ließen sie, indem sie mit einer zauberischen Anmut in die Zügel griffen, ihre Pferde auf dem glatten Steinboden zurücktreten und weiter zurück, bis sie mit den Hinterhufen fast die Mauer berührten. Dann brachten sie sie mit einem leisen Anzug der Zügel dazu, sich hoch aufzubäumen, die Vorderhufe griffen in die Luft, sie glichen Vögeln in der Beweglichkeit ihrer Hälse und spielten mit ihrer eigenen Last wie schuppige Fische im Mondlicht, der eine zur Linken, der andre zur Rechten des Saales. Die Mienen der Knaben waren angespannt, doch schwebte ein silbernes Lächeln auf ihnen, das sie beständig dem Kaiser zusandten, es war klar, daß ihr Auftrag beendet war, und daß sie wieder aus dem Saale verschwinden würden, aber daß sie aus Ehrfurcht ihrem Gast nicht den Rücken wenden wollten. Sie glitten in die Wand hinein, ohne daß man sehen konnte, wie die Wand sich auftat, ihr Lächeln war das Letzte, das noch aufleuchtete wie ein spiegelnder Schein.

— Wohin sind sie? rief der Kaiser aus, und ein scharfer Schmerz durchfuhr ihn. — Er konnte nicht fassen, daß ein Anblick so schnell dahin war, den er so schnell liebgewonnen hatte.

Die Augen des Mädchens ruhten immer mit dem gleichen Entzücken auf ihm; sie schien den Ausdruck des Staunens von seinem Gesicht wegzutrinken, und sie rief: — Gleicht dies, o großer Kaiser, nicht meinem Teppich und den Rundungen und Verschlingungen, die deinem gepriesenen Auge wohlgefällig waren, und bist du zufrieden mit diesem Schauspiel, das mein zweiter und mein dritter Bruder dir bieten? —

— Wahrhaftig, es ist das Gleiche, erwiderte ohne Atem der Kaiser. Aber warum diese Hast? rief er und mußte ohne seinen Willen laut aufseufzen. Was sollen mir unmündige Kinder zur Gesellschaft! Diese beiden hätten müssen zu meiner Linken und Rechten sitzen, und ich will sie wiedersehen, denn jeder von ihnen hat ein Stück meines Leibes mit sich genommen! — Niemand antwortete ihm. Die jungen Wesen liefen und bedienten ihn, der Tafeldecker legte vor. Andere kamen herein, sie gaben dem Vorschneider ihre Schüsseln ab, sie kreuzten einander, aber nie stieß einer an den andern. Der Küchenmeister lenkte alle mit seinem scharfen dunklen Blick. Es waren noch andre da, Unsichtbare, wie Schatten, die ihnen aus dem Dunkel die Schüssel reichten; man hätte nicht sagen können, wer alles im Zimmer war und wer nicht. Sie knieten wechselnd mit den Schlüsseln zu seiner Linken und Rechten, jetzt kam ein kleines Mädchen an die Reihe. Das Kind trug eine schwere goldene Schüssel und konnte sie kaum erhalten; mit angespanntem Ernst zwang sie sich, nicht zu zittern.

— Wie kannst du das tun, du Kleine, Zarte? sagte der Kaiser. —

— Dienst ist ein Weg zur Herrschaft, es gibt keinen anderen, o großer Kaiser — sagte das Kind, und über die Schüssel hin traf ihn unter den reingezogenen Augenbogen ein Blick, der weit über ihre Jahre war. Ihn verlangte, ihr zu antworten; aber schon mußte er darauf achten, daß zu seiner anderen Seite einer der Knaben hinkniete, die zu Anfang mit dem großen Mädchen dagewesen waren, und ihm aus einer mit Edelsteinen vollbesetzten tiefen Schale eingemachte Gewürze anbot. Er konnte nicht widerstehen, diesen schönen Geschöpfen ein Gefühl zu bezeigen, das alle seine Adern durchdrang; er wollte sie bei sich festhalten, geriete darüber auch die Ordnung der Tafel und alles in Verwirrung. Er griff mit der Linken und der Rechten in die Schüssel, die eine von Gewürzen und Früchten duftende süße Speise enthielt. — Stellt eure Schüsseln zur Erde, gebot er, und haltet eure Gesichter zu mir, und er wollte den Mund der Kinder mit der köstlichen Speise anfüllen, aber sie bogen sich nach rückwärts und lehnten mit flehender Gebärde ab. Er griff nach ihnen, aber er griff ins Leere, nur ein Anhauch eisiger Luft, wie wenn eine Tür ins Freie sich aufgetan hätte, traf seine ausgestreckte Hand und sein Gesicht. Die Kinder waren schon weit weg, sie sahen mit strenger Miene auf ihn herüber, jetzt schienen ihm ihre Gesichter, seitlich gesehen, weit älter, die

Augenbogen des Mädchens schärfer, fremder, so, als wäre für sie
jeder Atemzug ein Jahr. Sie glitten in die Schar der Auftragenden
hinein, und wie sie sich mit diesen mischten, waren sie auch wieder
solche Kinder wie die anderen. Der Kaiser war betroffen wie noch nie.
— Wer bin ich, sagte er zu sich selber, und wo bin ich hingeraten? —
Seine Kehle trocknete ihm aus, unwillkürlich griff er nach dem schweren goldenen Trinkgefäß, das vor ihm stand, seine Lippen fühlten ein
kühles, leise duftendes Getränk, von dem er vordem nie gekostet
hatte, er trank gierig, aber er beherrschte sich schnell, und indem er
das Gefäß erhob, rief er: — Ich trinke euch zu! Ihr versteht es, Feste
zu geben! Lob und Preis dieser Begegnung und der staunenswerten
Erziehung, die ihr genossen habt! — Alles ist staunenswert in deiner
Nähe, erwiderte das Mädchen, die regungslos hinter ihm stand, und
dieser Augenblick, da du unser Gast bist, ist für uns über alle Augenblicke, — und ihr Gesicht nahm einen solchen Ausdruck von Freude
an, daß ihre Augen sich wie im Schreck vergrößerten. Der Kaiser
winkte sie nahe an sich heran. Ein Gefühl von Glück und Sicherheit
ohne Gleichen stieg in ihm auf und ließ ihn die Kühle vergessen, die
bis an seine Schultern drang und die Hüften umgab wie ein eiserner
Ring. Er hob und senkte zwei- oder dreimal wissend die Augenlider,
bevor er sprach: — Ihr wisset um ein Geheimnis, und es könnte mich
selig machen, wenn ihr mich daran teilnehmen ließet. — Zwischen uns
und dir gibt es nur ein Geheimnis: die vollkommene Ehrfurcht, —
antwortete das Mädchen. Des Kaisers Blick ruhte auf ihr ohne Verständnis, aber mit Entzücken, und sein Kopf blieb ihr zugewandt; zugleich sah er, aber ohne hinzusehen, daß schon wieder einer mit einer
frischen Schüssel neben ihm kniete, indessen ein anderer den Deckel
abhob. Er dachte noch immer nach über die Antwort, die ihm mehr
zu enthalten schien als eine bloße Höflichkeit, und zugleich griff er in
die Schüssel, aber ohne seinen Blick hinzuwenden.

— Du sprichst von dem, was wir dir sind, warum fragst du niemals,
was du uns bist? sagte das Mädchen schnell und leise wie ein Hauch. —
Des Kaisers Miene wechselte, und sein Mund öffnete sich plötzlich
und verriet, indem die Zähne sich für einen Augenblick entblößten,
eine Ungeduld, die nicht mehr zu bezähmen war. — Ich begehre Auskunft von euch, wie ich euch für immer an mich bringen kann! rief er
laut und befehlend, und erkannte kaum seine eigene Stimme. — Das
Mädchen war plötzlich dicht bei seiner Schulter, wie ein Vogel, und
bog ihr Gesicht zu ihm hinunter; die Schönheit dieser blitzschnellen

Bewegung beseligte ihn. — Eben in dem Augenblick, flüsterte sie, da wir dir dies sagen werden, wirst du uns von dir treiben auf immer! —

Der Speisemeister sah sie über den Tisch an; sie ging gehorsam hinüber und stellte sich hinter den Bruder, seitlich der Mitte des Tisches. Der Kaiser hob seinen Blick ihr nach. Das Unbegreifliche ihrer Antwort verdroß ihn, sein Gesicht verdunkelte sich, daß sie den Befehlen eines anderen in seiner Gegenwart gehorchte; er war nahe daran, den Tisch von sich zu stoßen und sich zu erheben. In diesem Augenblick kam das kleine Mädchen an ihm vorbei. Ihr Gesicht lächelte ihn an, und die Worte: — Wahre Größe ist Herablassung, o großer Kaiser! — kamen leise von ihren Lippen und beruhigten ihn, so daß er, wie ein unbefangen Speisender, gerade vor sich hinsah. So geschah es, daß er zum ersten Male seit Beginn der Mahlzeit seine Augen auf das dunkle Ende des Tisches ihm gegenüber richtete, und mit Staunen sah er, daß dort etwas vorging, dessen Bedeutung er noch minder erfassen konnte als alles Frühere.

Er gewahrte, wie die Gleichen, die ihn mit strahlendem Lächeln bedient hatten, dort zur Linken und zur Rechten des unbesetzten Sitzes hinknieten, und wie sie einem Gast, der nicht da war, mit tiefem Ernst jede der Schüsseln anboten. Die Stehenden hoben den Deckel ab, warteten eine Weile mit der gleichen Ehrfurcht wie bei ihm selber, und schlossen die Schüsseln wieder. Wenn sich die Knienden erhoben und wegtraten, waren ihre Gesichter von Tränen überströmt, Tränen flossen über die Gesichter der Stehenden herunter, und unaufhörlich drangen Seufzer aus ihrer Brust. Neue traten hinzu, und wenn sie den Gast, der nicht da war, bedient hatten, weinten sie und seufzten wie die andern. Ihr Seufzen und halbunterdrücktes Weinen füllte den ganzen Saal.

Zugleich bemerkte er, daß die Lampen mit einemmal matter leuchteten, so als ob sie herabgebrannt wären. Er wandte sein Gesicht dem Küchenmeister zu, und wollte ihm einen Wink geben, daß er sich um die Lampen bekümmere, die auszugehen drohten. Da traf ihn, aus der Miene des Küchenmeisters, von oben und seitwärts her, ein Blick, den er einmal im Leben ausgehalten hatte und nie wieder aushalten zu müssen vermeint hatte: es war der Blick, mit dem damals der blutende Falke seinen Herrn von einem hohen Stein aus zum letzten Male lange und durchdringend ansah, bevor er mit zuckenden, mühsamen Flügelschlägen in die Dämmerung hinein verschwand. Mit sehr großer Anspannung hielt der Kaiser den Blick des Wesens aus. — Wer bist du?

rief er. Herbei vor meine Füße! und schlug die Augen nicht nieder. — Der Küchenmeister wandte die seinen langsam, wie verachtend, ab und gab ein einziges Zeichen. Alle hielten inne im Laufen und Schüsselreichen, im Deckelheben und Vorschneiden. Überall standen Schweigende. Durch sie hin schritt er lautlos auf den Kaiser zu. Die Prinzessin tat einen Schritt, als ob sie zwischen beide treten wollte, dann blieb sie wie gebunden stehen. — Wer ist dieser? schrie der Kaiser über die Schulter gegen sie hin. Welche Überhebung in jedem seiner Schritte! Wer hat ihn zu meinem Richter gemacht? — Er fühlte sein Herz in dumpfen Schlägen klopfen. Unter diesem hatte er sich langsam vom Boden aufgehoben. Es war ihm so schwer, als ob er eine fremde Last von der Erde aufrichten müßte. Er wandte sich und sah über seine Schulter das Mädchen nahe stehen. Hinter ihr waren zwei aus der Wand getreten und kamen auf ihn zu, von denen der eine ein goldenes Waschbecken trug, der andere einen kleinen Handkrug. Als sie dicht vor ihm standen und sich anschickten das Wasser über seine Hände zu gießen, erkannte er in ihnen die beiden wunderbaren Knaben wieder, die als Truchsessen zu Pferde gekommen und rittlings in die Wand verschwunden waren. Der Kaiser winkte ihnen zu; er öffnete willig und lächelnd seine Hände gegen sie, aber sie schienen ihn nicht zu kennen. Er öffnete die Lippen, um sie anzureden, aber die Anrede erstarb ihm in der Kehle. Fremd und trauervoll sahen sie ihn an, der eine hielt das Becken hin, der andere hob den Krug. Das Wasser sprang aus dem Krug, es fiel hart auf die Hände des Kaisers und rann an ihnen herunter wie an totem Stein. Der Kaiser sah, wie trostsuchend, hinüber auf das Mädchen; sie hielt beide Hände nach oben gestreckt, ihr juwelenes Gesicht strahlte, sie schien irgendwo hinzudeuten, wo Trost und Hilfe war. Der Kaiser mühte sich, den Sinn ihrer Gebärde in seinem Inneren aufleuchten zu lassen, aber es waren nur trübe, unklare Empfindungen in ihm, von denen eine die andere verdrängte. Seine ganze Aufmerksamkeit war gespannt von dem Wissen, daß jener Andere dort hochaufgerichtet und mit langsamen, gleichsam strengen Schritten auf ihn zukam; an den dumpfen Schlägen seines Herzens gemessen, erschien es ihm unerträglich lange, bis dieser den kurzen Weg zu ihm zurückgelegt hatte. Jetzt aber fühlte er ihn, ohne aufzusehen, dicht neben sich: es war eine Kühle, die ihn aus nächster Nähe von den Schläfen bis zu den Zehen anwehte. Durch die Wimpern blinzelnd, sah er: das Wesen hatte, in die leere Luft fassend, jetzt ein weißes Linnen in Händen und trocknete ihm damit in einer ehrerbietigen Haltung die Hände ab. Aber die wehende Berührung dieses Linnens kräuselte ihm das Fleisch. — O Kaiser, sagte jetzt die Stimme so dicht an seiner Wange, daß er den kalten Hauch fühlte und vor Beleidigung über eine Unehrerbietigkeit, wie sie ihm nie im Leben widerfahren war, erzitterte, — bedauerst du nicht, daß wir umsonst für Sie gedeckt haben? — Nichts kam der Gewalt des Vorwurfes gleich, den diese einfachen Worte enthielten. Sein Herz krampfte sich zusammen, kalte Tränen liefen ihm hinunter, sie erstarrten ihm an den Wangen. Zum Zeichen, daß er niemandem erlaube, zu ihm von seiner Frau zu sprechen, und daß er sich von niemand zwingen lassen würde, preiszugeben, was ihm allein gehörte, sah der Kaiser starr vor sich hin. Die Kälte, die ihn umgab, tat ihm jetzt für einen Augenblick wohl; nichts konnte an sein Herz heran. Sogleich öffneten die Kinder rings im Saal den Mund. — Sie möchte kommen, aber sie kann nicht! riefen sie ihm entgegen. O, daß wir ihr Gesicht sähen! riefen sie von allen Seiten und fingen wieder an zu seufzen und zu weinen. —

— Was sind das für Klagen! wollte er streng ausrufen, aber die Worte kamen nicht aus seiner Kehle. — Von der Mitte des Gemaches her erhob sich ein Wind, ein schauerlicher Anhauch. Zugleich traf ihn wieder die Stimme dessen, der ihm beständig zu nahe trat, halblaut, aber aus nächster Nähe. — Schlecht ist der Lohn dessen, der dir hilft zu gewinnen, was dein Herz begehrt! Das weiß dein roter Falke! — Bei der unverhüllten Erwähnung jener ersten Liebesstunde, die auf der Welt keinen Zeugen gehabt hatte als den stummen Vogel, knirschte der Kaiser laut mit den Zähnen. — Furchtbar war jetzt wieder die Stille. Der Wind hatte sich gelegt. — Erkennst du meinen ältesten Bruder nicht wieder? lispelte das Mädchen ihm zu. — Er ist es, der mit seinen Schwingen ihre Augen schlug und dir geholfen hat, sie zu gewinnen. — Der Kaiser gab keine Antwort. — Sie sucht den Weg zu uns! riefen die Kinder. — Segne du ihren Weg, das ist es, was wir von dir verlangen! —

— Was ist das für ein Weg? rief der Kaiser zurück, und sogleich durchfuhr ihn Reue über seine Worte, aber schwer und dumpf, ohne daß er sich deutlich sagen konnte, warum. — Was fruchtet es, wenn wir dir sagen, was du nicht fassest! entgegneten die Kinder. — Du trägst ihren Brief auf der Brust und verstehst nicht ihn zu lesen. —

— Wie ist das? rief der Kaiser. — Er fühlte die Kälte seines Herzens, indem er redete.

— Sonst kenntest du ihre Not und verständest ihre Klagen, antworteten sie. — Der Kaiser griff unwillkürlich nach seiner Brust; aber er fühlte, daß nichts ihm gegen diese helfen könnte, und ließ es sein. — Du hast den Knoten ihres Herzens nicht gelöst! das ist es, worüber wir weinen müssen. So muß sie von dir genommen werden und in dessen Hände gegeben, der es vermag, den Knoten ihres Herzens zu lösen. — Der Wind hatte sich wieder erhoben und hauchte ihn an.

— Wer sagt euch dies alles? kam es von seinen Lippen. —

— Zwölf Monde sind vergangen und sie wirft keinen Schatten! riefen die Kinder. —

— So wisset ihr alles? fragte der Kaiser. — Wir wissen das Notwendige, antworteten die Kinder. Du hast sie mit Mauern umgeben, riefen sie mit wechselnden Stimmen, darum muß sie hinausschlüpfen wie eine Diebin. Wie eine verdürstete Gazelle schleicht sie hin zu den Häusern der Menschen! — Auf welche Weise wagen sie es, mir diese Dinge zu sagen? dachte der Kaiser. — Er faßte auf, daß die Kinder dies mit wechselnden Stimmen sangen. — Dies ist der Gesang, den ich hörte, als ich draußen stand, sagte er zu sich. —

— Sie tut die Dienste einer Magd, sangen die schönen Stimmen wieder, aber es gereut sie nicht. Sie tut sie um unseretwillen und kaum, daß das Licht der Sonne auf ist, sitzt sie auf ihrem Bette und ruft mit Verlangen: Wo bist du, Barak? Herein mit dir! Denn dir, Barak, bin ich mich schuldig! — Dir, Barak, bin ich mich schuldig, wiederholten alle, mit strahlendem Klang, der oben ans Gewölbe schlug. —

— Was sind das für Worte? rief der Kaiser mit aufgerissenen Augen und dem letzten Atem seiner Brust, die schwer wurde wie Stein. —

— Die entscheidenden! antworteten die Kinder. — Sein Kinn sank ihm schwer gegen die Brust. — O weh, sagte er vor sich hin, wehe, daß mein Lustigmacher sich unterstanden hat, von meiner Schwermut zu reden, ehe ich diese Stunde gekannt habe. —

— Heil dir, Barak! sangen die Kinder mit wunderbarem Klang, du bist nur ein armer Färber, aber du bist großmütig und ein Freund derer, die da kommen sollen! und wir neigen uns vor dir bis zur Erde. — Der Kaiser stand unbeachtet in der Mitte, sie neigten sich vor einem, der nicht da war; ihre schönen Gesichter kamen der Erde so nahe, daß der ganze Boden aufleuchtete wie Wasser. Das Mädchen stand seitwärts. Ihr Blick ruhte unverwandt auf dem Kaiser mit einer unbeschreiblichen Mischung von Liebe und Angst. Er richtete seine Augen noch einmal auf sie. — Antworte mir du, sagte er. Wer ist dieser Barak und welchen Handel hat meine Frau mit ihm? — Oh nur ein

Gran von Großmut! riefen die Kinder durchdringend. — Welchen
Handel? fragte er noch einmal streng und sah nur durch die Wimpern
nach ihr. — Seine Augenlider wurden ihm schwerer als Blei. Er erwartete und wollte keine Antwort. Das Mädchen löste sich von den anderen; es war, als ob sie mit geschlossenen Füßen auf ihn zugehe; ihr
betrübtes Gesicht schien ihm ein wunderbares Geheimnis anvertrauen
zu wollen. — Nur ein Gran von Großmut! riefen die Stimmen. — Mit
Grausen erkannte er, daß das Mädchen jetzt in unbegreiflicher Weise
seiner Frau glich. Aus ihren Augen brach ein Blick der äußersten
Angst und zugleich Hingabe; sie war das Spiegelbild jener zu Tode
geängsteten Gazelle. Er las in diesem Blick nichts anderes, als das Ein-
geständnis dessen, was er nie wollte genannt hören, und die Bitte um
eine Verzeihung, die er nicht gewähren konnte. Er haßte die Botschaft
und die Botin und fühlte sein Herz völlig Stein geworden in sich. Ohne
ein Wort suchte seine Hand nach dem Dolch in seinem Gürtel, um ihn
nach dieser da zu werfen, da er ihn nicht nach seiner Frau werfen
konnte; als die Finger der Rechten ihn nicht zu fühlen vermochten,
wollten ihr die der Linken zu Hilfe kommen, aber beide Hände gehorchten nicht mehr, schon lagen die steinernen Arme starr an den
versteinten Hüften und über die versteinten Lippen kam kein Laut.
— Es ist an dem! rief mit lauter Stimme der älteste Bruder. — Die
Lampen und der gedeckte Tisch waren im Nu verschwunden. — Nur
ein Gran von Großmut, o unser Vater! riefen noch einmal mit Inbrunst alle die schönen Stimmen, aber die Statue, die groß und finster
in ihrer Mitte stand, regte sich nicht mehr. — Die Geschwister bewegten sich wie Flammen auf und ab, von ihren Gesichtern leuchtete ein
milder Schein. Das älteste Mädchen war noch am längsten erkennbar,
ihre Augen hingen an der Statue. Die Wände rückten zusammen, die
Türen waren verschwunden, das Gemach war kreisförmig. Von oben
öffnete sich's, die Sterne sahen herein, die Gestalten waren verflogen,
und in der Mitte die Statue des Kaisers blieb allein.

Als die Amme vor Sonnenaufgang zur Kaiserin hereintrat, fand sie zu ihrer Verwunderung diese schon wach und auf ihrem niedrigen Lager sitzen. Die Amme kniete bei ihr nieder und nahm das Alabastergefäß mit der schwarzen Salbe hinter dem Bett hervor. — Mir ist wohl, sagte die Kaiserin, ich fühle, daß wir heute den Schatten gewinnen werden. — Ihr Gesicht strahlte; die Amme verbrauchte die doppelte Menge von dem verdunkelnden Saft.

Sie stießen hinab und standen vor dem Färberhaus, nicht von der Gassenseite her, sondern neben dem Fluß, wo der Färber einen halboffenen Schuppen hatte, in dem er arbeitete; seitlich führte eine Leiter zum flachen Dach des Hauses, wo die Trockenstatt war. — Warte, sagte die Amme, wir wollen sehen, was das Weib vorhat. Es ist viel wert, sehen und nicht gesehen werden, — und sie traten hinter den Schuppen. Wie gerufen, kam die Frau aus dem Haus auf den Hof heraus. — Sieh, wie sie in aller Früh schon blaß und hohläugig aussieht, flüsterte die Amme. Das wird ein Tag, wie wir ihn brauchen. — Die Färberin ging quer über den Hof, ohne auf irgend etwas zu achten. Sie war in ein finsteres Nachdenken versunken. Als die Amme und die Kaiserin aus ihrem Versteck heraustraten, war die Frau in keiner Weise verwundert, die beiden an dieser Stelle zu sehen. Sie schien sich gar nicht bewußt, daß sie sie seit gestern abend nicht gesehen hatte. Sie schob die zerrissene Schilfmatte, die vor der Haustür hing, zur Seite und ließ die Amme vorausgehen. — Du mach dich fort, sagte sie, als die Kaiserin hinter der Amme dreingehen wollte. Dich will ich nicht sehen. — Die Amme wollte ihre Tochter in Schutz nehmen. —Hinaus, sagte die Frau, mach dich dem Färber nützlich und bediene den Buckel und das Einaug. Sie ist mir verhaßt an Händen und Füßen, schweig mir von ihr, setzte sie hinzu und ließ die Amme allein eintreten. Sie wischte zwei Holzschemel ab und ließ sich auf den einen nieder. — Da, setz dich zu mir, sagte sie. Ich habe dich zuerst für eine Lügnerin und Windmacherin gehalten; ich muß dir abbitten. Du bist hereingekommen und hast mir zugeschworen, es gebe einen in der Welt, der meiner gedächte, und dann hast du mir den Wildfremden hereingeführt, den meine Augen nie gesehen hatten. — Sie sprach langsam und nachdrücklich, wie wenn sie alles lange vorher genau überlegt hätte. — Nun gut, ich habe ihn gesehen, dank dir, o meine Lehrerin; er ist schön, und sie vergrub ihr jäh aufglühendes Gesicht in den Händen, und er will mich haben, das habe ich vernommen, setzte sie finster hinzu. So höre du, was ich beschlossen habe. — Sie unterbrach sich, schob den Türvorhang ein wenig zur Seite und sah hinüber. Der Färber hatte sein Beinkleid hinaufgerollt so hoch es ging, den Zipfel seines Hemdes hatte er im Gürtel stecken, und stand in einem halbhohen Schaff, aus dem Dampf aufstieg. Mit einem Bein ums andere gleichmäßig tretend, walkte er den Schmutz und das Blut aus dem Gewand eines Schlachters. Die Kaiserin kauerte seitwärts auf ihren Fersen an der Erde und sah auf ihn. Zehn Schritte weiter lag der Einäugige und schlief wie ein Stein, indes ihm die Sonne in die Nasenlöcher schien; der Verwachsene war gerade aufgestanden und kratzte sich mit aller Kraft seiner beiden Arme den Rücken, und der Einarmige lag auf dem Ellenbogen und gähnte mit Wollust, so daß man nichts von ihm sah, als seinen Schlund und die schwarzen Haare, die den Kopf umgaben wie ein Gebüsch.

— Stumm hockt sie dort, die Kröte, und schwitzt ihr Gift aus, sagte die Färberin plötzlich und warf der Alten einen strengen Blick zu. Was ist das für eine? Ist sie eine Unberührte oder wer ist der, dem sie gehört? Antworte mir! — Sie wartete die Antwort nicht ab. Ihr Ausdruck wechselte vollkommen. Sie lächelte, und ihre Stimme zitterte und hatte einen kindlichen Klang. — Krank hast du mich gemacht, du Alte, sagte sie. Ich habe gehört, es gibt welche, die können sich vor Durst nicht zur Quelle schleppen; so steht es mit mir. — Sie setzte sich auf einen Sack mit dürren Wurzeln. — Nicht du hast mich krank gemacht, sondern er, sagte sie wie zu sich selber. Er hat mich um- und umgewühlt. Er hat mich zur Frau gemacht, ohne mich zu berühren. Ahnst du, was das bedeutet? Wer war einstmals dein Geliebter, du Alte, und wer hat dich belehrt? Denn sie sind nun einmal unsere Lehrer. Wer hat dich so klug und selbstmächtig gemacht, daß ein solcher sich von dir einführen läßt? — Sie redete weiter, ohne die Antwort abzuwarten, wie nur für sich allein. — Ja, die beiden Arten des Errötens hat er mich gelehrt. Ich werde ihm verfallen sein zu allen Augenblicken meines Lebens. — Sie lächelte und zugleich schossen ihr die Tränen aus den Augen, versiegten aber gleich wieder. — Er war in der Nacht bei mir, fuhr sie fort. Nicht wirklich, du Närrin. Kann man nicht mit offenen Augen liegen und träumen, so als ob es Wirklichkeit wäre? Kann man nicht auf diesen Lumpen dort liegen und ein Bette aus Antilopenleder unter sich fühlen und darüber eine Decke aus den zärtesten Marderfellen, so leicht wie ein Flaum? Aber was nützt das, es dauert die Herrlichkeit nicht lange, und es steigt einem ein Geruch in die Nase, wie von einer Kindesleiche, die hinterm Bett in einer Ecke läge. Das muß abgetan werden. — Sie war aufgestanden und hatte sich von der Stelle entfernt, wo sie gesessen war. Ihr Gesicht drückte Ekel und Furcht aus, als läge dort wirklich etwas dergleichen. Dann horchte sie wieder mit krankhafter Aufmerksamkeit nach außen. Ein plötzlicher Windstoß bewegte die Schilfmatte an der Tür und brachte ein Geräusch mit sich; es konnte die Stimme des Färbers sein, aber auch eine fremde Stimme von drüben jenseits des Flusses. Sie riß die Matte zur Seite und stellte sich mitten in die Tür. Der Färber hatte das ausgetretene Gewand auf reine Bretter ausgebreitet und strich es aufs neue mit weißem Ton an. Die Kaiserin half ihm dabei. Das blutig gefärbte Abwasser rann aus dem umgestürzten Schaff in die Gosse. Die beiden arbeiteten eifrig und sahen nicht herüber. Als die Färberin sie anrief, hörten sie nicht. Die Amme schlürfte von hinten an die Färberin heran und berührte sie ehrerbietig am Ärmel. — Ruhe dich jetzt, lispelte sie, und bedenke den heutigen Abend und daß deine Haut golden sein muß und geschmeidig. — Barak, rief die Frau, gehst du heute gar nicht aus dem Hause deine Ware austragen? — Sie legte in die einfache Frage, die sie ihm zurief, schneidenden Spott und Hohn. Der Färber gab keine Antwort; er schien nichts gehört zu haben. — Du kommst abends mit mir zum Fluß, raunte die Alte von rückwärts. Er, von dem wir wissen, ist begierig nach der Abendstunde und ein Held in der Dämmerung. — Die Frau hatte sich umgewandt. — Die kann nicht dein Kind sein, sagte sie und sah die Alte prüfend an. Sie ist ungesprenkelt. Wenige Gedanken faßt sie, aber diese wenigen leuchten auf ihrer Stirn wie Sterne. — Sie schwieg einen Augenblick. — Ich habe mir ausgedacht, daß ich sie henken lasse! rief sie und lachte dabei auf sonderbare Weise. Und wie werde ich den dort dafür strafen, daß er mein Schicksal geworden ist? Wie hat er es gewagt, sich mir so ohne Angst zu nähern und sein rundes Maul an mich zu legen! Aber das ist meine Sorge, und nicht die deine. Dies aber sage ich dir, und es ist das Entscheidende: ich werde tun, was du verlangst. Und jetzt geh und hole den Färber herein, denn ich will ihm ein Wort sagen; er ist, scheint es, schwerhörig geworden und hört nicht, wenn ich ihn rufe. — Die Alte stand schon auf der Schwelle; sie wollte hinaus und die Botschaft bestellen, aber sie verging vor Begierde zu hören, was noch aus dem Mund der Jungen kommen würde. — Hart war sein Gesicht, sagte die Färberin wieder mit dem gleichen sonderbaren unterdrückten Lachen, bei dem ihre Miene ganz starr blieb, — aber schlau und mächtig wie eines Teufels; Hoffart, Unzucht und Habgier waren darin eingeschrieben, darum paßt er zu mir. Er wußte nicht zu reden, doch wußte er zu gewinnen. — Ein Lächeln stieg tief aus dem Innern auf und erleuchtete ihr finsteres Gesicht. Sie war schön in diesem Augenblick und von ihrem jungen Blut durchströmt, daß sie glühte, und die Alte betrachtete sie mit Lust. — Nein, nein, rief sie plötzlich mit leidenschaftlichem Entzücken, er ist schön, achte doch nicht auf mich, du Närrin, er ist schön wie der Morgenstern, und seine Schönheit, das ist der Widerhaken an der Angel, ich habe sie ja schon längst verschluckt und ich schieße dahin und dorthin, und du hast die Schnur zwischen den Fingern, das weißt du wohl! — Sie hing am Hals der Alten ganz zart und weich, sie ließ sich von ihr hätscheln wie ein Kind. — Nur das Zueinanderkommen ist schwer, nur der Anfang ist das Schwere, seufzte sie. Wie soll das gehen, o mein Gott! — Die Amme konnte sie nicht verstehen. — Was sorgst du dich, rief sie, wir werden Rat schaffen! — Die Färberin schüttelte den Kopf. — Meine ich das so, altes Weib? Ich meine es wahrlich anders, aber wie könntest du es verstehen? — Die Amme sah sie zwinkernd an. — Ohne dich soll er zu mir kommen, ohne dich! rief ihr die Junge zu. Denn ich verachte dich, das merke dir, und hasse das Niedrige in mir, das mit dir zu tun hat. Du kennst meine Niedertracht und die seine, und du möchtest seiner und meiner Meisterin werden, aber daraus wird nichts! — Die Alte zwinkerte mit den wimperlosen Augen und ihre lange, dünne Zunge bewegte sich zornig im halboffenen Mund, aber sie sagte nichts und ging schnell in den Hof hinaus; sie fand den Färber, der ein riesiges Stück Zeug, ein Gewebe aus feinem Ziegenhaar, dreizehn Ellen lang und dritthalb Ellen breit, aus der Beize nahm, das vollgesogene Zeug in ein Einschlagtuch tat und die triefende Last seinem starken Rücken auflud, und die Kaiserin, die sich wie eine Magd mit aller Kraft von unten gegen den riesigen feuchten Klumpen stemmte, um ihm beim

Aufpacken behilflich zu sein. Die Amme wartete, dann winkte sie, und die Kaiserin lief zu ihr hin. — Ist sie willig, fragte sie gleich, gibt sie den Schatten dahin? — Es wird ihr nicht leicht, gab die Amme zur Antwort. Die, welche nicht kommen sollen, kämpfen um den Eintritt, und der mit dem breiten Maul ist ihr Vorkämpfer, aber er ist Gott sei Dank zugleich ihr Vernichter. — Ja, sagte die Kaiserin ohne zu hören und sah über die Schulter auf Barak hin, der sich mühsam und ruckweise die steile Leiter hinaufarbeitete, den großen schweren Leib hart an die Sprossen gepreßt, damit ihn die Last nicht hintenüberzöge. — Schaff schnell den Schatten, sagte sie. Dieser soll seinen Lohn haben. — Lohn? rief die Amme. Womit hätte der Elefant sich Lohn verdient? Aber hol ihn und heiß ihn hineingehen ins Haus, das Weib will ihm etwas sagen. — Was willst du mit ihnen tun? — Die Amme verzog ihr Gesicht. — Laß mich, ich habe sie im Gefühl, wie die Köchin weiß, wann das Huhn im Topf gar ist. — Damit kehrte sie der Kaiserin den Rücken und schlürfte ins Haus zurück. Die Kaiserin lief hin zur Leiter und lautlos die Sprossen hinauf; sie fand auf dem flachen Dach den Färber, der noch keuchte, und dem der Schweiß mit blauer Farbe vermischt von der Stirne rann, und sie wischte ihm mit ihrem Tüchlein das Gesicht ab, indessen er mit den großen Händen ganz zart die aufgehangenen Strähnen Blaugarn auseinanderlöste, daß die Luft zu der inneren Farbe zutrete und sich auch im Innern das schmutzige Gelbgrün in leuchtendes Blau färbte; das Kleid des Schlachters hing schon an der Trockenstange.

Als der Färber ins Haus trat, ging die Kaiserin hinter seiner Ferse drein und blieb an der Tür stehen. Blitzschnell bückte sich die Färberin, nahm ein schmutziges Klemmholz vom Boden auf und warf es mit aller Kraft nach der Kaiserin. Aber die Feentochter drückte sich zur Seite wie ein Windhauch. Der Färber tat die schweren Lippen auseinander und wollte etwas sagen; da schickte ihm seine Frau einen solchen Blick zu, daß er still blieb. Er bückte sich und fing an, unter dem Gerümpel, das an der Wand lag, herumzugreifen, als suche er nach etwas. Die Frau schwieg noch immer. Aber ihr schönes Gesicht hatte einen bösen und entschlossenen Ausdruck. Der Färber richtete sich auf den Knien auf; er drehte einen alten, hürnenen Löffel zwischen den Fingern. — Ich habe viel geschafft seit heute früh, sagte er jetzt und sah liebevoll zu der Frau auf, und mich dürstet. Gib mir zu trinken. — Die Frau reckte ihr Kinn; die Amme lief, füllte einen irdenen Scherben mit Wasser und hielt ihn dem Färber hin. Der Färber sah auf die Frau, als wartete er auf etwas, aber als sie über ihn hinsah, wie wenn er nicht da wäre, griff er nach dem Gefäß und trank es mit einem Zug leer. — Was ist das? rief er im gleichen Augenblick mit einem freudig erstaunten Blick und sank nach rückwärts in Schlaf. Die Amme glitt zu der Frau hinüber. — Du bist der Belästigung ledig, flüsterte sie, denn ich habe in seinen Trunk getan, wovon ein Viertel hinreicht, um einen Elefanten für zehn Stunden einzuschläfern. —Verfluchte, schrie die Frau, soll er mir wieder und wieder entkommen! und trat zu ihm hin und sah ihn mit gerunzelter Stirne an. — Die Amme konnte nicht begreifen. — Was hast du mit ihm noch zu schaffen? fragte sie verwundert. — Die Frau achtete ihrer nicht. Sie trat dicht an den Leib des Schlafenden heran und sah ihn von oben herab finster an. Dann seufzte sie aus der Tiefe ihrer Brust: O meine Mutter, und noch einmal: O meine Mutter! — Lange blieb sie stehen und sah ihn immer an. Wehe, sagte sie, und seufzte noch einmal, werde ich das Korn sein, wird er das Huhn sein und mich aufpicken! Werde ich das Feuer sein, wird er das Wasser sein und mich auslöschen! Denn ich bin an ihn gekettet mit eisernen Ketten. — Dann ging sie von ihm weg, aber sie kehrte wieder zu ihm zurück. Sie berührte mit ausgestreckter Fußspitze den Liegenden. — Ja, es ist recht, sagte sie leise, aber mit sehr festem Ton, die Ungewünschten abzutun, denn sie sind Mörder kraft ihrer unverschämten Begierde, hierherzukommen und den Weg durch meinen Leib zu nehmen, und dieser ist ihr Helfershelfer! Während sie es flüsterte, kam eine fürchterliche Ungeduld über sie; sie warf sich über den Liegenden und riß an ihm aus allen Kräften. —Barak, schrie sie ihm ins Ohr, du sollst mich hören, denn jetzt gilt es! — Die Amme drehte sich jäh um, sie fühlte, daß die Kaiserin hinter ihr stand; sie war hereingeglitten, mit sprachlosem Staunen sah die Amme, daß ihr Wasser aus den beiden Augen schoß, daß ihr Gesicht in Schmerz und Tränen schwamm, wie das einer sterblichen Frau. Sie nahm sie bei der Hand und schob sie sanft gegen die Wand; die Kaiserin leistete keinen Widerstand. Die Amme öffnete mit den Fußzehen eine geflickte Holztür, die in rostigen Angeln hing. — Schweig nur jetzt, raunte sie ihr zu, und wisse: heute und in dieser Stunde wird unser Handel zu einem guten Ende kommen. — Die Kaiserin stand lautlos, von oben hingen Büschel dürrer Pflanzen und berührten sie, die enge Kammer war angefüllt mit Tiegeln und Krügen, die gegeneinander klirrten, Säcke mit getrockneten Wurzeln waren aufeinander geschichtet und raschelten, sie durfte sich nicht regen, und atmete schnell und ängstlich.

— Was willst du noch von diesem? rief die Amme und riß die Färberin weg von dem Schlafenden. — Was ich will? schrie das Weib. Was will denn der da! Ha, wer bin ich und wer ist das? rief sie verachtungsvoll und reckte sich hoch auf über den liegenden Mann. Wie komme ich zu ihm und wie kommt er zu mir? Das sage mir Einer! — Sie schrie es auf des Schlafenden Gesicht hinab. Er atmete ruhig und regte sich nicht. Sie wandte sich wie vor Ekel halb ab und streckte schon den einen Arm nach hinten, wie um einem, der nicht da war, sich um Brust und Schultern zu ranken; aber ihr Gesicht haftete mit Qual an dem Gesicht des Färbers. Plötzlich bleckte sie die Zähne gegen ihn und stieß mit dem Fuß gegen seinen Leib. — Ich will nicht das da im Rücken haben! schrie sie. Wecke ihn sogleich. — Die Amme wußte sich nicht zu helfen; sie erlag der Gewalt des unbändigen Willens. Sie kniete nieder und rüttelte leise an dem Schlafenden; sie hauchte ihn dreimal an und blies ihm in den Nacken. Barak lächelte im Schlaf, seine Lippen bewegten sich, er murmelte etwas; seine Miene war die gleiche, die er hatte, wenn er daheim zu seiner Frau, oder auf der Gasse zu fremden Kindern redete. — Höre mich, sagte die Frau, und näherte ihr Gesicht um ein weniges dem seinen, das langsam die Augen auftat mit einem fremden, leeren Blick auf sie. — Ich bin es satt, bei dir zu hausen und das Häßliche zu sehen, und ich habe einen gefunden, der sich meiner erbarmen will. Die höchste Herrlichkeit wird er mir für immer gewähren. Dafür muß ich opfern. — Die Kaiserin in der Kammer hielt sich die Ohren zu, die einzelnen Worte drangen nicht zu ihr, aber der Klang der Stimme, die ihr verhaßt war. — Wehe, sagte sie zu sich selber, die Fische tauchen bei ihrem Anblick ins Wasser, die Vögel schwingen sich in die Luft, die Rehe werfen sich ins Dickicht, und ich habe mich unter sie mischen müssen. — Ihr Herz schlug dumpf. Sie wollte nichts hören. Aber im Innersten traf sie ein Laut, ganz zart, wie eines Kindes Stimme, und doch mußte er aus des Färbers Mund gekommen sein. Sie begriff, er redete aus dem Schlaf, die Zunge war gebunden, es wurden keine Worte, nur ein ganz hoher schmeichelnder Klang. Es war unverkennbar, er redete zu Kindern, und seine gewaltigen Hände begleiteten mit zarten Gebärden seine Rede. Seine Frau sah ihm hart ins Weiße der blicklosen halboffenen Augen. — Du redest, rief sie, als hörst du mich. So höre! Abgetan sind die, mit denen du Zwiesprache hältst. Verstehst du mich? — Laß ihn, schrie die Amme, was tust du? — Die Kaiserin ertrug es nicht länger, den starken Mann so ohnmächtig zu sehen unter den Händen

der beiden. Sie tat die Tür auf, ihre Augen vergrößerten sich, wie ein
Feuerstrom, den sie selber nicht zügeln konnte, drang ihr Wille auf
Barak. Die Alte konnte nichts gegen ihre Herrin tun, wenn sie so vor
ihr stand, sie wich zur Seite. Ein Zucken ging durch den Leib Baraks;
er stand auf seinen mächtigen Beinen, sein Blick war ohne jedes Wissen, blöde wie eines Toten; es riß ihn hin und her, er taumelte, als ob
er eine Binde vor den Augen hätte; in ihm kämpfte das Zaubergift mit
dem furchtbar gewaltigen Willen der Feentochter. Das Unterste kam
ihm zu oberst, in sein Gesicht trat ein Ausdruck von Stärke und Wildheit, die nie ein Mensch an ihm gesehen hatte, die tiefste Kraft seiner
dunklen Natur trat heraus. Mit einer Stimme wie ein Löwe schrie er
nach seinen Kindern, so als seien sie ihm fortgekommen, die Hand
griff nach einem schweren Hammer, der in der Nähe lag, und er
schwang ihn über sich. Die Brüder stürzten zur Tür herein, er schien
niemand zu kennen, nichts zu unterscheiden, alle hielt er für die Mörder oder Verberger seiner Kinder. Das Weib hatte sich auf den Knien
halb aufgerichtet, sie zitterte am ganzen Leib, und biß vor Angst und
Verlegenheit in ihre Hände. Der Bucklige fletschte häßlich die Zähne
und drückte sich an die Wand, der Einäugige und der Einarmige
bargen sich hinter Kufen und Fässern. Noch einmal schrie der Färber
gewaltig nach seinen Kindern. Die Brüder schrien auf ihn ein, der
vertraute Laut ihrer häßlichen Stimmen schien ihm an die Seele zu
dringen. Er ließ die Hand mit dem Hammer sinken, seine Miene entspannte sich, sein Auge drohte nicht mehr so furchtbar nach allen
Seiten hin. Im Nu war die Amme neben ihm, sie zog ihm den Hammer
aus der Hand, schmiß ihn hinter die Fässer an die Wand; wie der
Wind ging ihr Mundwerk: sie beschuldigte ihn, er habe aus einer bauchigen Flasche was Fremdes getrunken, sich eine Stunde lang an der
Erde gewälzt, ungereimtes Zeug getan, unflätige, wilde Reden geführt, sie rief die Brüder selbst zu Zeugen an, für das, was sie unmöglich wahrgenommen haben konnten. Das junge Weib sah ohne Atem
auf sie; bald wußte sie selbst nicht mehr, was geschehen war, was nicht,
sie wollte auch nichts wissen, sie meinte in ihrem eigenen Blut zu ersticken. Sie sah wieder starr auf Barak, ihre Augen waren noch voll
Angst, aber ihr Ausdruck ging über in einen der Verachtung, der ihr
hübsches Gesicht verzerrte. Barak stand jetzt beschämt da, die Brüder
schrien auf ihn ein, mit Fragen und Vorwürfen, er bückte sich, las verschüttete Körner zusammen, alles wie halb im Schlaf. Plötzlich trat ein
Entschluß in sein Gesicht. Seine Miene erhellte sich. Die Brüder sahen

ihn zu ihrem äußersten Erstaunen niederknien vor seiner Frau, sie um
Verzeihung bitten. Sein Ton war demütig und feierlich: er bat sie um
Vergebung dafür, daß er so tölpelhaft gewesen, noch so spät zu heiraten, weil er auf langes Leben, Kinder und Reichtum gehofft hatte. Er
wollte noch etwas sagen, aber es kam ihm nicht über die Lippen. Die
Amme und die Frau wechselten nur einen Blick, in dem der Frau lag
schon kalte Frechheit, noch zitterten ihr die Knie und doch entzog sie
ihm ihr Gewand, das er angefaßt hatte, sie gab ihm keine Antwort; sie
sagte zu der Amme etwas von Maultieren, die so am schwindelnden
Abgrund hingingen, Schritt für Schritt, und denen es versagt sei zu
erstaunen und sich zu schrecken; denen gliche dieser da, ihr Mann,
und unfruchtbar seien die ja auch. Er wandte sich an alle hier, wie um
alle um Verzeihung zu bitten; dann deutete er auf die Frau. — Solche
Worte, sagte er, muß man verzeihen, sie erleichtern die Seele; ohne sie
wäre es den Menschen zu schwer, ihre Last zu ertragen. — Die Brüder zogen die Schultern schief, ließen ihn stehen und schoben sich hinaus, um draußen über ihn zu maulen, der immer und immer wieder
von dem jungen Weib nach Gefallen sich satteln und aufzäumen ließ.
Er stand noch immer da, unschlüssig und beschämt. Die Kaiserin
konnte ihn nicht ansehen; als das Weib ihm das Gewand aus den Händen zog, war in ihr ein Riß geschehen und etwas drang herein, wovon
ihre ganze Seele zitterte. Barak wandte sich hinauszugehen. Dann
drehte er sich nochmals um, drehte die kugeligen Augen gegen die
Amme und die Kaiserin, zögerte, bis das Wort aus dem Mund herausging, und sagte endlich: — Ihre Zunge ist spitz, und er wiegte den
Kopf gegen die Frau, und ihr Sinn ist launisch aber nicht schlimm,
und ihre Reden sind gesegnet mit dem Segen der Widerruflichkeit um
ihres reinen Herzens willen und ihrer Jugend, und ich bin froh, daß
sie wieder gesund ist, — setzte er mit besonderem Ernst und einem
unbeschreiblichen Blick des Einverständnisses auf die Beiden hinzu,
— denn gestern abend war sie sehr krank — und ging langsam und mit
gesenktem Kopf hinaus zu seiner Arbeit.

Die junge Frau hatte sich auf ihr Bette geworfen und ihr Gesicht vergraben. Vergeblich umschmeichelte die Amme ihre Füße. Die Junge ließ es geschehen, aber sie beachtete es nicht. — O meine Mutter, rief sie und seufzte laut auf. — O meine Mutter, sagte sie für sich, welche Kräfte hast du mir zugemutet, da du mir auferlegtest, den, welchen du mir zugeführt hast, auf immer lieben zu können! und wo hättest du dergleichen Kräfte mir mitgegeben? — Sie hauchte es leise vor sich hin, die Lippen bewegten sich, aber man hörte nichts. Plötzlich stand sie auf ihren Füßen. — Vorwärts, rief sie, es ist Zeit, daß ich kein Kind mehr bin! — Sie schien es wieder nur zu sich selber zu sagen. Sie warf ein Tuch über und ging gegen die Tür. — Wohin, meine Herrin? rief die Amme. Die Frau schien sich erst jetzt wieder zu erinnern, daß sie nicht allein war. Sie sah die Amme streng und aufmerksam an. — Es ist Zeit, sagte sie, daß ich mit meiner Mutter rede und mich losmache, denn sie hat mir auferlegt, was ich nicht länger tragen will. — Sie ging zur Tür hinaus. — Vorwärts, flüsterte die Amme, denn sie wird unser bedürfen. — Die Kaiserin drückte sich zur Seite, sie wäre gern dem Färber nachgeschlichen, aber die Amme nahm sie bei der Hand und zog sie hinter sich drein.

Die Färberin ging mit schnellen kühnen Schritten wie ein junges Pferd, das die Morgenluft einzieht, und die beiden folgten ihr in geringer Entfernung. Sie gingen über den Fluß, aber nicht in das Viertel der Hufschmiede sondern rechts hinauf, wo der Boden anstieg, eine ärmliche, enge, von Menschen erfüllte Straße. Da wohnten die ärmsten Leute, die Kesselflicker, die Lumpensammler, die Fallensteller in dichten Klumpen beisammen wie die Ratten. An einer Ecke, wo zwei solche Straßen zusammenstießen, blieb die Färberin einen Augenblick stehen; sie sah zwischen den Wimpern in einen von Männern, Weibern und Kindern wimmelnden Hof hinein und sagte vor sich hin:

Schmutzig ist ein kleines Kind, und sie müssen es dem Haushund darreichen, um es rein zu lecken; und dennoch ist es schön wie die aufgehende Sonne; und solche sind wir zu opfern gesonnen. — Es war ein ganz seltsamer, fast singender Ton, in dem sie es sagte. Sie bogen ein, gingen weiter, endlich jenseits einen Abhang hinunter zwischen alten halbverfallenen Mauern. Es war eine von den Schluchten, welche da und dort die Stadt durchzogen, deren Abhang nicht bebaut war und nur hie und da die Spuren längst verfallener Wohnstätten zeigte. Unten war eine steingefaßte Zisterne und neben dieser ein alter Begräbnisplatz mit ein paar Bäumen. Die Färberin ging auf das Grab ihrer Mutter zu; sie stieg schnell über die Grabsteine, ihr Fuß rührte den Staub nicht auf, der zwischen ihnen lag und die Tritte lautlos machte. Vor einem kleinen Grabstein fiel sie mit ausgebreiteten Händen auf die Knie. Sie bog die Stirn gegen den Stein, ein gekrümmter Weidenbaum hing über ihr, sie schien mit dem ersten Atemzug in das tiefste Gebet hineingestürzt. Die Sonne versank hinter ihr in schweren Dunst wie in einen Trichter. Säulen von Staub hoben sich lautlos überall zwischen den Gräbern auf und sanken in sich zusammen wie die Säcke. Ein Windstoß fuhr dahin; er riß das letzte Wort des Gebets von den Lippen der Färberin. Sie stand jäh auf; ihr Aufspringen war wie eines Tieres, in dessen Gebärde kein Gedächtnis wohnt von der letztverstrichenen Sekunde. Ihr Gesicht glich sich selber nicht mehr; sie war schöner als je; ihr Haar hatte sich gelöst und flog um sie. — Was siehst du mich so an? rief sie der Amme zu, die mit Entzücken auf sie sah. Jetzt habe ich ein Joch abgeworfen und mich ausgedreht aus einem alten Gesetz! — Sie ging schnell den Abhang hinauf; die Amme lief hinter ihr drein. — Es muß nicht beim Wasser, es kann auch beim Feuer geschehen, nicht wahr? rief die Junge ihr über die Schulter zu, so war deine Rede, meine Lehrerin! die habe ich mir zu Herzen genommen. — Der Wind kam den dreien nach, und riß an ihren Gewändern; er wirbelte den Staub auf. Es war dunkel mitten am Tag, als wollte es augenblicklich Nacht werden. Vögel hasteten zwischen den Häusern hin, Menschen liefen in einem braunroten Dunst an ihnen vorbei, von oben legte sich Finsternis auf alles. Als sie an die Brücke kamen, fing die Färberin mit eins an, langsamer zu gehen. Sie blieb stehen, tat wieder ein paar Schritte. Sie taumelte, als hätte sie einen Schlag empfangen, und fuhr mit der einen Hand zu ihrem Kopf, gegen das Ohr hin. Sie kam dabei dicht vor einen Wagen. Der oben saß, riß die Zugtiere zurück. Von den Vorübergehenden blieben etliche stehen

trotz ihrer Hast. — Was ist es, das dich anficht? rief die Amme und
sprang zu ihr. Das junge Weib lag ihr gleich im Arm, eisig kalt. — Die
Stimme! sagte sie klagend. Meiner Mutter Stimme! sie ist an meinem
Ohr. Hörst du sie nicht? — Was sagt sie? fragt die Alte. — Barak!
stöhnte die Färberin. Nach ihm ruft sie. Sie sagt, er solle mich binden.
Sie will meine Hände halten, damit er mich töten kann. Sie will nicht,
daß ich lebe, um zu tun, was ich zu tun beschlossen habe. — Ihr Gesicht war ganz grau, die Augen bläulich unterlaufen. Die Alte faßte
nach ihren Händen, die glühend heiß waren; plötzlich riß sich die
Junge los, sie stürmte davon, zwischen den Leuten durch, die Alte
hinter ihr her. Als die Kaiserin sie einholte, in einer Gasse neben dem
Flußufer, lag das junge Weib auf der Erde, den Rücken an eine Mauer
gestützt, und atmete flach und schnell; die Alte kauerte bei ihr. Etliche
waren stehen geblieben und sahen auf die Liegende hin: ein paar alte
Gevatterinnen, ein Eseltreiber und ein alter Mann. Die Kaiserin trat
mitten unter die Menschen; der Eseltreiber schob sie halb zur Seite
und lehnte sich auf sie, sie bemerkte es nicht. Die Amme zischte:
Hinweg mit euch! und deckte ihren dunklen Mantel über die Liegende.
Die Leute gingen weiter, nur ein Kind stand noch da. Trinken! flüsterte die Färberin. Die Amme winkte und das Kind hielt eine hölzerne
Schale hin, die angefüllt war; es war, als hätte es sie aus der Luft genommen. Von der Schale schwebte ein zarter und beklemmender
Duft, ganz wie jener, der vor dem Kommen des Efrits den Raum erfüllt hatte. Die Färberin bog ihren Kopf der Schale entgegen, welche
die Alte ihr hinhielt. Das Kind war nicht mehr da. — Trink dieses,
sagte die Alte, und wisse: deine Mutter ist eine Doppelzüngige in
ihrem Grabe und eine Spielverderberin, und ihre Worte müssen dahin-
geblasen werden, denn es sind die Ungewünschten, die aus ihrem
Munde sprechen. — Das Gesicht der Färberin veränderte sich, sowie
sie getrunken hatte: eine jähe Glut stieg ihr in die Wangen, ihre Augen
wurden schwimmend wie bei einer Trunkenen. Sie stand auf ihren
Füßen, in ganz sonderbarer Weise schlug sie ihren Arm um den
Nacken der Alten, und sie wandten ihre Schritte wieder der Brücke zu.
Die Kaiserin hielt sich dicht an ihnen; aber sie redeten eifrig miteinan-
der, immer nach des anderen Seite hin, und sie konnte nichts verste-
hen. Als sie dem Färberhaus ganz nahe waren, sprangen ihnen aus dem
Dunkel die Brüder entgegen, rissen das junge Weib von den zwei
Begleiterinnen weg und schrien auf sie ein mit verzerrten Gesichtern.
— Er verlangt von uns seine hinweggebrachten Kinder! schrien sie,

wo hast du sie? Was hast du ihnen getan? — Er mißhandelt und würgt uns um deinetwillen, du Verfluchte, uns, die wir eure Heimlichkeiten nicht kennen und von deinen Verbrechen nichts wissen! — Die Färberin runzelte nur die Stirne; sie würdigte die Schwäger keiner Entgegnung. — Was hast du ihm in den Trunk getan, du Hexe, schrie der Mittlere und stieß mit dem einen langen Arm die Alte vor die Brust, — er schaut auf uns und sieht uns nicht, aber sieht ihrer sieben, die nicht da sind, an seinem Tisch sitzen und begrüßt sie als seine Gäste. — Die Frau machte sich los. — Jetzt werden wir sehen, ob meine Reden noch widerruflich sind! sagte sie und trat über die Schwelle. In der Herdasche hockte der Färber. Sein Gerät lag in Unordnung vor ihm; alle seine Spachteln und Schaufeln, hölzerne, zinnerne und hürnene Löffel, groß und klein, als hätten Kinder alles im Spiel herumgestreut. Er drückte mit den großen Händen Malvenblätter sorgfältig in das schmutzige Farbwasser, das auf der Erde stand; das eine Bein hatte er mitten in einer scharlachroten Pfütze liegen. Die Frau blieb vor ihm stehen; er achtete nicht auf sie. Er sprach zu Kindern, die nicht da waren. — Fleißige Kinder, sagte er, reinliche kleine Hände, sagte er, und nickte gütig. Er zeigte ihnen, wie man arbeiten müsse. — Wir nehmen die Farben aus den Blumen heraus und heften sie auf die Tücher, so auch aus den Würmern, und von den Brüsten der Vögel dort, wo ihre Federn leuchtend und unbedeckt sind. — Er sprach es langsam, belehrend, in einem unbeschreiblich glücklichen Ton. Die Frau rief ihn an. — Barak! Er horchte auf, aber nicht genau nach der Richtung, von der der Name kam, sondern mehr nach oben und seitwärts. Trotzdem stand er auf und ging auf sie zu. Das Heranschwanken seines mächtigen gleichsam von keinem Geiste gelenkten Körpers in dem nächtlichen Raum war so furchteinflößend, daß sie unwillkürlich einen Schritt zurück trat. Aber sie nahm sich zusammen und ihr blasses Gesicht blieb fest und mutig. — Barak, hörst du mich, rief sie ihm hart entgegen. — Sprich zu uns, unser Wohltäter, rief der Einäugige. — Sie hat dich vergiftet, o unser Bruder, schrie der Bucklige in Wut und Schmerz, — und du wirst die Deinigen nicht mehr erkennen können. — Barak, schweige diese, sagte die Frau, daß sie nicht mehr heulen wie die Hunde. Denn ich habe dir etwas zu sagen. Ich höre, du redest mit denen, von denen du vermeinst, daß sie noch kommen werden. So wisse denn und erfahre endlich: diese sind dahingegeben, denn sie wollten mir einen üblen Streich spielen, und dafür verdienen sie, was ihnen widerfahren wird. — Barak trat dicht auf sie zu; seine Augen hatten sich mit Blut unterlaufen und sie standen jetzt nicht hervor, sondern lagen tief in den Höhlen, und ihr Ausdruck war furchtbar. Siehe, sagte die Frau, ich sehe, du verstehst: warum redest du nicht? Es ist das letzte Mal, daß wir beide unseren Atem austauschen. — Zündet ein Feuer an, sagte Barak. Seine Stimme war unerkennbar, so als ob ein fremdes Wesen aus ihm heraus redete, aber die Brüder hingen mit den Augen an ihm, sie sahen, daß es sein Mund war, der sich bewegte. Der Verwachsene warf sich schnell zur Erde und blies in die Herdasche, ein Feuer schlug auf und die Frau stand gleich im vollen Feuerglanz, der an ihr auf- und ablief, und war schön und böse über die Maßen. Sie tat den Mund auf, und wie die Lippen sich bewegten, verachtungsvoll und doch nachdrücklich, unter den hochmütig gesenkten Wimpern, glich ihr Gesicht einer unnahbaren Festung. — Du hast ein Feuer anmachen lassen, so siehst du mich denn und erblickst noch einmal, was du bald nicht mehr erblicken wirst. Doch du sollst auch begreifen, denn ich will nicht, daß du verlacht werdest, wie einer, der tölpisch ist, und dem man sein Bett unter dem Leib stehlen kann. — Der Färber stand im Dunklen und regte sich nicht; nur seinen Oberleib lehnte er jetzt ein wenig vor, dabei wurden seine Zähne sichtbar und seine rotglühenden Augen. Die Frau senkte nur die Wimpern noch tiefer, und sprach fort mit einer Stimme, die klang wie eine zum Reißen gespannte Saite: — Siehe, ich bin schön, und das ist nicht für deinesgleichen, und darum hast du den Knoten meines Herzens nicht lösen können. Meine Schönheit hat einen Anderen gerufen, denn sie ist ein mächtiger Zauber — ihre Stimme wollte umschlagen, aber die wilde Entschlossenheit ihres Herzens zwang sie, weiter zu sprechen — darum habe ich einen Vertrag geschlossen und gebe meinen Schatten dahin und die Ungewünschten mit ihm; und ein Preis ist ausbedungen, und ich nenne ihn dir: es ist die Zartheit der Wangen auf immer, und die unverwelklichen Brüste, vor denen sie zittern, die da kommen sollen, mich zu begrüßen — und Einer ist ihr erster: diesem gehöre ich von nun ab. — Sie warf den Kopf in den Nacken und schwieg. Ein kurzer Lärm drang aus Baraks Brust; er glich kaum einem menschlichen Laut, aber er bezeugte für alle, daß er die Rede der Frau begriffen hatte. — Schnell, rief die Amme und tat einen Griff in die Luft: sie hielt in der schwarzen Klaue der Frau sieben Fischlein hin: sie waren mit den Kiemen aufgereiht an einer Weidenrute, wie Schlüssel an einem Ring. — Wirf sie über dich ins Feuer und dann fort mit uns, denn es ist die höchste Zeit!

Die Färberin biß die Lippen aufeinander und griff nach den Fischen.
— Dahin mit euch und wohnet bei meinem Schatten! flüsterte die Alte
ihr ein. Aber Barak tat jetzt einen Schritt auf die Frau zu und die Frau
wich zurück; ihre Lippen bewegten sich, und sie murmelte die Worte,
aber es war, als wüßte sie es nicht; sie hob die Hand mit den Fischen
über die Schulter und warf, aber wie im Schlaf; sie tat das Bedungene,
aber so als täte sie es nicht: ihre Augen hefteten auf dem Färber und
ihre Lippen verzogen sich wie eines Kindes, das schreien will. — O
meine Mutter! rief sie, ihre Stimme klang dünn wie die Stimme eines
fünfjährigen Kindes. Sie tat ein paar unschlüssige Schritte, nirgend
sah sie Hilfe und sie preßte den Mund zusammen und blieb stehen.
Der Färber war schon hinter ihr; in der Angst riß sie sich zusammen
und wie ein Pfeil schoß sie zur Tür hinaus. Er wollte ihr nach, von
hinten hängten sich die Brüder an ihn; sie schrien, er dürfe nicht zum
Mörder werden! Er schüttelte sie ab, die Brüder taumelten auf die
Amme, die neben dem Feuer kauernd mit beiden Händen nach den
Fischen haschte. — Hinweg mit euch, ihr Widerspenstigen! schrie sie
und warf sie ins Feuer. Der Einäugige und der Einarmige traten nach
der Hexe, sie hatten jeder ein brennendes Scheit aus dem Feuer gerissen und stürzten dem Bruder nach, die Amme, als sie die Fischlein in
der Flamme verzucken sah, stürzte hinter ihnen drein. Draußen wehte
ein Sturm, als wären alle Elemente losgelassen. Die Finsternis brüllte
und wälzte sich heran, in dem undurchdringlichen Dunkel wehten
dicke Staubwolken dahin, von dem halbabgedeckten Schuppen stürzten die Ziegel, und zugleich schlug der Fluß mit Gischt übers Ufer
und riß an der Schwemmbrücke, daß sie ächzte und die eisernen Ketten, an denen sie überm Wasser hing, einen Laut gaben, als ob sie
reißen wollten.

Der Sturm jagte den zwei Brüdern die Funken ins Gesicht und blies
die Feuerbrände nieder, daß sie nur mehr glimmende Stummeln in den
Händen trugen; sie stolperten von der Schwelle hinab und schrien ins
Ungewisse nach dem Färber. Die Amme sah das Weib an der Wand
des Schuppens stehen und die Kaiserin ganz nahe vor ihr, regungslos
wie ein Standbild. Der Färber stand auf zehn Schritte von seinem
Weib, er hatte das Gesicht ihr zugekehrt, er mußte trotz der Finsternis
sie sehen oder ahnen, wo sie stand. Der Verwachsene war dicht bei
ihm. — Feuerbrände heraus! schrie der Färber mit einer Stimme, die
den Sturm und das Stampfen der Waschbrücke und alles Ächzen des
Schuppens übertönte, und er wies mit ausgerecktem Arm auf seine

Frau: denn der Feuerschein, der durch die offene Tür aus dem Haus
fiel, zeigte sie ihm, und sie krümmte sich vor Angst.

Die Amme glitt näher hin; nichts sah sie lieber, als wie Menschen
einander Gewalt antaten. — Wir haben ein Recht erworben und machen einen Anspruch geltend! murmelte sie in sich hinein. — Den
großen Schwemmkorb her! schrie der Färber. Der Verwachsene warf
sich auf die Brücke und machte den Schwemmkorb los, der an einer
Kette im Wasser hing; dabei schlug das Wasser dreimal über ihn hin
und spülte ihn fast hinweg. Der Färber bückte sich; in dem flackernden Schein, der aus der Haustür fiel, konnte man sehen, wie er tastend
mit den Händen nach dem großen Malmstein suchte, der wenige
Schritte seitlich auf der Erde lag. Er hob ihn auf und ließ ihn in den
Schwemmkorb fallen; der Korb war flach und groß genug, daß man
einen Menschen hineinzwängen konnte; als der schwere Stein hineinfiel, spritzte es hoch auf. Der Buckel lief jetzt aus dem Haus heraus, er
hatte brennende Scheiter in einen Topf getan: ein grelles Licht fiel
über alle hin. — Einen Strick her! rief der Färber. Die Brüder verstanden, was er vorhatte, und sie warfen sich auf die Knie. — Kein Blut auf
deine Hände, mein Bruder! riefen sie wie mit einem Munde. — Sie
sahen, wie der Färber auf die Frau losging, und sie drehten ihre Gesichter zur Seite. — Flieh! schrien sie auf die Färberin hin und wirbelten
ihre langen Arme drohend wie gegen ein Tier. Hinweg mit dir und
einer Hündin Geschick über dich. — Sie bückten sich nach Steinen,
der Bucklige wollte ein brennendes Holz nach ihr werfen, dabei stol-
perte er und der Topf mit dem Feuer fiel ihm aus der Hand in ein
Schaff, das umgestürzt da lag, und alle standen im Dunkel, daß sie
nicht die Hand vor den Augen sahen. Die Amme allein, deren Augen,
wie eines Nachtvogels, jede Finsternis durchdrangen, sah, wie das
Weib in diesem Augenblick sich von den Knien aufhob, ihr Gewand
schürzte und blitzschnell zwischen den Brüdern durchlief, gerade auf
den Färber zu. Die Amme sprang näher: ihr war, als sähe sie, wie der
Schatten der Färberin am Boden hinzuckte, sich mit anderen Schatten
zu gesellen und ihr zu entkommen; da und dort flatterten Fetzen von
gefärbtem Zeug, die sich von der Trockenstatt losgerissen und irgendwo festgeklemmt hatten, die plumpen Schatten der Tröge und Kufen
mitten in der schwankenden Finsternis sprangen auf und duckten sich
wieder. Dabei fuhr ihr durch den Sinn, daß sie für einen Augenblick
die Kaiserin aus den Augen gelassen hatte. Sie sah sich um: der Platz,
wo die Kaiserin gestanden hatte, war leer. Zu des Färbers Füßen lag

eine weibliche Gestalt hingestreckt an der Erde, sie hatte das Gesicht an den Boden gedrückt, mit unsäglicher Demut reckte sie den Arm aus, ohne ihr Gesicht zu heben, bis sie mit der Hand die Füße des Färbers erreichte, und umfaßte sie. Der Färber schien sie nicht zu beachten. Ein schweres Zucken hob in regelmäßigen Abständen seinen großen schweren Leib. Jetzt schob sich die Liegende auf den Händen näher heran und ihr Kinn drückte sich auf die Füße des Färbers. Ihre Lippen murmelten ein Wort, das niemand hörte. Dann lag sie in dieser Stellung wie tot. Die Amme spähte hin, sie sah, wie das Weib, das da lag, keinen Schatten warf, als nun der Feuertopf aufflammte und das Schaff dazu, das Feuer gefangen hatte. Sie glaubte sich betrogen um den Schatten, vor Wut und Staunen ging ihr die Zunge im zahnlosen Mund nach links und rechts, sie wollte losspringen auf das liegende Weib, da spürte sie sich zur Seite, halb hinter ihr, ein Lebendes und sah die Färberin dastehen, die ihrem Mann die beiden Hände entgegenstreckte, und sie sah zugleich, daß die Liegende die Kaiserin war, und erschrak so sehr, daß sie hinter sich treten mußte. Die Miene der Färberin hatte eine wunderbare und dabei unschuldige Schönheit angenommen; die ungeheure Angst verzerrte sie nicht, sondern verklärte sie. Der Färber tat einen halben Schritt auf sie zu, noch mit stierem Blick, wie einer, der halb träumt; dabei stieß er im Wegtreten mit dem Fuß an den Kopf der vor ihm Liegenden, aber er bemerkte es nicht. Die Fackel lohte stärker auf, und das junge todbereite Gesicht vor ihm leuchtete ihm entgegen, so plötzlich und so nahe, daß er zurückfuhr. Etwas ging in seinem Gesicht vor, das niemand sehen konnte; es war, als würde innerlich eine Binde von seinen Augen gerissen, seine und seines Weibes Blicke trafen sich für die Dauer eines Blitzes und verschlangen sich ineinander, wie sie sich nie verschlungen hatten. Er sah, was alle Umarmungen seiner ehelichen Nächte, deren er siebenhundert mit seiner Frau verbracht hatte, ihm nicht gezeigt hatten; denn sie waren dumpf gewesen und ohne Auge. Er sah das Weib und die Jungfrau in einem, die mit Händen nicht zu greifen war und in allen Umschlingungen unberührt blieb, und die Herrlichkeit und Unbegreiflichkeit des Anblicks schlug gegen seine Brust; er zog die Luft ein durch die Nüstern seiner breiten Nase wie ein Tier, das vor Schrecken stutzt, und seine riesigen erhobenen Fäuste zitterten. Das undurchdringliche Geheimnis des Anblicks reinigte ihn wie ein Blitz von der Schwere seines Blutes; in der Größe seines gewaltigen Leibes glich er einem Kinde, dem das Weinen nahe ist.

Sie sah seinen mächtigen Leib vor sich und die gewaltigen Kräfte, die in ihn eingesperrt waren und aus den Augen, aus dem Mund und den beweglichen Gliedern hervorbrechen wollten, und weil sie dieses eine Mal nicht begehrend auf sie einstürmten wie ein Bergsturz, so war sie entzaubert und sah ihn mit einem durchdringenden Blick: seine Gewalt war ihr wie eines Löwen und seine Ohnmacht wie eines Kindes: sie erschrak über den ungeheuren Zwiespalt mit einem süßen Schrecken und öffnete sich ganz, diese Zweiheit in sich zu vereinen; ihre Knie gaben nach in jungfräulichem Schreck und ihr Herz umfaßte den Gewaltigen mit mütterlicher Zartheit. Ihr Mund hing voller ungeküßter Küsse, perlend, und aus ihren Augen brachen wie Feuerketten die Beseligungen, die sie zu empfangen und zu geben fähig war. Sie gab sich ihm hin in dieser Sekunde, wie sie sich nie gegeben hatte, in einer Umarmung ohne Umschlingungen und einem Kusse, in dem die Lippen sich weder berührten noch trennten.

In diesem Augenblick waren sie wahrhaft Mann und Frau, und in diesem Augenblick, dem Bann gehorchend und in Gehorsam verbunden den ausgesprochenen Worten und den dahingegebenen Fischlein, deren letztes in diesem Augenblick zu glühender Asche verbrannt war, löste sich der Schatten vom Rücken der Färberin und huschte schneller als ein Vogel über die Erde hin aufs Wasser zu: denn das Fließende wie das Lodernde zog ihn an und er suchte sich zu retten vor greifenden Händen und vor fremder Dienstbarkeit. — Her zu mir! schrie die Amme und beugte sich vom Ufer übers Wasser, ihn in ihren Klauen zu fassen. — Heran und ergreife, was dein ist! schrie sie ohne Atem über die Schulter auf die Kaiserin hin. Im gleichen Augenblick schrien die drei Brüder hinter ihr wie aus einer Kehle einen Schrei des äußersten Erstaunens und Entsetzens: vor ihren sehenden Augen waren der Färber und die Färberin verschwunden. Von drüben bewegte sich ein Schein quer den Fluß herüber: die Amme riß die Augen auf und, ohne daß ihre Lider sich einmal bewegt hätten, starrte sie auf die Erscheinung: ihr Haar sträubte sich und jede Nerve an ihr spannte: es war der Geisterbote, der so unerwartet über das Wasser hergeglitten kam, und die Oberfläche des Flusses, die plötzlich still dalag, spiegelte den Harnisch aus blauen Schuppen. Sein funkelndes Auge schien sie zu suchen, starr erwartete sie seine Annäherung. Sein Mantel schleifte hinter ihm drein, jetzt hob er sich höher übers Wasser und streifte im Bogen an ihr vorbei; an seinen wehenden Mantel hing sich der Schatten der Färberin, und ohne ihr auch nur einen Blick zu geben, glitten sie fort. — Auf du! und hinter ihm her! schrie sie und war in drei Sprüngen bei der Kaiserin, denn es gilt, daß wir erlangen, was wir zu Recht erworben haben! — Die Kaiserin lag da wie eine Leiche, aber als sie ihr sanft den Kopf aufhob, sah sie, daß die Augen offen waren. Sie bettete sie in ihren Schoß, sie redete zu ihr. Nun richtete sich der Blick, der gräßlich ins Leere ging, auf sie, sie schien die Alte zu erkennen, aber ein Grauen malte sich in ihrem Gesicht und sie schloß wieder die Augen. Unerträglich war es der Amme, das Gesicht zu sehen, das nun völlig dem Gesicht einer irdischen Frau glich. Sie hob die Willenlose vom Boden auf, der Kopf hing ihr übern Arm nach abwärts, sie schlug ihren dunklen Mantel um sie beide, drückte ihr Pflegekind mit beiden Armen an sich, und sie fuhren durch die Finsternis dahin. Die Amme wußte wohl, welchen Weg sie nun zu nehmen hatte.

Auf dem Fluß, den die Mondberge mit steilen glatten Klippen einengten, und der trotzdem ohne Wirbel ruhig, wenn auch sehr schnell, dahinfloß, fuhr ein Kahn gegen das Innere des Gebirges; denn so ging hier der Zug des Wassers. Er fand seinen Weg ohne Steuer, die Amme, die am hintern Ende auf dem Boden saß, schien ihn mit dem aufmerksamen Blick zu lenken, den sie über das Vorderteil hin, immer einen Pfeilschuß voraus, auf das schnelle Wasser gerichtet hielt; zu ihren Füßen lag die Kaiserin und schlief.

Allmählich traten die Klippen zurück, hohe Bäume standen links und rechts am Ufer, alle schön, von verschiedener Art, durcheinander wie in einer Au; hinter ihnen stiegen die schwarzen glänzenden Felsen empor, aus deren finsterer mächtiger Masse der ganze Bereich von Keikobads verborgener Residenz aufgebaut war. Zwischen den Bäumen sah sie mehrere von den Boten sich bewegen, deren allmonatliches Kommen sie ihrem Pflegekind immer sorgsam verheimlicht hatte. Mit Unlust erkannte sie den Alten, dessen weiße Gestalt gleich nach dem Verstreichen des ersten Monats nachts auf der Treppe zum blauen Palast aus der Wand herausgetreten war und sie mit seinen leuchtenden und strengen Blicken so erschreckt hatte. Auch den Fischer sah sie in der Ferne gehen; er trug wie damals eine Art von kurzem Mantel, aus Binsen geflochten, und in Händen seine Netze, an denen das Wasser glänzte, das rotgelbe Haar aber hinten hinaufgebunden wie eine Frau. Aber keiner kümmerte sich um den Kahn und die Ankömmlinge. So blieb die Amme ganz ruhig; mit ihrem Willen hatte sich der Mantel, in den gewickelt sie beide durch die Luft flogen, im Bereich der Mondberge, am Ufer des Flusses niedergelassen, der sie quer durchschnitt und zu dem kein sterblicher Mensch ungewiesen den Weg fand; ohne ihr Zutun hatte er sich sogleich in einen Kahn verwandelt, groß genug, sie und die Regungslose aufzunehmen, jetzt trug er sie dorthin, wohin

sie mit ihrer Herrin zurückzukehren sich so sehnlich wünschte. Sie
fühlte Keikobads Gebot über dem allen, so mußte er ihnen nicht mehr
unerbittlich zürnen; sie war sich bewußt, ihrer Herrin aufs Wort
gedient und den Menschen, die ihr abscheulich waren, einen Streich
gespielt zu haben, der ganze Handel erschien ihr in gutem Licht: sie
war zufrieden und einer Belohnung gewärtig Sie wunderte sich nur,
den im blauen Harnisch nicht zu sehen: ihm gedachte sie entgegenzu-
treten und ihn zu beschämen; denn sie fühlte das Geisterrecht auf ihrer
Seite. Nur den letzten Blick konnte sie nicht vergessen, den ihr die
Kaiserin gegeben hatte, als sie sie dort an der Mauer des Färberhauses
vom finsteren Erdboden aufhob. Der Blick war ihr gräßlich in seiner
Mischung von verzweifelter Angst und düsterem Vorwurf, dessen
Sinn sie nicht begreifen konnte. Daß sie sie hatte vor den Füßen eines
Menschen liegen sehen, war ihr, als ob es nie gewesen wäre. Sie neigte
sich über Bord und wusch sich, mit beiden Händen schöpfend, Augen
und Wangen mit dem dunklen reinen Wasser; noch rieb sie ihren Hals
und Nacken von der zauberischen Schminke, die keine Spur auf den
Händen zurückließ; da fühlte sie, daß der Kahn seine Richtung änderte,
so als würde er von dem einen Ufer her an einem Tau gezogen. Kaum
hatte sie sich umgewandt, so sah sie den im blauen Harnisch auf einem
glatten Uferstein dastehen; er schien den Kahn erwartet zu haben,
jetzt trat er zurück zwischen die Bäume. Sie sah ihn nur mehr im
Rücken; das blauschwarze Haar trug er aufgeflochten im Nacken
hängend, der Mantel war kurz über dem Harnisch gerafft; trotz seiner
gedrungenen Gestalt nahm er sich schön und gebietend aus. Indem sie
ihm nachspähte, war er auch schon zwischen den Stämmen verschwunden. Zugleich aber hatte der Kahn sich sanft dem Ufer angelegt, und
schon hatte die Kaiserin den Schlaf abgeworfen und war leicht wie ein
Vogel auf die feste Erde hinübergestiegen. Das graue Obergewand,
in das sie sich für die Menschen verhüllt hatte, war abgefallen und
blieb im Kahn zurück, nur ein leichtes schneeweißes Gewand trug sie
um die Glieder fest gewickelt, man hätte es unter dem grauen Über-
wurf nie geahnt. Sie erkannte mit einem Blick die Gegend; als eine
junge Schlange war sie hier oft gewesen, auch als Vogel hatte sie sich
über diesen Büschen und dem Wasser gewiegt. Aber nichts von dem
allen drang jetzt in sie hinein. Ihre Miene veränderte sich gleich, ihre
strahlenden Augen wurden dunkel und zornig. — Wo bin ich? rief sie,
und trat oberhalb hart an den Kahn heran. Wo hast du mich hingebracht, während ich schlief und nichts von mir wußte! Wo ist der

Mann? wo ist das Weib? Auf, und zurück vor ihre Füße, daß ich ihnen genugtue! — Vor Staunen über diese Rede verwandelte sich das Gesicht der Amme. Nichts von dem, was die Kaiserin bewegte, konnte sie begreifen. Als sie ihr Gesicht wusch, hatte sie auch die letzte Erinnerung an die zwei Menschen und ihr armseliges Haus weggewaschen; sie hatte völlig vergessen, wie der Färber und die Färberin aussahen. — Wer sind die, von denen du redest, rief sie von unten hinauf, wo wären sie des Atems wert, den du an sie verschwendest! — Dabei wandte sie den Kopf ab. Sie hatte bemerkt, wie jetzt am jenseitigen Ufer der Fischer zwischen den Büschen hervortrat. Nicht gern fühlte sie seinen Blick auf dem Kahn und auf ihr selber. Es war ihr unvergessen, wie rauh er sie behandelt hatte, als er am Ende des siebenten Monats ausgesandt war, zu erkunden, ob das Geisterkind schon einen Schatten werfe. Immer war sie seitdem gewärtig, daß er, wie damals, als sie am Rand des Teiches hinter dem blauen Palast dahinging, von hinten an sie heranträte, ihr das Netz überwürfe und sie zu sich in das Wasser risse. Aber der Zorn ihrer Herrin hatte mehr Kraft über sie als die Besorgnis vor dem Boten. Nie hätte sie fassen können, daß diese, die unnahbar über ihr stand und vor Zorn bebte wie eine in weißen Rauch gehüllte Flamme, auf dunkler feuchter Erde vor den Füßen eines Menschen gelegen hatte. — Auf und du voran, rief die Kaiserin, und daß du sie mir wiederfindest, und wären sie von Geistern verschleppt und auf tausend Meilen von ihrem Hause. Denn wir sind Diebe und Mörder an ihnen geworden und alles Blut aus unseren Adern ist zu wenig, um gut zu machen, was wir an ihnen getan haben. — Die Amme duckte sich zur Seite und hielt den Blick ihrer Herrin nicht aus, und ihr war, als würde die Kaiserin von oben auf sie niederstoßen wie ein Vogel und mit den Fersen ihrer leuchtenden Füße auf sie treten, so furchtbar war der Zorn in ihren Mienen. Aus dem Winkel ihres Auges spähte sie aber gleichzeitig über den Rand des Kahnes: da sah sie, wie drüben der Fischer hart ans Ufer getreten war, daß das Wasser sich an seinen Füßen staute, wie er gebieterisch den Arm ausreckte und ihr zuwinkte, ihn mit dem Kahn überzuholen. Schon fühlte sie, daß der Kahn von selber dem Wink gehorchte und sich vom Ufer losmachte. — Heran zu mir! schrie sie der Kaiserin zu, denn sie begriff sofort, daß man sie von ihrem Pflegekinde trennen wollte. Aber die Kaiserin gab keine Antwort. Sie hatte die beiden Arme über die Brust gedrückt und hielt den Kopf nach oben, aber mit geschlossenen Augen. Die Amme umklammerte eine

Baumwurzel des Ufers, es war zu spät, der Kahn riß sie hinüber.
Schon war der Fischer hineingesprungen, er warf seine Netze ab und
stieß die Alte, daß sie auf die Netze hinfiel; mitten im Fluß lenkte er
den Kahn nach abwärts, knirschend sah sie hohe Felsen vortreten, wie
ein Tor zu beiden Seiten, der Kahn glitt zwischen ihnen durch, die
Kaiserin war ihren Augen entschwunden. Auf den nassen Netzen
kauernd überlegte die Alte, wie sie wieder in den Besitz des Kahnes
kommen, ihn zurückverwandeln könnte in den Mantel, den sie jetzt
nötiger brauchte als je. Der Fischer kümmerte sich nicht um sie; er
streifte die Ärmel auf, griff tief ins Wasser und hob einen weidenen
Korb heraus von länglicher Gestalt, wie ein großes Futteral; kein
Tropfen Wasser hing an dem Korb, es war, als hätte er ihn von oben
aus der glänzenden Luft geholt. Indessen war der Kahn langsamer
geworden, er glitt an ein sanft abfallendes Ufer hin, zwischen Weiden
und Erlen blieb er stehen. Der Fischer nahm den Korb untern Arm,
warf die Netze über die Schulter und stieg ans Land. Er schlug einen
Pfad ein, der zwischen den Erlen landeinwärts führte. Schnell dachte
sie den Kahn vom Ufer zu lösen, aber zu ihrer Enttäuschung hatte der
Fischer den Strick um den Stumpf einer alten Weide geschlungen und
in einen Knoten geschürzt, den zu lösen ihr unmöglich war; sie
begriff nicht, wie er dies so blitzschnell unterm Aussteigen vollbracht
hatte. Zornig seufzend zog sie das Gewand der Kaiserin an sich und
schlich dem Fischer nach; denn sie wußte, daß der Fluß sich durch die
Mondberge hinkrümmte wie ein S, sie kannte weiter oben eine schmale
gefährliche Stelle, wo sie sich an einem überhängenden Baum zu einer
Klippe hinüberschwingen konnte, und sie hoffte, querüber durchs
Gebirge zu dieser Stelle zu gelangen. Sie war auf dem ansteigenden
Fußpfad noch nicht weit gegangen, so sah sie zwischen Birken und
Haselbüschen die Hütte des Fischers liegen, von der ein bläulicher
Rauch aufstieg. Sie schlich an das hintere Fenster und blickte hinein.
In einer Ecke der einzigen halbdunklen Kammer lag auf einer Schilf-
streu eine zartgliedrige junge Frauensperson in unruhigem Schlaf. Zu
ihren Füßen kniete die Frau des Fischers, grauhaarig aber mit einem
noch leidlich jungen Gesicht, so daß sie im Alter zu ihrem Gatten ganz
wohl zu passen schien. Sie betrachtete mit der größten Aufmerksamkeit die Hände der Schlafenden, die sich ineinanderrangen und voneinander lösten wie in einem heftigen bedrückenden Traum. Die Amme
kannte dieses Weib lebenslang; aber sie hatte sie nie leiden mögen.
Die Fischerin war neugierig über die Maßen und vermochte nichts für

sich zu behalten. Mut und Willenskraft besaß sie wenig; aber sie konnte sehen, was durch eine Wand, einen Deckel oder einen Vorhang verhüllt war, und sie verstand es, an allerlei Zeichen etwas abzulesen, und konnte aus leisen Spuren vieles erraten, was andern verborgen blieb. Abgeschlossen von den Menschen, wie sie lebte, war sie voll Freude, daß man die junge Frau ihrer Obhut anvertraut hatte. Jetzt als die Schlafende beim Eintreten des Fischers den Kopf bewegte, erkannte die Amme in ihr das Weib des Färbers, das sie nie wieder mit Augen zu sehen verhofft hatte, und ihr entfuhr ein zorniger Laut der Überraschung, den sie aber halb noch in der Kehle erstickte. Die Fischerin hatte tausend Fragen auf den Lippen. — Warum hast du mir nicht gesagt, rief sie dem Eintretenden entgegen, daß es unter den sterblichen Menschen solche gibt, die keinen Schatten werfen, auch wenn, wie es vor einer Stunde der Fall war, die volle Sonne schräg zum Fenster hereinfällt! Und was hat diese begangen, daß sie sich so fürchtet! Dabei ist sie eine Kühne und Ungebändigte, das seh ich an ihren Händen, und eine Träumerin, und ihr Herz ist rein, aber der Spielball ihrer Begierden und ihrer Träume. Und was bringst du, unterbrach sie sich selber, da für einen Korb, und was für eine Bewandtnis hat es mit einem, der dir nachgeschlichen ist, und von hinten her das Haus umlauert, nicht Mensch und nicht Tier, sondern irgendeiner unseresgleichen? — und sie hob die Nase und witterte in die Luft. Der Fischer gab ihr seiner Gewohnheit nach keine Antwort; er wickelte seine Netze auseinander. Schon hatte sie sich aber dem Korbe genähert, und indem ihre Augen das dichte Geflecht durchdrangen, antwortete sie sich selber. — Ein Richtschwert und ein blutroter Teppich! rief sie halblaut. Ist der Teppich für ihre Knie und das Schwert für ihren Hals? flüsterte sie und deutete auf die Schlafende; diese zuckte zusammen, als ob sie es gehört hätte. — Wer wird Richter sein? fragte das Weib weiter. Und soll sie vielleicht den Korb auf ihrem eigenen Kopf bis zur Richtstätte tragen? Ist es darum, daß du ihn hierher gebracht hast? — Sie ließ ab, auf die Hände zu spähen und heftete ihren Blick auf die Lippen der Färberin, die sich kaum wahrnehmbar bewegten. — Wie sie ergeben ist! rief die Alte. Lasset mich sterben, sagt sie, bevor die Sonne auf ist. Zündet nur keine Fackel an. Das Schwert blitzt ohnedies und der Teppich leuchtet von dem vielen Blut, das er getrunken hat, so wird niemand sehen, daß ich keinen Schatten werfe. — Zu wem spricht sie das? fragte die Alte neugierig ihren Mann, der sich auf den Hackstock gesetzt hatte und anfing, an einem Netz zu flicken. — Ei, sagte sie, und rückte der Schlafenden näher — jetzt betet sie, und küßt demütig eine große blauschwarze Männerhand. Mir geschehe, wie du willst, sagt sie, denn du bist mein Richter, und ich knie zwischen deinen Händen. Aber wisse, daß ich dich erkannt habe in der letzten Stunde meines Lebens, und daß du den Knoten meines Herzens gelöst hast. — Wer wird ihr Richter sein, gib mir Antwort! Den ganzen langen Tag bin ich allein, und gibt man mir einmal ein fremdes Wesen zur Gesellschaft, so ist's eine Schlafende, die den Mund nicht auftut. Wer wird zu Gericht sitzen über dieser da? — Das goldene Wasser! antwortete der Mann. — Das Wasser des Lebens? rief die Frau mit überraschtem Ton. Man hat mir noch nicht einmal gesagt, daß es in den Berg zurückgekommen ist. Ja kann es denn sprechen und ein Urteil verkünden? — Nein, aber es verwandelt, und das ist mehr. — Verwandeln! das ist eine Gabe wie eine andere, gab sie zurück. Verwandelt nicht der Alte, dein Stiefbruder, alles Feindselige, das ihm entgegentritt, in Tiere, die ihm gehorchen? Und ist es dir nicht wiederum gegeben, wenn du deine Arme ins Wasser tauchst, hervorzunehmen, was niemand hineingelegt hat! — Ja, aber das goldene Wasser verwandelt das Unsichtbare, sagte der Mann. — Es ist jemand am Fenster, flüsterte die Frau und hob sich blitzschnell vom Boden auf. Der Fischer trat vor die Schlafende hin und betrachtete sie. Sie seufzte im Schlaf, als wollte ihr die Brust zerspringen, und Tränen traten ihr unter den Wimpern hervor und liefen über die Wangen.

Als das Weib hinaustrat, war die Amme auf und davon. Fast schlimmer war ihr zumut als vor einem Jahr, als sie das Feenkind verloren hatte und nicht wußte, wie ihre Spur wiederfinden. Die Gegenwart des jungen Weibes hier im Bereich der Geister erfüllte sie mit einer unbestimmten beklemmenden Furcht. Sie hastete vorwärts und aufwärts. Nur mehr Felsen umgaben sie, zwischen denen es selbst für ein Wesen von ihren Gaben nicht mehr leicht war, sich zurechtzufinden. Doch wußte sie noch, wo sie war.

Nicht weit von hier mußte eine Kluft sein, darin sie im vergangenen Jahr, dem verlorenen Kind mühselig nachwandernd, die erste Nacht eine erträgliche Unterkunft gefunden hatte. Nun erkannte sie den tief eingeschnittenen Hohlweg: aus ihm kam ein Luchs hervor, der sich wartend nach hinten umsah, wie ein Hund nach seinem Herrn. Sogleich sah sie auch den weißgewandeten Alten hervortreten und an seiner Seite ein Lamm, das klug zu ihm aufblickte. Aber in dem

Großen, der breitspurig und langsam nun aus dem Berg hervorkam und auf den der Alte wartete und ihm, wie ein Führer dem Gaste, ehrerbietig die sicheren Steinplatten zeigte, den mächtigen, des Gebirges ungewohnten Fuß aufzusetzen, erkannte sie den Färber und ihr grauste; ihr war als ob ein Netz sich von weitem her um sie zusammenzöge, dessen Maschen sie nicht würde zerreißen können. Sie war seitlich zwischen Baumwurzeln und nackten Felsen emporgeklommen, oben hängend hörte sie, was die beiden miteinander redeten. — Wann werde ich sie wiedersehen? fragte der Färber, und ein mächtiger Seufzer drang aus seiner Brust. — Wenn die Sonne über dem Fluß im Steigen ist, antwortete der Alte. Sie redeten weiter, abermals schlug der Name des goldenen Wassers an ihr Ohr. Von Kindheit an war ihr vor diesem mächtigen Zauber eine scheue Furcht eingeprägt, sie wollte das Wort nicht mehr hören, sie klomm von Baum zu Baum, von Platte zu Platte. Sie meinte die Richtung inne zu haben, aber das Geklüft wurde immer wilder, die Bäume hörten jetzt auf: umsonst daß sie horchte. Der Fluß rann tief unten ohne Rauschen hin, nirgends war ein Zeichen, sie mußte sich eingestehen, daß sie den Weg verloren hatte. Sie rief gellend den Namen ihres Kindes, nichts antwortete, nicht einmal ein Widerhall. Nur ein Nachtvogel kam auf weichen Flügeln zwischen dem Gestein hervor, stieß gegen ihren Leib und taumelte gegen die Erde. Da warf auch sie sich zu Boden und drückte das Gesicht gegen den harten Stein.

Die Kaiserin indessen stand allein zwischen den Bäumen und dem Felsen, beschattet von der Felswand, hinter der seitlich das Licht zu sinken anfing. Alles warf nun lange Schatten über den grünen Waldgrund hin, von ihr allein fiel keiner. Sie hatte sich der Felswand zugekehrt, sie meinte die Stelle wiederzuerkennen; es war die deutlichste Erinnerung aus einer frühen Zeit. Hier war ihr Vater mit ihr herausgetreten, hier hauchte er das Geheimnis der Verwandlung in sie hinein: sie fühlte sich Vogel werden zum erstenmal, fühlte sich aufschweben vor des Vaters Augen. Wenig von seiner Erscheinung konnte sie erinnern; er trug keine Krone, aber die Stirne selber glänzte wie ein Diadem, das ahnte ihr noch. — Vater, rief sie sehnlich, Vater, wo bist du? Das Wort verhallte. Sie kam sich eingeschlossen vor in ihren Leib wie gefangen. Unwillkürlich griff sie nach dem Talisman. Wie ein klares Licht durchzuckte es sie, sie begriff, warum und seit wann ihr die Verwandlung genommen war, und er, der sie so gestraft hatte, war ihr näher als je. In seiner Unnahbarkeit fühlte sie ihn, auf ihrer Stirne leuchtete ein Abglanz von ihm.

Sie hörte hinter sich ein spritzendes Geräusch, als hätte jemand aus dem Wasser sich ans Ufer geschwungen. Ein Schauer lief ihr über den Rücken, sie wußte sich plötzlich nicht mehr allein und drehte sich jäh um. Ein großer Knabe stand da, zwischen ihr und dem Wasser, gedrungen, stark. Sie hätte glauben können den Färber vor sich zu sehen: die breitbeinige Gestalt, die gebuckelte Stirne, das krause schwarze Haar; er trug ein Gewand von wunderbar blauer Farbe, nicht so, als hätte man ein weißes Gewebe in die Küpe gelegt, darin sich die Stärke des Indigo und des Waid vermischten, sondern so, als wäre die Bläue des Meeresgrundes selbst hervorgerissen und um seinen Leib gelegt worden. Er blieb an seiner Stelle und verneigte sich vor ihr, die Arme über die Brust gekreuzt. Dann sah er sich im Kreis um, wie wenn er einen Zeugen dessen, was er zu sagen hatte, gefürchtet hätte: er wiegte den runden Kopf bedächtig gegen den Fluß. — Halte das Weib weg! rief er. Indessen hatte sein Gewand sich verändert: es glich jetzt dem nächtlichen Schwarzblau, bevor die ersten Strahlen der Sonne den Himmel erhellen. Ehe die Kaiserin ihm antworten konnte, war noch ein Wesen vor ihren Augen. War es aus den Bäumen herausgetreten, war es aus der Erde hervorgekommen — es stand da. Es war ein kleines Mädchen und von den zierlichen wie aus Wachs geformten Füßen bis zu dem dunklen wie Kupfer schimmernden Haar glich es der Färberin. Es tat seinen Mund auf im gleichen Augenblick, als es da war, und rief mit heller befehlender Stimme: Stelle dich zu deinesgleichen! Zugleich wie vor Ungeduld kam es näher an die Kaiserin heran; nicht mit Schritten, sondern es glitt auf dem grünen Grund heran wie auf Glas, mit geschlossenen Füßen, und keine Art sich zu bewegen hätte besser zu der Zartheit seiner Glieder und zu den Farben, in denen es glänzte, passen können. Hinter ihr aber trat nun eine Andere hervor, weit älter als sie, ja größer und mächtiger als der zuerst Gekommene. Stumm stand sie da, einen Blick wie eines Tieres auf die Kaiserin geheftet, an ihr hingen drei kleine Knaben und auch das Mädchen glitt zurück zu ihr, alle vier drückten sie sich an die große Schwester. Von dieser konnte die Kaiserin keinen Blick verwenden: wie sie nun die Kinder an sich drückte, mit sanften Händen und sorglichen Blicken, wie ein Vogel seine Brut, glich ihre Güte der Güte des Färbers, aber wenn sie herüber sah mit einem kühnen und scheuen Blick, so war es der Blick der Färberin. Wunderbar war sie aus beiden gemischt, und doch kein Zug von keinem: nur die Vereinigung beider. Die Kaiserin fühlte ihr Herz pochen, es zog sie hinüber zu diesem Wesen — da war die Gestalt dahin. Der Bruder allein stand da, er schien zu warten, daß die Kaiserin ihn anrede. — Ihr bringt mir eine Botschaft? — rief sie, und lächelte ihm zu. Tief und dunkel glühte sein Gewand auf aus dem Violetten ins Rote. Die Farbe schien aus der Ewigkeit her zu ihm zu kommen, so auch die Antworten, die langsam in ihm aufstiegen und zögernd den Rand seiner Lippen erreichten. — Wir bestellen nichts, wie verkünden nichts. Daß wir uns zeigen, Frau, ist alles, was uns gewährt ist. — Wo ist die andere? fragte die Kaiserin; ihr Blick deutete mit Begierde nach den Bäumen, zwischen denen das Mädchen gestanden hatte. — Da und nicht da, Frau, wie es dir belieben wird! sagte er und hob sich aus seiner leicht geneigten Haltung; seine Mächtigkeit wurzelte auf seinen gewaltigen Füßen in der Erde und sein Gewand war wie Blut, das sich in Gold verwandelt; alle Bäume empfingen von ihm die Bestätigung ihres Lebens, wie vom ersten Glanz der aufgehenden Sonne. — Gibt es ein Drittes? fragte die Kaiserin. — Die Vereinigung der beiden, kam es von den Lippen des Knaben. — Wo geschieht diese? — Im entscheidenden Augenblick. Die Kaiserin tat einen Schritt auf ihn zu. — Führet mich zu denen, von denen ihr wisset, sagte sie. — Nicht wir sind es, die dich führen werden, sondern andere, gab er zur Antwort. — So bringet sie zu mir! rief die Kaiserin. — Der Knabe sah sie blitzend an aus den Augen der Färberin mit dem Blick des Färbers. Er hob mit sanfter Strenge die Hand gegen sie und glich jenem, seinem Vater, wie ein Spiegelbild dem Gespiegelten; denn es schienen Sprüche der Weisheit und der Erfahrung in ihm aufzusteigen, die über die schweren Lippen nicht zu dringen vermochten, und sich stumm entluden in den Gebärden der Arme und in der weisen Entsagung der halbgehobenen Schultern. Die Farbe seines Gewandes sank aus dem Rot in das Violett, gleich einer Wolke am dunklen Abendhimmel. — Nicht dir werden sie vorgeführt werden, Frau, sondern du wirst vorgeführt werden, und dies ist die Stunde. — Die Kaiserin trat hinter sich. — Wer richtet über mich? fragte sie leise. — Versammelt sind die Unsichtbaren, Frau, wie es dir nun belieben mag! sagte er und verneigte sich ernst vor ihr; ein Todesurteil hätte er nicht ernster verkünden können. Dunkel war wieder sein Gewand, wie der nächtliche Himmel ohne Sterne. — Die Kaiserin holte tief Atem. — Ich hab mich vergangen, sagte sie. Sie senkte die Augen und richtete sie gleich wieder auf ihn, der mit ihr sprach. Das

Wesen horchte, antwortete nicht sogleich. Die Seele trat in seine Augen; er schien die Worte zu liebkosen, die aus ihrem Mund kamen. — Das muß jeder sagen, der einen Fuß vor den andern setzt. Darum gehen wir mit geschlossenen Füßen. — Der Hauch eines Lächelns schwebte in seiner Stimme, als er das sagte; aber sein Gesicht blieb ernst, und in nichts glich er dem Färber mehr als in diesem tiefen Ernst seiner Miene. — Kann ich ungeschehen machen? rief die Kaiserin. Ihre Augen hingen an seinem Mund, ihre Ehrfurcht vor ihm, der so mit ihr sprach, war nicht geringer als die seine vor ihr. — Das goldene Wasser allein weiß, was geschehen ist und was nicht, gab er zurück. — Ist es meinem Vater untertan? fragte sie. — Die großen Mächte lieben einander, sagte das Wesen kurz. Es war, als flöge ein Schatten von Ungeduld über sein gewaltiges Gesicht. — Dürft ihr mir nicht mehr sagen? rief sie. — Laß mich antworten! rief eine helle Stimme. Sogleich war Einer von den Kleinen vor ihr, sogleich der Zweite neben ihm. Der Erste, der so begierig war zu antworten, glich mit dem dünnen Mund und der hohen schmalen Stirn dem jüngsten Bruder des Färbers. Aber er glich ihm auch wieder nicht, denn er hatte gerade Glieder und einen glatten Rücken, und statt der armseligen Gewandung des Buckligen umgab ihn ein Kleid in herrlichen Farben, als wären sie von den Brustfedern eines Paradiesvogels genommen. Der Zweite reckte ein Ärmchen gegen sie, das ohne Verhältnis lang war, wie das des Einarmigen, und er heftete die runden Augen des Färbers auf sie, und sein reizender Mund, der auch verlangte zu sprechen, zuckte zauberisch, wie der Mund der Färberin. Unbeschreiblich waren die Farben, in die er gekleidet war; er glich einem Blumenstrauß, gepflückt am frühen Morgen. — Merke Frau, rief der Erste, alle Reden unserer Mutter geschehen in der Zeit, darum sind sie widerruflich — aber deine, fiel der Zweite ein, deine wird geschehen im Augenblick und sie wird unwiderruflich sein: so ist dein Los gefallen. — Von welchem Augenblick redet ihr? rief die Kaiserin. — Von dem einzigen! — rief das kleine Mädchen und flammte heran. — Was muß ich tun? fragte die Kaiserin, und heftete ohne Atem ihre Augen auf die drei Kinder. — Im Augenblick ist alles, der Rat und die Tat! rief ein kleiner breiter Mund, wie aus dem Mund des Färbers herausgeschnitten, über einem breiten Leib, um den ein korallenroter Schurz wehte, unter einem Wust von schwarzem Haar, dicht wie ein Gebüsch: das vierte Kind war zwischen die drei hineingeflogen, sie umschlangen einander an den Hüften und an den Schultern; sie standen lächelnd da und glichen in der Buntheit ihrer zauberischen Gewänder und im Glanz ihrer Augen, die sie wechselnd senkten und aufschlugen, einer blühenden Hecke in der dunkeläugige Vögel nisten, und sie wiegten sich in einer Art von stillem Tanz vor der Kaiserin hin und her wie eine Hecke im Abendwind. — Wer ist meinesgleichen? fragte die Kaiserin schnell, denn sie sah, wie die Wesen sich voneinander lösten und wie sie mit einem schalkhaften Lächeln zu verschwinden drohten. — Wir doch, Frau, und die, mit denen wir eins sind! riefen sie und waren schon dahin, keine Wimper hätte können so schnell sich schließen. — Laßt mich euch noch einmal sehen! rief die Kaiserin und heftete in sehnlicher Erwartung den Blick auf die Stelle, wo das große Mädchen gestanden hatte. Sie hatte es noch nicht ausgesprochen, so stand die Große drüben bei den Bäumen und aus der Luft glitten die kleinen Geschwister ihr an die Brust und an ihre Hüften und schmiegten sich an ihre Knie wie an die Knie einer Mutter.

Ein Wind wie ein langgezogener Atem kam jetzt aus dem Berg hervor und das Laub fing an, heftig zu zittern. Die laue Luft zwischen den Bäumen und dem Fluß veränderte sich in feuchte Kühle wie in einem Grabgewölbe. Den Leib aller dieser Kinder durchlief eine solche Angst, daß die Kaiserin mit ihnen erschrak bis ins Innerste. Das große Mädchen bückte sich, sie preßte die Kinder an sich; ihr Leib deckte alle zu. Angstvoll schickte sie die Blicke nach allen Seiten; als wären ihre Hände verdoppelt, so faßte sie alle die Leiber der Kinder zugleich. Aber sie schwanden ihr zwischen den Händen dahin: mit sterbenden Mienen hingen sie ihr im Arm, dann zergingen sie gräßlich in der Luft wie farbiger Nebel, der ihren Leib umflatterte. Gruben waren in dem Gesicht der Großen, graue Schatten des Todes; ihre Augen, wie aus dem Jenseits, sahen in die Augen der Kaiserin; der schwoll das Herz dumpf, sie mußte ihre Hände darauf drücken. Jetzt deckte der Bruder seinen Mantel, der schwarz war wie die Nacht, über die sich auflösende Miene der Schwester, die im Vergehen dem wahrsten Gesicht der Färberin glich wie nie zuvor. So glich nun sein gealtertes schwergewordenes Gesicht völlig dem Gesicht des Färbers; er zog den Mantel über seinen Kopf und verhüllte sich selber.

— Werde ich euch wiedersehen? rief die Kaiserin; das Gefühl der Schuld umschloß ihr Herz mit Ketten, sie fühlte sich an jene geschmiedet, in deren Dasein sie ungerufen hineingetreten war. Der Verhüllte deutete stumm gegen den Berg. Sie schloß die Augen.

Als sie sie wieder aufschlug, waren die Gestalten dahin; ein bläulicher Glanz erhellte die Dämmerung zwischen den Stämmen. Der Bote stand da. Noch war ihr der Sinn benommen, sie sah ihn ohne ihn zu sehen. Er wartete, dann neigte er sich gemessen vor der Kaiserin. Er wendete sich sogleich und winkte ihr: er trat in die Felswand hinein und die Kaiserin folgte ihm. Der Weg drehte sich mehrere Male und es war nur der bläuliche Widerschein auf den glatten Wänden, der sie leitete. Mit eins sah sie den Schein und die Gestalt zur Seite verschwinden: als sie an die Stelle kam, war dort nichts. Vor sich aber gewahrte sie eine andere Erhellung und ging darauf zu. Sie stand in einem runden hohen Raum; hinter ihr schloß sich der Stein. Hoch oben in einem metallenen Ring hing eine Fackel; sie leuchtete stark und gab im Verbrennen einen wunderbaren Duft. Nichts war sonst in dem kreisrunden Raum als eine niedrige Bank aus einem dunkelleuchtenden Stein geschnitten, die ringsum lief. Die Kaiserin sah, daß es ein Bad war, in das man sie geführt hatte, aber schöner und fürstlicher als selbst die schönste der Badekammern in ihrem eigenen Palast. Sie verlor sich, aber nur einen Augenblick, in dem Gefühl der unerwarteten, geheimnisvollen Einsamkeit und in der Betrachtung des wunderbaren Beckens, an dessen Rand sie stand. Dieses glich dem Gestein, aus dem die Wände geschnitten waren, es leuchtete auch von Zeit zu Zeit auf, es waren nicht funkelnde Adern, sondern ein dumpfes Aufleuchten in der ganzen Masse, wie Wetterleuchten im dichten, gestaltlosen Gewölk, und die Kaiserin hätte nicht ohne Furcht den Fuß auf diesen Grund gesetzt. Zugleich aber kam ein himmlisches Wohlgefühl über sie, als dränge es mit dem Duft der Fackel in alle ihre Glieder. Sie sank auf den Rand des Beckens hin, in Scheu und Erwartung, wie eine Braut. Ihr Geliebter mußte ihr ganz nahe sein, er mußte ihr näher sein, als sie wußte. Immer war er zu ihr gekommen, nun kam sie zu ihm, an dieser auserkorenen Stätte. Sie dachte es und ein Ach! kam über ihre Lippen, schamhaft und sehnsüchtig zugleich, und der klanggewordene Hauch aus ihrem eigenen Mund machte, daß sie erglühte von oben bis unten. Ihre Glieder lösten sich, sie streckte die Arme gegen das Becken, der Boden schwankte hin und her, wie ein finsterer von unten erhellter Nebel; von unten stieg ein Schwall von dunklem, goldfarbenem Wasser jäh empor, fiel wieder jäh hinab mit einem dunklen Laut wie das Gurren von Tauben. Sie hätte sich hineinstürzen mögen in dieses dunkelleuchtende Auf und Ab, wie in einen liebenden Blick. — Komm, komm! rief sie, das goldene Wasser stieg in einem mächtigen Schwall

nach oben, die Säule gab, wie das Licht der Fackel sie berührte, einen
schwellenden Klang, der ihr vor Süßigkeit fast das Herz spaltete. Jetzt
sank der Schwall in sich zusammen, wurde ganz golden leuchtende
Fläche, er füllte das Bad, ein goldener Nebel spielte darüber hin. In der
Mitte der Kern von Finsternis, den die Säule emporgerissen hatte, lag
still: er schien lastend wie ein mitten in den Teich gebautes Grabmal
aus Erz. Gebettet auf einen viereckigen dunklen Stein lag die Statue
da. Sie war aller Waffen entkleidet, nur den leichten Jagdharnisch trug
sie noch, wie zum Schmuck; aber selbst die silberschuppten Bein-
schienen, die vor den Hauern eines Ebers oder den Zähnen eines Luch-
sen schützen konnten, waren weg und die Beine nackt und völlig wie
Marmor: so auch die Schultern und der Hals, von denen der Mantel
abgefallen war.

Die Kaiserin schrie auf, sie warf sich hinein in das goldene leise
wogende Becken; wie ein Schwan mit gehobenen Flügeln rauschte sie
auf den Geliebten zu. Sie bog sich über ihn, aber zu küssen wagte sie
nicht. Er lag still und unsäglich schön unter ihr, aber unsäglich fremd.
Jeder Zug war da, Mann und Jüngling, der Fürst, der Jäger, der Geliebte, der Gatte, und nichts war da. Sie lehnte über ihm, sie wußte
nicht wie lang; sie regte sich nicht. Sie glich selbst einer Statue, dem
Teil eines Grabmals. Ihr Atem bewegte nicht die Brust, ihr Auge verriet nicht, was sie fühlte; zwei kristallene Tränen fielen nieder.

Die Fackel leuchtete stärker und stärker, sie zog den goldenen
Nebel in sich, der von dem Wasser aufstieg, bald hatte sie ihn ganz
aufgezehrt: nur mehr um die Sohlen der Kaiserin spielte das goldene
Wasser, dessen Berührung nicht netzte, bald war es ganz dahin. Halb
unbewußt war der Kaiserin scheu vor der Gegenwart dieses Lichtes
droben, wie vor der eines lebenden Wesens; sie zog den Mantel an
sich, sie sollte ihn über sie beide decken, sie wollte und hob den Arm
und tat es nicht. In solcher Nähe drang von der Statue ein Etwas auf
sie ein, es war nicht Kühle, nicht Kälte, aber das Gefühl einer unnahbaren Ferne, wie eine aufgetane Kluft, aber ins Unendliche: je näher
je ferner. Nun hob die Statue sich auf, langsam und sonderbar, wie nie
ihr Geliebter sich aufgehoben hatte, wenn er in ihrem Bette erwacht
war. Er stützte sich auf den einen Arm, die Augen schlugen sich mühsam auf, der Blick begegnete dem starren, angstvoll hingerichteten
Blick, er streifte über die Kaiserin hin, fremd und gräßlich. Er ließ sie
wieder, wendete sich über die Schulter nach der Fackel hin. Mehr und
mehr unter dem furchtbaren Blick der Statue drängte sich jetzt das

goldene Licht, das aus der Fackel strömte, nach der einen Seite des runden Gemaches zusammen, auf der andern breitete sich eine bräunliche Dämmerung, in die der scharfe Schatten der sitzenden Statue hineinfiel.

Die Statue sah jetzt auf ihren eigenen Schatten hin und drehte langsam den Kopf herum, dorthin, wo die Kaiserin stand; sie suchte den Schatten der Kaiserin. Die Kaiserin wich zurück, sie stand zwischen dem Licht und der Wand und doch glänzte hinter ihr die Wand in vollem Licht, stärker als an irgendeiner andern Stelle, sie fühlte es wohl. Die Augen der Statue, als sie es gewahrte, erweiterten sich. Furchtbar wurde die Miene, die sich anspannte, drohte und doch nicht lebte. Es war, als müßte nun und nun ein gräßlicher Schrei die versteinte Brust zerreißen. Die Kaiserin konnte es nicht mehr ertragen, sie wandte matt ihren Kopf zur Seite. Da drang ein bläulicher Schein aus der Wand heraus an der gleichen Stelle, wo sie selber eingetreten war; als stünde dort der Geisterbote; ein Schatten trat hervor und huschte zu ihr herüber. Jetzt sank er zu ihren Füßen hin, das unerkennbare Antlitz bog sich nach unten und berührte wie ein Hauch ihr Knie; ihr schauderte; sie wußte, es war der Schatten des fremden Weibes, der ihr verfallen war. Die Schattenarme reckten sich empor zu ihr, die Hände mit nach oben gewendeten Flächen: es war die Gebärde des Sklaven, der sich völlig dahingibt, auf Leben und Tod. Das kniende Wesen zitterte dabei wie Espenlaub, und die Kaiserin selbst bebte bis ins Innerste. Die Handflächen schoben sich aneinander, auf ihnen ruhte eine runde Schale mit goldenem Wasser. Der Schatten hob die Arme höher und bot zitternd den Trunk dar und mit dem Trunk sich selber. Der Kaiser hatte sich völlig aufgerichtet, stützte sich nur mehr auf den linken Arm, den rechten hatte er vorgestreckt, in namenloser Begierde und Ungeduld. Seine Augen hafteten an der Hand seiner Frau, mit einem Ausdruck, in dem sich Hoffnung und Verzweiflung verknäulten wie kämpfende Schlangen. Die Kaiserin bog den Arm: sie hatte die Schale gefaßt, ohne es zu wissen. Er folgte ihrer Bewegung mit einer solchen Beseligung, daß sich sein Gesicht verwandelte, wie eines Liebenden in der Entzückung. Sie fühlte, wie sie die Sinne verlieren und trinken würde. Aber wie fest ihr Blick auch auf dem wunderbaren flüssigen Feuer haftete, das ihren Lippen so nahe war, so sah sie doch aus dem Winkel des Auges, daß hinter ihr die Wand sich abermals geöffnet hatte, aber an der entgegengesetzten Seite, als wo der Schatten eingetreten war, und daß eine verhüllte Ge-

stalt hinter ihr stand. Ein Gewand floß nieder, dunkler als der sternlose
Himmel um Mitternacht; der Dastehende rührte kein Glied. Sie sah
ihn, ohne ihn zu sehen, und sie fühlte in der Tiefe ihrer Eingeweide,
daß die Gestalt, wenn sie ihre Verhüllung abwürfe, die Züge Baraks
des Färbers enthüllen würde, dem sie vor dreien Tagen ungerufen über
die unschuldige Schwelle des Hauses getreten war, und daß er seine
Augen auf sie richten würde, gespiegelt in der Miene seines ältesten
ungeborenen Sohnes. Sie drückte die Schale an sich, da fühlte sie, wie
sich unter ihrem Gewand der Talisman an ihrer Brust verschob:
gräßlich und fremd wie aus der Brust eines Tiefschlafenden schlug aus
der Tiefe ihrer eigenen Brust der Fluch an ihr Ohr: Zu Stein auf ewig
wird die Hand, die diesen Gürtel löste, wofern sie nicht der Erde mit
dem Schatten ihr Geschick abkauft, zu Stein der Leib, zu dem die
Hand gehört — sie hörte innen ihr eigenes Herz schwer und langsam
pochen, als wäre es ein fremdes. Sie sah mit einem Blick, als schwebe
sie außerhalb, sich selber dastehen, zu ihren Füßen den Schatten des
fremden Weibes, der ihr verfallen war, drüben die Statue. Das furchtbare Gefühl der Wirklichkeit hielt alles zusammen mit eisernen Banden. Die Kälte wehte zu ihr herüber bis ins Innerste und lähmte sie.
Sie konnte keinen Schritt tun, nicht vor- noch rückwärts. Sie konnte
nichts als dies: trinken und den Schatten gewinnen oder die Schale
ausgießen. Sie meinte, vernichtet zu werden und drängte sich ganz in
sich zusammen; aus ihrer eigenen diamantenen Tiefe stiegen Worte in
ihr auf, deutlich, so als würden sie gesungen in großer Ferne; sie hatte
sie nur nachzusprechen. Sie sprach sie nach, ohne Zögern. — Dir
Barak bin ich mich schuldig! sprach sie, streckte den Arm mit der
Schale gerade vor sich hin und goß die Schale aus vor die Füße der
verhüllten Gestalt. Das goldene Wasser flammte in die Luft, die Schale
in ihrer Hand verging zu nichts, alles, was den Raum erfüllt hatte, war
dahin, die Statue allein lag wie finsteres Erz auf dem schwarzen Stein,
und droben die Fackel leuchtete gewaltig. Von unten her fing ein
Beben an, ein mächtiges Tosen, von steigenden und stürzenden Gewässern. Der Schwall brach herauf und ergriff die Kaiserin und riß sie
nach oben. Die Fackel hatte sich in das goldene Wasser hineingestürzt
und durchdrang die dunkelleuchtende Finsternis mit Licht, abwechselnd überflutete strahlende Helligkeit und tiefe Nacht das Gesicht
der Kaiserin. Sie fühlte sich steigen und steigen, etwas Dunkles stieg
neben ihr, es war die Statue, die der unwiderstehliche Schwall so
schnell wie ihren leichten Leib hinauftrieb. Nun lag sie mit der Statue

Brust an Brust, die steinernen Arme schlossen sich um sie zusammen, ein Blick von nächster Nähe traf sie aus den steinernen Augen, so jammervoll, daß er ein steinernes Herz hätte erweichen können. Die furchtbare Last hing an ihr; sie selbst schlang die Arme um den Stein, sie umrankte ihn ganz, das Steigen hörte auf, sie fühlte sich hinabgerissen ins Bodenlose. Die glatte, furchtbar fremde Natur des Steins drang ihr ins Innerste. Vor unbegreiflicher Qual zerrütteten sich ihr die Sinne. Sie fühlte den Tod ihr eigenes Herz überkriechen, aber zugleich die Statue in ihren Armen sich regen und lebendig werden. In einem unbegreiflichen Zustand gab sie sich selbst dahin und war zitternd nur mehr da in der Ahnung des Lebens, das der andere von ihr empfing. In ihn oder in sie drang Gefühl einer Finsternis, die sich lichtete, eines Ortes, der aufnahm, eines Hauches von neuem Leben. Mit neugeborenen Sinnen nahmen sie es in sich: Hände, die sie trugen, ein Felsentor, das sich hinter ihnen schloß, wehende Bäume, sanften festen Grund, auf dem die Leiber gebettet lagen, Weite des strahlenden Himmels. In der Ferne glänzte der Fluß, hinter einem Hügel ging die Sonne herauf, und ihre ersten Strahlen trafen das Gesicht des Kaisers, der zu den Füßen seiner Frau lag, an ihre Knie geschmiegt wie ein Kind.

Seine Augenlider zuckten unter dem scharfen Licht, das durch das Gezelt der Bäume hereinbrach; die Kaiserin erhob sich leise, sie trat zwischen den schlummernden Liebsten und die Sonne. Sie bog sich schützend über seinen Schlaf wie eine Mutter, und warf stille, große Blicke auf ihn herab. Mit süßem Staunen hatte sie erkannt, daß nichts mehr an der schmiegsamen atmenden Gestalt an die fürchterliche Statue erinnerte. Ein unaussprechliches Entzücken durchfuhr sie aber nun, und ein Schrei drang über ihre Lippen: denn ein schwarzer Schatten floß von ihr über den Liegenden, über den Waldboden hin. Über dem Schrei schlug der Kaiser die Augen zu ihr auf, unerschöpfliches Leben war in seinem jungen Blick, in dessen tiefsten Tiefen nur blieb der erlebte Tod als ein dunkler Glanz früher Weisheit. Sie hob ihn zu sich auf, sie umarmten einander ohne Wort, ihre Schatten flossen in eins.

Unter ihnen an einer geborgenen Uferstelle lag der Kahn und schien auf einen Fährmann und auf Reisende zu warten. In diesem Augenblick näherte sich vom einen wie vom andern Ufer eine Gruppe von Gestalten dem Fluß, langsam die eine, aus zwei Gestalten bestehend, schneller die andere, ein Mann und zwei Frauen, von denen die eine auf dem Kopf einen länglichen Korb trug. Die Sonne erleuchtete alle fünf. Von der Korbträgerin allein fiel kein Schatten auf die tauglänzende Weide, über die sie hingingen; fahl war ihr Gewand wie ihr Gesicht und ihr Tritt unsicher. — Sieh, mein Falke! sieh, auch er! rief der Kaiser, der die Landschaft und die Gestalten gar nicht sah, mit solchem Entzücken hing sein Auge immerfort an dem leuchtenden Gewölbe des Himmels, wo über dem rötlich glänzenden Grat eines Berges der wunderbare Vogel kreiste. Ein Wasserfall leuchtete unter ihm. Zwischen dunklen Felsen, hohen, dunklen Stämmen schwebte aus dem Bergesinnern ein bläulicher Schein hervor. Der Geisterbote glitt an der steilen Bergwand herab, jetzt riß sich unter seinen Füßen etwas Dunkles los und flog blitzschnell auf das Ufer zu und über den Fluß. Sausend flog der Schatten der Färberin auf seine Herrin zu, und schlug zu ihren Füßen hin. Sie wußte nicht, was es war, das da hinschlug, ihr zum Letzten bereites Herz nahm alles nur traumhaft mehr auf. Nur ihr Körper taumelte, und die Frau des Fischers, die neben ihr ging, mußte sie stützen. Der Korb schwankte auf ihrem Kopf. Seine Umrisse wurden unbestimmt, wie ein schwärzlicher Dunst; aus diesem blitzte wechselweise das Schwert und leuchtete das Blut, dann löste sich alles in ein wunderbares Spiel von Farben auf, als wäre ein zusammengeballter Regenbogen in dem Korb gewesen. Die Farben glitten wie Flammen an der Färberin herab, das zarteste Grün, ein feuriges Gelb, Violett und Purpur; sie spielten an ihrem Leib und offenbarten die ganze Herrlichkeit der Sonne, dann schwanden sie in das Weib hinein, schneller als Worte es sagen können. Die Fischerin schlug vor Staunen in die Hände. Bunt stand die Färbersfrau da, geschmückt wie eine Meereskönigin. Zugleich trat die Farbe des Lebens in ihr Gesicht, ihre Augen leuchteten wie die eines jungen Rehes über den Fluß hinüber; zur Erde blickte sie nicht, sie ahnte nicht, daß ihr Schatten zu ihr zurückgekehrt war. Jetzt erkannte vom andern Ufer der Färber sein Weib. — Nimm den Kahn! rief der Alte ihm zu, aber der Färber hörte es nicht; er war vom Ufer in den Fluß hinabgesprungen, schon war er drüben, schwang sich am Rand empor. Das junge Weib, wie sie vor sich seinen gewaltigen Kopf auftauchen sah, schrie auf in Angst. Sie riß sich von ihren Führern los und lief querfeldein. Sie wähnte sich noch ohne Schatten, gräßlich bezeichnet, nun kam ihr Richter auf sie zu. Sie wollte sich verbergen, nirgend war ein Baum oder ein Strauch. In großen Sprüngen sprang er ihr nach, mit ausgebreiteten Armen; von seinen Lippen floß ein ununterbrochener Schrei der Liebe und Zärtlichkeit. Sie fühlte ihn dicht hinter sich, in ihrer Todesangst wandte sie den Kopf, den Vorsprung zu messen, den sie noch hatte, da sah sie zwischen sich und ihm ihren Schatten, der hinter ihr flog. Vor Seligkeit warf sie die Arme in die Luft, die Arme des Schattens flogen auf vom Grund und glitten zu den Knien des Färbers empor, denn schon stand er da. Ohne Atem stand sie vor ihm, ihr Herz riß sie fast zu Boden. Er drückte die Hände vor der Brust zusammen und neigte sich vor ihr. Wie ein Stein schlug sie vor ihm hin, ihre Stirne, ihre Lippen berührten seine Füße. Ihr ganzes Selbst drang in einem Schluchzen aus ihr heraus, sie erstickte alles in der Gebärde der Demut, so wie sie unter sich ihren Schatten zusammendrückte, auf dem sie lag.

Dem Kaiser stürzten Tränen aus den Augen: wie dort die Färberin vor ihrem Mann warf er sich in den Staub vor seiner Frau und verbarg sein zuckendes Antlitz an ihren Knien. Sie kniete zu ihm nieder, auch ihr war zu weinen neu und süß. Sie begriff zum erstenmal die Wollust der irdischen Tränen. Verschlungen lagen sie da und weinten beide: ihre Münder glänzten von Tränen und Küssen.

Der weiß gewandete Alte indessen war von der einen Seite, der Fischer und seine Frau von der andern auf den Kahn zugekommen. Der Alte stieg hinein, die Fischersleute wateten von drüben auf sie zu, das Wasser reichte ihnen bis über die Brust. Im Wasser hangend, reichten sie aus dem Wasser dem Alten herrliche Dinge in den Kahn, glänzende Gewebe, metallene Schüsseln und Geräte, bunte große Vögel und Früchte, in ganzen Körben, als wären da unten Bergwerke, Forste und Fruchtgärten, in die ihre Hände nach Belieben hineingriffen. Der Alte hatte Mühe alles aufzustauen, so schnell hoben sie die gefüllten Arme zu ihm; der Kahn füllte sich und ging fast über, aber er wuchs, indem der Alte immer eilig von einem Ende zum andern hin und her ging. Bald war er so groß wie ein Salzschiff, die aus dem Gebirge gegen die Ebene fahren, und beladen mit Hausrat, um ein großes Haus, zweiflügelig gebaut, in zwei Stockwerken übereinander, herrlich auszuschmücken, und mit prächtigem Geflügel, bunten Fischen und Früchten, genug um eine gewölbte, von lebendigem Wasser durchlaufene und mit riesigen Hängestangen und tausend Haken versehene Speisekammer auf ein Jahr zu füllen.

Die Hände des Färbers hatten sein Weib vom Boden aufgenommen,

mit einem gewaltigen Griff nach der Mitte ihres Leibes, der wie eine wilde unbezähmte Liebkosung war, und er riß sie über sich empor, so daß sie den Atem verlor und das Herz ihr stockte, und trug sie hoch über sich gegen das Ufer hin. Er warf den Nacken zurück, um sie, die
5 er über sich trug, zu gewahren und sie mit den Blicken unablässig zu liebkosen, und er hob seine Knie unter der Last wie einer, der tanzen will, so daß sie vor Schreck in sein dichtes Haar griff und sich daran festhielt. Aus ihrem Mund drangen kleine Schreie von Ängstlichkeit und Lust, indessen ihr die Tränen über die Wangen hinabrannen.
10 Kaum näherte er sich mit seiner bunten Last dem Ufer, so kam der hochbeladene Kahn mit großem Tiefgang und gewaltigem Rauschen von drüben auf ihn zu, indessen der Fischer und sein Weib neben ihm schwammen. Der Alte war am andern Ufer zurückgeblieben. Der Färber warf sein Weib auf die aufgetürmten Teppiche; er sprang selber
15 hinein, und indem er sogleich wieder den linken Arm um sein Weib legte, ergriff er mit dem rechten das gewaltige Steuerruder, das der Fischer von hinten eingelegt hatte. So fuhren sie auf dem Mantel der Amme flußabwärts. Der Kahn leuchtete in allen Farben der Schöpfung und der Färber sang, wie ihn nie jemand hatte singen hören, weder
20 seine Eltern noch seine Nachbarn, als er ein Junggeselle war, noch auch seine junge Frau in den dreißig Monden ihrer Ehe. Der Alte und der im blauen Harnisch vom einen Ufer, die Fischersleute vom andern, sahen ihnen nach, und der Kahn hinterließ im Glanz der Sonne, die höher und höher stieg, eine goldene Spur auf dem flimmernden
25 Wasser.

Hoch über dem Fluß kreiste der Falke. Der Blick des Kaisers hing an ihm lieber als an dem Prachtschiff. Höher ins Unersteigliche riß sich der Vogel empor, leuchtende Himmelsabgründe enthüllte sein Flügel; des Kaisers Blick war über die Trunkenheit erhöht, so waren seine
30 Glieder übertrunken von der Nähe der herrlichen Frau, in deren Arme er sich drückte. Ober ihm und unter ihm war der Himmel. Sein Blick flog zwischen den Wimpern dem Vogel nach; da sah er drüben gegen Norden, wo die Hügel noch dunkler und ernster standen, die Seinigen heranziehen. Er gewahrte die Pferde, die Hunde, die Falken, eine hohe
35 Sänfte schwankte daher, wie ein von Flammen umgebenes Lustgemach: so glänzte die Sonne auf ihren goldenen Zieraten. Die Kaiserin lag in seinem Arm, ihr schwimmender Blick ging nach aufwärts: sie fand nicht den Falken im höchsten strahlenden Haus des Himmels,

aber sie hörte von dorther einen Gesang. Unbegreiflich fanden zarte Worte, leise Töne den Weg aus dieser Höhe zu dir.

> Vater, dir drohet nichts,
> Siehe, es schwindet schon,
> Mutter, das Ängstliche,
> Das dich beirrte!
> Wäre denn je ein Fest,
> Wären nicht insgeheim
> Wir die Geladenen,
> Wir auch die Wirte?

Die schwebenden Worte sanken in sie wie Tauperlen. Das Herz zitterte ihr, und die freien Hände — denn der Kaiser war im Übermaß des Glücks zu ihren Füßen hinabgesunken — falteten sich ihr in der Bewegung des Staunens über dem Leibe. Sie wagte kaum zu fassen, was sie doch hörte, kaum zu begreifen. Sie wußte nicht, daß auf dem Talisman an ihrer Brust längst die Worte des Fluches ausgetilt und ersetzt waren durch Zeichen und Verse, die das ewige Geheimnis der Verkettung alles Irdischen priesen.

VARIANTEN UND ERLÄUTERUNGEN

DAS GLÜCK AM WEG

ENTSTEHUNG

Im September 1892 unternahm Hofmannsthal zusammen mit seinem Französischlehrer Dubray eine Reise nach Südfrankreich. Die Reisebeschreibung unter dem Titel Südfranzösische Eindrücke *erschien am 10. November 1892 in der ›Deutschen Zeitung‹. Unter dem Eindruck dieser Reise entstand, vermutlich Ende Mai/ Anfang Juni 1893,* Das Glück am Weg. *Am 22. September 1892 schrieb Hofmannsthal aus Marseille an seine Mutter:* Gestern blieb das Dampfschiff von Port Saint Louis nach Marseille unerklärlicher Weise aus und um nicht den ganzen Nachmittag in dem kleinen glühendheissen Schiffernest zu versitzen, liessen wir uns von einem alten Fischer und seinem zehnjährigen Sohn im Segelboot nach dem nächsten Hafen, Port de Bouc, fahren, von wo wir mit der Eisenbahn heute früh in 3/4 Stunden nach Marseille fuhren. Die Bootsfahrt dauerte 5 Stunden (bei fast völliger Windstille) und war auf dem lichtblauen phosphorescierenden Meer mit Leuchtthürmen und aufspringenden Delphinen bei durchsichtiger sternheller Dämmerung unsagbar schön.

Unter dem Titel Das Glück am Weg *finden sich in Hofmannsthals Nachlaß auch Notizen zu einem Melodram mit dem Datum 8 V 93. Sie haben jedoch mit der Erzählung nur den Titel gemeinsam.*

Die allegorische Novelette, wie sie Hofmannsthal in einem Brief vom 12. Juli 1893 an Marie Herzfeld nennt, erschien zuerst in der ›Deutschen Zeitung‹ vom 30. Juni 1893 unter dem Pseudonym Loris.

Am 4. Juli schreibt Hofmannsthal an Beer-Hofmann: Sagen Sie womöglich etwas über das beiliegende Feuilleton; mir hat es einen peinlichen Eindruck gemacht, so schattenhaft, unkörperlich, saftlos, leblos. *(BW 19) Beer-Hofmann teilt diese Ansicht nicht:* »›Das Glück am Weg‹ ist schön – sehr schön. Ich muß mit Ihnen noch darüber sprechen, schreiben läßt es sich schlecht, man müßte den Artikel immer citiren. Warum geben Sie es der ›Deutschen Zeitung‹? Die ›Freie Presse‹ hätte es wol genommen.« *(BW 21)*

ÜBERLIEFERUNG

1 D Das Glück am Weg.
Loris.
In: Deutsche Zeitung, Wien, 30. Juni 1893.

2 D Das Glück am Weg
In: Hugo von Hofmannsthal. Früheste Prosastücke. Achte Jahresgabe der Gesellschaft der Freunde der Deutschen Bücherei. Leipzig. Gesellschaft der Freunde der Deutschen Bücherei 1926. Enthält noch Das Dorf im Gebirge.
Textgrundlage.

VARIANTEN

1 D
Der Erstdruck enthält gegenüber 2 D nur die folgende Variante:

7, 16 blinkte *Danach:* So tanzen vor einem feierlichen Festzug radschlagende Gaukler und Lustigmacher, so liefen betrunkene, bocksfüßige Faune vor dem Wagen des Bacchos einher. . . .

2 D
Die Erzählung ist von Hofmannsthal neu durchgesehen worden. Daher dient 2 D als Textgrundlage.

ERLÄUTERUNGEN

7, 1–16 *In Hofmannsthals Tagebuch der südfranzösischen Reise findet sich folgende Notiz:* Arles (Stiergefecht). Der Duft, wie ein Schiff von Schiras vorüberfährt. *(H VB 12.18)*

DAS MÄRCHEN DER 672. NACHT

ENTSTEHUNG

Das Märchen der 672. Nacht *entstand zwischen dem 19. April und den ersten Maitagen des Jahres 1895. Das erste Datum steht zu Beginn des dreiseitigen Entwurfs 1 H, in dem Hofmannsthal zum ersten Mal Handlung und Verlauf der Erzählung konzipiert. Sehr bald darauf muß die Niederschrift 2 H entstanden sein, die das Datum* April 1895 *trägt, denn schon vor dem 27. April hat Hofmannsthal das Manuskript Beer-Hofmann zu lesen gegeben oder es ihm vorgelesen und auf dessen Kritik hin die Stelle 20,25 (S. 205) gestrichen. Spätere Arbeiten am* Märchen, *die durch die Briefe an Schnitzler, Beer-Hofmann und Andrian bezeugt sind, können nur auf geringe Veränderungen in der Niederschrift, bzw. die Anfertigung einer nicht mehr erhaltenen Reinschrift, sich bezogen haben.*

Da diese Daten für die Entstehung gesichert sind, ist die Angabe im Druck von 1905 (5 D), die 1894 als Entstehungsjahr bezeichnet, falsch. Hofmannsthal hat die Erzählung hier bewußt vordatiert, vielleicht um den Anschein zu erwecken, das Märchen der 672. Nacht *sei gleichzeitig mit Andrians* ›Garten der Erkenntnis‹ *entstanden und nicht erst später.*

Hofmannsthal ließ das Manuskript durch seine Mutter an die ›Frankfurter Zeitung‹ *schicken, die eine Veröffentlichung jedoch ablehnte (Hofmannsthal an den Vater, 9. August 1895). Der Erstdruck erschien dann in drei Fortsetzungen in der Wiener Wochenschrift* ›Die Zeit‹ *vom 2.–16. 11. 1895.*

ÜBERLIEFERUNG

1 H   *E IV A 53.30–32 – 3 einseitig beschriebene Blätter, unpaginiert.*

N 1   *E IV A 53.5 – Andere Seite: 2 H, pag. d.*

N 2   *E IV A 53.19 – Andere Seite: 2 H, pag. μ.*

2 H   E IV A *53.1–7, 35, 8–29 – Konvolutdeckel mit 29 Blättern z.T. beidseitig beschrieben, paginiert: a–f, α–χ. Auf 53.5 und 53.19: N1 , N 2.*

3 D   Das Märchen der 672ten Nacht
Geschichte des jungen Kaufmannssohnes und seiner vier Diener.
In: Die Zeit, Wien. Nr. 57: 2.11.1895, S. 79–80, Nr. 58: 9.11.1895, S. 95–96, Nr. 59: 16.11.1895, S. 111–112.

4 DH   *Handexemplar von 3 D.*

5 D   Das Märchen der 672. Nacht   1894
*In: Das Märchen der 672. Nacht und andere Erzählungen. Wiener Verlag, Wien und Leipzig 1905 (ausgegeben Oktober 1904), S. 7–46. Enthält noch Reitergeschichte, Das Erlebnis des Marschalls von Bassompierre und Ein Brief.
Textgrundlage (s.S. 206).*

6 D   Das Märchen der 672. Nacht.
Insel Verlag, Leipzig 1918. Janus-Presse.

7 D   Das Märchen der 672. Nacht.
In: Gesammelte Werke II, S. Fischer, Berlin 1924, S. 121–142.

8 D   Das Märchen der 672. Nacht
In: Hugo von Hofmannsthal. Drei Erzählungen. Mit Zeichnungen von Alfred Kubin. Insel-Verlag, Leipzig 1927, S. 5–30.

VARIANTEN

1 H
Erster Entwurf zur gesamten Erzählung mit der Überschrift:
Das Märchen der 672ten Nacht
Von dem jungen Kaufmannssohn und seinen 4 Dienern
Er umfaßt drei Seiten und ist datiert: 19. April 1895 (Reconvalescenz nach der Influenza.)

Vater und mutterlos, lebt müssig u. einsam, Wohnung, Geräthe, Schuhe, Mäntel Nichtachtung alles dessen (2 Verse.)
die 4 Diener: die alte Wirtschafterin
              der Diener 48jährig, maulbeerfarbiges Gesicht wie der Dictator Sulla
              das Stubenmädchen, 18jährig, mattblond, dumm; sehr schön; eher schwermüthig
              das Küchenmädchen, kaum 15jährig, verschlossen

alle 4 reden sie wenig miteinander und umkreisen ihn, wie Hunde.
oft hört man an einem Nachmittag nur die Fische sich in ihren lichtdurchströmten Schalen bewegen und doch sind 5 Menschen zu Hause. in seinem Müssiggang Kaufmannsinstincte: nicht Pferde, Waffen Wie die Schönheit
des älteren Mädchens wach wird, dadurch dass sie mit seinen Kämmen durch ihr Haar fährt, mit seinen ledernen Feilen ihre Nägel berührt
die Sommer in einem Thal im Gebirg, von dessen Abhängen rauschend sehr viel Bäche herunterfallen und wo nachts der Mond fast immer hinter den schwarzen Bergen steht und ungeheure silbergraue Wolken majestätisch über den dunkelleuchtenden Himmel gleiten
einmal wirft sich die Kleine aus dem Fenster auf eine mit Holz gedeckte Grube, bricht sich das Schlüsselbein; einmal, am Land, fällt ihm auf, wie schön das ältere Mädchen ist, wenn sie das Becken mit den Goldfischen am Kopf trägt und wenn sie
er sieht ihr nicht lange zu, sondern geht unruhig auf den Markt, eine Blume oder ein Gewürz zu suchen, in dem genau diese Schönheit liegt: denn direct ist sie ihm unnahbar (Verse)
> in den Stielen der Nelken, im Duft des reifen Kornes erregtest Du meine Sehnsucht, aber als ich dich fand, warst Du es nicht Die ich gesucht hatte sondern die Schwester Deiner Seele.

Wegen des Dieners, der eines Vergehens beschuldigt wird muss er nach Wien fahren. Findet auf der persischen Gesandtschaft nur einen Schreiber und den Koch. Geht in der eigenen Stadt wie in einer fremden umher. in eine hochgelegene Vorstadt. über Treppen. Zu einem älteren ärmlichen Juwelier. ins Hinterzimmer, um für das Mädchen etwas zu finden (Berylle, Topase passen ihnen nicht, passen nicht zu ihrem Bild in seiner Seele) aus dem Hinterzimmer Ausblick auf einen Garten mit Glashäusern. Durchwandert eines: Wachsblumen, Narcissen, Anemonen. Will schon fortgehen. Da an den Scheiben des nächsten Glashauses das höchst seltsame Gesicht eines 4jährigen Mädchens, der kleineren Dienerin geheimnisvoll ähnlich; er bückt sich, öffnet einen niedrigen Riegel tritt ein Das Kind will ihn hinausdrängen. Streicheln, Münzen nützten nichts. Es redet kein Wort. Wenn er Blumen ansehen will, zieht es die Töpfe weg, wirft ihm einen Ziegelstein auf den Fuss, läuft endlich fort, verriegelt die Thür von aussen. Er ist unruhig. Findet endlich eine kleine Hinterthür. 3 Stufen hinunter unmittelbar vor dem Ausgang ein Brett über einen gemauerten viele Stock tiefen Graben. Er geht darüber einen Augenblick befällt ihn Angst: er drückt sie mit dem krampfhaft erfassten Gedanken der Unentrinnbarkeit des Schicksals nieder. am Ende ein kleines Eisenthürchen, giebt nach; Platform, links und rechts Häuserrückseiten, links Musik Geht links, schmutziges Stiegenhaus, hinunter, begegnet keinem Menschen; auf der Platform Lebensfreude: Verse des Fatalismus; Sprichwörter: Wenn das Haus gebaut ist, kommt der Tod, Wo Du sterben sollst dahin tragen Dich Deine Füsse; kommt in eine

sehr ärmliche Vorstadt, geht der wahrscheinlichen Richtung nach;
Häuser der Soldaten; rufen ihn an, ob Taback kaufen will, stören ihn auf;
geht in Hof: eine Reihe kniet vor Pferden wäscht Hufe, manche Pferde
hässlich und tückisch, ziehen Oberlippe auf und zeigen die Zähne, schnauben, manchen treten die Augen tückisch heraus manche traurig; traurig
schmutzig und eintönig die Soldaten; eine lange Reihe trägt Brod, alle sehr
traurig; will dem letzten Münzen geben, da fällt Schmuck des Diener zu
Boden, er bückt sich das Pferd schlägt nach ihm. Stöhnend liegt er am Boden. Soldaten tragen ihn in eines ihrer niedrigen Zimmer, stehlen alles,
holen dann Wundarzt. Allein gelassen wacht er auf und stirbt.

N 1 – N 2
Kurze Notizen, die während der Abfassung der Niederschrift 2 H entstanden, wo sie jeweils auf einer Rückseite stehen.

N 1
Von den Dienern bespiegelt empfindet er etwas was er nie zuvor gehabt hat.

N 2
Diener so sein eigenstes wie für Vater Waren, für Alexander eroberte Länder und kühnere Träume

2 H
Vollständige Niederschrift. Zu ihr gehört ein Konvolutdeckel mit der Aufschrift:
Das Märchen der 672ten Nacht:
Von dem jungen Kaufmannssohn und seinen vier Dienern
und der Datierung am Fuß der Seite: April 1895.
Innerhalb der Niederschrift lassen sich drei Schichten unterscheiden:
2.1 H die Grundschicht. Sie ist in deutscher Schrift und überwiegend mit Tinte geschrieben. Die Seiten waren unpaginiert. Im Verlauf einer Überarbeitung wurden zwei Partien, insgesamt etwa die Hälfte, dieser Schicht ersetzt. Die neuen Seiten konstituieren die Schicht
2.2 H, die ebenfalls mit Tinte, aber in lateinischer Schrift geschrieben ist. Erst jetzt werden alle Blätter paginiert.
2.3 H, die späteste Schicht, wird durch ein einziges Blatt faßbar. Es ist mit Bleistift in lateinischer Schrift geschrieben und ersetzt ein Stück Text, das schon der Grundschicht angehört haben muß.
Die Schichten verteilen sich wie folgt auf 2 H (hier hilfsweise bezogen auf die entsprechenden Abschnitte des Textes): 15, 1 – 18, 11: 2.1 H
18, 12 – 18, 25: 2.3 H
18, 25 – 22, 37: 2.2 H
22, 37 – 28, 1: 2.1 H
28, 1 – 30, 27: 2.2 H

VARIANTEN

18, 7 – 11 2.1 H endet: die aber in der Nähe und täglich gesehen, die Lieblichkeit ihres Gesichtes und die zarte Harmonie aller seiner Theile *(gestrichen).*
Die verworfenen Partien sind nicht erhalten. Überschneidungen der neuen mit den weiterverwendeten Blättern kommen nicht vor. Abweichungen der letzten Textstufe vom ersten Druck sind selten. Wo noch Veränderungen vorgenommen wurden, sind es Kürzungen. Damit wird eine Absicht fortgesetzt, die schon innerhalb der Entwicklung der Niederschrift festzustellen ist. Attributive Bestimmungen sind davon besonders betroffen. Vielfach sind Attribute, die erst auf einer späten Stufe eingetreten sind, wieder getilgt. Dieser Zug zur Vereinfachung ist auch in den folgenden Partien zu erkennen:

16, 29 nachzudenken. *Danach:* Untereinander redeten sie wenig denn sie waren sehr verschieden in Alter und in Wesen.

17, 8 f. Gesichtes.] Gesichtes, darin größere Verführung lag als in reifer Schönheit.

17, 16 – 19 Als sie ... immer.]
Als sie wieder gesund war, redete der Kaufmannssohn sie durch lange Zeit nicht an, wenn sie ihm begegnete. Oft fragte er die alte Frau, ob das Mädchen ungern in seinem Haus war, aber diese verneinte es immer. Um ihr einige Zerstreuung zu verschaffen ließ er ihr gewisse Gänge außer Haus auftragen. Und da sie einmal gesehen hatte, daß er viele frische Blumen nachhaus brachte und damit die leeren Becken und grünliche schlanke Glasgefäße anfüllte, brachte sie von da an täglich Blumen und vertheilte sie in die Zimmer. Als er ihr aber zusah, wie sie die Stiele abbrach und wie sie die Blumen anfasste, empfand er eine Art Grauen; denn sie that es ohne Liebe, ja mit etwas wie Verachtung und doch lag die unreife verführerische Grazie ihrer kindlichen und ungütigen Finger in der Art wie die Blumen dann aus den Kelchen emporstanden mit der hageren Lieblichkeit des frühen Frühlings. *Die ganze Stelle gestrichen.*

20, 25 halten *Danach:* oder sie vor sich knien zu sehen, wie die Frauen der besiegten Könige in dem Zelte des grossen Königs knieten, dessen Kriege in seinem Buch beschrieben waren. *Die Stelle ist gestrichen (vgl. S. 201 u. 207).*

23, 5 – 12 lautete in der ersten, sofort variierten Version: Trotzdem trat er in den Laden; denn es fiel ihm ein, daß seine alte Wirtschafterin eine große Freude empfinden würde, wenn er ihr aus der Stadt etwas mitbrächte. Und er wußte, daß sie für eine gewisse Art von billigem Schmuck eine große Vorliebe hatte, weniger um sich damit zu putzen, als weil er sie an ihre Jung-frauenzeit erinnerte.

27, 19 f. gewöhnlich ... müde] gewöhnlich war. Er sagte sich die Sprichwörter vor: Wohin du sterben sollst, dahin tragen dich deine Füße und Wenn das Haus fertig ist, kommt der Tod, und ermuthigte sich etwas, aber er war sehr traurig und müde und konnte sich nicht erinnern was ihm an diesen Sprichwörtern sonst eine tiefe große Erregung gegeben hatte: und überhaupt konnte er sich auf garnichts besinnen was ihm irgend welcher Freude werth schien. *Diese Stelle versucht Hofmannsthal noch einmal in Stichworten neu zu fassen, verwirft sie dann aber.*

Wegen der zum Teil sehr undeutlichen Schrift und der noch zu zahlreichen Korrekturen kann 2 H nicht als Druckvorlage gedient haben.

3 D
Dieser Druck trägt als einziger den ursprünglich vorgesehenen Untertitel. Der Text 29,16 – 30,27 enthält keinen Absatz, während er in 2 H noch in zwei Absätze (bei 29,39) aufgeteilt war.

4 DH
Handexemplar mit geringer Überarbeitung. Hier wird die Erzählung erstmals in zwei Kapitel geteilt. Neben dem Titel, von fremder Hand: »1894«.

5 D
Dieser erste Buchdruck übernimmt die Veränderungen aus 4 DH. Zusätzlich wurden die Absätze am Ende (29,16 – 30,27) angebracht. Da die Textentwicklung hiermit abgeschlossen ist, und alle weiteren Ausgaben auf diesem Druck beruhen, wurde er zur Textgrundlage gewählt.

ZEUGNISSE · ERLÄUTERUNGEN

ZEUGNISSE

1894

Juli, Notiz (H VB 2.5):
Dem Poldy seine Idee von »Volk« ist in den Stücken von Maeterlinck: Prinzen, Bettler, Beguinen, Findelkinder, alles unstät, findet sein Schicksal auf der Gasse

1895

April, an Leopold von Andrian (BW 48):
... Ich erzähl Dir ein Märchen an dem ich schreib ...

27. April, an Richard Beer-Hofmann (BW 45):
Das Gleichnis von den Königinnen hab ich weggestrichen; wo man aber breiter werden soll, ohne das Märchen um seine traumhafte Raschheit zu bringen, spür ich nicht; das müssen Sie mir noch deutlicher sagen.

28. April, an Arthur Schnitzler (BW 53):
übermorgen will ich schon in der Früh zur Tini fahren, vielleicht dort das Märchen fertigschreiben oder wenn das schon fertig wäre, eine Geschichte des Actäon anfangen.

29. April, an Richard Beer-Hofmann (BW 46):
Heute kommt nämlich (ausser etwa Arthur) fast sicher niemand und dann ist das Märchen fertig und wir könnten darüber reden.

1. Mai, an Leopold von Andrian (BW 30[1]):
Ich bin auch heute wieder in die Brühl heraus gefahren, weil die lichtgrünen Bäume sehr hübsch sind und es mir angenehm ist, hier ein paar Kleinigkeiten an dem Märchen fertig zu machen.

15. Mai, an Richard Beer-Hofmann (BW 47f.):
Ich glaub immer noch, dass ich im Stand sein werde, mir meine Welt in die Welt hineinzubauen. Wir sind zu kritisch um in einer Traumwelt zu leben, wie die Romantiker; mit unseren schweren Köpfen brechen wir immer durch das dünne Medium, wie schwere Reiter auf Moorboden. Es handelt sich freilich immer nur darum ringsum an den Grenzen des Gesichtskreises Potemkin'sche Dörfer aufzustellen, aber solche an die man selber glaubt. Und dazu gehört ein Centrumsgefühl, ein Gefühl von Herrschaftlichkeit und Abhängigkeit, ein starkes Spüren der Vergangenheit und der unendlichen gegenseitigen Durchdringung aller Dinge und ein besonderes Glück, nämlich, dass die begegnenden Phänomene wie Karten bei der Kartenschlägerin gutsymbolisch fallen, reich, vielsagend und durch ihre Kühnheit auch im schönen Sinn schauerlich, tragisch, ὕβριν παρεχόμενα πράγματα. Denn ich will nicht: »Breit es aus mit deinen Strahlen senk es tief in jede Brust etc. . . . « nein!

Das Fallen der Karten aber erzwingt man von innen her; das ist das tiefe grosse wahre wovon dem Poldy seine Geschichte ein hilfloses und mein Märchen ein kindlich rohes allegorisches Zeichen sein soll. Ein Reich haben wie Alexander, gerade so gross und so voll Ereignis, dass es das ganze Denken erfüllt, und mit dem Tod fällt es richtig auseinander, denn es war nur ein Reich für diesen einen König. So sieht das Wünschenswerte von der einen Seite aus. Auf der andern aber steht eindringlich unser gemeinsames:

---

[1] *Dort fälschlich 1894 datiert.*

il faut glisser la vie! Und wer beides versteht kann es vereinen. Nur eins glaub ich muss man bis zu einem dämonischen Grad lernen: sich um unendlich viele Angelegenheiten und Dinge nicht zu bekümmern. Falls Sie wirklich im Bett liegen, geb ich Ihnen noch eine kleine Frage: wie kann es recht sein, sich um viele Dinge nicht zu bekümmern, da doch alle Dinge gleich richtig und gross sind (was die Romantiker so widerlich ignoriert haben)? Anleitung zur Auflösung: grosse Einheit, Leben-Teilung, Individualität-Tod... Kann auch selbständig gelöst werden. Ich glaub, ich denke, statt an die Wand zu kritzeln oder Zahnstocher in kleine Spähne zu teilen.

14. Juli, an Anna von Hofmannsthal:
Bitte schicke umgehend das Manuscript an die ›Frankf. Zeitung‹.

9. August, an Hugo von Hofmannsthal sen. (B I 169f.):
Der refus der Frankfurter Zeitung wundert mich gar nicht, übrigens scheint nach dem unpersönlichen Ton Mamroth nicht dort zu sein. Nur der Ausdruck »Allegorie« ist sehr komisch. Mir ist nicht eingefallen, mit der Geschichte etwas anderes zu »meinen«, als mit jeder Localnotiz in den Tagesblättern gemeint ist. Nur wenn man das Menschenleben so ansieht wie in der Maeterlinckschen Szene, die Du mir geschickt hast, der alte Greis, der die ruhig dasitzende Familie durchs Fenster ansieht, kommt einem eben die Märchenhaftigkeit des Alltäglichen zum Bewußtsein, das Absichtlich-Unabsichtliche, das Traumhafte. Das hab' ich einfach ausdrücken wollen und deswegen diese merkwürdige Unbestimmtheit gesucht, durch die man beim oberflächlichen Hinschauen glaubt, Tausend und eine Nacht zu sehen, und, genauer betrachtet, wieder versucht wird es auf den heutigen Tag zu verlegen. Ich bin sehr verlangend zu erfahren ob es Dir, ohne Selbstüberredung, einen Eindruck gemacht hat und bitte um ein paar Worte darüber.

13. August, an Hugo von Hofmannsthal sen. (B I 167f.):
über den Brief vom Gomperz und über das Märchen läßt sich besser reden als schreiben. Nur kränkt mich ziemlich, dass du meine Dichterei mit Philosophie, was in deinem Ton offenbar abstracte Speculation bedeutet, so zusammenschiebst. Lies es doch als eine »G'schicht« es ist ja um Gotteswillen nichts anderes.

26. November, Arthur Schnitzler an Hugo von Hofmannsthal (BW 63f.):
eben habe ich den Kaufmannssohn gelesen. Folgendes find ich: die Geschichte hat nichts von der Wärme und dem Glanz eines Märchens, wohl aber in wunderbarer Weise das fahle Licht des Traums, dessen rätselhafte wie verwischte Übergänge und das eigene Gemisch von Deutlichkeit der geringen und Blässe der besondern Dinge, das eben dem Traum zukommt. Sobald ich mir die Erlebnisse des Kaufmannssohnes

als Traum vorstelle, werden sie mir höchst ergreifend; denn es gibt solche Träume, sie sind eigentlich auch Schicksale, und man könnte verstehen, daß sich Menschen, die von solchen Träumen geplagt werden, aus Verzweiflung umbringen. Auch ist nicht zu vergessen: die Empfindungen des Kaufmannssohnes sind wie im Traum geschildert; die unsägliche Unheimlichkeit, die irgend ein Weg, ein Kindergesicht, eine Tür annehmen kann, wenn man sie träumt, finden kaum im wachen Leben ein Analogon. Ihre tiefere Bedeutung verliert die Geschichte durchaus nicht, wenn der Kaufmannssohn aus ihr erwacht statt an ihr zu sterben; ich würde ihn sogar mehr beklagen; denn das tödliche fühlen wir besser mit als den Tod. – Ich will mit alldem nicht sagen, daß mir nicht auch ein Märchen desselben Inhalts, ganz desselben recht wäre; aber Sie haben die Geschichte bestimmt als Traum erzählt; – erinnere ich mich jetzt zurück, so sehe ich den Kaufmannssohn im Bett stöhnend sich wälzen, und er tut mir sehr leid. –

Damit wäre auch alles zum Vorzug gewandelt, was sonst befremden müßte: eine seltsame Trockenheit, etwas hinschleichendes im Stil – was die Stimmung des Traums unvergleichlich malt, der Märchenwirklichkeit aber zum Nachteil ist.

Herbst, Tagebuchaufzeichnung (H VB 3.19):
Das Märchen der 672ten Nacht erscheint in der ›Zeit‹. October, oder November.

Tagebuchaufzeichnung (H VB 4.23):
das bezieht sich auf den Winter 1894–95.
Poldy's buch. Das Buch über die eleusinischen Mysterien von Taylor. Das Märchen der 672ten Nacht
Herrschaft des Narcissos, des heiligen Sebastian, der Prinzen Amgiad und Assad. νοήματα πρυτανεύοντα: die Schönheit der Seelen, die heilige Schönheit der Jugend, die höchste der Kinder, bei denen die Seele noch nicht tief und schwer in der ὕλη steckt.
ruunt animae, ruunt –
Die Menschen suchen ihre Seele und finden dafür das Leben

Tagebuchaufzeichnung (H VB 3.24):
autobiographisches Fragment: meine Feste
meine eigene Production in der Poldyzeit
das eigene in einem geheimnisvollen Spiegel anschauen (Märchen der 672ten)
Narcissus-motiv, endlich ertrinken in dem Spiegelnden Dasein die Seele hergeben, die Welt dafür empfangen, welch ein Gastmahl des Lebens, welche Grotten des lebensbeherrschenden Traumes, welch ein Garten der Erkenntnis.
es waren tage, da nichts todt zu sein schien, und wieder Abgründe der Erschöpfung

1896

1. *Juli*
Dem Brief Hofmannsthals an Beer-Hofmann (BW 60) lag ein Exemplar des
Märchen der 672. Nacht *bei mit der folgenden Widmung:*
De te narratur fabula quam tu
tibi d.d.d. Volo Accipias, superi in
contrarium omen, sicut de somniis
opinio stat, vertentes, poetam saeculo,
mihi Laeto Egregium Amicum Servent.

   Zu dieser Widmung fanden sich in Hofmannsthals Nachlaß zwei Blätter mit nicht weniger als vier Entwürfen. Das eine Blatt ist überschrieben: Widmung des Märchens vom Kaufmannssohn an Richard.[1] *Übersetzung und Quellennachweis in BW Beer-Hofmann, S. 221f.*

1906 oder 1907

Otto Weininger: Geschlecht und Charakter, Wien, Leipzig 1906, S. 546 Annotation:
An die folgende von Weininger zitierte Stelle aus einem Brief von Keats an Woodhouse notierte Hofmannsthal: Der Kaufmannssohn: »When I am in a room with people if I ever am free from speculating on creations of my brain, then not myself goes home to myself, but *the identity of everyone in the room begins to press upon me, so that I am in a very little time annihilated* – not only among men; it would be the same in a nursery of children...«
Diesen Brief von Keats zitiert Hofmannsthal auch in einem Brief vom 23. Januar 1907 an Stephan Gruss (B II 254):
Der schöne Brief von Keats, der neuerdings vielfach in gelehrten Werken zitiert wird, auch Monsieur Weininger zitiert ihn übrigens, der Brief mit den merkwürdigen Klagen über das Chamäleondasein des Dichters (»he has no identity: he is continually in for, and filling, some other body. – It is a wretched thing to confess, but it is a very fact, that not one word I ever utter can be taken for granted as an opinion growing out of my identical nature. How can it, when I have no nature?« usf. usf.) Dieser Brief hat mich sehr entlastet, als er mir vor Jahren das erstemal in die Hand kam. Ein Dichter zu sein, ist eine Sache, gegen die man sich nicht helfen kann. Aber es wäre mir leid, wenn ich deswegen kein Mensch wäre (woran ich jetzt nicht mehr zweifle, hatte aber etwas böse Phasen mit diesem Zweifel). Ich

---

[1] *Eine Notiz Hofmannsthals, die noch vor die Entstehung des* Märchen der 672. Nacht *zu datieren ist, lautet:* jemand als Widmung auf ein Buch schreiben: De te narratur fabula.

sage dies: ein Dichter sein, so hin, weil es hier gesagt werden muß, als das letzte Wort in bezug auf gewisse Geistesformen in deren (etwas strenger) Schilderung Dein Aufsatz kulminiert. Im übrigen dürftest Du bemerkt haben, daß ich es als eine mir aufgeprägte Daseinsform hinnehme, ohne jene alberne Begleitempfindung, für die ich nur ein französisches Wort weiß: fatuité (etwa Eitelkeit – vanité – ist nicht ganz dasselbe; diese termini der fürs Leben brauchbaren Psychologie sind in der deutschen Sprache stumpf, Folge der Verrohung und Philistrosität von 1620-1750).

1912

Notizen zu Andreas oder die Vereinigten *(E IV A 4.166, vgl. E 243)*:
Andres ist, wie der Kaufmannssohn: der geometrische Ort fremder Geschicke.

1918

23. April, an Katharina Kippenberg (Deutsches Literaturarchiv, Marbach a. N.):
Ich bin nun hierher zurück und recht begierig: für wann darf ich mir Erwartungen machen, den Luxusdruck in Händen zu halten? Lassen Sie mich darüber ein Wort vernehmen!

7. September, an Paul Zifferer:
Wenn sie mir aber Büttenpapier auftreiben könnten, ein Quantum damit die Insel das schon gesetzte Märchen der ›672. Nacht‹ in etwa 150 Exemplaren drucken könnte. Ich werde Ihnen das gewünschte Quantum nach Berlin bekannt geben lassen. Den Transport müsste dann Schroeder übernehmen, der dort bei der ›Deutschen Gesandtschaft‹!

14. Oktober, an Paul Zifferer:
... der Inselverlag war so ungeschickt Ihnen nicht zu depeschieren, dass im letzten Moment das Papier eintraf. Tausend Dank auch dafür!

1919

an Anton Kippenberg (Privatbesitz):
Kippenberg hatte den Wunsch geäußert, die Erzählungen Reitergeschichte, Das Erlebnis des Marschalls von Bassompierre *und* Das Märchen der 672. Nacht *in der Reihe der Insel-Bücherei herauszugeben. Hofmannsthal bezeichnet die beiden ersten Erzählungen als* Schreibübungen *und fährt fort:* Die Geschichte des Kaufmannssohns ist ein nicht ganz unmerkwürdiges Product und man könnte schon denken, sie einmal in einem Bändchen der I.B. aufleben zu

lassen – nur möchte ich vorschlagen hiermit zu warten, es schweben mir nämlich 3 oder 4 kurze Erzählungen vor symbolischen oder parabolischen Charakters – die wenn sie wirklich zu entstehen geruhen wollen, ganz vortrefflich geeignet wären, ein solches Bändchen auszufüllen. Das ältere ziemlich problematische, ein wenig gespensterhaft autobiographische Ding möchte ich dem Neuen lieber nachfolgen als ihm voraufgehen lassen.

3. Oktober, an Katharina Kippenberg (Deutsches Literaturarchiv, Marbach a. N.):
Die Art u. Form wie der Chef des Inselverlages bei der Luxusausgabensache auch das Materielle geordnet hat, war mir äußerst wohltuend und ich bin, bitte sagen Sie ihm das, lebhaft dankbar dafür.

1926

16. Juli, an Alfred Kubin (Privatbesitz):
ich danke Ihnen sehr für Ihre guten Zeilen. Aber die Sachen sind so weit von mir – es wird mir, wenn ich mich noch so mühe, kein Titel[1] einfallen. Aber Ihnen vielleicht, der Sie mit Ihrer Phantasie den Dingen jetzt so nahe sind. Würden Sie mir nicht einen Vorschlag machen, den ich dann an Kippenberg weiter geben könnte?

1928

(A 243f.):
Versuch, gewisse Momente des eigenen Lebens darzustellen.

Verschiedene Momente meines Lebens auffangen und vor allem zeigen, was im Schatten ist. Das Lebendige, das Wahre in dem aufweisen was schweigt. Z. B. Epoche der Freundschaft mit Poldy (›Kaufmannssohn‹ ›Garten der Erkenntnis‹; vgl. hierzu das zwölf Jahre spätere Buch ›Verwirrungen des Zöglings Törless‹[2]). Das Hauptproblem dieser sehr merkwürdigen Epoche liegt darin, daß Poldy vollständig (ich weniger vollständig, sondern ausweichend, indem ich eine Art Doppelleben führte) das Reale übersah: er suchte das Wesen der Dinge zu spüren – das andere Gesicht der Dinge beachtete er nicht, er wollte es absichtlich nicht beachten, für nichts ansehen (ähnlich kann der Zögling Törless das Gesicht der Dinge, wenn sie ferne sind, und das andere, wenn sie hart an uns sind, nicht übereinbringen).

---

[1] für die Ausgabe der drei Erzählungen von *1927 (8 D)*.
[2] von Robert Musil, erschien *1906*.

ERLÄUTERUNGEN

13 Über die Gründe, die Hofmannsthal zur Wahl des Titels bewogen, der einen eindeutigen Bezug zu den ›Erzählungen aus den 1001 Nächten‹ hat, gibt es verschiedene Vermutungen, die jedoch zu keinem sicheren Ergebnis führten. Jedenfalls hat Hofmannsthals Erzählung keine Ähnlichkeit mit der 672. Nacht aus ›1001 Nacht‹. Auch war der Handlungsort in dem ersten Entwurf Wien und keine orientalische Stadt. In der Einleitung zu einer englischen Ausgabe gibt die Herausgeberin, Margaret Jacobs, eine These Katharina Mommsens wieder, die die Wahl des Titels darauf zurückführt, daß in der Ausgabe von ›1001 Nacht‹, die Hofmannsthal benutzte, die Geschichten zwischen der 568. und 885. Nacht nicht als Nächte numeriert waren, da sie Interpolationen aus anderen arabischen Quellen sind. Darum könnte Hofmannsthal die Zahl 672 gewählt haben, um eine Assoziation seiner Geschichte mit einer der verlorenen hervorzurufen (Hugo von Hofmannsthal. Four Stories. Edited by Margaret Jacobs. Oxford University Press 1968, S. 22). Ob diese Vermutung zutrifft oder nicht, läßt sich nicht nachweisen. Sicher ist wohl, daß Hofmannsthal mit dem Titel die Atmosphäre von ›1001 Nacht‹ heraufbeschwören wollte, und das könnte als Motivation schon genügen. (Über Analogien zwischen dem Märchen der 672. Nacht und ›1001 Nacht‹ siehe Katharina Mommsen: Treue und Untreue in Hofmannsthals Frühwerk. GRM III, 3, 1963, S. 325 f.)

In einer Titelliste[1] für die von Harry Graf Kessler vorgesehene Luxusausgabe seiner frühesten Schriften, enthaltend die Gedichte, Kleinen Dramen, Aufsätze und Briefe der Jahre 1891–1895, läßt Hofmannsthal im Jahre 1905 bewußt den Obertitel, der in späteren Drucken der einzige Titel bleiben sollte, weg und nennt unter Nr. 39 Die Geschichte von dem jungen Kaufmannssohn und seinen vier Dienern. (sic). Auch dieser Titel klingt noch an ›1001 Nacht‹ an, bezieht sich aber nicht mehr direkt darauf. In weiteren Titellisten[2] ist immer nur von dem Kaufmannssohn die Rede, so in einer Inhaltsübersicht (1907) des geplanten Bandes IV der Prosaischen Schriften, der die philos. Novellen enthalten sollte, und 1921, als ein Band mit einer Sammlung von Aphorismen u. Anekdoten sowie den beiden Erzählungen Lucidor Kaufmannssohn und einem Dramat. Fragment geplant war, während in allen Drucken, mit Ausnahme des Erstdruckes, der Titel stets nur Das Märchen der 672. Nacht lautete.

16, 19 »Wo du sterben sollst, dahin tragen dich deine Füße«. *Dieser Satz kommt schon in den Aufzeichnungen zur* Geschichte der beiden Prinzen Amgiad und Assad *aus dem Jahre 1894 vor. (A 110, E IV A 30.8)*

16, 22 f. »Wenn das Haus fertig ist, kommt der Tod«. *Im November 1893 notierte sich Hofmannsthal diesen Satz in seinem Tagebuch mit der Angabe* türkisches Sprichwort. *(H VII 4.105)*

---

[1] FDH II – 16698/1
[2] H VB 26.13, H III 274.79

Aus dem geplanten Roman des inneren Lebens *stammt der folgende Passus:* Der alte Todesco häuft das Vermögen auf, baut das Haus. Wie das Haus fertig ist, kommt der Tod. *(H IV A 17.6)*
Auch in den Aufzeichnungen zur Geschichte der beiden Prinzen Amgiad und Assad *(1894) wird er erwähnt:* Ist das Haus erst fertig, so kommt auch der Tod. *(A 110, E IV A 30.8)*

17,30 maulbeerfarbigen Gesicht *vgl. 202,31 f. und Kommentar dazu.*

18,27f. eines sehr großen Königs der Vergangenheit. *Der König ist Alexander der Große (vgl. N 2 und 22,3), der im Mittelpunkt eines Dramenplans Hofmannsthals aus derselben Zeit steht.*

202,31f. maulbeerfarbiges Gesicht wie der Dictator Sulla. *Plutarch führt in seinen ›Lebensbeschreibungen‹ in dem Kapitel über Sulla den folgenden Vers an:* »›Sulla sieht der Maulbeer' ähnlich, die mit Mehl bestreut ist.‹«

DAS DORF IM GEBIRGE

ENTSTEHUNG

Eindrücke während eines Sommeraufenthaltes in Alt-Ausee faßt Hofmannsthal in diesem Prosastück zusammen, das, wie das Datum des Schemas N 1 besagt, im August 1896 entstand. Zeugnisse von Hofmannsthal in Briefen oder Tagebüchern zur Entstehung oder Rezeption sind nicht vorhanden.

ÜBERLIEFERUNG

N 1   E IVB 51.3 – *Beidseitig beschriebenes Blatt.*

1 H   E IVB 51.2, 4–7 – *5 fortlaufend paginierte Blätter.*

2 D   Das Dorf im Gebirge
       von Hugo von Hofmannsthal (Loris)
       In: Simplizissimus 21. November 1896, S. 3.

3 D   Das Dorf im Gebirge
       In: Hugo von Hofmannsthal. Früheste Prosaschriften. Achte Jahresgabe der Gesellschaft der Freunde der Deutschen Bücherei. Leipzig. Gesellschaft der Freunde der Deutschen Bücherei 1926. Enthält noch Das Glück am Weg. *Textgrundlage (vgl. S. 216).*

VARIANTEN

N 1
Schema, datiert Aussee August 96, *in dem die Anlage der gesamten Erzählung in Stichworten skizziert ist. Nur der letzte Absatz weicht etwas von der endgültigen Ausführung ab. Er wird im folgenden zitiert.*

die Pflüger hier gilt es sogleich gut zu machen. die gerade Furche; die Hand immer am Pfluge, die Mutter Erde immer dagegen; mit jedem Schritt auf dem wirklichen Lebensweg weiter; hinter den grossen Pferden; sie gehen den Schritt den ihre Kraft erlaubt

1 H
Die unvollständig erhaltene Niederschrift umfaßt den Text, der noch nicht in zwei Abschnitte geteilt ist, vom Anfang bis 35, 18. Die Unterschiede zum Endtext sind nicht groß. Sie betreffen nur sprachliche Formulierungen. Bemerkenswert ist, daß die Niederschrift etwas weniger Adjektive und Nebensätze enthält als der Endtext.

Die wichtigsten Varianten:

34, 14f. Wenn sie ... auf:] Dann hören sie zu singen auf und die Fenster schliessen sich.

34, 26f. und durch ... durchflimmern. *fehlt.*

34, 33f. und verworren atmet wie unter der Berührung] wie aus

2 D
Die Varianten gegenüber 3 D sind Druckfehler oder betreffen die Interpunktion, mit der folgenden Ausnahme:

34, 33 Kerzenlicht,] Kerzenlicht, greift durch die Zweige der Apfelbäume, *Dieser Zusatz ist auch in der Niederschrift vorhanden.*

3 D
Da Hofmannsthal die Erzählung, wie die bei 2 D angeführte Variante zeigt, neu durchgesehen haben muß, wurde dieser Druck als Textgrundlage gewählt.

REITERGESCHICHTE

ENTSTEHUNG

Zeugnisse zur Reitergeschichte *gibt es so gut wie keine. Manuskripte sind, bis auf einen unvollständigen Satz, nicht erhalten, und in seinen Briefen erwähnt Hofmannsthal die Novelle nie ausdrücklich. Unter diesen Bedingungen ist es nicht leicht, etwas über ihre Entstehung zu erfahren. Hofmannsthal selbst gibt in der Publikation von 1905 das Jahr 1898 als Entstehungsjahr an, was jedoch, wie das Beispiel des* Märchen der 672. Nacht *zeigt, nicht unbedingt verbindlich sein muß.*

Seit 1896 befaßte sich Hofmannsthal mit mehreren Stoffen, die im Soldatenmilieu spielen, unter ihnen ist die Geschichte des Soldaten, *die er in einem Brief vom 1. Juli 1896 an Beer-Hofmann erwähnt, jedoch mit der* Reitergeschichte *nicht identisch ist, wie die in Hofmannsthals Nachlaß vorhandenen Niederschriftseiten zeigen.*

Eine erste sichere Erwähnung der Reitergeschichte *ist in der Bemerkung in dem Brief an Andrian vom 23. Juli 1898 zu sehen, wo Hofmannsthal für ein geplantes Heft der Zeitschrift ›Pan‹, in dessen Mittelpunkt Wien stehen sollte, eine kurze* Reitergeschichte *aus dem Feldzug Radetzkys im Jahr 1848 zu schreiben in Erwägung zieht. Dieser Plan, die Erzählung in dem erwähnten ›Pan‹-Heft erscheinen zu lassen, wird jedoch nicht realisiert. Das ist der folgenden Stelle aus einem Brief aus Lugano vom 5. September 1898 an Kessler, der sich um dieses Heft kümmerte, zu entnehmen:* Daß mein Freund Andrian nun ganz so wie ich selbst ein voreilig gegebenes Versprechen hat zurückziehen müssen, thut mir gar leid. *In Lugano befaßt sich Hofmannsthal mit Novellenstoffen, wie aus den Briefen an die Eltern und an Schnitzler hervorgeht, bringt jedoch nichts zum Abschluß. Anfang November 1898 scheint die Arbeit an der* Reitergeschichte *weiter fortgeschritten zu sein, denn Hofmannsthal schreibt an Kessler, er hätte, wenn er gewußt hätte, daß das ›Pan‹-Heft mit solcher Verspätung erscheint, doch noch Prosa schicken können. Statt der Geschichte Hofmannsthals erscheinen, auf seine Empfehlung hin, Fragmente aus Beer-Hofmanns ›Der Tod Georgs‹. Wann die* Reitergeschichte *dann endgültig fertig ist, ließ sich nicht feststellen. Das nächste, was davon zu erfahren war, ist ihr Erscheinen in der ›Neuen Freien Presse‹ vom 24. Dezember 1899.*

Sicher ist, daß die Erlebnisse Hofmannsthals während der Ableistung des Freiwilligenjahres in Göding (1894/95) und der Waffenübungen in Tlumacz (Mai 1896) und Czortkow (Juli 1898) auf die Reitergeschichte *von großem Einfluß waren. Ob in ihnen auch ihr direkte Quelle zu sehen ist, stellt die Tagebucheintragung Schnitzlers vom 12. Dezember 1902 in Frage, die die Novelle als Plagiat hinstellt. Ist vielleicht hierin der Grund für Hofmannsthals hartnäckiges Schweigen zu sehen und nicht allein in der Empfindung, sie sei zu sehr an Kleist angelehnt, was ihm z.B. Brahm in einem Brief vom 26. Dezember 1899 vorwirft. In einem Brief an Anton Kippenberg aus dem Jahre 1919*[1] *bezeichnet er die* Reitergeschichte, *ebenso wie das Erlebnis des Marschalls von Bassompierre als Schreibübung.*

ÜBERLIEFERUNG

N 1   H VB 10.118 – *Auf derselben Seite Notizen zu einer nicht weiter ausgeführten Satyre.*

1 D   Reitergeschichte.
      Von Hugo v. Hofmannsthal.
      In: Neue Freie Presse, Weihnachtsbeilage, Wien 24. December 1899, S. 29–31.

2 D   Reitergeschichte   1898
      In: Hugo von Hofmannsthal. Das Märchen der 672. Nacht und andere Erzählungen. Wiener Verlag, Wien, Leipzig 1905 (ausgegeben Oktober 1904), S. 47–71. Enthält noch Erlebnis des Marschalls von Bassompierre *und* Ein Brief.
      Dieser erste Buchdruck, der gegenüber dem Erstdruck keine Varianten aufweist, wurde zur Textgrundlage gewählt.

3 D   Reitergeschichte
      In: Hugo Hofmannsthal. Reitergeschichte. Verlag Ed. Strache, Wien, Prag, Leipzig 1920, S. 7–25. Enthält noch Das Erlebnis des Marschalls von Bassompierre.

4 D   Reitergeschichte
      In: Hugo von Hofmannsthal. Drei Erzählungen. Mit Zeichnungen von Alfred Kubin. Insel-Verlag, Leipzig 1927, S. 31–46. Enthält noch Das Märchen der 672. Nacht *und* Das Erlebnis des Marschalls von Bassompierre. *Zur Wahl des Gesamttitels siehe* Märchen der 672. Nacht *S. 212.*

---

[1] *Siehe S. 211*

VARIANTEN

N 1
will weil Pferd immer schwerer geht unter Hunde schießen, Pistol versagt, dann Knab mit Kuh,

ZEUGNISSE · ERLÄUTERUNGEN

ZEUGNISSE

1895

7. August, an Leopold v. Andrian (BW 54):
Und auf dem Rasen[1] sind ... 15 Hunde, alle häßlich, Mischungen von Terriers und Bauernkötern, übermäßig dicke Hunde, läufige Hündinnen, ganz junge schon groß mit weichen ungeschickten Gliedern, falsche Hunde, verprügelte und demoralisierte, auch stumpfsinnige, alle schmutzig, mit häßlichen Augen, und wundervollen weißen Zähnen. Darin lagen alle Mächte des Lebens und seine ganze erstickende Beschränktheit, daß es von sich selbst hypnotisiert ist.

1896

25. Mai, an die Eltern (B I 202f.):
Das Terrain[2] ist schauerlich, aber eben darum recht lustig. Steile Abhänge, gleich daneben versumpfte Wiesen, tiefe Einschnitte mit lehmigen rutschigen Rändern, hohe Zäune, und aus jeder elenden Lehmhütte fahren die elenden verwilderten Bauernköter zwischen die Pferde. Ich bin einmal vom Pferd gerutscht, aber absichtlich, weil es auf beiden Vorderfüßen gelegen ist und auf dem glitschigen Boden nicht hätte mit dem Reiter aufstehen können, bin auch gleich wieder weiter galoppiert, nur etwas schmutzig.

1898

23. Juli, an Leopold von Andrian (BW 109):
Wenn ich imstande bin, überhaupt Prosa zu schreiben, so werd ich für das Heft[3] eine kurze Reitergeschichte aus dem Feldzug Radetzkys im Jahr 1848 schreiben.

---

[1] *im Garten von Hofmannsthals Unterkunft in Göding.*
[2] *in Tlumacz.*
[3] *Wiener Heft des ›Pan‹.*

30. August, an die Eltern (B I 265):
Ich schreib' Prosa, was in Deutschland bekanntlich eine ziemlich unbekannte Kunst ist und wirklich recht schwer, sowohl das Anordnen des Stoffes wie das Ausdrücken. Aber man muß es lernen, denn entbehren kann man keine Kunstform, denn man braucht früher oder später jede, weil jede manches auszudrücken erlaubt, was alle anderen verwehren.

30. August, an Arthur Schnitzler (BW 111):
ich lebe nun ganz ruhig und zufrieden, schreibe etwas Prosa . . .

2. September, an die Eltern (B I 266):
Den Tag verbring' ich in Arbeit, die mir viel Freude macht und von der ich viel lerne, Prosa, . . .

30. September, an die Eltern (B I 272):
Im November werd' ich mich in Wien mit der Zusammenstellung eines Gedichtbuches für den Verlag Bondi und einigen größeren Prosaarbeiten (über D'Annunzio, Ruskin etc.), später mit der Ausarbeitung der Novellenstoffe aus Lugano befassen.

7. November, an Harry Graf Kessler (BW 10):
übrigens hätte ich sehr gut Prosa schicken können[1], wenn ich geahnt hätte, daß das Heft um 3 Monate später erscheint.

15. November, Harry Graf Kessler an Hofmannsthal (BW 11):
Das Panheft wird wohl Ende des Monats oder Anfang Dezember herauskommen, und Sie erhalten natürlich sofort ein Exemplar. Wenn Sie, wie ich aus Ihrem Brief erst zu entnehmen wage, jetzt Prosa haben, so darf ich Sie vielleicht doch noch an Ihre Zusage im Sommer erinnern; wir könnten sie im III. oder IV. Heft noch immer bringen.

1899

26. Dezember, Otto Brahm an Hofmannsthal:
ich muß Ihnen doch für das Weihnachtsgeschenk danken, das Sie der Menschheit und mir mit der famosen Reitergeschichte gemacht haben. Zwar wünschte ich den Vortrag etwas weniger kleistisierend – Sie haben ja Ihren eigenen Schnabel, was brauchen Sie danach zu kucken, wie andere gewachsen sind? – und der Ausgang scheint mir um eine Linie zu knapp, und dadurch nicht ganz zwingend – aber im Übrigen alle Achtung, und Hut ab vor der Dame Vuic. Wozu sehnen Sie sich nach Pariser Kokotten, wenn Sie in der Salesianergassen solche Gesichter schauen; und ist das verrückte Dorf Ihnen nicht auch lieber, als das ganze berühmte Seinebabel?

[1] für das Wiener Heft des ›Pan‹.

1902

12. *Dezember, Tagebucheintragung von Arthur Schnitzler (Maschinenschriftliche Abschrift im Besitz des Deutschen Literaturarchivs, Marbach a. N.):*
Abd. war Gustav Schw⟨arzkopf⟩ bei mir ... Über Hugo einiges. Seine fast unverständliche Neigung zu literar. Aneignungen: Bassompierre in der Zeit, s.z. eine Schlachtenerzählung in der N.Fr.Pr. (Uhl sagte damals im Schachclub: Ich habe fast wörtlich dasselbe vor kurzem gelesen und weiss nicht mehr wo. Hugo fand es auch merkwürdig, gestand aber nichts zu.) ...

ERLÄUTERUNGEN

39, 20 Wachtmeister Anton Lerch *Einen* Wachtmeister Lerch *von der III. Eskadron* nennt Hofmannsthal in einem Brief an seinen Vater vom 13. August 1895 (B I 167).

41, 5 Glaçis *Erdaufschüttung vor einem Festungsgraben*

41, 21 Biskuit *gelbliches, unglasiertes Weichporzellan*

45, 14 – 31 *Woher Hofmannsthal das Motiv der Begegnung mit dem Doppelgänger nahm, läßt sich nicht genau feststellen. Als mögliche Quellen kommen in Frage: Goethes Bericht über seinen Rückweg von Sesenheim nach dem endgültigen Abschied von Friderike Brion:* »Nun ritt ich auf dem Fußpfade gegen Drusenheim, und da überfiel mich eine der sonderbarsten Ahndungen. Ich sah nämlich, nicht mit den Augen des Leibes, sondern des Geistes, mich mir selbst, denselben Weg, zu Pferde wieder entgegen kommen, und zwar in einem Kleide, wie ich es nie getragen: es war hechtgrau mit etwas Gold. Sobald ich mich aus diesem Traum aufschüttelte, war die Gestalt ganz hinweg.« *(Dichtung und Wahrheit, Hamburger Ausgabe, Bd. 9, S. 500) sowie Theophile Gautier, dessen Schriften Hofmannsthal sehr früh (nachweislich seit 1889) las. Dieser schreibt in seiner Erzählung* ›Der Seelentausch‹: »Immer wenn ein Labinski sterben mußte, wurde er durch die Erscheinung einer ihm völlig ähnlichen Gestalt davon benachrichtigt. Unter den Völkern des Nordens hat es immer für eine verhängnisvolle Vorbedeutung gegolten, sein Ebenbild zu sehen, selbst im Traum ...«

45, 38 debouchierten *hervorrückten*

46, 10 Mêlée *Handgemenge*

48, 17 sich ralliierenden *sich sammelnden*

ERLEBNIS DES
MARSCHALLS VON BASSOMPIERRE

ENTSTEHUNG

Obwohl zu der Novelle keine handschriftlichen Zeugen überliefert sind, läßt sich anhand verschiedener Aufzeichnungen Hofmannsthals das Datum ihrer Entstehung genau festlegen. Den ersten Einfall hatte Hofmannsthal in der Nacht 18-19 April 1900, danach wurde die *Ausführung begonnen* Samstag 21 April beendet Dienst. 24. *In dieser Notiz (VIII 13.22), sowie einer Tagebucheintragung (HVB 11.9), die ebenfalls die Entstehungsdaten 21.-24. April 1900 enthält, lautet der Titel:* Erlebnis des Herrn von Bassompierre.

Der Aufenthalt in Paris vom 14. Februar bis 2. Mai 1900 war für Hofmannsthal eine sehr fruchtbare Zeit, wovon die folgenden Stellen aus Briefen an Ria Schmujlow-Claaßen Zeugnis ablegen: Ich habe die Skizze von 4 oder 5 Erzählungen wie im Fieber hingeschrieben, ein Ballett entworfen, ein Vorspiel zur »Antigone« in Versen ausgeführt (für Berlin), von andern kleinen lyrischen Stücken ein Szenarium gemacht ... *(19. April 1900, B I 308)* ... lebe in einer solchen Überschwemmung von Arbeit und Entwürfen, Gedichten, Novellen, lyrischen Dramen, Märchen, daß eben die Überfülle des Stoffes mir das Erzählen unmöglich macht. *(21. April 1900, B I 309).*

In Briefen Hofmannsthals wird die Novelle vor ihrem Erscheinen, mit Ausnahme eines kurzen Hinweises auf ihr Erscheinen an Richard Beer-Hofmann am 6. Juli 1900 (BW Beer-Hofmann 100), nicht direkt erwähnt. In einem Brief an Anton Kippenberg aus dem Jahre 1919[1] *bezeichnet Hofmannsthal diese* Transcription des Bassompierre, *ebenso wie die* Reitergeschichte *als* Schreibübung. *Der Erstdruck erfolgte in zwei Teilen in der ›Zeit‹ vom 24. November und 1. Dezember 1900. Vier weitere Drucke, jeweils zusammen mit anderen Erzählungen, folgten. Textabweichungen finden sich jedoch nicht.*

Als der erste Teil des Erlebnis des Marschalls von Bassompierre *in der ›Zeit‹ erschienen war, wurde Hofmannsthal vom ›Deutschen Volksblatt‹ des Plagiats bezichtigt. Gegen diese Angriffe fand er in Karl Kraus einen Verteidiger, der in der ›Fackel‹ vom November 1900 schrieb:* »was Ungebildete hier Plagiat nennen,

---

[1] Siehe Seite 211

ist in Wahrheit Citat« (S. 21). Trotzdem verfaßte Hofmannsthal für den zweiten Teil die folgende Anmerkung:

In der Annahme, daß Goethes sämmtliche Werke sich in den Händen des gebildeten Publicums befinden, fand ich es überflüssig, ausdrücklich darauf hinzuweisen, daß der anekdotische Stoff der obigen Novelle aus den Memoiren des Herrn von Bassompierre stammt und von Goethe in den ›Unterhaltungen deutscher Ausgewanderten‹ in wörtlicher Uebersetzung und mit Citierung der Quelle mitgetheilt wird. Die betreffende Stelle findet sich im Original der ›Mémoires du Marechal de Bassompierre‹, Köln, bei Pierre du Marteau, 1665, Bd. I., S. 160 bis 164, und in der Goethe'schen Uebersetzung Bd. XIX. der Cotta'schen Ausgabe von 1810, S. 253, woselbst sich der Leser über das Verhältnis des Ueberlieferten zu meiner dichterischen Ausgestaltung des Stoffes orientieren kann.

   Wien, 27. November 1900.   Hugo v. Hofmannsthal.

Wie wichtig ihm die Quellenangabe war, bezeugt der folgende Brief Hofmannsthals an den Wiener Verlag, in dem die Erzählung 1905 erschien. Er ist datiert: 3. August 1904. Indem ich mit gleicher Post die erledigte Correctur an Sie sende, bitte ich nochmals zu controllieren dass bei der 3ten Erzählung (Bassompierre) der von mir seinerzeit ausbedungene Untertitel (= Quellenangabe) welchen ich in die Correctur eingefügt habe, nicht fortbleibt: er lautet:
M. de Bassompierre Journal de ma vie Köln 1663.
Goethe Unterhaltungen deutscher Ausgewanderten.
 Ich hatte wegen dieser Sache schon einmal eine Unannehmlichkeit.
In der Tat lehnt sich Hofmannsthal nicht nur eng an den Goethe-Text an, sondern übernimmt ihn zum größten Teil auch wörtlich.[1] Da Goethe seinerseits wörtlich aus Bassompierres Memoiren übersetzte, ist anhand des Textes nicht festzustellen, ob Hofmannsthal bei der Abfassung seiner Version auch auf das Bassompierrsche Original zurückgriff. Da er sich jedoch zur selben Zeit mit Übersetzungen beschäftigte, interessierte ihn sicherlich auch, wie Goethe dabei verfuhr, und so kann man annehmen, daß er den Bassompierre-Text mit dem aus den ›Unterhaltungen‹ verglich.

---

[1] *Näheres zum Vergleich zwischen den Erzählungen Goethes und Hofmannsthals bei Werner Kraft: Von Bassompierre zu Hofmannsthal. Zur Geschichte eines Novellenmotivs. In: Revue de la littérature comparée XV, 3–4, 1935, S. 708–725. Neu gedruckt in: Hugo von Hofmannsthal. Wege der Forschung Bd. CLXXXIII, Darmstadt 1968, S. 254–273.*

ÜBERLIEFERUNG

1 D Erlebnis des Marschalls von Bassompierre.
Von Hugo v. Hofmannsthal.
In: Die Zeit. Wien, 24. November 1900, S. 127–128, 1. December 1900, S. 143–144.

2 D Erlebnis des Marschalls v. Bassompierre   1900
*In: Hugo von Hofmannsthal. Das Märchen der 672. Nacht und andere Erzählungen.
Wiener Verlag, Wien, Leipzig 1905 (ausgegeben Oktober 1904), S. 73–96, mit Hinweis auf die Quellen.
Dieser erste Buchdruck wurde zur Textgrundlage gewählt.*

3 D Das Erlebnis des Marschalls Bassompierre
In: Hugo Hofmannsthal. Reitergeschichte. Verlag Ed. Strache, Wien, Prag, Leipzig 1920, S. 27–45, mit dem Vermerk am Schluss: Geschrieben 1899 und 1900, *ein Hinweis auf die Quellen fehlt.*

4 D Das Erlebnis des Marschalls v. Bassompierre.
In: Hugo von Hofmannsthal. Gesammelte Werke Bd. II, S. Fischer Verlag, Berlin 1924, S. 160–172, mit Hinweis auf die Quellen.

5 D Erlebnis des Marschalls von Bassompierre
In: Hugo von Hofmannsthal. Drei Erzählungen. Mit Zeichnungen von Alfred Kubin. Insel Verlag, Leipzig 1927, S. 47–62, ohne Hinweis auf die Quellen. Zur Wahl des Gesamttitels vgl. S. 212.

ERINNERUNG SCHÖNER TAGE

ENTSTEHUNG

Die ersten Notizen zu Erinnerung schöner Tage, *einem Prosastück, das die Atmosphäre, in der Hofmannsthal im September und Oktober 1898 in Venedig das Lustspiel* Der Abenteurer und die Sängerin *niederschrieb, wiedergeben soll, entstanden im September 1906 in Lueg am Wolfgangsee. Doch erst ein Jahr später, im Juli 1907, nach einem erneuten Aufenthalt in Venedig (15. Juni – 1. Juli), beschäftigte sich Hofmannsthal in Welsberg eingehend mit diesem Vorhaben, das er dann auch rasch zu Ende brachte.*

Ein geplanter zweiter Teil, der analog dem ersten die Entstehung des Dramas Ödipus und die Sphinx *zum Inhalt haben sollte, kam nicht über den ersten Entwurf hinaus.*

Beide Teile zusammen wurden 1907 wiederholt auf Titellisten[1] zu Band III der Prosaischen Schriften *erwähnt, dessen Erscheinen ursprünglich für das Jahr 1908 geplant war. Der Erscheinungstermin dieses Bandes verschob sich jedoch um 9 Jahre, und Hofmannsthal publizierte den Teil, der sich mit* Der Abenteurer und die Sängerin *beschäftigte, alleine unter dem Titel* Erinnerung schöner Tage *in dem Almanach von Velhagen & Klasing für das Jahr 1908. Dies ist der einzige Druck, der zu Lebzeiten Hofmannsthals erschien. Den Plan des Ödipus-Teiles scheint Hofmannsthal schon damals ganz aufgegeben zu haben.*

1912 beschäftigt er sich noch einmal mit dem publizierten Prosastück. Die Anmerkungen zur Umarbeitung, eingetragen in das Druckexemplar und auf mehreren Zetteln notiert, zeigen einen stärkeren Bezug zu dem Inhalt des Lustspiels als das bereits fertige Stück. Zu einem Abschluß dieser Umarbeitung kam es jedoch nicht.

Anregungen fand Hofmannsthal in d'Annunzios ›L'allegoria dell' autunno‹, Florenz 1895, die im zweiten Teil die Eindrücke eines Spaziergangs durch das herbstliche Venedig wiedergibt. Hofmannsthal las dieses Buch, einer eigenhändigen Notiz in seinem Exemplar zufolge, Ende September 1898 ... während ich den »Abenteurer und die Sängerin« ⟨schrieb⟩. *Diese Eintragung sowie eine Annotation auf Seite 23, beide im Präteritum, müssen nach der Konzeption von* Der

---

[1] *H IVB 101.3, H Va 47.9, H VB 26.12*

Abenteurer und die Sängerin *entstanden sein. Der Satz d'Annunzios, auf den die Annotation Hofmannsthals:* dies in die Charakteristik der Vittoria aufgenommen in einer fluthenden Epoche, wo aus Wolken die zur Erde herabhiengen, sich Gestalten vorbeugten, Kosmisches Geschehen als menschliches verkleidet und umgekehrt, alle[1] *sich bezieht, lautet:* »Come una materia siderale, di natura sconosciuta e mutevole, in cui fossero figurate a miriadi imagini d'un fluido mondo indistinte, dalle quali un perpetuo fremito con una vicenda di distruzioni e di creazioni stupendamente facili traesse un'armonia sempre novella, cosi appariva l'acqua.« *Eine Analogie zu* Erinnerung schöner Tage *ist unverkennbar, und durch Hofmannsthals Annotation neben dieser Stelle:* Muscheln *fast schon der direkte Hinweis auf S. 65, 23–35 gegeben. Nicht zufällig ist auch hier die Nähe zu Hofmannsthals Lustspiel, die in dem Prosastück sonst nicht ohne weiteres zu erkennen ist, am größten. Im* Abenteurer und die Sängerin *sagt Vittoria über ihre Stimme:* Denn wie ein Element sein Tier erschafft, / so wie das Meer die Muschel, wie die Luft den Schmetterling, schuf deine Liebe dies *(D I 209). Über die Perlen, die den Hals der jungen Engländerin in dem venezianischen Hotel schmücken, sagt Weidenstamm:* O Perlen, Perlen! nichts von Steinen! – Leben! / Sie halten Leben wie ein Augenstern: / die Sterne droben, diese goldnen Tropfen, / sind jeder, sagt man, eine ganze Welt: / so gleichen die, nur von weit weit gesehn, / dem Leib von Überirdisch-Badenden / Vielleicht sind Kinder, / die einst der Mond mit Meeresnymphen hatte, / hineingedrückt... *(D I 194f.) Hier kehrt d'Annunzios »materia siderale« wieder.*

Vielleicht gehört in diesen Zusammenhang auch eine Stelle aus Baudelaires ›Poèmes en prose‹. *Auf einer Titelliste, überschrieben* Material für kleine Aufsätze, *aus dem Jahr 1907, wird als letztes aufgeführt:* Erinnerung glücklicher Tage. (Prolog zum Abenteurer. Citat aus Baudelaire.) *Mit dem Baudelaire Zitat könnte die folgende Stelle gemeint sein:* »Que les fins de journées d'automne sont pénétrantes! Ah! pénétrantes jusqu'à la douleur! car il est de certaines sensations délicieuses dont le vague n'exclut pas l'intensité; et il n'est pas de pointe plus acérée que celle de l'Infini.« *(Poèmes en prose, Paris o. J., S. 9)*

Hofmannsthal, der den letzten Satz verschiedentlich zitiert, hat die Passage in seinem Exemplar angestrichen und daneben Motto *geschrieben.*

---

[1] *Die folgende Zeile ist nicht mehr lesbar, da sie beim späteren Binden vom Buchbinder abgeschnitten wurde.*

ÜBERLIEFERUNG

N 1   *H VA 118.14* – *Auf derselben Seite Notizen zu* Rodauner Anfänge *und* Unterhaltung über den Tasso *von Goethe. Vorderseite: Brief von Hugo Heller an Hofmannsthal vom 30. VIII. 1906.*

N 2   *H VII 15.61* – *Veröffentlicht: A 148.*

N 3   *E IVB 36.42* – *Auf derselben Seite Notizen zu* Die Briefe des Zurückgekehrten.

N 4   *H VB 14.24* – *Auf derselben Seite Notizen zu* Rembrandt van Rhyn's schlaflose Nacht.

N 5   *E IVB 53.17*

1 H   *E IVB 53.6* – *Andere Seite: 2 H, pag. 7.*

2 H   *E IVB 53.1–5; H IVB 88.4; E IVB 53.6–15* – *16 Blätter, paginiert: 1–7, 7a, 8–16. Pag. 14 fehlt. Andere Seite von pag. 7 identisch mit 1 H.*

3 D   Erinnerung schöner Tage.
Von Hugo von Hofmannsthal.
In: Almanach. Herausgegeben von der Redaktion von Velhagen und Klasings Monatsheften. Verlag von Velhagen & Klasing, Berlin, Bielefeld, Leipzig, Wien 1908, S. 321–328.

4 DH   *Handexemplar von 3 D.*

N 6   *E VA 54.1*

N 7   *E IVB 53.16*

N 8   *E III 64.45* – *Fragment. Andere Seite: Notizen zu* Danae oder die Vernunftheirat.

VARIANTEN

N 1
Wünsche Träume Möglichkeiten – unerfüllt – andererseits die unbegrenzte Welt des Natur und Kunstgenusses – der Mensch immer Mittelpunkt von zwei Unendlichkeiten (Vorrede zum Abenteurer)

N 2
Diese Notiz aus einem Tagebuch Hofmannsthals steht inhaltlich N 1 sehr nahe und ist Erinnerungen schöner Tage *zuzurechnen. Sie ist zu datieren: Lueg, September 1906.*

Der Mensch wandelt immer zwischen zwei Unendlichkeiten: Dessen was sein könnte und dessen was ist, was er besitzt und zugleich nicht besitzt – denn muß nicht selbst eine genossene Stunde, ein einst geliebtes Gesicht, eine betretene Landschaft in ihm wieder hervorgerufen werden durch fremde innere oder äußere Gewalt, damit er sich ihrer erfreue.

N 3
Die Notiz ist identisch mit S. 228, 18f. Die ... Nacht und bezeichnet: Prolog Abenteurer.

N 4
Auf demselben Blatt wie diese Notizen, die überschrieben sind: Abenteurer, *befindet sich eine Notiz, ebenfalls über den Traum, zu* Rembrandts schlaflose Nacht.

Die einzelnen Gestalten sind Traumgestalten – Wunscherfüllungen möge mein Alter bunt und leicht sein wie Weidenstamms möge meine Jugend mein Alter umgaukeln wie Cesarino den Baron
Die Liebe treibt vorwärts: sie bildet diese Tagträume aus wie der unterdrückte Wunsch die Träume der Nacht. Ich wollte etwas schreiben, etwas aus dem Gährenden in mir bilden, als könnte es beharren bleiben, in dem funkelnden und entzückenden Dahinsturz, der mich mit sich riss.

N 5
Das Blatt gehört zum geplanten zweiten Teil. Es ist überschrieben:
   Erinnerung schöner Tage.
   a. Abenteurer und Sängerin.
   b. Der junge Ödipus.
und datiert: (Welsberg, im Juli 1907 etwa den 18ten)

b. Das steile Ufer. Die Buchen. Der See verbindend und trennend. Unten fuhren Boote hin. Ein einsamer Spaziergänger sang Siegfrieds Hornruf. Letzte schönste Sommertage. Oben saß einer der schrieb. Alte Bauern Aussicht genießend. Waldtaube. Der Schreibende duckte sich: ihm war, als lenke er mit dem Erfinden, dem Aussprechen das innerste Leben dieser ganzen Landschaft. Er sah den jungen Helden in seinem Schmerz. (Er fühlte, und davon schrieb er nichts, wie alle Geschöpfe um ihn litten. Alle Geschöpfe sangen: Deine Schmerzen sind unser Glück.) Er ließ ihn mit Wolken und Schicksal umdunkelt sein. Die Gedanken die Bilder lagen irgendwo, flogen von irgendwelchen Nestern her auf, wie Drachen fliegend mit blitzendem Gefieder. Das Ganze, das er hinschrieb nahm irgend

VARIANTEN

etwas von der Landschaft an. Er brauchte sich nicht zu rühren und genoß alles. Seine eigene Jugend berührte ihn mit der Schnauze aus dem Dickicht hervorkriechend. Er ließ die Feder fallen, legte die Blätter zusammen und war selig wie ein Geomant. Du bist nichts (sagte jemand dunkler unsichtbarer) du bist niemand, du kannst nichts bewegen – aber das war nur lustig in diesem Augenblick.

1 H
Entwurf zum ersten Teil, überschrieben: Prolog zu Abenteurer und Sängerin. *Er umfaßt den Textteil S. 63,1 – 65,4 und wurde gestrichen, als die andere Seite des Blattes zur Niederschrift von 2 H verwendet wurde.*

2 H
Von der Niederschrift mit der Überschrift: Erinnerung schöner Tage.
(I Abenteurer u. Sängerin),
sie umfaßt 16 fortlaufend paginierte Blätter, fehlt die Seite 14, die dem Text S. 68, 15 – 32: die mir ... Welt *entspricht. In der letzten Stufe ist der Endtext mit nur geringfügigen Abweichungen erreicht. An manchen schwer leserlichen Stellen, besonders da, wo Variationen innerhalb der Niederschrift stattfanden, ist der Text in Stenographie noch einmal wiederholt, um eine spätere Abschrift zu erleichtern. Auf den ersten Seiten sind die ursprünglichen Namen der Geschwister:* Christiane *und* Franz *durch* Katharina *und* Ferdinand *ersetzt.*

Die wichtigsten Varianten:

64, 10 schien. *Danach, gestrichen:* Die alte schwere Thür zum Thurm stand halb offen, drinnen war Dunkel: wie musste es dem zumuth werden, der aus dieser Dämmerung oben heraustrat und dieses Strahlende, diese Insel aus Marmor und Schatten zu seinen Füßen hatte, zwischen denen goldene Bäche hinliefen.

64, 29f. jäh an Lippen denken, wie sie *lautete in der ersten Version:* an einen denken der schaudernd von weitem her einen im dunklen Schiff auf sich zukommen sieht, der sein Geschick entscheiden wird, aber ich sah nicht die Gesichter der beiden, und sogleich musste ich daran denken wie Lippen oft

65, 1 zurück. *Danach, gestrichen:* Einen letzten Blick warf ich nach rückwärts, da schien die äußerste der Inseln in violetter finsterer Gluth zu verlöschen. Nun war ich in den kleinen Gassen, sie dunkelten wie ein sonderbares Labyrinth von Kerkern. Nirgends war das Licht das draußen ganze Inseln verzehrte wie Fackeln. Ich sah ins Wasser: auch das Wasser war dunkel zwischen den dunklen Häusern, doch regte es sich leise und mir schien es verbarg nur das Licht und man könnte es finden wenn man mit einer Fackel käme, es aus dem Wasser herauszuholen. Da und dort standen Körbe mit Früchten und in den Früchten war auch noch etwas vom Glühn des Lichtes, das sie eingefangen hatten.

65, 13 hin. *Danach, gestrichen:* und wunderte mich über die Helligkeit die noch über dem Platz lag.

66, 5 – 16 Sie ... Nero. – – *lautete in der ersten Version:* Die Thür zu meinem Zimmer war angelehnt ein leiser Luftzug strich durch aber es war dunkel und schwül drinnen. Ich tastete mich gegen das große Fenster und zog die leinenen Vorhänge auf, es war wie wenn ich ein Segel raffte. Es war kein Fenster sondern die Thür zu einem Balcon mit niedrigem durchbrochenem Geländer. Unter mir waren tausend Lichter auf dem Wasser, gegenüber die Salutekirche schien sich zu regen wie eine aufgethürmte Prachtgaleere und mir war, als hübe sich auch das Zimmer, als wäre auch ich auf einem gethürmten Schiff und hier zuoberst wäre mir zum Schlafen gerichtet. Das Zimmer war klein aber sehr hoch, gegenüber dem Balcon war ein Alcoven da stand das Himmelbett mit den Schleiern, die sich leise regten, und zwischen dem wartenden Bett und dem offenen Balcon war nur der glatte schöne Steinboden. Ich schob ein kleines Tischchen mitten zwischen das Fenster und das Bett und legte Papier und Bleistifte darauf, mir war hier musste ich zwischen Schlaf und Wachen¹ schreiben können das schön und bunter wäre als die dramatischen Fabeln des Carlo Gozzi von dem Vogel grün und schön oder von den drei Pomeranzen. Dann ging ich nochmals hinunter. Ich dachte Fisch und Früchte zu essen, das Nachtmahl das Harun al Raschid mit eigenen Händen den Liebenden im Pavillon am See bereitet, und dieses Haus das auf uralten Pfählen aus dem plätschernden Meer herausreicht und zu oberst mein Bett trug schien mir zauberhafter als der blaue Pavillon am künstlichen See und die mich umspielende Einsamkeit wollüstiger als die Umarmungen der entzauberten treuen Geliebten. Als ich auf der Stiege war, sprach mich der Director an und bat mich ob ich nicht mein Zimmer für diese Nacht abtreten wollte: Nein sagte ich, ich kann nicht und ging schnell an ihm vorüber und hörte noch wie er mir erklärte es wären ein Herr und eine Dame, Engländer und sie wollten auch im obersten Stockwerk sein, wegen der frischen Luft aber nun könne er ihnen nicht zwei Zimmer mit einer Verbindungsthür geben. Aber ich war schon eine Treppe tiefer als er dies sagte und brauchte ihm keine Antwort mehr zu geben, denn ich wollte mein Zimmer behalten. Ich aß die in Öl gebackenen kleinen Fische, den grün u weißen Käse und das Obst und sah durch eine Glasthür die schöne Frau und ihren Mann oder ihren Freund der auch

¹ *danach Vorstufen (1)* etwas *(2)* das Drama

jung sehr groß und ein schöner Mensch war mit dunklem Haar und einem
Mund, der wenn er älter würde, aussehen würde wie der Mund einer römischen Imperatorbüste, ein junger Nero. Die Frau hörte denen zu die auf dem
Wasser sangen, dann ging sie hinauf Bevor sie von dem Tisch wo er sitzen
blieb wegging sagte sie ihm etwas, das ich durch die Glasthür nicht hören
konnte und um das ich ihn glühend beneidete. Aber trotzdem war es in
diesem seltsamen Augenblick schöner der Fremde der Herr des einsam
wartenden Zimmers zu sein, als selbst der Mann oder der Geliebte dieses
schönen Wesens. Dann ging sie an mir vorbei und sah mich an, weder
flüchtig noch lange, weder scheu noch allzu sicher, sondern ganz ruhig. Ihr
Blick war eines Geschlechts mit ihrer Schönheit die mitten inne war zwischen der Anmuth eines jungen Mädchens und einem allzu bewussten
Glanz einer großen Dame der voll Gleichgewicht war.

66, 29 Singen, *Danach, gestrichen:* das flüssige fliegende Licht, es tauchte unter

67, 1 Lachens *Danach, gestrichen:* : ihr Gang war in ihren Worten, ihr herrliches lässiges und selbstbewusstes Gehen.

67, 10 Welle *Danach, gestrichen:* das Dunkel wölbte sich über ihr und mir, das Dunkel das die Welt war und wie ein Mantel ums Haus

68, 34 – 38 Wenn ... leer *fehlt*

69, 18 Elemente.] Sonne u des Meeres [wie die metallgrünen Schmetterlinge und die perlig umhauchten Muscheln.]

4 DH
Das Handexemplar enthält die folgenden Eintragungen Hofmannsthals:

63, 24 – 25 aus ... machten *eingeklammert*

65, 1 *a. R. nicht zu definierendes Zeichen:* ⊥

65, 4 *a. R. nicht zu definierendes Zeichen:* ⊥

66, 16 jungen *gestrichen*

66, 22 – 26 sie ... sangen *eingeklammert*

68, 38 leer. *Danach:* Cesarino

69, 16 geheimnisvoll *eingeklammert*

Diese Eintragungen stammen vom August 1912, wie die folgende Stelle aus einem
Brief Hofmannsthals an seinen Vater vom 1. August 1912 vermuten läßt (Deut-

sches Literaturarchiv): Der Aufsatz von mir der vor 2–3 Jahren in dem kleinen buchartigen Almanach von Velhagen u Klasing war, wäre mir nötig. Hast du dein Exemplar des Almanachs noch? Müsste sonst trachten, ihn mir irgendwie zu verschaffen.

N 6
Reflexion über die Entstehung des Abenteurers (umzuarbeiten).
hiezu als inneren Zustand, das eigentlich undramatische der Conception motivierend:
Nos sensations sont d'autant plus générales qu'elles sont plus particulières. Et ainsi un paradoxe leur est intérieur et constitue leur substance la plus secrète.

N 7
21 XI 1912
Erinnerungen
Erinnerung schöner Tage
Der Abenteurer u d Sängerin
umzuschreiben wie folgt.
Der Redende, ein Zauberer im Willen, im Wissen um die Welt, allomatisch zugleich ein bedrängtes Kind
die einzelnen Glieder, Zustände aneinandergereiht: Hilflosigkeit, die veranlasst zwei Bücher: Casanova. das Radium zu kaufen, sich gelegentlich zu den Schmetterlingen, Muscheln zu flüchten – sich vor der Flucht des Lichtes zu ängstigen.
Überkühner Trotz der die Gesellschaft des Freundes und dessen Schwester zurückweist – jene Fremden zu bewältigen: was dann nur halb gelingt dabei Anwandlungen von Verzweiflung.
bei den einzelnen Erscheinungen ein auf und ab zwischen Übermuth und Ohnmachtsgefühl an jeder einzelnen: jede einzelne Vorbedeutung gutes oder schlechtes Omen – was will ich eigentlich? eine rasende zwecklose Anspannung der Kräfte – ähnlich jenem sich-einsetzen im Würfelspiel der Germanen – das angespannte der Jugend in Venedig.

N 8
Die Überschrift lautet: Der Abenteurer (Prolog), *später wurde hinzugefügt* ad me ipsum autobiographisch.

Weidenstamm entschloss sich – eine frühere Geliebte wiederzusehn – er hätte gerade so viel glänzende Formen Springbrunnen, Stalaktiten annehmen können – es standen ihm in diesem Augenblick so viele Möglichkeiten zu Verfügung – er war so sehr eine Naturgottheit –. Eine zauberhafte

VARIANTEN · ERLÄUTERUNGEN   233

Dämonie wurde Stimme einer Frau (maskierte sich als Stimme einer Frau)
die Valeurs stimmten zueinander: es war ein verborgener Ausgleich in der
Sache der ein Glücksgefühl erzeugte –

ERLÄUTERUNGEN

64, 36f. der Geflügelte auf seiner goldenen Kugel *Der Erzengel Gabriel auf der Spitze des Campanile von San Marco, von Federico Zandomeneghi, 1822.*

67, 31f. Fisch, der das Licht geschluckt hat *Im Alexanderroman (3. Jh.) ist von einem Fisch die Rede, in dessen Bauch ein Stein von solcher Leuchtkraft gefunden wird, daß Alexander ihn einfassen läßt und als Leuchte benutzt.*

68, 23f. aus dem Waschkrug ... Nymphe *Rückblickend schreibt Hofmannsthal am 20. Januar 1929 über seinen inneren Zustand im Jahr 1891 an Walther Brecht:*
1891 im Frühjahr war das ›Gestern‹ entstanden, etwas früher schon etliche Gedichte: diese aber alle nicht aus der tieferen Schicht. Sie waren unter dem Pseudonym Loris in einer Wiener Zeitschrift abgedruckt, die ›An der schönen blauen Donau‹ hieß. Sie haben keine Bedeutung. Aus der tiefsten Schicht kam damals etwas Anderes, dann und wann, ein ganz kleiner visionärer Vorgang: daß ich manchmal morgens vor dem Schulgang (aber nicht wenn ich wollte, sondern eben dann und wann) das Wasser, wenn es aus dem Krug in das Waschbecken sprang, als etwas vollkommen Herrliches sehen konnte, aber nicht außerhalb der Natur, sondern ganz natürlich, aber in einer schwer zu beschreibenden Weise erhöht und verherrlicht, sicut nympha. (Ich erinnere mich, ich brachte diese Secunden irgendwie mit dem Dichterischen in mir in Zusammenhang.) *– (BW George 234. Der Brief ist dort fälschlich 20. Februar datiert.)*

228,22–229,6 Schon während der Niederschrift von Ödipus und die Sphinx *hat Hofmannsthal die Bedeutung der Landschaft, in der er schrieb, hervorgehoben. Unter dem Datum 4. September 1905 notierte er in sein Tagebuch:* fange ich an, auf der Bank im Wald über dem See ›Ödipus und die Sphinx‹ *niederzuschreiben. (H VII 16, vgl. auch die Notiz* Weltzustand *A 142) Diese Atmosphäre sucht er 1907 in Welsberg wiederzufinden, um* Erinnerung schöner Tage, *insbesondere den geplanten Teil b. zu konzipieren, wie aus einem Brief an den Vater vom 14. Juli hervorgeht:* Mein ziemlich bescheidener Wunsch wäre 1–1½ schöne sommerliche Tage in Tirol zu erleben, einer bestimmten kleinen Prosaarbeit wegen – die diese Stimmung braucht.

228, 33–35 Notizen auf einem Blatt mit der Überschrift Oidipus, *die um 1904 entstanden sind, lauten:* Natur, den menschlichen Schmerz in ihre Arme aufnehmend, das Schmerzenskind umgestaltend: immer wo sie mythisch gefasst wird ist sie so voll erbarmender Arme voll Heilkraft, liebender Schooß und Grab. *Hieran schließt sich die Inhaltsangabe des Grimmschen Märchens vom Machandelboom an, der Leben verleihende verjüngende Baum, als dem Sinnbild der lebenspendenden Natur. Zu Oedipus heißt es dann weiter:* indem der Held inne wird welche Geisteskräfte in ihm wohnen (the man discovers himself to be fearfully and wonderfully made) ermannt er sich zum Helden, was er früher nicht war. Die Natur bietet ihm, für seinen Gehorsam, Antheil an ihrer Herrlichkeit.

229, 4 Geomant *einer, der aus Linien und Figuren in der Erde wahrsagt.*

229, 20 Christiane *und* Franz *Es sind die Namen der beiden ältesten Kinder Hofmannsthals.*

232, 9 – 11 *Das Zitat entstammt dem für Hofmannsthal so wichtigen Buch von Joseph Baruzi ›La Volonté de Métamorphose‹, Paris 1911, das sich noch heute, mit zahlreichen Anstreichungen und Anmerkungen versehen, in seiner Bibliothek befindet, und zwar dem 3. Kapitel ›La Présence de l'Univers‹, S. 147 f. Es lautet im Kontext, der es verständlicher macht:*

»Une sensation de l'univers est, au contraire, incluse dans toute sensation vive. Elle ne s'y développe pas aux dépens de la précision ni de la singularité. Car, plus le trait qui se grave en nous est inimitable et se distingue de tous les autres, plus elle s'affirme. Les perceptions où elle ne se mêle pas s'écoulent, tellement vagues que nul mouvement ne les suit, – ou bien, exaspérées aussitôt en impulsions, aveuglent l'être tout entier vers un geste irrésistible. Nos sensations sont d'autant plus générales qu'elles sont plus particulières. Et ainsi un paradoxe leur est intérieur et constitue leur substance la plus secrète. Au plus profond de notre esprit se recourbe dès lors une ironie multiple et souple. Et par là seulement peut-être est permis quelque libre arbitre.«

Die ganze Stelle ist von Hofmannsthal angestrichen, der dieses Kapitel, seiner eigenen Angabe zufolge, am 4 VII 1912. zum 2ten Mal las. Dieses Datum gibt einen Anhaltspunkt zur Datierung von N 6.

232, 18 allomatisch *Den Begriff, der in* Ad me ipsum *häufig erscheint, entnahm Hofmannsthal dem Buch über die Rosenkreuzer von Ferdinand Maack: Zweimal gestorben. Leipzig 1912. Allomatik bedeutet hier Verwandlung durch Einwirkung eines andern.* »Alles verwandelt sich, aber nichts verwandelt und verändert sich ›aus sich selbst‹. Jede Transformation ist eine allomatische.« *(Maack, S. 15) Näheres siehe Manfred Pape: Aurea Catena Homeri. Die Rosenkreuzer-Quelle der »Allomatik« in Hofmannsthals »Andreas«. Erscheint demnächst in DVjs.*

232, 21 Radium *Frederick Soddy: The Interpretation of Radium. London 1909. Das Buch befindet sich noch in Hofmannsthals Bibliothek.*

LUCIDOR

ENTSTEHUNG

Zwanzig Jahre lang, von 1909 bis 1929, beschäftigte Hofmannsthal der Lucidor-Stoff und machte dabei verschiedene Metamorphosen durch. Zuerst begegnen wir ihm in einem Brief an seinen Vater vom 16. Oktober 1909. Die Notizen vom Oktober und November 1909, die in Neubeuern und auf dem Semmering entstanden, sind für eine Komödie dieses Titels bestimmt. Wie Hofmannsthal zu dem Entschluß kam, aus dem bereits zu Papier Gebrachten eine Erzählung zu machen, läßt sich nicht mehr feststellen. Auch sind Notizen oder Entwürfe, die sich ausdrücklich auf die Erzählung beziehen, nicht erhalten. Jedenfalls muß die Niederschrift sehr schnell erfolgt sein, denn schon am 27. März 1910 erschien der Erstdruck in der ›Neuen Freien Presse‹.

Lucidor ist, so wie er im Druck erschien, trotz des Untertitels (Figuren zu einer ungeschriebenen Komödie) *weder ein Vorentwurf noch eine Skizze für eine Komödie, sondern eine selbständige Erzählung. Die Erwähnungen in Briefen lassen darüber keinen Zweifel zu. Hofmannsthal hält die Erzählung besonders zum Vorlesen für geeignet und liest sie auch selbst für einige süddeutsche Radiostationen am 3. Februar 1928.*

1921 sollte Lucidor, *neben dem* Märchen der 672. Nacht, *in den für den Insel-Verlag geplanten Sammelband* Aphorismen und Anekdoten *aufgenommen werden. Der Plan wurde nicht verwirklicht. Statt dessen entstand das* Buch der Freunde.

Doch ist mit der Fassung in erzählender Form der Lucidor-Stoff für Hofmannsthal nicht abgetan. Noch am selben Tag, an dem der Erstdruck erscheint, schickt er ein Exemplar davon an Kessler mit der Bitte, seine Meinung über die Eignung des Stoffes für eine Komödie zu äußern. Kessler antwortet positiv (30. März 1910), und Hofmannsthal fährt mit seiner Arbeit fort. Am 16. Juni 1910 schreibt er aus Venedig an Kessler: . . . Neben der Gesellschaftscomödie[1] . . . ist mir der Lucidorstoff am nächsten . . . Aus dem August und Dezember 1910, März 1911, Januar 1914, November 1921 und Dezember 1922 stammen Notizen zu Lucidor *als Komödie.*

---

[1] Der Schwierige.

Ende 1923, Anfang 1924 plant Hofmannsthal, den Stoff für einen Film zu verwenden. Noch im Oktober 1926 beschäftigt er sich mit diesem Plan. Notizen vom Juli 1925, Februar und Dezember 1926 behandeln Lucidor *als Vaudeville, bis dann endlich von 1927 an, in Zusammenarbeit mit Strauss, die Operette* Arabella *aus diesem Stoff entsteht, die im Juni 1929 beendet ist.*

Den Stoff entnahm Hofmannsthal Molières Lustspiel ›Le dépit amoureux‹, dessen Inhalt im folgenden kurz wiedergegeben wird: Um sich die Erbschaft eines reichen Onkels, die nur einem Sohn gilt, nicht entgehenzulassen, tauscht M. Albert seine neugeborene Tochter gegen den Sohn der Gärtnerin aus. Als dieses Kind jedoch stirbt, vertuscht seine Frau diese Tatsache, indem sie ihre eigene, weggegebene Tochter Ascagna wieder zu sich nimmt, sie aber als ihren Sohn Ascanio ausgibt. Die Verwicklungen beginnen, als Ascanio/Ascagna, um deren Identität nach dem Tode ihrer Mutter nur noch ihre alte Kinderfrau weiß, und ihre Schwester Lucile im heiratsfähigen Alter sind. Lucile hat zwei Verehrer, Erast und Valer. Erast liebt sie, in Valer hat sich Ascanio verliebt, der die daraus entstandene Situation wie folgt schildert:

> *Valère, dans les fers de ma sœur arrêté,*
> *Me semblait un amant digne d'être écouté;*
> *Et je ne pouvais voir qu'on rebutât sa flamme,*
> *Sans qu'un peu d'intérêt touchât pour lui mon âme.*
> *Je voulais que Lucile aimât son entretien;*
> *Je blâmais ses rigueurs; et les blâmai si bien,*
> *Que moi-même j'entrai, sans pouvoir m'en défendre,*
> *Dans tous les sentiments qu'elle ne pouvait prendre.*
> . . .
> *Enfin, ma chère, enfin, l'amour que j'eus pour lui*
> *Se voulut expliquer, mais sous le nom d'autrui.*
> *Dans ma bouche, une nuit, cet amant trop aimable*
> *Crut rencontrer Lucile à ses vœux favorable,*
> *Et je sus ménager si bien cet entretien,*
> *Que du déguisement il ne reconnut rien.*
> *Sous ce voile trompeur, qui flattait sa pensée,*
> *Je lui dis que pour lui mon âme était blessée,*
> *Mais que, voyant mon père en d'autres sentiments,*
> *Je devais une feinte à ses commandements;*
> *Qu'ainsi de notre amour nous ferions un mystère*
> *Dont la nuit seulement serait dépositaire;*
> *Et qu'entre nous, de jour, de peur de rien gâter,*
> *Tout entretien secret se devait éviter;*
> *Qu'il me verrait alors la même indifférence*
> *Qu'avant que nous eussions aucune intelligence;*
> *Et que de son côté, de même que du mien,*
> *Geste, parole, écrit, ne m'en dît jamais rien.*

ENTSTEHUNG

(zitiert nach der Ausgabe in Hofmannsthals Bibliothek: Oeuvres de Molière, Bd. 1, Paris 1841, S. 98f.)
Beide Liebhaber wähnen sich von Lucile geliebt. Nach mancherlei aus dieser Situation sich ergebenden Verwicklungen wendet sich am Ende alles zum Guten.

Am 16. September 1908 schreibt Hofmannsthal über den gerade erschienenen Gedichtband ›Hama‹ an dessen Autor, Rudolf Alexander Schröder: es würde mir nicht schwer fallen, dir auseinanderzusetzen warum viele von den Gedichten in dem Buch Hama mir ein ungewöhnliches Gefallen erregen konnten – es ist eine zarte und besondere Menschlichkeit darin ausgedrückt und die Linie des Umrisses ist von der äussersten Zartheit und dabei doch sehr bestimmt und sicher gezogen – *Auf den Seiten 50–52 des erwähnten Bandes findet sich ein Gedicht, das Hofmannsthal zu der Gestalt der Frau von Murska in der Erzählung* Lucidor *anregte:*

Die Frau von Malogne

Herrn Rudolf Borchardt zugeeignet

Die Frau von Malogne will Gondel fahren.
Und wo?
Auf Teichen, die die sanften Ufer küssen,
Auf Flüssen, die die sanften Fernen grüßen,
In einer Gondel will sie fahren.
Und sieh', drei weiße Schwäne kommen
Über die Spiegelflut heraufgeschwommen
Und haben aus der Hand,
Die jeder reizend fand,
Mit Dank ein wenig Brot genommen.
Wie sie dann so zierlich gleiten
Und die schönen Flügel weiten,
So sind sie plötzlich fortgezogen;
Und sie,
Ach sie
Weiß nicht, wo sie hingeflogen.

Die Frau von Malogne will geh'n und jagen.
Und wo?
In Wäldern, die dem Himmel sich verstecken,
Auf Feldern, die sich in die Weite recken,
Auf weiten Feldern will sie jagen.
Da sieht sie in der Mittelhelle
Ein weißes Reh im Wald an einer Quelle.
Sie zielt mit Aug und Hand,
Die jeder reizend fand,

– Der Pfeil verfehlte seine Stelle.
Und wie nun das Tier enteilte
Und das Zweigicht zierlich teilte,
War's plötzlich ihrem Blick entnommen;
Und sie,
Ach sie
Weiß nicht, wo es hingekommen.

Die Frau von Malogne will reiten und fahren.
Und wo?
Auf allen Straßen, die das Land durcheilen,
Auf allen Wegen, die die Flur zerteilen,
Mit Roß und Wagen will sie fahren.
Wie sie nun so das Land durchritten,
Hofherrn und Damen, schön und guter Sitten,
So denkt in ihrem Sinn
Die süße Königin:
»Ich bin allein in ihrer Mitten.«
Da erglänzt von Huldgepränge
Grüne Trift und Waldesenge:
Sie ritten gern in alle Weiten;
Nur sie,
Ach sie
Weiß es nicht, wohin sie reiten.

Die Frau von Malogne will Feste feiern.
Und wo?
In Sälen, die von Gold und Lichtern schimmern,
In Gärten, die von Duft und Sonne flimmern,
In hellen Gärten will sie feiern.
Da sind der Reigen viel geschwungen,
Und Lieder sind die herrlichsten gesungen,
Und sie mit ihrem Fuß,
Den jeder loben muß,
Ist allen Gästen vorgesprungen.
Wie sich nun die Lüste letzten,
Sich an Rausch und Pracht ergetzten,
Sind all die Freuden jäh verschwunden;
Und sie,
Ach sie
Weiß nicht, wo sie heimgefunden.

Die Mutter Lucidors und Arabellas wird in den ersten Notizen abwechselnd Frau von Malogne *und* Frau v. M. *genannt. Der Name* Murska *taucht erst im Druck auf.*

Aus mehreren Bemerkungen Hofmannsthals in den Handschriften zu Lucidor *läßt sich die Bedeutung Stendhals unschwer erkennen. Nicht nur lassen sich Ähnlichkeiten zwischen Arabella und Mathilde de la Môle aus* ›Rot und Schwarz‹ *feststellen und wird von Wladimir gesagt, er wappne sich mit den Gesinnungen Stendhals (S. 249,35), viel größer ist der Einfluß Stendhals auf den Stil und die Anlage der Erzählung. Schon vom 29. Mai 1893 datiert die folgende Tagebucheintragung Hofmannsthals:* während ich hier schreibe habe ich ein seltenes reines Glücksgefühl. Durch die psychologische Technik des Stendhal zum Schauen angeleitet, sehe ich eine Anzahl Charaktere meiner Umgebung auf einmal plastisch darstellbar, das Schattenhafte fällt ab, dabei denke ich gleichzeitig an die tief innere Freude des Gestaltens, im Gestalten Erlebens, Begreifens, (da die Gestalten meine Nächsten sind, ist das künstlerische Begreifen zugleich ein Sich-auseinandersetzen mit Lebensproblemen, ein Klarwerden) denke aber auch zugleich an die äusseren Freuden, sehe die Freunde, denen ich vorlese! *(H VII 4) Und fast ein ganzes Jahr früher hatte er sich notiert:* Verstecken der Person bei Stendhal Mérimée gegenüber Schamlosigkeit bei Bahr Barrès *(H VII 4.7).*

In Verbindung mit der Lektüre psychologischer Abhandlungen – Autoren wie Pierre Janet, William James, Josef Breuer, Sigmund Freud und Morton Prince, sind ihm sehr gut bekannt – bekommt 16 Jahre später die psychologische Technik Stendhals *für Hofmannsthal eine neue Bedeutung. Die verkürzte Darstellung der Ereignisse und statt dessen die Analyse der Charaktere der Hauptfiguren und der Beweggründe zu ihrem Handeln, das ist die Technik, die Hofmannsthal von Stendhal übernimmt. Den Rat aus dessen Tagebuch:* »Ne pas oublier que la seule qualité à rechercher dans le style est la clarté«, *den Hofmannsthal in seiner Ausgabe am Rand anstrich, versuchte er, in* Lucidor *zu befolgen.*

Für die Gestalt des Onkels ist die Hauptfigur in Ben Jonsons Drama ›Volpone‹ *eine Vorlage. Mit diesem Stück hatte sich Hofmannsthal schon 1903/04 intensiv beschäftigt und eine eigene Bearbeitung herauszugeben beabsichtigt. (Vgl. B II 102 und S. 248,3)*

ÜBERLIEFERUNG

N 1   E III 168.21

N 2   E III 168.22

N 3   E III 168.24

N 4   E III 168.23

N 5   E III 168.25

N 6   E III 168.27 – Untere Hälfte des Blattes identisch mit N 8.

N 7   E III 168.26

N 8   E III 168.27 – Obere Hälfte des Blattes identisch mit N 6.

N 9   E III 168.28

N 10 E III 168.29

N 11 E III 168.39

N 12 E III 168.40

N 13 E III 168.37

N 14 E III 168.33

N 15 E III 168.14 – Auf der Rückseite Notizen zu Lucidor als Komödie, 1910/11.

N 16 E III 168.32

N 17 E III 168.30

N 18 E III 168.34

N 19 E III 168.35

N 20 E III 168.36

N 21 E III 168.38

N 22 E III 168.41

N 23 Bibliotheca Bodmeriana – Einseitig beschriebener Zettel.

N 24 E III 168.6

N 25 H VB 16.13 – Auf demselben Blatt Aufzeichnungen.

ÜBERLIEFERUNG · VARIANTEN 241

1 H S. N. 9994 Nationalbibliothek Wien – 23 durchgehend paginierte Blätter.

*2 D Lucidor. (Figuren zu einer ungeschriebenen Komödie.)
      Von Hugo v. Hofmannsthal.
      In: Neue Freie Presse, Wien, 27. März 1910, S. 32–35.*

*3 D Lucidor, Figuren zu einer ungeschriebenen Komödie
      Von Hugo von Hofmannsthal.
      In: Insel-Almanach auf das Jahr 1911. Leipzig. Im Insel-Verlag (1910). S. 32–50.
      Textgrundlage (vgl. S. 253).*

*4 D Hugo von Hofmannsthal:
      Lucidor
      Figuren zu einer ungeschriebenen Komödie
      Mit Originalradierungen von Karl Walser. Berlin. Erich Reiss Verlag. Prospero-
      Druck Nr. 5, Sommer 1919.*

*5 D Lucidor
      Figuren zu einer ungeschriebenen Komödie
      In: Gesammelte Werke II, S. Fischer Verlag, Berlin 1924, S. 143–159.*

VARIANTEN

*N 1 – N 24
Zu diesen Notizen gehört ein Konvolutdeckel mit der Aufschrift:*
Lucidor.
Comödie in 3 Aufzügen.
(erste Einfälle Neubeuern October 1909.
ferneres Semmering November 1909.
Niederschrift in erzählender Form März 1910.)
Die weitere Angabe Scenarium Aussee August 1910. und der Nachtrag neuerlich: Semmering December 1910. *beziehen sich auf die spätere Bearbeitung des Stoffes für eine Komödie.*

N 1
Neub⟨euern⟩ 14 X. ⟨1909⟩
Eine Comödie. »Lucidor«. (im Stil Regnard'scher Comödien zu behandeln).
Eine Abenteuerin (in der Zeit des 2ten Empire) führt 2 Töchter mit sich, die eine will sie verheiraten, die jüngere, um nicht encombriert zu sein verkleidet sie als Buben. (d.h. die Mutter hat falsche Papiere an sich genommen lautend auf Sohn und Tochter) Es zeigt sich ein junger Herr der eine gute

Partie wäre. Die ältere, der er mäßig gefällt und die zudem nach einer anderen Richtung engagiert ist, wird von der Mutter sehr gedrängt, entgegenkommender sich zu zeigen. Die Kleine verliebt sich in den Herrn, schreibt ihm unter dem Namen der Schwester zärtliche Briefe und bewilligt ihm endlich ein rendezvous im Dunklen, bei dem sie dem Freund nichts versagt. Die Zufriedenheit des Bewerbers, wo er vor ihren Augen immer so schlecht behandelt wird (so daß sie Abend für abend ihm attenuierende Briefe schreibt) wird der Mutter immer rätselhafter.

Die Kleine reitet mit dem jungen Herrn aus; ⟨er⟩ macht ihm Confidenzen über sein Leben, über seine Einsamkeit, sein Liebesbedürfnis, seine wachsende Neigung für Arabella, wobei die Kleine immer die Thränen in den Augen hat.

Scene in welcher die Kleine von der Mutter ins Verhör genommen, sich verteidigt: Mein Gott, ich hatte nur d a s, um ihn mir zu verpflichten.

später: Eine entscheidende Scene wo die Kleine gebeten wird, um alles in der Welt nur diese halbe Stunde lang den Buben zu praestieren.

Die Kleine läuft zum Schluss mit dem jungen Herrn fort, die Ältere mit ihrem Anbeter. Die Mutter bleibt allein.

241, 30 *Statt* Regnard'scher *ursprünglich:* Molièrescher.

242, 9 ihm *gemeint ist Lucidor-Lucile.*

N 2

Comödie Lucidor. (Die Mutter).

Der Mutter etwas von der armen Frau von M a l o g n e in Schroeders Gedichte geben. Sie will immer was, einen Rang maintenieren, ein glänzendes Ziel erreichen, quält sich ab und inzwischen entschwebt ihr das worauf alles gezielt war. Unaufhörlich schreibt sie Briefe, macht Combinationen, sucht Ausflüchte; sie ist immer entschlossen, nur weiß sie nicht immer, zu was. Sie schickt einen Boten, nimmts wieder zurück, schickt einen zweiten, dritten. Ihren Gläubigern erzählt sie ihre Lebensgeschichte, den messengerboy will sie bekehren oder mit einer Herzogin bekannt machen. Dabei ist sie liebenswürdig, nicht verbittert. Sie ist das Opfer der W e l t. Der zweite der zu ihr kommt sagt ihr schlechtes vom ersten; in Todesangst sich zu declassieren, brouilliert sie sich nach links und rechts. Sie findet alle Menschen »edel«. Wladimir, den (vermeintlichen) Verehrer der älteren Tochter, adoriert sie.

242, 34 Wladimir *zuerst:* Wassili. *Im Zusammenhang mit einer Bearbeitung des Stoffes für eine Komödie im August 1910 wurde* Wladimir *gestrichen und dafür* Belomo *eingesetzt.*

VARIANTEN

N 3
Lucidor.
Lucile Lucidor ist die Frucht eines Fehltrittes, den die phantastische Frau bereut. Sie hat sich in den Kopf gesetzt, dieses Kind müsse, wenn nötig, geopfert werden wenn um diesen Preis der Familie der alte Glanz zurückzugewinnen wäre.

Lucile ist als ein Caspar Hauser wenn auch unter gleichem Dach mit den ihrigen aufgewachsen. aber die ganze Schönheit ihrer Seele kann sich in der sonderbaren Situation enthüllen. Lucidor übergibt immer selber die Briefe an Wladimir.

Lucidor hat sich nie gedacht dass es dazukommen würde, bei Tag ihr Geschlecht einzugestehen. Sie spielt den Buben, den Cyniker, für Wladimir und für den Onkel.

Dialog zwischen Lucidor und dem Onkel, wo sie sich vorgesetzt hat, die Erbschaft durchzusetzen, um als Preis dafür von ihrer Mutter die Erlaubniss zu bekommen, sich Wladimir als Frau zu bekennen. Sie erzählt dem Onkel was für schlechte Personen es unter den Mädeln gäbe – was da alles los sei (aus ihren eigenen Erfahrungen die zu beschönigen ihr ekelt; im Gegentheil sie stellt alles ganz scharf und schonungslos dar). Sie gefällt dem Onkel indem sie sagt: sie würde sich nie in ein junges Mädchen verlieben. Er applaudiert. Der Onkel = Miller-Aichholz.

Wladimir meint einen tiefen Einblick in das Unterirdische der menschlichen Seele gethan zu haben; was er seinen eigenen hohen Fähigkeiten zuschreibt.

243,8 f. aber ... enthüllen *bezieht sich auf die gestrichene Stelle, die vorangig:*
Wladimir ist ein reichlich unwürdiges Object für Luciles grenzenlose Hingabe –

N 4
Comödie Lucidor. Wladimir eine blonde zärtliche willensschwache immer mitgerissene Figur wie jene Helden Turgenjews.

Lucile. Man hat Lucile so lange eingeredet dass sie kein Herz habe, unfähig sei, Liebe zu fühlen – dass sie selbst es glaubt. Sie gesteht Wladimir dass sie es für eine Schlechtigkeit halte was sie gethan habe – eine Schlechtigkeit gegen ihn

Frau von Malogne. Sie ist die »Frau Welt«. Alle Irrthümer u. Torheiten auf sie concentrieren, das ganze blinde scheinhafte Urteilen. Sie weiß nie wie ihr zumut ist. bald social bald anarchistisch, bald beides zugleich. Ich war liebendes Weib – aber ich war auch eine Dame

Lucidor muss sich in die bonnes graces des Onkels insinuieren und darüber **Buch führen**. Einmal will der Onkel, im Bad sitzend, ihn empfangen.

243, 36f. bald ... Dame *Dem Schriftbild nach könnte dieser Passus auch erst Ende 1910 bei der Wiederaufnahme des Stoffes für eine Komödie hereingekommen sein.*

243, 37 *Nach diesem Abschnitt folgten zwei weitere, die später gestrichen wurden:*
Act. I. consultiert sie über den Baron Schlichting den Erbonkel a) einen Arzt, b.) einen Antiquitätenhändler. Der Arzt erklärt die absolute Feindseligkeit des Herrn gegen das weibliche Geschlecht. Er will keine »Creatur« in seine Nähe lassen. Der Antiquitätenhändler gibt Auskunft über das Vermögen des alten Herrn in Dosen angelegt. (Sie empfängt die beiden gleichzeitig und verwechselt fortwährend die Fragen.)
Act III kommt der Onkel und Weiberfeind, sie besuchen und meldet, dass er sein Testament zu Gunsten einer andren Linie (oder andren Person) gemacht habe.

N 5
(Neubeuern 15 X ⟨1909⟩)
Lucidor.
Dialog Lucidor – Wladimir. Im Wald. Springen vom Pferde, übergeben dem Reitknecht die Pferde.
Wladimir: schnell den Brief. Lucidor übergibt den Brief, beobachtet angstvoll die Lectüre. fragt ihn dann ängstlich aus ob der Brief seine Liebe gesteigert habe. Dann amusiert es Wladimir den Kleinen auszufragen, wie er sich dazu stelle .. ob er ihn beneide (Ist es dir peinlich weil es Deine Schwester ist? – Oh gar nicht, sie steht mir gar nicht nahe) Lucidor posiert auf den Cyniker, der wisse wie eine solche Liebe beschaffen sei. Mischt darunter schalkhaft einiges an introspectiven Wahrheiten. Wladimir belehrt ihn, dass die Liebe die er einflösse, ganz anders beschaffen sei Lucidor findet ihn umso bewunderswerter; klagt sich an, ihm so viel schuldig zu bleiben. Sie kommen aufs Heirathen: Lucidor in Angst vor Enttäuschung, wünscht, dass Wladimir sie jedenfalls noch lange nicht heirathen solle. Es pressiert nicht. Wir sind ohnedies declassierte Leute. Monolog wo Lucidor recapituliert was er alles zu scheinen habe. In seinem schwachen Kopf geht ihm alles durcheinander. Gegen den Onkel nicht erwähnen etc (Verhaltungsmassregeln vor der Mutter aufzuschreiben) gegen Mama nicht erwähnen (schreibt er dazu) .. gegen Wladimir so thun als ob. (Er übt vor dem Spiegel heikle Dialogstellen). ferner: in mir diese ... Gefühle ausbilden, die Wladimir erwartet.
Am Schluss betet Lucidor: lieber Gott, noch ein paar solcher Morgen!

Unten auf der Seite: NB la vie amoureuse de Stendhal

VARIANTEN 245

N 6
Lucidor.
(III Act?) an der gleichen Waldstelle zuerst Arabella, die brüsk abgeht als Wladimir sich nähert.
im Dialog Wladimir – Lucidor gesteht Wladimir dass er sich fast davor fürchten könne, wenn das einträte (was in eben diesem Brief angedeutet sei) dass die Doppelnatur schwinde und ihm bei Tag und Nacht ein anbetendes Wesen gegenüberstehe. Lucidor versteht, wird blass, – beschliesst innerlich, auf alles zu verzichten wenn das jetzige erhalten bleibe – betet am Schluss in diesem Sinne.

N 7
Lucidor.
(Act IV?) die entscheidende Scene wo die Mutter Wladimir zu einer Erklärung zwingen will (nachdem sie beste Renseignements über ihn bekommen) – ihn dann mit Arabella allein lässt – er insistiert⟨,⟩ endlich immer deutlichere Anspielungen an die Nächte wagt, ihr Ablehnen nicht begreift, sie ihn endlich für verrückt halten muss – ängstlich das Zimmer verlässt und Lucidor halb in Mädchenkleidern hinter einer spanischen Wand hervorstürzt: Ich bin es – ich bin es womit sie alles gesagt zu haben meint, indem sie schluchzend diese Worte immer wiederholt (worauf Wladimir wieder ihn für verrückt hält nachdem ihm schon vorher die Mutter einen ziemlich verrückten Eindruck gemacht hat)
Lucidor hat in einem Brief die Abneigung bei Tage als eine Art Doppelnatur erklärt so dass Wladimir auf einiges gefasst ist und recht starkes ruhig hinnimmt. Umso zärtlicher ist sie bei Nacht, so dass Wladimir fast es geniesst wenn sie ihn rudoyiert. Aus solchen zweideutigen Lectionen ergibt sich für Lucile ein höchst precäres Gefühl der Welt u des Lebens, das sie nicht zu commentieren vermag, das aber weil es auf Erfahrung beruht, in ihr fest sitzt: es ist den »fetischistischen« Weltgefühlen der Mutter u Wladimirs sehr überlegen, welche Überlegenheit Lucile als eine Unterlegenheit, einen Defect, eine unausfüllbare Lücke percipiert; aus diesem Defect leitet sie eine besondere Unwürdigkeit ab, Wladimirs Frau zu werden.

Oben auf der Seite: vorher viel Stendhal lesen

245, 31 f. Die Zeilen sind am Rand doppelt angestrichen.

N 8
Die Notizen befinden sich auf demselben Blatt wie N 6. Sie nehmen dessen untere Hälfte ein und sind datiert: R⟨odaun⟩ 12 XI 09.

Das Doppelverhältnis zu Arabella und Lucile entspricht den 2 Facetten von Wladimir's Wesen: seiner phantasievollen Sinnlichkeit (er träumt sich in

Thiere hinein, in einen Hund, einen Schwan) und seinem etwas trockenen
Hochmut, Ambition ohne Streberei. Er hat eine Art Hochmut wie Kessler:
die Menschen beherrschen, nicht gewinnen zu wollen. (vielleicht ist dies
nur eine Art, von vielen geliebt werden zu wollen.) In diesem Punkt versteht er sich gut mit Arabella nur dass sie in einen andern verliebt ist.
Er hat eine enorme fast phantastische Meinung von sich. Ist aufgewachsen
als einziges Kind einer Witwe.

N 9
Lucidor.
Alles was die Frau von Malogne vor sich sieht, ist falsch; was sie will geht
anders aus. Ihre Kinder verkennt sie total: hält Arabella für eine Seele, der
sie ein Paradies auf Erden bereiten möchte, Lucile für hart und kalt.
Anfangsscene: Frau von Malogne und ein (wie ein Geistlicher aussehender)
Geldgeber sowie noch ein zweiter Faiseur (ein Magnetiseur), die sie miteinander verwechselt. Der Geldgeber spielt sich auf den Seelenarzt er erklärt:
er vermöge hier nicht einzugreifen. Damit refusiert er die Unterstützung
dies klärt ihr zu ihrem Schrecken die Kammerfrau erst auf. Ihr resumé: so
ist diese Stunde doch nicht ohne Gewinn verlaufen. »edel« ist ihr zweites
Wort. Sie sieht noch gut aus. Sie behauptet oder erwartet, ihre früheren
Incarnationen zu kennen.
Viele Züge der Herzogin P. von M., dieser höchst sonderbaren Frau. (Du
mariage de la bêtise avec l'orgueil il peut naître une petite folie bien désagréable)
nebenfigur: eine Marquesa die die Betonung des spanischen s corrigiert
und die complicierten spanischen Familienverhältnisse (aus Mad d'Aulnoy,
nachtrag) entwickelt. Sie kann eine Närrin sein und im unrichtigsten Moment lugubre eingreifen.

N 10
Lucidor. I. Frau von Malogne und der Geldgeber. Sie verwechselt ihn mit
dem Seelenarzt. Sie sagt, ich weiss, ich muss ihnen alles sagen … Und
erzählt ihm alle Gefühlswirrnisse ihres Lebens. Er macht gewisse Notizen
(nicht gerade als Erpresser, aber es amusiert ihn) wie er aufsteht wird der
andere der Chiromant gemeldet. Frau v. M. Ja wer waren denn Sie? Die
übertriebenen Complimente der Dame an den Wucherer den sie für einen
Sâr, eine verklärte Seele nimmt. So oft er nachdenkt, (und Procente berechnet) hält sie ihn für entrückt. Mit dem wirklichen Magier dann, dem Seelenarzt, geht sie ins Nebenzimmer.
I Koffer liegen umher. Reisen Sie ab? Lucidor: wir reisen immer ab.
Unter Menschen von grober Phantastik wie die Mutter und ihre Gesellschaft muß ein Wesen wie Lucile für **phantasielos** gelten.

246, 30 Seelenarzt *zuerst:* Chiromantiker.

VARIANTEN

N 11
R⟨odaun⟩ 12 XI. ⟨1909⟩
Lucidor Anfang I. Die Mutter u. ihre Kammerfrau. Die Mutter theilt mit, wen Sie erwarte. Eine Marquise habe ihr statt Geldunterstützung diese Hilfe (Besuch des Magiers) geschickt Aber er dürfe nicht um seinen Namen gefragt, er dürfe nicht gemeldet werden. – Ob aber dann nicht ein Irrthum möglich sei – es kämen doch so viele Leute daher – Du hälst es für möglich dass ich mich irre – diese Stirn nicht erkenne –
Kleiner Moment wo Lucidor dem Geldgeber die Thür aufmacht, dann meine Herren ruft, es ist ein Herr da, wegläuft.
Lucidor: die beiden Rivalen einander für einen Geck und Narren haltend, bereit zu eclatieren; Lucidor zwischen ihnen, den éclat zu verhindern bestrebt.
Ende Act I. (oder Ende Act II) Lucidor zwischen Tür u Angel des Salons der Mutter in Mädchenkleidern. Von allen renseigniert zum Staunen der Mutter. Angstvoll bereit, die ganze Situation auf sich zu nehmen. Lucidor kommt hier unerwartet (und gescholten) im Mädchennachtkleid

N 12
Die Notizen wurden später vollständig gestrichen.
R⟨odaun⟩ 12 XI. ⟨1909⟩
Scene Lucidor – Onkel.
Der Onkel lässt durchblicken, dass er die Mutter in seiner Weise geliebt habe,
– Unter uns Männern, deine Mutter war immer eine Gans Ihr einziger Liebhaber war auch ein Vieh! – Lucidor: fährt auf. Onkel (lacht sich halb todt) Du Idiot! du Idiot! fasst dann Lucidor sehr scharf ins Auge, von einem plötzlichen Gedanken durchzuckt, nimmt die Lupe zuhilfe: Du bist ja sein Sohn! bist der Sohn dieses Cretins! – läutet: den Notar! das Testament umstossen.
vorher will er der Kleinen die Lupe anbieten um gewisse Gemmen anzusehen; sie muss mehrmals energisch ablehnen.
der zweite Liebhaber ist der Schwierige: (Kreon nicht unverwandt) er bekennt in I seinen Charakter

N 13
Diese Notiz wurde gestrichen.
Lucidor. Eventuell ist der Onkel der große Hintermann des Geldgebers. (der Geldgeber wusste nur sie erwarten eine Erbschaft, nicht aber von wem) Beim Onkel ein ganz kahler Salon worin sich fremde Pfandobjecte befinden. Lucidor naiv erstaunt über dies Unordnung entdeckt verpfändete Gegenstände der Mutter. (vergl. Jacques le fataliste)

N 14
Lucidor: Beim Onkel. Als Lucidor gemeldet wird, schliesst der Onkel einen Schrein, vor dem er eine Volpone-andacht abgehalten hat.
Beim Onkel plädiert Lucidor aus ihrem weiblichen Empfinden heraus leidenschaftlich für ihre Mutter, für die Hingabe als Letztes der Frauen – was die Männer zu roh sind zu fassen. Einmal sagt er »wir« – der Onkel: er plädiert für die Familie.
der Onkel zum Kammerdiener: indem er vor Vergnügen seine mageren Schenkel schlägt: Was für ein Idiot! Giacomo, was für ein dummer Kerl!
Lucidor hat die drängende Entscheidung im Kopf: wenn sie es heute nicht erreicht, wird abgereist, ihr Spiel decouvriert   jedenfalls verliert sie Wladimir: kurz sie sitzt auf Nadeln: wenn er sich entschlösse! Onkel wenn du dich entschlössest!

248,13 Der folgende Absatz wurde später gestrichen: Der »Schwierige«. Der Nebenbuhler Wladimirs, der Schwierige, ist noch dazu in einer schwierigen Situation.

N 15
Lucidor I. zur Kammerfrau:
Was würde schöne Perrücke kosten. Wie fühlt sie sich an? nachts wenn man allein ist?
Kammerfrau: Sie ist zu entwickelt
Exposition. Scene des Wucherers.
a.) ich interessiere mich für eine Abenteurerin da ist was zu machen
b.) das ist zu absurd
wie sie ihm das eigentliche Motiv, Lucidor zu verkleiden, gesteht: dass er die Frucht einer Verirrung (vielleicht) Herr v. M. kehrte zurück er war bizarr. dass also Lucidor expieren müsse.
II. auf die Scene Wladimir Lucidor folgt eine Scene Wladimir Arabella.
I. alte Frau warnt Arabella vor nächtlichen Unvorsichtigkeiten.

N 16
Semmering 26 XI 1909.
Lucidor. I. Der Geldgeber will sich informieren über die 2 bestehenden chancen: Verlobung Arabellas (er weiss dass Wladimir sehr reich ist) und die Erbschaft vom Onkel. Die Mutter: Ihnen edler erhabener Mann habe ich nichts zu verbergen. Enthüllt die Kriegslist mit Luciles Verkleidung. Er findet das sehr amusant.
Wie der Geldgeber nachdenkt – die Mutter: Er ist entrückt
Wladimirs zweite Natur, die Mondseite seiner Natur die er halb verschämt und widerwillig dem Burschen Lucidor enthüllt, der ihn immer quält er solle von sich sprechen – während Wladimir immer von Arabella hören will

und am meisten innerlich es geniesst, von ihrer Doppelnatur, von der verborgenen Nixe in ihr zu sprechen. Hierüber muss nun Lucidor lachen – wofür Wladimir ihn für kindisch u cynisch hält – oder Lucidor freut sich wahnsinnig (mit einem bübischen Veitstanz).
Arabella wird halb unverschämt in einem Brief gewarnt, nicht unvorsichtig zu Wladimir zu schleichen. (Der ein garni eine Wohnung unter Decknamen)

N 17
Semmering 26 XI 1909.
Lucidor. Arabella lebt ganz in der Welt des Scheins d.h. in der bürgerlichen Welt, in der Welt wo jedem Ding sein Wert aufgeprägt ist. Sie gehört zu den Menschen die gar nicht begreifen wie man etwas anders schätzen könne als nach seiner momentanen Geltung, der gestürzte Minister, der nicht anerkannte Dichter ist für sie eine non-valeur. Das Ausnützen der momentanen Superiorität ist ihre Stärke.
Die Mutter hält daher Arabella für ein erdenfremdes Wesen.
Die Mutter gesteht den Fehltritt welchem Lucile ihr Leben verdankt: es war ein Phantast und Charlatan der sie aufforderte, mit ihm zu fliehen und zuvor das wertvollste einzustecken. Sie steckte einen Brief Richard Wagners zu sich. Da liess er sie auf der ersten Station sitzen. (variiert mit einer früher notierten Hypothese über Luciles Vater.)

N 18
Semmering 27 XI ⟨1909⟩
Lucidor. Wladimirs Doppelnatur (einer gewissen Phase meiner eigenen Existenz ähnlich) Ehrgeiz in der Welt zu bedeuten zu herrschen – das andere, die halb-subliminaren Gefühle, diese machen vielleicht das Dasein reizend – aber man darf sie sich nur bei der Nacht concediren. (So äussert er sich vertraulich zu Lucidor) Es ist wundervoll, dass Arabella dies hat. Dies ist das wahre Geheimniss der Frauen: Doppelnatur. Durch die Tagesseite ist jenes immer Fremde, jenes immer zu Erobernde gegeben (was der Mystiker das Bittere nennt) wogegen die Nacht uns einander und der Allnatur mystisch vermält. Hieraus muss Lucile folgern: Nun bin ich verloren, denn mir fehlt die Hälfte ohne die meine Hälfte ihm schal, wohl gar verächtlich erscheint.
Der Welt gegenüber, dem Schwierigen gegenüber, auch der Mutter gegenüber wappnet er sich mit den Gesinnungen Stendhals, geniesst seine Härte, seine Superiorität; ein Épanchement mit Lucidor, in seinen perikleischen Stunden – citiert er Novalis (Nacht) oder den wundervollen Anfang des Gedichtes von Mörike (auf schwarzem Sammt der nur am Tage grünet)
Arabella sagt zu ihrem begünstigten Verehrer (dem Schwierigen): Sonderbar – mit Ihnen verstehe ich mich gar nicht – aber Sie gefallen mir. Mit Wladimir verstehe ich mich ausgezeichnet – wie schade dass er mir nicht gefällt.

Das Verhältnis des Schwierigen zu Arabella schematisch analog zu meiner Beziehung zu P. Fr.
Der Schwierige wirbt um Wladimirs Freundschaft.

N 19
Lucidor.
Wladimir in den Schäferstunden mit Lucile hat er mehr als das höchste sinnliche Glück (so erfährt Lucidor aus seinem Munde, und ist sehr beglückt) sondern auch eine unbeschreibliche innere Freiheit – gegen die ihm das Tagesleben wie ein Ans-Kreuzgebundensein vorkommt – eine Einheit mit seinen seligsten Kindertagen (bei diesem Geständniss Wladimirs hat Lucidor die Thränen in den Augen) In einer solchen Nacht haben Sie ausgemalt wie es wäre wenn Lucile (= Arabella) stürbe und Wladimir noch eine zeitlang weiterlebte, auf ihrem Grabe läge und »den Staub der Erde vor sich her bliese« ... hier war sie mehr als ein menschliches Wesen (sagt er)
Sie erfährt das, indem er ihre Bemerkungen cynisch findet
Lucile hypnotisiert von dem Begriff der That, der stummen That; dies ist das Geheimnis, das sangreal, das die Mutter mit aller Geschwätzigkeit immer preist, um das ihre ganze wirre Weltanschauung kreist.
Lucile und die weltkluge alte Kammerfrau einmal zusammen.
Arabella u Lucile haben beide ihre Vermutung dass es Wladimir mit der Absicht zu heirathen nicht ernst ist. Kurz vor dem dénouement hat Wladimir mit der Mutter eine Scene wo er sich entzückt und zweideutig äussert, ihr die Hände küsst: (in der letzten Nacht hat L. zu ihm gesagt sie begnüge sich auch seine Geliebte zu bleiben) was die Mutter für eine Declaration nimmt, nun Arabella zwingen will ihm ihr Jawort zu geben. Arabella: ich stehe nicht so mit ihm. Mutter: man ahnt nie wie man mit Männern steht! (küsst sie auf die Stirn) Lucile stürzt herein (als Lucidor) zu Arabella »was wollte die Mutter?« . . . . .

250, 10 Kindertagen *Danach folgte der Einschub, der später wieder gestrichen wurde:* das sind Glücksmöglichkeiten die dem »Schwierigen« fehlen.

N 20
Semmering 27 XI 09.
Lucidor
Aufeinanderfolge der Vorgänge.
   I. Die beiden Liebhaber (analog Dépit amoureux) Arabella empfängt die alte Vermittlerin die den Besuch des Geldgebers ankündigt
   Durch die Mutter (Scene mit dem Geldgeber) erfährt man dass Lucidor ein Mädchen. Scene zwischen der Mutter und Lucidor, wo die Mutter

Lucile niederdrückt durch das Bild das sie von ihrem Charakter hat –
welches demütigende Urteil L. kritiklos acceptiert.
Grosse Scene der Confidencen zwischen Wladimir und Lucidor
III. (kurz) Wladimir u. die Mutter. Wladimir u Arabella.
Scene zwischen Arabella und Wladimir (Lucidor hinterm Paravent)

251,3 Danach als neuer Absatz, später gestrichen: Scene beim Onkel.

N 21
Semmering 29 XI. ⟨1909⟩
Lucidor. Wladimir zu Lucidor über »Arabella«: Das entzückende wohl-
lüstige Geheimniss das in ihrem Anders-sein bei Tage liegt. (cf. Kassner
Künstler, Mystik u.s.f.)
Lucidor hat in der doppelten Schule gelernt, sich in der Doppelnatur des
Daseins zu behaupten. Sie darf hoffen die Geliebte und die Frau Wladimirs
sein zu können. Sie ist ihrer Mutter nun unendlich überlegen: ja sagt sie:
die Dinge sind so aber auch so. Damit muss man rechnen. (Ursache
mehr für die Mutter: sie terre à terre zu finden.)
I Marquise freundschaftlich gebotenes Darlehen rückfordernd.

N 22
Lucidor (zu Wladimir) Ich laufe nie. Nein ich laufe nicht.

N 23
Lucidor.
Arabella ihrer Mutter gegenüber mit dem Tic des Realismus des Corrigie-
rens jeder Ungenauigkeit behaftet –
sie ist ein Schalk. –

N 24
Frau von Malogne.
Sie will und hofft immer das definitive, was der Wirrniss ein Ende machen
soll: eine Harmonie, ein Ausruhen für den müden Vogel – und findet und
schafft immer wieder eine neue Wirrniss, in der sie sich dann schliesslich
auch zurechtfindet.
Sie wollte die eine Tochter gut verheirathen und den Onkel beerben: dann
Ruhe, statt dessen compromittiert sich Arabella, der Onkel macht Testa-
ment worin er die Familie enterbt und Lucile kommt in andere Umstände.
Züge von Julie.

N 25
Lucidor.
Eine Person wie Frau von M. sieht alles phantastisch, weil sie die Entwick-

lung nicht begreift – sie will immer alles gleich haben – so wie man ihr erzählt dass die Bäume, die Tiere ausgerottet werden ..

1 H
In dieser Reinschrift sind Abweichungen der letzten Stufe vom Text des ersten Druckes so selten, daß, wenn nicht sie selbst, so ein von ihr hergestelltes Typoskript, als Druckvorlage gedient haben muß. Dafür spricht auch, daß verschiedentlich einzelne Worte zur Verdeutlichung noch einmal über die Zeile geschrieben wurden.
　Die Mutter Lucidors und Arabellas wird immer Frau von M. *genannt. Der Name* Frau von Murska *taucht zuerst in 2 D auf, wo gelegentlich auch noch* Frau von M. *stehen blieb. Erst in 3 D wird der Name stets ausgeschrieben.*
　Ursprünglich trug die Reinschrift den Titel:
Ungeschriebene Comödien.
Lucidor.
Der übergreifende Titel wurde noch in derselben Handschrift in den Untertitel (Ungeschriebene Comödie.) *verwandelt.*

Die wichtigsten Varianten:

73, 3 Adelsnamen; *Danach, gestrichen:* die Familie war ursprünglich französisch, seit drei Jahrhunderten in Polen heimisch;

74, 3 Irrtümern, *Danach:* Prätensionen,

74, 39 Verkettungen. *Danach, gestrichen:* Alles, was sie sich aussann, hatte einen doppelten Boden, spielte auf mehreren Bühnen zugleich.

76, 3 Familie. *Danach, gestrichen:* Es wirkte fast wie besondere Vornehmheit, wie ein Incognito, dass er keinen Titel führte, und doch so absolut, so unbestreitbar »dazu gehörte«, nach seinem Aussehen, seiner Haltung und seinem eigenen innersten Gefühl.

76, 9 Onkel, *Danach, gestrichen:* der alte Junggeselle mit dem kaum zu berechnenden Vermögen, mit der berühmten Sammlung von Dosen und Miniaturen,

76, 33 Begegnung *Danach, gestrichen:* – Lucidor brachte vor Schüchternheit kaum ein Wort heraus –

76, 38 Angenehmeres *Danach, gestrichen:* für einen stark mit sich beschäftigten jungen Herrn von fünfundzwanzig,

77, 6 kam *Danach, gestrichen:* Frau von M. war in keiner Situation sehr geschickt; am wenigsten ihrer ungeduldigen und hochmütigen Tochter gegenüber.

77, 23 verdrossen. *Danach, gestrichen:* sie wollte der schönen hochmütigen Person in nichts gleichen.

VARIANTEN

78, 2 Lage *Danach, gestrichen:* niemals erwarten darf, aber

80, 9 phantasievolle *Danach, gestrichen:* , traumschwere

2 D
Der Text entspricht fast vollständig der letzten Stufe der Reinschrift. Die wenigen Unterschiede betreffen den Namen der Frau von M., die hier erstmals Frau von Murska genannt wird und die Fortsetzung einer Tendenz, die schon in der Entwicklung der Reinschrift festzustellen war und sich in den Drucken weiter fortsetzt: die Unterdrückung der Gallizismen, für die sich hier allerdings nur ein Beispiel findet:
78,34 wird Finesse *durch* Klugheit *ersetzt.*

3 D
Dieser Druck basiert auf 2 D. Druckfehler wurden verbessert, geringfügige stilistische Veränderungen vorgenommen. Er diente als Textgrundlage.

4 D
In diesem Druck, der sonst keine Veränderungen gegenüber den vorangegangenen Drucken aufweist, sind die Fremdwörter radikal eliminiert. Diese Eingriffe werden im folgenden vollständig aufgeführt:

73, 7 geniert] beengt

77, 28 desavouierte Arabellas ganze Natur] strafte Arabellas ganze Natur Lügen

78, 8 Ein Postskriptum] Eine Nachschrift

79, 37 präzis] scharf

80, 19 konzediert, den Phantasmen] zugestanden, den Träumereien

81, 33 homogen] zugeneigt

81, 36 vibrieren] schwingen

81, 38 goutiert] mag

82, 11 vehementen] heftigsten

83, 12 Details] Einzelheiten

5 D
Diesem Druck lag 3 D zu Grunde, dessen Text er unverändert übernimmt. Die einzige Änderung ist die Vereinheitlichung der Interpunktion, wie sie überall in diesem Band der Gesamtausgabe festzustellen ist.

ZEUGNISSE · ERLÄUTERUNGEN

ZEUGNISSE

1909

16. Oktober, an Hugo von Hofmannsthal sen. (BI 295):
Neue Stoffe strömen mir immerfort zu, ich weiß nicht einmal, welchen ich als nächsten anpacken werde.

1910

27. März, an Harry Graf Kessler (BW 285):
In separatem Couvert folgt etwas über Lucidor, worin nur die Personen, nicht der Gang des Scenariums angedeutet. Bitte schreib mir ob dich ein solches travesti sehr geniert. Aufrichtig.

30. März, Harry Graf Kessler an Hugo von Hofmannsthal (BW 286):
Lucidor ist bezaubernd, und fast schon da als Komödie wie mir scheint, ich glaube das Szenario wäre Sache von zwei drei Gesprächen; es steckt schon in der Erzählung drin, wie ein Körper von Michelangelo in einem halbbehauenen Marmorblock. Gierlich finde ich das Travesti nicht im mindesten.

1914

23. Januar, an Helene von Nostitz (BW 128f.):
Ich wünschte Wiecke läse vor Ihnen und Ihren Freunden ... etwas von mir, das noch nicht alle Welt kennt. Wäre es ein gebildeter sympathischer Dilettant, der vorliest, und nicht ein Schauspieler, ich würde die kleine Geschichte ›Lucidor‹ raten, die im Inselalmanach auf das Jahr 1911 steht.

1918

15. Juni, an Hermann Bahr (Meister und Meisterbriefe um Hermann Bahr, 176):
Lucidor, eine zarte fast romantische Komödie; in Erzählungsform publiziert schon seit 1910; neuerdings wieder aufgenommen, vielleicht für Musik zu behandeln.

1928

3. Februar, an Gertrud von Hofmannsthal:
... gerad hab ich im Radio Lucidor vorgelesen für München, Augsburg, Nürnberg u. Würzburg. Das ist sehr lustig. Sie haben gesagt, ich hab es sehr schön gemacht.

ERLÄUTERUNGEN

73,9 Lucidor *Den Namen übernahm Hofmannsthal wahrscheinlich aus Marivaux' Lustspiel ›L'Épreuve‹.*

241,32 encombriert *behindert*

242,7 attenuierende *beschwichtigende*

242,16 praestieren *spielen*

242,19 In einem Brief vom 28. VIII. 1909 macht Kessler Hofmannsthal auf Regnard aufmerksam (BW 260). Daraufhin las Hofmannsthal ›Le Légataire Universel‹ und schreibt darüber am 10. September 1909: Regnard? Ich weiß nicht. Las den légataire. Die harte Linie von Ben Jonson – und kein großes Gemüt, kein schöner großer Geist dahinter. Wie wundervoll ist Molière! welche Welt, welche Weisheit. *(BW 262). Im selben Brief erwähnt er seine Arbeit an der Komödie* Lucidor. *Auf einen erneuten Hinweis Kesslers auf die Qualitäten Regnards hin (BW 263) las Hofmannsthal ›Les Folies Amoureuses‹ und ›Le Joueur‹ und revidierte, allerdings mit Einschränkungen, sein rasches Urteil:* Die ›verliebten Thorheiten‹ des Regnard habe ich damals gleich nach deinem Brief gelesen und sie sind wirklich all das Gute und Hübsche was du davon sagst in ihrer bezaubernden Gewichtlosigkeit. (Wenngleich der Spaß immer ein bischen in die Länge gezerrt wird, selbst in diesem so kurzen Stück.) Ich hatte damals keine gute Hand, daß ich zuerst den ›Légataire‹ aufschlug. Denn auch der ›Spieler‹ hat mich dann sehr amüsiert. Eine leichte muntere Führung, ein immerwährendes Theaterspiel, das ist viel, (Freilich, er erleichtert sichs gewaltig, läßt die Leute ohne rechten Grund in einem Haus wohnen u.s.f.) *(BW 264f.) Das war am 8. Oktober 1909. Fast sieben Jahre später, in seinen Aufzeichnungen vom 17. April 1916, faßt Hofmannsthal seine Vorbehalte gegenüber Regnard zusammen (H VII 10.83–86, A 175–177), wobei er dem Urteil Stendhals, den er auch ausdrücklich erwähnt, weitgehend folgt, es in einigen Teilen sogar wörtlich übernimmt. Diese Stellen in seiner Ausgabe der Tagebücher Stendhals (Journal de Stendhal, 1801–1814, herausgegeben von Casimir Sryienski und François de Nion, Paris 1908. Es befindet sich noch in der Bibliothek Hofmannsthals) wurden von Hofmannsthal wohl schon bei der ersten Lektüre im Jahre 1909 angestrichen. Darunter befinden sich auch die folgenden Bemerkungen Stendhals:* »Les Ménechmes, de Regnard. Pièce gaie, où Picard joue fort bien, mais dont une deuxième représentation m'ennuyerait, parce qu'elle ne peint vigoureusement ni les ridicules, ni les passions. La couleur du style de Regnard est la gaieté.« (S. 87) »›Les Folies‹ est une des meilleures pièces de Regnard; il y règne une verve de comique que cet homme rare a emportée ... Il n'y a rien, dans la pièce, du talent de Molière pour secouer l'homme, en lui montrant ses vices et ses ridicules, mais cela est peut-être une condition de cette extrême gaieté.« (S. 132) *Die Art von Oberflächlichkeit in den Stücken Regnards, die Kessler wohl meint, wenn er schreibt:* »Daß bei Regnard *dieses Spiel ganz im Blauen vor sich geht, daß keine moralischen oder sonstigen Gesetze es beschränken, stört mich ebenso wenig wie in Tausend und Einer Nacht, wo Köpfe fallen, Ehemänner betrogen und schöne Mädchen vergewaltigt werden, ohne daß dadurch unser Behagen im Geringsten vermindert ist«* (BW 263) *war es vermutlich, an der sich Hofmannsthal im* Lucidor *versuchen wollte, und das mag der Grund sein, warum er hier* Molière *durch* Regnard *ersetzt, obwohl Regnard gerade im Vergleich mit Molière so schlecht wegkommt und darüber hinaus Molière den Stoff zu der Erzählung lieferte. Die Lektüre der Schriften Stendhals ist dabei nicht ohne Bedeutung.*

242, 24 maintenieren *behaupten*

242, 33 brouilliert sie sich *bringt sie sich in Zwist*

243, 21 Miller-Aichholz *Nicht ermittelt. Wahrscheinlich eine Person aus dem Bekanntenkreis Hofmannsthals.*

243, 29 jene Helden Turgenjews *Hofmannsthal hatte zwischen 1889 und 1891 fast alle Werke Turgenjews gelesen, wie aus den Tagebuchaufzeichnungen dieser Zeit hervorgeht. Die Turgenjewschen Helden charakterisiert Alexander Eliasberg in seiner russischen Literaturgeschichte, München 1922:* »Sie sind alle ›überflüssige Menschen‹, Schwächlinge, Phrasenhelden, hohl, innerlich verlogen und keiner Tat fähig« *(S. 46).*

243, 38 insinuieren *einschleichen*

243, 39 *In Stendhals ›Le Rouge et le Noir‹ führt Julien Tagebuch über seine Bewerbungen um die Gunst der Mme. de Fervaques.*

245, 26 rudoyiert *schlecht behandelt*

245, 33 *vgl. S. 239*

246, 14 Faiseur *Geschäftemacher*

246, 21 Herzogin P. von M. *nicht ermittelt*

246, 21 – 23 Du mariage... *Diesen Aphorismus zitiert Hofmannsthal auch später noch mehrfach: als* französische Redensart *notiert er ihn im Mai 1916 in seinen Aufzeichnungen zum* Buch der Freunde. *Wenig später taucht er in den Notizen zu dem Lustspiel* Der glückliche Leopold *auf, und im März 1922 wiederholt Hofmannsthal ihn nochmals in seinen Bemerkungen zu demselben Stück, das inzwischen den Titel* Der Emporkömmling *trägt.*

246, 25 f. Mad d'Aulnoy, nachtrag *Die Erinnerungen der Comtesse d'Aulnoy:* ›Mémoires de la Cour d'Espagne‹, *Bd. 2 von* ›La Cour et la Ville de Madrid vers la Fin du XVIIe Siècle‹, *hrsg. von Mme B. Carey, Paris 1876, enthält im Anhang,* ›Note D. Les Grandesses‹, *ein Verzeichnis der wichtigsten spanischen Adelsfamilien. Das Buch ist noch in der Bibliothek Hofmannsthals vorhanden.*

ERLÄUTERUNGEN 257

246, 27 lugubre *unheilvoll*

246, 33 Chiromant *Handliniendeuter*

246, 35 Sâr *Übernommen von Joséphin Péladan (1859–1918), der 1888 den ›Ordre du Temple de la Rose-Croix‹ gründete und sich selbst Sâr Mérodack nannte.*

247, 15 renseigniert *belehrt*

247, 32 Kreon *Charakteristisch für Kreon, wie ihn Hofmannsthal in* Oedipus und die Sphinx *(1905) darstellt, ist die Unfähigkeit zur Tat.*

247, 40 vergl. Jacques le fataliste *In Denis Diderots Roman ›Jacques le Fataliste‹ entdeckt der Diener Jacques bei einem Galanteriekrämer die Uhr seines Herrn wieder.*

248, 2 Volpone-andacht *Zu Beginn seines Dramas ›Volpone oder der Fuchs‹ läßt Ben Jonson seinen Helden Volpone vor einem geöffneten Schrein, der mit Gold, Silber und Juwelen gefüllt ist, den Reichtum anbeten.*

248, 27 expiieren *büßen*

249, 25 subliminar *unterschwellig*

249, 35 Gesinnungen Stendhals *Die Helden Stendhals bekennen sich, um gesellschaftlichen Erfolg zu haben, zur Heuchelei. Hinter einer hochmütigen Haltung verbergen sie ihre wahren Gefühle und Charaktere. Charakteristisch dafür ist der Vorsatz Lucien Leuwens: »Ich werde ein Schuft!« oder jener Satz aus ›Rot und Schwarz‹: »In dieser Einöde der Selbstsucht, Leben genannt, ist sich jeder selbst der Nächste.«*

249, 36 Épanchement *Herzensergießung*

249, 36f. perikleische Stunden *Stunden hoher Verzückung* (περικήλειος)

249, 37 Novalis (Nacht) *Gemeint sind Novalis: ›Hymnen an die Nacht‹. In der Bibliothek Hofmannsthals befinden sie sich im 1. Band der zweibändigen von J. Minor herausgegebenen Ausgabe: ›Novalis: Schriften‹, Jena 1907.*

249, 38 *Gemeint ist Mörikes Gedicht ›Gesang zu Zweien in der Nacht‹. Dieselbe Stelle aus diesem Gedicht notiert sich Hofmannsthal auf einem, der Schrift nach späteren Notizzettel als eins von zwei Beispielen für* Farb-verba *(HVB 23.9).*

250, 2 P. Fr. Leopoldine (Poldi) *Franckenstein (1874–1918), Jugendfreundin Hofmannsthals.*

250, 18 sangreal *Gralsgeheimnis, Geheimnis wohlgehütet wie der Gral. Die Bezeichnung ›Saint Gral‹ (der heilige Gral) entstand aus einer Umwandlung von ›sang réal‹ (das Gefäß, in dem das wirkliche Blut Christi aufbewahrt wird) zu ›San Gral‹.*

250, 22 dénouement *Lösung (des Knotens im Drama)*

250, 36 analog Dépit amoureux *I. Akt, 3. Szene, die Begegnung zwischen Erast und Valer.*

251, 10f. cf. Kassner Künstler, Mystik u.s.f. *Gemeint sein könnte das Kapitel ›Kunst‹ in der Abhandlung über Blake in Rudolf Kassner: Die Mystik, die Künstler und das Leben. Leipzig 1900, S. 45 ff.*

251, 34 Julie *Julie Freifrau von Wendelstadt (1871–1942)*

252, 12 Der ursprünglich übergeordnete Titel mit dem Plural: Ungeschriebene Comödien, *deutet darauf hin, daß* Lucidor *eine unter mehreren Erzählungen dieser Art sein sollte. Hofmannsthal hat den Plan, noch weitere ungeschriebene Comödien zu konzipieren, nicht realisiert. Erst viel später, auf einem Zettel, der wohl in das Jahr 1922 zu datieren ist, erinnert er sich wieder dieser Idee. Er möchte die Briefe der Julie de L'Espinasse (1732–1776) anekdotisch behandeln und notiert sich dazu:* Situation: Julie war die Tochter etc. *ferner:* Guibert[1] – ihn so umschreiben, wie ›Figuren zu einer ungeschriebenen Comödie‹ –

253, 14–27 Während des Krieges, im November 1914, publizierte Hofmannsthal einen Aufsatz Unsere Fremdwörter, *in dem er den Gebrauch von Fremdwörtern gerade in dem Vielvölkerstaat Österreich verteidigte. Nicht ganz fünf Jahre später tilgt er selbst in seiner Erzählung alle Fremdwörter. Nimmt er das Ende der alten Donaumonarchie als den Anfang einer neuen Epoche der deutschen Sprache, die er am Ende des zitierten Aufsatzes als eine zukünftige Möglichkeit andeutet, wenn er sie sich damals auch unter anderen Voraussetzungen dachte. Schon mehr als zehn Jahre früher hatte ihm Raoul Richter in einem Exemplar eines Aufsatzes über Balzac aus dem Jahre 1908 eigenhändig alle Fremdwörter durch deutsche ersetzt. Dieses Exemplar ist noch erhalten. Vielleicht läßt sich die schon in der Reinschrift des* Lucidor *zu bemerkende Tendenz zur Verminderung der Gallizismen auch auf diesen Einfluß zurückführen.*

---

[1] *Jacques Antoine Hippolyte Graf Guibert (1743–1790), der Geliebte der Julie de L'Espinasse.*

PRINZ EUGEN DER EDLE RITTER

ENTSTEHUNG

Hofmannsthal schrieb den Text zu dem Bilderbuch über den Prinzen Eugen, den Angaben auf dem Konvolutdeckel von 3 H zufolge, in der Zeit von November 1914 bis Juli 1915.

Das Buch entstand in lockerer Zusammenarbeit mit dem Wiener Lithographen Franz Wacik (1883–1938), der die Illustrationen besorgte.

Der Erstdruck erschien im Dezember 1915, nicht, wie ursprünglich vorgesehen, bei Hugo Heller, sondern im Verlag L.W. Seidel & Sohn. Das Buch war so erfolgreich, daß es 1917 eine zweite Auflage erfuhr.

Vorbild für das Prinz Eugen-Buch war das damals in Frankreich sehr populäre Kinderbuch über Jeanne d'Arc: Jeanne, la bonne Lorraine. Gestes heroiques de douce France. Von Jean-Baptiste Coissac. 4 planches hors texte en couleurs et 12 dessins de Maggie. Paris, Larousse, 1914.[1]

Die eindeutige Quelle für Hofmannsthals Text ist Eduard Vehses ›Geschichte der deutschen Höfe‹ II, 6, ein Werk, das er auch bei der Abfassung des Essays Worte zum Gedächtnis des Prinzen Eugen *(1914) heranzog. Das Buch, das sich noch heute in seiner Bibliothek befindet, weist in dem Kapitel 3: ›Personalien des Prinzen Eugen . . .‹, S. 211–262, deutliche Bearbeitungsspuren auf.*

Hofmannsthal paßt die Episoden, die er von Vehse übernimmt, der österreichischen Situation im gerade begonnenen Weltkrieg an. So wird z.B. in dem Kapitel Prinz Eugen will aus den Deutschen ein Volk in Waffen machen *aus der »Schwerfälligkeit«, die bei Vehse das »deutsche Übel« darstellt, bei Hofmannsthal die Uneinigkeit. Die Vision des Heereszugs gegen Osten (S. 101) ist eine Erfindung Hofmannsthals, die den Expansionsgedanken der damaligen österreichischen Politik entgegenkam. Bereits im ersten Kapitel wird dieses Expansionsstreben nach Osten und Süden als das Vermächtnis des Prinzen Eugen deklariert. Diese und alle übrigen Passagen, die interpretativen Charakter haben, entstanden, als der erste Entwurf (3 H), der sich auf die Darstellung der bei Vehse gefundenen Anekdoten beschränkte, bereits fertig war.*

---

[1] *vgl. BW Degenfeld S. 532.*

Das Kapitel Die Soldaten singen zum erstenmal das Lied von ihrem Feldherrn *geht wohl auf eine Anregung von Franz Wacik zurück (vgl. S. 263).*

ÜBERLIEFERUNG

N 1   E IV B 120.4

N 2   E IV B 120.21

N 3   E IV B 120.23

N 4   E IV B 120.3

N 5   E V A 104.6

1 H   E IV B 120.22

2 H   E IV B 120.32

3 H   E IV B 120.24, 26–31, 33–39 – 14 zum größten Teil beidseitig beschriebene Blätter und ein Konvolutdeckel. Im Hinblick auf den Druck, für den pro Kapitel ein genau bemessener Raum, der 1¹/₂ Seiten nicht überschreiten durfte, zur Verfügung stand, ist oftmals am Ende eines Kapitels die Zahl der Worte angegeben. Ein Druckmuster, das die Wort- sowie die Silbenzahl angibt, hat sich erhalten: »1 Seite = 380 Worte = 580 Silben«.

4 H   E IV B 120.40–49 – 9 zum Teil beidseitig beschriebene Blätter und ein Konvolutdeckel.

5 D   Prinz Eugen der edle Ritter.
      Drei Kapitel zu einem Bilderbuch.
      Von Hugo von Hofmannsthal.
      Vorabdruck in: Neue Freie Presse, Wien, 3. Dezember 1915, S. 1–3.

6 D   Prinz Eugen der edle Ritter.
      Sein Leben in Bildern.
      Erzählt von Hugo von Hofmannsthal.
      12 Original-Lithographien von Franz Wacik.
      Verlag von L. W. Seidel & Sohn, Wien 1915.

7 D   Prinz Eugen der edle Ritter.
      Sein Leben in Bildern.
      Erzählt von Hugo von Hofmannsthal.

12 Original-Lithographien von Franz Wacik.
Verlag von L. W. Seidel & Sohn, 2. Auflage, Wien 1917.
Textgrundlage (vgl. S. 262).

VARIANTEN[1]

N 1–3
Drei Schemata. Sie führen in zwei Fällen zwölf, in einem dreizehn Anekdoten auf. Folgende Titel zu Begebenheiten, die in den endgültigen Text nicht aufgenommen wurden, sind darin noch enthalten:
Der Knabe mit Festungsmodellen
Mailand
Die Ablehnung der Krone Polens (Die Rede des Invaliden)
Hochstädt. Anecdote vom deutschen Bürgermeister u deutschen Soldaten
Schloss Hof. Fest
Lager (Friedrich der Grosse: Bewegung der Lippen)
Truppen in Serbien (Schabatz er segnet sie)

N 4–5
Zwei Notizblätter, die lediglich den Titel enthalten: Prinz Eugen will aus den Deutschen ein Volk in Waffen machen. *Dieses Kapitel scheint erst später geplant worden zu sein, denn es ist als einziges in den Schemata N 1–3 nicht erwähnt.*

1 H
Entwurf einiger Zeilen, die den Prinzen Eugen als Knaben in Savoyen schildern.

2 H
Kurzer Entwurf zur Schilderung des Prinzen Eugen im Alter.

3 H
Eine 20 Seiten umfassende Niederschrift des gesamten Textes. Die Anordnung variiert etwas: Das Kapitel Eugen gibt seinem Verwalter eine gute Lehre *erscheint unmittelbar vor dem Kapitel* Prinz Eugen baut Schlösser und Paläste *und davor befindet sich das Kapitel* Die Soldaten singen zum erstenmal das Lied von ihrem Feldherrn.
Der Text beschränkt sich hier noch auf die Darstellung von Anekdoten, wie sie Hofmannsthal bei Vehse vorfand. Die Passagen, die den Zeitbezug herstellen, kommen erst mit 4 H dazu.
Zu dieser Niederschrift gehört ein Konvolutdeckel mit der Aufschrift: Prinz Eugen. Text für ein Bilderbuch. (November 1914 – Juli 1915).

[1] Berichtsform

4 H
11 Seiten mit Einschüben zu einer nicht mehr erhaltenen Reinschrift, die von 3 H angefertigt worden sein muß, in einem Konvolutdeckel mit der Aufschrift: Prinz Eugen Text. (Ergänzungen). *Diese Ergänzungen ändern nichts an dem dargestellten Geschehen, sondern enthalten die Reflexionen Hofmannsthals, durch die er den Bezug zur Gegenwart herstellt, d. h. Parallelen zum ersten Weltkrieg aufzeigt. Dazu gehören z. B. die Passagen: S. 87,6 – 29; S. 94,31 – 95,7; S. 96,27 – 97,17.*

5 D
Der Vorabdruck in der ›Neuen Freien Presse‹ *enthält die Kapitel:* Prinz Eugen siegt bei Zenta über den Sultan. Prinz Eugen rät dem Kaiser, Triest zu einer mächtigen Hafenstadt auszubauen. Prinz Eugen sieht oft im Geiste verborgene und zukünftige Dinge. *Ihm ging folgende Bemerkung voraus, die im Buchdruck nicht enthalten ist:*

Die Heranwachsenden, und nicht nur sie, können in der Liebe zum Vaterland nicht bestehen ohne die Legende. Sie steht zwischen Geschichte und Poesie und in dieser Sphäre bleiben dem Volke und der Jugend die großen Gestalten der Geschichte lebendig. Instinkt und bewußter Wille halten bei allen Völkern die Überlieferungen dieser Art neben den wissenschaftlichen aufrecht. Anekdotenbücher, Kinderbücher, Bilderbücher über Friedrich den Großen sind eben so leicht zu finden wie über Heinrich IV. oder Jeanne d'Arc, über Blücher, wie über Nelson oder Sir Francis Drake. Sehr überraschenderweise ist es kaum möglich, ein Bilderbuch zu finden, welches das Leben und die Taten unserer großen Kaiserin, das Leben und Sterben Andreas Hofers, die Schlacht und den Feldherrn von Aspern oder den von Novara und Mortara verherrlicht. Aus dieser Erwägung ist, ohne den vorhergehenden Auftrag des Verlegers, das vorliegende Buch entstanden. (Es erscheint in den nächsten Tagen bei L. W. Seidel & Sohn.) Sein Gegenstand ist die Legende vom Prinzen Eugen, dem größten Oesterreicher, in zwölf erzählten und gemalten Bildern. Auf den Einwand, daß die Wiege dieses größten Oesterreichers in fremdem Land gestanden, gibt die Geschichte, deren Verwirklichungen großartig und nicht simpel sind, die Antwort: Napoleon, das große Phänomen der neueren französischen Nationalgeschichte, war ein Italiener, der größte englische König, Wilhelm III., ein Holländer, und der zweitgrößte Beherrscher, den das russische Reich jemals hatte, eine deutsche Frau.

6 D
Der Erstdruck enthält einige Irrtümer, die in der zweiten Auflage verbessert wurden. Weitere Varianten betreffen nur geringfügige stilistische Veränderungen.

7 D
Der Text wurde von Hofmannsthal neu durchgesehen und daher zur Grundlage des Textes in der vorliegenden Ausgabe genommen.

ZEUGNISSE · ERLÄUTERUNGEN

ZEUGNISSE

1914/15

1914/15, Franz Wacik an Hugo von Hofmannsthal:
... Auch möchte ich gerne ein Lagerbild machen, worin der Trompeter (d.h. der Komponist des Prinz Eugenliedes) sein Lied vorsingt, es wär so hübsch, um ihn herum alle die schweren Reiter und Truppen mit den martialischen Gesichtern.

1915

30. Juni, Tagebuchaufzeichnung (H VII 11):
Der Lebenslauf des Prinzen Eugen, für Kinder, romanhaft hineinverwoben die Geschichte vom Soldaten mit dem Galgenmännlein.[1]

1915, Franz Wacik an Hugo von Hofmannsthal:
Vielmals danke ich Ihnen für den wunderschönen Text zum Prinzen Eugen, ich bin endlich nachdem das Buch fertig gedruckt ist im Stande gewesen denselben zu lesen da ich früher weder Manuskript noch Bürstenabzug gesehen habe. Die letzten Kapitel gefallen mir besonders gut, die Geschichte mit dem Löwen und der Traum ist wunderschön.

Dass der Diener beim Anblick des träumenden Prinzen wie von Fäusten gepackt in der Dunkelheit festgehalten wird gibt der Scene etwas märchenhaft riesiges. Gott wenn ich den Text vor Fertigstellung der Zeichnungen gelesen hätte, die Bilder wären viel besser geworden als sie jetzt sind, ich sehe ganz andere Sachen nachdem ich das Buch gelesen habe. ...

26. November, an Paul Zifferer (Nationalbibliothek, Wien):
Gerty sagt mir dass Sie sich für mein Kinderbilderbuch ›Prinz Eugen‹ interessieren wollen, das ist mir sehr lieb. Ein fertiges Exemplar dieses Buches dürfte zwischen gestern und morgen an die N⟨eue⟩ Fr⟨eie⟩ Pr⟨esse⟩ gelangen oder gelangt sein, zusammen mit dem seit Monaten bereitgestellten Manuscript einiger zum Vorabdruck bestimmter Capitel sammt eigens dafür verfassten kleinen Einleitung. Wenn Sie gleichzeitig damit das Buch anzeigen u. meine Absichten (die politisch sind) interpretieren, bin ich sehr dankbar.

Die Absicht ist wie gesagt, eine politische, bei dieser Publication wie bei allen meinen andern: der oesterr. Bibliothek, deren zweite Serie 7 – 13, in diesen Tagen erscheint, und dem oesterr. Insel Almanach, der ebenfalls

---

[1] *Friedrich de la Motte Fouqué: Das Galgenmännlein (1810).*

Anfang December eintrifft. – Sie wissen so gut wie ich, was die Franzosen an Belebung des nationalen Gefühles durch ihre Kinderbücher gemacht haben. Sie haben ihre Geschichte, Napoleon, Henri IV, Jeanne d'Arc, in den Kindern leben gemacht. Bei uns nichts dergleichen. Was allenfalls amtlich gemacht wurde, ist niaiserie oder lakaienhaft. Ich habe zunächst ein Buch ›Prinz Eugen‹ gemacht, andere: Andreas Hofer, Maria Theresia, wird der Verlag nachfolgen lassen, wenn er mit dem ersten Erfolg hat. – Ich habe mir's grosse Mühe kosten lassen, eine Gestalt, deren Grosses von einem Geschichtsschreiber, wenn wir einen hätten, leicht darzustellen wäre, eine für den heutigen Moment wichtigste Gestalt unserer Geschichte, einigermassen ins Legendäre und Anecdotische zu bringen. Wenn mir dies gelungen ist, war es nichts ganz leichtes. Die politischen Bezüge (auf das deutsche Reich, auf Triest auf unsere Mission im Südosten) werden Ihnen nicht entgehen.

Der Maler Wacik, ein junger Oesterreicher, Mitarbeiter der Muskete, hat ein paar Märchenbücher (Rübezahl) vorher recht hübsch ausgeführt.

P.S Sie lesen bitte vielleicht meinen P.E. Aufsatz[1] in der vorigen Weihnachtsnummer nach.

1916

28. Januar, an Leopold von Andrian (BW 225):
... das Bilderbuch ›Prinz Eugen‹. Dieses ist auch hier[2] sehr viel an deutsche Kinder verschenkt worden und hat mir überhaupt von allen Seiten erstaunlich viel Liebe u. Freundlichkeit eingetragen. So schrieb mir Gfin Christiane Thun, der Fürst Alfred Windischgrätz sei mit Tränen in den Augen zu ihr gekommen, seine Freude über dieses Buch auszusprechen, und er habe mir auch nach Rodaun geschrieben, um mir zu danken, dies ist ja ganz unverhältnismäßig, aber ich nehme es so hin wie es gemeint ist. Wir haben jahrzehntelang nicht zuviel, sondern zuwenig von dem gehabt, was in einer solchen Äußerung hervorbricht.

1917

3. Oktober, Anlage zu einem Brief von Rudolf Pannwitz an Hugo von Hofmannsthal:
Um zu zeigen, was er mit seiner Kritik meint, schreibt Pannwitz ein Kapitel um:
»PRINZ EUGEN SIEHT IM GEISTE DEN ZUG DER OESTERREICHER GEN OSTEN!

Prinz Eugen ging an einem abende im herbst auf der terrasse seines schlosses in Hof auf und ab. dann trat er an das steinerne geländer vor und sah hinaus auf die weite

---

[1] Worte zum Gedächtnis des Prinzen Eugen. *In:* ›Neue Freie Presse‹, Wien, 25.12.1914.
[2] der Brief kommt aus Berlin.

niederung. es war noch früh und ein schwaches mondlicht füllte das land | der nebel stieg vom flusse hoch bewegte sich und breitete sich aus. plötzlich teilte er sich und eine schicht hob sich höher über die ebene und begann in vielen streifen und wölkchen gegen osten zu ziehn | ein langer wachsender zug. Prinz Eugen blickte mit seinen augen darauf wie auf ein wunderbares schauspiel der einfachen luft: und er sah dass immer neue züge sich nachschoben wie es tausendfach wogte und vorwärts drängte fast gleich einem heereszuge wie er ihn selbst oftmals angeführt hatte. dann geschah in seinem innern eine kleine bewegung und alles schien ihm verändert: er fühlte er sehe nicht mehr mit leiblichen augen sondern mit geistigem gesicht. alles war in der bewegung noch das gleiche aber im wesen mächtig verwandelt. durch die zeiten hindurch glitten drängten stockten und strömten wolkenstreifen wogen und stürme eines wirklichen gewaltigen heereszuges nach osten. es war die ungeheure bewegung Oesterreichs gen osten wie er sie sein leben lang ersonnen gewollt begonnen und gewusst hatte. hunderttausende zogen gen osten | menschen tiere geschütze alle hindernisse überwindend | über vereiste berge sich schleppend | er hörte die zahllosen waffen klirren | er hörte unendliches rufen: Vorwärts! Oesterreich! vorwärts! er spürte auch den hauch der sterbenden. und seine seele schwang sich heraus und stürzte nach und toste mit und jubelte: durch die kette der jahrhunderte unaufgehalten und durch donnernde schlachten und brennende landschaften als siegreicher feldherr. indessen blieb sein leib an das steinerne geländer gelehnt | mit geöffneten augen | aber wie erstarrt. sein diener war schon herzu geschlichen hatte sich aber nicht heran getraut sondern blieb im dunkeln stehn bis sein herr die erste regung tat. Prinz Eugen trat auf ihn zu als sei nichts gewesen und doch hatte sein gesicht in dem weissen mondlicht und von der erscheinung einen übermenschlichen ausdruck den auch dieser vertrauteste diener weder vorher gesehen hatte noch wieder sah.«

Pannwitz fährt fort: »Ich halte das buch vom Prinzen Eugen für verfehlt und geradezu für ein beispiel dessen was man kindern und dem volk nicht geben darf. an den bildern finde ich nicht das geringste zu verteidigen ich halte sie für einen geschmackverderb allerschlimmster art und für ein verbrechen am vornehmen und gesunden kind. den willen des textes nehme ich natürlich ernst. aber der gehalt ist doch viel zu patriotisch und eben darum lange nicht patriotisch genug. parallelen zwischen Ludwig XIV und Leopold zugespitzt auf eine kompagnie die Prinz Eugen nicht erhält und ein regiment das er erhält verbieten sich. viel mehr wirkliches und wahres historisches! der blick des Prinzen Eugen – so herausgehoben – ist halb lesebuch- und halb impressionismus-spleenig und -sentimental. es ist in solchen darstellungen aufs ängstlichste zu vermeiden: die historische sentimentalität des erwachsnen zum kinde oder volke. alles wird dadurch verzerrt. für den stil – der verstärkt noch der gute prosastil überhaupt ist – ist die forderung: sachlichkeit! hauptsachen nicht in den nebensatz! keine verknäulten sätze! gewicht auf jedem wort und goethesche plastik jedes wortes sei es abstrakt oder konkret! gleiche wägung u. klare ordnung aller satzglieder! kein wühlen in bildern! keine mattheit und hinziehen der bilder! kein wort wiederholen und kein wort variieren ohne bewußtsein und aufbau! den reinen schlichten guten sprechton als grundton auch im gesteigertsten beibehalten! die erzählende prosa insbesondre – und am aller-

meisten die für weniger gebildete – ist in jeder beziehung und an jeder stelle wofern sie wirklich gut ist das ausgesuchte gegenteil der modernen schilderungen. in Goethes Wahlverwandtschaften – die Heilige Familie in den Wanderjahren – Jarno bei den Felsen – vieles im Stifter – wiederum ein stil wie im Boccaccio oder der wirklich xxxxxxxxx[1] ⟨*stil*⟩ *nicht der heutige affektierte. bei Goethes prosa ist no*⟨*ch*⟩ xxx xxxxxxxxxxxxx *element etwas geschlendert oder geschleudert und* xxxxxxxx xxxx xxxxx *mit dem plastischen gründenden und bauenden also da*xxxx xxxxxxxxxxxxxxx *alles. im Novalis sind sehr grosze ansätze zu er*⟨*kennen*⟩xxxxxx *vor allem der entwurf (nicht die ausführung des* ⟨*Heinrich von*⟩ *Ofterdingen II: Das Gesicht:* ›*Das land erhob sich* ⟨*immer mehr*⟩ *und ward uneben und mannichfach. in allen* ⟨*Richtungen*⟩ *kreuzten sich bergrücken. die schluchten wurden tiefer* ⟨*und*⟩ *schroffer. felsen – – – abgebrochen war*‹*.* ⟨*Die gr*⟩*iechische Reise hat elemente davon.*
Prosa viel strenger als verse ⟨*da*⟩ *die ekstase sie nicht trägt also das zuchtlose ohne* xxxxx *bleibt.*
Wir haben keine soziale prosa ⟨*m*⟩*it unendlichen nuancen bei simpler struktur also wir müssen von grund auf baun sogar noch wo eleganz das ziel ist. strengste wahl edelstes masz von wort u. satzglied bild sinn ton – u. durch einfachheit und rythmische ordnung natürlichster sprachhaftester art die schwere wieder aufheben. so ist auch der beste Goethe.*
Das entscheidend: nie nur vorwärts sondern ebenso rückwärts schreiben. das balancegefühl immer nach beiden richtungen. wie in der musik einen satz streng ausbalancieren dass er als ganzes auf ± 0 steht. gleichung. beide seiten gleich wiegend. wobei länge gewicht pausen (kurz die verschiedensten werte) für einander eintreten oder einander kompensieren können. wie bei allem organisch gewachsnen. die kurve eines blattes die wölbung einer höhle oder eines tierknochens. übrigens wäre je die reinheit u. grösze die innre unendlichkeit und wahrhaftigkeit der natur – mit Einem blick ins freie nur – nachhaltig genug begriffen worden so hätte es in der bildenden kunst nie einen andern weg als den – wie unfindbar auch sich zerlegenden – Leonardos gegeben und würde es die – als selbstverständlich genommnen – heutigen bilder für Kinder Kindern wirklich zu geben unmöglich sein von der religion aus.
Auswahl: dass nicht die starken vorstellungen einander totmachen oder weil zu viele schwächen. alles irgendwie mit einander unsichtbar binden. doch wie Georges vers nur unendlich leichter u. ungezwungner.«

ERLÄUTERUNGEN

88, 1 – 21 *Vehse, S. 212f.:* »*Er bat um eine Compagnie. Diese schlug man ihm ab, weil man leider glaubte, in dem* ›*kleinen Abbéchen von Savoyen*‹ *könne nicht viel stecken, weil der allmächtige Kriegsminister L o u v o i s ihn nicht leiden mochte und weil sein Aeußeres auch dem König gar nicht gefiel: diesen verdroß es, daß Eugen,*

---

[1] *Das Original ist hier beschädigt, so daß der Text nicht mehr vollständig lesbar ist.*

wie es seine Gewohnheit war, ihm fest ins Gesicht blickte; er äußerte wiederholt, dieses Gesicht sei ihm fatal. Ludwig that mit Eugen, was später Friedrich der Große mit Loudon. Eugen ging mit den Worten aus Frankreich: ›So will ich denn nicht anders, als mit dem Degen in der Faust, als Feind den französischen Boden wiederbetreten; mir ist nicht bange um einen andern Herrn, sorgt ihr nur, daß ihr einen findet, der mir gegenüber stehen wird.‹«

89,14 – 26 *Vehse, S. 213:* »*Kurz vor dem Entsatz von Wien kam er an den Wiener Hof, im Mai 1683, neunzehn Jahre alt. Er ward sofort als Obristlieutenant nach Ungarn geschickt und schon am 12. December 1683 machte ihn Leopold zum Obristen des erledigten Kuffstein'schen Dragonerregiments, das noch nach seinem Namen heißt.*«

90, 14 f. *Vehse, S. 217:* »*Seine Adlerblicke überschauten nach wenigen Momenten das Schlachtfeld, die Befehle wurden von ihm dann eben so schnell gefaßt zu den entscheidenden Manövern der Truppen*«

90, 20 *Vehse, S. 217:* »*Er hielt ... sich stets eine Anzahl reichlich bezahlter Spione.*«

90, 25 – 35 *Vehse, S. 218:* »*25,000 Türken, der Großvezier und viele Paschen wurden am Tage von Zentha in die Fluten der Theiß hinabgeworfen, Eugen hatte sie von allen Seiten bedrängt und abgeschnitten.*«

90, 35 – 91, 24 *Vehse, S. 218:* »*... während Sultan Mustapha II., der vom andern Theißufer die Schlacht sich beschaute und schon die Ketten für die Oesterreicher, silberne für die Generale, zarte goldne für den kleinen Oberfeldherrn, auf Wagen in Bereitschaft hielt, mit Schrecken plötzlich die ungeheure Deroute mit ansehen mußte, über den er sich Bart und Haare ausraufte und als gemeiner Janitschar verkleidet bis Adrianopel hinabfloh.*«

91, 26 – 93,2 *Vehse, S. 257:* »*Auf der Höhe der alten römischen Fabiana, die zur Zeit der Römerherrschaft Citadelle Wiens war, baute er bis zum Jahre 1724 den großen Pallast des Belvedere, wo jetzt die kaiserliche Gemäldegalerie sich befindet, mit dem jemals viel bewunderten Park, der Menagerie, großen Wasserwerken etc. Er baute ferner einen zweiten Pallast in der Himmelpfortgasse, wo später die Hofkammer ihre Sitzungen hielt, das heutige Münzhaus. Um Wien herum baute er die Lustschlösser Schloßhof und Petronell. In dem schönen, einsamen Schloßhof an der March, einem Schlosse von über 120 Zimmern, lebte der Prinz zwischen Büchern, Schlacht- und Jagdbildern und Kupferstichen; in Petronell waren die classischen Erinnerungen der Römerwelt aufgestellt. Auf den andern östreichischen Schlössern und Herrschaften zu Altenburg, zu Heimburg, waren die deutsch-mittelalterlichen Erinnerungen vereinigt. Zu Deven im Presburger Comitate in Ungarn waren die magyarischen Alterthümer aufgestellt. Seine Bibliothek und seine Kupferstichsammlung, namentlich seine Galerie von historischen Portraits, die jetzt beide in der Hofbibliothek sich befinden, gehörten zu den kostbarsten in Europa.*«

Diese Passage ist zu Beginn, in der Mitte und am Ende von Hofmannsthal am Rand angestrichen.

92, 12 – 14 Statuen ... redeten *Hofmannsthal spielt hier auf die von Balthasar Permoser geschaffene Marmorstatue des Prinzen Eugen an, die Alfred Arneth wie folgt beschreibt: »Von Genien getragen und den Neid mit dem Fuße zertretend, sucht der Prinz mit der linken Hand die Mündung der Tuba zu schließen, mit welcher Fama aller Welt seinen Ruhm zu verkünden strebt.« (Alfred Ritter von Arneth: Prinz Eugen von Savoyen. Nach den handschriftlichen Quellen der kaiserlichen Archive. 3 Bde. Wien 1858, 3. Bd., S. 75)*

93, 4 – 94, 18 *Vehse, S. 228 f.: »Eugen war ungemein leutselig gegen seine Untergebnen und ungemein wohlthätig gegen die Armen. Die großen Bauten, die er in Wien und auf seinen Gütern in Oestreich und Ungarn unternahm, unternahm er hauptsächlich, um dem gemeinen Mann Verdienst zu geben. ... In gleich edler Absicht fing er 1727 den Schloßhof an der ungarischen Grenze zu bauen an, ein Bau, der ihm jährlich bei 200,000 Gulden gekostet haben soll. Als der Bau, wie ihn der Prinz projektirt hatte, vorgerückt war, wollte ihn sein Verwalter bereden, nunmehr die vielen Tagelöhner abzuschaffen, da er sie nicht mehr brauche. Ernst entgegnete ihm Eugen: ›Gut, so braucht man nun Euch auch nicht mehr!‹«*
Das Wort »braucht« in der letzten Zeile ist von Hofmannsthal unterstrichen.

95, 26 – 30 *Vehse, S. 221: »Eugen drang stets darauf, man müsse, wie überhaupt, so namentlich den leichtfüßigen, rührigen und gewandten Franzosen, durch einen Angriff zuvorkommen. Die Idee eines deutschen Landsturms beschäftigte ihn, als die Seemächte im spanischen Erbfolgekriege den Kaiser im Stich gelassen hatten. Er verpflichtete sich noch nach Abschluß des Utrechter Friedens in einer Fürstenversammlung zu Mainz mit seinem Kopfe, mit einem Heerbann von 200,000 blos mit ihren Ackergeräthen bewaffneten deutschen Männern und einer Armee von 80,000 Mann dem Reiche in vier Wochen einen solchen Frieden zu verschaffen, dessen es sich ein ganzes Menschenalter hindurch erfreuen solle können.«*

97, 9 – 17 *Vehse, S. 232: »1728 reiste Eugen mit dem Kaiser über Grätz nach Triest, um die Angelegenheit der Belebung des östreichischen Handels an der adriatischen Seeküste zu betreiben.«*
Vehse, S. 231 f.: »1717 ⟨war⟩ eine Handelsgesellschaft zu Triest und nach dem Frieden von Passarowitz 1718, mit dem ein sehr vorteilhafter Handelstractat verbunden war, eine neue orientalische Compagnie bestätigt worden.«

97, 28 – 98, 1 *Vehse, S. 219: »Bei Belgrad, 1717, hat aber Eugen die größte Waffenthat seines Lebens verrichtet. Er belagerte Belgrad mit 40,000 Mann, der Großvezier, 200,000 Mann stark, war so übermächtig, daß er Eugen in seinen Circumvallationslinien hinwiederum belagern konnte. In Eugen's Heere wüthete noch dazu die Seuche und dezimirte seine Leute.«*

ERLÄUTERUNGEN

98, 15 – 19 Vehse, S. 217: »*Dabei hoffte er nie, er pflegte zu sagen: ›die Hoffnung dient zu nichts, als die Tätigkeit zu lähmen, sowohl im Kriege, als in der Politik.‹*«

98, 25 – 28 Vehse, S. 219: »*Da kam der denkwürdige Nebelmorgen des 16. August, unter dem Schutze dieses Nebels brach Eugen aus seinen Verschanzungen hervor, überraschte die Türken, schlug sie, zwei Tage darauf schon ging Belgrad an ihn über.*«

100, 4 – 7 Vehse, S. 213: »*Wegen des braunen Kapuzineroberrocks mit Messingknöpfen, den Eugen gewöhnlich trug, pflegten ihn seine eignen Soldaten nur ›das Capuzinerl‹ zu nennen*«

100, 8 Vehse, S. 214: »*Er . . . schnupfte beständig aus den Westentaschen spanischen Taback, wie* Friedrich II. Pope *pflegte deshalb zu sagen: ›Eugen nimmt eben so viel Städte, als Taback.‹*«

100, 24 – 101, 4 Vehse, S. 215: »*Dabei besaß er ein merkwürdiges instinctives Vermögen, in die Zukunft zu blicken. Als er im Jahre 1708 vor Lille im französischen Flandern lag, überfiel ihn einmal Nachmittags am 14. Octbr. ein unbesiegbarer Schlaf. In diesem Schlaf ward er in die Laufgräben im Traume geführt und sah hier seine Mutter todt. Die Anstrengung, zu ihr zu kommen, machte ihn wach, er erzählte den Traum seinem Adjutanten, nicht lange nachher lief Nachricht aus Brüssel ein, daß zu derselben Stunde seine Mutter hier gestorben sei.*«

102, 8 – 15 Vehse, S. 251: »*Eugen's wohlbekannte Isabellen mit rosenfarbenem Geschirr fanden jedesmal den Weg von seinem Pallaste in der Himmelpfortgasse zu der schönen Gräfin auf der Freiung richtig, obwohl manchmal lange niemand ausstieg, weil gewöhnlich Eugen im Wagen, der Kutscher vorn, der Hayduck am Schlag und die beiden Bedienten hintenauf schliefen – Herr und Diener zählten zusammen 310 Jahre.*«

103, 8 – 13 Vehse, S. 261: »*Viele glaubten aber, daß der Held früh um drei Uhr bereits verschieden sei, weil zu dieser Stunde im Thierpark des Prinzen der älteste seiner Löwen gegen alle Gewohnheit ein entsetzliches Brüllen hatte hören lassen.*«
Von Hofmannsthal am Rand angestrichen.

261,15 Schabatz *Stadt in Serbien*

DIE FRAU OHNE SCHATTEN

ENTSTEHUNG

Auf ein Notizblatt mit dem Datum Rodaun 25 Februar 1911 *schreibt Hofmannsthal nachträglich:* erster Einfall (Die Frau ohne Schatten). *Eine* phantastisch-komische Oper im Stil des Gozzi *sollte es werden:* Im Mittelpunkt eine bizarre Figur wie Strauss' Frau. Die Frau ohne Schatten. Die Frau die ihre Kinder aufgeopfert hat, um schön zu bleiben (und ihre Stimme zu erhalten). Am Schlusse bringen Genien der Frau ihren Schatten und das Kind kommt in einem goldnen Kästchen den Fluss herabgeschwommen. [...] Die Frau eine Königin von Serendib. Zweigeteilte Götter u Dämonenwelt. *Am nächsten Tag entstanden dann die Notizen, die Hofmannsthal selbst in seinem Bericht* Zur Entstehungsgeschichte der ›Frau ohne Schatten‹ *1919 zitiert (P III 451), und die von Herbert Steiner publizierten (A 162). Am 20. März 1911 teilt Hofmannsthal den Plan zu dieser Zauberoper Richard Strauss mit (BW 112) und beginnt mit den ersten Aufzeichnungen.*[1]

Nicht so präzise wie der erste Einfall zur Oper läßt sich der Zeitpunkt des Entschlusses, denselben Stoff auch für eine Erzählung zu verwenden, fassen. Wie sehr ihn der Stoff gefangen nahm, zeigt der Brief an Richard Strauss vom 15. Mai 1911 und jener Satz darin, der schon die Möglichkeit einer Prosafassung durchblicken läßt[2]*:* Hätten Sie mich vor die Wahl gestellt, es gleich zu machen oder auf Ihre Musik dafür zu verzichten, so hätte ich das letztere gewählt. *Ein Szenarium zur Oper, aufgezeichnet nach Erzählung des Stoffes an Bodenhausen Gastein 2 IX. 1912, trägt am Rand der Notizen zum 3. Akt den nachträglichen Vermerk:* für die Erzählung. *Der zugehörige Text lautet:* Stiegen ans Wasser; ein Kahn worin die Kaiserin schlafend. (Fliessen eines goldfarbenen Wassers) die Amme ihr zu Füssen. Die Kaiserin auf die Stufen gelegt. scheint schwer zu träumen. Schüttelt Schlaf ab erhebt sich sogleich   Amme: Wie du das

---

[1] *Zur Entstehungsgeschichte der Oper siehe die ausführliche Darstellung von Jakob Knaus:* Hofmannsthals Weg zur Oper ›Die Frau ohne Schatten‹, *Berlin, New York 1971, S. 73–101.*

[2] *J. Knaus, a.a.O., S. 76.*

Dumpfe fortwirfst Feenkind[1] Amme bewacht ihren Schlummer triumphierend. Schwärme von Vögeln vorbei (Triumph der Amme: Feenreich nahe, Menschenreich fern) Kaiserin aufwachend: Zeichen (geschlagene Becken: Zeit ist da! (früher Zeit ist nah! Zeit kommt heran!)

Vielleicht war es die geglückte Wiedergabe des Stoffes bei der Begegnung mit Bodenhausen, wo ich mich zwang trotz ödem Himmel und Regen ihm spazierengehend die ›Frau ohne Schatten‹ tant bien que mal zu erzählen und sie dann sehr gut erzählte (an O. Degenfeld, 5. September 1912), die ihn endgültig zur Prosafassung bewog.

Hofmannsthal kann nur den Beginn der endgültigen Niederschrift der ersten Kapitel meinen, wenn er nach Beendigung der Erzählung in drei Briefen an Robert Michel (7. August 1919), Ludwig von Hofmann (23. August 1919) und Dora Michaelis (26. November 1919) den September bzw. Herbst 1913 als den Zeitpunkt der ersten Zeilen angibt. Die Angabe in dem Brief an Auernheimer vom 22. Oktober 1919, er habe sechs Jahre an der Frau ohne Schatten gearbeitet, ist ebenso unrichtig wie die andere, gleich im nächsten Brief an Auernheimer vom 4. November 1919, er habe neun Jahre an die Ausarbeitung der Erzählung gewandt. Die Behauptung in der Wiener ›Theater- und Musikwoche‹ von 1919, Nr. 29 (P III 452), die Erzählung sei erst nach der Beendigung der Oper begonnen, geschah wohl aus pragmatischen Gründen.

Der Beginn der Arbeit an der Erzählung mit Notizen und Entwürfen fällt in den September, spätestens Oktober 1912. Vom 4. November 1913 bis zum 1. April 1914 entstand die vollständige Niederschrift der ersten drei Kapitel, die zu diesem Zeitpunkt noch nicht voneinander getrennt waren. In der letzten Stufe dieser Niederschrift ist der Text des Erstdruckes schon erreicht. Das Motto auf der ersten Seite: Der Alte: Mein ganzes Leben ist wie ein Märchenbuch, Herr, und obwohl die Märchen verschieden sind, so hängen sie mit einem Faden... stammt aus der ›Gespenstersonate‹ von August Strindberg. Der Satz endet bei Strindberg: »zusammen, und das Leitmotiv kehrt regelmäßig wieder«.

Im Juni und Juli 1914 arbeitet Hofmannsthal intensiv an dem zweiten und dritten Akt der Oper. Der Kriegsausbruch verhindert die Wiederaufnahme der Arbeit an der Erzählung. Mit der Oper beschäftigt sich Hofmannsthal auf den Wunsch von Strauss weiterhin und vollendet sie im Juli 1914.

Anfang September 1916 nimmt er die Arbeit an dem Märchen wieder auf (16. September 1916 an Strauss), aber nicht mit dem vierten, sondern mit dem fünften Kapitel. Wahrscheinlich ist das vierte Kapitel, dessen Handlung in der Oper nicht vorkommt, zu diesem Zeitpunkt noch nicht geplant.

Vom 21. September 1916 stammt die ausführliche Disposition zum fünften Kapitel (5 H). Wann Hofmannsthal den Gedanken zu der Begegnung des Kaisers mit den Ungeborenen (4. Kapitel) faßte, läßt sich nicht genau feststellen. Die ersten

---

[1] *Von* Schüttelt *bis hier Einschub, der gleichzeitig mit der zitierten Bemerkung am Rand entstand.*

überlieferten Daten: 20. und 21. November 1917, stammen aus den ersten Seiten der ersten Niederschrift des gesamten Kapitels, also aus einem fortgeschrittenen Arbeitsstadium. Im Juli 1917 beschäftigte er sich noch mit dem fünften Kapitel (N 75). Ein Gespräch mit Rudolf Pannwitz bei dem Zusammentreffen vom 11. bis 13. Oktober 1917 scheint jedoch auch das vierte Kapitel zum Gegenstand gehabt zu haben. Dieses Gespräch wirkte sich sehr günstig auf die Arbeit am Märchen *aus, wie dem Brief an Pannwitz vom 21. Oktober zu entnehmen ist, so daß von November an die Niederschrift erfolgen konnte, die Mitte Januar 1918 beendet war.*

Sofort anschließend erfolgte die Niederschrift der ersten Seiten der ersten Fassung des fünften Kapitels (11 H), mit dem sich Hofmannsthal nun eingehend befaßt. Brieflich bittet er den Maler und Bühnenbildner Alfred Roller um Auskunft über Färbverfahren in alter Zeit, um die Arbeit Baraks beschreiben zu können. Roller antwortet ihm bereitwillig. Leider ist der interessanteste Teil seiner Antwort, die Beilage zu dem Brief vom 5. Februar 1918, in der er »das Tagwerk eines primitiven Färbers wie ich mirs vorstelle« schildert, nicht mehr erhalten. Die Notizen N 81–86 sind eine Reaktion darauf.

Im März 1918 unterbricht Hofmannsthal die Arbeit am fünften Kapitel und wendet sich wieder dem vierten zu, an dessen erster Fassung Leopold von Andrian Kritik geübt hatte. Sie überzeugte Hofmannsthal, wie aus seinem Brief an Andrian vom 9. März 1918 hervorgeht. Die Notizen zur Umarbeitung entstanden hauptsächlich im März 1918. Am 9. Mai liegen 12 Seiten der Niederschrift vom Beginn des Kapitels vor, die von der Begegnung des Kaisers mit den Ungeborenen handeln (14 H). Andrian nimmt weiterhin regen Anteil an dieser Arbeit, was Hofmannsthal als sehr wohltuend (20. Mai 1918 an Andrian) empfindet. Am selben Tag beginnt er mit der Niederschrift der Szene in der Höhle, die in ihrer letzten Stufe den Text des Erstdruckes erreicht. Die Umarbeitung des ersten Teiles dieses Kapitels, der Szenen vor der Begegnung zwischen Kaiser und Ungeborenen, erfolgte seit dem 22. Juli 1918.

Von Juni 1918 an beschäftigte sich Hofmannsthal gleichzeitig auch wieder mit dem fünften Kapitel. Ende Juni entstand der Entwurf 20 H, der, mit Ausnahme der Hammerscene, *schon das gesamte Kapitel umfaßt, in seinem größten Teil vom endgültigen Text aber noch erheblich abweicht. Vom 14. bis 18. Juli entstand ein Entwurf zum Schluß des Kapitels (22 H), der Hofmannsthal viel Mühe machte. Besonders die Gestaltung des Efrit bereitete ihm Schwierigkeiten, wie die Briefe vom 3. und 4. August an Pannwitz zeigen. Eine Antwort von Pannwitz auf die Bitte vom 4. August konnte leider nicht ermittelt werden. Hofmannsthal ist jetzt in eine ernste Arbeitskrise geraten. Er unterbricht die Arbeit am* Märchen *und schreibt innerhalb kurzer Zeit die* Dame Kobold.

Erst im Juni 1919 nimmt er die Arbeit an der Frau ohne Schatten *wieder auf. Nun geht alles sehr rasch.* Damals, in Ferleiten, zwischen dem 15. Juli und dem 9. August, schrieb ich die drei letzten Capitel des Märchens. *Die Daten, die er in diesem am 26. November 1919 verfaßten Brief an Dora Michaelis nennt, stimmen nicht genau, wie die Briefe vom 11. August an Pannwitz und vom 23. Au-*

gust an Ludwig von Hofmann belegen. Am 16. September kann er an Andrian schreiben: Das Märchen ist nun absolut fertig, *und am 29. September sind auch die letzten Korrekturbogen erledigt (an Andrian).*

Für die erste Ausgabe der Frau ohne Schatten *war eine bibliophile Ausgabe bei S. Fischer geplant. Während seines Aufenthaltes in Berlin, im März 1918, verhandelte Hofmannsthal schon mit seinem Verleger darüber, wie aus dem Brief an Gertrud von Hofmannsthal vom 28. März 1918 hervorgeht.*

Wahrscheinlich war parallel zu der Luxusausgabe oder dieser unmittelbar folgend eine billigere Ausgabe geplant. Jedenfalls muß diese schließlich, entgegen den meisten bibliographischen Angaben, vor der bibliophilen Ausgabe erschienen sein, denn ein Textvergleich zeigt, daß von den Textteilen, die in den Drucken variieren (sie sind auf das sechste Kapitel beschränkt), die der einfachen Ausgabe der Reinschrift entsprechen. Eine Änderung, die die S. 172, 4–15 betrifft, geht auf eine Anregung von Walter Brecht zurück, wie der Brief Hofmannsthals an Brecht vom 11. Dezember 1919 erkennen läßt. Diese Änderung, in einer Handschrift (42 H) überliefert, ist, wie auch alle weiteren, in der Luxusausgabe enthalten. Auch die Druckfehlerkorrekturen, die Hofmannsthal auf zwei Notizzetteln anmerkt, sind in der Luxusausgabe berücksichtigt.

Die Abfolge der Drucke ist demnach wie folgt: Als erstes erschien die 1.–8. Auflage im Oktober 1919; zu diesem Zeitpunkt verschickt Hofmannsthal die ersten Exemplare. 1920 folgte die Luxusausgabe in 160 Exemplaren. Ihre Textänderungen sind dann in die 9.–12. Auflage der einfachen Ausgabe übernommen. 1924 erschien die Erzählung noch einmal im zweiten Band der Gesammelten Werke. Ihr Textbestand entspricht den beiden letztgenannten Drucken.

Schon in den ersten Aufzeichnungen zur Frau ohne Schatten[1] *erwähnt Hofmannsthal ihre Hauptquellen: Gozzi und Goethe, der eine für die äußere Handlung, der andere für die Thematik und den Stil von der größten Bedeutung.*

Gozzis Märchendramen ›Il corvo‹ und ›La donna serpente‹ liefern, zusammen mit Lenaus Gedicht ›Anna‹ den Stoff der Erzählung. Motive aus ›1001 Nacht‹, aus ›Vathek‹ von William Beckford und aus dem ›Mutterrecht‹ von Bachofen kommen hinzu.

E.T.A. Hoffmann erzählt in den ›Serapionsbrüdern‹ Gozzis ›Rabe‹ (Il corvo) meisterhaft nach: König Millo von Frattombrosa tötet auf der Jagd einen Raben, der auf ein Grabmal aus weißem Marmor stürzt und es mit seinem Blut bespritzt. Da erscheint ein Ungeheuer und spricht den folgenden Fluch gegen den König aus: »Findest Du kein Weib, weiß, wie des Grabmals Marmor, rot, wie des Raben Blut, schwarz, wie des Raben Federn, so stirb in wüthendem Wahnsinn«[2]. *Der Bruder des Königs, Jennaro, will seinen Bruder retten und findet schließlich eine Frau, Armilla, die*

---

[1] *P III 451, A 162.*
[2] *Zitiert nach Hofmannsthals Exemplar: E.T.A. Hoffmanns gesammelte Schriften, Bd. 1, Berlin 1844, S. 113.*

Tochter des Zauberers Norand, die der Beschreibung des Fluches entspricht. Zusammen mit einem Roß und einem Falken will er sie dem Bruder zum Geschenk machen, da trifft auch ihn ein Fluch: überreicht er dem Bruder die Geschenke, wird jedes davon ihm den Tod bringen, überreicht er sie nicht oder warnt er ihn, wird er selbst zu Stein werden. Jennaro versucht, dem grausigen Schicksal dadurch zu entgehen, daß er dem Bruder sowohl das Roß als auch den Falken überreicht, die Geschenke aber sofort darauf tötet. Millo glaubt, eine wahnsinnige Liebe zu Armilla treibe den Bruder zu diesen Taten, besonders da Jennaro die Hochzeit Millos mit Armilla zu verhindern sucht. Als Jennaro in der Hochzeitsnacht Millos, weil er einen fürchterlichen Drachen vor dessen Schlafzimmertür vertreiben will, statt des Ungeheuers die Tür entzweihaut, glaubt Millo, der die Gefahr nicht wahrgenommen hat, Jennaros Eifersucht treibe ihn zum Brudermord, und verurteilt ihn zum Tode. Da erzählt ihm Jennaro von dem Fluche Norands und wird darauf in eine Marmorstatue verwandelt. Es gibt eine Möglichkeit, Jennaro zu erlösen: Millo muß Armilla töten. Diese Tat will er jedoch nicht auf sich nehmen. Armilla, als sie von diesem Spruch erfährt, tötet sich selbst. Sobald ihr Blut die Statue bespritzt, wird Jennaro wieder lebendig. In seiner Verzweiflung über den Tod seiner Frau will Millo sich töten. »Da verwandelt sich plötzlich die finstere Gruft in einen weiten glänzenden Saal. Norand erscheint: das große, geheimnisvolle Verhängnis ist erfüllt, alle Trauer geendet, Armilla lebt, von Norand berührt, wieder auf, und alles endet glücklich.«

Die Verbindung zwischen einer Fee und einem sterblichen Mann, der ein leidenschaftlicher Jäger ist; der Vogel, der den König zu der Geliebten und damit zu seinem Schicksal führt; die Versteinerung und die Erlösung durch Selbstaufopferung der Frau: das sind die Motive, die Hofmannsthal übernahm.

Ein weiteres Stück von Gozzi spielt eine ebenso große Rolle für Die Frau ohne Schatten: *›Die Frau eine Schlange‹ (La donna serpente). Der Inhalt ist folgender: Auf der Jagd trifft der König Farruscad auf eine wunderschöne Hirschkuh, der er nachjagt. Sie rettet sich vor ihm, indem sie in ein Wasser springt. Kurz darauf vernimmt der König eine Stimme aus dem Wasser, die nach ihm ruft. Er stürzt sich hinein und findet auf dem Grund des Stromes zuerst eine gedeckte Tafel, dann erscheint auch die Hirschkuh wieder, die sich in eine wunderschöne Prinzessin verwandelt hat. Farruscad bleibt bei der Prinzessin. Über ihrer Verbindung aber schwebt ein Fluch: Wenn Farruscad seine Frau, nachdem acht Jahre und ein Tag vergangen sind, nicht verflucht hat, wird sie sterblich und kann bei ihm bleiben. Verflucht er sie aber, wird sie auf 200 Jahre in eine abscheuliche Schlange verwandelt. Der letzte Tag vor Ablauf der Frist enthält fürchterliche Prüfungen, die Farruscad nicht besteht. Eine der Prüfungen besteht darin, daß Cherestani, die Frau Farruscads, ihre beiden Kinder vor den Augen ihres Mannes in einen flammenden Abgrund wirft. Der Sinn dieser Tat, der Farruscad verborgen bleibt, besteht darin, die Kinder von ihrer Geburt – sie sind weder Geisterwesen noch Menschen – zu reinigen und sie sterblich zu machen. Cherestani wird in eine Schlange verwandelt, doch Farruscad bleibt immer noch ein Weg, seine Frau zu erlösen. Er besteht drei Prüfungen, Cherestani wird eine sterbliche Frau.*

Auch hier sind wieder Motive zu erkennen, die in die Frau ohne Schatten *aufgenommen wurden: Der König jagt einem Wild nach, das in Wirklichkeit eine Fee ist; er wird von einer Stimme in ein Wasser gelockt, wo er auf eine gedeckte Tafel trifft; die gesetzte Frist und die Prüfungen kurz vor deren Ende; das Hineinwerfen der Kinder ins Feuer. Auch die Figur der Amme in der* Frau ohne Schatten *ist hier vorgegeben in der Gestalt der Dienerin Farzana, die Cherestani begleitet und zu verhindern sucht, daß ihre Herrin sterblich wird.*

»... es ist unbegreiflich, wie diese reiche Fundgrube vortrefflicher Opernsujets bis jetzt nicht mehr benutzt worden ist«, sagt Ludwig in den ›Serapionsbrüdern‹ in Bezug auf Gozzis Märchendichtungen. Diesem Hinweis folgte Richard Wagner, der aufgrund der Lektüre Hoffmanns ›La donna serpente‹ als Vorlage für seine erste Oper ›Die Feen‹ benutzte, mit der Änderung, daß die Fee nicht in eine Schlange, sondern in Stein verwandelt wird und dem König das gleiche Schicksal droht. Es ist möglich, daß Hofmannsthal auch diese Version kannte. Auf jeden Fall waren ihm die Werke Gozzis sehr gut bekannt. Die Märchendichtungen besaß er in der Ausgabe: Le fiabe di Carlo Gozzi. A cura di Ernesto Masi. Bologna 1884. Sie befindet sich noch in Hofmannsthals Bibliothek. Der erste Band enthält sowohl ›La donna serpente‹ als auch ›Il corvo‹. Die jeweils zu Beginn eingetragenen Lesedaten sind: R⟨odaun⟩ 1. III. 1911. und R⟨odaun⟩ 3 III 1911. Die einzigen Namen, die in der Frau ohne Schatten *vorkommen: Barak und Keikobad, finden sich in Gozzis ›Turandot‹.*

Die dritte entscheidende Motivquelle ist die Ballade ›Anna‹ von Nikolaus Lenau. Den Hinweis darauf gibt Alma Mahler-Werfel in ihren Memoiren: »›Frau ohne Schatten‹: sehr ins Sexuelle gezogene wunderbare Ballade von Lenau.«[1] Lenaus Anna ist die Vorlage für die Figur der Färberin: Vor ihrer Hochzeit verzichtet Anna mit Hilfe einer Zauberin um ihrer Schönheit willen auf Kinder, indem sie sieben Weizenkörner durch ihren Verlobungsring hindurch auf eine Mühle wirft, wo sie zermahlen werden. Während die Mühle die Körner zermalmt, hört Anna »Leise, wie von einem Kinde, | Wimmern einen kurzen Laut.«[2] Sieben Jahre später reitet Anna mit ihrem Mann zusammen nach Hause, als dieser plötzlich entdeckt, daß sie keinen Schatten wirft. Anna gesteht ihm ihre Tat, und er verstößt sie. Nach wiederum sieben Jahren führt ein Eremit die büßende Anna in eine Kapelle, wo sie den abgetanen Kindern, die als sieben Lichtgestalten erscheinen, begegnet. Anna bittet die Kinder um Verzeihung: »Meine ungeborenen Waisen! | Ach, verzeiht ihr, was ich tat? || Grausam frevelnd ausgestoßen | Hab' ich euer keimend Herz, | Von den Freuden ausgeschlossen, | Von dem trauten Erdenschmerz!«[3] Die Kinder verzeihen ihr, und Anna stirbt versöhnt.

Neben den genannten Quellen für die Handlungsmotive spielen die Geschichten aus

---

[1] *Alma Mahler-Werfel: Mein Leben. Frankfurt/Main 1960, S. 223.*
[2] *Hofmannsthals Ausgabe: Nicolaus Lenau's sämmtliche Werke in einem Bande. Hrsg. v. G. Emil Barthel. Leipzig o.J., S. 286.*
[3] *a.a.O., S. 292.*

›1001 Nacht‹ eine geringere Rolle. Die wichtigsten Parallelen sind: die redenden Fische und der versteinerte Prinz aus der 6. und 8. Nacht[1], die Geschichte von König Sindibâd aus der 5. Nacht[2], das goldene Wasser aus der 756. Nacht[3] und einige Redewendungen[4]. Sie sind zum Teil schon in der Sekundärliteratur behandelt.[5]

Wichtig, besonders für die erste Fassung des 4. Kapitels, ist William Beckfords ›Vathek‹. Hofmannsthal besaß dieses Buch als Nachdruck der englischen Erstausgabe, London, 5. Auflage 1878. Es befindet sich auch heute noch in seiner Bibliothek und enthält Anstreichungen und eine Notiz (N 23) zum 4. Kapitel der Frau ohne Schatten. Es handelt von dem reichen und mächtigen Kalifen Vathek, in dem ein Giaur die Sehnsucht nach dem Unendlichen erweckt, dessen Bild der Palast des unterirdischen Feuers ist. Dort befinden sich die Talismane, welche die Welt beherrschen. Um diese Schätze an sich zu bringen, schreckt Vathek vor keiner Grausamkeit, keinem Verbrechen und keiner Blasphemie zurück und wird dabei unterstützt von seiner Mutter Carathis, einer Zauberin. Einer Anordnung des Giaur folgend, begibt sich Vathek, begleitet von seinem Hofstaat, auf die Reise zu dem Palast des unterirdischen Feuers. Schon bald verirrt sich die Reisegesellschaft in eine wüste Gebirgsgegend. Hier treffen sie auf Zwerge, die sie in das »glückliche Tal« bringen, das sich, fruchtbar, inmitten der Wüste befindet und von einem gottesfürchtigen Emir regiert wird. Entgegen dem Gebot des Giaur nimmt Vathek die Gastfreundschaft des Emirs an, die er allerdings bald verletzt, indem er dessen Tochter Nouronihar, die ihrem Cousin Gulchenrouz verlobt ist, verführt und mit ihr gemeinsam endlich zu dem Palast des unterirdischen Feuers gelangt, der tief unter der Erde verborgen liegt. Alle Schätze der Welt stehen ihnen hier zur Verfügung, doch eine gräßliche Verdammnis ist damit verbunden: Das Herz soll ihnen in der Brust von Flammen verzehrt werden. Wie die großen Herrscher der Welt, wie die präadamitischen Könige, denen sie hier unten begegnen, werden sie, eine Hand auf die Brust gelegt, die zu einem durchsichtigen Kristall geworden ist, in dem das Herz in Flammen brennt, ruhelos umherschreiten. Hiermit erfüllt sich der Fluch, der in seltsamen Schriftzeichen auf einen Säbel graviert war, der zuerst Vatheks Neugier nach jenen sagenhaften Reichtümern erregt hatte: »Woe to the rash mortal who seeks to know that of which he should remain ignorant, and to undertake that which surpasseth his power!«

Aus dem ›Mutterrecht‹ von Johann Jacob Bachofen erhält Hofmannsthal wesentliche Anregungen. Wie viel ihm dieses Buch bedeutete, läßt sich einem Brief an Theo-

---

[1] Christoph Martin Wieland bearbeitet dieselbe Geschichte in seinem ›Wintermärchen‹, doch scheint Hofmannsthal die Motive direkt aus ›1001 Nacht‹ übernommen zu haben.
[2] Siehe Kommentar S. 429, 30 ff.
[3] Siehe Kommentar S. 433, 16 ff.
[4] Siehe Kommentar.
[5] Walter Naumann: Die Quelle von Hofmannsthals ›Frau ohne Schatten‹, in: Modern Language Notes 59, 1944, S. 385 ff. – Hans-Albrecht Koch: »Fast kontrapunktlich streng«, in: Jahrbuch des Freien Deutschen Hochstifts 1971, S. 473 ff. – Walter Ritzer: Die Frau ohne Schatten, Gedanken zum Libretto, in: Österreichische Musikzeitschrift 29, 1974, S. 336 ff.

dora *VonderMühll-Burckhardt entnehmen, der vermutlich aus dem Jahr 1919 stammt:* Dieser edle Mann bedeutet mir sehr viel und ich bin ihm unendlich viel schuldig ... so ist mir Ihr Brief und Ihr Geschenk gerad zu einer Zeit zugekommen, wo ich fast jeden Abend in Bachofens Mutterrecht lese ... Diese Welt hat für mich als Dichter eine besondere Anziehung, es ist eine Welt zu der ich vielleicht Zutritt habe, als ein Später freilich, der nur mehr abspiegelt.¹ *Das Exemplar, das Hofmannsthal seit 1907 besaß und das sich noch heute in seiner Bibliothek befindet,² enthält unzählige Annotationen und Anstreichungen. Den Lesedaten zufolge las er es auch 1917 und 1918. Wichtig für die* Frau ohne Schatten *ist u. a. die folgende angestrichene Passage:* Die Ägypter »geben zu, dass ein Gott allerdings mit einem sterblichen Weibe Gemeinschaft haben könne; auf der andern Seite aber läugnen sie, dass ein sterblicher Mann im Stande sei, irgend einer Göttin das Prinzip der Fruchtbarkeit mitzutheilen, weil das Wesen der Götter aus Luft, geistigen Theilen, Wärme und Fruchtbarkeit zusammengesetzt sei.«³

Dies sind die wesentlichen Quellen für den Handlungsablauf der Frau ohne Schatten. *In einer Notiz, datiert R⟨odaun⟩ 14 XI ⟨1911⟩ vermerkt Hofmannsthal:* für die neue Oper die eine Zauberoper werden soll, lesen: Gautier – Gesta Romanorum – Quellen Shakespeares – Gozzi's Fiabe.⁴ *Mit Ausnahme von Gozzi gelang es mir nicht, diese Quellen zu verifizieren.*

Goethes ›Märchen‹ *und sein Gedicht* ›Die Geheimnisse‹ *werden schon in den ersten Aufzeichnungen zur* Frau ohne Schatten *vom 26. Februar 1911 erwähnt. Am 4. März 1911 schreibt Hofmannsthal an Ottonie Degenfeld:* Gestern Abend schlug ich ein größeres Gedicht von Goethe auf, das Fragment ›die Geheimnisse‹ – halb wollte ich darin lesen, um auszuruhen, von eigenen zu lebhaften Gedanken und Einfällen, halb aber war es kein wirkliches Lesen, denn ich suchte – und fand – in dem Gedicht einen geheimen, ganz unterirdischen Bezug auf Bilder und Gestalten, die in mir sich bewegten, ich sah in das Gedicht hinein wie in einen Zauberspiegel, sah hinein mit sehenden und doch zugleich mit blicklosen, nach innen gewandten Augen – plötzlich kam da eine sehr schöne Stelle, etwas ewig Wahres war da gesagt, für meinen Sinn war es in diesem Augenblick mehr als gesagt, es stand da wie ein wirkliches Ding, ein Wesen, aber von crystallener Reine, etwas Schönes, geistig aber wesenhaft.⁵ *Mit Goethes* ›Märchen‹ *hat das 7. Kapitel auch äußer-*

---

[1] *Briefe von und nach Basel aus fünf Jahrhunderten. Ausgewählt übertragen und erläutert von Johannes Oeschger / zum fünfhundertjährigen Bestehen der Universität Basel überreicht von J. R. Geigy A. G., Basel.*
[2] *Das Mutterrecht. Eine Untersuchung über die Gynaikokratie der alten Welt nach ihrer religiösen und rechtlichen Natur. Von J. J. Bachofen. Zweite unveränderte Auflage, Basel 1897.*
[3] *Bachofen, a.a.O., S. 153.*
[4] *Publiziert von R. Hirsch in BW Haas, S. 92.*
[5] *BW Degenfeld, S. 104, vgl. auch BW Strauss, S. 303.*

lich große Ähnlichkeit. Das dreifache Es ist an dem *im 4. Kapitel erinnert an das dreifache »Es ist an der Zeit« bei Goethe. Doch ist der Einfluß Goethes auf Stil und Form der Erzählung noch größer, und das wollte Hofmannsthal auch. Um eine Goethesche Atmosphäre handele es sich in der* Frau ohne Schatten, *schreibt er am 8. März 1912 an Richard Strauss,[1] und auf einem Notizzettel zur Umarbeitung der ersten Fassung des 4. Kapitels vermerkt er die Absicht, im Stil Goethes zu schreiben.[2] Ob er bei den Statuen, denen der Kaiser in der Höhle begegnen sollte,[3] an die vier Statuen in Goethes ›Märchen‹ dachte oder eher an den versteinerten Prinzen aus ›1001 Nacht‹ oder die präadamitischen Könige in ›Vathek‹, mag dahingestellt bleiben. Von großer Bedeutung für die Thematik der* Frau ohne Schatten *sind ferner Goethes Gedichte ›Legende‹ aus der Trilogie ›Paria‹ und ›Vermächtnis altpersischen Glaubens‹ aus dem ›Westöstlichen Divan‹ sowie die Anmerkung dazu in den ›Noten und Abhandlungen zum besseren Verständnis des westöstlichen Divans‹.*

Von erheblichem Einfluß auf die Konzeption der Frau ohne Schatten *und die Wahl ihrer Symbole waren die ›Probleme der Mystik und ihrer Symbolik‹ von Herbert Silberer, 1914 in Wien erschienen. In Hofmannsthals Exemplar fand sich ein Notizzettel (N 32) zum 4. Kapitel. Anstreichungen und Annotationen beweisen, wie aufmerksam Hofmannsthal das Werk las. Aus dem Buch von Silberer, und nicht direkt von Wieland, übernahm Hofmannsthal die Worte, die er die Prinzessin im 4. Kapitel sprechen läßt:* Ich scheide das Schöne vom Stoff . . .[4] *Silberer zitiert die Stelle aus der ›Musarion‹ auf den Seiten 96–97. Die größte Bedeutung für die* Frau ohne Schatten *erhält das Werk von Silberer jedoch durch die Darlegung und Aufschlüsselung des doppelten Aspekts von Symbolen: des retrograden, zurückschauenden, und des anagogischen, vorwärtsschauenden. Diese zweifache Bedeutung der Symbole ist Hofmannsthal bei ihrer Verwendung in der* Frau ohne Schatten *immer bewußt.*

Werk und Leben Adalbert Stifters durchzieht die Problematik der Kinderlosigkeit. Es liegt nahe, schon alleine deswegen einen Einfluß auf die Frau ohne Schatten *anzunehmen, besonders, da Hofmannsthal während der Arbeit an seiner Erzählung wiederholt Stifters ›Studien‹ und seine Briefe las.[5] Die folgende Erzählung des alten Gregor in Stifters ›Hochwald‹ ist die Vorlage für die Schilderung der im Feuer auf- und abspringenden Fische im 6. Kapitel:* »Da steht auch ein Berg drei Stunden von hier. – In der uralten Heidenzeit saßen auf ihm einmal drei Könige, und bestimmten die Grenzen der drei Lande: Böheim, Baiern und Oesterreich – es waren

---

[1] BW, S. 170.
[2] S. 327, 29f.
[3] S. 325, 6
[4] S. 147, 15ff., vgl. den Kommentar dazu.
[5] Eine genaue Chronologie der Beschäftigung Hofmannsthals mit Stifter gibt Richard Exner: Hugo von Hofmannsthal zu Adalbert Stifter, in: Adalbert Stifter, Studien und Interpretationen, Gedenkschrift zum 100. Todestag, Heidelberg 1968, S. 303–338.

drei Sessel in den Felsen gehauen, und jeder saß in seinem eigenen Lande. Sie hatten vieles Gefolge, und man ergötzte sich mit der Jagd, da geschah es, daß drei Männer zu dem See geriethen, und im Muthwill versuchten, Fische zu fangen, und siehe, Forellen, roth um den Mund und gefleckt mit glühenden Funken, drängten sich an ihre Hände, daß sie deren eine Menge an's Land warfen. Wie es nun Zwielicht wurde, machten sie Feuer, thaten die Fische in zwei Pfannen mit Wasser, und stellten sie über. Und wie die Männer so herumlagen, und wie der Mond aufgegangen war, und eine schöne Nacht entstand, so wurde das Wasser in den Pfannen heißer und heißer und brodelte und sott und die Fische wurden darinnen nicht todt, sondern lustiger und lustiger – und auf einmal entstand ein Sausen und ein Brausen in den Bäumen, daß sie meinten der Wald falle zusammen, und der See rauschte, als wäre Wind auf ihm, und doch rührte sich kein Zweig und keine Welle, und am Himmel stand keine Wolke, und unter dem See ging es wie murmelnde Stimmen: es sind nicht alle zu Hause – zu Hause. . . . Da kam den Männern eine Furcht an, und sie warfen alle die Fische in's Wasser. Im Augenblicke war Stille, und der Mond stand recht schön an dem Himmel. Sie aber blieben die ganze Nacht auf einem Stein sitzen, und sprachen nichts, denn sie fürchteten sich sehr, und als es Tag geworden, gingen sie eilig von dannen und berichteten alles den Königen, die sofort abgezogen, und den Wald verwünschten, daß er eine Einöde bleibe auf ewige Zeiten.«[1]
In einem Brief vom 12. September 1911 hatte Hofmannsthal Ottonie Degenfeld gebeten: Und dann finden Sie bitte, im ›Hochwald‹ die Ruine, die Fischlein in der Pfanne und schreiben Sie mir auf. . .[2] *Am 10. Juli 1917 vergleicht Hofmannsthal in einem Brief an Eberhard von Bodenhausen seine Situation bei der Arbeit an dem Märchen mit der Stifters. Richard Exner weist auf weitere Analogien zwischen der* Frau ohne Schatten *und dem* ›Hagestolz‹ *sowie dem* ›Hochwald‹ *hin.*[3]
Am 22. Februar 1913 schreibt Hofmannsthal an Ottonie Degenfeld: Aber Whitman, Whitman ist nie zu schwer, er ist immer da, wo immer man aufschlägt ist er da, er ist Gesellschaft, atmendes Wesen, Auge, menschliche Nähe. Er ist unglaublich und beide kennen wir ihn noch gar nicht, obwohl wir ihn lieben. Wir haben noch kaum seinen Rand betreten und er ist wie ein Meer. Ein einzelnes Gedicht von ihm, das mit seinem Namen überschriebene, auf Seite 31, ist wie ein Urwald. Wollen wir zusammen hineingehen?
In den letzten Wochen habe ich in vielen Büchern gelesen, über Pflanzen, über Tiere, über kranke Menschen, aber immer wieder morgens oder abends oder in den dämmrigen Zwischenstunden im Whitman. Unglaubliches Buch! Die Drum taps, alle diese Gedichte aus dem großen blutigen

---

[1] *Zitiert nach der Ausgabe in Hofmannsthals Bibliothek: Adalbert Stifters Werke. Studien. Erster Band. Pest 1873, S. 208.*
[2] *BW Degenfeld, S. 173.*
[3] *a.a.O., S. 337.*

Krieg, den er selber als Krankenpfleger mitgemacht hat, als Freund der Kranken, als freudiger Liebender der Sterbenden – glorreiche Gedichte, lesen Sie sie eins nach dem andern, lesen Sie die Seashore-memories, lesen Sie Song at sunset (Seite 338), Poem of joys, lesen Sie sich von irgendwelchem Gedicht aus, nach vorne, nach rückwärts, hinein in diese wundervolle Wesenswelt – – ich bin froh, daß dieses Buch bei Ihnen ist, es ist mir wie ein Wächter des Lebens und der Freudigkeit.[1] *Während der Arbeit an der Frau ohne Schatten las Hofmannsthal immer wieder in Whitmans ›Leaves of Grass‹.[2] Besonders das programmatische Gedicht mit dem Titel ›Walt Whitman‹, das er auch in dem oben zitierten Brief hervorhebt, mußte ihn anziehen, und er las es genau, wie die Anstreichungen in seinem Exemplar[3] beweisen. Nicht nur die absolute Bejahung des Lebens:*

> In me the caresser of life wherever moving – backward as well as forward slueing;
> To niches aside and junior bending. (S. 42),

sondern auch das Gefühl der Einheit mit allem, was je gelebt hat und leben wird:

> I pass death with the dying, and birth with the new-wash'd babe, and am not contain'd between my hat and boots (S. 37, angestrichen)
> These are the thoughts of all men in all ages and lands – they are not original with me (S. 47),

und daraus resultierend die Gewißheit der Unsterblichkeit:

> I know I am deathless;
> I know this orbit of mine cannot be swept by the carpenter's compass;
> I know I shall not pass like a child's carlacue cut with a burnt stick at night.
> (S. 50)

berühren eng die Thematik der Frau ohne Schatten. Die Verbindung wird noch einsichtiger, wenn man liest:

> A word of the faith that never balks;
> Here or henceforward, it is all the same to me – I accept Time, absolutely.
> (S. 53)
> Earth of shine and dark, mottling the tide of the river! (S. 52)
> I think I could turn and live with animals, they are so placid and self-contain'd
> (S. 62)
> Divine am I inside and out, and I make holy whatever I touch or am touch'd from
> (S. 55)

Dieser letzte Satz erinnert an die Euphorie der Kaiserin in der Nähe des Färbers in den Entwürfen zum 5. Kapitel. Die Berührung mit dem Leben, verkörpert durch Barak, versetzt sie in einen Rausch, der dem Haschischrausch gleich kommt, wie Baudelaire ihn beschreibt, auf den Hofmannsthal an mehreren Stellen der Vorstufen zu diesem Kapitel hinweist.

---

[1] *BW Degenfeld S. 251.*
[2] *Vgl. Kommentar S. 443, 17ff.*
[3] *Walt Whitmann: Leaves of Grass, Philadelphia o.J.*

Baudelaires Einfluß auf die Entwürfe zum 5. Kapitel wird an entsprechender Stelle im Kommentar dargelegt.[1] *Hier sei noch auf eine Bemerkung über die Allegorie aus den ›Paradis artificiels‹ hingewiesen, die Hofmannsthal in seinem Exemplar anstrich:*[2] »nous noterons, en passant, que l'allégorie, ce genre si spirituel, que les peintres maladroits nous ont accoutumés à mépriser, mais qui est vraiment l'une des formes primitives et les plus naturelles de la poésie, reprend sa domination légitime dans l'intelligence illuminée par l'ivresse.«

Auch die allgemeine Bemerkung über Symbole von William Butler Yeats aus dessen Aufsatz über ›Die Philosophie in den Dichtungen Shelleys‹, auf den Hofmannsthal in einem Entwurf zum 6. Kapitel Bezug nimmt,[3] *ist sicher nicht ohne Bedeutung:* »Nur durch alte Symbole, durch Sinnbilder, die außer der einen oder den zwei Bedeutungen, auf die der Dichter gerade Nachdruck legt oder von denen er sich halb und halb Rechenschaft zu geben vermag, noch unzähliger anderer Bedeutungen fähig sind, kann eine sehr subjektive Kunst der Unfruchtbarkeit und Seichtheit allzu bewußten Aufbaues entgehen und sich dem Überfluß und der Tiefe der Natur nähern. Der Dichter, der Wesenheiten und reine Ideen darstellen will, muß in dem Dämmerlicht, das von Symbol zu Symbol gleichsam wie zu den Enden der Welt hinüberschimmert, alles suchen, was Epiker und Dramatiker an Geheimnisvollem und Farbe in den Zufälligkeiten des Lebens finden.« *Die Berührung mit dem Buch von Silberer ist offensichtlich.*

In verschiedene Bände seiner Dostojewski-Ausgabe[4] *trug Hofmannsthal Notizen zur* Frau ohne Schatten *ein. Das Werk Dostojewskis, insbesondere die Erzählungen (aus* ›Das junge Weib‹ *übernahm Hofmannsthal wörtliche Zitate*[5]*) und die Romane* ›Der Idiot‹, ›Die Brüder Karamasoff‹ *und* ›Ein Jüngling‹, *ist für* Die Frau ohne Schatten *nicht ohne Bedeutung. Auf dem rückwärtigen Vorsatzblatt von* ›Der Idiot‹ *hat Hofmannsthal die folgende sehr frühe Notiz zur Oper eingetragen:*

es läuft darauf hinaus dass man seine Existenz v. e⟨inem⟩ andern empfangen kann

———

Frau ohne Schatten
das glauben können an die Liebe des andern und zugleich an die eigene Liebe zum andern

---

[1] *S. 441,25ff.; 442,6ff.*
[2] *Petits Poèmes en prose – Les paradis artificiels. Nouvelle édition, Paris o.J., S. 206.*
[3] *S. 408,19. Hofmannsthal benutzte vermutlich: W.B. Yeats, Erzählungen und Essays. Übertragen und eingeleitet von Friedrich Eckstein. Leipzig 1916. Das Zitat steht dort auf Seite 97.*
[4] *F.M. Dostojewski: Sämtliche Werke. Unter Mitarbeit von Dmitri Mereschkowski, Dmitri Philossophoff und Anderen herausgegeben von Moeller van den Bruck, München, Leipzig 1908ff.*
[5] *S. 298,3–11; 385,13f.*

Smeraldine[1] = Lisaweta Prokofjewna

Ergänzt wird die Lektüre Dostojewskis durch das Buch von A.L. Wolynski über dessen Werk: Das Buch vom großen Zorn, Frankfurt am Main 1905, auf das Hofmannsthal selbst hinweist[2]. Es befindet sich noch in seiner Bibliothek. Die Figur der Färberin erhielt durch seinen Einfluß wichtige Züge.

Als letzte der wichtigsten direkten Quellen sei noch das Kapitel ›Der Turm und die Kuppel‹ aus der ›Formenkunde der Kirche‹ von Rudolf Pannwitz, Wittenberg 1912, erwähnt, dem Hofmannsthal für die Beschreibung des unterirdischen Raumes im 7. Kapitel Anregungen verdankt. Er las das Buch übrigens erst im August 1917 zum ersten Mal, wie aus dem Briefwechsel mit Pannwitz hervorgeht.

ÜBERLIEFERUNG

Allgemeine Notizen

N 1   *Joseph Baruzi: La Volonté de Métamorphose, Paris 1911, vorderes Deckblatt. – Auf demselben Blatt verschiedene Aufzeichnungen.*

N 2   *The Poetical Works of John Keats, London, New York 1892, S. 331. – Die Notiz befindet sich über dem Gedicht: ›Welcome joy, and welcome sorrow ...‹*

N 3   *H VB 24.15 – Auf der Vorder- und Rückseite einer Visitenkarte »Herr und Frau von Hofmannsthal«.*

N 4   *Rudolf Kassner: Der Tod und die Maske, Leipzig 1913, hinteres Vorsatzblatt.*

1. Kapitel

N 5   *Privatbesitz New York – Auf der anderen Seite Notizen von Rudolf Pannwitz zu einer Stellungnahme zum 1. Kapitel der Frau ohne Schatten.*

N 6   *Privatbesitz New York – Einseitig beschriebener Zettel.*

N 7   *Dostojewski: Die Brüder Karamasoff, München, Leipzig 1908, hinteres Vorsatzblatt.*

N 8   *Privatbesitz New York – Einseitig beschriebener Zettel.*

4 H   *E IVA 17.2–17 – 16 fortlaufend paginierte Blätter, 19 beschriebene Seiten. Daten: 4. XI 1913 (Überschrift); 12. XI. ⟨1913⟩ (S. 116, 2f.); 14. XI. ⟨1913⟩ (S. 117, 5).*

---

[1] ursprünglicher Name der Färberin.
[2] S. 392, 34. Vgl. auch den Kommentar dazu.

2. Kapitel

4 H   E IV A 17.17–32 – 16 von 16 bis 31 fortlaufend paginierte Blätter. Daten: 15 XI. ⟨1913⟩ (S. 119, 13); 17 XI. ⟨1913⟩ (S. 120, 36f.); 18 XI. ⟨1913⟩ (S. 123, 2f.); 19 XI. ⟨1913⟩ (S. 124, 25).

3. Kapitel

N 9   Bibliotheca Bodmeriana – Einseitig beschriebener Zettel.

N 10   E IV A 17.140 – Auf derselben Seite N 64. Auf der anderen Seite Notizen zu Der Schwierige.

N 11   E IV A 17.141

1 H   E IV A 17.143

N 12   E IV A 17.144

2 H   E IV A 17.142

3 H   E IV A 17.146–147; Bibliotheca Bodmeriana – 3 einseitig beschriebene Blätter, paginiert: 42–44. Pag. 44 enthält nur einen Satz, der Text bricht dann ab; andere Seite: 33 H, pag. 98.

N 13   E IV A 17.145 – Auf der anderen Seite N 66.

N 14   H III 207.3 – Auf der anderen Seite Timon der Redner, N 26, Bd. XIV, S. 120, 13–34.

4 H   E IV A 17.33–38; Privatbesitz New York; E III 89.4, 3; E IV A 17.46; Bibliotheca Bodmeriana; E IV A 17.39–56 – Insgesamt 24 Blätter, von 32 bis 55 fortlaufend paginiert; davon 4 beidseitig beschrieben. Daten: 27. XI ⟨1913⟩ (S. 128, 1); 28. XI ⟨1913⟩ (S. 131, 10); Semmering 28 III. ⟨1914⟩ (S. 131, 13); 29 III. ⟨1914⟩ (S. 132, 21); 30 III. ⟨1914⟩ (S. 132, 34); S⟨emmering⟩ 31. III. ⟨1914⟩ (S. 134, 18f.); S⟨emmering⟩ 1 IV. 1914 (S. 136, 35). Auf der anderen Seite von pag. 32 Notiz zur Oper Die Frau ohne Schatten. Auf der anderen Seite von pag. 38: N 65 und N 110. Auf der anderen Seite von pag. 42 Aufzeichnungen. Auf der anderen Seite von pag. 51 Notizen zu Der Verführer.

4. Kapitel

N 15   H III 50.6 – Auf derselben Seite Entwurf zu dem Ballett Die Biene.

N 16   H VB 26.2

N 17   E III 230.20 – *Auf derselben Seite Notizen zu* Semiramis.

N 18   *E IV A 17.61 – Konvolutdeckel. Auf der anderen Seite 23 H, pag. 55.*

N 19   *Privatbesitz New York – Einseitig beschriebener Zettel.*

N 20   *Privatbesitz New York – Einseitig beschriebener Zettel.*

N 21   *E III 226.38 – Auf der anderen Seite Entwurf zu* Der Schwierige.

N 22   *The works of Edgar Allan Poe, London 1899, Band II, hinteres Vorsatzblatt. – Auf demselben Blatt Notizen zu* Augenblicke in Griechenland *und* Buch der Freunde.

N 23   *William Beckford: Vathek, London, 5. Aufl. 1878, hinteres Vorsatzblatt.*

N 24   *Privatbesitz New York – Auf der anderen Seite N 25, N 79 und N 97.*

N 25   *Privatbesitz New York – Auf derselben Seite N 79 und N 97, auf der anderen Seite N 24.*

N 26   *Privatbesitz New York – Auf der anderen Seite N 27.*

N 27   *Privatbesitz New York – Auf der anderen Seite N 26.*

N 28   *Privatbesitz New York – Einseitig beschrieben; auf derselben Seite N 111.*

N 29   *Privatbesitz New York – Einseitig beschriebener Zettel.*

N 30   *Privatbesitz New York – Einseitig beschriebener Zettel.*

N 31   *Privatbesitz New York – Einseitig beschriebener Zettel.*

N 32   *Privatbesitz – Das Blatt befand sich in Herbert Silberer: Probleme der Mystik und ihrer Symbolik, Wien 1914.*

N 33   *Privatbesitz New York – Auf der Vorderseite Fragment eines Briefes von Einar Nilson.*

N 34   *Privatbesitz New York – Einseitig beschriebener Zettel.*

6 H   *E III 230.58 – Fragment, auf der anderen Seite Entwurf zu* Semiramis.

10 H   *E IV A 17.109–136 – 28, bis auf zwei, einseitig beschriebene Blätter, von 52 bis 79 fortlaufend paginiert. Daten: 20. IX. ⟨1917⟩ (S. 319, 14); 21. IX. ⟨1917⟩ (S. 320, 13); 14. I. 1918 (S. 320, 32); 15. I. ⟨1918⟩ (S. 322, 29). Auf der*

ÜBERLIEFERUNG 4. KAPITEL

anderen Seite von pag. 57: N 41. Andere Seite von pag. 61 altes Konvolutdeckblatt: Märchen. Text. S. 51–72. Das erste Abenteuer des Kaisers.

N 35   *Privatbesitz New York – Zwei einseitig beschriebene Blätter.*

N 36   *Privatbesitz New York – Einseitig beschriebener Zettel.*

N 37   *Privatbesitz New York – Einseitig beschriebenes Blatt.*

N 38   *Privatbesitz New York – Einseitig beschriebenes Blatt.*

N 39   *E III 89.18 – Mit Bleistift geschrieben; vgl. N 49. Auf der Vorderseite Fragment eines Briefes vom 9. Januar 1918.*

N 40   *Privatbesitz New York – Auf der Vorderseite Fragment eines Briefes.*

N 41   *E IV A 17.115 – Die Seite ist B. paginiert. Auf der anderen Seite 10 H, pag. 57.*

N 42   *E III 89.8 – Auf der anderen Seite N 43.*

N 43   *E III 89.8 – Auf der anderen Seite N 42.*

N 44   *Privatbesitz New York – Einseitig beschriebener Zettel.*

N 45   *Privatbesitz New York – Einseitig beschriebener Zettel.*

N 46   *Dostojewski: Ein kleiner Held. Sämtliche Werke Bd. 22, Leipzig o.J., hinteres Vorsatzblatt.*

N 47   *E III 89.7*

N 48   *Privatbesitz New York – Auf der Vorderseite Fragment eines Briefes vom 9. Januar 1918.*

N 49   *E III 89.18 – Mit Tinte auf die mit Bleistift verfaßte N 39 geschrieben. Auf der Vorderseite Fragment eines Briefes vom 9. Januar 1918.*

N 50   *Privatbesitz New York – Auf der Vorderseite Fragment eines Briefes vom 4. März 1918.*

N 51   *Privatbesitz New York – Einseitig beschriebenes Blatt.*

N 52   E III 89.19 – Beidseitig beschriebener Briefbogen vom Hotel Adlon, Berlin.

N 53   Privatbesitz New York – Einseitig beschriebener Zettel.

N 54   Privatbesitz New York – Einseitig beschriebener Zettel.

N 55   ›Die Erzählung aus den Tausendundein Nächten‹, Leipzig 1908, Bd. 8, hinteres Vorsatzblatt.

14 H   Privatbesitz New York; E III 253.107 | Privatbesitz New York; E III 89.5 – Drei beidseitig beschriebene Blätter, paginiert: 61a, 63 und 64. Auf der anderen Seite der oberen Hälfte von pag. 61a N 58. Auf der anderen Seite von pag. 63: 15 H, pag. B. Auf der anderen Seite von pag. 64: 15 H, pag. B.

N 56   Privatbesitz New York – Einseitig beschriebener Zettel.

N 57   Privatbesitz New York – Einseitig beschriebener Zettel.

N 58   Privatbesitz New York – Auf der anderen Seite die obere Hälfte von 14 H, pag. 61a.

N 59   Privatbesitz New York – Einseitig beschriebener Zettel.

15 H   E III 89.6, 5; Privatbesitz New York – Insgesamt 7, mit einer Ausnahme, einseitig beschriebene Blätter, paginiert A. bis F. Pag. D. ist zweimal vorhanden: als Vorstufe (.D.), die durch D. Ausführung abgelöst wird. Auf der anderen Seite von pag. B. 14 H, pag. 64.

16 H   E IV A 17.66–76; E III 89a.47; E IV A 17.77–81 – 17 Blätter, davon 15 einseitig beschrieben, 65 bis 80 paginiert. Datum: 20. V. ⟨1918⟩. Auf der anderen Seite von E III 89a.47: N 91.

17 H   E III 230.17/57 – Auf der anderen Seite Notizen zu Semiramis.

18 H   E IV A 17.65 – Auf der anderen Seite 19 H.

19 H   E IV A 17.65 – Auf der anderen Seite 18 H.

23 H   E IV A 17.57–64; 17.91; 17.66–81; E III 89a.47 – 26, bis auf drei, einseitig beschriebene Blätter, paginiert: 51–59, 65–80. Datum: 22 VII 18. Auf der anderen Seite von pag. 55: N 18. Auf der anderen Seite von pag. 59: 24 H, pag. 60. Auf der anderen Seite von E III 89a.47: N 91.

N 60   Privatbesitz New York – Einseitig beschriebener Zettel.

N 61   Privatbesitz New York – Einseitig beschriebener Zettel.

24 H   E IV A 17.82–108 – 27 Blätter, von 51 bis 77 paginiert, davon 4 beidseitig beschrieben. Auf der anderen Seite von pag. 60: 23 H, pag. 59; pag. 61: Konvolut-

ÜBERLIEFERUNG 4.–5. KAPITEL

deckblatt Der Kaiser. Reinschrift. *(S. 51– ; pag. 62:* Notizen Zur Krisis des Burgtheaters*; pag. 77: Konvolutdeckblatt* IV^ten *Capitel. (Schluss) und ein Namensverzeichnis.*

5. Kapitel

N 62   *Bibliotheca Bodmeriana – Einseitig beschriebener Zettel.*

N 63   *E IV A 44.25 – Auf derselben Seite Notizen zu* Dämmerung und nächtliches Gewitter.

N 64   *E IV A 17.140 – Auf derselben Seite N 10. Auf der anderen Seite Notizen zu* Der Schwierige.

N 65   *Privatbesitz New York – Oben auf der Seite ein Aphorismus, der in das* Buch der Freunde *einging:* Der Embryo hat im Umriss die Formen des Riesen – aber nicht seine Kräfte. *Auf der anderen Seite 4 H, pag. 38.*

N 66   *E IV A 17.145 – Auf der anderen Seite N 13.*

N 67   *E III 89.9*

N 68   *E III 89.24 – Auf der anderen Seite Fragment eines Briefes.*

N 69   *Privatbesitz New York – Einseitig beschriebener Zettel.*

N 70   *E III 89.35*

N 71   *E III 89.34*

N 72   *E III 89a.45 – Auf derselben Seite N 95.*

N 73   *E III 89.17*

N 74   *E III 89.23*

5 H   *E III 89a.43; 89.16*

7 H   *E III 89a.44, 36 – A. und B. paginiert.*

N 75   *E III 89a.39 – μ paginiert.*

N 76   *E IV A 17.139 – Auf derselben Seite Notiz zu* Der Schwierige, *auf der anderen Seite Aufzeichnungen.*

8 H   *E III 89.25 – Auf derselben Seite N 98.*

9 H   *E III 89a.46*

11 H *E IV A 17.164; 17.156; E III 89a.32; E IV A 17.160 – Zwei einseitig und zwei beidseitig beschriebene Blätter, paginiert 80 bis 83. Daten: 23 I 18. (S. 359, 22); 24 I 1918 (S. 361, 25). Pag. 82 fragmentarisch erhalten, auf der anderen Seite N 77. Auf der anderen Seite von pag. 80: 20 H, pag. 87.*

N 77 *E III 89a.32 – Die andere Seite untere Hälfte von 11 H, pag. 82.*

N 78 *E III 89.26*

N 79 *Privatbesitz New York – Auf derselben Seite N 25 und N 97. Auf der anderen Seite N 24.*

N 80 *E III 89a.42 – Auf der Vorderseite Fragment eines Briefes des Amalthea-Verlags.*

N 81 *E III 89a.37 – Auf der Vorderseite Fragment eines Briefes.*

N 82 *Zgnr. 62.554 Deutsches Literaturarchiv, Marbach a. N. – Einseitig beschriebener Zettel.*

N 83 *E III 89a.38*

N 84 *Bibliotheca Bodmeriana – Einseitig beschrieben; auf derselben Seite N 103.*

N 85 *E III 89a.41*

N 86 *E III 89a.40/E III 89.29*

N 87 *Baudelaire: Petits poèmes en prose. Les paradis artificiels. Paris o. J., hinteres Vorsatzblatt.*

N 88 *H VII 10.5 – Auf der anderen Seite Schema zum* Buch der Freunde.

12 H *E III 89.30 – Auf der Vorderseite Fragment eines Briefes vom 24. Januar 1918.*

13 H *E III 89a.33*

20 H *E IV A 17.148; 17.157–159; 17.161–171 – Ein Konvolutdeckel und 14 Blätter, paginiert 80 bis 94. Auf der anderen Seite von pag. 87: 11 H, pag. 80. Auf der anderen Seite von pag. 86: N 89.*

ÜBERLIEFERUNG 5.–6. KAPITEL

21 H   E III 89a.35

N 89   E IV A 17.163 – Auf der anderen Seite 20 H pag. 86.

*22 H   E IV A 17.149–155; Bibliotheca Bodmeriana: einseitig beschriebenes Blatt;
E III 89.12 – 9 Blätter, davon eines beidseitig beschrieben, a bis i paginiert. Daten:
14. VII. ⟨1918⟩ (S. 378, 38); 15 VII. ⟨1918⟩ (S. 380, 17); 16 VII. ⟨1918⟩
(S. 381, 30) 18 VII. ⟨1918⟩ (S. 382, 36). Auf der pag. i: 25 H; auf der
anderen Seite: N 90.*

25 H   E III 89.12 – Auf derselben Seite: 22 H, pag. i. Auf der anderen Seite N 90.

N 90   E III 89.12 – Auf der anderen Seite 22 H, pag. i und 25 H.

N 91   E III 89a.47 – Auf der anderen Seite 16 H, pag. 76.

N 92   E III 89.14 – Auf der anderen Seite N 93 und N 106.

N 93   E III 89.14 – Auf derselben Seite N 106. Auf der anderen Seite N 92.

*N 94   H VB 24.21 – Auf derselben Seite eine kurze Notiz zur Charakteristik einer
fiktiven Figur und Notizen zu* Hausmärchen.

26 H   E III 89.13 – Auf derselben Seite N 99.

33 H   Bibliotheca Bodmeriana – 11 Blätter, einseitig beschrieben, pag. 83–93.

6. Kapitel

N 95   E III 89a.45 – Auf derselben Seite N 72.

N 96   E III 89a.35 – Auf derselben Seite 21 H.

*N 97   Privatbesitz New York – Auf derselben Seite N 25 und N 79. Auf der anderen
Seite N 24.*

N 98   E III 89.25 – Auf derselben Seite 8 H.

N 99   E III 89.13 – Auf derselben Seite 26 H.

N 100 H VB 23.2 – Auf der Vorderseite Fragment eines Briefes.

N 101 Privatbesitz New York – Einseitig beschriebener Zettel.

N 102 E III 89.15

N 103 *Bibliotheca Bodmeriana – Einseitig beschrieben; auf derselben Seite N 84.*

N 104 *E III 89.32*

N 105 *E III 89a.34 – Auf der anderen Seite Entwurf* Die Frau ohne Schatten. Die Handlung *(Oper).*

N 106 *E III 89.14 – Auf derselben Seite N 93. Auf der anderen Seite N 92.*

N 107 *E III 213.9 – Auf der anderen Seite Notizen zu* Der Rosenkavalier *(Film).*

27 H *H III 112.77 – Auf der anderen Seite Notizen zu* Der glückliche Leopold.

28 H *E III 89.22*

29 H *E III 89.31*

30 H *Zgnr. 62.553 Deutsches Literaturarchiv, Marbach a. N. – Einseitig beschriebener Zettel.*

31 H *E III 89.21*

33 H *Bibliotheca Bodmeriana – 29 Blätter, davon eines beidseitig beschrieben, paginiert: 94–95, 95–102, 102–103, 102.–103., 102neu.–103neu., 104–107, *101–*103, *104/105–*110. Auf der anderen Seite von pag. 98: 3 H, pag. 44.*

34 H *Bibliotheca Bodmeriana – 7 Blätter, einseitig beschrieben, pag. 101–107.*

36 H *Bibliotheca Bodmeriana – Einseitig beschriebenes Blatt.*

37 H *Bibliotheca Bodmeriana – Beidseitig beschriebenes Blatt.*

38 H *Bibliotheca Bodmeriana – Auf der anderen Seite 39 H.*

39 H *Bibliotheca Bodmeriana – Auf der anderen Seite 38 H.*

40 H *Bibliotheca Bodmeriana – Beidseitig beschriebenes Blatt.*

42 H *H Va 47.5*

7. Kapitel

N 108 *E IV A 17.137*

N 109 *Privatbesitz New York – Auf der Vorderseite Fragment eines Briefes vom 4. März 1918.*

N 110 Privatbesitz New York – Auf der anderen Seite *4 H, pag. 38*.

N 111 Privatbesitz New York – Einseitig beschrieben; auf derselben Seite *N 28*.

N 112 E IV A 3.12 – Auf der anderen Seite Notiz zu Die Auserwählten.

32 H E III 89a.8 – 4. paginiert. Andere Seite Konvolutdeckel zu Andreas und Die Auserwählten.

35 H Bibliotheca Bodmeriana – 8 Blätter, einseitig beschrieben, pag. 1–8.

Allgemeine Notizen · Nachträge

N 113 H Va 47.4, 6 – Ein beid- und ein einseitig beschriebener Zettel.

N 1 a E Va 1.3 – Beidseitig beschriebener Zettel.

N 51 a H VB 23.14

Drucke

41 D Die Frau ohne Schatten
Erzählung von Hugo Hofmannsthal
1.–8. Auflage S. Fischer Berlin 1919. Davon wurden 3 Bände mit farbigen Holzschnitten von Gotthard Schuh ausgestattet: Exemplar 1 für Hugo von Hofmannsthal, Exemplar 2 für Gotthard Schuh, Exemplar 3 für Willi Schuh.

43 D Die Frau ohne Schatten
Erzählung von Hugo Hofmannsthal
S. Fischer Berlin 1920. 160 Exemplare gedruckt bei W. Drugulin, Leipzig. – Mit diesem Druck ist die Textentwicklung abgeschlossen. Er wurde daher zur Textgrundlage gewählt.

44 D Die Frau ohne Schatten
Erzählung von Hugo Hofmannsthal
9.–12. Auflage S. Fischer Berlin 1920.

45 D Die Frau ohne Schatten
Eine Erzählung
In: Hugo von Hofmannsthal. Gesammelte Werke II. S. Fischer Berlin 1924, S. 3–120.

VARIANTEN

Allgemeine Notizen

N 1
Die Kaiserin eine Person die in der anderen Realität lebt

N 2
Zu dem Gedicht ›Welcome joy, and welcome sorrow . . .‹ von John Keats schrieb Hofmannsthal, vermutlich 1912:

für den Kaiser (was er der Kaiserin vorenthalten hat)

N 3
Die Kaiserin mit im Bunde: man könne durch Listen (aber der Kaiser dürfe nichts erfahren) dem Verhängniss begegnen. Ähnlich der materialistische Geist heutiger Medicin.
Der Kaiser entgegengesetzter Geistesart: als habe er von Anfang ja vor Anfang gewusst, er werde die Kraft nicht haben Ihm fehlt der Glaube Alles starrt u stockt für ihn
Die Amme suggeriert der Kaiserin dem Kaiser auszuweichen, sein Unglaube könne das Gelingen gefährden. – so meidet die Kaiserin den Kaiser.
I Der Färber rechtlich Man bringt ihm Geld zum Aufheben. – Das Gewandstück

N 4
Kaiser sitzt nie mehr zu Gericht verhängte nie ein Todesurteil, einmal muß er es doch

1. Kapitel

Ein früher Entwurf zum 1. Kapitel läßt sich nur noch durch zwei erhaltene Notizzettel erschließen. Die Niederschrift, die vom 4.–14. November 1913 entstand, erreicht in ihrer letzten Stufe den Text des Erstdrucks (41 D).

N 5 – N 6
Zum ersten Kapitel muß es einen frühen Entwurf gegeben haben, der sich von dem schließlich gedruckten Text erheblich unterschied. N 5 und N 6, beide als Einschub gekennzeichnet, was einen umfänglicheren Text voraussetzt, legen davon Zeugnis ab. N 6 bezieht sich auf eine Seite 4. Die Handlung dieses nicht mehr erhaltenen Entwurfs bestand im Aufbruch des Kaisers von seinem Palast mit einer zahlreichen Jagdgesellschaft, beschrieben aus der Sicht der Amme.

VARIANTEN   ALLGEMEINE NOTIZEN · I. KAPITEL   293

Es ist möglich, daß diese Notizen später für die Schilderung der Jagdgesellschaft im 4. Kapitel Verwendung fanden (vgl. 14 H, S. 334 ff.).

N 5
Märchen (einschub).

Amme läuft dem Kaiser nach, Treppe hinab: zwischen den Bäumen ist ihr wohl: sie glaubt ihm schaden zu können: die Ceremonie mit dem Feuer halb undeutlich ist ihr doppelt verächtlich und doch fascinierend: sie ahmt das dortige Geschehen (Affengeberden) nach und meint es dadurch zu behexen.

N 6
Seite 4. I^te Einschiebung.
Aufbruch des Kaisers. Kaiser ins Bad. Wasserkünste. Amme ihm nach, ihn zu belauern, zu höhnen. Seinen Übergang belauern aus dem Liebhaber in den Kaiser.
Ihr Weg durch die Ablaufrinne.
Jagdzug. Der Zug sich ordnend, wie ein Heer. Gefühl des Ganzen nach vorne laufend.
Nebenfrauen, Sängerinnen. In Karren u. auf Kamele. Küchenwagen. Bücher. Musikinstrumente.
Zank unter den Nebenfrauen: eine Alte (oder die Amme selbst): ich war schöner als ihr! Ich war Anstandslehrerin. (sie will mit als Badedienerin)
Ein Page stellt ihr ein Bein. Amme mischte sich einverständlich blinzelnd in den Streit. Erschreckt alle. Bringt Pferde zum Scheuen.
Das Nachschlüpfen der Amme: ein ewiges Abmessen seiner Kraft, Unkraft gegen ihre Kraft: sie will ihn durchschauen: auf sein nichts reducieren: entblössen, beschämen – als nackten Affen: dann erliegt sie wieder der Fascination seiner Vielfalt, dieser Anstalten, dieses Gefolges: dieser Atemlosen Horchen nach vorne auf Glöckchen oder Trompete. Über die Trompetentöne rinnt es ihr kalt den Rücken herunter. (Sie hört die Trompetentöne, wie sie sich zusammenklaubt)

N 7
Entwurf zu S. 110, 35–39.

Er stieg leicht u verächtlich über den Leib der Alten – als sähe er sie nicht u sein vorgebogener Kopf spähte

N 8
Entwurf zu S. 117, 8–15 mit der Überschrift: Brief.

Sie setzte die Zeichen auf die glänzende Fläche der ausgespannten zartesten Schwanenhaut

4 H
Die Niederschrift entstand im November 1913, zusammen mit der des 2. Kapitels. Sie ist vom 4.–14. November 1913 datiert. Es gibt keine Trennung zwischen dem 1. und dem 2. Kapitel, nicht einmal einen Absatz.

Die Niederschrift enthält zahlreiche Binnenvarianten, wobei die erste Stufe oft in Notizen für die Weiterführung der Handlung besteht, die in der nächsten Stufe ausgearbeitet werden. Die letzte Stufe weicht geringfügig von dem veröffentlichten Text ab. Die wichtigsten Varianten werden im folgenden angeführt:

110, 28 verhelfen? – *Danach:* Das goldene Wasser allein verleiht nichts: aber seine Fischlein Gieb acht dass sie nur die Stimmen derer höre die schon geboren sind. Haben denn auch die Ungeborenen Stimme. Auch Fische sind nicht immer stumm

111, 1 begehrte. *Danach:* gedämpfte Unruhe einer wartenden Schaar, hie und da das Stampfen eines Pferdes, das Klirren eines Steigbügels gegen eine Waffe, das Klingeln der Schellen an den Füßen eines Jagdfalken.

112, 27 sehen.] sehen setzte sie hinzu und schloß die Augen.

113, 20 hat. *Die folgende Passage, die sich hier anschloß, ist schon in der Niederschrift gestrichen:*
Ich kenne ja keinen Menschen, sagte die Kaiserin. Aber ich weiß es werken viele in den Gärten, Nacht für Nacht. Sie verdecken das Unreine, sie verstecken, was welkt, sie halten die Gräben frei, sie treiben das Stockende. Ich höre sie nie, denn es sind aufseher über ihnen mit bloßem Schwert, damit sie lautlos arbeiten. Aber in meine Träume hinein höre ich wie ein unablässiges Lallen von ihren Lippen. Menschenduft, murmelte die Amme, Todesluft mitten im Leben. Sie kommen auf mich zu und halten mir ihr Geerntetes hin – Körbe von Spinnen Asseln und Molchen. Aber wenn sie mir sie hinhalten kann ich die Tiere nicht lieb haben. Oder ich will gehen und sie wollen mir einen Weg durchs Dickicht bahnen: sie brechen die welken Zweige ab, aber mit den Zweigen brechen auch die Finger und fallen herab.

113, 25 Kaiserin. *Danach, ebenfalls schon in der Niederschrift gestrichen:* Menschendunst, murmelte die Amme, Todesluft, mitten im Leben. Schal und öde, ekel alles. Tausend Gesichter, keine Miene.

116, 6 Blick.] Blick; es war nicht der Zorn der Kaiserin, es war Ausstrahlung unmittelbarer Herrschaft

116, 17 f. dem rechtmäßigen Besitzer. *Danach:* Ihre Begehrlichkeit ist groß – aber nur wo sie sich gegen die Natur vergehen verwirken sie den Schatten –
Ich weiß wohl dass auf etliche ihrer Vergehen der Verlust des Schattens

gesetzt ist – sagte ich etliche – mir schwebte es so vor – ein Schatten der sich frisch ablöst ein herrenloser über ihn wäre wohl Gewalt zu gewinnen –

117,6 – 118,4 machen ... nieder.] machen. Schnell war das Blatt mit Zeichen bedeckt, mit dem eigenen Haarband der Kaiserin umflochten und dieses in einen geheimen Knoten geknüpft; und der Brief einem Reiter gegeben der wohl beritten und der Wege kundig war. Indessen er dahin ritt, die Jagd einzuholen, glitt die Amme voran die Kaiserin hinter ihr durch die Luft hinab und ließen sich in der volkreichsten Stadt der südöstlichen Inseln zur Erde nieder.

2. Kapitel

Notizen oder Entwürfe zum 2. Kapitel sind nicht erhalten. Die überlieferte Niederschrift, die schon den endgültigen Text enthält, entstand vom 15.–19. November 1913.

4 H
Die Niederschrift, die in engstem Zusammenhang mit der zum 1. Kapitel steht, unterscheidet sich in ihrem Charakter nicht von dieser.

Die wichtigsten Varianten sind:

119,13 Augen an. *Danach, noch in der Niederschrift gestrichen:* Unwillkürlich griff sie nach dem Talisman auf ihrer Brust, sie spürte ihn nicht und konnte sich auch nicht erinnern wann sie ihn abgelegt hatte, doch indem wurde ihr dunkel vor den Augen und sie fühlte sich in den Leib des Lammes hineingezogen, aber nicht wie es jetzt ausgeblutet und entseelt da hieng, sondern mitten in einer schweren Stunde seines jungen Lebens von der sie ahnte, dass es die Stunde des Todes war. Ihr war, sie läge in des Lammes Gestalt gebunden auf einem Tisch, das Messer zuckte nach ihrer Kehle, aber ihr Blick hieng, mit Lidern die nicht schlugen, an der Gestalt eines dunkel gekleideten Mannes der, von einem Kienspan erleuchtet abseits stand und in düstern Gedanken versunken und des Lammes, das geschlachtet wurde, kaum zu achten schien. Zugleich erfüllte es die Tiefen ihrer Seele dass dieser scheinbar fremde abseits stehende Mensch ihr⟨,⟩ des Lammes, rechter Gatte war, um dessen willen das Lamm willig und freudig sein Blut hingab. Indem sie so den Tod erlitt, war sie anstatt von Angst und Bangen ganz und gar durchströmt von einer Seligkeit so rein und stark wie sie sie nie in den Armen ihres Geliebten, noch auch beim Hinübergleiten in den Leib eines lebenden Tieres empfunden hatte, und doch hatte dieses niegekannte unnennbare etwas von beiderlei Wohllust, der einsamen und der hingebenden.

***119,19** Schwemmen.]* Spannen. *Danach, noch in der Niederschrift gestrichen:* Innerlich stand das Bild des niegesehenen Mannes, für den sie, als ein Lamm auf der Schlachtbank, alles gefühlt hatte was eine Gattin für den Gatten fühlen kann, fremd und deutlich in der Seele der Kaiserin, sie hätte mögen die Gestalt vor sich hin in jede Haustür stellen: es war ein bestimmter Mensch gewesen aber ein Mensch wie tausend andere schwer von Leib und hart von Blick. Wahrscheinlich war es einer von vielen, die ihr auf der Brücke nahe gewesen waren, sie schämte sich bis zur Verwirrung dass sie einem Gleichgiltigen unter den Gleichgiltigen durchs Auge den Einlass in das geheimste Gemach ihrer Seele gewährt hatte, sie war sich selbst unbegreiflich und ihr Grausen vor den Menschen stieg. Aber als die Amme jetzt langsamer ging und nach ihr umsah, richtete sie auf sie einen stechenden entschlossenen Blick der nichts verriet.

***121,13** unwillkürlich. Danach folgte in einer frühen Stufe:* Ein wenig Munterkeit kam über sie und sie lief in eine Ecke wo an der Mauer auf einem Brett das sie erreichen konnte wenn sie auf das Bett trat die Tücher lagen mit denen sie ihr Gesicht umwinden musste um auf die Gasse zu gehen. Sie nahm eins nach dem anderen in die Hand und schob jedes wieder auf das Brett: sie waren alle ärmlich und hässlich über die Möglichkeit, und sie blieb trübsälig an der Wand stehen und sah auf die Tür, wie ein gefangener Hund.

3. Kapitel

Vom ersten Teil sowie vom Schluß des Kapitels ist weder eine Notiz noch ein Entwurf erhalten. Die überlieferten Notizen und Entwürfe beziehen sich ausnahmslos auf die Efritszene, die von Hofmannsthal zweimal konzipiert wurde, und deren Abfassung ihm offenbar Schwierigkeiten bereitete. Von der ersten Fassung, die von Ende November 1913 bis Anfang März 1914 in direktem Anschluß an die Niederschrift des 1. und 2. Kapitels entstand, sind nur drei zusammenhängende, vollständige Seiten und ein Bruchstück einer Seite vorhanden. Die zweite Fassung ist Anfang April 1914 so abgeschlossen, wie wir sie aus dem Druck kennen. In der zweiten Aprilhälfte liest Hofmannsthal die fertigen Teile R. A. Schröder vor und schreibt darüber am 25. April an Ottonie Degenfeld: Es scheint, nachdem ich ihm vorgelesen, daß die Teile des Märchens mit denen ich mich so abgequält habe, im Ganzen nicht mißglückt sind und daß ich nur weiter muß.

N 9
Efritscene III.ᵗᵉ Fassung.
Das Wesen, das sich ihr in der Grabkammer nähert, bleibt unsichtbar. Sie lässt die beiden nicht fort. Die wechselnden Gesichtszüge der Frau. Ihre besondere Schönheit. Ihre angstvolle Miene bei seinen Zumutungen.

alle drei in einer Grabkammer: mit dem Bette der Frau. Ein Bad. Lampen.
Ihre Schulter auf der der Amme: sie schien zu schlafen: auf von meiner
Gegenwart.

N 10
1te Scene des Efrit
Der Amme gehts zu schnell. Sie will sich ausschütten vor Lachen.
Letzter Moment:
Ringen der Kaiserin und des Efrit um die Färberin. Diese hat sich von der
Kaiserin losgemacht. Sie blickt auf den Efrit: sie geht in ihm auf. Da hält
ihr die Amme den Mund zu: der Efrit verschwindet vor ihren sehenden
Augen – grässlichstes Erlebnis: der Stachel des Unbegreiflichen.
Efrit sehr erschrocken über das Hervortreten der Kaiserin. Efrit verneigt
sich bis zum Boden vor der Kaiserin.

N 11
1te Scene des Efrit: neu:
die Kaiserin hört ihn sprechen, sieht seine lügnerische frivole, willkürliche
wächserne Maske (wogegen die Menschengesichter ehrlich) sieht das Gesicht der Färberin in Scham und Hingabe sich quälen (Mitleid: sie möchte
ihr den Schweiss abwischen) ahnt, jetzt spricht er das Entscheidende, er
verlangt von ihr (nach Handel mit der Amme) dass sie um mit ihm vereinigt zu werden das tue was die Amme verlangt dadurch wird sie seiner
würdig: Hexe: er muss die Augen schliessen im Vorgefühl des Triumphes;
die Amme frech vertraulich mit ihm – der Kaiserin erscheint alles so unstichhaltig, so nichtconclusiv: Sind so ihre Händel und ihre Verträge? Der
Efrit bebte vor Verlangen, aber die Amme hielt ihn. Er zürnte gegen die
Amme: krallt nach ihr.
Die Kaiserin: »Mir ahnt aus dieser Andeutung seiner Zunge über seine
Lippen: dass er der Agent des Chaos – aber ihr, der Färberin, auch? ihr
denn auch so schnell? was sind das für Geschöpfe?«
Färberin ist unschuldig, unwissend

1 H
Schema, überschrieben: I^te Efritscene. Es enthält in stichwortartigen Notizen die
Vorfassung des Entwurfs 2 H und ist inhaltlich mit diesem identisch, bis auf den
Schluß:

Vor der Kaiserin löst sich jetzt alles auf: auch der Efrit in nichts
Aber da verschwindet wirklich die Färberin: verzerrt von Angst über sein
Entschwinden.
Das Hängen der Hündin einen Moment après.

N 12
erste Scene mit dem Efrit.
Der eine ihrer Zöpfe hatte sich gelöst und gesenkt und bedeckte das Ohr
und die heisse Wange. – Ihre Schläfen glänzten feucht. (Das junge Weib
S. 206)
Die Zeit ist gekommen: jetzt steh für dich ein! (ebendort)
bis ihre Stimme ihre Gewalt über sich verlor, als risse ein Wirbelsturm ihr
Herz mit sich fort – ihre Augen blitzten u. ihre Lippen schienen leise zu
beben.
Welche Abgründe in mir zeigst du mir. Die Amme bedient beide, sie trinken
miteinander. Er wird immer bleicher je mehr er trinkt –
Die Kaiserin hörte wie das Herz der jungen Frau plötzlich heftig zu klopfen
begann
Der Efrit und die Frau berühren einander nicht
Er berührt sie nicht.
Führung: sobald der Efrit da ist – führt die Amme die Kaiserin in die
Nebenkammer. Dann läuft nur sie hinaus, den beiden dienen. Die Kaiserin
bleibt allein (Gethsemane), sieht durch den Spalt die 7 Fischlein liegen die
zu horchen scheinen. wird ohnmächtig. Die Fischlein zur Tür hinaus Am
Schluss führt sie die Kaiserin hinaus: diese nimmt die Färberin bei der
Hand – die Begegnung mit dem Efrit Blick in Blick   Es war als hätte der
Efrit die Färberin völlig vergessen – er neigte sich vor der Kaiserin bis zum
Boden – : das unschlüssige Einander-messen, indessen ihnen beiden die
Kräfte wachsen. Die Färberin: Gleich gleich nimm mich mit! Dies sind die
entscheidenden Worte mit denen am nächsten Abend die Situation herge-
stellt wird   Die Amme hält ihr den Mund zu.

2 H
I^{te} Efritscene (complet).
Die Färberin scheu verlegen zurückweichend. Die Amme sucht beiseite mit
dem Efrit zu reden; er stösst sie verachtungsvoll weg, vor Ungeduld. Sein
Auge wechselnd ruhelos. Sein Zahn arbeitet gegen seine Lippen. Schrecken
der Kaiserin vor seinem Gesicht. Sie spürt es ist ein Efrit. Das Gesicht
der Färberin das sich in Sehnen u. Hingebung mühte. Veränderung.
Die Amme flink bei ihr u. führt sie in die Kammer. Die Amme spürte ihren
Zorn sie glitt neben sie hin u fasste sie besänftigend an. Hilf ihr von dem
Unhold flüsterte sie. Siehst du denn nicht dass sie ihn nicht will? – Ins
Schwarze treffen und der Scheibe nicht wehtun das wäre freilich eine vortreffliche Kunst gab die Amme kalt zurück. Sie schob die Kaiserin gegen
die Wand, ein Hoftor ging auf sie schob sie in eine kleine Kammer in der
Bündel von Pflanzen hingen. Die Amme war schon draussen   Sie flüsterte
der Frau etwas zu. Die Frau war verändert. Der eine ihrer Zöpfe hatte sich
gelöst u gesenkt u bedeckte das Ohr und die Wange. Ihre Schläfen glänzten

feucht. Die Kaiserin möchte hin und ihr den Schweiss abwischen. Die
Amme flüsterte der Frau etwas zu. Sie deckte auf. Auch die Amme sah
anders aus. Lüstern u hingebend. Darüber schämte sich die Kaiserin und
hielt die Hand vor die Augen. Sie fühlte sich gefangen und glühte in sich.
Beide tranken. Die Amme bediente sie. Er wurde immer bleicher. Er berührt sie nicht, sagte sie wie zu ihrer eigenen Beruhigung. Sie hörte wie das
Herz der jungen Frau plötzlich heftig zu schlagen begann. Der Efrit hatte
etwas gesagt. Die Färberin antwortete: Wie die Stimme ihre Gewalt über
sich verlor! als reisse ein Wirbelsturm ihr Herz mit sich fort. Ihre Augen
blitzten. Efrit flüsternd. Thränen in ihren Augen. Furcht u doch Glut. Die
Färberin durchsichtig: der Atem des Efrit bringt sie bis an das Spasma.
Ihre Lippen flüsterten: sie war sich selbst nicht mehr ähnlich. Kaiserin
wollte nicht hinsehen und sah hin. Sie begriff nicht was sie sah u. doch war
es ihr nicht völlig unbegreiflich: das beklemmende Gefühl der Wirklichkeit
hielt alles zusammen. Vorbei hauchte sie u drückte fest ihr Gesicht an einen
Sack mit getrockneten Wurzeln. – Was ist er ihr was ist sie ihm wie kommen
sie zueinander! Warum wehrt sie sich seiner nur halb. Um was geht es zwischen diesen Geschöpfen?

Um deinen Schatten. gab die Amme zur Antwort u ihr Gesicht leuchtete
auf in Schlauheit u Freude. Nein nicht dies rief die Kaiserin dicht am Ohr
der Alten u.s.f.

Die Frau war aufgesprungen: wollte sie flüchten? Sie sah nach oben   Der
Efrit sah von unten auf sie. Der Efrit schien eine Bedingung zu stellen. Er
sah von unten auf sie. Die Kaiserin begriff mit Grauen um was es ging. Sie
fürchtete das Entfesselte. Scham bis zu Thränen. Ihre Geberde Verzweiflung sie rang die Hände. in diesem Augenblick sieht sie den Hackstock mit
den Fischlein. Sie flogen herum u flogen auf. Kaiserin: Was ist das Amme:
Das ist die Gewalt seines Atems dazu ward er hergeholt. Aber was höre ich.
Die Fischlein schienen zu horchen. Die Kaiserin war selig. Die Amme sieh
zu dass ich mit ihm zu reden komme. Die Amme ruft. Er will nicht hören:
sein Auge stier: seine Hand auf dem Nacken.

3 H
Der Entwurf ist überschrieben: I^te *Scene des Efrit. Er basiert auf dem Entwurf
2 H und unterscheidet sich inhaltlich von der Endfassung dieser Szene.*

*Die beiden Absätze S. 301,4–15 müssen von einem früheren Entwurf, der nicht
überliefert ist, abgeschrieben worden sein, denn sie enthalten keine Korrekturen und
sind zum Teil stenographiert.*

Die Amme spürte ihren Zorn, sie glitt neben sie hin und schob sie sanft
gegen die Wand; mit der Fusszehe öffnete sie eine gefleckte Holztür die in
rostigen Angeln hing: dahinter war eine hintere Kammer ganz gefüllt mit
Säcken bleiernen Tiegeln und irdenen Krügen, Bündel getrockneter Pflan-

zen hingen von der niedrigen Decke und berührten von oben den Kopf der
Kaiserin. Hilf ihr von dem Unhold flüsterte sie. Siehst du denn nicht dass
sie sich fürchtet? – Die Färberin wich zurück vor dem Fremden. Ihr Gesicht
drückte hilflose Angst aus und dennoch glänzten die Augen und hafteten
auf dem Gast mit einem sehnenden Blick der zu ihrer Miene nicht passte. –
Ins Schwarze treffen und der Scheibe nicht wehtun, das wäre freilich eine
vortreffliche Kunst, gab die Amme zurück. Sie schlüpfte hinaus und war in
einem Nu an der Seite des Efrit. Sie wollte etwas zu ihm flüstern aber er
jagte sie verachtungsvoll von sich, mit einer so jähen Geberde, dass der
Frau plötzlich das Blut zu Herzen schoss und sie dunkelrot u dann bleich
wurde. Ihr Ausdruck war völlig verändert als sei in dem Augenblick die
Entscheidung gefallen über ihr ganzes Leben. Der eine ihrer Zöpfe hatte
sich gelöst u. bedeckte das Ohr u die glühende Wange. Ihre Schläfen glänzten feucht. In diesem Augenblick sah die Kaiserin für eine Secunde das
Gesicht des Efrit. es war angsteinflössend u bezaubernd. Die Amme flüsterte
der Frau etwas zu, sie kniete nieder und riss eine lederbestickte Decke aus
einer Truhe hervor, sie hüpfte hin u her u deckte auf einem niedrigen Tisch
für zwei und stellte zwei metallene Becher hin und goss Wein aus einer
cristallenen Flasche die vordem nicht im Haus gewesen war. Auch die Amme sah anders aus als je zuvor: sie war lüstern und hingebend wenn sie
dicht an dem Fremden hinstrich und über die Geberde ihrer Finger (abscheuliche Beredsamkeit) die Frau heranführte an den Tisch ihr das herun-
tergefallene Haar aufsteckte sie dem Fremden gleichsam darbot wie eine
Frucht schämte sich die Kaiserin und hielt die Hand vor die Augen. Als sie
wieder aufschaute sassen die Beiden an dem niedrigen Tisch dicht nebeneinander u. tranken ratlos und feierlich wie 2 Neuvermählte. Die Amme
bediente sie. Er trank in raschen kleinen Zügen u wurde immer bleicher.
Er war so ruhig dass man ihn für einen Toten hätte halten können Die
Färberin berührte kaum mit den Lippen den Becher und hielt ihre Augen
gesenkt. Ein Zittern lief immerfort durch sie. Er berührt sie nicht, sagte die
Kaiserin sich selber wie zu ihrer eigenen Beruhigung. Plötzlich wandte der
Efrit seinen Kopf. Sie hörte wie das Herz der jungen Frau plötzlich heftig
zu klopfen begann. Von den Lippen des Efrit kamen Worte es waren ein-
dringliche u schnelle Worte aber er hatte ihnen einen solchen unterdrückten
Klang gegeben dass es klang wie das leise begehrliche Pfauchen eines
Panthers. Die Färberin wollte antworten: sie fing an laut, als wollte sie
⟨sich⟩ seiner erwehren, ihre Stimme kippte um als risse ein Sturmwind ihr
Herz mit sich fort. Ihre Augen blitzten. Der Efrit wandte sein Gesicht ihr
zu und flüsterte und es traten Thränen in ihre Augen. Furcht und doch
Gluth war in ihrem Gesicht. Ihre Miene schien ganz durchsichtig. Sie war
sich selbst nicht mehr ähnlich und glich doch erst jetzt ihrem eigenen selbst
und die fast bewusstlos geflüsterten einzelnen Worte die schnell von ihren
Lippen herabglitten enthielten ihre Seele und er fing sie mit den Augen

und den halbgeöffneten Lippen auf zwischen denen seine Zähne leuchteten wie Perlen im Finstern. Plötzlich glitt er hin u seine Hand war auf dem Knie u sie lag ihm offen

Die Kaiserin wollte nicht hinsehen und sah hin. Sie begriff nicht was sie sah u doch war es nicht völlig unbegreiflich: das beklemmende Gefühl der Wirklichkeit hielt alles zusammen. Vorbei! hauchte sie und drückte fest ihr Gesicht an einen Sack mit getrockneten Wurzeln. – Was ist er ihr, was ist sie ihm, wie kommen sie zueinander? Warum erwehrt sie sich seiner nur Halb? Um was geht es zwischen diesen Geschöpfen?

Um deinen Schatten gab die Amme zur Antwort die plötzlich dicht neben ihr hingeglitten war. Nein nicht dies! rief die Kaiserin dicht am Ohr der Alten   Ruhig! sagte die Alte, sie ist eine Verschmäherin u muss gebrannt werden im Feuer des Begehrens. Verlocke sie mit Schätzen es war von köstlichen Mahlzeiten die Rede, sie will ein Haus u Sclavinnen – sagte die Junge, gib ihr was sie will nicht dies!

Ein krummer Nagel antwortete die flinke Zunge der Alten, ist noch keine Angel. Es muss erst ein Widerhaken daran. Die Frau war plötzlich aufgesprungen: es war als wollte sie flüchten. Der Efrit sprach von unten auf sie ein: er schien eine Bedingung zu stellen oder etwas zu verlangen: seine Haltung – da er vor ihr halb auf der Erde lag war die eines Sclaven und doch zugleich hochmüthig die eines lauernden Thieres   Plötzlich sprang er auf u nun war sie seine Sclavin mit seinem Griff ihren Nacken

N 13 – N 14
Zu diesen Einschiebungen, wahrscheinlich in 4,1 H, gehört ein Konvolutdeckel mit der Aufschrift: Erste Efritscene. (Einschiebung.).

N 13
Einschiebung: erste Erscheinung des Efrit.
Die Amme ängstlich in seiner Gegenwart, lüstern-hingebend, anders als die Kaiserin sie je gesehen; betreten bei seinem jähen Abgang.
Darüber schämt sich die Kaiserin

N 14
Die Notiz ist überschrieben: II Einschiebung. Seite 46. *Die Seitenzahl bezieht sich wahrscheinlich auf die erste Fassung der Efritszene (4,1 H).*

(Die Kaiserin schlingt ihre Arme zum ersten Mal um ein lebendes Wesen)

4 H
Von der Niederschrift entstand, laut Konvolutdeckel, dessen Angaben durch die Daten im Manuskript bestätigt werden, der erste Teil (S. 128, 1 – 131, 13) Ende 1913, am 27. und 28. November.

Dieser Teil ist in seiner letzten Stufe mit dem Text des ersten Druckes identisch, abgesehen von Abschweifungen wie z.B. die Begründung, warum Barak nicht zu Hause arbeitet (S. 131, 1): denn es waren jetzt die Tage des Monats, an denen er nicht im Hause arbeitete, sondern den Gerbern u Zeughändlern die seine Auftraggeber waren gefärbte Ware austrug und einen Vorrat ungefärbten Zeugs und ungefärbter Tierhäute welche die Gerber ihm zu färben gaben in sein Haus schaffte.

Der zweite Teil (S. 131, 13–138, 32) wurde zweimal konzipiert, zuerst von Ende November 1913 bis 2. März 1914. Das Datum im Manuskript: 23 II. 1914 (S. 133, 24). Von dieser Fassung 4,1 H sind nur drei Seiten (pag. 38–40) vollständig erhalten:

als von ihnen zu träumen. flüsterte die Kaiserin   Um was geht es zwischen diesem boshaften Weib und ihrem Ehemann? Um deinen Schatten, antwortete die Amme ebenso leise. Die Frau trat plötzlich hervor. Warum kommt er denn nicht du Lügnerische, der von dem du immer redest, sagte sie mit einem Mal, ohne die Amme anzusehen und wurde im gleichen Augenblick, als sie es gesprochen hatte, dunkelrot. Herbei und vorwärts du Ersehnter! rief die Amme wie verzückt und warf ihre Arme in die Luft. Was braucht er ein altes Weib, damit sie ihn herbeischafft, sagte die Färberin höhnisch. ist er selber ein Alter und Abscheulicher dass er eine Gelegenheitsmacherin vorschickt? Zur Stelle und zu deinen Diensten o Zauberer der Welt, flüsterte die Amme mit geschlossenen Augen, hab Erbarmen mit uns, o Zauberer der Welt und komm du Gewaltiger! es war als stöhnte sie zu einem, den nur sie wahrnahm. Bin ich ein Vieh, dass du mich blindlings dem Käufer ausliefern willst? schrie die junge Frau aber es war mehr Angst als Zorn in ihr und sie schrie die Worte heraus, damit ihre Stimme nicht durch Zittern sie verriete – was ist das überhaupt für einer – hat er mich auf der Straße gesehen und untersteht er sich mich so geradhin haben zu wollen? ein solcher Her-aus der Hand in den Mund? Sie ging auf die Alte zu die in die Luft starrte u wieder ängstlich von ihr weg. O mein Gebieter flüsterte die Alte ins Leere und doch nicht ins Leere, hat sie nicht einen schwimmenden Gang gleich einer dürstenden Gazelle. Mein Pantoffel in dein Gesicht, es gibt ihn nicht! mit wem redest du du Hexe, rief die Färberin! Mit ihm der dasteht, mit ihm der mir zuruft: so verdecke ihr die Augen und wenn du sie ihr wieder auftust dann bin ich es, dessen Gesicht auf ihren Füßen ruht.   Die Augen? sagte die Frau. nicht um alles! Du tust es, rief die Amme mit schmeichelnder Stimme, du legst dich auf dein Bette, du liegst schon, du lässest mich den Mantel über dich breiten, meine Tochter deckt deine Füße zu und hält sanft die Hände auf deinen Augen – du hast es gewährt o meine Herrin – Es kann nie geschehen! schrie die Kaiserin in sich sie will es ja nicht! Es war geschehn wie sie es aussprach   Die Kaiserin fühlte die Augen der Frau an ihren Händen schlagen – sie fühlte einen Mann hinter sich entstehen sie konnte nicht sehen wie – der Wirbel ängstigte sie dass die Fremde zum Fremden so sein konnte – Um was geht es zwischen denen! um deinen Schatten – sie schämte sich. Sie »bringt« Barak durch angestrengtes Wünschen: seine Gegenwart ist was sie sich wünscht die wirksame Kuppelei der Amme, deren richtige Berechnung

Verwandlung der Kaiserin in das Lamm, Contact mit Barak – und im Contact durch ihn mit den Ungeborenen: sie ahnt dass für diese das jetzt vorgehende mörderisch sein könne! (Duft – Musik) die Frau während des pointierten Dialogs in innigem Contact mit der sie aufstachelnden Amme erwacht erst auf ihrem Bette erbittet Aufklärung von der Amme: vermag nicht auszudrücken was ihr das Schreckliche an all diesem Geschehnen ist: Amme meint kalt: Was wundert dich das! Es ist eben Menschengeschehen! Wo ist mein Mann schrie die Kaiserin auf! Der Spiegel zeigt trüb – sie ahnt zwischen sich und ihrem Mann auch etwas Grässliches unerlöstes, welches erst logarithmiert werden müsste sie will sich ihres Mannes Umarmungen hervorrufen: eine Leere – Die Ungeborenen! aber nur durch Barak!

Die hier anschließende pag. 40 geht auf S. 302, 40 zurück und enthält S. 133, 24 – 134, 13 (Es kann ... wartet.) ohne inhaltliche Abweichungen.

Die pag. 51 ist nur zur Hälfte erhalten und stimmt in ihrer letzten Stufe mit dem gedruckten Text (S. 138, 10 – 14) überein.

Ende März/Anfang April 1914 entstand die zweite Fassung des letzten Teiles, die sogenannte Semmeringfassung*: 4,2 H. Sie ist vom 28. März bis zum 1. April 1914 ausführlich datiert. Die letzte Stufe stimmt fast vollständig mit dem Endtext überein. Charakteristisch für diese Niederschrift sind, neben den zahlreichen Sofortkorrekturen, umfangreiche Streichungen. In ihnen wird der Wille zur Vereinfachung und Präzisierung sowohl des Geschehens als auch des Ausdrucks deutlich. So werden z.B. alle Stellen gestrichen, in denen der Duft der Sehnsucht und der Erfüllung (S. 133, 3) materialisiert erscheint als* Duftwolke *oder* zartleuchtende Rauchwolke *und als solche durch den Wohnraum des Färberhauses schwebt und die wechselnden Stimmungen der Färberin widerspiegelt. Sie wird unruhig, als diese sich bewegt:* sie bewegte sich ein wenig und zog sich nach oben sie verteilte sich in der Luft es leuchtete manchmal zart schütternd in ihr wie ein zuckender Herzschlag. *Mit dem Bild verschwindet auch die überspannte Ausdrucksweise.*

Das Tierhafte in der Gestalt des Efrit und in seiner Begegnung mit der Färberin ist in den Vorstufen durch Vergleiche mit Panther, Schlange und Vogel stärker hervorgehoben. Auf das Bild des Skorpionpaares legte Hofmannsthal besonderen Wert, bevor er es endgültig strich. Wiederholte Anmerkungen am Rand der Seiten machen dies deutlich. Die Kaiserin sah hin wie er die Frau an den Handgelenken festhielt und ihr war, sie hätte das oft gesehen: das Spiel des Skorpions mit seinem Weibchen, ehe er es mit sich in die sonnengewärmte Kluft eines Steines zerrt *Die Beschreibung des Eindrucks, den die Begegnung zwischen Efrit und Färberin auf die Kaiserin macht, die sich dabei an ihr eigenes Tierdasein erinnert, ist in den Vorstufen ausführlicher:* wehmütig brach der Wald ihrer Kinderjahre herein, die Insel, das sonnenerwärmte Wasser [. . .] Vor ihrem reinen Sinn zerschieden sich die Elemente, aber ihre Vermischung war ihr grauenvoll: wie sie die einzelnen Tiere geliebt hatte und aus ihrer einem ins andere spielend hinübergegangen war, so schwindelte ihr Innerstes vor dem gespenstigen Ineinander.

Nach der Rückkehr Baraks (S. 136, 35) nehmen die Varianten sowohl innerhalb der Niederschrift als auch in Bezug auf den Endtext erheblich ab. Die Niederschrift erhält fast Reinschriftcharakter. Sie endet mit pag. 55 (S. 138, 21) in der Mitte des Satzes. Die letzte Seite ist nicht überliefert.

Das letzte Datum auf dem Konvolutdeckel ist der 5. VII ⟨1914⟩ Aussee. Da die Niederschrift Anfang April in ihrer Grundschicht schon abgeschlossen ist, kann es sich bei diesem Datum nur um den Zeitpunkt einer Überarbeitung handeln.

4. Kapitel

Von November 1917 bis Januar 1918 entstand die Niederschrift der ersten Fassung des vierten Kapitels. Aufgrund einer Kritik von Andrian (BW 254) schrieb Hofmannsthal das Kapitel im Mai 1918 neu. Von dieser zweiten Fassung, von der nur der zweite Teil erhalten ist, wurde seit dem 22. Juli 1918 der erste Teil neu konzipiert. Ende Juli oder Anfang August lag das ganze Kapitel als Niederschrift vor, in einer Form, die von der späteren Druckfassung nur geringfügig abweicht. Die Reinschrift, die sich eng an die Endstufe der Niederschrift hält, ist nicht datiert, muß aber sehr bald erfolgt sein. Sie weicht in der letzten Stufe nicht von dem Text des ersten Druckes ab.

N 15
Frühe Notiz in einem Entwurf zu dem Ballett Die Biene.

Kaiser Licht. Wind. Windstimmen   glaubt seine Eltern zu hören eine Kinderstimme an der Höhle oder dem Spalt

N 16 – N 34
Notizen, die entweder vor oder während der ersten Niederschrift vom November 1917/Januar 1918 entstanden sein müssen. Wie die Handlung ursprünglich verlaufen sollte, ist sehr schwer zu erkennen. Anfänglich sollten wohl die Ungeborenen eine Begegnung zwischen Kaiser und Kaiserin herbeiführen (N 19, N 20, N 26). Dieser Plan wurde aber sehr bald fallengelassen, und es zeichnet sich in den weiteren Notizen schon die Handlung der Niederschrift 10 H ab.

N 16
Der Kaiser.
Der Bote mit dem Brief. Nahezu tödtet er ihn mit dem Blick. Er reitet zurück – findet die Frau von den Menschen zurückkehrend Er verflucht die Enthaltsamkeit: sich auf sie beschränkt zu haben, sich den Menschen gegenüber Scheu auferlegt zu haben – das Versäumen peitscht ihn auf: er sieht lieblich lagernde wie N. und Gulchenruz, will der Efrit sein der sie tödtet – der die Sterne noch herabreisst
Das Ausschweifen seines Wollens. Furchtbare Anfechtungen von innen heraus. Flussufer – klettert den Abgrund hinab – geräth in eine Höhle – wollüstige Anstalten – Lampen – Gewänder – eine grosse Halle – dunkle Gestalten – die geheimnisvolle Antwort – die seinen Aspirationen zuteil wird: es sei alles zu erreichen, aber durch den Tod – Hüter der Schwelle

N 17
Des Kaisers Auszeichnendes: Begierde Kühnheit u. Schwelgerei des Wünschens

N 18
Der Kaiser.
(Das Dorf)
L'homme porte en lui l'horreur de ce qui n'est pas l'Absolu. (P. Claudel. Connaissance de l'Est)

N 19
Der Kaiser.
(Schluss)
Das Flüstern der Kinder zu der Mutter: Hab Muth – alles verwandelt sich.
Wir sind Schlangen wir sind Ahnen, wir sind Todte, wir sind Bäume
Es ist Dir ein Weg bereitet – wir haben dir Prüfungen bereitet –
Wir sind deine Ungeborenen, wir sind auch von deinem Vater her.
Sie umgaben sie, sie hauchten um sie – der starre gebundene Schreck in den Zügen der Kaiserin wich, sie lächelte.
(Später: sie horchte in sich hinein – sie wollte sich selber verstehen)

N 20
Kaiser: Glaube u Unglaube als Kraft oder Unkraft das Leben zu vergeistigen; starker oder ohnmächtiger Zauberer (nicht eine solche Frau haben, sondern ein solcher s e i n).
Die Ähnlichkeit einer gewissen zauberischen Welle im Bade mit der Welle aus dem Wasserkrug der Kinder beim Fussbad
bei dem Gewitter: bin ich dort oder bin ich hier (innerstes Gefühl: weder

dort noch hier sondern an beiden Orten): dann ein Pavillon an Stelle des
offenen Platzes
Der Kaiser über die Begegnung mit den Kindern namenlos stolz, wie ein
Trunkener – Gegenüber der an sich haltenden Melancholie mit den Menschen, die Hochmuth u Eitelkeit ist. – Hatem sagt ihm: könntest du dich
einer geben, wärest du Herr der Welt.
Warum tanzest Du nicht für Sie wie ein balzender Spielhahn? Er tanzt mit
Anmuth indem er dazu mit den Fingern schnalzt

N 21
Märchen.
Der Kaiser
Dass zum Lieben Muth gehört – ob nun zum Ergreifen u. zur Resignation
Die Geliebte sehen im leidenden Thier, noch der Schrecken noch das Grässliche meint die Geliebte

N 22
Kaiser: Neugierde. Furcht, einen unheimlichen Wald zu betreten

N 23
*Die Notiz befindet sich in Hofmannsthals Exemplar von Beckfords ›Vathek‹;
darauf bezieht sich die angegebene Seitenzahl.*

Die Pariahs: Durchreiten so dass es keiner gewahr wird
Der Kaiser: große Neugierde
Eifersucht des Vertrauten auf den Falken
Der Kaiser durchdrungen von der Flüchtigkeit des Herrlichen (S 64)
Wiederbegegnung mit getödteten Thieren an der für das Festmahl gerichteten Stelle – Wut – Verwandlung in einen herrlichen Tisch

N 24
Analogie zwischen dem Kaiser u den Ungeborenen
Der Kaiser wie ein elegantes Gespenst, vielleicht ein Todter, müsste angenagelt oder versöhnt werden: die Todten werden wieder tödten, das ist der
Neid der Götter. Seid ihr Todte und wollet wieder tödten.
Das Mädchen angstvoll: angezogen: was ist das für einer? ist er ein Todter'
der versöhnt werden muss, wie die Todtenschlange
Der bacchische Moment in dem die Lebenden u Todten sich mischen u die
Züchtigen unzüchtig werden müssen (dessen Verkündiger der Koch, der
älteste Sohn in seiner Pracht u. Magie)

N 25
Der Kaiser mit den Kindern
das in-einander-übergehn der Jäger u der Liebenden – der Thiere u der Frauen.

307, 2 Kindern *Danach gestrichener Absatz:* Der Teppich: die Umrahmung Jagden, das Innere Liebesleben   in den Ranken das Auf u Ab der Jahreszeiten, die Flüge der Efrit, das Weben der Elemente

N 26
Letztes: in dem Haus:
die Prinzessin möchte ihn um alles zur Hingabe jetzt schon bringen – der Älteste Bruder will ihn den harten Weg führen

N 27
Schluss:
Bruder stösst den Tisch weg – er fliegt hinaus wie eine Zugluft Der Raum gleicht einem Gruftgewölbe.
Der Küchenmeister schreitet auf ihn zu wie ein Richter: Welche Überhebung in diesem Zuschreiten!

N 28
Mit den Kindern:
Was weint ihr?
über dich und über uns? sie interpretieren ihm den Brief.
Wisst ihr denn alles fragte er.
Wir wissen das Notwendige.
Interpretation des Briefes
Woher wisst ihr das?
Du trägst den Brief auf der Brust: die Zeichen der Manen –
Ich deutete es so und so.
Du denkst nur an dich: darüber weinen wir ja.
Das dreimalige Zeichen der Verzweiflung. Unser Bruder war umsonst in deinem Dienst!
Wo ist sie jetzt? Was tut sie mit ihm?
Das ist uns verwehrt dir zu sagen: das ist das Geheimnis was fruchtet es dir wenn wir dir sagen was du nicht fassest
aber sie tut dies und dies
Wisst ihr denn alles? Wir wissen das Notwendige.
Ein dumpfer Schrei in seiner Brust erstickt.
Vermöchtest du uns zu glauben! die Stimme des Mädchens heraustönend

Gefühl: um ein kleines könnte das Gespräch richtig laufen aber jetzt hab
ich es verfehlt
Der Kaiser fühlt sein Herz bis an den Hals schlagen in schweren dumpfen
Schlägen.

N 29
Mit den Kindern:
der Kleine freudiger: lasset das Wasser des Lebens kommen. Es wird uns
zum Guten verhelfen
Ihre Sprache war lieblich aber gebunden –
er sieht mehrmals nach dem Falken: Kinder ahnen die innere Beunruhigung.
Die Kinder: Nicht was du von uns vernehmen konntest hält uns zusammen,
sondern ein anderes
Er fühlt einen Blick auf sich u steht auf   der Falke

N 30
Der Kaiser u. die Kinder.
Der Kaiser nimmt den Kopf des Knaben in die Hände.
Das gottähnlich Freche des ältesten Bruders.
Das Mädchen sagt: Eben in jenem Augenblick wirst du selbst uns verjagen,
wo wir Dir den Weg sagen werden, wie wir zu dir kommen können.

N 31
Der Koch: Du selber bist ein Koch unter den Köchen   du bereitest dir
köstliche Speise im köstlichen Gefässe: aber du hast eine Zutat vergessen:
das Hässliche. – so auch hast du das goldene Wasser vergessen!
Aber sie hat den Weg gefunden: Wir freuen uns! in einer Spelunke ver-
bringt sie ihre Tage – die Dienste einer Magd tut sie – o die Glückliche! sie
geht wie eine verdürstete Gazelle und sie ruft: dir Barak bin ich mich
schuldig!
Koch: Du hast ihr den Knoten ihres Herzens nicht gelöst! Du hast sie nicht
den Menschen preisgegeben. Was du hast, du musst es von dir stossen, um
es zu ersehen: ins Meer werfen, um es wiederzugewinnen. Das Samenkorn
muss verwesen. Aus Wunden will sie zu dir sprechen. Ihr Leib will blutend
aufgehen. Die Verwirrungen sind nötig und die Scham und die Beschmut-
zung.
Sie: Ich Gott will bersten aus verfaulten Schalen
    Und ganz verderben: denn ich bin der Keim.
    Ich lautrer Saft zerrütte mich; ich Schleim
    Will ekel sein; aus offnen Eitermalen
    Abscheulich aufgehn; meine Lust bezahlen
    Mit Tod; mit Scham u. Unflat Honigseim.
                        R Borchardt.

VARIANTEN 4. KAPITEL

N 32
13 X ⟨1917⟩
Der Koch spricht von den Verwandlungen die die Speisen durchzumachen haben, mit Bezug auf die, welche den Kindern bevorstehen.

N 33
Es ist an der Zeit sagte das Mädchen u klatschte in die Hände: der Tisch versank

309, 6 Es *Davor gestrichene Zeile:* Mein Ehrenkleid dem Koch ; Es ... Zeit *Vorstufe:* Es ist an dem

N 34
Späteres.
Die Kinder: (über die Menschen)
Nichts geht ihnen so sehr ab als die Gabe der Mitteilung und die Kunst der Vereinigung u. der Freundschaft
Frage: Was geht ihnen am meisten ab? Antwort: die Gabe der Mitteilung
Die Kinder sind im Stadium der Beseeligung wie der mystisch inspirierte Mensch, zugleich von der transparentesten Weisheit:
   So schon dem Kind
ist alles Schein u. darum alles wahr
und es versucht sich fromm hineinzufügen
mit einer übermächtig blöden stummen
geheimen und mit angst vermischten Liebe,
die nur der allgeist völlig fassen könnte.
Ihre Lehre ist: Mystik als Anstandslehre.

6 H
Fragment eines Entwurfs, der von 10 H, S. 311, 20 ff. abgelöst wird.

umfasste des Pferdes Hals, es schwamm und riss ihn mit, es landete riss ihn ans Ufer empor. Er schwang sich in den Sattel, das Pferd schien seinen Weg zu wissen, es lief dahin, auf Felsen steinigem Boden, Abhänge hinauf u hinab, allmählich fiel es in Schritt. Schöne Bäume standen einzeln da, schöne große Steine lagen links und rechts, es war als sei ein Weg bereitet zu einem Heiligtum. Eine singende Stimme schlug ans Ohr des Kaisers. Auf einer schönen freien Bergwiese die im Abendlicht dalag wie eine Terasse eines fürstlichen Palastes, war eine einsame Gestalt beschäftigt, unter freiem Himmel eine mehr als königliche Tafel zu decken. Der Knabe brachte die Schüsseln und Gefäße, er ordnete Blumen u sang unter der Arbeit.

10 H
Erste Niederschrift des 4. Kapitels. Sie enthält Daten vom September 1917 und Januar 1918.
Diese Fassung ist die orientalischste der gesamten Erzählung, sowohl in Bezug auf die Handlung als auch auf die Sprache. ›1001 Nacht‹ und Beckfords ›Vathek‹ haben sie erheblich beeinflußt. Wie sehr Hofmannsthal zu dieser Zeit in der Sprache von ›1001 Nacht‹ lebte, zeigt eine Formulierung in einem Brief an Andrian von Ende 1917: Ich freue mich mit ungewöhnlicher Freude, wie es in 1001 Nacht heißt, darauf, daß Du Samstag abends in Rodaun eintriffst.

Der Kaiser hörte nicht auf ihre Rede. Er war verloren in die Betrachtung der Zeichen und suchte sie zu verbinden und den Anfang der Rede zu finden. Denn die Zeichen waren auf die künstlichste Weise so angeordnet dass der Anfang in das Ende zurückging, gleichsam als ob in der äußersten Schamhaftigkeit und der zartesten Zurückhaltung die Kühnheit der Anrede vermieden sein sollte. Aber indem er den Brief anblickte wie ein sprechendes Auge, gelang es ihm den Sinn der Anordnung zu enträtseln und er verstand den Brief als eine Botschaft der Liebe die keiner wichtigen Nachricht bedarf um sich in Worte zu ergießen, und fand ungefähr diese Bedeutung darin: Ich bin eingeschlossen in dir und ich harre deiner. Mich umschließt eine einsame Mauer wie deinen Falken, der auf seinen Pfleger wartet. Der Riegel ist zugetan, keine Hand kann ihn lösen, als die den Knoten dieses Briefes löst. Welche Kraft des Hauches in ihrem Mund, sprach der Kaiser zu sich selber dass ein Brief von ihr mir das Herz in der Brust erzittern macht. Was für eine Herrlichkeit lebt in ihr! Was ist die Gesamtheit dieser Zeichen anderes als das Wort das in herrlichen Formen und Linien in ihrem Gesicht geschrieben: und wie wohl tue ich, sie in völliger Abgeschiedenheit von der niedrigen Welt der Menschen u. ihren Abscheulichkeiten zu halten. Er las abermals genauer: er fühlte die zarte Kühnheit, dass sie mit diesem nachgesandten Brief ihn angeredet hatte aus freien Stücken, ohne seine Aufforderung abzuwarten: es war als fühle sie sich reif ihn aus der Ferne zu einem Kampf der Liebe aufzubieten. Er konnte es kaum ertragen diesen Kampf nicht augenblicklich aufzunehmen. Sie zu besiegen und zu besitzen. Wozu diese Jagd? Weshalb setze ich meinen Fuß dem gefallenen Stier u Luxen auf den Hals Wozu mit welchem Rechte verlange ich, sagte er zu sich selber, von den Fasanen die da unter meinen Pfeilen sterben etwas, das auch nur entfernt dem Ersterben jener einzigen Gazelle gliche? Diese meine Frau, ist die Krone meiner Selbstheit und die Bringerin der höchsten Wohllust: vor Wohllust, sie zu umgeben, lässt die Luft keinen Schatten hinter ihr erstehen. Ebenso ist es undenkbar dass sie Kinder bekäme nach der niedern Art der Menschen durch Zerreißung ihres Leibes, wohl aber auf andere Weise nach Art göttlicher Luftiger Wesen die ihre Kinder aus ihren Haaren loswinden. Er hatte halblaut gesprochen und fühlte dass seine Augen glühten und halb unwillkürlich trieb die Scham ihn, aufzustehen; Er ging abseits, und ließ Baum und Stamm zwischen sich und den Leuten; er zählte die Schritte nicht, ob es zehn oder hundert waren. Denn er wollte den Brief noch einmal lesen und sich an ihm weiden aber dort wo kein fremdes Auge ihn dabei sähe. Seine Gedanken loderten in ihm wie Feuer und nichts vermöchte die Überhebung zu zügeln. Er haderte mit seinen Ahnen wie ein Trunkener, dass sie vom goldenen Wasser, von Zeit zu Zeit auf seiner Wanderschaft das auf ihrem Inselschloss zu Besuche kam hatten kosten dürfen und dass er ihr Enkel, darin gegen sie zurückstände. Er staunte mit Unwillen über sie dass sie sich mit ihren Geheimnissen und Zauberkräften vor ihm verbargen in dem Nicht-mehr-sein, und ihn der ihres gleichen war von sich abwehrten und ⟨hinter dem⟩ Gitter der Unnahbarkeit verharrten. Er blies die Wucht der Ahnengräber und die Last der Jahrtausende hin wie Staub. Was heißt das: Es war? rief er aus was soll diese Rede dem der da ist! Er knirschte mit den Zähnen, dass ein Wesen seines Rangs gebunden sein sollte, den Gesetzen der Entfernung und der Zeit zu gehorchen: ihn verlangte einer so vollkommenen Frau wert zu sein als ein Zauberer, der hier und dort zugleich sein konnte. Indem er sich der Gewalt des Wunsches hingab u. seinen Leib ohne Führung vor sich hingehen ließ, stieg er empor und ging wieder gerade vor sich hin, ohne des Weges zu achten. Eine singende Stimme schlug an sein Ohr aber es bedurfte längerer Zeit bis er ihrer achtete und sein Bewußtsein wahrnahm was um ihn war. Auf einer schönen freien Wiese die im Abendlichte da lag vor der Terrasse eines fürstlichen Palastes, war ein einsamer Knabe beschäftigt, unter freiem Himmel eine mehr als fürstliche Tafel zu decken. Der Knabe lief hin und her, er bückte sich und holte, er brachte die Schüsseln, ordnete Blumen und sang unter der Arbeit. Wer ist dieser, sprach der Kaiser mit Erstaunen zu sich selber, indem er stehen blieb und hinäugte wie ein großes Tier auf ein kleines, das ihm unerwartet in den Weg kommt, wer ist dieser Page, wie ich ihrer keinen unter den Pagen meines Palastes habe und in was für durchscheinende Gewebe aus Tulpenblättern ist er gekleidet aus welcher kaiserlichen Schatzkammer nimmt er solche Krüge von Bergkrystall solche Schüsseln von Lapislazuli und diese köstlichen Blumen? Wahrhaftig, es ist kein Trug meiner Augen er nimmt sie aus dem Wasserquell. Der Kaiser stand starr und staunte; und sein Blick ruhte auf der Gestalt des schönen Tafeldeckers. Da hob dieser die Augen: er schien nicht übermäßig verwundert, er betrug sich wie ein Diener, der den erwarteten Herrn nachhause kommen sieht, neigte sich bis zur Erde vor dem Ankömmling und lud ihn mit einer anständigen u. ehrerbietigen Geberde ein, an der halbmondförmigen Tafel die nur für einen Gast, aber mit der höchsten Verschwendung, gedeckt war, Platz zu nehmen. Wer bist du, du Page oder du Truchsess und wie kommt es, dass du hier ein solches Mahl anrichtest für einen der zufällig des Weges kommt, fragte der Kaiser den Knaben, aber ehe er sich noch darüber verwundern konnte, dass der Mund, welcher so schön und frei vor sich hin gesungen hatte ängstlich fest verschlossen blieb und sich zu keiner Antwort auftat, fesselte ein neuer Anblick seine Aufmerksamkeit. Ohne dass er bemerkt hätte, von welcher Seite sie angelangt waren, sah er drei Kinder auf sich zukommen: in der Mitte ein Mädchen von unvergleichlicher Anmut, die mit so schnellen schwebenden Schritten zu ihm strebte, dass die beiden Knaben ihr zur Rechten und Linken, die dem Tafeldecker glichen aber noch kindischer u. jünger waren als dieser, kaum mit ihr Schritt halten konnten. Das Mädchen hielt einen gerollten Teppich in Händen, den sie, indem sie sich bis auf die Erde neigte, vor dem Kaiser hinlegte. Vergib o großmächtiger Herrscher sagt sie, indem sie sich aufrichtete – und nun erst gewahrte der Kaiser dass sie trotz ihrer noch kindlichen Zartheit nicht um vieles kleiner war als er selbst – vergib dass ich dein Kommen überhören konnte vertieft in die Arbeit an diesem Teppich; sollte er aber würdig werden, bei der Mahlzeit, mit der wir dich vorlieb zu nehmen bitten, unter dir zu liegen, so durfte der Faden des Endes nicht abgerissen, sondern er musste zurückgeschlungen werden in den Faden des Anfangs, denn wie wäre das Gewaltsame und das Abgerissene würdig, zur Ruhestätte deiner Füße zu dienen. Der Anstand mit dem sie diese Rede hervorbrachte, der schöne Ton ihrer Stimme und die Anmuth ihrer niedergeschlagenen Augen übertrafen noch bei weitem die ungewöhnliche Höflichkeit und Klugheit ihrer Worte. Aber das Gewebe selbst, von dem der Kaiser nur einen kleinen Teil gewahr wurde, schien ihm von einer Schönheit, derengleichen er nie mit Augen gesehen habe. Er wollte hinsehen aber er mußte sprechen – und unterm Reden sah er, aber es schien ihm schicklich, keinerlei Verlangen zu zeigen, bevor er einige Fragen an die vor ihm Stehenden gerichtet hätte. Ist es dass ihr auf einer Reise seid, ihr jugendlichen Freunde, fragte er mit der großen Herablassung und Höflichkeit über die er verfügte, vermutlich sind Eure Zelte und die eures Gefolges in der Nähe aufgeschlagen? Ich möchte nicht hören dass ihr beständig in diesem Berge wohnt. Diese Frage hatte auf die Kinder eine ganz unerwartete Wirkung. Das Mädchen und die beiden Knaben lachten und man sah wie sie sich bemühen mussten, ihm nicht laut ins Gesicht zu lachen. Das Mädchen aber sah ängstlich auf ihn   Oder ist Eures Vaters Haus nahe? fragte der Kaiser abermals und nichts an ihm verriet, dass er ihr unziemliches Betragen bemerkt hätte. Die drei Kinder mussten noch mehr lachen und der Tafeldecker bückte sich eilig und machte sich an dem Tische zu tun, um sein Gesicht zu verbergen. Wer ist Euer Vater, Ihr Schönen? fragte der Kaiser zum dritten Mal mit unveränderter Höflichkeit. Das schöne Mädchen bezwang sich zuerst: Vergib uns, o erhabener Gebieter, sagte sie, und zürne nicht über meine Brüder, sie sind jung und unerfahren in der Kunst des höflichen Gespräches. Dennoch müssen wir dich bitten, mit der geringen Unterhaltung, die wir dir bieten können, für eine Weile vorlieb zu nehmen; denn es scheint unser Bruder, der Speisemei-

ster, hat noch nicht alle Zutaten beisammen, um die Speise zu bereiten, die er für wert findet, dir vorgesetzt zu werden. In diesem Augenblick fühlte der Kaiser dass er hungrig war. ⟨Es⟩ kam ihm nicht einmal der Gedanke dies auszusprechen, so sehr entzückte ihn die Haltung der Kinder, die
5 Wohlerzogenheit in allem, was sie nun mit ihm vornahmen und der Pracht der Geräthe welche der Tafeldecker, zwischen seinen Brüdern und dem Quell ab und zu laufend, dazu reichte. Sie übergossen dem Kaiser die Hände mit einem stark duftenden Wasser, sie zogen ihm, indem der eine ihn kniend stützte, die Jagdstiefel von den Füßen und badeten seine Füße in einer
10 Schale aus Malachit; dann schoben sie ihm Pantoffel verbrämt mit Flaumfedern an die Füße. Indessen breitete das Mädchen den Teppich aus und winkte ihm, sich darauf niederzulassen. Er tat es, aber indem er sich auf den einen Arm stützte, verlor er sich in der Betrachtung dieses Gewebes. Es war ein Teppich ohne Gleichen, und alle seine Zierrathe bezogen sich entweder
15 auf die Jagd oder auf das Leben der Liebenden: Löwen sprangen Stiere an, Falken stießen auf flüchtende Reiher, Hasen fingen sich in Netzen die zwischen Fruchtbäumen ausgespannt waren, und Diadem-geschmückte Reiter, die mit gelassener Hand ihre Pferde lenkten, ließen Hunde und Jagdgeparden auf hochaufgebäumte Gazellen los. Dies alles bildete den Rand u war
20 zusammengehalten von Ranken. Im Innern aber sah der Kaiser liebende Paare, eng verschlungen, auf hohen Terassen sitzen, die ihn an das Glück seiner eifersüchtig gehüteten Nächte mahnten, andere fuhren einander im Schoß liegend, auf Fackelschiffen. Er sah über den Dächern einer Stadt ein Wesen das ⟨mit seinen⟩ dunklen Flügeln einem Efrit glich, in begierigen
25 Armen eine Frau dahintragen, der eine Andere Frau mit strahlendem Gesicht zu Hilfe kam, er sah ein ander Wesen halb Mensch halb Schlange, sich zwischen schönen Pavillons hervorringeln, und dies alles vereinigte sich zu Ornamenten war durchwoben von dem Ab und Auf aller vier Jahreszeiten und so glanzvoll wie ein aus kaiserlichen Gärten gepflückter Blumenstrauß,
30 so beziehungsvoll wie ein Sternenhimmel und über dem allen war der Zauber der Rundheit der alles beherrschte: denn die Ranken welche alles verbanden und wie das Spiel der menschlichen Gedanken von einem zum andern spielten strebten in jeder ihrer Biegungen zum Halbkreis, gerundet waren die Arme der königlichen Jäger und die Hälse ihrer Pferde, die sprin-
35 genden und gebäumten Tiere, die halbmondförmigen Fische und die Früchte in den Baumkronen und diese selber   alles gehorchte der vollkommensten aller Linien: dem Kreise und über allem herrschte die ehrfürchtige Ahnung des kugelförmigen Himmelsgewölbes. O was für ein Teppich unter den Teppichen, sagte der Kaiser staunend, indem er sich kaum getraute auf die-
40 sem herrlichen Gewebe mit aufgestütztem Arm gelagert zu bleiben und welche Kühle geht von ihm aus, dass mir ist als beugte sich mein Leib über ein Grab das seit tausend Jahren nicht offen war oder Schacht von unermesslicher Tiefe und wie ist es dir gelungen ihn fertig zu bringen? wandte

er sich an das Mädchen, die mit Bescheidenheit einige Schritte weggetreten war. Ich scheide das Schöne vom Stoff wenn ich webe, antwortete das Mädchen ohne Zögern, das was den Sinnen ein Köder ist und sie zu Torheit u zum Verderben kirrt, lasse ich weg. Der Kaiser war höchlich erstaunt über diese Antwort. Wie verfährst du da? fragte er eindringlich und sah sie an, er fühlte dass er zerstreut = gesammelt war. Beim Weben verfahre ich, sagte die Jungfrau, wie dein gesegnetes Auge beim Schauen; ich webe nicht was ist, und nicht, was nicht ist, sondern was immer ist. Die Antwort schien dem Kaiser noch merkwürdiger als die frühere und er fragte noch eindringlicher, denn er wollte eine genaue Erklärung: In welcher Weise aber werden die Figuren und Zierrate vorgezeichnet? In einer solchen Weise, erwiderte sie, dass zwei Zwillingsbrüder, ihr Leben lang getrennt und am Ende ihrer Tage einander wiederfindend einem Gespräch und der wechselweisen Erzählung ihrer Abenteuer mit Recht die Betrachtung dieses Teppichs vorziehen würden. Der Kaiser sah nun ein, dass das Mädchen darauf aus war, auf eine höfliche u zierliche Weise einer ganz genauen fasslichen Antwort über ihr Handwerk auszuweichen und er wandte sich, indem er sie freundlich ansah, an einen der beiden gleichgekleideten Knaben der mit ihr gekommen war und fragte ihn: Sind Euer noch mehr Geschwister? Das hängt von dir ab, gaben der Gefragte und der andere der beiden zur Antwort. Nun wandte sich der Kaiser an den zweiten ohne die Unschicklichkeit wahr zu nehmen, und gab seiner Frage einen spaßhaften Ton: Ist das Haus nahe oder ferne und seid ihr im Guten oder im Bösen von Eures Vaters Haus weggelaufen ihr Auserlesnen? Der Knabe blieb die Antwort schuldig, er sah den Tafeldecker an, sie hatten Mühe aufs neue ihr Lachen zu unterdrücken. Habt ihr voraus gewusst dass wir einander begegnen werden, fragte wieder der Kaiser, ohne sich an einen bestimmten von der Gesellschaft zu wenden und indem er einen nach dem andern ins Auge fasste. Ist dies das Ende Eurer Reise oder der Anfang? Liegt mehr vor Euch oder mehr hinter Euch. Du liegst vor uns und du liegst hinter uns, rief der Tafeldecker mutwillig indem er sich vor dem Kaiser verneigte und nahm ihm das Wort vom Munde   der eine von den Kleinen lief zu dem Kaiser stellte sich dicht zu ihm und indem er ihm fest in die Augen schaute sagte er mit gespieltem Ernst. Deine Fragen sind ungereimt o großer Kaiser wie die eines ganz kleinen Kindes aber beantworte du uns dies: wenn du zu deiner Frau gehst geschieht es dass du in ihr bleiben oder dich aus ihren Armen lösen willst wenn du auf Reisen gehst ist es um fortzugehn oder um zurückzukehren –

Der Kaiser wusste nicht was er aus diesen Fragen machen sollte

Was sind das für Reden – Die Prinzessin geriet in Bestürzung über die Rede ihrer Brüder, sie rief den Tafeldecker beim Namen an und schob ihn hart zur Seite und sie fing an die Blumen auf dem Tisch zu ordnen so dass es wie eine Stickerei aussah –– aber man konnte sehen

Der Kaiser aber konnte kein Auge verwenden von der Schönheit ihrer Finger die geformt waren wie Spindeln und er konnte sich nicht enthalten eine Bemerkung darüber zu machen Unwillkürlich griff er nach ihrer Hand und legte die Finger seiner rechten so zart um ihr Handgelenk als ob er den Stiel einer Blume anrührte. Aber sogleich ließ er wieder los: eine unbegreifliche nie im Leben gefühlte Kühle hauchte durch die Finger bis an sein Herz und durchwehte ihn mit einem Gefühl schwindelnder Ferne, sodass sein Herz stockte und er bis unter die Haarwurzeln erblasste aber nur für einen Augenblick: ihm war als wäre sein Inneres ein Gefilde der starrenden Verlassenheit und darüber hin wehte der Hauch des Todes – und der ewigen Leere – Diese Hände o großer Kaiser, sagte die Prinzessin, deren Verlegenheit durch die Güte des Kaisers zu wachsen schien, sind zu gering um dir einen nennenswerten Dienst zu erweisen O wie nur können wir deine Zufriedenheit erwerben – fügte sie unvermittelt hinzu Willst du gestatten, dass sie dir indessen ein kleines Schauspiel bereiten, da der Tafeldecker und der Koch uns mit ihren Händen die nützlichen Dienste vorweggenommen haben? Ohne die Antwort abzuwarten lief sie an den Wasserquell und kniete neben dem kleinen in den Fels gehauenen Becken nieder. Sie spritzte mit dem Zeigefinger der linken Hand ein paar Tropfen von dem Wasser in die Luft: sofort entstand eine Dunkelheit die sich rings um den gedeckten Tisch stellte wie die Wand eines Gemaches, das nur in der Mitte erleuchtet ist. In ihr tauchten von verschiedenen Seiten zwei Reiter auf, die sich mit blinkenden Waffen in lässigem Trab aus dem Dunkel wie aus Grotten des Meeres hervorbewegten. Der eine ritt ein stahlgraues Pferd, der andere ein feuerfarbenes. Auf einmal stürmte der Stahlgraue mit geschwungenem Säbel auf den feuerfarbenen los. Dieser stutzte und wandte sein Pferd zur Flucht. Die Finsternis öffnete sich hinter ihm und er entschwand wie ein Fisch, der lautlos vor seinem Verfolger davonstreicht. Wie ein blitzendes Licht raste der andere lautlos hinter ihm drein. Sie verloren sich in der Dunkelheit und kamen gleich wieder von der anderen Seite heran. Sie parierten ihre Pferde und begrüßten den Kaiser, indem sie ihre Säbel vor ihm bis zur Erde senkten. Nun sprengten sie mit geschwungenem Säbel gegeneinander. Des Kaisers Seele trat ganz in seine Augen, nie meinte er etwas Schöneres an Kleidung u. Bewaffnung und nie etwas Vollkommeneres in der Reitkunst gesehen zu haben. Die Pferde gingen sogleich aufeinander los wie die Stiere. Als sie sich mit der Stirn fast berührt hatten biss das stahlgraue in den Hals des feuerfarbenen und das Gebissene stieß einen Schrei aus so seltsam wie der Kaiser ihn nie von einem lebenden oder sterbenden Wesen gehört hatte Dann bäumten sie sich hochauf u suchten mit den Hufen zu kämpfen – Bei meiner Seele, rief der Kaiser in sich, was sind das für Pferde und wie armselig ist alles was ich bisher kennen gelernt habe: diese spielen auf hartem Boden miteinander wie schuppige Fische im Mondlicht und sie gleichen Vögeln in der Beweglichkeit ihrer

Hälse und umranken einander mit ihren Vorderbeinen wie die Kronen
zweier Bäume, und wo ich sie ansehe gehen die Reiche der Natur vor meinen Augen über – er war betroffen wie noch nie und indem er rief: Brav!
brav der Goldfuchs brav der Grauschimmel aber er konnte nicht in die
Tiefe seiner Gedanken eindringen vor Entzücken über die zauberische
Anmuth der Jünglinge, die auf den kämpfenden Pferden miteinander ringend einander aus dem Sattel zu heben suchten alles in sich vereinigten was
der Anblick kämpfender Schlangen das mutwillige Ringen zweier Liebender im Bade und das Spiel der aufnehmenden herbstlichen Mondsichel mit
treibendem Nachtgewölk dem Auge bieten kann. Die Augen der Prinzessin
leuchteten als sie sah, dass ihr Gast überwältigt von Wohlgefallen seine
Lippen weder zu öffnen noch zu schließen vermochte und sie rief: Gleicht
dies o großer Kaiser nicht meinem Teppich in den Rundungen die deinem
gepriesenen Auge wohlgefällig waren und bist du zufrieden mit diesem
Schauspiel das meine Brüder dir bieten? Wahrhaftig es ist das Gleiche erwiderte der Kaiser und mehr konnte er nicht erwidern vor Überraschung
über die Schnelligkeit mit welcher die beiden Jünglinge einander losgelassen
hatten und jeder nach einer anderen Seite weggaloppierten, die Mauer von
rötlichem Staub sich verzogen hatte und alles dalag wie früher. Lob und
Preis dieser Bekanntschaft, sagte er zu der Prinzessin gewandt, und der
staunenswerten Erziehung, die Euch zuteil geworden ist. Alles wird gewaltig und staunenswert in deiner Nähe, entgegnete das Mädchen, und dieser
Augenblick, da du unser Gast bist, ist für uns über alle Augenblicke. Ihr
Blick schien mit kindlicher Liebe und Ehrfurcht auf dem Kaiser zu ruhen
in den kurzen Pausen, wo sie ihn nicht in Bescheidenheit zur Erde gesenkt
hielt. – Weder Gesandtschaften haben mich so erfreut noch habe ich im
Divan solche Antworten gefunden, noch sind mir in den Hauptstädten des
Inselreichs so schöne Huldigungen zuteilgeworden. Welche Niedertracht
meiner Diener u. welche Unvollkommenheit meiner Herrschaft. – Du
bewunderst unser Gehaben: warum fragst du nicht, womit ist es erkauft?
Lasse dich herab, zu Tisch zu gehen, der Koch ist fertig und der Tafeldecker
ist gelaufen, die Schüssel in Empfang zu nehmen. Was ist das für eine köstliche Speise, rief der Kaiser aus, als er von der Schüssel gekostet hatte was
ist das Hauptgericht darin: ist es von Fisch oder Fleisch oder ist es von der
Schwinge eines paradiesischen Vogels oder von der Schulter eines köstlichen neugeborenen Zickleins und welches sind die Zutaten in denen ich
Verbindungen und Künste ahne die eine Zunge zu schmecken nicht müde
wird! Dies ist alles noch sehr unvollkommen lispelte mit niedergeschlagenen Augen der eine der Knaben die dem Tafeldecker die Schüsseln abnahmen und den Kaiser, rechts u links vor ihm kniend bedienten: und hätten
wir dir auch auf Schüsseln aus purem Feuer angerichtet was wäre es gegen
das ab und auf deines erhabenen Blutes in deinen erlauchten Adern! Eure
Antworten sind unübertrefflich sagte der Kaiser, indem er sich noch mehr

von der köstlichen Speise nahm, und ich will Eure Gesellschaft nicht entbehren und werde sorge tragen dass ihr stets mit mir bleibet. Der Schwester zuckte ⟨es⟩ durchs Gesicht ihre Augen hoben sich heraus und ihr Gesicht nahm für den Augenblick eine so hohe Freude an, dass sie fast wie Angst aussah. ⟨Sie⟩ verneigte sich gleichsam für alle dankte und sprach: Soll unsre Antwort nicht sein wie eine Anbetung? ist denn eine Frage nicht wie eine väterliche Umarmung? Holt mir den Koch herbei, rief der Kaiser, der dieses gekocht hat, denn ich will mit ihm selber sprechen. Das Mädchen klatschte in die Hände und der Koch stand zehn Schritte vom Tisch als wäre er aus der Erde gestiegen. Gib mir Auskunft über die Zubereitung u. die Zutaten rief ihm der Kaiser schon von weitem zu, o du Wunder unter den Köchen denn ich will von dir lernen.

Der Koch stand da und schlug die Augen nicht nieder wie seine Brüder, sondern er schoss scharfe mißtrauische Blicke auf den Kaiser wie ein äugender Falke. Er war köstlich gekleidet wie die andern, aber er hatte einen Schurz um auf dem Blutflecken waren und blutige Federn von Vögeln und blutige Schuppen von Fischen klebten und seine Gestalt war unschön, denn er trug die eine Schulter höher als die andere u hatte einen krummen Rücken; und sein Gesicht das dem eines Knaben u eines alten Mannes glich lief in einen Schweinsrüssel aus und er hatte einen von oben nach unten gespaltenen Mund wie ein Hase. Frage mich lieber nicht, sagte er indem er jenseits des Tisches stehen blieb und mit seinen Händen die blutigen Vogelfedern u Fischschuppen von seinem Schurz wegklaubte, denn meine Antworten könnten dich ärgern. Lass dir an diesem genug sein dass alle diese Speisen aus den vier Bereichen des Wassers der Erde des Himmels u der Luft zusammengekommen sind, um den auserlesenen Leib zu heiligen, der da ist in überirdischer Herrlichkeit der Ort der Vermengung des Gewesenen u. des Zukünftigen. Das ist er ! rief die Prinzessin u faltete die Hände Keine Schmeicheleien, du mit den geschickten Händen, rief der Kaiser, sondern welche Bewandtnis hat es mit dir und mit dieser Mahlzeit und mit diesen Geschwistern? Irgend etwas reizte den Kaiser auf an diesem Blick

Du willst wissen, ob Melonenkerne oder Granatenkerne ob Kürbisschnitten mit Basilikum bestreut oder Gurken in Rahm ob die farce Fischroggen in der Tunke aus angesetztem Taubenblut oder von einem ungeboren Zicklein oder Pfauenhirn darin sind, sagte er, und warf einen blutigen Lappen vom Gekröse eines Tieres bei Seite den er noch in seinen häßlichen kleinen Klauen gehalten hatte. in welcher Milch gekocht? in welchem Wasser geschwemmt und gedünstet in welchem Dunstofen? –

Das zuvörderst und noch anderes später. Hierbei an diese Seite des Tisches! Und ihr andern reichet mir noch mehr von diesen eingemachten Rosenblättern die eingemacht scheinen im Feuer von Gewürzen und gekühlt auf nieschmelzendem Schnee Du aber steh mir Red denn ich bin begierig und erpicht darauf. –

Du selber bist ein Meister unter den Köchen wenngleich du nicht diesen Titel führst. Du bereitest dir Nacht für Nacht eine köstliche Speise in einem köstlichen Gefäße. Aber du hast eine Zutat vergessen: das tragen dir deine Söhne nach, die zur Erde kommen möchten.

Wovon redest du auf einmal, sagte der Kaiser u. runzelte die Stirne indem er kaum wusste ob er seinen Ohren trauen sollte oder nicht und unwillkürlich die Hand sinken ließ mit der er noch mehr Rosenblätter zum Munde führen wollte und achtest du, vor wem du stehst und an wem deine unziemlichen Spässe sich reiben?

Ja, gab der Koch zurück, an dir, denn was verwunderst du dich über die Wohllust dieser gewöhnlichen Mahlzeit: da dir doch jeden Abend eine ganz andere gewährt ist. Schlürfst du nicht aus ihrem Auge stärkere Entzückung als hier aus den Gefäßen die ⟨meine⟩ Geschwister dir darreichen – und bietet sie sich dir nicht – Ehre sei ihrem Namen – mit dem Übermut der wilden Ziege und der Sanftmut der Waldtaube? Ist ihre Wohllust nicht vollkommen von den Tieren her und ist ihr Geist nicht vollkommen von den Elementen her. Was fehlt dir denn noch, du Schwelger und Prasser!

Die Prinzessin sah wie das Angesicht des Kaisers sich vor Zorn verdunkelte und wie er kaum mehr über sich brachte, auf dem Teppich hingestreckt zu bleiben sondern nahe daran war aufzuspringen und die Schale seines Zornes über dem Haupt ihres Bruders auszugießen. Sie winkte ihre anderen Brüder herbei, sie legte ihre Arme um die Schultern der beiden Jüngeren und reichte durch die Schlinge der Locken ihres jüngsten Bruders hindurch dem, der die Tafel gedeckt hatte ihre Hand welche dieser ergriff, indem er seinen eignen Arm sichelförmig über seinem Kopf krümmte. In dem Oval ihrer Mienen, in denen der eben aufgehende Mond sich spiegelte der verflochtenen Zartheit ihrer Schultern und Hüften, worin die Dämmerung sich verbarg und ihren zarten Fingern glichen die 4 Geschwister einer Rosenhecke darin dunkeläugige Vögel wohnen und die bereit ist sich vom Abendwind vor und rückwärts biegen zu lassen. Achte nicht auf diesen Unehrerbietigen rief die Prinzessin es ist seine Art, dass er alles überstürzen will und überall eindringen, und gewähre lieber, dass wir durch einen Tanz deine Augen erfreuen u deine Brust erweitern: wahre Größe ist Herablassung o großer Kaiser. Der Kaiser achtete ihrer mit keinem Blick und ihre Rede drang nicht in sein Inneres: Was unterfängst du dich du Frecher, herrschte er den Koch an und wovon redest du? Du bist vom Kochen gefragt und von nichts anderem! Antworte mir einmal u. für immer! Ich höre und gehorche rief der Koch, aber seine Stimme hatte nichts weniger unterwürfigen Klang und die Augen der Prinzessin traten mit ängstlicher Spannung aus ihrem erblassenden Gesicht hervor. So vernimm: Dies sind die Fundamente der Kochkunst: Das Lamm muss bluten am schönsten Tage seines Lebens, und die Fische lechzen nach dem siedenden Öl und dem kochenden Wasser, obwohl sie das Kühle gewöhnt sind. Es muss viel Schlimmes geschehen, ehe die gesegnete Speise bereitet ist. Meine Hände sind heiß vom Wühlen in den Eingeweiden und sie sind zuhause in blutigem Unrat, sieh sie dir an. Ekelt dich? Wie geht das zu, du vergießest doch selber Blut und gehest gern jäh von einem heißen Werke zum entgegengesetzten und bezeichnest den Weg mit Blutenden, das weiß dein roter Falke. Bei der Erwähnung des Falken u jener ersten Liebesstunde, die keinen lebenden Zeugen gehabt hatte außer dem stummen Vogel stieß der Kaiser einen Laut des Zornes u der Überraschung aus wie unter einem Stich und indem er mit dunklem Gesicht aufsprang und drohend auf seinen Füßen stand, schrie er: Antworte du Verfluchter! wovon weißt du und wovon weißt du nicht? und er musste seine Hände mit Gewalt bemeistern, denn sie zuckten, sich an dem Koch zu vergreifen, aber die Begierde hier einem Geheimnis auf die Spur zu kommen, das ihn so nahe anging, kam ihm zu Hilfe, so dass er sich noch zu beherrschen vermochte. Was willst du von mir mit so grimmigen Blicken rief unerschrocken spöttisch der Koch, bin ich es, der ihres Herzens Knoten lösen soll? und fällt auf meinen Kopf die Versäumnis? Weh dass du ihn so festigest mit jeder Nacht, du Gieriger und ihn zuziehst mit jedem Tag, du Ungroßmütiger, und verriegelt hältst die Tür des Lebens und der Freude, denen die da mitgenießen wollen! Was weisst du von einer Tür und von solchen die da kommen wollen du Kuppler unter den Köchen und was kümmert dich der Knoten mit dem sie geschlossen ist, schrie der Kaiser, denn diese Worte schienen ihm nur einer Deutung fähig er meinte vor sich zu sehen was er niemals hätte wollen mit Namen nennen – die Worte des Koches trafen ihn wie Pfeile und eine unbegreifliche Übereinstimmung mit den Worten in dem Brief der Kaiserin, den er auf der Brust trug, war der Widerhaken mit denen sie ihm in seinen Eingeweiden hängen blieben. Aber er sah, dass der Koch noch mehr zu sagen hatte und er erstickte die weitere Rede in seiner Kehle. Der Koch aber fuhr fort in seinen Reden: Darum muss sie herausschlüpfen wie eine Diebin und hin zu dem Haufen der Menschen wie eine verdürstete Gazelle zur Tränke Und sie tut die Dienste einer Magd, aber es gereut sie nicht, und wenn kaum die Sonne auf ist, so sitzt sie auf ihrem Bette und ruft mit Verlangen: Wo bist du Barak dir befehle ich mich, denn dir – hier ahmte er die Stimme einer Frau nach und die Haltung und dem Kaiser war als klänge ihm verzerrt der Tonfall seiner Frau entgegen bin ich mich schuldig! O Barak führe mich, denn mich ekelt nicht vor dem Wege wenn deine Hand mich führt, und wenn mich schaudert, das will ich dass du mich lehrest. Wer ist dieser Barak, rief der Kaiser außer sich, und wo ist er wo finde ich ihn? Du findest ihn, wo es ärmlich zugeht und wo die Düfte aus den schmutzigen Gäßchen sich mischen und wo die Walkmühlen klappern und farbiges in der Gosse fließt denn er ist ein Blaufärber u ein Walker u Wäscher und betreibt kein reinliches Gewerbe. Aber er ist stark von Armen und großmütig und fröhlichen Herzens und wir verneigen uns vor ihm bis zur Erde: denn er ist ein Freund derer die da kommen sollen! Welchen Handel hat sie mit diesem Hund von einem Färber auszumachen und welches Werk vollführt sie in seinem schmutzigen Hause fragte der Kaiser mit einer Stimme vor welcher die Feldhauptleute und Statthalter des einsamen Inselreiches gezittert hätten und er harrte auf die Antwort mit zitternder Ungeduld aber seine Seele war vor Zorn verengt dass unter allen den Antworten welche auf eine Frage erfolgen konnten, im vorhinein nur eine Antwort ihm die mögliche schien Der Handel des Lebens schrie der Koch, ohne Furcht, ja als entzücke es ihn, den zu reizen, in dessen Gewalt er war, und das Werk der Fruchtbarkeit schrie er mit dem Letzten seines Atems, denn die Hände des Kaisers würgten ihn und hielten ihn am Halse in der Höhe, dass seine Füße den Boden verließen.

Bedenke, o Kaiser, die Mahlzeit die wir dir bereitet haben! rief flehentlich die Schwester und der Kaiser sah im Halbdunkel das vor seinen Augen schwamm ihr angstvolles Gesicht dicht vor dem seinigen Auftauchen: aber er war außer sich und so schien ihm dieses weibliche Gesicht dem der Kaiserin zu gleichen und er verwechselte da er außer sich u seines Urteils nicht mächtig war den Ausdruck der Angst mit dem Ausdruck der Wohllust, und die Begierde zu strafen und zu tödten verdoppelte sich in seinem Herzen und seinen Händen, welche den Hals des Koches umklammert hielten. Zuhilfe ihr Brüder rief die Prinzessin in höchster Angst, Wehe! er vermengt schon wieder die Werke des Lebens und des Todes! und sie warf ihre Arme schützend um den Bruder und suchte indem ⟨sie⟩ ihre zarten Hände gegen die Brust des Kaisers stemmte diesen zurückzudrücken. Zugleich fühlte ⟨er⟩ wie die Hände der drei andern Brüder sich auf ihn legten und wie bei ihrer Berührung ein Gefühl von Angst in ihn einströmte, dessen Namen er in den Tagen seines Lebens nicht gekannt hatte und das alle Kräfte seines Leibes aus seinen Gliedern heraus nahm; und er fühlte ferner wie der Leib des Koches, der seinen Händen überantwortet war, sich unter seinen Händen verwandelte und zugleich sich seiner Gewalt entzog, und wie sein Herz stockte und die Pulsader des Halses ihm versagte, dass er taumelnd mit gesenktem Kopf gegen die Erde stürzte. Als er nach einer Weile wieder zu sich kam fand er sich allein und ohne Gesellschaft und den Abendwind der über die felsichte Ödnis hinstrich. Der Teppich war verschwunden und von der prächtigen Tafel war nichts zu sehen. Er that ein paar Schritte aufs Gerathewohl wie ein Träumender und ging vor sich hin bis die Füße ihn schmerzten als würden sie von Messern zerschnitten und er gewahr wurde, dass er statt seiner Jagdstiefel die weichen Pantoffel an hatte, welche die fremden Kinder an seine Füße gezogen hatten. Zugleich kam ihm zum Bewußtsein dass er auf die Richtung nicht geachtet hatte u. es schien ihm unmöglich zwischen den Felsblöcken die einander glichen in der Dämmerung die tiefer u tiefer Nacht wurde wieder zu jener Stelle zurückzukehren. Er zog das Obergewand über den Kopf und blieb in tiefen Gedanken auf die

Erde gekauert, halbgelehnt an einen großen Stein. Von unten her wehte ihn eine Kühle an wie aus einem tiefen Schacht und er sah, indem sein Auge allmählich die Finsternis durchdrang, dass vor den Füßen eine Kluft sich auftat wie ein Trichter an deren Rand er getaumelt war die ins innere der Erde zu führen schien. Auf einmal gewahrte er tief unten in diesem Schlund den schwachen Schein eines Lichtes wie von einer Ampel die ein Gruftgewölbe erhellt, und zugleich drang ein Geflüster von Stimmen an sein Ohr aber so leise oder vielmehr aus so großer Ferne, dass er kein Wort vernehmen konnte. Er tastete mit den Füßen nach abwärts und indem er sich mit den Händen anhielt und mit den Zehen nach einem Vorsprung oder einer Ritze im Gestein suchte kletterte ⟨er⟩ ein beträchtliches Stück nach unten. Dann hielt er den Athem an und horchte. Er konnte noch nicht verstehen, was geredet wurde und die Stimmen schienen aus einer unwahrscheinlichen Tiefe zu ihm zu dringen. Er klomm noch eine Weile nach abwärts indem er zugleich seine Hände und Füße u sein Gehör anspannte und nun konnte er mehrmals die Worte Vater u Mutter unterscheiden. Was sind das für Geschöpfe einer verdächtigen Art dachte er bei sich, die sich zu dieser Stunde und an diesem Ort über ihre Eltern unterreden und seine Neugierde war aufs Höchste gestiegen. Die Wand an der er hinabkletterte wurde immer glatter u. steiler und kaum fand er einen Tritt für seine Zehen und die eingehakten Finger konnten nicht mehr das Gewicht seines Körpers ertragen. Sein Herz schlug mächtig von der Anstrengung und das Geräusch seines Pulses verhinderte ihn fürs erste am Horchen. Er hatte das Licht nun dicht unter sich aber er konnte den Kopf nicht bewegen und nicht sehen von wo es ausging: aber es mußte ein Gewölbe sein das seitlich in den Berg hineinführte, und er hing im Dunkeln und niemand von denen die er belauschte konnte ihn gewahr werden. Ihrer waren mehrere die sich unterhielten und sie redeten lebhaft durcheinander. Der welcher einst mein Vater sein wird, sagte der eine, ist friedfertig und ohne Bosheit, aber es wird doch ein Richtschwert vorbereitet und geschliffen, das er wird zu schwingen haben. Ein Richtschwert könnte meine Mutter nicht schrecken, ihr Name sei in Ehren, sagte ein anderer, denn ihr Mut ist zu groß: aber es muss das gefunden werden, was ihr Angst macht und es ist gefunden. Eltern sind schwer zu fassen wie Aale und störrisch wie die Esel und dennoch hängen sie von uns ab und müssen zueinander gebracht werden durch unsere Gewalt, ließ eine dritte Stimme sich vernehmen. Wie heißt der welcher dein Vater werden wird fragte der welcher zuerst gesprochen hatte. Barak heißt er und ist der stärkste Mann unter den Färbern u. hat auch unter den Lastträgern nicht seinesgleichen antwortete der zweite. Es ist gleich, sprach nach einem kurzen Nachdenken eine vierte Stimme, ob unser Vater ein Färber ist und der Eure ein Kaiser sie müssen kreuzweis zueinander im Guten oder im Bösen: Ich und kein anderer habe es auf mich genommen sagte der, welcher als der Dritte gesprochen hatte denn die unsichtbare Tür durch die wir eingehen sollen ist auf ihre vereinigten Namen und Geschicke verzaubert und das will nicht wenig sagen, denn mein Vater ist von jäher Gemütsart wie ein Chamäleon und man hat gut sich in einen Falken verwandeln er wirft einem ein Messer nach und wenn man ihm die Mahlzeit kocht derengleichen nicht aus Fleisch und nicht aus Fisch herzustellen ist so würgt er den Koch am Halse u man muss sehen wie man seinen Händen wieder entrinne. Wir fürchten uns auch nicht sagte eine fünfte Stimme, wir waren alle mitsammen Fischlein und mussten verbraten – in unsers Vaters Bratpfanne – Da habt ihr der unrechten Mutter ein Zeichen gegeben, es war die unsere ihr Name sei in Ehren, die auf euch geachtet hat und bei Tag u Nacht Euer Weinen nicht aus dem Sinn bricht – Es geht kein Zeichen an einen Unrechten – hörte man eine sechste Stimme, Mutter Schoß ist all eins, wofern es ein Weib ist, das einen Schatten wirft, sagte eine andere Stimme dazu. Dafür wollen wir sorgen. sagte ein andrer der noch nicht gesprochen hatte. Was für Stimmen? er denkt staunend angestrengt nach. Der Kaiser fühlte vor Staunen dass sein Fuß den Halt verlor wie seine angekrallten Finger sich lösten und ließ sich fallen: die Wand an der er glitt war eisig kalt. er tat einen kurzen jähen Sturz und nachdem er seine Besinnung wiedergewonnen und gefühlt hatte dass seine Glieder heil waren fand er sich auf den Füßen stehen in einem runden Gemach das aussah wie das Unterste eines gemauerten Brunnens oder wie die Vorhalle eines uralten Grabgewölbes. In einer Nische brannte eine eherne Ampel, zuckend wie mit letztem Öl. Von den Stimmen war nichts zu hören. Er horchte und suchte zu begreifen: Kindheit er wußte er kann diese herbeiziehen – das Gegebene und Nichtgegebene erschreckt ihn – Umsonst spähte der Kaiser nach einem Gang der aus diesem Gewölbe ins innere des Berges führte, er tastete die Wände ab: alles war schwarz hart und glatt als wäre alles ein einziger mit dem Meißel geglätteter Porphyr-block

Da sah der Kaiser ein dass er in die Hand von Ifriten u Dämonen gerathen war, denen es anheim gegeben ist, die Schicksalswege der Menschen zu umlauern und dass sie ihn hierhergelockt hatten um über ihn zu triumphieren, und dass sie von Dingen wussten, die ihn angingen und von denen er keine Kunde hatte. Um diese hässliche Vorstellung zu überwinden zog er den Brief der Kaiserin hervor und indem er sich möglichst nahe an die dürftig schwelende Ampel stellte, richtete er seine Augen auf die schönen Schriftzeichen, die eine herrliche strahlende Hand auf die ausgespannte glänzende Tierhaut gemalt hatte. Er sah wiederum die Zeichen des Turms und der Mauern das Zeichen des Mannes u der Frau und das Zeichen der Vereinigung beider, das hohe des Falken, und zu wiederholten Malen das Zeichen des Ruderkahnes, das bedeutet: gefährliche Fahrt – hingebende Liebe, oder auch »ankommend« »treffend« – bis ans äußerste – Aber es schien ihm, dass er diesen Zeichen und ihrer Anordnung eine falsche Bedeutung untergelegt hatte und dass ihre richtige keine andere war als die eines Abschiedsbriefes und einer Verkündigung der bittersten Trauer und dass seine Bedeutung ungefähr diese war: Es sind Mauern zwischen uns aufgerichtet und unsere Wege führen der eine hierhin der andere dorthin. Der Falke ist gekommen: Es muss die Hand gesucht werden, die den Knoten löst und ich muss weit fort von dir, damit ich vielleicht wieder zu dir kommen kann in letzter Stunde. – In der Tat war es möglich den Brief auf beide Arten zu lesen: denn indem die Kaiserin einen Brief schreiben wollte, der mehr war als ein Gruß und eine Botschaft dass sie sich ins Falknerhaus zurückzöge, war die Angst u Bangigkeit, die ihre Seele erfüllte, ihr in die Feder geflossen, und sie hatte den Zeichen des Briefes wenn man sie mit einem anderen Blick ansah, jene zweite Botschaft eingewoben ohne es zu wissen u. zu wollen. –

Im Augenblick als er den Brief zu Ende gelesen hatte, erlosch die Ampel und er fand sich in der tiefsten Finsternis, hilflos in der Tiefe eines Brunnens, von wo aus nicht einmal seine Stimme an das Ohr von Menschen dringen konnte. Unwillkürlich erinnerte er sich in diesem Augenblick dass es überliefert und aufgezeichnet war, dass seine Ahnen in der Maßlosigkeit ihres zauberischen Vermögens sich in das Innere eines Berges aus purem Porphyr ihren Palast erbaut hatten und dass sie in der schönsten Halle dieses Palastes den Besuch des goldenen Wassers zu empfangen pflegten, wenn dieses zu den gesetzten Zeiten sich auf seine Wanderschaften begab und die Menschen aufsuchte, und er verglich sein Geschick u seine elenden Umstände mit jener Hoheit u. Würde und ihm kam zum Bewußtsein was er war u. was er nicht, und die heißen Thränen traten ihm aus den Augen und rannen an seinen Wangen herunter: denn er dachte nichts anderes als dass sein Schicksal sich erfüllt hatte, dass es seiner Frau bestimmt war, Kinder zu empfangen von einem greulichen Färber mit Riesenkräften, in dessen Hände sie sich gegeben hatte, ihm aber, in dieser stummen Kluft im Finstern langsam zu verschmachten oder sich wenn er dies nicht ertragen könnte den Schädel an den Wänden zu zerschmettern.

Er wickelte sich den Kopf in sein Obergewand und weinte bis seine Thränen versiegt waren. Dann wurde der Wunsch zu leben und dem Tode zu entgehen stärker in ihm als die Kraft der Verzweiflung und er stand auf und versuchte das Dunkel zu durchspähen und sich bis in die kleinste Einzelheit zu erinnern, in welcher Weise, verlockt von dem Licht in der Kluft eines Berges u. überwältigt von der Begierde, das Gespräch unsichtbarer Wesen zu belauschen er hier herab gelangt war. Da er sah dass er nicht daran denken konnte, dieses geglättete Gewölbe nach oben hin lebend zu verlassen, so wandte er seine ganzen Gedanken auf eines: nach unten hin ins Innere der Erde einen Weg zu finden. Er warf sich platt auf den Boden und versuchte mit den Spitzen seiner Finger zu erforschen ob eine der gefugten länglichen Steinplatten aus denen der Boden zusammengesetzt war sich bewegen oder heben ließe. Die Arbeit war hart, denn die Steine waren so glatt verfugt. Aber er ließ nicht nach, von der einen Wand anhebend, wo er

zum Zeichen des Anfangs den einen seiner Pantoffel stehen ließ, auf den
Knien fortrutschend Platte um Platte mit den Fingern anzupacken wie mit
angesetzten Stemmeisen bis ihm die Finger bluteten, der Schweiß ihm in
Strömen über den Rücken rann und sein Herz dumpf klopfte wie ein Hammer. Er erlebte was er nie erlebt hatte und indem er ⟨in⟩ seiner Herzensangst von einer Steinplatte zur anderen auf den Knien rutschte und das Erbarmen von dem kalten ⟨Stein⟩ suchte das er nicht fand, erfuhr er wie
denen zu Mut war, die in der kaiserlichen Halle wo er zu Gericht von einem
zum andern seiner Wächter u Türsteher mit ihren Anliegen u. Ängsten sich
durchwanden erinnerte sich plötzlich mit ungeahnter Deutlichkeit der
Blicke welche solche vor dem Thron auf der Erde liegende schräg nach
oben werfen. Auf einmal fühlte er einen jähen Schlag im Nacken der ihn
eiskalt durchzuckte und zweifelte keinen Augenblick dass es der greuliche
Färber war, in dessen Hand er gegeben war und der seinen Fuß ihm auf das
Genick setzte, um ihn seine Demütigung fühlen zu lassen. Er warf sich auf
den Rücken sein Blut erstarrte ihm in den Adern und es bedurfte geraumer
Zeit, bis er begriff dass es eine große Fledermaus gewesen war, die in jäher
Flucht vor einem Nachtvogel herunterstoßend ihn am Nacken geschlagen
hatte und jetzt ⟨mit⟩ wilden u angstvollen Flügelschlägen an den Wänden
hinkreisend aus dem stummen Verließ der freien Luft zustrebte. Nachdem
er sich erholt hatte begann er mit den Händen die vom ausgestandenen
Schreck eiskalt waren, aufs neue seine Arbeit und hielt nicht inne um die
fünfzigste oder die hundertste Platte zu zählen an der er vergeblich die Kraft
seiner Finger versucht hatte. Schon hatte er den Raum umkreist und die
Mitte kreuzweise durchspürt von einer Fließe zur anderen tastend, und seine
vorwärtsgehende Hand stieß schon an den Pantoffel den er zum Markzeichen des Anfangs hatte stehen lassen: da glaubte er zu fühlen dass die letzte
der Platten, eben jene auf der der Pantoffel stand, sich kaum merklich unter
dem Griff seiner Finger in ihren Fugen bewegte. Vor freudigem Schreck
stand ihm das Herz stille. Er warf sich platt auf den Boden und schickte alle
Kräfte in die Enden seiner Finger und schonte nicht ihr Blut, indess sein
Puls in rasenden kurzen Schlägen pochte: und mit unsäglicher Anstrengung,
in der eine unmessbare Zeit verging gelang es ihm, die Platte heraus zu
heben, die nur angefügt war wie der Deckel einer Truhe: er griff das ab was
darunter war und fand dass es abermals eine Steinplatte war mit einem glatten metallenen Ring in der Mitte, der in einer passenden Nuth des Steines
ruhte und sich leicht nach oben biegen ließ und dass die Platte sich aufheben
ließ und eine Falltür war, groß genug um dem Körper eines Menschen
Raum zu geben und dass sich darunter eine Wendeltreppe aufthat von schönen glatt behauenen Stufen, die ins Innere der Erde führte, und aus der ihn
eine schweigende Kühle wahrhaftig anwehte wie aus einem seit tausend
Jahren nicht geöffneten Grabe.

VARIANTEN 4. KAPITEL

Notizen zur Fortsetzung:
Schauder: ein Reich wo alles von Stein ist. Unbegreifliches Rauschen. Er muss sich auf der obersten Stufe niedersetzen u. mit sich ringen Er möchte etwas Weiches spüren: Scheu seinen eigenen Leib anzurühren ohne tiefen Sinn: Todesangst überwinden. Einsamster Moment. Kreuzt die Arme über der Brust und opfert sich auf. (Später, mit den steinernen Gestalten – die teilweise aussehen wie im Kampfe gestreckte, eine Art scherzenden Hochmuts).

312, 33 Das Mädchen . . . auf ihn *Später Einschub. In der ursprünglichen Fassung lacht auch das Mädchen. Die Stellen, die sich im folgenden darauf beziehen, wurden nach dieser Änderung nicht korrigiert.*

313, 33 spielten *a. R.:* Das aufeinander hinschauen aller Dinge ohne Anfang oder Ende.

314, 8 immer ist. *Danach Ansatz zu einer Streichung, die möglicherweise mit* würde. *(Zeile 15) hätte enden sollen.*

314, 36f. dich . . . willst] *(1)* von ihr fortgehen willst *(2)* dich aus ihren Armen zu lösen

315, 5 anrührte. *a. R.:* O wie können wir deine Zufriedenheit erwerben Auge in Auge Angst sie zu verlieren – Augen schließen

315, 11 Leere *a. R.:* Kühle des Teppichs: Zeit vergeht Es ist aufgetragen:

316, 2-4 Nahtstelle zwischen altem und neugefaßtem Text. Die Verbindung wurde bei einer späteren Überarbeitung ohne Rücksicht auf die Syntax durch die Einfügung des Ausrufs des Kaisers hergestellt.

316, 30 Notiz a. R. für eine Einschiebung nach der Antwort des Mädchens: Kälte: – – Sie trat nahe blickte ihn fest an: hob die Handflächen gegen seine Brust und der Kaiser empfand was er nie empfunden hatte. Er wurde abwesend u. wie starr. Er vernahm die Stimme der Prinzessin von weitem. wie sie die Miene wechselte u. ausrief: das Unerreichbare des in Sternenweite vor einem Stehenden

317, 17 klebten *a. R.:* Turban: Edelsteine die sich scharen um einen Busch von rosa Reiherfedern die eher aus Flammen schienen

318, 9 reiben? *a. R.:* Sind das Spassmacher?

319, 1 bereitet ist. *Notizen für eine spätere Variation:* Größere Prophezeiungen bestimmtere Proverbs of hell
Den Kaiser auf die Vermischungen hinweisen

319, 5 Falke. *Danach, gestrichen:* Du verursachst gerne Verwesung und düngst die Felder u. Halden, ohne zu wissen, ob du erwählt bist sie zu befruchten.

321, 19 gestiegen *Darüber:* Er war gewohnt als Jäger: Jagdlust

321, 43–322,1 denn ... verzaubert *Einschub*

322, 4 a. R.: (Keltische Legende: Silberer)

322, 33 hässliche Vorstellung *bezog sich ursprünglich auf die folgende, unmittelbar vorangehende Stelle, die später getilgt wurde:* Und er sah das Innerste seines Lebens das ihrer Bosheit und ihrer Neugierde preisgegeben war unter dem Bild einer abscheulichen Mahlzeit von Vögeln, die das Innere einer gefallenen Gazelle ausweideten und mit ihren Schnäbeln und Krallen das Innerste nach allen vier Richtungen auseinanderzerrten,

323, 31 versiegt *gestrichen, aber nicht ersetzt.*

324, 20 a.R.: Grösse im Zorn das furchtbarste ihm: Vermischung mit Menschen: so für ihn wie für die Frau. Ekel.

325, 3–5 Er ... Sinn *Einschub*

325, 8 An die Notizen zur Fortsetzung schließen sich noch Anmerkungen für eine Überarbeitung der vorliegenden Niederschrift an: PS. Die Ungeborenen in diesem Capitel das goldene Wasser erwähnen lassen.
vor dem Lesen des Briefes: Unlust an die Kinder u die jüngstvergangenen Stunden zu denken
Was ihn herunterlockt: ein ähnliches Gefühl wie bei der Berührung mit der Hand des Mädchens: Lockung ins Niebetretene Niezubetretende, ein Zwang, sich umzustülpen: la pointe acérée de l'infini:

N 35 – N 38
Notizen zur Veränderung der ersten Niederschrift. Hofmannsthal versucht, sich von der Sprache von ›1001 Nacht‹ zu lösen (N 37).

N 35
Kaiser: Einschiebung,
worin liegt das schwere Verstehen, fragt sich der Kaiser – aber habe ich je etwas verstanden?
die Kinder fragen: worin liegt es, dass uns die Eltern so schwer verstehen, da wir doch in so vielen Sprachen uns auszudrücken vermögen? – der Kaiser verlor kein Wort von der Unterhaltung – da wir doch das Richtige zum Richtigen fügen? Ahnen sie denn was wir aufgeben?
Sie wundern sich wenn ein Fischhändler Minister wird: aber nicht über unsere Ankunft

VARIANTEN 4. KAPITEL   327

Ich hoffe noch auf unsere Mutter: ihre Tugend ist leicht wie der feinste
Flaum, der vom Athem eines Kindes aus der Ebene über die Mondberge
bewegt wird.
Antwort: wie könnten sie das fassen was erst am Ende des Lebens ihnen
fassbar wird: dass eines um des andern willen fassbar wird.
Während er isst: Sind wir nicht auserlesen unglücklich, dass wir auf Eltern
warten sollen denen die Anfangsgründe fehlen!?
der Kaiser glaubte die Stimme des Mädchens zu verstehen.
Die Kinder vergleichen die Leichenceremonien die man zu Ehren der
Eltern anstellt mit den Ceremonien wodurch ihre Ankunft ermöglicht
wird: Landungsceremonie
Fahnen Leuchter Chöre: wir besorgen alles selbst: sie lachen silbern.

Hierzu gehört ein Konvolutdeckel mit der folgenden Aufschrift:
Märchen
Die Begegnung mit den Kindern
»Ich möchte nicht hören dass ihr beständig in diesem Berge wohnet.«

N 36
Kaiser II.
Kinder: Die Tugend unserer Mutter ist wie der leichteste Flaum

327,19 Kinder ... Flaum *Mit Bleistift unterstrichen und damit als bleibend
gekennzeichnet; mit demselben Stift wurde der vorhergehende Absatz gestrichen:*
Woher ahne ich, dass sie nun in einem Lustgarten miteinander auf und ab
gehen und nun Kahn fahren um einen Wasserfall zu betrachten? – er ahnt:
sie ordnen sich zu Chören und steigen einen Berg hinan –

N 37
Stilveränderungen in diesem Teil.
z.B. bei der Stelle von dem aufgedeckten Tisch
etwa so: ein Tischtuch lag ausgebreitet auf einem niedrigen unsichtbaren
Tisch (mehr descriptiv, hart, im Sinn des Goetheschen Märchens oder der
Novelle, weniger in dem convenu von 1001 Nacht)
Kleidung des Pagen: er wusste dass er nie etwas dergleichen gesehen hatte:
schönstes Gelb u. dazu ein Schuppenpanzer aus dunklem Silber.
das Ganze sass auf dem Kinde wie wenn ein Maler mit dem Pinsel es hinge-
malt hätte. Der Kaiser hätte es berühren mögen. Seine Kopfbedeckung war
ein Wunder aus Brocat in den Blumen und das Haar des Kindes eingewunden waren.
später: das unermesslich merkwürdige, das die Stimmen für ihn haben: sie
führen ihn in die Kinderzeit zurück und darüber hinaus. Das Verlockende:
er wird zum Kinde

Bei dem Turnier: Wundervoll rief der Kaiser! brav! brav! ich will Krieg anfangen –
Die Auseinandersetzung mit den Ahnen stärker.

N 38
Kinder. Stilistisches.
Kaum hatte sie das getan, als der andre Bruder das Gewand ergriff und küßte. Der Kaiser glaubte nie einen größern Anstand gesehen zu haben. Bin ich es noch? fragte der Kaiser sich selber.
Ein schönes edles junges Mädchen das er nicht genug ansehen konnte, war aus der Mauer auf ihn zugetreten.
Man konnte an dem Kaiser einen großen Zorn gewahren. Sein Auge sah irre und streng. Er war entgeistert. Sein Auge hatte nicht mehr das Schönlebendige. Er hörte die wechselnden Stimmen um sich. Es ist an dem, seufzte das Mädchen.
Der Teppich: es verlangte ihn, ihn mit Aufmerksamkeit anzusehen Die Blumen gingen in Menschen über: er fühlte sich an sein ganzes Leben und an nichts bestimmtes erinnert: Gefühl der Kühle zugleich ein stechender feiner Schmerz. Als er aufsah war ihm dass lange Zeit vergangen: es ist aufgetragen. Wo ist die Zeit hingekommen. Kerze abgebrannt. Die Kinder: die Zeit! wir kennen sie nicht aber wir begehren sie zu kennen!
Furcht beim Essen u. Trinken: nimmt nur weniges. Schweigt zuweilen. Angst vor dem schnellen Verschwinden dieses: O Gott wie soll ich leben ohne dies zu haben
Er sah auf: dass sich einer hingesetzt hat. Dieser neigt sich tief. Die Kinder schienen in einem beseligten Zustand:
Der Kaiser rief heftig aus: ihr wisset um ein Geheimnis – und es könnte mich selig machen wenn ihr mich daran teilnehmen liesset
Die Kinder: fehlt dir nicht, dass sie hier wäre? wenn sie ihren Schritt hier hergewendet hätte – aber sie kann nicht – du hinderst sie – O warum erlaubst du es nicht? erlaube ihr zu kommen billige ihre Wege, segne ihre Umwege Sie sucht den Weg zu uns! Kaiser: Welche Umwege. Kinder: Sie hat dir davon geschrieben analog Gespräch Amme Kaiserin. Wisset ihr denn alles? Wir wissen das Notwendige! Warum fragst du uns Es steht in dem Brief. Man muss zu lesen verstehen. Es ist deutlich genug o ein Gran von Großmut Sie sucht jetzt den Barak. Kaiser: Seid ihr hier oder dort? S 70.[1]
Der Kaiser: von wem sprecht ihr? Ihr wisset von ihr – von ihr (sie fallen nieder)

---
[1] *Die Seitenzahl bezieht sich auf 10 H.*

Die Kinder: Es ist Euch schwer, genug Ehrfurcht vor einander zu empfinden. Ihr versteht nicht die Feste zu bereiten Wir sind die Bereiter der Feste. Kaiser rief zornig: Was sind das für Worte? Die entscheidenden riefen die Kinder zurück.

N 39 – N 45
Notizen zur Neufassung des vierten Kapitels aus der Zeit zwischen März und Anfang Mai 1918. Die Blätter sind teilweise datiert.
Nachdem Hofmannsthal die erste Niederschrift des vierten Kapitels beendet hat, beginnt er noch Ende Januar 1918 mit dem fünften Kapitel. Ein Besuch Andrians in Rodaun und dessen Kritik an der vorliegenden Niederschrift veranlassen ihn zu einer vollständigen Umarbeitung des vierten Kapitels. Deine Kritik des minder Gelungenen trifft ganz genau das worauf auch mein Gefühl u. mein Gewissen hindeutet, und der Tadel, den ich so völlig mir zu eigen machen kann, macht mir das Lob erst wirksam. Ich werde den Teil der Episode des Kaisers bevor er den Kindern begegnet, ganz umgestalten und weiß schon, wie. *Dieser Brief vom 9. März 1918 kam aus Berlin, wo sich Hofmannsthal aus Anlaß der Uraufführung des* Bürger als Edelmann *aufhielt. Der Aufenthalt in Berlin brachte keine Unterbrechung der Arbeit an der* Frau ohne Schatten. *Die Notizen N 51 und N 52 entstanden mit Sicherheit in Berlin, es sind bestimmt nicht die einzigen. Am 14. März schreibt er an seine Frau:* ist mir auch viel eingefallen (zum Märchen) hab müssen von einer ganz fremden Portiersfrau ein Stückerl Papier u. Bleistift ausleihen zum Notieren. *Gleichzeitig verhandelt er mit S. Fischer über den Druck der* Frau ohne Schatten.

N 39
Ankunft im Dorf:
Ihr seid wilde Falkenjäger u Adlerjäger – jeder von euch gibt sein Weib her für einen Falken.
Alter (grinst) wir möchten gern aber wir sind nur Schneesammler Schafhüter – (Der Kaiser lebt mit einem der nur ein Auge hat und immer nur Gekühltes trinkt)

N 40
Brief der Kaiserin: Technik wie er geschrieben: (nicht allegorisch)
Mit den Kindern: der Übergang von der Höflichkeit zu dem zudringlichen Fragen als Charakteristikum benützen.

329,34 benützen. *Danach gestrichener Absatz:* Anfang: im Wald mit den Spassmachern u Höflingen: sein übergreifendes Wesen: das Behandeln der andren wie Vieh: Versuche des Spassmachers u. des Eunuchen, ihm das zu entringen, Damit meine ich: ihn zu dem Geständnis zu bringen, er sei auch ein Mensch wie andere. wobei er eine Weile mitgeht, bald die Geduld verliert.

N 41
Zweite Lectüre: es sind die gleichen Zeichen; aber sie schienen sich anders zu verbinden. Inversion: die Sensation des Todes, der All-starre, des Endes ohne Rettung. Ich schreibe gezwungen denn über mir ist das dem ich mich unterworfen habe es nimmt mich von dir weg aber ich will zu dir zurück u durch die Pforte des Todes (denn der Brief enthielt die Angst u. Todesgedanken der Kaiserin die ihr in die Feder geflossen waren: denn sie war unvermögend die Unwahrheit zu schreiben: er blickt auf: sonderbare Gegend. Ihm schien, der Brief könne noch andere Bedeutung haben.

N 42
Stärker: das Wunderbare des Benehmens der Kinder. Der Singende unterm Servieren Stärkeres Ceremoniell der Kinder.
Der Kaiser: will sich immer wieder zurücknehmen aus dem Äussersten des Staunens, sich bereden, es sei ein natürliches Abenteuer.

N 43
ad A.
Monolog des Kaisers.
Im Ton verwandt der Kaiserin   Dass ihm die Welt in zwei getrennt ist! Nie war alles in einem!

N 44
Kaiser u die Ungeborenen
Prinzessin im letzten Moment: Wir hatten dir ein Bad bereitet! (bevor der Bruder ihn ganz occupirt, vermöge des Kaisers Gier, in jene zweideutigen Geheimnisse eingeweiht zu werden.)

N 45
Der Kaiser:
Seid ihr denn hier und dort? Wir sind nicht dort u nicht hier, aber wir wären gern dort!
Sein Wesen: das hier und dort, das in-einander-übergehenfühlen: so gehn auf dem Teppich die Jäger in Liebende über   die Blumen in Thiere.
diesem Wesen das Wesen der Kinder entsprechend, ihn aufs höchste reizend: dass sie da und nicht da sind: sein Problem: wodurch sie zu halten sein könnten? Sie sind durch Hingabe zu halten.
Hatem charakterisiert ihn als höchst treulos u. höchst selbstsüchtig: als hier und dort zugleich.

VARIANTEN 4. KAPITEL

Hatem: indess er dich hat, sieht er über dich hinweg, wohin – das weiss der Teufel.
ihr am Ohr: willst Du ihn?

N 46
Diese Notiz wurde von Hofmannsthal in N 47 übernommen. Ihr entsprechen dort die Zeilen 25–27 und der erste Satz der Zeile 23.

N 47
mit den Kindern –
Die Singende Stimme: zuerst: wie ein Wächterruf, dann wieder innig berauscht wie Vögel in der Paarung von Hoffnungen und Vergänglichkeit, das zur Erde-werden und das, was bleibt – die Siebentausend Jahre – und wo sie verweilen. Fools your reward is neither here nor there: Ruf des Muezzin –
And this was all the harvest that I reaped:
I came like water and like wind I go.
Woher so ungefragt gerufen – und wohin entlassen so ungefragt? dies spricht zu ihm wie der Brief endlich s p r i c h t
die alterthümliche Form des Kruges von Malachit: das alte Ceremoniell bei der Waschung der Füsse, so auch beim Herankommen des Hausherrn (des Ältesten)
Pantoffel aus Silber u Edelsteinen – aber beweglich
Die Kinder:
der eine der Kleinen küsst plötzlich der Schwester den Saum des Gewandes
der Älteste kommt wie ein Richter. Den Kindern gegenüber ist er der Herr des Hauses
Haltung der Kinder gegenüber dem Ältesten.
dessen wechselnde Haltung gegen den Vater
die furchtbare Aufmerksamkeit der Jüngeren Geschwister auf den Ältesten
der Kaiser steht plötzlich auf: er ärgert sich selber dass er es tat

N 48
Mit den Kindern:
Höhepunkt: er will ihrer zwei in seinen Armen halten: die Speisen ihnen in Mund stecken: im Fleisch der Früchte mit ihnen wühlen. Sein Ehrenkleid dem Koch, sein eigenes. Todesahnungen in die Musik hinein und den Tanz. Er will mit Ihnen tanzen. Die Reden des Koches dazwischen, halbverstanden. Fragen: durch welchen Weg werd ich mit euch vereinigt?

N 49
Die Notiz faßt – mit Seitenangabe – 10 H, S. 315,15ff. neu.
nächstes. Episode.

Der Küchenmeister schlug in die Hände: seine Hände waren lang und
schmal und die Ärmel seines Brocat-gewandes fielen von ihm ab wie fließendes Wasser Die Auftragenden sprangen zur Seite und bildeten 2 Reihen Wie ein blitzendes Licht kamen zwischen ihnen 2 Reiter hereingerit-
ten, der eine auf einem feuerfarben der andre auf einem stahlgrauen: sie
trugen jeder eine verdeckte Goldfarbene Schüssel vor sich auf dem Sattel:
sie parierten die Pferde zu einem jeden sprang einer von den Bedienenden
hin und nahm die Schüssel ab, die Reiter rissen Säbel hervor und begrüßten
den Kaiser indem sie die Säbel vor ihm senkten. Die Pferde gingen sogleich
auf einander los. Als sie sich mit der Stirn fast berührt hatten bäumten sie
sich hochauf und suchten mit den Hufen zu kämpfen. Das stahlgraue biss
das feuerfarbene in den Rücken und das gebissene stieß einen Schrei auf wie
der Kaiser ihn nie von einem absterbenden Thier gehört hatte. Aber seine
Sinne waren gefesselt von der zauberischen Anmuth der Jünglinge die auf
den kämpfenden Pferden miteinander ringend einander aus dem Sattel zu
heben suchten. Diese Pferde rief der Kaiser aus – nichts nichts habe ich vordem gesehn! wo haften ihre Hufe! auf glattem Steinboden spielen sie miteinander wie schuppige Fische im Mondlicht sie gleichen Vögeln mit der
Beweglichkeit ihrer Hälse! sie umranken einander, über Tisch da über Tisch
mit ihren Vorderbeinen ⟨wie⟩ die Kronen der Bäume wie ich sie ansehe
gehen über ihm schlugen die Hufe ⟨Er⟩ war betroffen wie noch ⟨nie⟩
S 63. Des Kaisers Seele trat in sein Auge: er meinte nie etwas an Kleidung
und Bewaffnung

N 50
Kaiser
im Innern des Berges.
Die spielenden Knaben. Sie sehen ihn nicht. Sie unterreden sich. Der eine
wirft den kleinen Falken auf die Taube. Beide Vögel todt.
Oder: 2 Ringende, ceremoniös.

N 51
12 III. ⟨1918⟩
Der Kaiser.
mit den Kindern: immer leidenschaftlicher: Wie wird dies erworben! das
directe Haben-wollen; will die Prinzessin umschlingen. Führt sie bei Seite.
Sie führt ihn in den Wald: um sich seinem Drängen zu entziehen, zeigt sie
ihm die kämpfenden Brüder Der Kaiser: Womit sind diese Leiber umgos-
sen – in einem Gewitterwald – dann wieder Mondschein sie baden, alles still.
Der Kaiser: wie sind dir diese unterworfen? Oh Kaiser alle Deine Fragen
sind wie Hammerschläge neben dem Nagel –
– Ihr seid es, die ich haben will u. haben muss, auf welchem Wege immer
Nachts hört er das Lachen.

Vor der Begegnung: Auf deinen Kopf dass du den Falken lockest u. ihn
findest – ich kann es nicht ertragen, verloren zu geben was mein ist (vorher
zu Hatem: gib verloren, und sei fröhlich in Verzweiflung) – er selber, den
Brief lesend, dann rufend: Komm, du Mitwisser des Erhabenen, und Teil-
haber meiner unnennbaren Stunde – o komm lass dich hören u. sehen – ihm
antwortet ein Laut wie er ihn nie gehört war es eines Vogel's Stimme war es
eines Menschen. – er schlich vorwärts – (analog jener Schäfer im Vathek)
Mit dem Koch: dessen hochmüthig wissendes Lächeln – o, er ist über alle
diese ruft der Kaiser aus, ich will aus ihm meinen Kämmerer u. Sandalen-
träger machen.

N 52
Diese Notiz stammt vermutlich vom März oder Anfang April 1918, der Zeit des
Berliner Aufenthaltes, denn das Papier stammt vom Hotel Adlon, Berlin, und auf
der Rückseite hat Hofmannsthal eine Berliner Adresse notiert.

Kaiser
Die Tochter: o Kaiser ich errathe was Du mich fragen willst die Frage ist
aber zu gross für Worte und zu gewaltig um anders als mit den Augen gefragt zu werden: Du willst von mir wissen, wie es damit steht dass die Anmuth u. Schamhaftigkeit eines Thieres Dich zum Jäger macht und die Anmuth einer Frau zum Liebenden: aber sieh zu: gibst du dich beim Jagen
nicht hin und wenn Du ein schönes Weib siehst, willst du nicht mitten in sie
hinein wie der mörderische Pfeil
Auf der Wiese zuerst spielende Antilopen u sein Falke, miteinander scher-
zend; sowie ein Paradiesvogel.

N 53
Die Prinzessin: das immer angstvoller gesteigerte Mitleid, das Ringen in
dem Gesicht, immer stärker   ihm schien das Herz müsse sie schmerzen Erinnerung an die Blicke seiner Mutter vor deren Tod – und die Unfähigkeit
zu weinen, die er irgendwo in der Tiefe seines Innern versteht. Die Seele die
sich aus dem Auge lehnt. Das neue und durchdringende Gefühl der Einsamkeit, das ihn in dieser Gesellschaft überfällt. Einsamkeit als Qual wie früher
als Genuss: Vorahnung des Versteinerns in einer Angst: wie denn der
nächste Augenblick herankommen könne, wie sich denn das Jetzt in die
nächste Secunde hinüberwandeln könne

N 54
Bei den Kindern:
Angst vor dem sich-berauschen vor der Vermischung mit dem Lebenden u
Todten.
Mit den Kindern: die beständige Angst: zu wenig, zu kurz!

N 55
Die erste Zeile enthält zwei Namen aus der ›Geschichte von Gharib und seinem Bruder Adschib‹, die auf Seite 27 des 8. Bandes von ›1001 Nacht‹, in den diese Notizen eingetragen sind, beginnt. Die Notizen beziehen sich auf 14 H.

Adschib Kundamir
Dies ist der Lohn dessen der seine Freude teilen will –
seine Hände welk u. trocken
Küssen – sie lacht über sein Gesicht – verflochtene Arme u verschmolzene Gesichter
Hatem:
Sein sich alt machen: die tränenschweren Augenlider und die hängende Nase

14 H
Die Abfassung insbesondere des ersten Teiles des Kapitels, I. Abenteuer des Kaisers (S. 139, 1–144, 19), wie er es verschiedentlich auf Konvolutdeckeln nennt, fiel Hofmannsthal nicht leicht. Darüber schreibt er am 9. Mai 1918 an Andrian: Ich bin auch heute noch nicht bei dem Gastmahl mit den Kindern sondern bei dem Teil vorher. Es ist unsäglich streng diese Art Arbeit, man muß streng mit sich sein. Der ganze Teil auf den Deine Kritik hinwies, war verfehlt, ja es war die poetische Materie einfach noch nicht da. Das Vorhandene hat nur den Wert von Notizen gehabt. Jetzt kommt es richtig. Ich verlange mir sehr, Dir diese 12 Seiten zu zeigen. *Leider ist davon fast nichts mehr erhalten. Es waren die Seiten 51–64 der zweiten Niederschrift, vom Mai 1918. Die wenigen Fragmente, die überliefert sind, erlauben es kaum, die Handlung dieses Teils zu rekonstruieren. Er enthielt wohl die Beschreibung des Kaisers in Gesellschaft seines Jagdgefolges. Die unablässige Beschäftigung seiner Gedanken mit dem verlorenen Falken und dem Brief der Kaiserin treibt ihn von der Gesellschaft fort. Er verirrt sich in eine unbekannte Gegend und findet hier die Höhle der Ungeborenen.*

Überliefert sind die nicht zusammenhängenden Seiten 61a, 64 und 63 dieser Fassung, wobei 61a und 64 nur Vorstufen darstellen, die zum Teil in Notizen übergehen. Lediglich die Seite 63 ist als Teil des letzten Stadiums der Niederschrift anzusehen. Seite 61a trägt das Datum 9. V. ⟨1918⟩.

Seite 61a:

Der Kaiser hatte sich erhoben und sie wagte nicht auf ihn hinzusehn aber sie sah, wie er an ihr vorüberging und ein Blick sie streifte. – und sie sah den Falken – –
Willst du ihn – – du sollst ihn in dieser Stunde   er sprang schnell auf die Beine.
Der Kaiser sah unschlüssig vor sich:
Hatem nimmt sie bei der Hand und führte sie nach: Er ist voll des Grabes-

duftes und der gekniffenen Blicke und welken Hände Er will los sein und
ihn lechzt nach der Vermischung mit der Selbstvergessenheit und dass deine
Hand ihn befreie von der Behexung – und er will hinein in das Dunkel so
tief dass er Länge und Breite nicht unterscheiden kann – so öffne ihm doch
die Brust siehst du es nicht hängen zwischen
Der Kaiser sah sich um und sah das Gesicht das Gemeinschaft u. Einverständnis forderte.
Sieh nach den Pferden ich bin es satt
Hatem schrie auf und er
Schaff mir den Trunkenbold vom Halse – –
Das Mädchen wand sich leise wie eine Katze los von dem halbtrunkenen
Alten und sie stand auf ihren Füssen indem sie tief atmete und die Augenlider gesenkt hielt. Sie fühlte dass der Alte wirklich von Trunk und Liebe
entzündet und voll Kraft u Verlangen war und dass er doch zugleich in
irgend welcher geheimen Absicht sie dem Jungen der angeblich sein Diener
sein sollte, zuspielen wollte, der Alte missfiel ihr nicht und der Junge gefiel
ihr noch weit besser, alles war befremdlich und anders als sie es je erlebt
hatte und doch flösste es ihr keine Furcht ein. Der Kaiser war plötzlich aufgestanden und sie wagte nicht, auf ihn hinzusehen aber sie fühlte wie er an
ihr vorüberging und wie sein Blick sie streifte, er stieg über Hatems Leib
hinweg und ihr war als hätte er ihr mit den Wimpern ein Zeichen gemacht
ihm zu folgen aber aus dem Augenwinkel sah sie wie der Falkner gleichfalls
unschlüssig war und wie seine Augen rastlos von ihr zu dem Kaiser hin u
hergingen und er bebend vor Dienstbereitschaft ein Wimpernzucken seines
Herrn erwartete und wie er mit der Wohllust des Jagdhundes den Wunsch
seines Herrn und die jähe Laune des Augenblicks zu erraten und ihnen zuvorzukommen wünschte.

Seite 64:

du durcheinandergeworfene, die du spreitest keinen deiner Finger. Lass ab
von ihm rief er nochmals und dabei schob er sie immer näher zu dem Kaiser
hin. Sieh nach den Pferden, sagte dieser schnell zu dem Falkner. es ist
dumpf unter diesen Bäumen und ich bin es satt mich von ekelhaften Fliegen
abweiden zu lassen und einem sinnlos betrunkenen Zuzuschauen, und seine
Spässe sind mir zum Ekel.
Bist du es satt Fliegen auf dir weiden zu lassen – missgönnst du auch ihnen
das Geringe. Du Ungrossmütiger. (sein Blick war böse u tückisch) so ist
nichts denn schuld als ein Talisman u. niemand als eine Behexung und es
wissen es die keinen Schatten werfen und die dein Herz in der Brust dürre
machen
Der Falkner war aufgestanden und der Kaiser sah nach rückwärts.

Seite 63:

sein Blick forderte lüstern die Gemeinschaft und das Einverständnis aber als er sah wie das Gesicht des Kaisers kalt blieb wechselte der Ausdruck und haftete mit so eindringlichem Hohn auf einer Stelle unter dem Halse des Kaisers. Unwillkürlich griff der Kaiser unter dem Gewand nach der Stelle seiner Brust wo er die lederne Hülse hängen hatte die mit dem Haarband umflochten war u den Brief der Kaiserin enthielt. und in sinnloser Furcht halb wie aus Erinnerung heraus suchten seine Finger nach ihr bis sie sie zwischen der Haut und dem Hemde fühlten; und da ihn dieser Augenblick des Erschreckens völlig ernüchtert hatte sagte er mit kalter Stimme halblaut vor sich hin: Worauf will dieser Trunkenbold hinaus und was hofft sich dieser Trunkenbold und ist er mit sich nicht im Reinen, ob er sie für sich behalten will oder an uns verkuppeln   Er sagte es mit einer fremden Mundart und der Falkner gab keine Antwort und warf nur einen schrägen bösen Blick unter seinen roten Augenbrauen gegen den Spassmacher. Das Mädchen hörte den kalten Ton und es durchfuhr sie wie eine Nadel dass sie vor der Jungen Schmalhüftigen verschmäht war, aber sie fühlte zugleich ihre Finger weich durchflochten von kalten dicken Fingern, ihren Leib umschlungen von runden Armen und ihr Gesicht eingehüllt in Blicke die schwimmend und feurig waren, von unerschöpflicher Zärtlichkeit. Unwillkürlich wurde auch ihr Blick zärtlich mit dem sie die seinigen erwiderte, und sie horchte mit Staunen auf die Rede die von seinen Lippen floss. Hinweg mit uns von diesem rief er aus, und sieh doch den gekniffenen Blick und die welken trockenen Hände. Hüte dich vor ihm, denn er ist einer der meint mit Befehlen und Verboten das süsse aus der Welt zu gewinnen und er ahnt nicht die Mittel zur wahren Seligkeit – er ahnt nicht wie süss es ist ein Bettler unter Bettlern zu sein und zu teilen mit Bettlern aus einer Schüssel. Darum lass Du von ihm, denn er ist dick und starr in seinem innern, ich aber bin der gerechteste und

335, 34 Ekel. *Danach, gestrichen:* Der Possenreisser wies mit ausgestreckter Hand und schreckverzerrtem Gesicht auf den Kaiser als sähe Gespenst. Schütze Du mich vor ihm *Das Folgende (S. 335,35–39) spricht der Possenreisser.*

N 56
5 V. ⟨1918⟩
Kaiser bei den Kindern. Directive.
Es geschieht etwas unendlich bedeutsames das in keinem Verhältnis zu dem Ausgesprochenem steht. Der Kaiser fühlt mit innerer Aufregung, dass, was immer er sagen u fragen wird, etwas bedeutsames geschieht. Er spürt die Albernheit seiner einzelnen Reden, des Fragens nach den Speisen u.s.f. so auch das unzulängliche seines Dialoges mit den Kindern: er hat das

VARIANTEN 4. KAPITEL 337

Gefühl – um ein Kleines könnte ich das Gespräch richtig führen, aber ich habe es verfehlt.

N 57
Kaiser: mit dem Mädchen: über sich selber zu reden als Genuss – obwohl es schlechte Manier. – Der Genuss von ihr Belehrungen zu empfangen: wie aus sich selber.
Das Nun-für-immer

N 58
19 V. ⟨1918⟩
Wer seid ihr fragte der Kaiser und er fühlte das Herz bis zum Halse klopfen Wo bin ich fragte der Kaiser seine Augen verdrehten sich. wer sind sie mir? Nur ein Gran von Grossmuth in deinem Innern!

337,10 Wer seid ihr *Davor wurden folgende Absätze gestrichen:*
Mit den Kindern.
Angst des Kaisers: dass die Zeit vergeht: Geschäft jedes einzelnen der Kinder:
Dies ist er der dich hereingeführt hat – Du kennst ihn. Er wusste nicht ob er die Augen geschlossen hatte –
Der Kaiser konnte kein Auge verwenden – ihm war zumut wie nie zuvor – der Anstand verliess ihn nicht – aber er bebte.
Die Tochter: Wie nur können wir deine Zufriedenheit erwerben?
Heran meine Brüder wir müssen ihm die Stunde verschönen das goldene Wasser des Lebens ist auf dem Wege und wir müssen seine Befehle im Voraus erfüllen. Aufmerksamkeit der Brüder.

N 59
Vorletztes.
Das Mädchen: Segne segne ihren Weg!
– Das goldene Wasser wird helfen!

15 H
Entwurf zu der zweiten Fassung des zweiten Teiles von Kapitel 4. Die letzte Seite trägt das Datum 27. V. ⟨1918⟩, ist also erst sieben Tage nach dem Beginn der Niederschrift 16 H konzipiert. Die Seitenzahlen innerhalb des Entwurfs nehmen Bezug auf die Niederschrift vom Januar 1918 (10 H). Die Seiten A. und B. sind jeweils auch als Seite 61 gekennzeichnet. Diese Seitenzahl bezieht sich auf die Fassung, die gerade in Arbeit ist, d.h. auf den nicht mehr erhaltenen Teil der Fassung vom Mai 1918. Seite B. ist die Vorstufe von Seite A.; sie steht dieser so nahe, daß sie hier nicht wiedergegeben wird.

Der Falkner hatte seinen Herrn aus den Augen verloren. Leise ging er nach längs des Wassers zwischen schönen Bäumen. Er sah an einem kleinen Weiher den Kaiser der sich spiegelte in der letzten Helle: der einen Brief herauszog und nach oben spähte. Der Falkner warf die Mäntel zur Erde, alles drückte ihn die Reinheit des Himmels selbst, er war müde vor Angst u Sorge ⟨er⟩ ging zurück in Reichweite aber ausserhalb der Bäume: er spähte den Himmel ab, der noch hell war und schon vom Mond durchströmt: seine Hoffnung war gering und er hoffte auf den Morgen. Aber er wollte nichts unversucht lassen. Er zog den Würger heraus. Er gab einen Angstlaut. Vorwärts du: deine tödtliche Angst verräth den Falken wenn noch kein Auge ihn wahrnimmt Er rief Ringeltauben. Oben erschien ein Punkt der grösser u grösser wurde. Kaum mochte er sich fassen vor Freude Er bedachte ob er nicht lieber: den Kaiser zu rufen mit dem Schrei des geschreckten Kaninchens. Er ahnte wohl wo der Kaiser wäre. Eben dort hatte er ihn sitzen sehen. Ebendort sah er jetzt den Falken niederschießen. Er hatte Angst nachzugehen. Der Kaiser blickte auf. er wurde nichts gewahr. Der Mond erinnerte ihn an die Ampeln im blauen Palast. Die Sehnsucht wurde gross. er zog den Brief heraus. Wie beim ersten Mal vermochte er nicht sogleich die Zeichen richtig zu verbinden denn sie waren auf die künstlichste Weise so angeordnet dass der Anfang in das Ende zurückging gleichsam als ob in der äußersten Schamhaftigkeit u. zartesten Zurückhaltung die Kühnheit der Anrede vermieden werden sollte. Er musste die Zeichen lange anblicken wie ein liebendes Auge ⟨indem⟩ gelang es ihm die Anordnung zu enträtseln und er verstand den Brief als eine Botschaft der Liebe die keiner wichtigen Nachricht bedarf um sich in Worte zu ergießen. Ungefähr dies war die Bedeutung die er darin zu finden meinte: Ich bin eingeschlossen in dir und harre deiner. Mich umschließen enge Mauern wie den Falken der auf seinen Pfleger wartet. Der Riegel ist zugetan und verknotet, keine Hand kann ihn lösen, als die den Knoten dieses Briefes löst. Er ruhte aus über der Schönheit ihres Gemütes. Er las abermals genauer: er fühlte die zarte Kühnheit dass sie mit diesem nachgesandten Brief ihn angeredet hatte aus freien Stücken ohne seine Aufforderung abzuwarten, es war als wolle sie ihn aus der Ferne zu einem Kampf der Liebe aufbieten. Er konnte es kaum ertragen diesen Kampf nicht augenblicklich aufzunehmen, sie zu besiegen und zu besitzen. Die Ungeduld u Sehnsucht Die Ampel des Mondes, der Spiegel des Weihers umsonst. Die Thränen traten ihm ins Auge. Er suchte ihr Bild auf diesem Spiegel sich hervorzurufen. Ein Eingang fiel ihm auf. Stufen. In einer solchen Höhlung mußte sie gelebt haben. Er malte sie sich hier aus dieser Höhlung heraustretend. Halb Thier halb Frau. Eine Kühle mischte sich ein: sie wehte ihn an: das juwelenhafte. Was ist es das mich dennoch von dir forttreibt sagte er vor sich? warum kann ich das was die Jagd mir bietet nicht mir dir vereinigen? was war es er vermochte es nicht zu nennen. Die Anmuth eines Tieres treibt mich zur Jagd – in dir einmal war es beisam-

men! Ihm war: er müsse es nennen können wenn er den Falken sähe – Du selber scheinst nicht mehr davon zu wissen nur einer weiß es er hat die herrliche Stunde miterlebt – er hat sie herbeigeführt O komm mir wieder, vergib mir vergib mir O komm du Mitwisser u Teilnehmer! laß mich den Laut hören: ich würde ihn verstehen – Ihm war, er müsse diesen Moment annullieren: zur Reinigung hier die Kleider abwerfen. Ein Laut schlug an sein Ohr: nievernommen – es war eine singende Klage – ein singender Jubel thierhaft u doch nicht. Der Spiegel des Weihers senkte sich Falkner sah das Felsenthor   sah über diesem den Falken hineinschlüpfen
Das Nun-für-immer
Monolog: Ungeduld! zu wenig! zu kurz
o nun und für immer als ich dich tödten wollte
Eine Art Vorhalle. Ein ehernes Tor. Alles altertümlich, und Tiefe des Berges die darüber lastete machte es noch ehrwürdiger. Ein Auge auf sich: der Falke. Er schien ihn einzuladen. Verschwindet in der Wand. Kaiser tritt durch die Thür die sich öffnet, wie er die Hand dagegen hebt. Er stand in einem sehr geräumigen Saal goldene Lampen. Ein Thron ein Tisch. Ein Wasserbecken. ein Knabe war beschäftigt aufzudecken bückte sich holte Schüsseln und sang dabei. Die wiederkehrende Zeile. Der Knabe wird den Kaiser gewahr und begrüßte ihn auf fremder Art. Dann schwieg er. Es ist an dem – und seine Stimme zeigte die Größe des Gemaches. Es dauerte einen Augenblick bis der Kaiser sich erinnerte dass es an ihm war zu antworten. Wer bist du fragte der Kaiser und wie kommt es dass du hier ein solches Mahl anrichtest für einen der zufällig des Weges kommt. Der Knabe gab keine Antwort – aber der Kaiser mußte seine Aufmerksamkeit auf etwas neues richten: die Kinder: in der Mitte ein schönes edles junges Mädchen das er nicht genug ansehen konnte war aus der Mauer herausgetreten: und zwei Knaben zur Rechten und zur Linken die dem Tafeldecker glichen. Sie schwebten wie mit geschlossenen Füßen, aber sehr schnell. Der Raum größer als er schien   Das Mädchen hielt einen gerollten Teppich in Händen, den sie indem sie sich bis nahe zur Erde neigte, vor den Kaiser hin legte. Vergib o großmächtiger Herrscher sagte sie indem sie sich aufrichtete – nun erst gewahrte der Kaiser dass sie trotz ihrer noch kindlichen Zartheit nicht um vieles kleiner war als er selbst – vergib dass ich dein Kommen überhören konnte vertieft in die Arbeit an diesem Teppich; sollte er aber würdig werden bei der Mahlzeit, mit der wir dich vorlieb zu nehmen bitten, unter dir zu liegen, so durfte der Faden des Endes nicht abgerissen, sondern er musste zurückgeschlungen werden in den Faden des Anfanges, denn wie wäre das Gewaltsame u. Abgerissene würdig, zur Ruhestätte deiner Füße zu dienen. Sie brachte alles mit niedergeschlagenen ⟨Augen⟩ vor: der schöne Ton ihrer Stimme drückte sich dem Kaiser noch tiefer ein als ihre Worte. Der Teppich lag halb vor seinen Füßen. Er sah nur einen Teil aber dies Gewebe war von einer Schönheit, derengleichen er niemals gesehen hatte. Blumen

gingen in Thiere über, aus den schönen Ranken und Bäumen wanden sich die schönen Gestalten von Menschen u Pferden heraus, Reiher schwebten darüber hin wie fliegende Blumen, er sah Jäger im Jagen und Liebende mit reizenden Mienen die einander umschlungen hielten, aber alles ineinander verrankt. Er fühlte sich an sein Ganzes Leben erinnert, aber an nichts bestimmtes. Kaum konnte er den Blick davon lösen, aber es schien ihm nicht artig seine Aufmerksamkeit einem Gegenstand zuzuwenden, bevor er einige Fragen gestellt hatte. Wie hast du es zuwege gebracht dies zu entwerfen in dieser Vollkommenheit? wandte er sich an das Mädchen die in Bescheidenheit einige Schritte weggetreten war. Ich scheide das Schöne vom Stoffe wenn ich webe, antwortete das Mädchen ohne Zögern, das was den Sinnen ein Köder ist u. sie zur Torheit u zum Verderben kirrt lasse ich weg. Der Kaiser sah sie an: wie verfährst du fragte er – und fühlte dass er zugleich gesammelt und namenlos zerstreut war. er sieht jetzt vieles im Saal und glaubt noch mehr zu sehen. Beim Weben verfahre ich sagte die junge Dame indem sie ihm zusah – wie dein gesegnetes Auge beim Schauen. Ich webe nicht was ist und nicht was nicht ist, sondern was immer ist. Der Kaiser sah plötzlich die Gesichter der beiden an der Ausdruck der Spannung war über ihr Alter. Sind Euer noch mehr Geschwister fragte er den einen; er wusste nicht wie ihm diese Frage in den Mund kam. Etwas Zauberhaftes entzückte ihn: er musste sich bemühen sie nicht anzurühren seine Lust nach Besitz fast wäre er aufgestanden Das hängt von dir ab, gab nicht der Gefragte sondern der andere der beiden zur Antwort. Nun wandte sich der Kaiser an diesen und fühlte wie er sich bemühte als werfe er ein Netz seinen Fragen einen spasshaften Ton zu geben zugleich staunte er über sich selbst: die Kühle in seinen eigenen Händen: Ist das Haus nahe oder ferne. Nun! verratet! seid ihr im Guten oder im Bösen von Eures Vaters Haus fortgelaufen, wie? Der Knabe blieb die Antwort schuldig er sah übern Tisch den Tafeldecker an, sie hatten aufs neue Mühe ihr Lachen zu unterdrücken. Der Kaiser richtete sich unmerklich mehr auf es kostete ihn Mühe und sah sie scharf an: habt ihr voraus gewusst dass wir einander begegnen werden fragte er wieder, aber ohne sich an einen bestimmten aus der Gesellschaft zu wenden Ist dies das Ende Eurer Reise oder der Anfang? liegt mehr vor Euch oder mehr hinter euch. Der Ton seiner Stimme war streng und seine Fragen folgten schnell nacheinander. Du liegst vor uns und du liegst hinter uns rief der Tafeldecker ganz laut indem er eine sonderbare schnelle Verbeugung vor dem Kaiser machte – und der eine von den Kleinen lief zu dem Kaiser hin, stellte sich dicht an ihn und indem er ihm mit gespieltem Ernst fest in die Augen schaute sagte er langsam und nachdrücklich: deine Fragen sind ungereimt o großer Kaiser wie eines ganz kleinen Kindes – aber sage uns dies: wenn du zu deiner Frau gehst, ist es um in ihrer Umarmung zu bleiben oder dich wieder von ihr zu lösen, und wenn du auf Reisen gehst ist es um fortzugehen oder um zurückzukehren – Was sind das für Reden –

rief die Prinzessin   Hierher und hinter mich! die Bestürzung gab ihrem Gesicht einen angstvollen Ausdruck: sie rief den Tafeldecker mit Namen und hob ängstlich die Hand gegen den Kaiser: die Schönheit der Hand war so groß: dass sofort seine ganze Aufmerksamkeit gefangen war. O wie können wir deine Zufriedenheit erwerben − Der Kaiser griff nach ihrer Hand: Auge in Auge   Ihr seids die ich um mich haben muss es sei auf welchem Wege immer   zu scharf   Angst in ihrem Blick   Angst sie zu verlieren Auf welchem Wege werde ich mit Euch vereinigt   Diese Frage ist zu gewaltig für Worte das Auge vermag ihr eine Antwort zu geben. Wann. wann? (Ungeduld) Zu wenig! zu kurz! Wir sind nicht in der Zeit   aber es ist unser ganzes Verlangen dass wir dort hin gelangen und ihr untertan werden   eine unbegreifliche Kühle: Die Antwort macht ihn die Augen schließen. er hörte ihre Stimmen an seinem Ohr.

Am entgegengesetzten Ende eine Tür gerade wie die durch die er eingetreten war   Als er die Augen öffnete sah er dass sie die Blumen frisch geordnet hatte − Leuchter überall brannten er sah ihr Gesicht leuchten und sie rufen: es ist an dem. Am Eingang stand einer der dort nicht gestanden war. Dort ist der Speisemeister und er ordnet an   Es ist an dem! Was soll das Wort das ich zum zweitenmale höre Was vollzieht sich? Warum alles so schnell?

Auch ein Mädchen bedient ihn kniend. Wie kannst du das thun? Jeder Dienst ist ein Weg zur Herrschaft − Eure Antworten sind unübertrefflich. Tanz: unsichtbare die ihm weichen wie Schatten. Man hätte nicht sagen können wer im Zimmer war und wer nicht. Wunderbare Anordnung. Wunderbare Vermengung. Betroffen wie noch nie. Er will sie festhalten: ihnen geben als Zeichen der Vereinigung: aber sie nehmen nicht: mit gefalteten Händen lehnen sie ab (Gleicht dies o Gast nicht meinem Teppich 63.) Ihr wisset Geheimnisse. Zwischen uns und dir gibt es nur ein Geheimnis die vollkommene Ehrfurcht   Sein Hunger: er nimmt mehr als er will. Freude des Mädchens und Stolz. Ja verstehen wir es, Feste zu bereiten   Ich trink Euch zu   Er hebt die Trinkschale: Lob und Preis dieser Bekanntschaft und der staunenswerthen Erziehung die Euch zu teil geworden ist. Ich begehre Auskunft wie ich Euch an mich bringen kann   Die Kälte seiner Worte verdross ihn. Kein Verhältnis zum Ausgesprochenen   Sie: Noch in dieser Stunde wirst du uns von dir jagen − wo wir dir den Weg sagen werden wie du zu uns kommen kannst. Er   ihr wisset um ein Geheimnis und es könnte mich selig machen, wenn ihr mich daran theilhaben ließet. Zwischen uns u. dir gibt es nur ein Geheimnis: die vollkommene Ehrfurcht   Sie: Es ist Euch schwer genug Ehrfurcht vor einander zu empfinden. Ihr versteht nicht die Feste zu bereiten!

Dem Speisemeister schien es zu langsam zu gehen: Das Mädchen hebt flehend die Hände zu dem Bruder: Lass ihm Zeit! Wir haben mit der Zeit nichts zu schaffen.

Kreislauf im Ausdruck von Qual zur Lust. Er versuchte nachzudenken aber es gelang ihm nur die silberne Schüssel aufzudecken und in die Speise zu greifen. Strenge Geberden des Ältesten. Nur mit den Lippen: Augenblitzen. Er ist überall. Blicke aller auf ihm. Er leitet das Ganze ihm scheint es zu langsam zu gehen: – Wer ist dieser? – Erkennst du ihn nicht den schnellen? Ist dies der Lohn dessen der – Des Kaisers Blick ruhte auf ihm ohne Verständnis Du hast Messer nach ihm geworfen Hat denn das Wasser nicht Platz gemacht. Ist die Tür nicht aufgesprungen Neues Servieren lautlos. Aufschauen auf den leeren Platz Unsäglich ehrfürchtiges Auftragen.

Schluss des Gastmahls:
Dunkel am anderen Tischende. Er sieht daß sie mit thränenüberströmten Gesichtern dort servieren und tief seufzend. Dies ist die einzige Musik im Saale diese Seufzer. Lampen herabgebrannt. Blumen welkend. Der Kaiser fühlte sich aufstehen wollen u. nicht können; er fühlte sich hinzeigen. Küchenmeister lässt innehalten im Servieren. ⟨Sie⟩ hielten inne mit Laufen und Schüsselreichen Deckelheben und Vorschneiden überall standen Schweigende Die Prinzessin beugt sich gegen den Kaiser; tritt näher zu ihm. Der Küchenmeister schreitet auf ihn zu wie ein Richter. Die Jüngern machen ihm ehrerbietig Platz. Seufzen.

Ihm fiel ein dass er keine Antwort gehabt hatte auf die Frage nach diesem. Wer ist dieser? Welche Überhebung in diesem Schreiten? Zu sich selber oder zum Mädchen Wer bin ich wer bin ich was sind sie mir? (sucht das Mädchen sein Gedanke es sind Todte: ein wissendes Lächeln: will zu ihnen: meint alles mit einer Geberde sagen zu können)

O Kaiser fehlt dir nicht dass sie nicht hier ist? und dass wir umsonst für sie gedeckt haben? Augenblicklich: es geht um seine Frau – Kinder: O dass wir Ihr Gesicht sähen! Kaiser: Was sind das für Klagerufe! – O warum erlaubst du ihr nicht hierher zu kommen in den Palast des goldenen Wassers – sie möchte kommen – aber sie kann nicht – du hinderst sie sein Blick macht die Gruppe reden deren Gesichter er trifft: er musste so schauen
Kaiser: Ihr wisset um ein Geheimnis und ich rate Euch es mir preiszugeben Küchenmeister: Schlecht ist der Lohn dessen: der dir hilft dich zu vereinigen – verachtungsvoll. das weiß dein roter Falke Mädchen: erkennst du ihn nicht wieder? Er wacht über ihre Wege.
Kaiser empörung: er knirscht mit den Zähnen: er will nicht überlistet nicht verwirrt werden durch die Ähnlichkeit. (in dem Blick Vernichtung u. Zusammengehörigkeit) Alles kam darauf an den Blick auszuhalten.
Das Mädchen: Billige ihre Wege. Sie sucht einen Weg zu uns. Kaiser: Welche Umwege? (er hasste sein Eingehen darauf) Die Kleinen mit wechselnden Stimmen. Man muss einen Brief zu lesen verstehen! Es ist deutlich genug. Was fruchtet es wenn wir dir sagen was du nicht fassest Kaiser: der Brief sagt eine Mauer umgebe sie – eine Hand allein kann den Knoten lösen

VARIANTEN 4. KAPITEL   343

Du denkst nur an dich, darüber weinen wir ja! die Zeichen sind zweideutig
wie die Herzen man muss sie zu lesen verstehen. Du trägst ihn ja auf der
Brust.
Wisset ihr denn alles? – Wir wissen das Notwendige! Sollen wir unsere
Mutter nicht kennen? Tiefe Schwermut. Weh dass mein Spassmacher sich
unterstanden hat von meiner Schwermut zu sprechen – er hat diese Stunde
nicht gekannt schwere dumpfe Schläge Ein Gran von Grossmuth!
Segne, segne ihren Weg! riefen die unten standen (Wer seid ihr? (er fühlte
das Herz bis zum Halse klopfen) Wo bin ich (seine Augen verdrehten sich)
Wer sind sie nur?) Du hast sie umgeben mit Mauern Darum muss sie ja
hinausschlüpfen wie eine Diebin! nun muss sie sich hin schleichen zu den
Häusern der Menschen wie eine verdürstete Gazelle! Nun tut sie die Dienste
einer Magd: aber es grämt sie nicht, sie tut sie um unseretwillen u. kaum
dass die Sonne auf ist so sitzt sie: auf ihrem Bette und ruft mit Verlangen –
wo bist du Barak – dir befehle ich mich denn dir bin ich mich schuldig –
Was sind das für Worte – die entscheidenden (er stand auf schwer als ob er
eine fremde Last aufrichten müsste sie lag an seiner steinernen Hüfte)
Wer ist dieser Barak Er ist nur ein Färber und der ärmsten einer aber --
wir verneigen uns vor ihm. bis zur Erde riefen die Kinder. Welchen Handel
hat sie mit ihm Des Mädchens Gesicht gleich dem seiner Frau. – Sie geht
auf ihn zu und fleht. Er sucht den Dolch um nach ihr zu werfen So kann
nichts uns helfen als das goldene Wasser

338, 22 f. Er ... anblicken *Variante, die ohne Rücksicht auf die Syntax eingeführt wurde; die Vorstufe lautete:* Aber in dem er den Brief anblickte

339, 13 Eine Art Vorhalle. *Darüber:* Seid ihr hier zuhause. Wir sind hier zuhause u. anderswo. Dies ist der Palast den das Wasser des Lebens zuweilen aufsucht.

339, 13 altertümlich *Das Wort ist gestrichen, darüber befindet sich außerdem der Zusatz* nicht!

340, 14 zerstreut war. *Darüber:* Mühe gesammelt zu bleiben aber alles einzeln entnehmend Baudelaire

341, 3 Kaiser *Darüber:* Kaiser dachte nach was dahinter steckt

341, 14 f. Am ... war *Später Einschub.*

343, 10-22 Du hast ... Wasser *Einschub, der noch einmal auf S. 342, 42 zurückgreift. Er ersetzt zum Teil die folgende, gestrichene Passage:* Es ist an dem! rief der Älteste. Der Tisch war weg. Der Kaiser rief: O ihr die ihr hier und dort seid, ihr seid Todte – ich liebe Euch – lasset mich bei Euch! Ich liebe Eure Feste! – Ihr seid allmächtig u. allgegenwärtig: so bin ich in meinen besten

Momenten! nehmt mich auf! Eure Feste sind himmlisch (Er will die Hände
heben: die Schwere war zu groß)
O nur ein Gran von Großmut!
Du bist mit uns verknüpft! ahntest du nur auf welche Weise. Vermöchtest
du uns zu glauben!

343, 11 hin schleichen *Am Rand: (70), bezieht sich auf 10 H, S. 319, 29 ff.*

16 H

In meiner Arbeit machen sich die wohltätigen Folgen Deiner Anwesenheit
und der unvergleichlichen Aufmerksamkeit, die Du so gut warst, dem neuentstandenen Teil zu schenken, sehr wohltuend fühlbar. *Das schreibt Hof-*
mannsthal am 20. Mai 1918 an Andrian. Am selben Tag beginnt er mit der Nie-
derschrift des zweiten Teiles (S. 144,19–157,31) des 4. Kapitels, der Begegnung des
Kaisers mit den Ungeborenen. Diese Fassung wurde später vollständig in die Nieder-
schrift 23 H übernommen. (Näheres S. 346 ff.)

17 H – 19 H

Die folgenden drei Handschriftenseiten markieren den Übergang von der Mai- zur
Juli-Fassung des ersten Teiles (S. 139,1–144,19) des 4. Kapitels.

17 H

Diese Seite, noch Schema, trägt das Datum 1. VII ⟨1918⟩. Sie lehnt sich noch eng
an die Mai-Fassung an.

Episode des Kaisers. Anfang. Der Brief.
Der Brief ihm gebracht inmitten der Jagd. Aufgeregtes Durcheinander-
schreien der ganzen Jägerei: alle wie betrunken. Die Meisterschüsse. Lob
der Hunde. Wo der Kaiser hintritt, alle ihm schmeichelnd. Aufzählung des
von ihm erlegten. Über das Betragen des gefallenen Wildes: dass es ihm zu
huldigen, aus der Tiefe des Waldes gekommen sei. Der Brief gebracht. Erste
Lectüre in sinnlicher Aufregung: erste Auffassung. Er wirft sich auf den
Brief wie auf die Frau, excitiert durch die Hindin. Einer ihn fragend, wo
denn der Kaiser sei: dann lösst er die Eingeweide aus einem der Falken.
Ihn ekelt: er heisst alle, an den Fluss hinabgehen, ihn allein lassen. Er geht
den Wald aufwärts, nur von zwei Stummen begleitet, die durch Zeichen
miteinander reden. Zweite Lectüre: zweite Auffassung. Eine grosse Traurigkeit befällt ihn. Die Ahnung, was es zu bedeuten habe, dass aus den Höhlen
alle Tiere gekommen wären. Ehrfurcht vor den Schriftzeichen. Ahnung
dass er sterben werde, ohne vom goldenen Wasser getrunken zu haben.
Ceremonie der Reinigung: Noch höher aufwärts, allein, das Pferd führend:
die Sonne: sie verschwindet in einer Spalte des Gebirges. Gebet an den
Kaiser. Ahnen, an den dessen Macht ich nur spiegele, dessen Vollkommenheit ich nur vorstelle wie der Schauspieler vorstellt. Dritte Lecture an einem

Quell. Ehrfurcht vor den Worten. Absicht hinzureiten zu der Frau: imaginäres Zwiegespräch mit ihr, über unberedbare Dinge. Sie hat keine gelöste Zunge. Sie ist zu nahe vor ihm, ganz mit ihm verflochten. Erscheinung des Grossen Kaisers in der Höhle. Aufreihung der Geister der Lästerung, des Mordes, der Unzucht im lebenden Kaiser.

18 H
Diese Seite führt die stichwortartigen Notizen der Seite A. von 15 H weiter aus. Die singenden Stimmen tauchen noch nicht auf. Noch ist es allein seine Sehnsucht nach der Kaiserin, die den Kaiser in die Höhle lockt.

lösen als die auch den Knoten dieses Briefes löst. Er las abermals und meinte jetzt noch genauer zu lesen: ihn durchdrang die zarte Kühnheit, dass sie mit diesem nachgesandten Brief ihn angeredet hatte aus freien Stücken ohne seine Aufforderung abzuwarten: es war als wollte sie ihn aus der Ferne zu einem Kampf der Liebe aufbieten. Er konnte es kaum ertragen, sie hier in dieser Einsamkeit zu besiegen und zu besitzen. Vor Ungeduld und Sehnsucht traten ihm Thränen ins Auge. Er hob die Arme vor sich hin Etwas wie ein schmaler hoher Eingang in der basaltnen glatten Fläche fiel ihm auf, der genau bis an den Spiegel des Weihers hinab reichte, und ins Innere des Berges führen musste. In einer solchen Höhle hast du gelebt nun sehe ich es, auf der kleinen Insel, die die ebenholzschwarzen Wasser des Berges umflossen. warum bist du nicht da? Ich sehe dich vor mir ich weiß nicht ob Frau oder Tier! Wozu die Ampel wozu den Weiher   Ich stehe hier – drüben ist ein Palast. Er sah dass geglättete basaltene Stufen ins Wasser hinabführten die er vorher nicht bemerkt hatte. Der Spiegel des Weihers war unmerklich aber fort und fort im Fallen, und die oberste Stufe lag schon ganz frei. Aber auch dort wo er stand waren am geglätteten Rand basaltne Stufen – Er wollte hin   zwischen ihm und dem Eingang traten viereckige Platten hervor – es mochten die Pfeiler einer Brücke sein. Er wollte hin – und doch – Was ist ein Palast in dem er sie nicht fand? und es gibt einen und den verlasse ich. Du liegst dort juwelenhaft, kein Schatten wagt es – was treibt mich fort
Eine Brücke baute sich unter seinem Schritt. Die Geländer waren aus Gestalten.

19 H
Die Seite enthält noch ein Stück des Monologs des Kaisers. Die singenden Stimmen locken ihn in die Höhle. Dieser Entwurf ist eine direkte Vorstufe zur Juli-Fassung.

so hast du mich einmal gesehen, du scheinst es selbst nicht mehr zu wissen, einer weiß darum, er hat die herrliche Stunde miterlebt, er hatte es kaum ausgesprochen so schlug ein Laut an sein Ohr fremdartig geheim, er drang von unten herauf, nicht wie Falkenschrei, nicht wie Menschenruf, andere Laute hiengen sich an den ersten, es war ein seltsames Singen, wechselnd stärker u schwächer, heller u dunkler nie hatte der Kaiser einen Gesang gehört, der diesem glich. Es war nicht traurig und nicht fröhlich, aber feierlich fremd und geheim. Der Gesang schien sich zu nähern und zu entfernen, es war als ginge die Singende unterm Singen auf und nieder, aber unter der Erde. Nun strich der Klang gerade aus dem Tor auf den Kaiser zu, es schien er käme mit einem kühlen feuchten Anhauch übers Wasser her. unsäglich verlangte ihn zu hören: die Stimme drang in ihn herein wie nie etwas es war nicht Furcht und nicht Hoffnung aber ein tieferes. Wer bist du die so singt? Steine waren genug, glatte Blöcke von Basalt den Fuß herüberzulegen wie eine Brücke. Schnell war er drüben. Er hielt sich mit den Händen an der glatten nassen Felswand, lauschend mit angehaltenem Atem die Füße fanden einen Tritt, so schob er sich seitlich herüber gegen das dunkle Thor. Die singende Stimme wurde schwächer er hörte neben sich das fallende Wasser rauschen, in das Rauschen hinein den sausenden Schwingenschlag eines großen Vogels Er setzte in diesem Augenblick den Fuß auf die Schwelle des offenen Thores, er sah wie über seinem Kopf der Falke in einem Spalt des Berges verschwand als wollte er ihm den Weg weisen, so trat auch er hinein, er wusste nicht wie. Kühle. Angst: den Falken verloren, die Stimme aufs neue. Er staunt über sich selber. Er war in einer Art Vorhalle, Stufen führten nach abwärts, geglättet wie in einem Brunnenschacht der uralt sein musste, unten stand eine Thür entgegen, uraltes Holz mit ehernen Bändern zwischen ihr und dem Gesang war Gemeinschaft er fand kein Schloss keinen Griff als er sie anrührte, öffnete sie sich

346,3 glich *a. R., gestrichen:* Sein Musik-verständnis Thränen
Monolog des Kaisers: der hin und her geht auf dem Friedhof
Dies ist wie ein mahnender Wächterruf
dann widersinnig berauscht wie von Vögeln in der Paarung

23 H

Die dritte Fassung des vierten Kapitels besteht aus dem zweiten Teil der zweiten Niederschrift (16 H), die seit dem 20. 5. 1918 entstanden war, und der Neufassung des ersten Teiles (S. 139, 1–144, 19) seit dem 22 VII 18 (Datum auf der ersten Seite des Manuskripts). Sie ist vollständig überliefert und stimmt in ihrer Endstufe mit dem ersten Druck weitgehend überein.

Die Seiten sind durchgehend von 51–80 paginiert. Da die vorhergehende, hier ersetzte Fassung des ersten Teils länger war, fehlen in der Paginierung die Seiten 60–64. Die Seite 59 (S. 144, 19–30) stellt die Verbindung zwischen den beiden Teilen her. Ab Seite 65 wird die alte Fassung vom Mai 1918 beibehalten. Die Verbindungsstelle, die ihren Anfang in den letzten Zeilen der Seite 58 nimmt, weicht in der Formulierung etwas von dem gedruckten Text ab. Die Passage S. 144, 10–17 ist

VARIANTEN 4. KAPITEL   347

noch nicht ausgearbeitet, sondern nur am Rand der Seite 57 (S. 143, 3–21) zum Teil in Stichworten angedeutet.¹
   Die Niederschrift enthält sehr viele Binnenvarianten, zum größten Teil Einschübe. Bemerkenswert ist in den Außenvarianten das häufige juwelenhaft, *wenn die Schönheit der Kinder erwähnt wird. Dasselbe Attribut charakterisiert auch die Kaiserin. Die wichtigsten Außenvarianten werden im folgenden wiedergegeben.*

139, 5 besetzt war. *Hiernach erfolgt eine Schilderung des Lagers der Jagdgesellschaft, die auch in der Reinschrift, dort allerdings später gestrichen, noch vorhanden ist. Da der Text in der Reinschrift mit der Endstufe der Niederschrift übereinstimmt, soll hier ein Verweis auf 24 H (S. 349) genügen.*

143, 10–17 ihm war ... zugegangen.] ihm war als der Kaiser langsam hinüberging, als ob er mit seiner Frau die er sich herangerufen durch Murmeln und durch ein Blatt das er aus einer goldenen Hülse zog im Wassersturz baden wolle und ihn vergessen habe er schloss die Augen, bei dem leisen Rauschen nickte er ein. Dann habe eine Hand ihn angerührt, der Kaiser selbst ihn gerüttelt, ihn gefragt ob er eine Stimme höre. Er habe angestrengt gehorcht, ein Singen vernommen wie von einer Stimme oder mehreren wechselnd, ganz so fein und abgestimmt wie wenn einer mit einem Silberhammer auf ein Glockenspiel aus Porzellan schlüge von unten her oder aus dem Berg. Dem Kaiser habe es geschienen aus der Höhle zu kommen, in drei Sprüngen war er drüben,

147, 21 sehen.] sehen. Die Herrlichkeit der Wände, die aus Augit und Almandin bestanden, und in denen das Licht der Lampen sich spiegelte als wären es glühende Blumen war ohne Gleichen.

147, 24 wie *Durch den folgenden Einschub des Wortes* jetzt *ist der Bezug zu der vorher beschriebenen Art des Sehens ausdrücklich hergestellt.*

149, 38 Hände;] Hände; seine Hände waren lang u schmal wie des Kaisers selber und die weiten Ärmel seines Brocatgewandes fielen von ihm ab wie fließend Wasser *(vgl. N 49, S. 332, 1–3)*

150, 11–34 Statt dessen N 49, S. 332, 9–23 und 10 H, S. 316, 3–10.

153, 5–12 Diese Passage ist noch nicht konzipiert. Sie wird angedeutet durch die kurze, eingeschobene Notiz: das kleine Mädchen Wahre Größe ist Herablassung

153, 30–32 Er ... drohten.] Er beschloss kein Zeichen zu geben, dass er irgend etwas bemerke und griff nach dem Becher der vor ihm stand aber

---

¹ *Von der Seite 76 ist ein Fragment der Vorstufe (S. 153, 29–154, 8) überliefert, da Hofmannsthal die Rückseite für Notizen zum 5. Kapitel verwendete. Sie tragen das Datum 20 VII ⟨1918⟩.*

sein Griff war unsicher und er goß den Becher um und ohne es zu wollen sah er im gleichen Augenblick erschrocken auf den Großen hin, den er für den Küchenmeister hielt.

154, 12–31 Er wandte ... verdrängte.] Sie tat noch einen Schritt auf ihn zu. Er lächelte ihr zu und in der Verfassung in der er sich befand war er in sich überzeugt, dass er mit diesem Lächeln ihr ein entscheidendes Einverständnis bekannt gab; er öffnete die Fläche seiner linken Hand gegen sie: diese Geberde schien ihm in diesem Augenblick genügend, um auszudrücken dass er ihr ihres und sein Schicksal anheimgab. jetzt gießen die das Wasser darauf. Sie lächelte hingebend und das Gefühl dass sie im Ausdruck seiner Frau glich, durchfuhr ihn aber er hatte keine Zeit, sich darüber zu verwundern

157, 31 Hiermit sollte das Kapitel nicht enden. Es war vorgesehen, daß die Kinder in Gegenwart der Statue des Kaisers ein Gespräch zur Erklärung des Vorgefallenen führen. Dazu finden sich Notizen am Ende der letzten Seite der Niederschrift: Die Hoffnung ist nun am Ende. Ist denn nicht das goldene Wasser auf der Wanderschaft. Wenn sich unsere Mutter mit ihm verbündet, so wird uns geholfen werden. *Hierzu gehören auch die folgenden Notizzettel N 60 und N 61.*

N 60
Die Ungeborenen: Wie schwer es den Menschen sei, genug Ehrfurcht vor einander zu empfinden – einander als Magier zu verehren. Sie sagen: »sie verstehen nicht, die Feste zu bereiten. Wir sind die Bereiter der Feste.«

348, 20 Die Ungeborenen *Davor wurden folgende Absätze gestrichen:*
Die Stimmen in der Höhle.
in Gegenwart der Statue. Zuerst loben sie das neue schöne Standbild.
Nicht lange drauf sprach eine ...
Sie reden von der verborgenen Thür dem Riegel aus besonderem Stoff. Der nur der vorbestimmten Hand weicht.
Wo ist unser Bruder, der Falke. Indem kehrt der Falke zurück. Sie sagen, dass er den Vater am meisten liebt. (Dies aber nicht so ausgedrückt wie hier, sondern in den Andeutungen, die der Wahrheit näher kommen: er sei am leidenschaftlichsten – daher auch bereit, vor ihnen zu sterben.)

N 61
Der Kaiser u. die Kinder
letztes bewusstes Moment des Kaisers so: »seine Seele war übervoll aber es waren nur trübe unklare Empfindungen in ihm von denen keine sich aufklärte sondern die eine verdrängte die andere, wie in stillem gleichmäßigen Kreislauf.« Ungefähr so
Dann: die Wesen sprachen jedes für sich aus was es dachte und es klang

zusammen. Wir sind nicht todte wir sind deine Ungeborenen – dir wollten wir uns zeigen – nun müssen wir hoffen dass unsere Mutter gegen deinen Willen den Schatten erreicht
Wir sind allmächtig und allgegenwärtig auch Euer innres ist uns offen aber wir sehnen uns Menschen zu werden. Wir sind die Zeugen eurer Prüfungen, die geheimen und es geht um unser Schicksal. Wir leben auf eines hin: auf die vollkommene Verbindung zweier Wesen. Dies ist der Palast den das Wasser des Lebens besucht auf seiner Wanderschaft Unser Bruder der mutige ist als Falke dir nahe gewesen du hast das Messer gegen ihn geworfen – Ihre Gesichter allein erleuchteten den Raum. Sie verloschen wie Flammen und die Statue blieb allein.

24 H
Die erste Reinschrift, die zur Frau ohne Schatten *überliefert ist. Sie muß als Vorlage entweder für ein Typoskript oder für den Druck gedient haben, denn schwer lesbare Worte sind zur Verdeutlichung mit Bleistift wiederholt. Die Abweichungen der letzten Stufe von der Druckfassung sind sehr gering. Im Vergleich mit den vorausgegangenen Niederschriften gibt es nur wenige Binnenvarianten. Sie nehmen an den Stellen zu, die in 23 H noch nicht ausgeformt waren (S. 153, 5-12).*

Die wichtigsten Varianten, meist zusätzlicher Text, werden im Folgenden wiedergegeben.

139, 5 besetzt war. *Danach, später gestrichen:* An Stelle der bleichenden Leinwand lagen jetzt bunte Schabracken und Sättel, Pferde und Hunde sprangen durcheinander, Fasanen und Wildesel hingen kopfabwärts aus den Maulbeerbäumen herab, Jagdfalken, mit ihren schönen Hauben auf, saßen im Weinlaub, die jungen Jäger drangen in den Bienengarten ein und schnitten große Honigscheiben aus oder sie liefen hinter den barfüßigen Dorfmägden drein, die eilig die Schafe gegen den Wald hin trieben; der Oberkoch begehrte trockenes Holz und seine Knechte rissen gleich eine ganze Hütte um und machten damit Feuer, so schnell daß ein alter Mann und ein paar Ziegen kaum entspringen konnten, dafür leiteten Andere in versteckten bleiernen Röhren blitzschnell das Mühlwasser abseits gegen einen reingeformten Hügel hin: Da sprangen Springbrunnen, die Zeltausspanner waren an der Arbeit und rammten Pflöcke ein, dort sollte sich das Zelt für den Kaiser erheben in gekühlter Luft und die Wasserkünste indem sie alles umplätscherten und wie gezückte Schwerter gegeneinander sprangen zeigten gleich den Grundplan an für das Hauptzelt den inneren Hof und die Seitenzelte.

143, 16 weg.] weg, immer mit wechselnden Stimmen wie aus dem Berge.

143, 19 dann] dann, eifersüchtig über sein Ausbleiben und wer die singenden Kinder wären, die seinem Herrn so viel Aufmerksamkeit abgewannen,

144,14 eindrang.] eindrang wie aus einem uralten Brunnenschacht.

144,19 wieder.] wieder, der Tonfall davon war von sanfter Traurigkeit, und doch wie ein Lächeln darüber beinahe ein leiser Spott.

146,4 Anfanges.] Anfangs, denn wie wäre das Gewaltsame und Abgerissene würdig, zur Ruhestätte deiner milden Füße zu dienen?

148,23 Tische ... verharren] deiner Frau gehst, geschieht es, um in ihrer Umarmung zu bleiben

149,7 stark] stark und voll geheimen Sinnes

153,9 Gesicht] juwelenes Gesicht

155,12 wohl;] wohl, wie ein Panzer;

155,34 warum.] warum. Es war in ihm wie ein Gefäß, das aufgieng und aus dem sich ein bitterer Saft eiskalt auf das Herz ergoß.

5. Kapitel

Das erste datierte Schema zum 5. Kapitel stammt vom 21. September 1916. Es bildete die Grundlage der Niederschrift zweier Entwurfsseiten, die um den 17. Juli 1917 entstanden sein müssen. Der erste umfangreichere und ausgearbeitetere Entwurf entstand Ende Januar 1918, gleich nach Beendigung der Niederschrift 10 H des 4. Kapitels, und umfaßt nur S. 158, 1–159, 8, ist allerdings nicht mehr vollständig erhalten. Danach, vermutlich im Februar, entstanden Notizen zu dem Entwurf vom Juni 1918. Ebenfalls in den Februar fällt die Korrespondenz über Färbverfahren mit Alfred Roller, den Hofmannsthal hinsichtlich der Darstellung des Färbers bei der Arbeit um Auskunft gebeten hatte.

Vom März bis Mai 1918 unterbricht Hofmannsthal die Arbeit am 5. Kapitel, um die zweite Fassung des 4. Kapitels zu konzipieren. Im Juni 1918 entsteht dann ein Entwurf, der fast das gesamte 5. Kapitel umfaßt. Die Hammerscene, die darin noch nicht enthalten ist, entsteht Mitte Juli 1918, während sich Hofmannsthal Ende Juli wieder mit dem 4. Kapitel befaßt. Bis hierhin liegt noch keine kontinuierliche Niederschrift des gesamten 5. Kapitels vor. Die Darstellung des Efrit macht Hofmannsthal Schwierigkeiten, und er bittet in einem Brief vom 4. August Pannwitz um Rat.

Die vollständige Niederschrift, die von dem Endtext kaum mehr Abweichungen aufweist, entsteht erst im Juli 1919.

N 62
Der Text wurde später gestrichen.

Nach dieser Nacht (dem Lamm-erlebnis) Schlaflosigkeit der Kaiserin – alles

durcheinander: ihr Mann ihr fern: sie will ihn sehn immer schiebt sich der
Färber dazwischen.

N 63
Der Text wurde später gestrichen.
Kaiserin: Ihre Träume: der Kaiser ihr fern! wieso gerade dieser?

N 64
Nächster Tag: dumpf begründete Eifersucht
zu der Kaiserin: als wegen deren Gewalt über den Efrit und vermuteten
Anteil an dessen rascher Fortschaffung. wachsend: Angst vor der Gewalt
der Kaiserin. Verdacht: zu deren Gunsten geschehe das Ganze.

N 65
Nächster Tag. Anordnung.
Die Frau winkte die Amme zu sich und überliess es der Kaiserin sich dem
Färber zu nähern.
Rede der Färberin zu der Amme   Entschluss viel zu kaufen. Sie gehen aus
unbemerkt.
Für die Kaiserin vergeht bei der Arbeit ein undefinierter Zeitraum.
Die Amme zurück: o was sie treibt! sie hat ein Haus gekauft. Sie hat dem
Ältesten der Goldschmiede ins Gesicht geschlagen! nun schickt sie mich
sehen was ihr Mann macht.

N 66
nächster Tag:
Färberin: Ich weiss sein Gesicht nicht mehr, aber ich bin ganz in ihm wie in
heissem Wasser. Vorwärts u fort! zu ihm sollst du mich bringen! dort wird
mein schlechtes Ende sein!

N 67 – N 68
Die Notizen sind überschrieben: Färberin über die Kaiserin. *Ursprünglich sollte
dies der Efrit, dann – aber nur kurz erwogen – die Amme über die Kaiserin sagen.*

N 67
Die ersten beiden Zeilen wurden nachträglich oben auf dem Blatt eingefügt.
Efrit's Gegenwart in der Luft, unsichtbar, diesmal fürchterlich; die Amme
zittert.
Schnell ist die Ferse, lang sind die Zehen. Sanft u. zart sind die Hände u.
Füsse. Muschelwölbig ist der Rist. Die Beine sind schlank wie bei der Ga-
zelle. Gülden ist der Körper wie Gold erglänzt ihre Haut. Sie ist so ge-

schmeidig dass kein Staub und Schmutz daran haften kann.
Dies sind die Merkmale an ihr, mit denen begabt sie nur zwei Bahnen betreten kann, keine dritte: ganz weg von den Menschen, ganz zu den Menschen.
Sie wird erkennen dass alles was an den Menschen ist, durch Geburt bedingt ist: und somit wird sie begehren einem Kind das Leben zu schenken. Es muss Hilfe geben! schrie die Amme.
sie ist gesalbt mit gesalbter Nähe

N 68
Wenige Gedanken fasst sie aber diese wenigen leuchten von ihrer Stirn wie Sterne
sie nennt sie: ungesprenkelt
Zur Amme: Du bist auf einer üblen Fährte

N 69
letzter Moment:
Die Ifrit hereinbrechend: die Kaiserin ihnen befehlend, wendet alles.
Sie hat dem Färber das Schwert aus der Hand gewunden.

N 70
I^{te} Etappe
Kaiserin
Dastehen wie entrückt halbgeneigt – vor einem Herrn
Sie erkennt den Weg. Ihr erstes Wort: Lebewohl.
weiter: bestrebt dem Barak eine Tür zu öffnen: ein gemauerter Raum wo er Werkzeug aufhebt u Krüge mit Terpentin
das Entzücken über den Schatten unter dem hockenden Barak der ihr in Tiefe voll Leben erscheint und dessen die Färberin nicht würdig
Ihr Entzücken über alles.
Ihr Entschluss die Färberin zu berauben.

N 71
I^{te} Etappe.
Grosse Glut gleich von der aufgehenden Sonne.
Die Herrlichkeit des Schattens für die Kaiserin: wie einer der Haschisch gegessen hat, anmassend glaubt sie den Schatten usurpieren zu dürfen.

N 72
I^{te} Etappe.
Amme: Geständnis, dass sie den Efrit nicht ganz in der Hand hat. Ich vermöchte wohl ihr die Frist abzukürzen. Aber sie muss sich mir u dem Efrit völlig überantworten. Kann sein sie bleibt dann wo liegen in Stücke zerrissen oder als Thier ... Hündin.

In der Morgensonne. Hohläugig. Wildes Erschrecken der Frau. – Sie war in verzweiflungsvollem Nachdenken. Sie liebt den Efrit und fürchtet ihn namenlos. Sie fürchtet etwas von ihr selbst was ihr entgegenkam. – Wut auf die Unberührte schickt sie weg. Rücksichtslos im lauten Sprechen gegen den Mann. Die Kaiserin hasst ihr Gesicht. Küsst den Schatten. Glaubt sich im Rücken berührt. Sie wollte um die Fischlein fragen. Sie muss sich wild umschauen. Die Färberin lacht über sie wirft ihr Holz nach. Später stößt etwas sie zu Barak hin. Die Glorie der Ungeborenen um Barak schwebend. Die Amme: dämpfe deine Stimme, die Frau noch lauter. (Barak redet am Fluss mit den Brüdern.) Die Frau: er soll hören u. erstaunen. Wir wollen reden über mein Freudenleben. Was hat er für einen Palast u. was für Diener. Ich habe dich für eine Lügnerin gehalten. Ich muss dir abbitten. (Sie wischt einen Platz neben sich ab, heißt sie sitzen.)

Barak kommt vorbei und nickt gutmütig. flüsternd. Nachmittags will ich ihn sehen: am Flusse. Die Amme: dann wirst du es vollbringen

Bei der Scene wo er den Hammer schwingt, will die Färberin mehr Erstaunen vor ihrem Mann als dessen er fähig ist. (Er ist nach den schrecklichen Geschehnissen von III 5 eines unerschöpflichen Erstaunens fähig)

353, 5–9 Die Kaiserin ... schwebend. *Einschub.*

N 73
Die Überschrift des Blattes lautet: II^{te} Etappe. (u III^{te}). *Die zweite Etappe umfaßt S. 353, 23–29, die dritte S. 353, 30–354, 10.*

Frau: Ich will aus meiner Haut heraus: ich will zu der Mutter Grab. Die Amme: den willst du sehen, der dich sehen will. Färberin: Meine Mutter verstand zu beten. O dass ich mit ihr reden könnte. Wir hatten einen Ahn, der war Reich. Vermächtnis. Neugeborenes Kind ist rein wie die aufgehende Sonne. Dieses gebe ich dahin. – Nun antworte mir über den, den du heranführst. – Störung durch den Mann. – Kannst du mich nicht befreien von diesem Lästigen – Gerne u. schnell.

Vor der Scene des Hammers:
Natürlich ist er da – schreit die Frau – denn ich spüre alles Niederträchtige in mir aufsteigen – alle Lästerung alle Hurerei, alle Gefräßigkeit, alle Bosheit. Dieses starke Wasser soll nicht diese erbärmliche Mühle treiben! (schreit sie in Baraks Ohren) dies hört die Kaiserin Was willst du tun, rief die Amme. Ha! Ha!

Wart nur, du wirst gleich sehen. Sie umkreist Barak. Lass den Fremden hinter mich treten, meinen Geliebten. Ich will dass er mich hinauszieht, ich will nicht dies da im Rücken haben. Ha, er schläft mit offenem Mund, Fliegen werden in seiner Mundhöhle ihre Hochzeit halten.

Sie streckt die Zunge gegen Barak heraus.

Gespräch Baraks mit seinen Kindern, dem die Kaiserin genau zuhört Wir

bereiten ein Schwert: der Friedfertige soll ein Schwert haben   Barak lächelt im Schlaf ja er lacht ein wenig   Das kann die Kaiserin nicht ertragen
Die Amme in Angst: es sei ein zu arger Teufel im Spiel »Ich bin abhängig von ihrem Willen!«
Die Kaiserin rüttelt Barak auf. Wut = Blick der Färberin auf sie.
Er soll geritten kommen! er kommt geritten auf einem Wesen, nicht Mann und nicht Weib: das dem Barak gleicht   Die Materie, Mauer u. Tür, gibt nach wie weicher Lehm
Barak stürzt sich auf die Frau: Wo sind meine Kinder? (man habe ihm die Kinder geraubt) Wo hast du sie hingebracht!

N 74
bei Sonnenaufgang III^{ten} Tages
Färberin: Reflexion über Gebet. Über Reinheit u. Reinlichkeit. Frommes Vermächtnis, damit eine Hauptstrasse völlig gereinigt werde   Neugeborenes Kind, aus dem Schmutz geboren und doch rein wie die aufgehende Sonne. Frauen lassen Kinder vom Hunde ablecken, der Fluss als Reiniger der Stadt
Lügen als höchste Unreinlichkeit.

5 H

Diese Disposition ist datiert 21. IX. 16., wobei die Jahreszahl später mit Bleistift eingefügt wurde. Sie trägt die Überschrift: Färberhaus (= IIc IId IIe). *S. 355, 43–356, 13 ist ein Einschub, der sich auf einem besonderen Zettel mit der Paginierung N befindet.*

Das Falknerhaus hatte nur drei kleine Zimmer. In dem einen die Töpfe. Alabasternes Gefäß   Die Amme aufspringend, erstaunt die Kaiserin schon wach zu finden. Furcht vor der Frist. Der Efrit muss heran: mit Schmuck ist die nicht zu bestechen. Die Schönheit des Efrit und die Qual die er ihr antat das war der Widerhaken an der Angel   Ich kenne die Menschen ich habe sie im Gefühl wie die Köchin weiss wann es gar ist. Es wird ihr nicht leicht, denn die welche nicht kommen sollen kämpfen um den Einlass und der mit dem breiten Maul ist ihr Vorkämpfer aber er ist zugleich ihr Vernichter. Hier fliegt die Erinnerung durch die Kaiserin   Sie fängt an ihre Nacht zu erzählen   Hinunter und sie umgetrieben – sie darf nicht allein bleiben mit sich selber. Die Kaiserin schien etwas sagen zu wollen. Die Kaiserin: Ich bin mit mir ins Gericht gegangen. Ich muss ihm den Schatten verschaffen. Amme erstaunt über das Aussehn der Kaiserin. Als sie leise eintraten, ging draußen die Sonne auf. Die Färberin steht im Hof. Sie spähen zuerst: Färberbrüder schlafend in verschiedenen Stellungen die Frau sie höhnisch betrachtend. Wo ist mein Mann sagt sie. Verzweiflungsvolles Nachdenken. Dann rasende Unruhe: auf u. niedergehen. Es waren welche da die mich weckten. Kaiserin hasst der Färberin Gesicht. Kaiserin küsst den Schatten der Frau in der Morgensonne. Die Kaiserin schleppt sich hinaus an den Fluss setzt sich seitwärts, Tücher zu schwemmen. auch Barak da: mit Geräthen. Euphorie der Kaiserin: die Welt ist L'homme-dieu. Zauber des Bedienens. Sie fliegt hin, ihm zu reichen. Stimmen bei ihrem Ohr ... noch undeutlich. Barak auf. sucht nach Geräthen. (Die Kaiserin innerlich auf ihn zugetrieben.) Er will zuhause bleiben: die Brüder zu Markte schicken. Wieder die Stimmen bei ihrem Ohr. Sie will die Amme fragen, ob sie damals beim Kochen keine Stimmen gehört hat. Was waren das für Fischlein. Sie freut sich dass es solche Fischlein gibt: die Welt ist. Sehr heiß. Ein Zank: um das Lamm das sie verzehrt haben. die Brüder aus dem Hause gejagt. – Kaiserin: ihre Träume kreisen um Barak so oft sie seiner nicht ansichtig wird. (Hab ich schon das Grausen verloren). Die Amme: Wo steckst du! es wird gut. Ich werde dem Mann ein Pulver geben. Sie will aus dem Haus: aus ihrer Haut, wir haben so gut wie gewonnen. Ich glaube sie will draußen am Fluss den Efrit begegnen. Ich werde ihr was vortäuschen denn ich weiß nicht ob ich den gleichen errufe. Kaiserin: Die Hündin. Ich will sie sehen. Aber sobald sie die Frau gesehn hat: du irrst dich. Amme wüßte ich, ob der Färber fort ist oder nicht. Frau: Wen bekümmert das. Komm her du Alte. Der Efrit soll in majestätischer Gestalt kommen, mit schwarzen Fackeln so hab ich einmal nachts eine todte Frau tragen sehen; so will ich geholt werden von hier vor Baraks Augen. Wer war dein Mann und woher hast du dein Wissen. Ganz capriciöse Übergänge, slawisch. Ich werde gehen an den Fluss und ich weiß, worauf es ankommt. Über Teint-pflege etc. Aber wie kann ich o weh! Alles ist zu schwer auf mir! ich will aus meiner Haut heraus. Ich will zu meiner Mutter Grab, mich beraten. Ich will ihr Vorwürfe machen, das wird mich erleichtern. Die Amme: du willst den sehen, der dich sehen will. Färberin: Meine Mutter konnte beten. Wir hatten einen Ahn, der war reich: frommes Vermächtnis. (Hauptstraße.) Neugeborenes Kind ist aus dem Schmutz geboren und doch rein wie die aufgehende Sonne. Solche gebe ich dahin. Nun antworte mir über den, den du heranführst. Antworte mir genau: denn ich verstehe dass ich um seinetwillen es tun werde. (In dem ist der Mann herinnen, macht sich zu tun, stört sie) Kannst du mich nicht befreien von diesem lästigen. Er macht mich dumm. Er hat mich erniedrigt! dieser! dieser! – Im Augenblick begehrt er zu trinken, und sinkt betäubt hin. Amme. Nun fort mit uns: denn ich muss mich gewaltig anstrengen ihn zu rufen. Die Frau: Nein hier. – Und antworte mir. Was soll mit diesem geschehn. Amme: Du wirst ihn nicht sehn! Die Frau: Werde ich ein Korn sein, wird dieser ein Huhn sein u mich aufpicken —— ich kann ihm nicht entfliehen. Die Amme umschlingt sie, schmeichelt ihr, sagt was sie kann. Die Färberin will den Efrit sehen, ohne dass er sie gewahr wird: ohne dass er nach ihr begehrt schmeichelnd wie ein Kätzchen (Sie will das Unmögliche: denn diese Wesen entstehen aus dem Dunst der Begehrenden.) Das Dilemma: Färberin: will sich aus-

malen, wie das genau zugehe, wenn man ewige Jugend erwerbe, keine Falten am Hals kein Welken der Brüste (Ihre Prae-existenz ist die des grenzenlos fordernden Kindes) Ihre Forderung geht auf Unendlichkeit, ohne dass sie dies in Abstracto ahnen würde: sie feilscht nur um Brüste, vor denen jeder erschrickt – ein Gesicht, das jeden andern Gedanken ausschließt: das Lästerliche in der Schönheit ist es, das sie anstrebt, das Dämonische. Dann passe ich zu ihm, dann will ich ihn mir unterwerfen: Hoffahrt, Unzucht, Habsucht. (Dabei sieht sie sich in dem Spiegel) Ausser der Zeit sein! (unwillkürlich kommt etwas grausames in ihr Gesicht und sie sagt: es ist recht, die Ungewünschten abzutun: denn sie sind Mörder kraft ihrer Begierde, hier herzukommen. Sie sind wie Räuber die nachts in ein Haus eindringen wollen – und dieser dort ist ihr Helfershelfer. (Hier fallen der Kaiserin die Fischlein ein.)
Handel mit der Amme. Die Amme: dann soll er in deinen Armen schlafend sein. Sie schmeichelt ihr. Frau: ohne dich soll er da sein, das hasse ich dass er durch dich kommt denn ich hasse dich und alles was in mir mit dir zu tun hat. Amme: Es ist schwer ihn zu rufen. Frau: Auf einem heiligen Weg müsste er zu mir kommen dann wäre ich die seine. Es ist unheiliges in mir genug. Darum muss ich streng sein gegen mich. Aber ich will nicht gefesselt bleiben an das Abscheuliche: so hilf mir doch! Die Amme: Später wirst du deine Herrin sein auf einer Insel, im Lustgarten ... Komm an den Fluss. (Es muss ein fließend Wasser dabei sein) Die Kaiserin empfindet die Lust in dieser Rede u. Gegenrede: Die Welt ist: es ist als wären Freunde um sie. In der Scene des Hammers abermals das Wort: widerruflich – Wut der Frau: was muss ich tun? Grab.
um deinetwillen habe ich mich in die Hände einer Närrin gegeben Rückkehr der Amme: Frage nicht, ich habe Gräber gescheuert von Frühverstorbenen: ich weiss die Namen von 7 Geschwistern; wir haben Ceremonien gemacht, sie hat sich mit ihrer todten Mutter beraten.

7 H

Die beiden Entwurfseiten tragen die Überschrift: Nächster Tag. Anfang. *In die Seite A. ist der Zettel μ (= N 75) einzuschieben, der 17 VII 17. datiert ist.*

Dieser Entwurf, der vom Anfang des Kapitels bis ungefähr S. 163,23 reicht, führt die vorangegangene Disposition (5 H) etwas weiter, aber immer noch hauptsächlich in Stichworten, aus.

Ausführlicher als in 5 H ist der Eindruck, den Barak auf die Kaiserin macht, beschrieben: Die Kaiserin geht hinaus an den Fluss, Tücher zu schwemmen. Der Genuss des Tücherschwemmens: die großen guten Hände des Färbers Auch Barak da: mit Geräthen – Euphorie der Kaiserin: die Welt ist. Baraks Nähe als Element: seine Schritte hin u. her: als gesegnete Wiederkehr. Sie läuft zur Amme ihr melden: dieser verdiene Lohn L'homme-dieu. Barak sucht

VARIANTEN 5. KAPITEL   357

nach Geräthen. Kaiserin fliegt hin, sie ihm zu bringen. Der Raum wo er
seine Krüge aufbewahrt: seine Güte. ihr Entzücken über dies alles. Er
scheint ihr ein gütiger Zauberer. Elementarisch. Sein Zustand: Dürsten,
Angst; sein frommes Hinnehmen. Er schickt die Kaiserin mit Post an
die Brüder. »O mein Vater«
    Gegen Ende sagt die Färberin: Das hasse ich dass er durch dich kommen soll:
denn ich hasse all das Niedrige, was in mir mit dir zu tun hat. Ich bin mir
dann im Klaren dass ich eine Gemeinheit begehe – Ich begehre etwas
vom Anfang, was nur das Ende hat, warum wirfst du mir das
nicht vor? *Schon etwas weiter oben hieß es:* Färberin (über sich selber) »Wenn
der Mensch eine Gemeinheit tut, ist er sich darüber immer klar.«
    Die Hammerszene wird in diesem Entwurf nicht erwähnt.

N 75
Die Seite μ, durch Verweis in den Entwurf 7 H einbezogen.
Mittlere Etappe.
17 VII 17.
Schrecken der Kaiserin, bei dem Gedanken, dass nach dem Plan der Amme
weiter nichts dahinter sein soll, wenn die Färberin erwischt und dem Efrit
ausgeliefert ist. Das unmittelbar durch eine dünne Wand ins ringsum gäh-
nende Chaos hinausstürzen der Menschen ängstet sie: wogegen ihr das
Tier-sein so lieblich ungefährdet, auf immer geborgen erscheint. So sind
also die Menschen, solche, die einer beständigen Rettung bedürfen, sagt sie.
Und ihr steht fest, dass man sie beständig retten müsse. Zugleich imponiert
ihr das an den Menschen, dass sie die Schöpfer der Dämonen sind von denen
sie dann wieder verlassen werden. Diese gefährlichen Vorzüge vor den
Thieren.
Amme sagt: davon weiß ich nichts!

N 76
Veränderungen in Cap. IV.
die Frau auf dem Bette: Umblicken nach dem Efrit verzweifeltes Hinsinken. Die Amme streckt hart gebietend die zwei Finger aus. vorher wirft sie
die Arme in die Luft.
Tiefe Verneigung der Kaiserin vor Barak ehe sie weggeht.

            8 H
Der Entwurf ist überschrieben: vorletztes Capitel Gespräch Kaiserin u. Amme
bevor die beiden ausgehen in den Basar *Den letzten Abschnitt bildet der
Text von N 98.*

Amme: Wo steckst du! es wird gut. Ich werde dem Barak eine Pastille
geben. Ein Viertel davon ist genügend um einen Elefanten eine Woche

schlafen zu machen. Sie will aus dem Haus, aus ihrer Haut, wir haben so gut
wie gewonnen. Sie ist so gut wie bereit draußen am Fluss den Efrit zu begegnen. Am Fluss wiederholte die Kaiserin   Es muss ein Feuer oder ein
Wasser dabei sein. Aber ich bin in Sorge: denn ich weiß nicht, ob ich den
gleichen errufe. Denn der Efrit ist schweifend u. ein Genosse derer die auf
Zerstörung sinnen. Er verliert sich, wo nicht die Brücke des Trachtens hergestellt ist. Sie hat eine feine Nase: sie ahnt dass ein andrer kommen wird
Aber ich werde ihr irgend einen schaffen, einen wilden Teufel! dem sie
nicht widerstehen soll. möge aus ihr werden was wolle
Kaiserin in höchster Angst: Was wird aus denen die sich mit dem Efrit
einlassen?
Amme: Zerrissen wie ein Vieh. Wie sollen die Treue bewahren die nur aus
dem Dunst des Begehrens erschaffen sind!
Kaiserin: Sag es mir genau. Ich will es wissen u. verstehen. Ich ahne dass
bei ihnen die Vermischungen sind wie nicht bei den Thieren. Die Tiere sind
unschuldig u. treu. Aber was tut der Efrit mit ihr? Wohin will sie? Denn
ihnen ist nicht gegeben ins Grenzenlose zu stürzen. (Außer durch Spiegel-
fechterei.)
Kaiserin: Er, Barak, ist unterm Bogen: er dient einem Sinn. Wie kannst du
dagegen freveln?
Amme: Er lässt sie wo liegen mit umgedrehtem Genick, das Gesicht im
Rücken.
Kaiserin: das wird nicht geschehen! (et iterum) denn ihr Mann wird sie
beschützen u. ich werde zu ihm stehn!
Kaiserin: Solch eine dünne Wand trennt sie vom Hinausstürzen ins Chaos!
So bedürfen sie also einer beständigen Rettung. Und es steht fest dass man
zu ihrer Rettung herbeieilen muss Ich habe es vorgestern u. gestern 2 mal
gespürt: als ich sie hielt u. als die Fischlein starben Ich war unter den Fischen etc.
Amme: Ich weiß nicht, was du redest. Was gehen dich diese an. Sie gibt
sich dem hin was in ihr ist. Sie will nicht unterm Bogen sein: sie will der
maßlosen Gier sich geben: sie will sich todfressen an ihrer Gier darum
schaff ich aus ihrer Gier den der ihr das Genick umdreht. Die Kaiserin: Die
Hündin! o die keinen Tiernamen verdient – Amme: So sind die Menschen
Kaiserin: Sie soll ihre Freude haben und mit dem Schatten zahlen! aber
nicht mehr als dies: und dann dem Gatten gut sein – aber ihm soll werden
was er sich wünscht zum Lohn u. er soll Kinder haben Sie sollen beide zusammen glücklich werden. Ahnung der Untrennbarkeit der Ehe
Er spricht mit mir von seiner Frau. Aber mir klingt etwas in den Ohren. Er
ist voll Weisheit Geduld u. Güte; und ohne alle Gier. Er ist wie Tiere sind,
so sorglich. – Nun sage mir wie soll es geschehen. Amme: Du ahnst nicht
wie solch ein Handel innerlich aussieht bei diesen Adamssöhnen!
Was wird geschehen, wenn der Handel zu Ende ist?

VARIANTEN 5. KAPITEL   359

Die Frau kam heran: Die Kaiserin auf sie: du irrst dich sagte sie.
Die Frau: Fort mit ihr. Wie untersteht sie sich auf mich zu schaun! sie ist
mir aufsässig! – Alle deine Geschichten waren armselig. Die Betrügerinnen
sind armselige Betrogene. Sie sah in die Ferne. Aber ich werde gehen an
den Fluss wenn es Abend wird und ich werde wissen, worauf es mir ankommt.

                                    9 H
Entwurf zu dem Dialog zwischen Amme und Färberin, überschrieben: Amme u.
Färberin (1tes Gespräch), *in 11 H übernommen. Die Gedanken der Färberin
über die Person des Efrit (vgl. 11 H, S. 362, 6–9):*
Sie sagen dass er ein Lump ist und das Unheil bringt über jede. Es gibt
welche die sagen er ist einer von den Ifrit. Darum gefällt er mir. Die Ifrit
hausen in Ruinen u. essen Leichen die sie gestohlen haben, ja?

359,11 Sie sagen *Davor, gestrichen:* Ich kenne einen gräulichen Alten, er haust
mit drei Hündinnen u. man hört sie gassenweit heulen wenn er sie peitscht.
Ich weiß er ist ein Zauberer u kann allerlei Gestalten annehmen. Wer bürgt
mir dafür dass du nicht seine Milchschwester bist u. seine Handlangerin!
(sie lacht)

                                   11 H
Fragment eines Entwurfs von Ende Januar 1918. Die erste Seite ist überschrieben:
Capitel. *Am Rand:* (nächster Tag).
Das Falknerhaus hatte nur zwei kleine Gemächer. Als die Amme im ersten
Frühlicht zur Kaiserin hereintrat fand sie zu ihrer Verwunderung diese
schon wach und auf ihrem niedrigen Lager sitzen. Die Amme kniete bei ihr
nieder und nahm das Alabaster-Gefäß mit dem braunen Saft hinter dem
Bette hervor. »Mir ist wohl. Ich fühle dass wir heute den Schatten gewinnen
werden« sagte die Kaiserin. Ihr Gesicht strahlte, Glaube Liebe und Hoff-
nung durchdrangen sie, und die Amme verbrauchte die doppelte Menge
von dem Saft. Werde ich ihn in Händen halten? fragten die schönen Lippen,
indess das Kinn u die Wange sich geschwärzt hatten. Er muss schwarz wie
Ebenholz sein und durchsichtig, nur, wird er sich denn sogleich an meine
Ferse anheften? Komm sagte die Amme. hinunter und sie umgetrieben Die
Frist ist kurz genug und sie ist keine von den Bequemen. Sie war schon zur
Tür hinaus, den Wald und die Parkmauer entlang, die Kaiserin hinter ihr
drein. Sie flogen in geringer Höhe übers freie Feld hin. Die aufgehende
Sonne schien hell über den Fluss herüber, der in der Ferne glänzte. Die
Amme setzte ihren Fuß auf einen der erhöhten kleinen Dammwege die
zwischen den Reisfeldern hinliefen, und beeilte sich, als fürchtete sie, das
Entscheidende zu versäumen. Gegen ihre Gewohnheit war sie schweigsam
u. nachdenklich. Die Kaiserin lief hinter ihr drein: alles schien sie fröhlich

u freudig anzublicken sie hätte gern geredet. Ich kenne die Menschen sagte
plötzlich die Amme, wie wenn sie zu sich selber spräche. Ich habe sie im
Gefühl, wie die Köchin weiß, wann das Huhn im Topf gar ist. Es wird ihr
nicht leicht: die welche nicht kommen sollen, kämpfen um den Einlass und
der mit dem breiten Maul ist ihr Vorkämpfer, aber er ist – Gott sei Dank –
zugleich ihr Vernichter. – Der Weg führte an eine kleine Brücke die einen
Graben übersetzte der zu dieser Jahreszeit trocken war. Von drüben kamen
Frauen eine hinter der andern, die zur Feldarbeit gingen, und die Amme u
die Kaiserin mussten zur Seite treten um sie vorüberzulassen. Als sie der
alten schwarzweißen Elster ansichtig wurden lief ein Lachen die ganze lange
Reihe durch von der vordersten bis zur hintersten. Der Efrit muss heran,
sagte die Amme, als die Frauen vorbei waren und ich muss sie ihm ausliefern, je eher je besser. Mach es schnell rief die Kaiserin und mach es ohne
den Abscheulichen. Ich will seine Hilfe nicht bei dem Geschäft. Die Amme
wandte sich halb um: die Schönheit des Efrit u. die Qual die er ihr antut
sagte sie mit Überlegenheit indem sie die Augen zukniff das ist der Widerhaken an der Angel. Was soll er mit ihr? fragte die Kaiserin. Die Amme blieb
stehen und sah ihr voll ins Gesicht: Was der Hahn für die Henne und der
Bock für die Geis, das ist er für sie. Wie denn? sagte die Kaiserin sie hat
doch ihren Mann den Färber – indem schlug in der stillen Morgenluft ein
Laut an ihr Ohr, der sie traf, dass sie sich jäh umwandte. Sie sah hinter sich
wie zwei der Bauernfrauen sich an den Feldrain gesetzt hatten und schnell
u geschickt ihre kleinen Kinder wickelten, welche sie an der linken Hüfte
befestigt mittrugen. Die Kaiserin sah unverwandt hin und das kleine
schnelle Weinen der Kinder drang in sie hinein. Das Glück der Mutter
schien ihr in jeder Bewegung zu liegen: schöner als Tiere wie die kleinen
rötlichen Leiber sich um die Hände herumschmiegten u sie verwandte keinen Blick von der schmutzigen kleinen Arbeit   Dann lief sie der Amme
nach und zupfte sie am Gewand: hättest du auch von einer solchen einen
Schatten für mich erhandeln können, fragte sie es wäre lustiger zu handeln
gewesen. Die Amme sah sich im Weitergehen flüchtig um und gab keine
Antwort. Sie schien in Unruhe u. Sorge über irgend etwas. Sprich nicht und
gib acht, sagte sie, hier sind Stricke. Ihr Weg lief am Ufer eines Canals:
schlafende Männer lagen auf dem Verdeck der Barken, die mit Tauen an die
Grabsteine eines alten weit hingedehnten Friedhofes gebunden waren. Ein
alter Mann mit schwarzem struppigem Haar wie ein Gebüsch schlief platt
über dem Weg, das eine magere Knie rechtwinklig angezogen, auf dem ein
kleiner Vogel saß. Als die Amme über ihn hinweg stieg flog der Vogel auf
und setzte sich auf einen Hollunderbaum, der eines der Gräber beschattete.
Die Amme blieb stehen und sah zurück. Sie sah wie die Kaiserin ohne
Zögern über den schlafenden Menschen hintrat, und ging kopfschüttelnd
weiter. Sie gingen über eine Brücke und betraten ein ärmliches Stadtviertel,
durch das der Canal gegen den Fluss hinlief. Links und rechts waren Häuser.

Hinter den Brettern mit großen auswärts gekehrten Nägeln u Eisenspitzen mit denen die Wohnungen u die Kramläden verwahrt waren, sah man Menschen liegen und schlafen. Der eine oder andere, halb aufgewacht, sah den zwei Frauen mit einem leeren Aug nach und gähnte mit Wohllust. Da und dort an einer Straßenecke

Hier schließt sich die Seite 82 an, von der nur die untere Hälfte erhalten ist:

sehen was das Weib treibt. Es ist viel wert, sehen und nicht gesehen werden. Wie gerufen trat die Frau aus dem Haus in den Hof. Sieh wie sie in aller Früh schon aussieht, flüsterte die Amme, und wie gut dass es so heiß wird wo doch die Sonne kaum aufgegangen ist. Das wird ein Tag wie wir ihn brauchen. Die Färberin ging quer über den Hof ohne irgend etwas zu achten. Ihr Gang war völlig verändert und sie hielt den Kopf schief wie ein kranker Vogel und sie schien in ein verzweifeltes Nachdenken versunken. Indem traten die Amme und die Kaiserin leise aus ihrem Versteck hervor: die Frau schien in keiner Weise verwundert, sie an dieser Stelle zu sehen: Es war als wäre sie sich gar nicht bewusst dass sie sie seit gestern Abend nicht gesehen hatte. Wo ist mein Mann? sagte sie, aber es war nicht eigentlich eine Frage, die sie an die beiden richtete; auch wartete sie keine Antwort ab und kehrte ihnen sogleich den Rücken. Auf einmal schien sie die schlafenden Schwäger gewahr zu werden: sie beugte sich über sie und betrachtete sie höhnisch u. verachtungsvoll eine lange Weile. Indem sah die Kaiserin dass ein dunkles Ding am Ufer, welches sie für den dunklen Boden einer umgekehrten Barke gehalten hatte, sich bewegte und sie erkannte Baraks mächtigen Rücken. Er war aufs Wasser gebeugt und schwemmte Tücher. Die Färberin winkte die Amme heran und ging mit ihr gegens Haus. An der Tür blieb sie stehen u. runzelte die Stirn; Die Kaiserin sah über die Schulter der Amme und als sie die Feuerstelle gewahr wurde überkam sie eine mit Angst vermischte Neugier »Was war, als du kochtest und die Fischlein in der Pfanne brieten?« wollte sie fragen und zugleich verwunderte sie sich dass sie Nächte und Tage hatte vorübergehen lassen ohne diese Frage zu stellen. In diesem Augenblick richtete die Färberin den Blick auf sie: es war als läse sie ihr die Frage von den Lippen ab und ihre angespannten Züge verfinsterten sich noch mehr: Wer bist du eigentlich? fragte sie jäh. Bist du eine Unberührte oder ein Weib und wo ist der zu dem du gehörst? Du bist nicht Fisch und nicht Fleisch. Mach dich fort. Ich will dich nicht sehen. Die Amme wollte ihre Tochter entschuldigen. Dorthin! und hilf schwemmen! Hilf Zeug tragen hilf bringen – sagte die Frau. Sie ist mir verhasst an Händen und Füßen, schweig mir von ihr, setzte sie hinzu. Sie wischte zwei Holzschämel ab und ließ sich auf den einen nieder. Ich habe dich zuerst für ein Lügenmaul und eine Windmacherin gehalten: ich muss dir abbitten. Da setze dich zu mir. Du kannst mehr als Pasteten kochen! und hast mir zugeschworen, ich hätte einen liebenden Freund in der Welt, der meiner ge-

dächte und du hast mir einen gebracht, den meine Augen nie gesehen hatten.
Sie sprach jetzt langsam u. nachdenklich, wie wenn sie sich alles längst vorher genau überlegt hätte. Nun gut, du stehst in seinen Diensten und du kannst noch mehr wie Pasteten kochen. Er will mich haben. Auf und auf den Markt Ich will das sehen, um was ich mich verkaufe Ich kann ganz wohl errathen wer er ist. Ich habe genug von ihm und seinen Streichen gehört, das ganze Stadtviertel ist voll davon. Er ist der Sohn eines reichen Badhalters, nicht so? und heißt glaub ich Radschis und ist ein Lump und ein berühmter Frauenverführer und gepriesener Mädchenverderber? Ich habe mir zuweilen gedacht, wie einer aussehen müsste, von dem sie so abscheuliche Dinge erzählen. Nun gut, ich habe ihn gesehen, dank dir, o meine Lehrerin. Sie sah finster vor sich hin. Ist es dieser, gieb mir Antwort, fragte

359, 34 Am Rand ist schon der Ersatz für die ganze folgende Passage, die den Weg der Kaiserin und der Amme beschreibt: Sie stießen hinab und standen am Färberhaus.

360, 27 herumschmiegten *Danach:* (Augen wie ein Sperber)

N 77
nächstes Capitel.
das Zurechtlügen der Vergangenheit durch die Färberin –

N 78
Färberin
Ihr Schicksal: das Zusammensein mit quälenden hässlichen Dingen der Hass gegen die Vergangenheit

N 79
nächster Tag:
das Einkaufen aller Art Dinge vormittag: sie spielt die Verwöhnte Reiche –
das Bestellen der Waren ins Haus; ihr schwebt vor: das Haus durch das Festmahl ganz zu verwandeln für Barak.
Sie begegnen ihm, der die Ware austrägt.

N 80
Notizen zum Besuch der Färberin in der Stadt (vgl. 20 H, S. 370f.).

Schneesammler Auskehrer Lastträger
Nicht unten im Laden sondern oben im Saal

N 81 – 86
Der Färber sollte ursprünglich durch das, was die Kaiserin der Amme über ihn

erzählte, charakterisiert werden. Hierzu gehörte auch die Schilderung der Herstellung der Farben, die später ins 6. Kapitel übernommen und dort von dem Färber selbst gegeben wird. Diesen Übergang markiert N 84, zuerst bezeichnet als Reden der Kaiserin: *und dann korrigiert in* Färbers Reden zu den von ihm hallucinierten Kindern. *Anscheinend hat Hofmannsthal auch erwogen, den Brüdern diese Rede in den Mund zu legen, denn die Überschrift dieser Notiz, die ursprünglich lediglich* nächstes. *lautete, wurde verändert in* Die Brüder. *Auch in dieser Version gehört sie zum 6. Kapitel.*

In der späteren Version (von N 86 an), die die endgültige ist, wird der Färber unmittelbar bei der Arbeit gezeigt. Den Übergang zeigt deutlich N 85.

N 81
Nächstes
Der Kaiserin Rede über den Färber: wie er aus dem Schmutzigen das Schöne-Farbige herausdestilliert, aus dem Lichtscheuen das Leuchtende –
wie er zwischen seine Seufzer u. Unruhe die Handgriffe setzt: er hat einen der Brüder hinter dem andern hergeschickt
Sie erzählt das Handwerkliche wie einen Mythos –

N 82
Notizen zur Rede der Kaiserin über den Färber. Die Zeile 26f. ist am Rand doppelt angestrichen.

Kaiserin:
Er hat mir 1000 schöne u geistreiche Dinge gesagt: über die Reinheit, die Lasten und die Freude über die Zartheit u die Güte
er ist ein Zauberer mit seinen Geräthen
er hat mir das Beispiel einer sonderbaren Hofhaltung gegeben.
Ich habe mein ganzes Leben umsonst gelebt da ich bis jetzt deinesgleichen noch nicht kannte

N 83
nächstes: Amme u. Kaiserin

Drei Reden der Kaiserin: 1te es ist kein guter Tag, die Brüder haben viel Confusion gemacht, er ist matt, muss trinken wie sonst nie. in der Vorrathskammer ist dies umgekommen, er hat viel Sorge. Ihm ist heute heiss wie nie, sagen die Brüder. Die Frau macht ihm sorgen: Was ist mit dir, sagt er. Spricht er so viel? sagen die Brüder! Den Einaugigen hat er der Frau nachgeschickt. Aber mir machts Freude.
2te: Seine Hände sind geschickt: er ruft die schönen Farben hervor, dies alles gelänge nicht wenn er nicht sorglich wäre – mich freuts hier wie unter den Thieren. Lob auch der Brüder u. ihrer besonderen Geschicklichkeiten.
3te (beim Abgehen der Amme): Die Gefahren die diesen Wesen drohen: sie

wissen nichts von sich selber – das Wetter schadet ihnen – sie verwirren sich – solches wie der Efrit muss man von ihnen fern halten. umgekehrt müssen wir ihnen zu hilfe kommen: ihr Werk ist das Reinste was sie haben, das halten sie rein mit allen Kräften. Sie versteht die Einheit von Seele und Werk.

N 84
Nur die Grundschicht dieses Notizzettels gehört zum 5. Kapitel. Die zweite Schicht stellt Notizen zum 6. Kapitel (N 103) dar.

Reden der Kaiserin:
er nimmt die Farben aus den Blumen heraus und heftet sie auf die Tücher – so auch aus Würmern: – ich habe Fische gekannt die im Sterben so schöne Farben spielten. Die Federn der Vögel: hochroth und gelbe Brüste –
er habe immer aufgestöhnt unterm Arbeiten: Nichts nichts gefällt ihr, die Rosen nicht, das schöne Pelzwerk nicht, der silberne Springbrunnen nicht – weil sie sich die bleichen Farben auf den Kinderwangen nicht erarbeitet hat – so liebt sie nur Grau und Schwarz –

N 85
Diese Notizen zur Arbeit des Färbers gehörten in die ursprünglich geplante ausführliche Rede der Kaiserin über Barak. Sie waren zuerst überschrieben Kaiserin: dann wurde, bedingt durch die neue Konzeption, u Barak hinzugefügt.

Die Ceremonien die er macht: die schönen Wege im Wasser: wie für Genien: er tut alles Ungeborenen zu Ehren die reinlichen Sonderungen und die lieblichen Vermischungen die liebevolle Sorge für seine Krüge: die Wege und die Vereinigungen, die seine gesegneten Hände bewirken, die Herrlichkeit der Farben u. ihre Bescheidenheit, geleitet die Zauberkraft seines Gemütes: die Liebe zu seinen Werkzeugen: die Gelassenheit mit der er arbeitet und die fromme Sorgfalt auf ein Ziel: die Ehrfurcht vor sich selber und die Wegbereitung für ein Höheres –
Mir ist wohl in seiner Nähe wie mir war als ich unter Wasser schwamm mit Flossen oder mit Schwingen in der Luft kreiste: so künstlich arbeitet er. wie hast Du mir nicht gesagt, dass die Menschen so gut sind! (und sie läuft ihm nach.)
Er handelt unablässig, um einen Weg zu bereiten.
1° Barak: Wecke meine Brüder aber wecke sie nicht gewaltsam Sind sie nicht wie Kinder bei der Mutter wenn sie so an der Erde liegen u schlafen Sie gleichen nicht Todten. – Da Du mir zur Gehilfin bestimmt bist
2° Bring mir zu trinken – Beachte die Sonne. denn ich bin heute vorzeitig müde: ich weiss nicht wie mir ist. Gepriesen der keine Müdigkeit kennt u des Auge niemals zufällt, Einer über allen. Suche mir meinen Hammer – Terebinthenoel u Kampferoel

VARIANTEN 5. KAPITEL   365

2°. Haste nicht.
3°: Horch. Ihre Stimme.

364, 37 Beachte die Sonne. *Einschub*

N 86

Der Färber bei der Arbeit.
seine Hände bereiten im Wasser einen schönen Weg
die reinlichen Sonderungen; die lieblichen Vermischungen liebevolle Sorge
für seine Krüge, Werkzeuge
Gelassenheit bei der Arbeit
Fromme Sorgfalt auf ein Ziel
Ehrfurcht vor sich selber und Wegbereitung für ein Höheres   Wie hast du
mir nicht gesagt dass die Menschen so gut sind? Mir ist wohl in seiner Nähe
und sein Gesicht scheint mir schön.
Im grossen Kupferkessel Garnstränge im Indicum. Wie lange?
Schlachters blutige Kleider gestern abend eingeweicht; jetzt auf Bretter
gebreitet, mit fester weisser Thonerde eingerieben. (diese aus einem irdenen
Fass). Die eingethonten Stücke im Schaff getreten. Heisser Dampf; blicklos
geduldiges Treten (so Krischna auf dem Kamm des Thieres) Schaff immer
wieder umgekippt; neuer Thon, neues heisses Wasser; ganze Last auf den
Schultern zur Trockenstatt.
Garnstränge heraus: stärkster Dampf; hält sie mit der Linken, schlägt mit
einem kurzen Stock, dass die Luft zu jedem Faden zutritt und schmutziges
Gelblichgrün sich in leuchtendes Blau verwandelt. Dachleiter hinauf, blaue
Bäche übern Rücken. Windstösse. Sandwirbel.
Mahlzeit: auf einem Eimer sitzend Maisbrot u Zwiebeln
12 Ellen Tuch aus Ziegenhaar rotfärben. Vorbeizen. Alaun stossen, Mehl
im Trog. heiss Wasser, Kelle gerührt   Rundholz: hochziehen; unterer Bauch
des von der Walze hängenden Tuches ins Alaun; der ganze Stoff mit der
Beize vollgesogen. (Das vollgesogene auf Dach schaffen; Steine darauf;
nicht vergessen) hier Connex mit der Frau und dem Wetter
Ausgang: vorher Glut mit Asche bedeckt
Vorratsraum: enge dämmerig: an Stange Bündel von Waid (Färberblau)
und Färberdistel, färbt gelblichrot. Leinensäcke gefüllt mit Blütenblättern
der Malve gelbe Blüten des Ginsterstrauches, Wurzeln der weissen Seerose
(zartes Braun) Grosse grobe Säcke mit Rinde von Kastanien, Birken u
Buchen; zugebundene Töpfe (Samen von Akazie, Granatapfel) Ein Fass
mit Pottasche; Körbe Bauchflaschen; zinnerne Kisten: Krapp Knollen
Blöcke Wurzeln Ästchen Horn Holz Eisenlöffel, Kupferschippen.

N 87

Nächster Tag
Zerrüttung Baraks durch Connex mit der Frau

N 88
Der Text wurde später gestrichen.

Schluss.
Färber: der Alten die Frau zeigend Siehe sie war mir eine gute Frau in allen
Stunden meines Lebens.

12 H
Entwurf von 20 H, S. 375, 34 f. und S. 376, 6–9.

13 H
Die erste Hälfte der Seite enthält Entwürfe zu den folgenden Stellen aus 20 H:
S. 368, 5–13; S. 369, 33–38; S. 369, 12–18; S. 375, 29–376, 31. Sie wird hier
nicht wiedergegeben, mit Ausnahme des in 20 H nicht aufgenommenen Textes, der
sich dort an S. 369, 38 anschließen müßte und auf den an anderer Stelle (22 H,
S. 379, 33) Bezug genommen wird:
Bring mir zu trinken, denn ich bin heute vorzeitig müde. Gepriesen der
keine Müdigkeit kennt, Einer über allen. Grosse Hitze.
Im zweiten Teil folgt ein kurzer Entwurf zur Fortsetzung von 20 H mit einem
Verweis auf N 75. Den Abschluß bildet ein Entwurf zur Hammerscene *mit*
einem Verweis auf 7 H:
Zerrüttung Baraks durch Connex mit der Frau: Arbeitsfehler:
zu früh herausgenommen. so beschließt er das Ausgehen, gegen die Regel.
Parallel Amme und Färberin Kaiserin u. Barak (seine Zerstreutheit) Mittag
vorüber. Nach dem Nachhausekommen. Färber u. Kaiserin auswärts. Sie
sind einander auf der Gasse begegnet, ohne einander zu erkennen. Jetzt
kommen sie nachhaus. Der Färber sehr müde. Er isst ein paar bissen. Die
Frau sucht ihn Wo steckst du. herumgehen. Äusserungen ihrer Resignation, ihres Widerwillens. Kannst du mich nicht befreien! Amme zur Kaiserin: Es wird gut, ich werde ihm eine Pastille geben, Ein Gran ist genug um
einen Elephanten einzuschläfern wir sind soweit. Sie will aus dem Haus,
aus ihrer Haut, wir haben so gut wie gewonnen. Sie isst keinen Bissen.
Ihre Bosheit in sein Einschlafen hinein. Amme zur Kaiserin: du hälst ihn ja
wach! Sie betrachtet seine Hände (Anziehung des Menschen auf die Kaiserin: als geometrischer Ort für die Vacanz der Todten und Ungeborenen)
bei den Stimmen: sie bezieht diese auf ihn, er ist der Quell solcher Geheimnisse etwas ist zwischen ihr und ihm schwebend Sie fragt die Amme: was
ist hier? Scheu der Kaiserin, über einem liegenden Mann zu stehen
Wie schrie die Amme! lasse ich mich narren – soll die Wollust nicht so viel
können Herbei u traget sie fort ihr wartenden und Begierigen! – Was
willst du tun? wart nur du wirst gleich sehen!
Das von den Unerwünschten noch in die offenen Augen hinein. Ja es ist
recht die Ungewünschten abzutun, denn sie sind Mörder kraft ihrer Begierde hierherzukommen und dieser da ist ihr Helfershelfer.

Barak bittet die Frau um Vergebung dass er so tölpelhaft gewesen so spät
zu heirathen: weil er auf langes Leben, Kinder Reichthum rechnete. Niederknien, ihre Ärmel anrühren.
Frau Was weiß dieser von mir: er kommt mir vor wie ein Maulthier. Er
kann nicht genug erstaunen! Es gibt derer, die bringt nichts in Erstaunen!
Unterm sich entschuldigen fängt er schon an sich mit der Arbeit zu beschäf-
tigen.
Nach dem Hammer: Barak fort: die Arbeit ruft. Barak: Solche Worte muss
man verzeihen, sie erleichtern die Seele ohne sie wäre es den Menschen zu
schwer ihr Leid zu ertragen. Kaiserin sieht die Färberin dann am Boden
liegen, wie betend oder nachgrübelnd. Reaction in der Färberin gegen die
furchtbare Krise. Es bleibt unklar welche von beiden ihn geweckt hat!

20 H
*Der Entwurf, der von unterschiedlicher Textqualität ist, umfaßt das 5. Kapitel mit
Ausnahme der Hammerscene. Die ersten Seiten (S. 158, 1–159, 10) sind bereits so
weit ausgeformt, daß sie in der letzten Stufe von dem Text des Erstdruckes kaum mehr
abweichen. Es werden nur die wichtigsten Varianten wiedergegeben. Die folgenden
Seiten dagegen, die sich auch inhaltlich von dem Endtext unterscheiden, tragen noch in
starkem Maße Entwurf-, zum Teil sogar Notizcharakter. Die letzten Zeilen
bestehen nur noch aus Stichworten.*
Zu dem Entwurf gehört ein Konvolutdeckel mit der Aufschrift:
Märchen.
Text.
Nächster Tag.
(Seite 80 –)
ab 10 VI. ⟨1918⟩
Zu Beginn der ersten Seite steht das Datum 17 VI. ⟨1918⟩.

158, 7 Saft. *Danach:* Werde ich ihn in Händen halten? fragten die schönen
Lippen. Er muss schwarz sein wie Ebenholz und durchsichtig wie ein
Hauch und dabei beweglich wie eine junge Forelle. Wird er sich denn sogleich an meine Ferse anheften? Komm, sagte die Amme statt jeder Antwort hinunter mit uns, denn sie ist keine von den Willigen, bei denen man
seiner Sache sicher wäre.
Nach anheften *eingefügt:* Freuden die damit verbunden sind! (Whitman)

158, 21 hatte. *Der darauf folgende zusätzliche Text ist identisch mit 11 H,
S. 361, 21–24:* Indem ... Tücher.

158, 26 Hinaus ... Frau,] Dorthin! sagte die Frau, und hilf schwemmen
und hilf schleppen hilf aufweichen ⟨und⟩ einstreichen,

159, 9 Händen, *Daneben am Rand:* Erinnere mich nicht, ich muss mich zu Tode schämen! Das höhere Ingrediens der Wirklichkeit fehlte: sie schiebt es auf sich! und auf die Gesellschaft der Alten, in der nur ihr Niedriges wach wird, das Handelnde.

159, 11 – 166, 32 Ich will mit dir auf den Markt gehn und in die Läden der Kaufleute eintreten und wo ich neidisch an der Tür gestanden habe will ich auf Kissen sitzen und bedient werden wie eine Fürstin. Denn ich verstehe du willst mich verkaufen und ich bin verzaubert auf dein Gesicht u deinen Namen und gebannt in deinen Willen also wird alles geschehen wie du wünschest und ich verehre dich: denn ich erkenne, dass du über mir bist. Aber den Preis will ich kennen um den ich mich verkaufe und da ich zu den Bettlern gehört habe mein Leben lang   Aber zuvor will ich ausprobieren, wie einem Reichen zu mut ist, und wenn es mir passt will ich den Markt auskaufen ⟨und⟩ Gold unter die Leute werfen. Also triff deine Anstalten, denn dies will ich nicht an einem künftigen Tage tun sondern heute und in dieser Stunde, sobald nur mein Mann aus dem Hause gegangen ist: denn er geht jetzt aus dem Hause Ware austragen. Sie stand auf und sah nach oben vor sich hin. Es bleibt nichts übrig als dass ich mich dem, der dich geschickt hat, überantworte, sagte sie nach einer Weile indem sie ihren Kopf senkte. Aber ich will den Ort wählen, wo ⟨er⟩ zu mir kommen darf und es soll nicht dieses Loch da sein – und sie stieß mit dem Fuß in eine Farbpfütze, – sondern ein Ort, der anders aussieht wahrhaftig. Dämpfe deine Stimme zischte sie, denn der Mann geht draußen vorbei – und er wird horchen. So wollen wir über mein künftiges Freudenleben reden, schrie die Frau doppelt so laut als vorher. Was hat er, der dich zu mir schickt, für einen Palast und was für Diener werden mich bedienen? Barak schob den Binsenvorhang zur Seite, er sah herein mit stumpfen Augen wie einer der aus der Sonne ins Dunkle kommt und gebückt tastete er mit der großen blauen Hand in einer Ecke neben der Tür aber er fand nicht gleich was er suchte unter all den Leinensäcken, Fässern, bauchigen Flaschen, Knollen Wurzeln die dort beieinander standen. Es gibt derer die haben immer Zeit! und ist der Markt vorbei so kommen sie auch noch zurecht! schrie die Frau zornig auf ihn hin. Er sagte ruhig über die Schulter zurück: Ich gehe erst später zu Markt, blaues Garn muss erst trocken sein, rotes Zeug muss aus der Beize genommen werden. Es ist noch viel zu schaffen, vor ich austragen kann. Die Frau wurde immer zorniger, je ruhiger er blieb. Es schien sie alles an ihm zu verdrießen. Da sieh wie er ist

> Sag ich geh und bleibe sitzen
> sag ich tu und lass es sein!
> Wie denn nicht!
> Bin ich doch der Herr im Haus

sie schrie es halb und sang es halb mit Hohn auf ihn ein. Die Kaiserin stand

VARIANTEN 5. KAPITEL 369

hinter dem Färber, sie wollte ihrem Herrn helfen, sie setzte sich leise ganz
wie eine Magd hinter ihm auf ihre Fersen zu warten bis er ihr was reiche   vor
Staunen über das was die Frau sich herausnahm, blieben die Augen an ihr
haften. Die Färberin fing den Blick auf mit dem sie sie ansah   Seht die an,
rief sie ihr zu. Die Jungfrau oder was sie ist! Sie warf ein Stück schmutziges
Holz nach der Kaiserin, aber sie traf sie nicht. Der Färber hatte beisammen
was er suchte. er lud sich Säcke auf die Brust, unter jedem Arm hatte er eine
große bauchige Flasche mit den Zähnen hielt er einen groben Sack, ein
irdenes Fass nahm die Kaiserin ihm ab. Er tat als höre er kein Wort. Die
Kaiserin ging ihm nach sie konnte es kaum schleppen: und sie staunte über
den Färber. Er nickte gutmütig gegen das Haus hin und lächelte. Dann tief
weise. Ihre Zunge ist spitz sagte Barak und stellte mit aller Vorsicht die
irdenen Krüge im Schuppen hin, und ihr Sinn ist launisch, aber nicht
schlimm und ihre Reden sind gesegnet mit dem Segen der Widerruflichkeit
um ihres reinen Herzens willen und ihrer Jugend, er schichtete reine Bretter auf ein paar Kufen und ich danke Gott dass sie wieder gesund ist setzte
er mit einem unbeschreiblichen Blick des Einverständnisses hinzu: denn
gestern abend war sie sehr krank. Er trat an ein großes Schaff in dem
schmutzige Mannskleider eingeweicht lagen; es mochten eines Schlachters
Kleider sein, denn als er das Schaff umkippte, war das Abwasser blutig.
Heiz den Kessel, sagte er, du die mir zur Gehilfin bestimmt ist. Die Kaiserin
lief hin und fing an den kleinen Kessel unterzuzünden. Nicht diesen sagte
er   Der Färber zog die Kleidstücke aus dem Bottich, breitete sie einzeln
auf reine Bretter und rieb sie sorgfältig ein mit der weißen Thonerde die er
aus dem irdenen Faß langte. Bleib weg sagte er als die Kaiserin herantrat
und ihm helfen wollte, du hast dich mit blauer Farbe aus dem großen Kessel
bespritzt, geh mir nicht heran bevor du nicht getrocknet bist. Er fasste ein
schweres halbhohes Schaff und that die eingethonten Kleider hinein. Gieß
zu sagte er, aber die Kaiserin wie sehr sie sich mühte war zu schwach den
Kessel vom Feuer zu heben. Lass sein sagte der Färber, goß das heiße Wasser ins Schaff und rollte seine linnenen Beinkleider an dem Fuß hinauf so
hoch es ging steckte den Zipfel seines Hemdes in den Gürtel und stieg in
das Schaff. Geh du, sagte er aus dem feuchten heißen Dampf heraus, der an
ihm emporstieg. Wecke meine Brüder! Er winkte mit dem Kinn die Richtung und sah gutmütig hin wo die Brüder aufwachten, indess er, die Arme
in die Seiten gestemmt, gleichmäßig und ruhig Blut u. Schmutz aus den
Gewändern heraustrat. aber wecke sie nicht gewaltsam, denn sie sind wie
Kinder bei der Mutter, wenn sie an der Erde liegen und schlafen. Die Kaiserin lief hin, indessen er trat, wo unter einer Art von Regendach auf einer
elenden Binsenmatte. Die 3 Brüder schliefen nebeneinander wie die Steine
und die Sonne schien ihnen durch das rissige Dach in die Nasenlöcher. Die
Amme die im gleichen Augenblick mit der Frau, zum Ausgehn bereit, aus
dem Hause trat sah mit Staunen, wie die Kaiserin ohne Scheu sich über die

schlafenden Menschen beugte, wie sie einen nach dem andern weckte, den
Jungen, der ihr mit Wollust ins Gesicht gähnte, den Einarmigen, dessen
Gesicht von Haaren umgeben wie von einem Gebüsch und den Einaug. Als
sie diesen sogar mit den Händen anrührte, um ihn aufzurütteln, war die
Amme so erstaunt, dass sie unwillkürlich stehen blieb. Aber die Färberin
war schnell zur Hofthür hinaus und sie musste sich in Trab setzen ihr nach-
zukommen.

Die Färberin hatte ihren Willen fest auf ein bestimmtes Ziel gerichtet und
ihr schönes junges Gesicht sah finster und entschlossen drein. Sie hatte sich
in einen reinlichen dunklen Tuchmantel gewickelt, der ihre armseligen
Kleider verhüllte, ihre Haltung war stolz und sie ging schnell dahin wie ein
junges Pferd das die Morgenluft einzieht und achtete es nicht, wie die Alte
ihr nachkam. Sie gingen über eine Brücke und betraten das Viertel der
Kaufleute. Sie bogen in Straßen ein und überquerten Plätze u blieben stehn
vor einem Haus unter dem Zeichen der reichen Kaufleute. Ein junger
Mensch war beschäftigt die mit kupfernen Bändern beschlagenen Holztüren
der Läden zurückzuschlagen und man sah einen Teil der ausgelegten Ware.
Es war der Laden eines Goldschmidts. Geh und ruf deinen Herrn sagte die
Färberin. Nicht im Laden wünsche ich zu kaufen, sondern oben im Saal.
Der Bursche ließ die frühe Käuferin ins Haus eintreten und lief die Treppe
hinauf ihr den Weg zu weisen. Geld, sagte die Färberin auf der Treppe zu
der Amme und streckte die Hand aus. Wie viel wirst du gebrauchen, meine
Herrin? gab die Alte zurück. Was weiß ich! Du hast nicht zu fragen, sondern mir herbeizuschaffen meinst du ich weiß nicht was ich wert bin?
erwiderte die Junge und trat über die Schwelle. Es verging eine Stunde aber
die Frau sagte nichts Frühstück. Der Goldschmidt kam, er entschuldigte
sich, breitete seine schönen Waren vor ihr aus; er staunte über die Gleich-
giltigkeit mit der sie sich schöne Armbänder an die Gelenke ihrer Arme
legen ließ und einige der kostbaren auswählte fast ohne sie anzusehen, und
sie ohne zu feilschen geringschätziger Miene aus einem Beutel mit großen
Goldstücken bezahlte welchen die Alte unter ihrem schwarzweißen Flick-
gewand hervorholte und ihr darreichte. Sie schien von einer brennenden
Ungeduld erfüllt. Sie stand auf ohne abzuwarten bis er den Rest in kleinen
Goldstücken und Silbermünzen zusammenzählte und sie entfernte sich vom
Ladentisch und blieb mitten im Zimmer stehen Das damit du weißt wer
ich bin, sagte sie, und was ich vermag. Und nun dies: ich wünsche ein Haus
zu kaufen. Schaff mir einen herbei, der solche Käufe vermittelt, denn ich
habe Eile. Es trifft sich sagte der Goldschmidt dass einer von meinen
Schwägern Makler und Vermittler für Häuser und Grundstücke ist und ich
werde ihn herbeirufen lassen. Er winkte dem jungen Menschen, der an der
Schwelle stand, gab ihm flüsternd einen Auftrag und lud die Frau ein,
indessen noch weitere Ware die er aus einer Lade hervornahm Die junge
Frau hörte ihm nicht zu. Wo ist er, sagte sie, aus ihren Gedanken auffah-

VARIANTEN 5. KAPITEL   371

rend? Wen meinst du fragte der Goldschmidt. Den du hast rufen lassen, wo
bleibt er denn? Wir wollen ihm entgegengehen und du sollst mit uns gehen,
denn ich werde auch deinesgleichen brauchen, um manches in Stand zu
setzen; denn ich will ein Haus mit Hallen im innern und mit einem Saal,
ausgelegt mit Jaspis und Marmor Sie war schon auf der Treppe und der
Goldschmidt folgte ihr, denn es schien ihm gerathen, einer solchen Kundin
als Ratgeber zur Seite zu bleiben. Unterrichte deinen Verwandten wer ich
bin, und erkläre ihm meine Wünsche sagte sie auf der Straße, da kommt er
rief der Juwelier und deutete auf einen schlau aussehenden kleinen Mann
der in Gesellschaft des Ladenburschen eilig daherkam. Es ist gut sagte die
Färberin aber ich werde auch noch andere brauchen, Köche und Kuchen-
bäcker, Lampenputzer und Badheizer, Schneesammler, die mir den Schnee
in die gewölbten Keller tragen Gärtner und solche die sich auf Wasserkünste verstehen, Türsteher, Lastträger und gewöhnliche Boten u. Eilboten
denn ich will hausen wie sichs gehört u. nicht wie ⟨eine⟩ Bettlerin und ich
empfange heute nacht einen Gast für den mir das Kostbare noch gering
scheint. Sie warf der Amme ⟨einen Blick zu⟩ wie diese noch nie von ihr
empfangen hatte und die Amme riss vor Vergnügen ihren Mund auf und
glich völlig einer Schlange, die sich freut. Ich habe das Haus das du brauchst
rief der Makler und warf beide Arme in die Luft, gesegnet meine Voraussicht gestern habe ich es einem zugereisten Reichen verweigert und das
womit er mich bestechen wollte ihm vor die Füße geworfen! Du sollst
alles haben was du befiehlst o Herrin sagte der Goldschmidt eindringlich,
aber es wird einige Zeit kosten, alles herbeizuschaffen, und du musst dich
gedulden! denn du bist in den richtigen Händen! Das Gesicht der Färberin
wurde finster. Sie trat plötzlich hart an die Amme heran und streckte die
Hand unter den Mantel Geld mehr als zuvor! und gab ihr einen solchen
befehlenden Blick dass die Amme blitzschnell zum Beutel griff Dann
wandte sie sich herrisch zu den zwei Männern. Die Zeit ist nichts und ich
verbiete Euch mir mit diesem Wort zu kommen sagte sie. Barak mein
Mann plagt sich wie ein Hund vom Morgen bis zum Abend und ist der
Zeit unterthan, aber dies da habe ich vernommen ist der Herr der Zeit.
Sie hielt den großen Beutel den zweien vors Gesicht dass die Augen der
beiden funkelten. Obwohl sie nicht wussten was sie sich aus dieser Rede
machen sollten Auf meine Herrin und betritt den Palast der schon
dein ist, ehe du mir ein Angeld gegeben hast, ich brenne darauf dir den
Schlüssel zu übergeben schrie der Makler und fuchtelte mit dem großen
Schlüssel in der Luft herum – Wie kannst du wissen ob einer solchen
Herrin dein Haus genehm sein wird, und ob sie vorlieb nehmen wird mit
dem was du anzubieten hast mit dem Pavillon einer Juwelierswitwe
am Fluss und dem Garten der nicht groß ist – wo sie vielleicht gewöhnt
ist, in kaiserlichen Gartenhäusern und Parks zu hausen? Ihr redet zuviel Wo ist es – Hier nahe bei wenige Schritte. Du siehst es beinahe mit

Augen Es ist ein gutes Stück Wegs von hier, warf der Goldschmidt ein
aber wir werden dich geleiten und meine Hände unter deine Füße breiten.
Die Amme blieb zurück und schlüpfte seitwärts durch ein Gässchen. Sie
meinte den Einäugigen zu sehen der ihr nachschlich Ihr Gesicht glänzte
vor Vergnügen, dass sie Menschen durcheinanderjagen und in einen betrü-
gerischen Handel verwickeln konnte. Sie schlüpfte zwischen den Läden hin
und her man sah sie da und dort Tagdiebe, Verkäufer, Laufboten eine
ganze Kette hing sich bald an ihre Fersen, Mannsbilder aller Art hefteten
sich an, wenig nachdem die Färberin mit dem Häusermakler das verkäuf-
liche Haus betreten hatte, war die Straße vor dem Tor schon voll von solchen, die in ihre Dienste treten Waren herbeischaffen, die Barke rudern,
ihren Küchenspieß drehen Küchengehilf Laufbursch und Lampenanzünder
werden wollten. Die Alte schlüpfte ins Haus, dessen Tür angelehnt war, sie
stellte einen als Thürhüter hin mit mächtigen Fäusten und einem verschla-
genen Gesicht Kein Einaug Einarm Buckel einlassen; sie trat erwartungs-
voll in einen großen Saal, der schon ausgeschmückt war und fand die Färberin wie sie da saß und Handwerker und Lieferanten um sich hatte, anordnete
und befahl und wie alle sie lobten um ihres auserlesenen Geschmackes willen. Aber ihr Gesicht war nicht schmerzenfrei, und in ihrer Stimme war
Enttäuschung und üble Laune. Komm sagte sie, als die Alte hereintrat und
besieh mit mir das Haus. Dieser soll uns aufschließen und fort mit Euch
andern. Nun, sage deiner Gefährtin, wie gefällt dir der Saal in welchem du
deine Gäste empfangen wirst, und was sagst du zu diesem Leuchter, zu
diesem Geländer aus Cedernholz, und zu diesen seidenen Geweben? Die
Färberin ließ ihren Blick streng umhergehen in dem Gemach; sie hatte nie
in ihrem Leben ein Zimmer von solcher Größe und solcher Ausschmückung
gesehen aber zu ihrem eigenen finstern Staunen fand sie Es ist eng dumpfig
und die Wände drückten einem das Herz zusammen. Sie sagte sonst kein
Wort. Der Makler schüttelte den Kopf; er führte sie eine kleine verborgene
Treppe aufwärts: hier war ein kleines Gemach, das nur ein gedämpftes
Licht empfing von einer Gallerie, die oben um den Saal herumlief. Das
Gemach hatte keine Möbel außer einem großen niedrigen Ruhebette aus
vergoldetem Holz und durch einen zierlichen Spalt in der Mauer drang von
irgendwo das Murmeln vom fallenden u steigenden Wasser eines Spring-
brunnens herein, der draußen auf dem flachen Dache angebracht sein
mußte Was ist das für ein Bett und was liegt für eine elende Decke darauf?
fragte mit zusammengezogenen Brauen die Färberin. Der Makler konnte
sich vor Staunen nicht fassen: er hob die oberste Decke mit 2 Fingern und
zeigte der Amme dass sie aus den feinsten zartesten Marderfellen zusammengesetzt war und so leicht war wie ein Flaum und von tadellosem Glanz,
und dass die untere Decke von feinen Ziegenhaaren gewebt war, ein wahres
Wunder. Lass dies du Kuppler sagte die Färberin und stiess dem kleinen
Alten mit dem Ellenbogen ins Gesicht und öffne eine Tür nach der anderen

sonst ist dir nichts befohlen. Sie stiegen auf ein flaches Dach. Hier waren in gleichen Abständen steinerne Schalen aufgestellt aus denen ein murmelnder Wasserstrahl aufstieg und wieder zurückfiel und zwischen diesen Schalen standen Blumen in dichter Menge, rötliche u gelbe Rosen gemischt mit Lilien und bewegten sich leise im Wind der ihren zarten Duft gegen das Haus zutrug von wo er in   eindrang. Hässliche Blumen sagte die Färberin und warum sehen sie alle halbwelk aus? Hat man keine besseren finden können? Sie beugte sich über die Blumen aber ihr Gesicht zog sich in Unlust zusammen. Rosen? die Alte schrie hast du je schon eine in der Hand gehabt? Sie hatte nie eine Rose in der Hand gehabt die in der frischen Blüthe waren und unter der Morgensonne ihren zartesten Duft aushauchten. Genug davon sagte sie   Wir wollen hinunter gehen. Von der Mitte des Daches führte eine Wendeltreppe aus Cedernholz hinunter in ein Gemach das Kreisrund und von Kühle durchströmt wie eine Grotte war. Es hatte fünf schmale Fenster, die mit schön bemalten u vergoldeten Läden verschlossen waren und von denen drei gegen den Fluss zugingen. An den Wänden waren Spiegel zwischen goldenen Ranken u gemalten Früchten. Geh hinaus sagte die Färberin zu dem Makler und warte bis ⟨wir⟩ deiner bedürfen. Sie setzte sich auf den steinernen Rand der rings unterhalb der schönen Fenster hinlief und schwieg. Wie meine Herrin, sagte die Amme, indem sie sich ihr näherte, gefällt dir dies alles so wenig? Nichts gefällt mir, gab die Frau finster zur Antwort. Verächtlich ist es mir und empört bin ich, wenn ich denke dass durch solches das was ich hingebe aufgewogen werden soll und ich empöre mich gegen dich du Creatur ahnst du so wenig was das ist das ich hingebe setzte sie hinzu nach kurzem Nachdenken ohne die Amme anzusehen. Die Amme war sprachlos. Aber Genug! ich sehe du verstehst zu halten, was du versprichst, und was geht es mich an ob du verstehst oder nicht sagte die junge Frau und stand auf. So werde ich denn durch dich erlangen, was ich mir wünsche über alles, und ohne was meine Seele nicht sein kann. Du wirst es erlangen murmelte die Alte, und umschlang ihre Knie. Keine Falten am Hals niemals flüsterte die Frau und sah der Alten ins Gesicht und ihr Blick glitt hinunter, und unwillkürlich streifte ihr Auge den Hals der Alten, der aussah wie ein Bündel verknoteter Stricke. Kein Welken an dir, denn du wirst Herrin sein über die Zeit. Ein Gesicht, das einem jeden, der es ansieht, jeden Anderen Gedanken ausbrennt, als den, mir zu gehören: sie hauchte es in die Luft   Vor deinen Brüsten werden sie zittern und wenn du dir die Haare löst so werden ihre Knie wanken rief die Amme ihr entgegen von unten   Das Gesicht der jungen Frau leuchtete auf und die Spiegel gaben es wieder so dass das halbdunkle Gemach lichter wurde. Dann pass ich zu ihm, rief sie aus, dann will ich mich ihm unterwerfen, denn ich bin ohne Maß und wie ich, so ist er. Das hast du errathen murmelte die Amme vor sich hin aber so dass die andre es nicht hören konnte – denn er ist aus dem Dunst deines Begehrens erschaffen.

Was hat er für ein Blut in den Adern, jener Verfluchte, rief die Junge, und ihre Stimme hatte ein sonderbares übermütiges Flackern angenommen dass er eine Gewalt ausübt über die Sclavin der er die Hand auf den Nacken legt Sie lachte. Dünn war sein Gesicht aber schlau und mächtig wie eines Teufels. Hoffahrt Unzucht u Habgier waren darinnen geschrieben; darum passt er zu mir. Er wusste nicht zu reden, aber doch wußte er zu gewinnen. Sie war schön in diesem Augenblick und von ihrem Blut durchströmt, dass sie glühte, und die Alte betrachtete sie mit Entzücken. Nein nein rief sie er ist schön, achte doch nicht auf mich, du Närrin, er ist schön wie der Morgenstern und seine Schönheit das ist der Widerhaken an der Angel, ich habe ja die Angel verschluckt und ich schieße dahin und dorthin, aber du hast die Schnur zwischen den Fingern, das weißt du wohl! Sie hing am Hals der Alten, ganz zart und weich, sie schloss die Augen, sie ließ sich von ihr hätscheln wie ein Kind. Nur das Zueinanderkommen ist schwer, nur der Anfang ist das Schwere, seufzte sie. Welchen Weg soll das gehen? o mein Gott! Die Amme konnte sie nicht verstehen: Was sorgst du dich, rief sie, wir werden Rat schaffen. Die Färberin schüttelte den Kopf. Meine ich das so? du alte Närrin. Ich meine es anders. – Wenn du erfüllt haben wirst, was ausbedungen ist? Aber du wirst es erfüllen – am fließenden Wasser wirst du es erfüllen oder am lodernden Feuer und es wird dir ein Leichtes sein – Die Junge löste sich von ihr. Sie maß die Amme mit einem harten Blick. Da sah sie von ihr weg. Ich meine etwas anderes, wohl etwas anderes aber wie könntest du das verstehen? und ich will es dir sagen was ich beschlossen habe Die Amme sah sie zwinkernd an. Ohne dich soll er zu mir kommen, ohne dich, rief ihr die Junge zu. Denn dich verachte ich, das merke dir und hasse alles das Niedrige in mir was mit dir zu tun hat. Du kennst meine Niedertracht und die seine, der dich geschickt hat. Du möchtest seine und meine Meisterin werden, aber daraus wird nichts! Ich werde einen Türhüter anstellen und der wird dich wegjagen und dich nie wieder über meine Schwelle lassen!

Die Alte zwinkerte mit den wimperlosen Augen und ihre Zunge bewegte sich unruhig über den Schlangenmund, aber sie sagte nichts. Die Junge runzelte die Stirn und sah fest auf sie herab: Ich bin bereit eine ungeheuerliche Niedrigkeit zu begehen, das siehst ⟨du⟩ ja, dass ich bereit bin, aber die mich dazu gebracht hat, die will ich nie mehr mit Augen sehen das ist gesagt und beschworen und damit genug. Sie kehrte der Alten den Rücken stieß eines der Fenster auf und sah hinaus. Sie sah auf den Fluss hinaus, der auf seiner spiegelnden Helle hie und da große Flecken mit sich trug, sie kamen von oben her aus dem Viertel der Färber zwischen der zweiten und dritten der Brücken die im Sonnenlicht glänzten. Plötzlich schloss sie das Fenster. Geh sofort nach Hause befahl sie, und sieh nach Barak dem Färber. Ihre Stimme war völlig verändert und alles Blut war aus ihrem Gesicht gewichen. Ich will wissen was er jetzt macht. Und melde mir, was die anstellt, diese Unberührte oder was sie ist, die du mir ins Haus gebracht hast, nicht Fisch und nicht Fleisch, verflucht sei sie. Die Amme verneigte sich. Beeile dich ich werde hier sitzen und dich erwarten. Alles und jedes will ich wissen, was er getan hat in dieser letzten Stunde. Denn es kann sein dass ich nach dieser Stunde nie mehr von ihm hören werde in diesem Leben.

Die Amme glitt zwischen den Menschen durch wie eine Schlange, in einem Nu war sie über der Brücke, sie schlüpfte wie ein Schatten an den Mauern der Färbergasse hin und stand im Haus. Sie sah Barak der das Schaff umkippte die Kleider mit gekreuzten Armen auswand und sah die Kaiserin die ihm dabei half wie eine richtige Magd: sie breitete ein Tuch auf reine Bretter und nahm das Ausgewundene ab, Stück für Stück wie er es ihr reichte. Die Amme winkte ihr von weitem. Die Kaiserin beendete ihre Arbeit lief auf sie zu. Ist sie willig geworden fragte sie gleich. Gibt sie den Schatten dahin? Pst! sagte die Amme und führte sie ein wenig beiseite. Der Färber hatte indessen die Strähne blauen Garns aus dem großen Kessel genommen er hielt das Querholz an dem sie hingen, mit der linken von sich, und schlug mit der Rechten mit einem kurzen Stock auf die triefenden Stränge, damit die Luft zu jedem Faden käme. Seine Brust und sein Gesicht färbten sich blau aber die aufmerksamen Augen richteten sich auf die Amme hinüber aber immer gleich wieder auf die Strähnen die sich schön färbten. Es wird ihr nicht leicht, gab die Amme der Kaiserin zur Antwort. Die welche nicht kommen sollen kämpfen um den Einlass und der mit dem breiten Maul ist ihr Vorkämpfer aber er ist Gott sei Dank zugleich ihr Vernichter setzte sie mit einem Blick hinzu. Ja sagte die Kaiserin ohne zu hören ⟨und⟩ sah über die Schulter nach dem Färber hin, wie er einen mächtigen Berg von dem blauen triefenden Garn in einem großen groben Einschlagtuch aufgehäuft hatte, wie er die Zipfel des Tuches mit den Zähnen zusammen nahm und die dampfende Last groß genug um das Rückgrat eines Esels zu brechen auf seinen Rücken schwang über den Bäche von Blau herunterrannen. Schaff schnell den Schatten, sagte sie, dieser soll seinen Lohn haben. Lohn rief die Amme, wofür hat dieser Elephant Lohn verdient? Die Kaiserin hörte ihr nicht mehr zu. Sie lief hin und wischte ihm den Schweiß ab der ihm übers Gesicht rann und sich mit der blauen Farbe vermischte, und war gleich wieder bei der Amme. Wenn ich unter den Fischen war, sagte sie, wusste ich nicht was die Fische bewegte, aber jetzt – Der Färber, mit seinem Pack auf dem Rücken stieg die steile Leiter empor, die auf das Hausdach führte; mit der Linken hielt er die Zipfel des Einschlagtuches zusammen, mit der rechten packte er sich an den Sprossen und zog seinen schweren Leib mit der schweren Last langsam ruckweise empor. Ich helfe dir, rief die Kaiserin und lief hin um ihn zu stützen, aber in diesem Augenblick schwang sich der Färber über den Rand des Daches, und die Kaiserin ließ die Leiter wieder los. Die Amme wußte sich vor Staunen nicht zu fassen, ihre Gedanken kreuzten sich einer schärfer als alle durchfuhr sie plötzlich   sie sah scharf

auf den Boden hinter ihrer jungen Herrin. sie ging misstrauisch ein paar
Schritte näher. Die Kaiserin kam in drei Sprüngen zurück, sie lächelte, die
Sonne fiel von oben auf sie, was hinter ihr war, der elende Lehmboden alles
leuchtete schön auf, eine Lache des Farbwassers über die sie hinstieg funkelte unter ihr wie Smaragd, die Amme atmete auf. Die Kaiserin lächelte sie
an. Ich habe es als das Natürliche gekannt, sagte sie, vor ihnen zu fliehen:
die Fische tauchen bei ihrem Anblick ins Wasser, die Vögel schwingen sich
in die Luft, die Rehe werfen sich ins Dickicht und ich fühle mich zu Ihnen
hingezogen. Du hast mich unter sie gebracht und ich habe meine Schauder
überwunden: Schlimm genug, murmelte die Amme es ist Zeit dass ich sie
von hier wegbringe. Der Färber schob seinen großen Kopf über den Rand
des Daches vor sein Gesicht war mit gespanntem Ausdruck auf die Amme
geheftet, er bewegte die Lippen als ob er sprechen wollte, aber es kam kein
Wort heraus u. er zog sich wieder zurück. Die Amme krümmte sich vor
Lachen über den besorgten Ausdruck und die vergebliche Anstrengung.
aber die Kaiserin sah freundlich auf ihn als wollte sie ihm die Worte von den
Lippen lesen und als er wegfuhr trübte sich ihr Gesicht   Du wirst ihn nicht
mehr viel sehen, das ist meine Hoffnung, sagte die Amme heftig. Was willst
du tun. Antworte mir denn ich will es wissen! Lass mich ich kenne die Menschen, ich habe sie im Gefühl wie die Köchin weiß wann das Huhn im
Topf gar ist. Nicht den Efrit rief die Kaiserin und trat ihr nach, bring es
zuwege wie du willst aber lass den Verfluchten aus dem Spiel. Solch einer
ist es den sie nötig haben, und es bedarf solcher Gehilfen, wenn man mit
ihnen zu Ende kommen will. Die Kaiserin lief ihr nach, sie fasste sie am
Gewand. Du kennst sie nicht richtig rief die Kaiserin. Sie verstehen schlecht
zu reden und sie können sich nicht helfen. Die Amme schon ⟨im⟩ Hausflur
sah ihr verwundert ins Gesicht. Die Kaiserin glaubte sie achte auf sie ihr
Gesicht war so klug dass es aussah als müsse sie alles verstehen nur das Aug
sah hart und grün, aber des achtete die Kaiserin nicht: O sie bedürfen einer
beständigen Rettung! Hilfsbedürftig sind sie und es ist an uns, bereit sein
zu beständiger Hilfe. Die Amme verzog ihr Gesicht: Davon weiß ich nichts
sagte sie und kehrte ihr den Rücken. Windstoß wie befohlen – Kehrichtfetzen – er trägt sie herunter über angebundene Kähne setzt sie hinüber.
Fähre, man merkt es kaum. Im Fliegen überlegte sie: ihre Kräfte wuchsen:
als sie eintrat war sie größer die Färberin aber war ihr gewachsen, eine
finstere Entschlossenheit lag in ihrer Miene: ein neuer Entschluss.

368, 23 sie *gemeint ist die Amme. Das geht aus dem vorausgehenden gestrichenen Text hervor.*

368, 41 Haus *Die folgenden beiden letzten Verse, die getilgt sind, lauteten:*
Hab es halt so ist es mein
Haus und Herd und Bett und Weib!

VARIANTEN 5. KAPITEL   377

369, 39–41 wo...Nasenlöcher. *Vorstufe:* wo unter einer Art von Regendach auf einer elenden Binsenmatte, die 3 Brüder nebeneinander schliefen wie die Steine indessen die Sonne ihnen durch das brüchige Dach in die Nasenlöcher schien. *Dann in 2 Sätze aufgeteilt, dabei die Konstruktion des ersten Satzes aber nicht geändert.*

370, 14 Kaufleute. *Danach Bemerkung für eine spätere Überarbeitung:* kürzer

370, 42 hervornahm *Das Prädikat fehlt.*

373, 6 er in *Danach Lücke.*

376, 16 *Anmerkung am Rand für eine spätere Überarbeitung:* Hier sperrt die Amme sie ein

21 H

Schema zur Neufassung der Seiten 92–94 des Entwurfs 20 H vom Juni 1918 und zu dessen Fortsetzung. Es ist überschrieben: Nach Seite 91. *Der erste Abschnitt bringt stichwortartig alles das, was in 20 H, S. 375, 6–376, 17 dargestellt ist. Er wird hier nicht wiedergegeben.*

Die folgenden Notizen behandeln zunächst kontinuierlich den Fortgang der Handlung. Dann erscheinen rückgreifend einige Anmerkungen zu bereits behandelten Etappen und deren Veränderung und schließlich Notizen zur Hammerscene. *Der letzte Satz gelangte nach der definitiven Kapiteleinteilung an den Anfang des 6. Kapitels.*

Färber trägt schwere Last nach oben: sie hilft ihm er taumelt. Er vergißt weil er horchen will zu beschweren – Sand – er läuft hinunter zum Kessel. Er schaut gequält auf die Amme, aber er überwindet eine Frage: Staubwirbel auf das rote Tuch   endlich fragt er ob der Frau etwas zugestoßen, da ihm so sonderbar zu mut sei. Er will essen um sich Mut zu machen. Iß du mit mir, denn du hast mir geholfen! Die Kaiserin wartet dann lief sie die Leiter hinauf. Sitzt u isst hinter Schornstein. Iss mit mir – Angst ob die Frau nach Hause kommen wird. Vorzeichen. Kaiserin   Sie wird kommen! vergessen Glut mit Asche zu bedecken. Furcht ein Funke könnte in die trockenen Büschel fahren

Amme: hier tut höchste Eile not. Du wirst ihn nicht mehr viel sehen. Vielleicht kommen wir gar nicht mehr nachhaus: dann werde ich dich holen und dich verstecken bis der Schatten frei wird. Kaiserin: Was willst du tun. Lass mich ich kenne die Menschen. Nicht der Efrit! Amme: Was kümmert dich das? – Kaiserin: Du kennst sie nicht. Du weißt nicht wie hilfsbedürftig sie sind. Sie verstehen nicht zu reden. Sie können sich nicht helfen. O sie bedürfen einer beständigen Rettung! Man muss immer zu ihrer Hilfe herbeieilen. Amme: Davon weiß ich nichts. Sie überlegte wie sie alles so erzählen könnte um die Färberin zu reizen   Staubwirbel   Sie springt mitten hinein, er trägt sie mit, Fetzen über den Fluss.

Amme u Färberin

Zurückkommen: Da! da! der Schlüssel! Dies alles ist nichts. Eben so gut will ich seiner genießen in der Färberwerkstatt. Lacht wie Weinen. Schlüssel zum Haus weggeworfen. Amme steckt ihn zu sich. Die Kaiserin verstand nichts. Sieht durch die Tür den Färber. Melancholie. Färber wartet vor der Tür; nähert sich der Frau.

Amme zur Kaiserin:

Es geht gut. Sie will aus der Haut fahren, aus dem Haus. Wir haben so gut wie gewonnen.

Kaiserin u. Barak

Baraks Angst plötzlich: ob die Frau nach Hause kommen wird. Kaiserin geht nachsehn.

Mann kommt herein und stört sie. Kannst du mich nicht befreien von diesem Lästigen? Gerne u. schnell.

Er macht mich dumm, er hat mich erniedrigt dieser dieser! Wer ist er zu mir? wie komme ich zu ihm? inwiefern ist er mein Schicksal? wer hat ihn dazu berechtigt! Meine Mutter. Schließt er denn nicht seine kugeligen Augen? die sich zu verstehen quälen. Die Kaiserin zieht das Tuch weg. Man sieht ihn lächeln.

Nach dem Hammer: sie wirft sich auf ihr Bette, zieht die Vorhänge zu.

N 89
Notiz vom Juni 1918.

Nächster Tag.

I. Baraks Schlaf. erst Lächeln: er träumt von den Kindern: die er zu Tisch lädt. Kaiserin siehts. Die Brüder sagen. Er wehrt sich gegen welche die ihm ein Schwert aufdringen wollen.

22 H

Die Seiten a–i eines Entwurfs zum zweiten Teil des Kapitels. Der Färber schickt die Kaiserin ins Haus, nachzusehen, ob die Färberin da ist. Hier knüpft dieser Teil an. Er enthält die erste Fassung der Hammerscene, *die sich von der Endfassung noch sehr unterscheidet. Einiges ist nur skizzenartig angedeutet. Der Schluß ist nicht ausgeführt. Der Entwurf bricht ab nach den ersten drei Zeilen der Seite i. Auf derselben Seite befindet sich ein Entwurf (25 H), der den Übergang zu 26 H markiert. Er greift auf die Seite 91 von 13 H zurück. Im Unterschied zu der Fassung 13 H kommen in 22 H Amme und Färberin zusammen zum Färberhaus zurück, nachdem sie das Haus in der Stadt gekauft haben.*

Der Entwurf ist vom 14. bis zum 18. Juli 1918 datiert.

Die Kaiserin lief hinüber. Sie war bereit aus dem Haus zu laufen zu suchen einen der Brüder zu finden, zu fragen. Sie bemerkte zu ihrem Erstaunen, dass die Färberin und die Amme wirklich im Haus waren. Sie standen und

sahen auf den Färber Sie wollte zurücklaufen um es zu melden aber sie
blieb stehen und horchte auf die Stimmen. Nun hast du ihn gesehen nun ist
Zeit dass wir uns aufmachen und wieder zurückgehen und uns diesen aus
dem Kopf schlagen, sagte die Amme. Die Stimme der Färberin klang traurig: Werde ich ein Feuer sein, wird dieser ein Wasser sein und mich auslöschen, werde ich ein Korn sein, wird dieser ein Huhn sein und mich aufpicken. Ich kann ihm nicht entfliehen sagte sie. O mein Gott.   Haben wir
nicht ein Haus von dem dieser nichts weiß – flüsterte die Amme. und ist uns
nicht ein Schlüssel zur Hand diesen zu wehren und den andern einzulassen.
Verflucht sei das Haus und verflucht der Schlüssel, schrie die Junge, dies
alles ist nichts wert, da hast du ihn, da! und sie warf ihn der Alten vor die
Füße er zerbricht ein Gefäß. Was soll mir ein Haus, und Nacht und ein
Bette u was soll mir der, von dem du zu reden nicht aufhörst wenn dieser
Färber mir immer dazwischen kommt! Ebensogut will ich sein genießen in
der Färberwerkstatt. Sie lachte u. weinte auf. Die Kaiserin begriff nicht
wovon sie so heftig redeten; sie spähte durchs Fenster und sah wie die Alte
sich hastig bückte und den Hausschlüssel zu sich steckte, und wie die Färberin sich auf ihr Bett setzte mit gerungenen Händen und das Gesicht gegen
die Wand kehrte. Die Amme hatte sie bemerkt, sie war schnell am Fenster,
bog sich heraus und flüsterte ihr zu: Es geht gut, sie will aus ihrer Haut fahren, wir haben so gut wie gewonnen. Mach schnell schrie die Kaiserin –
dieser soll seinen Lohn haben. Schnell oder langsam du hast leicht reden
ich bin abhängig von ihrem Willen! Die Kaiserin hörte den schweren Tritt
des Färbers hinter sich die Amme nahm eine demütige Miene an und lächelte
ihm zu, er trat über die Schwelle und näherte sich der Frau. Sie warf sich
herum und sah ihm starr u. bös in die Augen. Sein großes gutes Gesicht
leuchtete auf als er sie sah, aber ihr Blick erschreckte ihn. Vor Verlegenheit
wusste er nicht was er sagen sollte und trat von einem Fuß auf den andern.
Es ist heiß sagte er endlich und die Arbeit geht mir nicht von der Hand.
Mich schläfert mitten am Tage. Ihr Mund zuckte. Ich bin gekommen damit
du mir zu trinken gibst, setzte er schnell hinzu, denn mich dürstet ohne
Unterlass. Er hielt inne klaubte Scherben auf aber nur 2, 3. Ich bin müde
vor der Zeit ich weiß nicht wie mir ist – gepriesen – Die Magd soll zu trinken geben, sagte die Frau, sie weiß wo der Krug steht. Die Kaiserin bückte
sich nach dem Krug der in der Mauernische stand und goss Wasser in eine
irdene halb zerbrochene Schale. Die Frau war blitzschnell auf ihren Füßen.
Kannst du mich nicht befreien von diesem Lästigen sagte sie nicht einmal
ganz leise. Gerne und schnell gab die Alte mit einem blitzenden Blick zurück und nahm der Kaiserin schnell das Trinkgefäß aus der Hand. Dann
reichte sie es dem Färber indem sie es mit beiden Händen hielt und sich vor
ihm fast auf die Knie niederließ. Der Färber schlürfte den Trank in sich und
seine runden besorgten Augen suchten über das Gefäß hin seine Frau die
ihm den Rücken gekehrt hatte. Mich schläfert rief er aus, ich muss schlafen

und legte sich flach auf den harten Boden und seine Augen fielen zu. Wir sind ihn los! in wenigen Atemzügen! flüsterte die Amme. Ich habe ihm eine Pastille gegeben, wovon ein Gran genug ist, einen Elephanten für einen Monat einzuschläfern. Die Frau sah ihn von oben herab an: So geschieht denen, die plump sind und nicht wissen... Was weiß dieser von mir. Er kommt mir vor wie ⟨ein⟩ Maulthier. Er weiß nicht zu erstaunen. Sie trat näher hin und betrachtete ihn wie verwundert. Sage mir du Alte, wer ist dieser und wie komme ich zu ihm. Was geht er mich an! Und wo steht geschrieben ⟨dass⟩ er mein Schicksal ⟨ist⟩ und wer hat ihn dazu berechtigt. Antworte mir du Alte, dich frage ich statt meiner Mutter – denn dieser Mund gibt mir keine Antwort, er hat mich immer nur erniedrigt und dienen gemacht, dieser dieser! Sie hob ihre Stimme so laut, oder war es die Gewalt ihres zornigen Blickes, der Färber schlug seine Augen auf, er richtete sich von unten auf die Frau, lächelt   man sah wie er sich quälte zu verstehen. Die Kaiserin beugte sich mitleidig über ihn. Du bist es die ihn wach erhält zischte die Amme ärgerlich, u. warf schnell ein Tuch über sein Gesicht. Nun fort mit uns dreien rief sie, dieser braucht keine Gesellschaft. Sie griff nach der abgewandten Hand der Kaiserin. Die Färberin stand, ohne sich zu regen. Ja es ist recht, die Ungewünschten abzutun sagte sie mit starrer Miene vor sich hin, denn sie sind Mörder kraft ihrer Begierde hierherzukommen und ein solcher da ist mir ihr Helfershelfer. Sie berührte mit ihrer Fussspitze verachtungsvoll den Liegenden. Von hinten glitt die Amme schmeichelnd auf sie zu, und ließ dabei die Kaiserin los, die sie schon mit sich bis an die Schwelle gezogen hatte. Die Amme umschlang das junge Weib von hinten, ihr schlangenhafter Kopf war beinahe glatt und schön vor angespannter Klugheit und die Kraft der Überredung blitzte aus ihrer Miene. Die Kaiserin sah wie sich Fliegen auf des Färbers nackte Füße u Hände setzten seine Füße zuckten   sie konnte ihn nicht so liegen sehen, sie lief hin und scheuchte die Fliegen weg. Sie hob das Tuch er redete ja er lachte. Hinter ihr die Amme rang mit dem jungen Weib, zuerst wie im Scherz, dann immer wilder, aber sie brachte sie keinen Schritt weiter gegen die Tür   Wie schrie die Alte, lasse ich mich narren von dir, du Stutzkopf! Es ist zuviel! Herbei ihr Wartenden und Begierigen, und traget sie fort!

Die Kaiserin begriff, wer herbei sollte. Nicht diesen rufe! rief sie, ich will es nicht! sie stand auf sie war im Begriff hinzutreten. Nicht diesen ich verbiete es! niemand hörte auf sie   das Weib starrte auf den schlafenden Mann aber es war, als horchte sie in sich hinein: im Hintergrund war ein leerer Raum, groß wie ein Zimmer und halbdunkel von der Feuerstelle an, die kahle nackte Mauer sprang dort ein, sonst hing dort vielerlei, heute war es leer, dort musste ein Ausweg sein, alte Gänge   diesen Weg hatte der Efrit gewählt. Er kam beritten daher aber er saß nicht gespalten wie Männer sitzen sondern lässig mit beiden Beinen nach einer Seite auf dem Rind dessen Rücken ihn trug; es war ein Thier und doch menschenähnlich, ein plumper fleischiger Leib auf allen Vieren, mit fleischigen stumpfgespaltenen Klauen Glieder vom Weib Züge vom Mann, nackend aber die eigene Haut hing vom Rücken seitlich in Falten wie eine Schabracke. Das Geschöpf zitterte in den Flanken Langsam zog es sich heran, der Efrit lehnte droben, wie auf einem wandelnden Bette seine schönen Füße hingen gegen den Boden hin er sah einem Teufel ähnlicher als beim ersten Mal, auch war mehr Nacktheit an ihm, unter der schönen Stirn blickte ⟨er⟩ wild frech auf die Kaiserin herüber, das eine größere ⟨Auge⟩ mit doppelter Kühnheit wie für sich allein. Die Amme winkte ihn herbei. Sie wusste sich vor Freude nicht zu fassen: Er ist da! schrie sie einmal übers andre und wie schön beritten! Sie warf ihm Kusshände zu und geberdete sich wie eine Tolle, sie rührte das Reitthier an, tätschelte ihm mit der Hand auf den Hals, es klatschte wie menschlicher Leib, das Ungetüm freute sich grässlich gingen die Züge ineinander über, es hatte was von Kuh und vom Hund aber seine Nacktheit war menschlich u. schamlos, wie es sich an der alten Hexe rieb. Aber auf einmal zersetzte es sich zum Grauen ⟨der Kaiserin⟩ es warf sich an die Wand, ein feuchter Fleck blieb es rieselte Der Efrit glitt herunter er stieß vor sich es war weg wie ein Rauch er stand da wie ein Kauernder – lehnte sich frech auf die Amme Dies alles war der Färberin im Rücken, aber ein mitwissendes Zucken ging ruckweise durch ihren hübschen Leib sie hielt die Augen gesenkt sie atmete anders als je – der Kaiserin wurde Angst ⟨sie⟩ wollte den Färber aufwecken die junge Frau zu schützen – da durchstach sies: ein Laut traf sie eine Stimme rief plötzlich senkrecht ober ihr: Nun freuet euch, wir werden doch geboren – es war eine junge Stimme wie ein Knabe oder ein Mädchen, unerkennbar süß wie Frucht die sich löst und herabfällt die halbgesungenen Worte kamen ziemlich weit in sie hinein, aber die anderen hörten es scheinbar nicht. Sie horchte nach oben, sie fühlte ein Flüstern von mehreren, aber sie konnte nichts mehr verstehen: nur eine süße Kühle durchdrang sie von oben her, sie hätte gleich mögen als ein Vogel sich dahin aufschwingen oder als ein Fisch denen nachfolgen, die da über ihr sich jagten, so leicht war ihr, weit weg die dumpfe Erde, der Anhauch der Geisterwelt sie mischte sich vertraulich mit denen die da schwebten, ihr war als umschwebe sie auf ewig ihren einzigen Geliebten, flatterte auf ewig aus Baumwipfeln auf ihn zu, äugte aus Büschen auf ihn hin und ließ sich in seine Arme, durchstrich ein dunkles Wasser oder den festen Erdboden in der Richtung auf ihn zu sie war wieder zwischen Thier und Weib erst in zarter spielender Sehnsucht Vielfältig und eines, es war ein seliger Augenblick für sie, aber nur ein Augenblick, dann presste sich ihr das Herz zusammen, das ängstliche unaufhaltsame Gefühl der Wirklichkeit durchdrang sie wie nie zuvor, mit ganzer Wucht, Stein, Stein, dies Wort fiel ihr wie ein Stein aufs Herz – angstvoll sah sie um sich: was war das alles? sie lernte ein Gefühl kennen wie sie noch nie gekannt hatte, so zwiespältig, ihr Inneres zerreißend so furchtbar wahr, schuldvoll, und verstrickt. Der schlafende Färber stöhnte auf unterm Tuch es war ein schweres Stöhnen wie in Angst, seine guten großen Hände bewegten sich krampfhaft, er ballte die Fäuste.

Die Amme hatte ihre spitzen Lippen dicht am Ohr der Färberin – Natürlich ist er da, schrie die Junge, ich weiß es wohl, denn ich spüre alle Niedertracht der Erde in mir aufsteigen. Sie trat mit einem starken Schritt auf den liegenden Färber zu, anstatt von ihm wegzutreten. Was willst du noch rief die Amme und hielt sie Ha ha! schrie das junge Weib, was ich will? was will denn der da! Los will ich von ihm! Sie schlug sich auf den Leib auf die Brüste: Dieses starke Wasser soll nicht diese erbärmliche Mühle treiben – sie schrie es in des Schlafenden Ohren. Dann richtete sie sich auf: Lass den Fremden hinter mich treten, meinen Geliebten. Ich will dass er mich hinterrücks hinauszieht, ich will nicht das da im Rücken haben! sie deutete mit dem Fuß gegen Baraks Leib. Die Kaiserin riss das Tuch weg Barak lächelte im Schlaf, seine Lippen bewegten sich, er murmelte etwas, seine Stimme war die gleiche, die er hatte, wenn er zu Kindern oder zu seiner Frau redete.

Ha, sagte die Frau, und bewegte verächtlich den Mund, er schläft mit offenem Maul, Fliegen werden in seiner Mundhöhle ihre Hochzeit halten, und sie wandte sich vor Ekel halb ab und streckte schon den einen Arm nach hinten hin dem Efrit zu der sich um ihn rankte. Aber ihr Gesicht mit einem gequälten und furchtbaren Ausdruck haftete auf dem Gesicht des Färbers. Plötzlich streckte sie die Zunge gegen Barak heraus und stieß mit dem Fuß gegen seinen Leib. So weckt ihn doch! ich will nicht das da im Rücken haben schrie sie flehend und die letzten Worte glichen einem Zauber. Es ist an dem, rief dicht ober dem Färber die silberne Stimme, ein Schwert her, die Kaiserin spürte ein Fliegen ein Schweben er soll ein Schwert haben. Eine andere Silberstimme antwortete: Noch nicht, aber bald! Niemand außer der Kaiserin schien es zu hören. Nur aus der Brust des Färbers antwortete ein tiefes langes Stöhnen und es war ängstlich zu sehen, wie im Schlafe sein Gesicht einen anderen Ausdruck annahm wie er die Hände abwehrend vor seine Brust hielt.

Die Hände des Efrit griffen um die Hüften der Färberin herum. Die Amme packte den Knöchel am Fuß, um sie zu Fall zu bringen, die Kaiserin rüttelte Barak mit aller Kraft, wütend ließ die Amme dort die sich Sträubende los, fuhr herüber, der Kaiserin in den Arm zu fallen, aber als sie nahe kam, war ein Etwas, dass sie es nicht wagte. Alles fieberte an der Kaiserin, so hatte sie sie nie gesehen, ihre Lippen flüsterten beständig etwas vor sich, mit einer wilden Gewalt, wie eine Mutter ihr Kind das im Starrkrampf liegt richtete sie den schweren Leib des Färbers auf: Wach wach flüsterte sie! du kommst zu dir! ich bin bei dir! ich helfe dir. Grässlich war der Amme der Anblick völlig glich sie einem irdischen Weib das sich in Todesangst quält, aber sie konnte nicht dagegen. Von oben sah sie ihrer Herrin starr ins Gesicht, du kannst ihn nicht wecken rief sie einmal übers andere, er hat einen

Schlaftrunk im Leib von mir gemischt, ebensogut könntest du einen Todten rütteln! Die Kaiserin achtete es gar nicht, ihre Augen vergrößerten sich, mit namenloser Gewalt drängte ihr Wille auf Barak ein wie ein Feuerstrom, die Alte konnte nichts dagegen tun. Ein Zucken ging durch den riesigen Körper Baraks, er stand auf seinen Beinen, er öffnete die Augen, sein Blick war blöde wie eines Todten, seine Augen waren ganz eingefallen, aus seiner Brust drang ein Schrei so gewaltig und anhaltend er glich kaum dem Schrei eines Menschen. Die Brüder kamen von draußen herbeigestürzt, sie schrien Mord! Mord! das Fremde erschreckte sie jeder packt das nächste, der eine Kaninchen im Stall unter der Gewalt seines Schreies warf sich die Färberin in Todesangst vor seine Füße hin, ihr Gesicht glich dem eines furchtsamen Kindes, sie streckte die gefalteten Hände gegen ihren Mann empor: Rette mich vor diesem, rief sie einmal ums andere mal. Ich fürchte mich! du bist mein Schützer! ich habe mich vergangen du bist mein Richter! Er verstand nichts von allem was sie sagte, die Brüder verstandens, oder ahnten es in ihrem Hass gegen die Schwägerin, sie drückten ihm einen mächtigen Prügel in die Hand, er riss den Arm auf als hätte er nur eine leichte Gerte, sein Schreien ging weiter. Das junge Weib warf sich vor ihm hin, sie erwartete jetzt ihren Tod von seiner Hand, mit einem unbeschreiblichen Blick sah sie von unten zu ihm auf, es lag Verzweiflung darin und völlige Ergebung in ihr Schicksal. Die Amme sprang hinüber zu dem Efrit, sie riss ihn nach rückwärts.

Der Färber schlug nicht zu, seine Wimpern gingen nicht, es riss ihn hin und her, er taumelte als ob er eine Binde vor den Augen hätte, in ihm kämpfte das Zaubergift mit dem furchtbar gewaltigen Willen der Feentochter, das Unterste kam in ihm zu oberst, in sein Gesicht trat ein Ausdruck von Stärke und Wildheit, wie nie ein Mensch an ihm gesehen hatte, die tiefste Kraft seiner dunklen Natur trat heraus – mit einer Stimme wie ein Löwe schrie er nach seinen Kindern, sie seien ihm fortgekommen! Die Brüder stürzten zur Tür hin: Er schien niemanden zu kennen, nichts zu unterscheiden alle hielt er für die Mörder oder Verberger seiner Kinder, das Weib hatte sich auf den Knien halbaufgerichtet sie war kreidebleich vor plötzlicher wilder Angst und sie biss in ihre Hände, der Buckel fletschte ängstlich die Zähne und duckte sich an die Wand, der Einaug und der Einarmige bargen sich hinter Kufen und Fässern. Sie schrien auf ihn ein. Der vertraute Laut ihrer hässlichen Stimmen Noch einmal schrie der Färber angstvoll nach seinen Kindern, ihm schien man hatte sie verborgen und er konnte nicht finden, wo, er warf den Stock hin – er wurde milder, er schluchzte und fragte immer wieder, wo habt ihr sie hingebracht. Seine Hände gingen vor ihm hin ins Leere – seine Frau – er erkannte sie – er umarmte sie – sie hing an ihm – zuckend.

379, 20f. fahren *Danach eingeschoben, später gestrichen:* wie eine junge Stute sie

wehrt sich gegen den Zaum der auf ihr aufliegt und wirft die Hufe gegen
Himmel

379,33 gepriesen – *dahinter in Klammern:* feierlicher Zusatz *in der Art wie:* gepriesen der keine Müdigkeit kennt *(vgl. 13 H, S. 366, 14 f. und N 85, S. 365, 38 f.)*

379, 41 niederließ. *Danach:* Niemand sah dass sie ... *Hier sollte ausgeführt
werden, daß die Amme ein Pulver in den Trank gibt.*

380, 3 Pastille *gestrichen, aber nicht ersetzt.*

380, 8 f. wo steht geschrieben ⟨dass⟩ *Variante, die ohne Rücksicht auf die
Syntax eingeführt wurde; die Vorstufe lautete:* inwiefern ist

380, 42 Rind] *(1)* Reitthier
        (2/3) Geschöpf
        (3/2) Rind

381, 14 Kuh] *(1)* Schlange
        (2) Kuh

383, 23 Der Färber ... nicht *gestrichen, danach Einweisungszeichen, aber der
entsprechende Text fehlt.*

Notizen zum Schluß auf der Seite f: am Ende stummes Gebet der Kaiserin:
den Schatten nicht zu nehmen. Ihr einfacher innerer Zustand. Sie fühlt ihre
Kräfte als eins mit denen in der Luft: sieht den Mann als Stein. Sie ist bereit
allem zuzusehen, der Augenblick wird entscheiden!

25 H

Entwurf auf der Seite i *von 22 H zu dem Zwischenteil (vor dem Hereinkom-
men Baraks). Er bezeichnet den Übergang von 22 H – worauf er Bezug nimmt:*
Kurz vorher Dialog mit der Amme S. 90. *(S 92) heißt es zu Beginn – zu 33 H.*

Barak Kleider auswindend, Kaiserin hilft ihm wie eine Magd die Amme
winkt ihr von weitem. Kaiserin läuft hin. Ist sie willig geworden fragte sie
sogleich. Gibt sie den Schatten dahin? Pst sagte die Amme u. führte sie beiseite. Der Färber holte indessen die Strähnen blau heraus ...
Es wird ihr nicht leicht gab die Amme der Kaiserin zur Antwort. Die welche
nicht kommen sollen kämpfen um den Eintritt u. der mit dem breiten Maul
ist ihr Vorkämpfer aber er ist Gott sei Dank zugleich ihr Vernichter. Die
Kaiserin sah über die Schulter ohne zu hören ... Schaff schnell den Schatten sagte sie, dieser soll seinen Lohn haben. Lohn schrie die Amme womit
hat der Elefant sich Lohn verdient – aber heiß ihn hineingehen das Weib
will ihn ... Was willst du tun? fragte die Kaiserin. Lass mich ich kenne die

Menschen ich habe sie im Gefühl wie die Köchin weiß wann das Huhn im Topf gar ist und trabte ins Haus wie eine Füchsin.
Der Färber hatte ein in der Beize vollgesogenes Tuch von der Walze genommen. Er breitete ein Einschlagtuch aus läßt das Walzenholz herab bis das schwere feuchte Tuch zusammensinkt trennt die Naht und lädt das Bündel auf seine Schultern. (vollgesogen mit manchem Kübel Wasser) Mühsam und ruckweise arbeitete er sich die Leiter hinan mit der Rechten Sprosse nach Sprosse erfassend hart an die Leiter gepresst damit die Last ihn nicht hintenüber zieht.

N 90
Die Überschrift ad Neues *bezieht sich auf die Neufassung der* Hammerscene.

beim Reden von den Kindern
»vor Verzückung bebte seine Stimme die tief aus seinem innersten hervordrang, wie der Ton einer Saite, die man in Schwingung gebracht.« D⟨ostojewski⟩
Färberin
Thränen, die plötzlich hervorbrechen – plötzlich versiegen auf der Wange –

N 91
20 VII ⟨1918⟩
Nächster Tag. ad Efrit.
Amme schmeisst den Nachhausekommenden Brüdern Sand in die Augen
Amme: erkennt den Hund treibt ihn dem der hinter ihr geht zwischen die Beine – dann treibt sie den Hund in die Enge, schmeisst ihn mit Steinen – dem Efrit springt er entgegen. Sie heisst ihn, seinen Bruder suchen: diesen – er hat gestern geschimpft auf Euch! – lass heute mich hin – ich bin ein Wartender u. Begieriger wie er: ich verstehe Frauen zu behexen und wegzutragen:

N 92
Die Seite ist datiert 20 VII. ⟨1918⟩. *Der Text wurde gestrichen, als die andere Seite für Notizen zu der* Hammerscene *desselben Kapitels (= N 93) benutzt wurde.*

Der Efrit: Amme sieht einen Hund der eine Hündin verfolgt – er hat ein größeres Auge – sie lockt ihn an sich geht seitwärts mit ihm – er folgt widerwillig er erkennt sie allmählich – sie ruft ihn hervor   Heißt ihn in sein Haus gehen als Mensch wieder hervorkommen: er kanns nur ertragen wenn er ein Ziel hat: Begattung sonst fällt er zusammen wie ein Morphinist – er kennt als Hund viele Wohnungen – so auch eine wo sie ihn herrichtet wie einen Markthelfer sie stellt ihn als Thürhüter an. Er will vor der Zeit die

Färberin anfallen: Amme verweist es ihm. Sie stützt sich auf ihn, als armes
altes Weib   Seine Freuden.
Vom Haus ab geht er nach.
Im Färberhaus muss sie ihm alles früher gesagte wiederholen. Er hats teils
vergessen, teils verwechselt ers. Gestern war er in einer ausgeliehenen Gestalt da. Gewisse äußerste Cynismen von ihm imponieren der Amme.
Er ist ein Todter. Leichenwacht.

N 93
Auf derselben Seite finden sich Notizen zum 6. Kapitel (N 106). Als sie entstanden,
wurden die zum 5. Kapitel gestrichen. Die andere Seite ist 20 VII. ⟨1918⟩ datiert.

Die Hammerscene ein vereiteltes Bekenntnis.
Er will schlafen. Sie will ihms sagen. Er schläft ein.
Sie spielt die Verführung durch den Efrit, weckt den Barak mit Gewalt.
(Es ist das was dann so furchtbar ernst wird in der Feuerscene)

N 94
Die Erwägungen zu der Figur des Efrit sind Notizen zu dem Brief an Rudolf
Pannwitz vom 4. VIII. 1918 (gedruckt in MESA 5, Herbst 1955, S. 29–31).
Ein P. zu Beginn bedeutet sicher »Pannwitz«. Das Blatt ist datiert: 26 VII. 1918.

alles aus dem Leben.
Materiales aus dem Geistigen
function: aufwühlen, zum Äußersten bringen: zur Krisis
Efrit: welches sind seine Begrenzungen
was ist in ihm dieses Spiel; wovon ruht er aus und was lockt ihn weiter.
er muss nach der anderen Seite geschlossen sein, nach der der Handlung
abgewandten
Welchen letzten Sinn hat für ihn die Liebe; was von sich reservirt er?
Efrit u. Färberin: Wer sich erkannt sieht beginnt zu lieben u zu hassen

26 H
II^{ter} Teil (»Hammerscene«)
Zweideutig führen: er war keinen Augenblick wirklich bewußtlos – sie will
es ihm einreden er liege seit Stunden so da, es sei gegen Abend. Sie ruft die
Brüder zu Zeugen an. Er habe ungereimtes Zeug getan, unflätige Reden
geführt. Die Amme als Zeugin. Barak schämt sich.
Sie gesteht ihm vieles:
Die Kaiserin hörte jetzt auch die Stimme des Färbers. Er öffnet die Augen,
ist aber nicht ganz bei Bewusstsein. Es kommt schliesslich bis zu ihrem
Zungeherausrecken, während er immer wacher aber immer abwesender
sich mit den Kindern befasst zuerst murmelnd: zärtlich – dann hoch; Die
fleissigen Kinder sie finden seine Werkzeuge. Vor Verzückung bebte seine

VARIANTEN 5. KAPITEL 387

Stimme die tief aus seinem Innersten hervorbrach wie der Ton einer schwingenden Saite.
Sie führt die frechsten Reden mit der Amme: die sich vor Lachen ausschütten will. Die Amme lief hinüber zu der Kaiserin. Die Kaiserin hält sich die Ohren zu.
So anfangend: Färberin: Er hat mir gesagt er wird mich sammeln – Ganz zusammenmischen für mich den Trank. Die höchste Trunkenheit wird er mir für immer gewähren. Gelöst werde ich sein von der Qual des Hässlichen. Dafür muss ich opfern.
Die Amme (verwundert) Wann hat er dir das gesagt? Die Frau (zwinkert ihr zu) ferner: Ich kann hören wie einer redet und darum habe ich diesen erkannt und weiss was das für einer ist und es graut mir vor ihm. Wird er mich prügeln und mir die Hände binden u. mich hinter sich sitzen lassen auf einer Eselin u. mich verkaufen. Aber es kann auch sein dass ich ihm gewachsen sein werde denn es ist manches in mir davon sich der Färber nichts träumen lässt. Schönheit der Färberin dabei Sie ging zu dem Liegenden hin: er schlug die Augen auf – Ha wer bin ich und wer ist dieser?
Anfang: der Kaiserin schiessen Thränen in die Augen über die Behandlung des Färbers, dass man ihn sinnlos und seiner selbst unmächtig macht – da führt die Amme sie in die Kammer. Nun darf man nicht stören. (Die dämonische Freude der Amme)
Barak: Beim Trinken: Was ist das? schon sinkend.
nachher beim schweren langsamen Aufwachen: was war das? er seufzt dann viel.
Färbers Reden zu den Kindern: wir nehmen die Farben aus den Blumen heraus und heften sie auf die Tücher so auch aus den Würmern. Die Federn der Vögel: hochroth und gelbe Brüste. (Er schien die Farben zu sehen und auf Tücher zu heften)
Frau: Wer bin ich u. wer ist er? ist dies das Wasser, das diese Mühle treiben soll? Sag ihm dass ich schön bin und was das bedeutet! (später umgekehrt. Schlage mich! strafe mich! Wer bist du u. was bin ich?) wiederholt: er hält sie gepackt sein Gesicht ganz nah bei ihrem das Wecken empfindet als Wegnehmen der Kinder:
Hierauf folgt N 99 zum 6. Kapitel.
Schluss der »Hammerscene«: Segen des Färbers über das Widerrufliche.

33 H
Erst im Juli 1919 schrieb Hofmannsthal das 5. Kapitel vollständig nieder, weitgehend in der Form, wie es im Druck erscheint. Es gibt hier noch keine Trennung zwischen dem 5. und dem 6. Kapitel. Sie wurden in einem Zuge niedergeschrieben. Diese Niederschrift, mit einer Fülle von Streichungen, Einschüben und Ersetzungen, kann nicht als Druckvorlage gedient haben. In ihrer letzten Stufe unterscheidet sie sich allerdings nur geringfügig von dem veröffentlichten Text.

Die Streichungen sowohl innerhalb der Niederschrift als auch im Übergang zur nicht erhaltenen Reinschrift, die dem Druck zu Grunde gelegen haben muß, zeigen wie in den übrigen Kapiteln das Streben nach möglichster Knappheit und Präzision. So wird zum Beispiel in der Szene, in der die Färberin auf den schlafenden Barak einredet (S. 164), die wiederholte Bemerkung, daß sie sich Gehör verschaffen und sich den Zutritt in Baraks Innerstes erzwingen will, noch in der Niederschrift gestrichen. Als überflüssig wird auch auf S. 163, 11 nach verwundert. *der zusätzliche Rat der Amme:* Dass er dir nicht im Wege sei, ist alles was du begehren musst. *in die Reinschrift nicht aufgenommen. Auch die aus ›1001 Nacht‹ stammende Formulierung, die nach S. 165, 31 konnten. in der Niederschrift vorhanden war:* nun wollte sie sich auf den Rücken werfen vor Lachen bei der Erinnerung *ist im Druck nicht mehr enthalten.*

Die wichtigsten Varianten:

161, 4 rufe. – *Danach:* Die Amme wandte sich und lief schon, die junge Frau wankte auf ihren Füßen und griff in die Luft und hielt sich an der Schulter der Alten. Die Schwäche die sie angewandelt hatte gieng gleich vorüber; sie zog ihre Hand an sich, aber sie blieb sehr blass. Sie sah nachdenklich auf den Hackstock, als läge dort etwas. Dann wandte ⟨sie⟩ sich wieder ab u. ging ruhelos auf u. nieder. – Er hat seinen Atem in mich gegeben, jener Wildfremde, stieß sie heraus, – Begierde ohne Maß, und innere Hitze, Wut, Genäschigkeit, und Faulheit, und ich möchte aus meiner Haut fahren. –

161, 7 Hait] Dumm

161, 26 anders,] anders. – Wenn du erfüllt haben wirst, was ausbedungen ist? Aber du wirst es erfüllen. Am fließenden Wasser wirst du es erfüllen oder am lodernden Feuer und es wird dir ein leichtes sein. – Die Junge löste sich von ihr. Sie maß die Alte mit einem strengen Blick. – Ich meine etwas Anderes, wohl etwas Anderes,

161, 33 nichts und] nichts. Die Junge runzelte die Stirn. – Ich bin bereit, eine ungeheuerliche Niedrigkeit zu begehen, das siehst du, aber die mich dazu gebracht hat, die will ich dann nie mehr mit Augen sehen, das ist gesagt und geschworen und damit genug. – Sie kehrte der Alten den Rücken, und die

163, 14 – 23 *Erscheint noch nicht in der endgültigen Form. Die Rede der Färberin, S. 163, 15 – 18, in der statt des letzten Satzes stand:* Er ist verächtlich vor mir, aber du, meine Mutter, hast ihn mir zum Manne gegeben und ihn zum Herren gemacht über mein Schicksal einmal und für alle Male. *ist ersetzt durch die im Endtext darauf folgenden Zeilen S. 163, 20 – 23. Anmerkungen am Rande weisen jedoch darauf hin, daß die ganze Stelle in der Niederschrift noch einmal bearbeitet werden sollte.*

163, 24 Ungeduld] Zorn

164, 5 Einer! *Danach:* Sie schlug sich zornig auf den Leib, auf die Brüste. – Dieses starke Wasser soll nicht diese erbärmliche Mühle treiben!

165, 6 – 23 es riß ... dringen.] aus seiner Brust drang ein Schrei, so gewaltig und anhaltend, dass er kaum mehr dem Schrei eines Menschen glich, sondern dem Brüllen eines großen Tieres, dem man die Jungen rauben will. Er fasste einen schweren Hammer, der da lag, und schwang ihn über sich als wäre es ein Schilfrohr; seine Hand griff nach der Frau wie nach dem Nächsten; sie stand vor ihm, sein Auge drohte nach allen Seiten er war furchtbar anzusehen. ihr Fuß, wie angewurzelt, dachte nicht an Flucht, sie bohrte die Hände in den Mund und biss sich in die Finger: sie glich nun selbst einem verängstigten Kind. Die Brüder kamen von draußen hereingestürzt; wehklagend, fragend, kreischend umgaben sie ihn. Der vertraute Laut ihrer hässlichen Stimmen schien ihm an die Seele zu dringen.
Dieser Text der Niederschrift wird durch die Übernahme der gleichen Stelle aus der Seite h des Entwurfs 22 H (S. 383, 23–36) ersetzt und unterscheidet sich dann kaum mehr vom endgültigen Text.

6. Kapitel

Das 6. Kapitel, dessen Notizen zum überwiegenden Teil in unmittelbarem Zusammenhang mit denen zum 5. Kapitel entstanden, wurde sofort nach Beendigung des vorhergehenden Kapitels, wahrscheinlich Ende Juli 1919, verfaßt. Im September 1919 korrigierte Hofmannsthal bereits die Druckfahnen. Dabei entstanden die Änderungen 38 H – 40 H.

N 95
Schlusscene: Kaiserin: es sind noch andre hier außer uns!
Schluss: die Erdbebenstimmung. Vögel. Tiere im Stall. Die Brüder.

N 96
S. 378, 20 (21 H) stellt eine Notiz zum Beginn des 6. Kapitels dar.

N 97
Notiz mit der Überschrift nächster Tag: *, die daran erinnert, daß das 5. und 6. Kapitel ursprünglich nicht getrennt waren.*

Die Mutter in dem Drübensein: der Duft u Zauber der Kindheit und des Todes der sie aus den Zweigen des Baumes überfällt

N 98
Notiz am Ende des Entwurfs 8 H zum 5. Kapitel.

Angelpunkt: Das Schreckliche, dem die Frau sich preisgeben will und muss. (Die Sonne in einen Trichter versinken Staubwirbel) Wie sie selber beim Grab der Mutter ein grausiges Wetter heraufbeschwört: Worauf ein Weidenbaum in seinen Zweigen fürchterlich antwortete: sie dagegen die Zähne bleckt. Weidenkätzchen abreißen:

N 99
Notiz in dem Entwurf 26 H zum 5. Kapitel.

Weg zum Grab der Mutter: der Kaiserin wird alles schwer, alles dringt auf sie ein, sie wird verzagt. Die Schwere von Baraks Leib gemahnt sie an den versteinerten Kaiser.

N 100
Neues: Beim Grabbesuch greift der Sturm in die Kronen der Bäume am Abgrund oben flimmern Sterne Langes Gebet, Zwiegespräch mit der todten Mutter. Jetzt verstehe ich was beten heisst! Geständnisse fliessen von den Lippen der Frau: Mutter wie ist es möglich dass man Mutter wird –

N 101
Notiz für eine Rede der Amme zu den Brüdern des Färbers.

Verflucht ihr Verwandte einer Verfluchten!
Sperr uns den Weg nicht ab!

N 102
Scene des Feuers
Die unnatürliche Beschaffenheit des Feuers. Seine Ausbreitung. Seine Farbe gleicht dem Schwert von dem Augenblick an wo sich von oben die Ungebornen hineinwerfen. Das Hineinflüchten des Weibes. Beide Leiber im Feuer. ein Knaul – er hat kein Schwert mehr in Händen. Die Kaiserin hineinschreitend beide zu umfassen. Ihr Hinsinken: wie beide vor ihr versinken.

N 103
fleissige Kinder. gute Kinder!
Im Feuer:
das Gesicht der Färberin immer aufmerksamer: (schon die Aufmerksamkeit des Hasses) jetzt ein Process in dem Gesicht: auf dem Gesicht eine unauffangbare Seelenstimmung gewisse Gefühle die den Menschen mit dem Menschen verbinden – eine wehmütige Ironie – Mütterlichkeit: das Dämonische des Gesichtes von Menschlichkeit überwältigt: (Die Kaiserin vom Feuer getragen.)

390,29 fleißige Kinder. *Davor wurde folgender Absatz gestrichen:*
Färbers Reden zu den von ihm hallucinierten Kindern. er nimmt die Farben aus den Blumen heraus und heftet sie auf die Tücher – so auch aus Würmern: – ich habe Fische gekannt die im Sterben so schöne Farben spielten. Die Federn der Vögel: hochroth und gelbe Brüste – Bei Raben spielt nur der unbedeckte Teil der Federn bunte Farben.

N 104
Feuerscene (Kapitelschluss)
Das Feuer war gross geworden: die Frau flüchtet in das Feuer vor dem Barak – er ihr nach tritt ins Feuer. Die Kaiserin zu ihr, die Amme ihr nach wie ein Hündlein. (Feuerprobe) Aller Schönheit im Feuer sehr erhöht: wie in einem Spasma. Siehe wie schön sie ist! rief die Kaiserin Im Feuer vollzieht sich (verschönt) das Aufrecken der Arme zu Barak usf
Ich will zu Ihnen sagte die Kaiserin. (weiter à la Goethe)
Die Amme hebt die Kleider auf springt ihr nach   Kranz aus den Leibern der Fische daraus ein Klang
Die Kaiserin vom Feuer getragen: beseligt: spürt die beiden Gesichter feurig

N 105
Märchen vorletztes Capitel:
Im Feuer selbst der Übergang. Überwindung der Amme durch den Willen der Kaiserin: sie darf ihr nicht widerstreben: bleibt mit den Brüdern am Feuerrand? sie muss es fürchten – doch schwingt sie sich noch hinüber: indem sie ihre Kleider aufhebt: sie reisst die Kaiserin an sich –

N 106
Die andere Seite ist datiert: 20 VII. ⟨1918⟩. *Die letzten drei Worte sind durch einen Tintenfleck unleserlich geworden.*

In der Feuerscene: der ganze Raum vom Feuer erfüllt – das Feuer hat alles Gewöhnliche weggezehrt, nur das Kerkerhafte gelassen: das Feuer verzehrt nicht, es macht bewusst (die Brüder flüchtend)
Die Kaiserin von dem entsetzlich Lastenden so ergriffen dass sie taumelt: die Amme bestrebt sie zu halten – Die Kaiserin will hinaus: die Amme: der Handel ist noch nicht zu Ende! Jetzt ahnt die Kaiserin was es heisst verstrickt sein u. was es heisst versteinert sein   die Kaiserin doch hinein: zu ihnen. Jetzt wird ihr Dunkel vor den Augen wie sie nie ein Dunkel geahnt hat: ihre Lippen flüstern Finster Ah Ah. Nacht! Die Amme mit grässlicher Sorge sie umgebend, mit übermenschlicher Kraft sie tragend, in den Mantel hüllend

Wie die Amme sie draussen hat fühlt die Amme zitternd wie eine Hündin vor dem Tiger: hier ist die Geisterwelt: Gexxxxx xxx xxxxxx

N 107
Feuerscene: Das Feuer fiel zusammen   Das Ganze sinkt u. sinkt. Die Dunkelheit schlug sich von oben auf die Kaiserin: sie griff und fühlte dass es der Mantel war u sie legte sich auf ihn und es war ein
Die Reinheit u. Stille der Geisterwelt.

27 H

Scene des Feuers
das Feuer ergriff den ganzen Raum. Es war wie das innere eines Ofens. Die Fische aus Feuer flogen herum wie toll.
Der Färber wollte sein Weib packen wie ein Huhn und es ins stärkste Feuer werfen. Die Brüder hingen sich an ihn. . Ein Wind: der Schatten der Frau schlug hin u her. Die Amme jagte ihm nach. Das Feuer brannte immer stiller und heller – die Wände glühten
Des Färbers Schrei: die Kaiserin will ihm den Mund zuhalten   Furchtbarer Ausdruck von Erstaunen in des Färbers Gesicht.

28 H
Entwurf zu 33 H, Stufe II, S. 397, 23. Der Satz der Kaiserin wurde in der Niederschrift gestrichen. Der Entwurf trägt die Überschrift: Feuerscene:

Was ist das für ein Feuer? schrie die Amme:
Soll ich dem Feuer nicht gebieten können, ich? rief die Kaiserin dass es ein freundliches Element sei.

29 H
Entwurf zum letzten Satz von 30 H, überschrieben: Scene des Feuers.

mit einem Griff der riesenhaften schwarzen Klaue hielt die Amme der Frau die 7 Fischlein hin –

30 H
Der Entwurf ist Feuerscene. *überschrieben und beginnt mit der Ankunft von Färberin, Amme und Kaiserin im Färberhaus. Er enthält, zum Teil in Stichworten, den Text von S. 169, 36 – 171, 39 ohne bemerkenswerte Varianten. Auf einem Teil dieses Entwurfs basiert 31 H.*
Eine Anmerkung in der Handschrift lautet: Die Schönheit der Frau: dämonisch (Wolynski). *Sie steht nach folgendem Text:* Barak: sofort: Zündet ein Feuer an. Die Frau: Recht gesprochen mein Mann: vor dir soll es geschehen! ich bedarf eines Feuers.

VARIANTEN 6. KAPITEL

31 H
Barak ging dicht auf sie zu: er sah sie scheinbar wie einen Gegenstand: aber in seinen Augen war ein furchtbarer Ausdruck. Es war nicht klar ob er sie erkannte. Siehe sagte die Frau. Ich sehe du verstehst: warum dann redest du nicht – es ist das letzte Mal dass wir unsern Atem austauschen. – Zündet ein Feuer an sagte Barak. Der Einäugige warf sich und blies Asche an dem Buckligen sprangen Olivenzweige in die Hände, der Einarmige brachte im rechten Arm eine Welle Holz herbei. Barak stand lauernd. Das Feuer flammte auf: die Fischlein lagen da und das Gesicht der Amme leuchtete. Die Frau war schön über die Maßen. »Du hast ein Feuer anmachen lassen so siehst du mich denn – doch du sollst mich begreifen: denn ich will nicht dass du verachtet werdest wie einer der tölpisch ist und dem man das Bette unter dem Leib stehlen kann.« Ihr Gesicht hatte etwas dämonisches in ihm geweckt: ein Blick von haben besitzen vernichten. Seine Zähne wurden sichtbar. Es lag eine Art von gräßlicher Huldigung darin: Siehe ich bin schön und das ist nicht für dich. Darum hast du den Knoten meines Herzens nicht gelöst   Meine Schönheit hat einen andern gerufen: denn sie ist ein mächtiger Zauber. Sie ist ein Garten den du nie betreten er aber rüttelt nicht an dem Gatter sondern mit einem Schwunge ist er über die Mauer geflogen – ihre Stimme wurde unsicher – Darum habe ich einen Pakt geschlossen und gebe meinen Schatten dahin und die Ungewünschten: für die Schlanken Hüften und die nie welkenden Brüste, vor denen sie erzittern sollen die da kommen werden mich zu besitzen: und einer ist ihr erster

33 H
Die Niederschrift des 6. Kapitels ist mit ihren verschiedenen Entwicklungsstufen vollständig erhalten. Wie keine andere Handschrift zur Frau ohne Schatten *gibt sie einen Einblick in die Arbeitsweise Hofmannsthals, der in einem langsamen, immer wieder neu ansetzenden und teilweise über Umwege führenden Prozeß sein Ziel erreicht.*
Die Niederschrift ist in sehr kurzer Zeit konzipiert worden, denn vom 15. Juli bis zum 9. August 1919 entstanden sowohl die Neufassung des 5. als auch die Niederschriften des 6. und 7. Kapitels. Das 6. Kapitel bildet zu diesem Zeitpunkt noch keine selbständige Einheit. Es ist nur durch einen Absatz von dem Text getrennt, der im Druck zum Ende des 5. Kapitels wird. Die Paginierung reicht von 94 bis 110.
Doch sind einige Seiten mehrfach, bis zu fünfmal (Seite 102), *vorhanden, wobei im zweiten Teil, der Feuerscene (S. 172, 1 – 176, 14), jede Seitenerneuerung eine eigene, neue Stufe in der Entwicklung auf den veröffentlichten Text hin darstellt, ohne daß dieser in der letzten Stufe schon vollständig erreicht ist.*
Nur im ersten Teil (S. 167, 1 – 171, 39) kommt die letzte Stufe dem Text des ersten Druckes sehr nahe. Dieser Teil enthält, im Gegensatz zur Feuerscene, auch nur eine größere Vorstufe: die Seiten 95–96, die dem Text S. 167, 20 – 169, 36 ungefähr entsprechen. Sie unterscheidet sich von der folgenden Stufe allein durch ihren stärkeren

Entwurfcharakter. Die wichtigsten Varianten dieses ersten Teiles werden im folgenden wiedergegeben.

168, 16 hineingestürzt. *Danach in der Vorstufe:* Die Alte blickte von Zeit zu Zeit auf die Kaiserin: aber diese hielt die Wimpern gesenkt, sie konnte ihr nichts vom Gesicht ablesen, nichts von den Lippen: wie hätte auf ihnen die rein waren wie eine Tafel zu lesen sein können was ihr aus dem Innersten allmählich gewaltig emporkam: Dir Barak bin ich mich schuldig – und das sie selber sicher nicht zusammenzusetzen gewusst hätte denn sie war noch nicht mächtig in ihren eigenen Gedanken zu lesen: ihre Gedanken waren ihr noch wie ein Bild von rückwärts gelesen.

168, 31 – 169, 36 Es war . . . verstehen. *Stattdessen in der Vorstufe:* in einer Art von braunrotem Dunst der sich nicht mehr legte hasteten viele Menschen an ihnen vorbei. Von oben her legte sich die Finsternis darauf; es war dunkel mitten am Tage als sollte es augenblicklich Nacht werden. Vögel hasteten hin aus den Häusern drang das angstvolle Schreien von Mensch u Thier Ziegel stürzten von den Dächern, Vögel – Wespen   Als sie nahe der Brücke waren sprang ihnen ein Maulthier entgegen; es war nackt nur ein Stück der abgerissenen Stallhalfter hing ihm ums Maul. In Angst und Verwirrung sprang es hin und her, endlich warf sich's auf den Rücken und reckte die Füße nach oben und stieß ein Wiehern aus das wie Stöhnen klang. Aus dem braunrothen Nebel lief ein Knabe hervor riss es empor, warf ihm einen Sattel auf. Jetzt werden wir sehen ob meine Worte noch unwiderruflich sind, sagte die Frau und setzte ihren Fuß auf die Brücke. Der Fluss hatte aufgehört zu fließen; aber einzelne große Wellen hoben sich und fielen wieder zusammen. Die Kaiserin musste sich jäh umwenden; ein schnaubender Atem hatte sie im Nacken getroffen aber eiskalt wie aus dem Grab: das Maulthier war dicht hinter ihr, prächtig geschirrt, der Efrit saß auf ihm, hinter ihm im Sattel hing ein etwas in Knabenkleidern aber mit den Augen einer Frau und hielt sich an seiner Hüfte. Er sprang aus dem Sattel mit einem lässigen Wink seiner Linken jagte er das Wesen von sich das an ihm hing, sein Blick suchte nur die Färberin. Die Färberin ging langsamer, sie blieb stehen sie sah mit gerunzelter Stirn auf das nachtfinstere Wasser. Die Amme wusste wohl wer nahe war ihr Rücken verrieth es. Die Färberin trat mit einem Fuß auf den niedrigen Steinrand der Brücke. Sie wurde dunkelroth dann sehr blass und ihre Schritte zitterten. Aber sie wandte sich nicht um. Er wird mich prügeln sagte sie halb vor sich hin – und mir die Hände binden und mich hinter sich sitzen lassen auf einer Eselin und mich verkaufen – aber es kann auch sein, dass ich ihm gewachsen bin und vielleicht dass ich mich dorthin erheben kann von wo ich ihn verachte und ihn zu meinen Füßen kriechen haben werde denn auch ich bin nicht ohne Kräfte. (sie warf den Kopf in den Nacken zurück) – bei diesen Worten: ihre große Schönheit: die gesenkten Lider unzugänglich u. unbesiegbar: es schien undenkbar dass sie jemand untertänig sein könnte Vögel die sie umflogen Wellen die sich hoben wie in Lust u Verlangen Der Efrit lächelte den Bruchtheil eines Augenblicks; das Lächeln kräuselte nur seine rothe geschwungene Lippe, die Augen blieben unbewegt wie eines lauernden Thieres. Er nickte trat hinter sich, griff dem Maulthier an die Lefzen, es bäumte sich hoch auf, überschlug sich und stürzte rittlings in den Fluss hinab u im stürzen traf sein Blick die Kaiserin: an den schon gebrochenen nicht brechenden Augen erkannte sie dass es die Leiche einer längst todten Mauleselin gewesen war, woraus sich der Dämon sein Reitthier gemacht hatte. Das Wesen in Knabenkleidern stieß einen Schrei aus Der Efrit warf der Kaiserin einen Blick zu, aus dem einen großen Auge loderte die ungebändigte Kraft der Nichtzunennenden – Dann neigte er sich vor ihr bis zur Erde und war mit einem Schritt in die Dunkelheit hinein verschwunden.

170, 33 f. erkennen] nähren

171, 1 – 3 seine ... furchtbar.] Er betrachtete sie, die um einen Schuh kleiner war als er, ganz scharf und aufmerksam, es war wie wenn er unendliche Mühe aufwendete sie zu erkennen aber seine Augen hatten sich mit Blut unterlaufen und ihr Ausdruck war furchtbar. sie waren Augen eines furchtbaren Thieres von dem nur der Tod kommen konnte. sie standen nicht hervor sondern lagen tief in den Höhlen: dies veränderte seine Miene so dass es war als stünde ein anderer da.

171, 9 schlug auf *Danach:* sieben rosig goldene Fischlein niemand wusste wo sie hergekommen lagen auf dem Hackstock und leuchteten wie feurige Juwelen Das Gesicht der Amme leuchtete auf,

Die Niederschrift des 2. Teiles enthält mehrere Großstufen, in denen sich eine allmähliche Entwicklung des Verhältnisses zwischen dem Färber und der Färberin zeigt. Während in den ersten Fassungen Barak seine Frau tötet, kommt es später zu einer echten Kommunikation zwischen den beiden, die in der Selbstanklage der Färberin und dem Versuch Baraks, seine Frau vor dem Tode zu retten, ihren Höhepunkt findet. Die endlich erreichte Beziehung zwischen Färber und Färberin ist in der letzten Stufe (IV) der Niederschrift deutlicher dargestellt als im veröffentlichten Text.

Um diesen allmählichen Übergang unmittelbar einsichtig zu machen, werden die vier Großstufen des 2. Teiles der Niederschrift in ihrem jeweils letzten Stadium in extenso wiedergegeben, obgleich sich dadurch hier und da Textteile wiederholen.

Die Stufe I umfaßt das letzte Viertel der Seite 101. und die Seite 102. Am Ende verwandelt sich das Färberhaus in ein kreisförmiges Gemach, das mit dem des 7. Kapitels identisch ist.

Die Stufe II besteht aus neuen Seiten 102 und 103, die die Vorder- und Rückseite desselben Blattes bilden. Beide Seiten wurden später mit Bleistift durchgestrichen. Der Raum des Färberhauses verwandelt sich am Ende und wird zur Höhle im Geisterreich.

Die Stufe III bestand zunächst aus den Seiten 102–107, wobei die Seiten 102.–103. neu konzipiert und nicht mit denen der vorhergehenden Stufe identisch sind. In einem späteren Stadium wurden diese Seiten 102. und 103. durch 102neu. und 103neu. ersetzt, so daß sich innerhalb dieser Großstufe zwei weitere: (A) = 102.–103. und (B) = 102neu.–103neu. befinden. In dieser Fassung treibt das Färberhaus zuerst als Floß auf dem Fluß und verwandelt sich dann zu der Höhle im Geisterreich.

Die Stufe IV schließlich führt das Kapitel ausführlich zu Ende. Sie umfaßt die Seiten *101.–*110. Hier stürzt Barak, bei dem Versuch, die Färberin vor dem Ertrinken zu bewahren, mit ihr gemeinsam in den Fluß. Der letzte Abschnitt entspricht dem des Druckes. Die Bemerkung am Rand: Thränen Schluß I *ist eine Reminiszenz an das Ende des 5. Kapitels, das zur Zeit der Entstehung dieser Niederschrift noch das Ende des ersten Teils des 5. Kapitels bildete, da die beiden Kapitel 5 und 6 noch nicht getrennt waren.*

Stufe I

Schnell rief die Amme tat die riesigen schwarzen Klauen in die Luft und hielt der Frau sieben rosig goldene Fischlein hin – wirf sie über dich hin ins Feuer und dann fort mit uns, denn es ist höchste Zeit   Sie sprang zur Seite neben die Kaiserin: Amme zitterte Kaiserin still   Die Frau sah auf Baraks Gesicht wie gebannt, sie biss die Lippen aufeinander und griff nach den Fischlein   Das Zurückweichen der Frau: sie schrie vor Angst es war als hätte sie ihren Tod gesehen. herbei herbei   Das eisige Gesicht der Amme   Der Färber packte sein Weib und hob sie auf wie ein Huhn: hinten an beiden Armen und hielt sie über dem Feuer um sie in die Mitte der Flamme zu werfen. Das Feuer loderte mächtig auf, nach ihr zu greifen   Kein Wort kein Schrei ihr Leib starr nur der Schatten der Frau schlug hin und her wie toll als wollte er sich von ihr losreißen und aus den Flammen retten. Die Fischlein aber schnellten sich vom Boden ins Feuer und sprangen ihr nach: in dem Feuer herum. Die Brüder hingen sich an den Färber, sie rissen an dem Weib, um sie ihm aus dem Arm zu winden, sie schrien er dürfe nicht zum Mörder werden: sie sahen schon das Richtschwert über ihm, ihrem Ernährer: aber die Flamme umhüllte ihn: Wir Armen schrien sie, einer riss den andern zurück   Vorwärts schrie die Amme und stieß die Kaiserin gegen den Knäuel der ringenden Menschen und reiß den Schatten zu dir denn er ist dein nach Recht und Gesetz! Sieh hin wie schön sie sind rief die Kaiserin und deutete mit verklärtem Gesicht auf die Färberin. Ich will zu Ihnen! Von ihrem eigenen Gesicht war die verdunkelnde Schwärze abgefallen aber das Feuer umspielte sie, ohne sie zu versehren   Die Amme mit offenem Mund. Die Frau lag da; er hatte sie in die Flamme geworfen, die Brüder sie hervorgezerrt. Die Flamme umsprang den ganzen Raum und füllte alles mit einem webenden glühenden Licht. Nirgend war mehr ein Schwarzes die Wände glichen glühendem Metall und der Färber und sein

Weib selber Standbildern aus Erz aber keinem versengte die Flamme ein Haar. sie lag da wie ein Opfer, ihr Gesicht bog sie dem furchtbaren Gatten entgegen, sie reckte die Arme zu ihm auf   Die Fische aus Feuer flogen als ein Kranz von Juwelen über beider Gesichter

Die Kaiserin stieg herab   Der Schatten der Frau fegte wie ein Vogel an der Decke herum, plötzlich glitt er auf die Tür zu, die ins Freie führte. Die Amme sprang ihm nach, sie sprang in die Brüder hinein, die heulend vor dem stillen alles erfassenden Feuer flüchteten einer des anderen Namen schrien; mit ihnen flog der Schatten zur Tür hinaus, sie schrie auf vor Wut und sprang zurück   ein ungeheures Schieben – die Brüder hinein. ihr Schrei als wären sie von einem Schiff abgestürzt   in den feurigen stillen Raum. Sie hatte gesehen was sie nicht sehen wollte: Die Nischen: das Feuer hatte alles verzehrt Alle Geräthe waren verschwunden das Gemach war kreisförmig wie ein wunderbarer Kerker – die feurigen Wände verdunkelten sich und glänzten wie aus Stahl.

Der Geisterbote: ein Blick, grässlich sie vernichtend. Der Schatten duckt sich in dessen Mantel (Es war die gleiche Stunde wie vor drei Tagen.)

Stufe II

Es war wie das Innere eines Ofens. Die Frau sah auf Baraks Gesicht wie gebannt, sie griff nach den Fischen aber sie vergass sich indem sie hingriff und ließ die Fische hingleiten. Das Feuer loderte mächtig auf, der Schatten der Frau schlug hin und her wie toll: als wollte er sich von ihr losreißen. Was ist das für ein Feuer schrie die Amme über die Schulter, her zu mir rief sie der Kaiserin zu und fort mit uns – und indem sie sich wandte sah sie nicht dass die Fische zu Boden fielen. Die Fischlein waren dicht vor dem Feuer zu Boden gefallen, sie wanden sich und schnellten empor und sprangen ins Feuer hinein und im Feuer herum, selber wie Feuer. Der Färber wollte sein Weib packen wie ein Huhn und es ins stärkste Feuer werfen. Die Brüder hingen sich an ihn, aber er schüttelte sie ab wie schwache Hunde: das Feuer sprang auch zu ihnen hin   heulend vor Angst wichen die Brüder zurück rissen ihn gegen die Wand wo ein schmaler Streifen war. Nirgend war mehr schwarzes: die Fische aus Feuer flogen in dem Feuer umher der Schatten der Frau fegte wie ein toller Vogel im Raum herum: Die Amme jagte ihm nach. sie sprang auf ein Fass in der Ecke, die Brüder sausten zur Türe hinaus. Der Färber auf die Frau zu

Dämmerndes Licht   Die Färberin blickte ihrem Mann von unten ins Gesicht: Was bin ich und wer bist du! flüsterten ihre Lippen. Die Demut war unaussprechlich. Ihre Stimme war verklärt: Seine Augen umfaßten ihr Gesicht: immer stärker: O du! o du! Geberde des Weichens bis in seine Füße. Die Färberin: Andere haben mich verlassen in meiner Not und du hast dich meiner erbarmt – du bist mein Herr und ich gehöre dir   Verbundenheit Mütterlichkeit sie wagte nicht sich zu erheben.

Die Kaiserin: Dir Barak bin ich mich schuldig.
Was ist das? flüsterten seine Lippen. Seine Stirne malte das Glück. Er kniete
zu ihr nieder hilflos vor Glück. Die Frau kannte nur eine Geberde: sich zu
ergeben: auf seinen Knien bot sie ihm den Nacken dar. Binde mich. nimm
das Schwert: denn du bist mein Richter und an dir ist es mich zu strafen.
Er blickt seine Hände an u verbarg sie hinterm Rücken.
Die Amme hatte sich gefasst: her zu mir rief sie. Sie hoffte der Mann würde
das Weib tödten: alles was vorging war ihrem Blick todt der Schatten
herrenlos werden Die Kaiserin achtete nicht Der Blick der Frau der zu dieser Stimme gehört: die Stimme erfüllt sie mit Begeisterung Der Blick
macht sie wissend ihr lebte das Unaussprechliche sie sah nur das Gesicht
der Frau sie griff in die Luft: ein Schein auf ihren Händen: alles Licht ging
von ihr aus: die Fische plötzlich wieder erschienen kreisten über ihr und
gaben einen Schein. Sie wollte die beiden berühren: sie einander in die
Arme legen. Die Färberin sieht sich ohne Schatten: zu des Färbers Füßen
der plumpe Schatten. Die scheinbaren Sterne sind die Fische wie in der
Weite: wie Vögel: Sterne heran und ihre Kühle. Die Kaiserin erschrak
ohne Maß ihr Schrei Kaiserin Herzklopfen Die Amme wartete in zitternder Begier: hinter der Frau: metallischer Boden, Porphyr: nahe Prüfung.
Die Amme wusste wo sie waren: Höhle. sie hört draußen den Fluss rauschen der den einsamen Bergsee durchfließt. sie erkannte die Höhle in der
sie genächtigt hatte als sie ihrem verlorenen Kind nachging: der Kranz
über ihr erlosch: in des Färbers Gesicht trat gequälte Wut: in der Frau
Angst Färber sieht seine Hände an fremd u widerwärtig Die Frau kauert
hin: Ihr eigenes Haar, sie zu tödten. Barak wirft sich auf die Erde. Das
Dach immer niedriger. Die Kaiserin sah sich um: das Gesicht der Amme.
Dir Barak bin ich mich schuldig! Amme zerrt sie hinaus. Das bre-
chende Auge der Kaiserin Er wird sie tödten: um meinetwillen!
(Ihr verändertes Gesicht über das sich die Amme nun beugt.) Capitelan-
fang
Stille der Geisterwelt

Stufe III

(A) Schnell rief die Amme u. tat mit einem Griff der riesigen schwarzen
Klaue in die Luft der Frau die sieben Fischlein hin – wirf sie über dich ins
Feuer und dann fort mit uns – denn es ist die höchste Zeit. Die Färberin sah
auf Baraks Gesicht wie gebannt sie biss die Lippen aufeinander u. griff nach
den Fischen. Sie drückte sie an sich Dahin mit Euch u wohnet bei meinem
Schatten Die Amme sprang zur Seite neben die Kaiserin; sie zitterte vor
Ungeduld. Die Kaiserin stand still wie ein Standbild. Barak trat einen Schritt
vor und streifte mit den mächtigen Händen die Ärmel an beiden Armen
empor ruhig u. ohne Hast, aber seine Miene war über die Maßen furchtbar.
Die Fische glitten ihr aus der Hand und sprangen am Boden hin sie tat ein

paar unschlüssige Schritte kindisch und trat auf die Fische. Er tat einen
Schritt auf die Frau zu; Die Frau wich zurück u. schrie auf vor Angst, es
war als hätte sie ihren Tod gesehen. Herbei herbei schrie sie, ihre Stimme
klang ganz dünn und schwächer als die Stimme eines 5jährigen Mädchens:
ihre Augen irrten angstvoll umher, nirgend sah sie Hilfe, das eisige und
dabei lauernde Gesicht der Amme durchstieß sie wie ein kaltes Messer, und
sie presste den Mund zusammen und blieb stehen. Mit beiden Händen fuhr
sie zum Gesicht um sich die Augen zuzuhalten. Der Färber packte sein
Weib und hob sie hoch auf wie ein Huhn hinten an beiden Armen. Er trug
sie langsam quer durch den Raum und hielt sie über das Feuer dort wo die
stärkste Flamme loderte. Ihr Blick die Kaiserin: Gesicht Angst und noch
etwas: Entschluss   Kein Wort kein Schrei kam über ihre Lippen: ihr Leib
war starr nur ihr Schatten schlug hin u her wie toll und wollte sich von ihr
losreißen. Die Amme haschte nach ihm   Die Fischlein aber schnellten sich
vom Boden ins Feuer und sprangen in den Flammen herum selber wie
Feuer funkelnd: niemand achtete es als die Amme. Hinweg mit Euch ihr
Verfluchten   Sie flüsterte ihr Worte ins Ohr   Die Brüder hatten sich von
hinten herangeschlichen, sie rissen an dem Weib, um sie ihm aus den Armen
zu winden sie schrien er dürfe nicht zum Mörder werden: sie sahen schon
das Richtschwert über ihm, ihrem Ernährer. Wir brennen schrien sie, einer
rief den andern mit Namen, einer riss den Andern zurück. Der Schatten
schlüpft zwischen ihren Füßen an Barak hingen sie   Aber Barak stieß sie
von sich   Er stand über der Frau langsam ließ er die Frau nieder ins Feuer.
Vorwärts schrie die Amme u. stieß die Kaiserin gegen den Knäuel ringender Menschen, und reiß den Schatten zu dir, denn er ist dein nach Recht u.
Gesetz! Der Schatten schnellte sich am Boden hin; er war ledig – Sieh hin
wie sie schön sind, rief die Kaiserin und deutete mit verklärtem Gesicht auf
die Färberin, die regungslos dalag und den Mann, der ihr den Tod gab
und die Flamme nicht achtete. Das sind die herrlichen Geschöpfe   Ich will
zu Ihnen. Die Amme stand mit offenem Mund. Das Feuer hatte einen Sprung
getan und erfüllte alles mit webendem glühenden Licht, die Wände glichen
glühendem Metall u. der Färber und sein Weib selber Standbildern aus Erz,
aber keinem versengte die Flamme ein Haar. Die Frau lag da wie ein Opfer,
ihr Gesicht bog sie dem furchtbaren Gatten entgegen, sie reckte die Arme
zu ihm auf: unbeschreiblich schön war ihre Geberde, kein Abwehren lag
darin, sondern ein Hinnehmen des Äußersten, ja ein Herbeiflehen. beide
redeten zugleich   Die Kaiserin stieg herab, von wo sie stand; von ihrem
Gesicht war die Schwärze abgefallen, sie wusste es nicht. Aber sie achtete
nicht was über ihr war   Die beiden Gesichter, des Färbers und der Färberin, schienen ihr herrlich, sie schritt auf sie zu – aus der Flamme drang ein
Klang: ein Wind   Die Amme verwandte den Blick nicht von dem Schatten
der Färberin; er hatte sich losgewunden. Die Amme war ihm nachgesprun-
gen   Sie sprang in die Brüder hinein, die heulend vor dem Feuer flüchteten;

mit ihnen flog der Schatten zur Tür hinaus, sie schrie auf vor Wut: sie hatte gesehen was sie nicht sehen wollte.

(B) Schnell rief die Amme und tat einen Griff in die Luft und hielt in der riesigen schwarzen Klaue der Frau sieben Fischlein hin sie waren mit den Kiemen aufgereiht an einer Weidenrute wie Schlüssel an einem Ring, – wirf sie über dich ins Feuer und dann fort mir uns, denn es ist die höchste Zeit. – Die Färberin sah auf Baraks Gesicht wie gebannt; sie biss die Lippen aufeinander und griff nach den Fischen. – Dahin mit Euch, und wohnet bei meinem Schatten! – Die Frau wich zurück, ihre Lippen bewegten sich, aber nicht zu Worten, die Fischlein glitten ihr aus der Hand, die Amme tat einen kurzen Schrei, die Frau aber schrie auf vor Angst: es war als hätte sie ihren Tod gesehen. – Herbei, Herbei! schrie sie, mein Richter ist über mir! – ihre Stimme klang schrill und schwächer als die Stimme eines siebenjährigen Mädchens, sie tat ein paar unschlüssige kindische Schritte, trat auf die Fischlein und glitt aus. Ihre Augen irrten angstvoll umher, nirgend sah sie Hilfe, das eisige und dabei lauernde Gesicht der Amme durchstieß sie wie ein kaltes Messer und sie presste den Mund zusammen und blieb stehen. Mit beiden Händen fuhr sie zum Gesicht, um sich die Augen zuzuhalten. Der Färber packte sein Weib hinten an beiden Armen wie ein Huhn und hob sie hoch auf. Er trug sie langsam quer durch den Raum und hielt sie über das Feuer, dort wo die Flamme am stärksten loderte. Kein Wort kein Schrei kam über ihre Lippen; ihr Gesicht war der Kaiserin zugewandt; es drückte unnennbare Angst aus, aber mit einem Mal wich diese Angst einem anderen Ausdruck, und diesen behielt es, indessen der Widerschein der Flamme auf ihr spielte. Ihr Schatten hatte sich von ihren Füßen gelöst und glitt wie eine Schlange gegen die Ziegelmauer hin. Die Amme haschte nach ihm. Brüder mit Fackeln Die Fischlein sprangen vom Boden auf und schnellten ihr entgegen, selber wie Feuer funkelnd. – Hinweg mit Euch, ihr Verfluchten zischte sie und warf sich mit allen zehn Fingern über sie, sie ins Feuer zurückzuwerfen: dabei entwischte ihr der Schatten zwischen den Knien, ein Haufe von Armen und Beinen drängte sich dazwischen. Die Brüder hingen sich von hinten an Barak, sie rissen an dem Weib, um sie ihm aus den Armen zu winden, sie schrien, er dürfe nicht zum Mörder werden! Sie sahen schon das Richtschwert über ihm, ihrem Ernährer. Die Fische schnellten an der Amme empor, sie sprangen in die Flamme und wieder heraus, sie flüsterten ihr allerlei ins Ohr, die Amme erwiderte es mit bösen schnellen Worten wie Bisse, sie blendeten ihr die Augen, plötzlich fand sie sich mitten in einem Knäuel ringender schreiender Menschen. Barak hatte die Brüder von sich gestoßen, dass sie übereinander taumelten, der Schatten schlüpfte mitten in den Haufen zappelnder Gliedmaßen hinein – Wir brennen! schrien die Brüder, einer rief den Andern mit Namen, einer riss den Andern zurück; es waren die Fische die in Gestalt von losen einzelnen Flammen ihnen um die Köpfe flogen. – Vorwärts, du! schrie die Amme auf

die Kaiserin, – dort! dort! und reiß den Schatten an dich, denn er ist dein nach Recht und Gesetz! – Sie schlug nach den Fischen, die Fische wiegten sich oben auf der Feuerflut, die schon den ganzen Raum erfüllte. Barak stand wie ein feuriges Standbild mitten in einer Esse; aber das wunderbare Feuer versengte ihm kein Haar. Es spielte an den Wänden empor, die Wände glühten auf wie Stahl im Feuer; alle Geräthe verschwanden; die Nischen die niedrigen Nebenräume, alles hatte das Feuer bald weggezehrt, nur die sonderbare unregelmäßige Form des Gemaches war geblieben; es glich einem schönen unterirdischen Kerker. – Sieh hin, wie schön sie sind, rief die Kaiserin und deutete mit verklärtem Gesicht auf die Beiden mitten im Feuer. – Ich will hin zu ihnen! – und sie trat aus der dunklen Ecke hervor und ging auf die Beiden zu. Die Amme gab keine Antwort, sie hörte diese Worte nicht mehr, sie jagte dem Schatten nach, sie sprang in die Brüder hinein, die heulend vor dem Feuer flüchteten; mit ihnen fegte der Schatten zur Tür hinaus. Sie sprang ihm nach, sie schrie kurz auf vor Wut; sie hatte gesehen, wovon die Ahnung sie in den letzten Minuten durchzuckt hatte:

Vor der Thür wehte ein Sturm vorbei, als wären alle Elemente losgelassen, die Finsternis brüllte und wälzte sich heran, sie sah die Brüder von der Schwelle hinabtaumeln, als stürzten sie von einem Schiff – ihr Aufschrei war gleich verschlungen. Sie hing an der Thür suchte mit Tigeraugen die grässliche Finsternis zu durchdringen; sie fühlte wie das Haus schütterte u stampfte – wie die Umgebung nicht mehr die gleiche war ein blitzend Licht schwang sich heran durch den Tumult, jetzt war es ganz nahe: es war der Geisterbote, der bläuliche Widerschein von seinem Harnisch blitzte ihr vor den Augen. Er gab ihr einen verachtungsvollen Blick, ohne die Lippen zu regen; dann strich er fort, im Rücken schweifte sein Mantel und im ungewissen Licht das die Gestalt umfloss, sah sie wie der Schatten der Färberin sich unter diesem Mantel barg und an ihn geklammert mit dahin flog. Wir haben ein Recht erworben und werden einen Anspruch geltend machen – Keinen Augenblick verlor sie die Fassung ein zweideutiges Spiel gab sie nie verloren: dass Keikobads Bote unablässig die verlorene Tochter, der Tumult der Elemente selbst rann ihr trotz allem wie ein Tropfen von einem stärkenden Elixier durch die Adern. Sie fühlte Keikobads Macht im Spiel; und wie er sein Kind heranruft in seinen Bereich sie begrüßte die Gegend: wo sie heimisch war: jauchzte in dem Wassersturz die Finsternis wurde so dass sie undurchdringlich war wie das Innere der Herde – das Haus strich durch den Berg dahin – ihre Gedanken irrten nicht ab: sie waren auf das eine Ziel gesetzt: den Handel zu Ende zu bringen: die Eignerin des Schattens unschädlich zu machen. Volle Finsternis umgab sie sie trat zurück wie in ein Grab. »Blut« flüsterte sie vor sich und sprang zurück in den feurigen stillen Raum.

Die feurigen Wände verdunkelten sich allmählich und glänzten wie ausglühender Stahl. Die Gestalten aber waren herrlich erleuchtet wie von innen heraus, und nirgend fiel ein Schatten: die feurige Luft trank das Licht auf. Die Färberin blickte von unten zu ihrem Mann empor. – Wer bist du und was bin ich! flüsterten ihre Lippen. Die Demut die Selbsterniedrigung in ihrem Ton war unaussprechlich: ihre Stimme war verklärt wie ihre Züge. Sein Auge umfasste ihr Gesicht immer stärker und stärker und je stärker er sie anblickte je seelenvoller wurde seine Miene. – O du o du, lispelte sie zu ihm hinauf. Ihre Augen hoben sich ganz zu ihm, sie strichen an ihm herab hinauf und wieder herab vom Scheitel bis zu den Füßen mit einem Ausdruck unsäglicher Verbundenheit beinahe wie einer Mutter Auge. »Was ist das?« riefen seine Lippen. Seine Stirn erleuchtete sich vor Güte wie eine Lampe und wurde schön. Er kniete ungeschickt neben ihr, hilflos vor Glück. Die Frau wagte noch nicht, sich zu ihm aufzurichten; sie kannte nur eine Geberde: sich zu ergeben. In ihren Augen war ein Ausdruck   Kniend bot sie ihm ihren Nacken dar. – Binde mich kam es über ihre Lippen, nimm das Schwert. Denn du bist mein Richter und an dir ist es mich zu strafen. Er blickte seine Hände an; er barg sie hinter dem Rücken. In diesem Augenblick trat die Amme zurück. Sie hatte gehofft der Mann würde das Weib tödten, wie man den herrenlosen Schatten dann an sich heranlockte u. binden würde, dazu kannte sie die Mittel. Was nun geschah, war ihrem Blick todt. heran zu mir – rief sie der Kaiserin zu, wir haben keine Zeit zu verlieren. – Die Kaiserin achtete ihrer nicht; die wunderbar verwandelte Stimme der Frau erfüllte sie mit Begeisterung; ein sanftes Wehen ging durch sie hin, dem sie mit Entzücken sich hingab. Sie trat näher und näher an die beiden heran; sie neigte sich; sie hatte keinen Gedanken als aus den Augen der Frau den Blick aufzufangen, der zu dieser Stimme gehörte. Er traf sie und drang in sie hinein mit unaussprechlicher Gewalt. Sie selber glänzte von innen, immer neue Ströme von Licht sandte das Herz aus in alle Glieder; die Atmosphäre um sie stand in einem sanften Schein; alles Licht in dem Raum ging nun von ihr aus. Sie wollte die beiden Menschen berühren sanft eins zum andern drängen, sie einander in die Arme legen, aber sie wagte es nicht. Ehrfurcht hielt sie zurück, das Geheimnis der Menschen das ihr zum ersten Mal in die Seele gedrungen war. Verlegen sah sie vor sich. Wie um von oben um Hilfe zu rufen, griff sie in die Luft einer alten Gewohnheit nach. Der sanfte Schein ihrer emporgereckten Hände schien das Dunkel des oberen Gewölbes zu durchdringen, von oben blickte die Nacht herein, Lichter schienen herabzuflimmern, sie glaubte die Sterne zu sehen, zu denen sie als Kind über dem Spiegel des ebenholzschwarzen Wassers die unschuldigen Hände emporgestreckt hatte um die Erfüllung eines Wunsches zu erbitten. Aber es war nicht der Sternen Himmel nur oben nah eine Höhle Die glänzenden Lichter kamen näher und näher; es waren die Fische aus Feuer die sich niederließen und über ihr Haupt zu kreisen anfingen wie ein Kranz von Juwelen. Blendend war das Licht das von ihnen ausging; der Boden blitzte auf, die Wände des Gemaches warfen farbigen Schein zurück.

VARIANTEN 6. KAPITEL 403

Keinen Schatten warf der schöne aufgerichtete Leib der Kaiserin, ihre nackten Füße regten sich, selber perlenfarbig glänzend auf dem dunklen aufleuchtenden Porphyr. Die Amme wusste nun wo sie waren; sie hörte draußen den Fluss rauschen der den einsamen Bergsee durchfließt; sie erkannte
die geräumige Höhle wieder, in der sie die erste Nacht verbracht hatte, als sie ihrem verlorenen Pflegekind nachwandernd das Mondgebirge überkletterte. Die kauernde Färberin sah geblendet auf zu den wunderbaren Lichtern, die wie ein Diadem über der Kaiserin schwebten; feurige Blitze zuckten ihr entgegen: Gesichter Fische aus Flamme hervortretend sie schlug
geblendet die Augen nieder, sie erblickte den plumpen Schatten der von des Färbers Gestalt quer über den Boden des Gemaches fiel, sie sah dass unter ihr der Boden glänzte und funkelte, sie sprang auf ihre Füße, drehte sich um sich selber, sah dass nirgend hin vor ihr ein Schatten fiel nicht zur Seite, nicht dahinter, Angst trat in ihr Gesicht, Angst und namenlose Scham, sie
verging vor Scham sie rannte gegen die Wand, presste ihren Leib ihr Gesicht gegen die harten Steine, aus ihrem Mund brach ein Schrei, verzweifelt und durchdringend, so wie sie damals geschrien hatte als ihr Gatte. .
In des Färbers Gesicht trat ein Ausdruck – aschfahl Die Kaiserin erschrak
ohne Maß; der Kranz über ihr erlosch sie fühlte was sie nie gefühlt hatte; Dir Barak bin ich mich schuldig: die Fische glitten an ihr herab das dumpfe Klopfen ihres Herzens bis in die Schläfen hinauf. Ihre Miene wurde aschfahl

Stufe IV

Die Färberin sah auf Baraks Gesicht wie gebannt, sie biss die Lippen auf-
einander und griff nach den Fischen. – Dahin mit Euch und wohnet bei meinem Schatten! flüsterte die Alte ihr ein. aber Barak tat jetzt einen Schritt auf die Frau zu, und die Frau wich zurück; ihre Lippen bewegten sich, aber nicht zu Worten, die Fische fielen ihr aus der Hand, sie schrie auf vor Angst; es war als hätte sie ihren Tod gesehen. Sie tat ein paar kindische Schritte
Herbei rief sie, mein Richter ist über mir! Ihre Augen irrten umher, nirgend sah sie Hilfe, das eisige und dabei lauernde Gesicht der Amme durchstieß sie wie ein kaltes Messer, und sie presste den Mund zusammen und blieb stehen. Der Färber war schon hinter ihr, sie spürte ihn im Rücken – sie riss sich zusammen, wie ein Pfeil schoss sie durch die Tür hinaus. Er war ihr
auf den Fersen, er glitt aus und riss einen Kessel zu Boden, aus dem blauroter Saft von hinten hingen sich die Brüder an ihn; sie schrien er dürfe nicht zum Mörder werden! Sie sahen schon das Richtschwert über ihm ihrem Ernährer. Er schüttelte sie ab, die Brüder taumelten nach hinten auf die Amme, die am Boden neben dem Feuer kauernd mit beiden Händen
nach den Fischlein haschte. – Hinweg mit Euch, ihr Verfluchten, zischte sie und warf sich mit allen zehn Fingern über sie, sie vollends ins Feuer zurück-

zuwerfen. Der Einaugige und der Einarmige traten nach der Hexe sie
rissen jeder ein brennendes Scheit aus dem Feuer und stürzten dem Färber
nach, die Amme als sie die Fische in der Flamme verzucken sah fegte hinter
ihnen drein. Sie sah dass auch die Kaiserin nicht mehr in dem Gemach war.
Draußen wehte ein Sturm als wären alle Elemente losgelassen. Die Finsternis brüllte und wälzte sich heran, in dem undurchdringlichen Dunkel
wehte dicker Staub dahin von dem halbabgedeckten Schuppen Ziegel
stürzten und zugleich schlug der Fluss mit Gischt übers Ufer und riss an
der Schwemmbrücke, die an eisernen Ketten über Wasser hing, dass sie
ächzte und die eisernen Ketten an denen sie über Wasser hing einen Laut
gaben als wenn sie reißen wollten. Der Sturm jagte den zwei Brüdern die
Funken ins Gesicht und blies die Feuerbrände nieder dass sie nur mehr
glimmende Stummel in Händen trugen sie taumelten von der Schwelle
herab und schrien ins Ungewisse nach dem Färber. Die Amme stand ruhig
spähte vor mit weit offenen Tigeraugen in die Finsternis hinein. Sie sah das
Weib an der Wand des Schuppens stehen und die Kaiserin ganz nahe vor
ihr, regungslos wie ein Standbild. Der Färber stand auf zehn Schritte vor
seinem Weib, er hatte das Gesicht ihr zugekehrt, er musste sie trotz der
Finsterniss sehen oder ahnen wo sie stand. Der Verwachsene war dicht bei
ihm, sie sah mit ihren Augen die das Schwarze durchdrangen wie ihm an
seinem schiefen Mund die Lippen flogen vor Angst und Aufregung Feuerbrände heraus, schrie der Färber mit einer Stimme die den Sturm und das
Stampfen der Waschbrücke und das Ächzen des Schuppens übertönte, und
er wies mit ausgerecktem Arm auf seine Frau: denn der Feuerschein der
durch die offene Tür fiel zeigte sie ihm und sie krümmte sich vor Angst.
   Die Amme glitt näher hin, sie zuckte vor Lust: nichts sah sie lieber als wenn
Menschen einander Gewalt antaten sie sagte sich mit Lust es müsse Men-
schenblut fließen in dieser finsteren Stunde, nicht eher werde der Schatten
sich lösen. aber sie wusste: er war verwirkt er müsse sich lösen und er war
ihr verfallen und Menschen die einander übles antaten waren ihr eine
Kurzweil wie kämpfende Spinnen oder .. schon sah sie den Betrug gelingen: den Kaiser lebendig Wir haben ein Recht erworben wir melden An-
sprüche! Den großen Schwemmkorb her! schrie der Färber; der Verwachsene warf sich auf die Schwemmbrücke und machte den Schwemmkorb los,
der an einer Kette im Wasser hing; dabei schlug das Wasser dreimal über
ihn hin u spülte ihn fast hinweg. Der Färber bückte sich; in dem flackernden Schein der aus der Haustür fiel konnte man sehen wie er tastend mit den
Händen nach dem großen Malmstein suchte, der wenige Schritte seitlich
auf der Erde lag. Er hob ihn auf und ließ ihn in den Schwemmkorb fallen;
der Korb war flach und groß genug dass man einen Menschen hineinzwängen konnte. Als der schwere Stein hineinfiel spritzte es auf. Einen Strick her
rief der Färber. Die Brüder verstanden und vor Grauen warfen ⟨sie⟩ sich
auf die Knie wie wenn ein furchtbarer Windstoß sie fortgeschleudert heul-

ten sie in den Wind hinein halte deine Hände rein o unser Vater riefen sie beschwörend. Der Einarmige hob seinen langen Arm gegen ihn auf. Der Einäugige richtete den Kopf schief gegen ihn: Kein Blut auf deine Hände mein Bruder riefen sie wie mit einem Munde. Sie sahen wie der Färber auf
⁵ die Frau zuschritt und sie getrauten sich nicht hinzusehen und drehten ihre Gesichter zur Seite. Der Wind hatte die Schilfmatte von der Tür gerissen und der Widerschein des Feuers zuckte es war als risse der Wind den Schuppen hin und her: aber die Frau drückte ihren Leib so fest an die Wand, als wollte sie ihn hineindrücken. Als der Färber auf drei Schritte herangekom-
¹⁰ men war streckte ihm die Frau ihre beiden Hände entgegen wie ein geängstigtes Kind und aus ihrer Kehle drang ein leiser wimmernder Laut. Er blieb stehen. Ihre Lippe bewegte sich, aber ⟨es⟩ kamen keine Worte darüber – oder so schwache dass der Wind sie augenblicklich verwehte – ihre Miene aber nahm eine wunderbare und dabei unschuldige Schönheit an: die
¹⁵ ungeheure Angst verzerrte sie nicht sondern verklärte sie Der Buckel lief neben dem Färber hin er kam aus dem Haus und hatte Feuerscheite in einen Topf getan ein grelles Licht fiel über die junge Frau – Die Amme sprang näher, lautlos wie eine Katze: ihr war als sähe sie wie der Schatten der Färberin am Boden hinzuckte, sich mit anderen Schatten zu gesellen und ihr zu
²⁰ entwischen; da und dort flatterten Fetzen von gefärbtem Zeug die sich von der Trockenstatt losgerissen u irgendwo festgeklemmt hatten, die plumpen Schatten der Tröge und Kufen sprangen auf u duckten sich wieder: wunderbar ausgesondert stand nur die Kaiserin regungslos auf rötlich leuchtendem Grund; vor ihr und hinter ihr fiel kein Schatten. Er tat einen Schritt
²⁵ auf sie zu dann noch einen halben. Der Sturm raste mit doppelter Gewalt, die Fackel war nah daran zu erlöschen, die Kniende an der Wand versank im Dunkel nur ihr Gesicht war noch da wie ein fahler Schein. Der Wind warf sich auf das Wasser, das mannshoch übers Ufer schlug u die kleine hängende Brücke wegzureißen drohte, die Fackel lohte wieder auf und das junge
³⁰ todbereite Gesicht leuchtete ihm entgegen so plötzlich und so nah vor ihm dass der Färber zurückfuhr. Etwas ging in seinem Gesicht vor, das niemand sehen konnte; es war als würde innerlich eine Binde von seinen Augen gerissen, seine und seines Weibes Blicke trafen sich für die Dauer eines Blitzes und verschlangen sich ineinander wie sie sich nie verschlungen hatten. Er
³⁵ rang nach Luft dann schlug er die Fäuste in seine Augen, stieß einen dumpfen Laut aus und lief querüber bis an die Hausmauer und blieb dort stehen, das Gesicht gegen die Mauer gekehrt. Der Einaugige und der Einarmige sprangen auf die Färberin zu. Flieh schrien sie und wirbelten ihre langen Arme drohend wie gegen ein Thier, das sie fortjagen wollten, Flieh und
⁴⁰ einer Hündin Geschick über dich! Sie bückten sich nach Steinen, um sie fortzuscheuchen; der Bucklige wollte ein brennendes Holz auf sie werfen, dabei taumelte er über einen Strick der da gespannt war und schlug hin, und die Fackel fiel ihm aus der Hand in ein leeres Faß und allen schlug das

Dunkel um den Kopf. Die Amme allein sah, wie das Weib sich in diesem Augenblick von den Knien aufhob, ihr Gewand schürzte und blitzschnell zwischen den Brüdern durchlief, gerade auf den Färber zu. Lautlos glitt die Amme ihr nach, dabei fuhr ihr durch den Sinn dass sie für einen Augenblick die Kaiserin aus dem Aug gelassen hatte, sie sah sich um, der Platz wo die Kaiserin gestanden hatte war leer. Zu des Färbers Füßen lag eine weibliche Gestalt hingestreckt an der Erde, sie hatte das Gesicht an den Boden gedrückt, mit unsäglicher Demuth reckte sie die Arme aus ohne ihr Gesicht zu heben, bis sie mit der Hand die Füße des Färbers erreichte, und umfasste sie. Der Färber schien sie nicht zu achten: ein schweres Zucken stieß in regelmäßigen Abständen seinen gewaltigen Leib und er schlug sein Gesicht gegen die Mauer. Jetzt schob sich die Liegende näher heran, sie nahm die ausgereckten Arme an den Leib zurück und ihre Stirn duckte sich auf die Füße des Färbers. Ihre Lippen murmelten ein Wort, das niemand hörte. Dann lag sie in dieser Stellung wie todt. Die Amme spähte hin, sie sah dass das Weib, das da lag, keinen Schatten warf, als nun die Fackel wieder aufflammte und das Fass dazu das Feuer gefangen hatte: denn der Sturm hatte nachgelassen. Die Alte glaubte sich betrogen – den Schatten dahin – sie wollte losspringen auf das liegende Weib und sie packen, da spürte sie sich zur Seite, halb hinter ihr ein Lebendes und sah die Färberin aufrecht stehen und mit weißen Lippen auf ihren Mann hinsprechen und sie sah zugleich dass die Liegende die Kaiserin war und erschrak so sehr dass sie hinter sich trat. Der Sturm zischte und heulte auf aber doch war es als erreichten die fast lautlosen Worte die ohne Absetzen von den Lippen der Färberin flossen die Ohren des Mannes. Er bog den Kopf von der Wand weg und lauschte. Seine kugeligen Augen die nun nicht mehr tief u fremd in den Höhlen lagen wandten sich der Frau zu. Er hörte nicht was sie redete nur der vertraute Laut traf ihn irgendwo hin. Wie einer, der noch halb träumt stieß er sich mit der Hand von der Wand ab und ging zu der Frau; im Wegtreten stieß er mit dem Fuß den Kopf der vor ihm Liegenden, aber er bemerkte es nicht. Die Frau flüsterte zu ihm hin, fort und fort; nicht ihre Stimme, nur ihre Seele drang zu ihm. Er antwortete in der gleichen Weise, ganz unhörbar: sein Ausdruck war, wie wenn er zu einem schlafenden Kind spräche. Tödte mich, wenn du willst, rief die Frau in den Sturm hinein, denn du bist mein Richter, aber tödte mich schnell mein Liebster, und ich will deine Hände segnen. – Deine starken Hände sollen mich tödten, flüsterte sie, denn es ist an dem, dass ich sterben muss. Ich habe mich vergangen und was bin ich vor dir, dass du mich solltest am Leben lassen. – Was bin ich und wer bist du! hauchte sie noch einmal mit unbeschreiblichem Lächeln – Er verstand nicht, was ihre Lippen sprachen, er verstand nur dass sie sich ergab und ihre Demut vor ihm war ihm das Ungeheuerste das er je erlebt hatte und doch nicht unbegreiflich. Fürchte dich nicht sagte er, und machte eine unsichere Geberde mit den Händen wie wenn er sich ihrer Größe und Kraft schämte –

komm zu mir und fürchte dich nicht. Denn ich bin da dich zu schützen und du bist mir anvertraut. Sie verstand nicht, sie merkte nur dass er zu ihr redete und auf sie zukam. Sie trat hinter sich, auf die Schwemmbrücke, die nichts war als zwei geländerlose an einer Kette dicht überm Wasser hängende Pfosten, aber sie wandte ihr Gesicht nicht von Barak ab; das Wasser spritzte hoch auf und durchnässte sie von oben bis unten. Er erschrak und winkte sie an sich heran. Auf ihrem Gesicht erschien wieder ein Lächeln. Sie winkte ihn an sich heran. Er folgte ihr. »Tödte mich – schnell« hauchte sie in großer Demut u Ergebung. »Her zu mir!« rief er mit einer Stimme die vor Güte zitterte. aber das Stampfen der Brücke, das Gischten des Wassers ließen nichts zu ihr kommen.

Die Amme kauerte sich an die Erde, vor Ungeduld krallten sich die starken Zehen ihrer Füße in den durchfeuchteten Lehmboden. Sie sah wie das junge Weib auf der Brücke immer zurück ging die Augen auf ihren Mann gerichtet indess ihre Lippen sich immerfort bewegten und wie sie dem Ende der Brücke schon ganz nahe war über das unablässig die Wellen hinschlugen; wie jetzt Barak ihr nach kam, nach ihren Armen griff, wie sie hintenüber fiel er sie umfasste, mit ihr hinglitt stürzte, und im gleichen Augenblick der Schatten sich von ihren Füßen losriss und über dem Wasser hinhuschte, schwarz leicht und schön. Her zu mir zischte die Alte und beugte sich über den Damm aus Flechtwerk u Steinen auf das Wasser, das schöne Ding mit den Klauen zu fassen. Heran und ergreife was dein ist, schrie sie ohne Atem über die Schulter auf die Kaiserin hin. Die Gischt schlug ihr ins Gesicht und blendete sie; die drei Brüder hinter ihr schrien auf wie aus einer Kehle. Als sie das Wasser aus den Augen geschüttelt hatte, war der Färber und sein Weib verschwunden; ein sanfter leichter Wind strich über die leere Waschbrücke hin. Vor ihr bewegte sich ein heller Schein quer über den Fluss herüber: sie riss die Augen auf und ohne dass ihre Wimpern sich einmal bewegt hätten und starrte auf die Erscheinung ihr Haar sträubte sich und jede Nerve an ihr spannte: es war der Geisterbote, der über das Wasser hergeglitten kam als glitte er auf Glas und die Oberfläche des Flusses die still da lag spiegelte den Harnisch aus blauen Schuppen, sein funkelndes Auge schien sie zu suchen, an ihr sträubte sich jede Nerve, starr erwartete sie seine Annäherung. Sein Mantel schleifte hinter ihm drein er hob sich höher über das Wasser und streifte im Bogen an ihr vorbei; an seinen wehenden Mantel hing sich der Schatten der Färberin er schmiegte sich in die Falten und ohne ihr auch nur einen Blick zu geben, glitten sie fort. Wir haben ein Recht erworben und melden einen Anspruch ⟨an⟩, schrie sie gellend ihm nach aber er war schon weit und wandte sich nicht nach ihr um. Auf du und hinter ihm her schrie sie und war in drei Sprüngen bei der Kaiserin denn nun gilt es dass wir erlangen was wir zu Recht erworben haben!

Die Kaiserin lag da wie eine Leiche, aber als sie ihr sanft den Kopf aufhob sah sie, dass sie die Augen offen hatte. Sie bettete sie in ihren Schoß sie redete zu ihr. Nun richtet sich der Blick der ins Leere ging auf sie schien die Alte zu erkennen, aber ein Grauen malte sich in ihrem Gesicht und sie schloss wieder die Augen. Unerträglich war es der Amme, das Gesicht zu sehen, das nun völlig dem flackernden Gesicht einer sterblichen Frau glich. Sie hob die Willenlose vom Boden auf, der Kopf hing ihr übern Arm sie schlug ihren Mantel um sie beide, drückte ihr Pflegekind mit beiden Armen fest an sich und sie fuhren durch die Finsternis dahin den gleichen Weg durch die Luft wie der Bote genommen hatte.

394, 16 Wespen *Reminiszenz an die Vorstufe, wo es gegen Ende des Grabbesuches hieß:* Schwärme von Wespen kamen und drängten sich wie in Angst in die Kronen der Bäume; dann schwärmten sie wieder hervor und strichen dahin

397, 10f. ein ... abgestürzt *Einschub*

397, 36 Licht *a. R. eingefügt, dann wieder gestrichen:* Die Amme: ein Schwert bringend. Schlag zu! (niemand achtet) spürt die Gefahr sie begreift nicht mehr. Angst um den Schatten. Hat sie was falsch gemacht? Betrüger ihr Menschen!

398, 18–22 ihr ... nachging: *Einschub*

398, 20 Höhle. *Anmerkung unten auf der Seite:* ad Höhle: Yeats.

399, 11f. Ihr ... Entschluss *Einschub, Vermerk für eine spätere Bearbeitung.*

399, 16f. Hinweg ... Ohr *Einschub, Vermerk für eine spätere Bearbeitung.*

399, 36f. beide ... zugleich *Einschub, Vermerk für eine spätere Bearbeitung.*

401, 16 hatte: *Ende der Stufe (B)*

401, 31 unablässig *Danach Lücke.*

403, 36 Saft *Das Prädikat fehlt.*

405, 37f. Der ... zu. *Ohne Rücksicht auf den folgenden Text getilgt.*

34 H

Vom zweiten Teil des 6. Kapitels (S. 172, 1 – 176, 14) ist eine Reinschrift überliefert. Sie ist überschrieben: Hofmannsthal Frau ohne Schatten. V^{tes} Capitel (Schluss). *Es ist wahrscheinlich, daß sie als Druckvorlage gedient hat, obgleich sie von dem schließlich gedruckten Text noch relativ stark abweicht. Sie hält sich eng an die letzte Stufe der Niederschrift 33 H und übernimmt auch deren Version von dem Sturz des Färberpaares in den Fluß. Die Änderungen, die zu dem Text des Erstdruckes führten, wurden während der Drucklegung vorgenommen. Zwar sind keine Druckfahnen mehr erhalten, jedoch gibt es noch handschriftliche Einschiebungen zu den Fahnen und*

VARIANTEN 6. KAPITEL 409

einen Entwurf zur Umschreibung (38 H – 40 H). Die Änderung zu S. 175, 16 – 23 muß in der Fahne stattgefunden haben. Für sie ist kein Beleg erhalten.

36 H
Entwurf zu S. 168, 34 – 169, 36: Als ... verstehen. *Diese Stelle wich in der Niederschrift und Reinschrift noch sehr von dem endgültigen Text ab, der jetzt erst entworfen wird. Er trägt die Überschrift* Einschiebung zu Fahne 35.

37 H
Reinschrift des Entwurfs 36 H ohne Abweichung vom Druck. Die Überschrift ist die gleiche wie in 36 H.

38 H
Entwurf zu S. 173, 19 – 174, 4: Sie sahen ... erreichte *und S. 174, 17 – 29:* und erschrak ... hatten., *teilweise in Stenographie. Er ist überschrieben:* Capitel VI: Umschreibung. *Damit wird zum erstenmal dieses Kapitel von Hofmannsthal als das 6. bezeichnet.*

39 H
Entwurf zu 40 H mit der Überschrift: Einschiebung zu Fahne 39.

40 H
Niederschrift von S. 174, 29 – 175, 16, überschrieben: Einschiebung zu Seite 39 Er sah ... Frau, mit – *bis S. 175, 13 – geringfügigen Abweichungen vom Endtext. S. 175, 12 – 15:* Sie gab ... trennten. *fehlt. S. 175, 16 lautet:* In diesem Augenblick waren sie wahrhaft Mann und Frau. Der Augenblick raste vorüber und der Färber, als hätte ihn ein Blitz geblendet, stiess einen dumpfen Laut aus und schlug die Fäuste vor die Augen und lief von der Frau weg querüber gegen die Hausmauer und blieb dort stehen, das Gesicht gegen die Mauer gekehrt.

41 D
Die Erstausgabe enthält, ausschließlich im 6. Kapitel, Abweichungen. Sie werden hier vollständig wiedergegeben.

167, 23 – 168, 5 Der Weg, den die Färberin nimmt, führt nach unten. Entsprechend lauten die diesbezüglichen Stellen.

172, 4 – 15 und sie ... werden!] aber nicht zu Worten, die Fische fielen ihr aus der Hand, sie schrie auf vor Angst; es war, als hätte sie ihren Tod gesehen. – O meine Mutter! rief sie, ihre Stimme klang ganz dünn und schwächer als die Stimme eines fünfjährigen Kindes. Sie tat ein paar unschlüssige Schritte, ihre Augen irrten umher, nirgend sah sie Hilfe und sie preßte den Mund zusammen und blieb stehen. Der Färber war schon hinter ihr; in der höchsten Angst riß sie sich zusammen und wie ein Pfeil schoß sie zur Tür hinaus. Er wollte ihr nach, er glitt aus, von hinten hängten sich die Brüder an ihn; sie schrieen, er dürfe nicht zum Mörder werden! Sie sahen schon das Richtschwert über ihm, ihrem Ernährer.

172, 15 taumelten] taumelten nach hinten

172, 21 drein.] drein. Sie sah, daß auch die Kaiserin nicht mehr in dem Gemach war.

174, 10 der Feuertopf] die Fackel

175, 2 aus den Augen, aus] bei den Augen, bei

175, 18 f. dahingegebenen . . . war,] verbrannten Fischlein,

175, 20 und] und riß sich ab von ihren Füßen und

175, 23 Händen] Händen, die auf ihn lauerten,

42 H
Aufgrund eines Hinweises von Walter Brecht auf die von der Färberin nicht genau erfüllten Bedingungen in der Erstausgabe: sie wirft die Fische nicht ins Feuer (vgl. S. 409, 31 – 410, 4), änderte Hofmannsthal die entsprechende Stelle. Der überlieferte Entwurf dazu bezieht sich auf die Stellen S. 172, 4 – 15 und sie . . . werden! und S. 175, 18 – 19 dahingegebenen . . . war. in der Fassung von 43 D.

7. Kapitel

Erste Notizen zum 7. Kapitel reichen in das Jahr 1918 zurück. Die Niederschrift, von der nur eine Seite erhalten ist, entstand Ende Juli/Anfang August 1919. Sofort danach erfolgte die Reinschrift, deren Anfang überliefert ist und die als Druckvorlage diente. Das Kapitel wird von Hofmannsthal noch als 6. bezeichnet, von fremder Hand, wahrscheinlich vom Lektor des Verlages, in 7. geändert.

N 108
Diese Notiz, die den Übergang von der Oper zur Erzählung deutlich macht, ist überschrieben: Frau ohne Schatten. (Märchen).

Erst um die Wette
erst in der Kette
leuchtet das Sein
Alle mitsammen
kreisende Lebende
bleiben wir Schwebende
freudig wie Flammen
Diese in der Oper wegzulassene Stelle in Prosa zu transcribieren

N 109
Märchen Anfang III.
Der Färber und die Frau am Ufer hinhastend. Bald treten Felsen heran, er muss ausweichen. Jeder erzählt was ihm widerfahren ist.
Stimme (oder Erscheinung am Ufer) herrufend: Das goldene Wasser ist auf der Wanderschaft, es wird euch helfen.

N 110
Die Notiz ist wahrscheinlich um die gleiche Zeit wie N 109 entstanden und ist überschrieben: III.

»Sie hörte abermals ein paar wechselnde Stimmen« Die Kaiserin immer von den Stimmen geleitet. Zugleich von inneren Gaben die in ihr erwachen Sie orientiert sich nach Zeichen welche die Amme nicht wahrnimmt, nach Tönen u Stimmen welche die Amme nicht hört.
Die Amme im Boot zurückgelassen angstvoll – plötzlich sieht sie den Eingang nicht mehr weil sie den anderen vorschwindeln wollte, es gäbe keinen Eingang ängstlich bestrebt, die Gestalten des Färbers und der Frau von den Thoren wegzuscheuchen.
Die Kaiserin kennt die Gegend: die Amme nicht obwohl alles nach der Nachbarschaft der Mondberge und nach dem Bezirk des goldenen Wassers aussieht.

N 111
Notiz am Anfang des Blattes von N 28, überschrieben: Teil = III.

Das Wasser des Lebens war eingetroffen: es sprang und erfüllte die Halle mit lieblichem Schein sie wollte darauf zu und sich daran erquicken

N 112
Gatten
Herbei, ihr meine Wächter und reichet ihr das Wasser, dass meine Qual ein Ende nimmt!
Ich der ich nur Schatten sehe – überzeuge mich dass Du lebst, meine Gier ist unersättlich
Ich will nicht Zorn des Wassers
Das Schattenwerfen erst nachher

32 H
August 1919
Die Kaiserin glitt vom Ufer herab in den Kahn; sie umfasste die Amme, sie legte noch einmal zutraulich ihr Gesicht auf die Knie der Alten: Wo ist der Mann rief sie und sah mit dem dringendsten Verlangen zu der Alten auf – wo ist sein Weib. Auf und zu ihnen du voran und ich hinter dir, dass wir

gut machen was wir an ihnen getan haben. Dies und sonst nichts ist zu tun in dieser Stunde. – Sie sind Vergewaltigte, sagte die Amme, und müssen vergewaltigt werden. Die Kaiserin hob sich halb: sie faltete die Hände. Kennst du sie so wenig, rief sie, spielst du mit ihnen u. kannst nicht in ihren Gesichtern lesen. – Die Amme sah sie kalt und fremd an: Ich habe mir das Hässliche aus den Augen gewaschen. Ich habe vergessen wie sie aussehen. – Vergessen rief die Kaiserin. Sie löste sich von der Amme. Sie trat hinter sich im Kahn. Vergessen! sie stand am Ufer. Wir sind in ihr armseliges Haus getreten rief sie und drückte in Angst u Reue beide Arme über der Brust zusammen, mit kaltem Herzen und lauernden Händen weh mir, wie man sich einschleicht ins Nest eines Drachen. Ihre Verderber sind wir geworden, und haben uns verbündet mit Abscheulichem. Mit deiner Zunge hast du sie überwältigt, und ich bin stumm geblieben wo ich hätte schreien sollen! denn ich habe nicht begriffen wo ich hätte begreifen sollen. Und weisst du denn, weisst du denn, böses Weib, um was wir sie gebracht haben!

Betrüger sind sie, rief ihr die Amme von unten zu und Diebe einer am andern und wer sie überlistet der ist gesegnet von den Sternen. – Sie sah wie jetzt am drübern Ufer der Fischer zwischen den Büschen hervortrat. Nicht gern fühlte sie seinen Blick auf dem Kahn, auf sich selber. Von allen Boten ihres Herrn, vom ganzen Gesinde des Geisterfürsten war dieser ihr der Verhassteste. Zudem war er der Mann ihrer Zwillingsschwester, mit der sie seit ihrer frühen Jugend verfeindet war. Sie hatte nicht vergessen wie rauh er sie behandelt hatte, als er am Ende des siebenten Monats ausgesandt wurde, zu erkunden ob das verlorene Geisterkind einen Schatten werfe. Tückisch hatte er sie als sie Abends am See hinter dem blauen Palast hinging mit einem Netz das er ihr von hinten überwarf zu sich ins Wasser gerissen, sie durch die feuchte grünliche Tiefe geschleift und erst in grosser Ferne vom Palast an einer hässlichen Stelle im Rohricht, wo der Wind blies und der   ihr die Antworten entrissen, deren er bedurfte dass sie nass und zitternd von Kälte bei grauendem Morgen in den Palast zurückschleichen konnte.

412, 29 Lücke.

35 H
Die ersten acht Seiten (S. 177, 1 – 182, 31) sind erhalten. Die erste Seite trägt den Stempel des S. Fischer-Verlages. Die Überschrift lautete VI^{tes} Capitel und wurde von fremder Hand in ›Siebentes Capitel‹ korrigiert. Auch der Titel, ebenfalls oben auf der ersten Seite: ›Hofmannsthal, Frau ohne Schatten‹, stammt nicht von Hofmannsthals Hand.

Was schon die Einschiebungen und Veränderungen zu den Fahnen des 6. Kapitels zeigten, bestätigt sich, vergleicht man die Druckvorlage des 7. Kapitels mit dem Erstdruck: Hofmannsthal bearbeitete den Text noch während der Drucklegung.

VARIANTEN 7. KAPITEL · ALLGEMEINE NOTIZEN · NACHTRÄGE   413

Die Eingriffe in den Fahnen zum 7. Kapitel beschränken sich auf Streichungen. Die Tendenz zur Verkürzung, die schon beim Übergang von Entwürfen zu Reinschriften in allen vorhergehenden Kapiteln festgestellt werden konnte, ist auch hier zu beobachten. Nähere Beschreibungen, Vergleiche und Erklärungen, die zum Verständnis des Textes nicht unmittelbar beitragen, sind davon betroffen. Einige Beispiele, die die wichtigsten Varianten wiedergeben, werden im folgenden angeführt.

177, 13 war. *Danach:* Aber kein Vogel regte sich, kein Windhauch bewegte die Zweige, kein Wölkchen schwebte über den Felsen; und doch war auch dieser Vorbezirk nicht ganz unbelebt.

177, 21 geflochten, *Danach:* so als trüge er das Dach seiner Hütte auf dem Rücken,

178, 29 hinübergestiegen. *Danach:* Der Kahn hob sich kaum; nur das Wasser gab einen schmelzenden Laut, wie wenn Fische aufgesprungen wären und eine kleine Welle spritzte ihr nach und traf über dem Schuh ihren nackten Knöchel.

179, 26 haben. *Danach:* Betrüger sind es, rief die Amme, und Diebe einer am andern, und wer sie überlistet der ist gesegnet!

179, 39 Augen.] Augen, wie in großem Schmerz.

181, 1 aber sie] aber sie hatte andere Gaben, die dem tiefsten Drang ihrer Natur Stillung verschafften. Sie

Allgemeine Notizen · Nachträge

N 113
Zwei Notizzettel mit Anmerkungen für Druckfehlerkorrekturen; die Seitenangaben beziehen sich auf den Erstdruck (41 D).

N 1 a
Märchen.
Die Kaiserin lebt auf der anderen Ebene. Für sie existieren die Schatten nicht, das von Gottes Liebe Undurchdrungene.

N 51 a
Der gesamte Text wurde später gestrichen.
Doppelblick.
ein ganz geöffnetes Auge, ein schmachtend oder lauernd halb zugedrücktes: aber weiches Gesicht
Bad: Hände ihm beim Ankleiden helfend: aber achtend ihn nicht zu berühren – zugleich Kühle
Die Fliege die sie auf sich duldet: das gewöhnliche des Ganzen: sie schaut ihn hilfeflehend an.

ZEUGNISSE · ERLÄUTERUNGEN

ZEUGNISSE

1911

15. Mai, an Richard Strauss (BW 115f.):
An einem schönen Stoff, wie die ›Frau ohne Schatten‹ es ist, das reiche Geschenk einer glücklichen Stunde, an einem solchen Stoff, so fähig, Träger schöner Poesie und schöner Musik zu werden, an einem solchen Stoff wäre es ein Frevel, wollte man hasten, wollte man sich forcieren. Da muß alles Detail fest und unverrückbar, knapp und präzis und wahr vor der Phantasie stehen, da muß im Stillen, unter der Schwelle des Bewußtseins, das Verhältnis der Gestalten zueinander sich ausbilden und ungezwungen in buntes Geschehen von ungezwungener Symbolik sich hinüberleben, da muß Tiefes zur Oberfläche, da darf nichts leer bleiben, nichts abstrakt, nichts bloß gewollt und bloß gemeint – dann wird der Musik so vorgewaltet sein, daß sie nichts braucht, als in das Bette einzuströmen und Erde und Himmel im Strömen abzuspiegeln. Aber hier kommt alles auf den Reichtum und die Dichtigkeit der wirklichen Eingebungen an, und – le temps ne fait rien à l'affaire.

Hätten Sie mich vor die Wahl gestellt, es gleich zu machen oder auf Ihre Musik dafür zu verzichten, so hätte ich das letztere gewählt.

1912

5. September, an Ottonie Degenfeld (BW 237):
Eberhard[1] war gut und lieb – das beste war ein Gespräch, wo ich mich zwang trotz ödem Himmel und Regen ihm spazierengehend die ›Frau ohne Schatten‹ tant bien que mal zu erzählen und sie dann sehr gut erzählte, zum ersten Mal alles vor mir sah und, zugleich mit dem Zuhörer, von der Schönheit der Erfindung und dem menschlichen Gehalt wirklich ergriffen wurde. Die eigene Einsicht in das Ganze, auch Eberhards Bemerkungen gaben mir dann eine Menge Details und Übergänge die ich seitdem vielfach notiere, so daß ich jetzt sagen kann, daß dieses ganze Gedicht innerlich wirklich dasteht, also in gewissem Sinn gerettet ist.

1913

21. Januar, an Eberhard von Bodenhausen (BW 150):
Ich hatte Tage, in denen das Geschick der Märchen-Figuren, das in seiner Gesammtheit ›Die Frau ohne Schatten‹ heißt, unsagbar lebendig in mir vor mich hintrat.

---

[1] *Eberhard von Bodenhausen.*

6. Mai, an Rudolf Borchardt (BW 105):
P. S. Ich habe mich, durch Euren Beifall, den Ihr dem erzählten Märchen gabt, ermutigt, in die dramatische Ausführung frech hineingestürzt.

9. September, an Ludwig von Hofmann:
Antwort auf den Wunsch Hofmanns, eine Erzählung Hofmannsthals zu illustrieren.
Dem Erzählen neige ich zu, an einer grösseren Erzählung[1] hänge ich nun seit dem vorigen Oktober, und sie wird mich noch länger halten – aber sie kann für diesen Zweck nicht in Frage kommen – der Gedanke einen dramatischen Plan, der sich als inneres Märchen ausgebildet hat, wirklich als Märchen zu erzählen, ist heute noch zu ungreifbar, zu unsicher ...

26. Oktober, an Grete Wiesenthal:
Ich habe mit neunzehn den ›Tor und Tod‹ gemacht und mit 39 ein Märchen von einem König, der lebenden Leibes zu Stein wird ...

Ende November, an Ottonie Degenfeld (BW 283):
... versuche das Märchen niederzuschreiben – bin dabei ganz frei von der Oper.

3. Dezember, an Richard Strauss (BW 245):
Übrigens – bis Frau Freksa[2] ihr Opus vollendet hat, habe ich längst die erzählende Version meines Märchens, deren Anfang mir sehr glücklich gelungen ist, publiziert und unter die Leute gebracht und damit auch die (mir recht nebensächliche) Priorität vindiziert.

8. Dezember, an Richard Strauss (BW 247):
unter meinen Erzählungsplänen, schon angefangen, ist die ›Frau ohne Schatten‹ als Märchen. Würden sie vorziehen, daß ich dieser Erzählung einen anderen Titel gäbe? Meinem Gefühl nach sollte sie gleich den richtigen Titel tragen. –

19. Dezember, an Richard Strauss (BW 253):
Die epische Behandlung unseres Märchens ist eine Arbeit, die sehr ergiebig ist und mir große Freude macht. Über das Verhältnis des Stofflichen zur Darstellung, über das Epische und Dramatische ließe sich da, wenn die beiden Produkte einmal vorliegen werden, vieles abmerken (bei gutem Willen natürlich). – Ich hoffe, durch diese Vorform des Stoffes (wenn es

---

[1] Andreas.
[2] *schriftstellerte unter dem Namen Margarete Beutler. Sie behandelte gerade das Motiv der ›Urfelsmühle‹ (das dem von Lenaus ›Anna‹ entspricht), worauf man Strauss hingewiesen hatte.*

auch das nachträglich Entstandene ist) den Stoff, die Figuren und ihre Verkettung recht tief im Gefühl des aufnehmenden Publikum (denn aufs Publikum kommt's ja doch an, nicht auf die Schreiber!) zu verankern.

1914

10. Januar, an Ottonie Degenfeld (BW 292):
Heute sagte mir Eberhard, er fände das Märchen so überaus schön, ich fragte wieder warum, er konnte es nicht beantworten.

21. Januar, an Ottonie Degenfeld (BW 293):
Sie sagen mir abermals etwas Liebes über mein (angefangenes) Märchen, Eberhard sagte mir von einer wunderbaren kleinen Antike im Museum[1]: siehst Du so ist Dein Märchen – das ist zu viel – aber es ist ermutigend, und gut.

Ende Februar, an Ottonie Degenfeld (BW 296, 297):
auch ein paar Seiten von dem Märchen (Frau ohne Sch.) wirklich geschrieben.
. . .
Das Märchen macht mich unglaublich viel Sachen denken, sehen.

18. April, an Ottonie Degenfeld (BW 300):
Es geht mir nicht mehr schlimm wie im März, immerhin ist in der Erzählung noch nichts Definitives erreicht, hoffentlich muß ich sie nicht weglegen –

25. April, an Ottonie Degenfeld (BW 301):
Reinhardts Gegenwart war eine große Freude – die von Rudi[2] tut mir noch in ganz anderer Weise wohl. Es scheint, nachdem ich ihm vorgelesen, daß die Teile des Märchens mit denen ich mich so abgequält habe, im Ganzen nicht mißglückt sind und daß ich nur weiter muß.

Zwischen dem 3. und 26. Juli, an Yella Oppenheimer:
Dass kein Mensch sein Leben in die andren legen darf – noch kann – dass hier, hier gelebt und gewagt werden muss, auch hier, hier im eignen Herzen immerfort gehofft und gerafft, verschwendet und verprasst ebenso wie gelitten und geduldet, das ist mein α und ω für Sie, wie für alle Menschen. Ich lasse es in der neuen Oper die Ungeborenen, schwebend und unsichtbar – den Lebenden wieder und wieder zusingen: Ihr seid es, die leben müsst, weil ihr lebt – um Euch geht es, Euch geht es an – nun, darüber ein andermal und noch öfter.

[1] *in Berlin.*
[2] *Rudolf Alexander Schröder.*

6. Juli, an Eberhard von Bodenhausen (BW 167):
In dem ›Märchen‹ in das ich nun mit aller Kraft mich eingraben will, bin
ich allein – darf und muß mich des schönen, wahrhaft grenzenlosen Stoffes
ganz und in aller Tiefe bemächtigen – freilich seinen Gehalt ganz an den Tag
zu bringen, wird mir nicht gelingen – ein Schönes aber vielleicht doch –
freilich eben nicht direct, sondern durch das geheimnisvolle Stadium der
Gestaltung: durch Analogie . . .

17. Juli, an Eberhard von Bodenhausen (BW 168):
Ich arbeite die Vormittage (›Frau ohne Schatten‹ in Prosa) dictiere nachmittags frühere Teile der gleichen Arbeit mundiert in die Feder.

1915

11. Mai, an Willy Haas (BW 26):
als diese dramatische Form fertig war, fing ich an, das gleiche Märchen in
Prosa zu erzählen, da fascinierte es mich noch mehr. Diese Arbeit mußte ich
abbrechen, als ich am 26 Juli nach dem Süden einrückte.[1]

1916

13. September, an Eberhard von Bodenhausen (BW 220):
Jetzt ist mir als atmete man etwas freier. Ich konnte mich stärker in das
›Märchen‹ vertiefen – die Prosa der ›Frau ohne Schatten‹ wovon Du den
Anfang kennst. Es hat einen eigentlich unausschöpflichen Inhalt, führt in
die tiefsten Tiefen. Ich bin glücklich, daß ich wieder den Zutritt dazu gefunden habe, es war mir wie verschlossen gewesen, ich hatte gemeint, ich
müßte es für immer aufgeben.

16. September, an Richard Strauss (BW 360):
In den letzten zwei Wochen war mir gegeben, an dem Märchen ›Frau
ohne Schatten‹ mit Glück weiterzuarbeiten, nach zweijähriger Pause. Jeder
Tag ist mir kostbar, mit Schmerz werde ich am 29. abbrechen und nach
Wien fahren.

1917

24. Mai, an Ottonie Degenfeld (BW 336):
Ich werde mir das ›Märchen‹ (die Erzählung von der Frau ohne Schatten)
und die neu, d.h. noch ungeschriebene Gesellschaftscomödie[2] mitnehmen[3]

---

[1] *Einberufung als Landsturmoffizier nach Pisino (Istrien).*
[2] *Der Schwierige.*
[3] *nach Prag.*

und hoffe trotz politischer Conversationen auf Vormittage und Abende für die Arbeit.

7. Juli, an Rudolf Borchardt (BW 127):
Ich war innerlich fieberhaft bewegt diesen Mai, Juni ... ich schrieb weiter an dem ›Märchen‹, der schwersten Arbeit die ich je unternommen habe ...

10. Juli, an Eberhard von Bodenhausen (BW 233):
Siehst Du, diese kurze Zeit ist vor mir, mich abzuschließen in Aussee, diese zwei Monate jetzt, um für mich zu arbeiten: ohnedies, sich-abschließen, in dieser Welt, in diesem Durcheinandersturz des Ganzen, ist es nicht, als wenn ein Singvogel irgendwo am Fenster eines engen Hinterhofes hängend, singt und singt, indes schon das ganze Haus in Flammen steht? ist es nicht so, wenn ich Dir heute sage: Laß mich, ich will das ›Märchen‹ zu Ende schreiben? Und doch will ich, und so war es immer.

15. Juli, an Max Mell (Privatbesitz):
Band III der Prosaschriften ist abgeschlossen ... Dann geht es an das Märchen, wovon in den verflossenen drei Jahren vieles concipierte wieder verworfen wurde. Hoffentlich kann ich es in diesem Sommer abschließen.

4. Oktober, an Rudolf Pannwitz (Deutsches Literaturarchiv, Marbach a. N.):
Dann möchte ich noch einmal etwas zu schicken mir den Mut fassen. Es ist eine Oper, vermutlich die einzige richtige Oper, die ich in meinem Leben schreiben werde. Diese Arbeit ist fertig geworden im Juli 1914, knapp vor dem Kriegsausbruch. Dann aber hat etwas eingesetzt, das Sie gut verstehen werden: die Lust, das Gedichtete noch einmal zu dichten, in ganz anderer Form: als Erzählung. An dieser hab ich in den letzten 3 Jahren viel gearbeitet, und sehr große Mühe daran gewandt, dabei erst ein Drittel fertig gebracht, obwohl es gar keine sehr lange Erzählung werden soll; etwa in den Dimensionen der Fouqué-schen Undine. Die Erzählung könnte viel viel schöner werden als die dramatische, d.h. Opernform, aber es gibt in ihr große Schwierigkeiten, in der mythischen Erfindung die zu leisten ist. (Die Opernform hat ganz barocke Betrügereien, Möglichkeiten eines trompe l'oeil wie die barocken Architecturmalereien, über solche Schwierigkeiten hinwegzutäuschen, sie zu eludieren.) Nun wäre ich sehr dankbar, wollten Sie die Oper, soweit es Ihre Zeit erlaubt in den nächsten Tagen durchlesen. Ich habe mir die Hoffnung zurechtgemacht, Sie in 8 Tagen noch einmal zu sehen bevor ich nach Wien zurückmuss – und bei diesem Zusammensein möchte ich Ihnen dann den fertigen Teil dieser märchenartigen Erzählung (die im Stoff völlig mit der Oper übereinstimmt, aber, als die strengere Form, ganz andere Tiefenausmessungen hat) vorlesen.

21. Oktober, an Rudolf Pannwitz (Deutsches Literaturarchiv, Marbach a. N.):
Bei mir ist das ›Märchen‹ durch unser Zusammensein[1] so in Fluß gekommen, dass ich Mühe habe, die Comödie[2] nicht zurückdrängen zu lassen.

3. November, an Irene Hellmann (JDSG 1967, 180):
... aber im Eigentlichen ist alles in Ordnung, sogar waren die letzten Wochen entscheidend für das Märchen, im guten Sinn, trotzdem die Comödie als im Vordergrund stehend war.

27. November, an Gertrud von Hofmannsthal:
Jetzt warte ich auf Borchardt... mit dem ich dann bei dem kleinen Wolde (aus Bremen) soupiere um etwas zu besprechen: nämlich dass ich mein Märchen zuerst in einer Luxusausgabe von 300 Exemplaren drucken lassen werde, weil für normale Ausgaben jetzt einfach kein Papier da ist oder nur scheußliches.

Ende des Jahres[3], an Rudolf Pannwitz (Deutsches Literaturarchiv, Marbach a. N.):
Sie wollten so gut sein mir von einigen besonders schönen Märchen aus 1001 Nacht (die Gestalt der Königin Tophe) zu sagen, in welchem Bändchen Reclam sie stünden, aber auch aus der wievielten Nacht sie sind, so dass ich sie vielleicht auch in meiner Ausgabe finden könnte!

1918

28. Januar, an Rudolf Pannwitz (Deutsches Literaturarchiv, Marbach a. N.):
... arbeite jetzt mit großer (aber gar nicht gequälter) Bemühung an dem ›Märchen‹, das wirklich von einem kaum begreiflichen inneren Reichtum ist. Die Episode, wo der Kaiser seinen ungeborenen Kindern begegnet, hat nun ihre definitive Form. (Die gleiche Episode, die ich Ihnen in Bruchstücken vorlas,[4] als Sie so übermächtig müde waren.)

5. Februar, Alfred Roller an Hofmannsthal:
in den beifolgenden Blättern habe ich das Tagwerk eines primitiven Färbers wie ich mirs vorstelle zu schildern versucht. Entschuldigen Sie die unbeholfene Ausdrucksweise. Es handelt sich bloß um das Gegenständliche und um Raschheit. Jede Einzelheit der geschilderten Verrichtungen wird sich wol nicht belegen lassen, grobe Schnitzer aber dürften vermieden werden.

Er ist ein rechter Märchenfärber, der da hantiert. Sowohl weil er so vielerlei an einem Tag schafft, als weil er alles ohne Hilfskraft vollbringt. Zumindest das Zutragen des reichlich benötigten Wassers, – ich habe das unerwähnt gelassen – dürfte von einer Hilfskraft besorgt werden.

[1] vom 11.–13. 10. 1917 auf dem Ramgut.   [2] Der Schwierige.
[3] Von dem Brief ist nur ein kurzes Fragment erhalten.   [4] im Dezember 1917.

Durch Beschränkung der Tätigkeit auf Woll- oder Seiden- oder Garnfärberei, auf Blau- oder Türkischrot- (Krapp-) oder Schwarzfärberei, auf Flockenwoll- oder Stückfärberei wären wahrheitsähnlichere Vereinfachungen zu erzielen. Auf die Verhältnisse Baraks habe ich absichtlich keine Rücksicht genommen. – Nun, wenn diese »Märchen-Färberei« Ihnen einige »Farbe« für Ihren »Stoff« liefern könnte, so sollte michs sehr freuen. –

6. Februar, Alfred Roller an Hofmannsthal:
nach Absendung meiner Schilderung der Arbeit eines Färbers finde ich in einem Handbuch genauere Angaben über das Krappfärbeverfahren in alter Zeit, die mir zeigen, dass ich diesen Vorgang doch allzu einfach geschildert habe. Ich berichtige mich also:
1. Der Wollstoff wird stundenlang in Sodalösung gekocht.
2. Nach dem Trocknen wird er mit einer Mischung imprägniert, die aus dem Öl abgekochter Oliven (15 L), frischem Schafmist (2 L) und gelöster Soda (6 kg) besteht, getrocknet und noch 2 mal eingerieben.
3. Mehrmals in Sodalösung geweicht und ausgewunden.
4. Eine Nacht lang gewässert (Fluß).
5. Einen Tag und eine Nacht lang in Alaun gebadet.
6. Nass gefärbet und gewaschen, wie beschrieben.
Das sind also wesentlich längere Prozeduren.

Ferner habe ich zu erzählen vergessen, dass die Stränge, die im Indigobade hängen mehrmals »umgezogen« werden müßen, d.h. dass die Strähnen mit anderen Stellen an den Stöcken, von denen sie in die Farbe hängen aufgehängt werden müßen, damit auch die bisher über den Stöcken liegenden Stellen in die Farbe kommen, sonst bleiben diese Stellen ungefärbt.

Von Farbstoffen die sich in dem Farbenvorrat des Färbers finden könnten wären noch nachzutragen:
1.) Der eingedickte Saft der Aloe, der grünlich-schwarzbraun aussieht, unregelmäßige Brocken bildet, widrig riecht, luftabgeschlossen aufbewahrt wird und hell- bis schwarzbraun färbt.
2.) Die Rinde und Wurzel des Berberizstrauches, die Seide unmittelbar und Wolle mit Tannierbeize gelb färbt.
3.) Die Cochenille, das ist das getrocknete weibliche Tier der Nopallaus, silbergrau, wie winzige Kaffeebohnen geformt, bläulichrot färbend.

18. Februar, Tagebucheintragung von Josef Redlich (TB II, 259):
Hofmannsthal bei mir zu Mittag. Er war ausgezeichnet gestimmt, er arbeitet jetzt mit großem Erfolg an der ›Frau ohne Schatten‹.

9. März, an Leopold von Andrian (BW 254):
Dein Besuch in Rodaun, Deine Teilnahme an meiner Arbeit, das war eine nachhaltige Recreation u. ein großer Gewinn für mich. Unendlich selten ist

ein Freund, der liebevoll einzugehen versteht und zugleich versteht, um was es im Ganzen u. um was im Einzelnen sich handelt. Deine Kritik des minder Gelungenen trifft ganz genau das worauf auch mein Gefühl u. mein Gewissen hindeutet, und der Tadel, den ich so völlig mir zu eigen machen kann, macht mir das Lob erst wirksam.

Ich werde den Teil der Episode des Kaisers bevor er den Kindern begegnet, ganz umgestalten und weiß schon, wie.

14. März, an Gertrud von Hofmannsthal:
... ist mir auch viel eingefallen (zum Märchen) hab müssen von einer ganz fremden Portiersfrau ein Stückerl Papier u. Bleistift ausleihen zum Notieren.

28. März, an Gertrud von Hofmannsthal:
habe mit Fischer für eine Ausgabe des ›Märchens‹ alles vorbereitet. Diese Dinge, die sonst wie von selber gingen, erfordern ja jetzt beinah so viel Mühe wie das Schreiben.

31. März, an Gertrud von Hofmannsthal:
Außerdem hab ich ja noch so vielerlei zu tun: die ganze Vorbereitung für die Herausgabe des ›Märchens‹ in einer Luxusausgabe, das Papier sichern (um alles muss man sich selber kümmern)

9. Mai, an Leopold von Andrian (BW 256):
Du hast mich das vorige Mal nach der Erzählung gefragt. Ich habe falsch geantwortet weil ich die Frage nicht verstand. Ich bin auch heute noch nicht bei dem Gastmahl mit den Kindern sondern bei dem Teil vorher. Es ist unsäglich streng diese Art Arbeit, man muß streng mit sich sein. Der ganze Teil auf den Deine Kritik hinwies, war verfehlt, ja es war die poetische Materie einfach noch nicht da. Das Vorhandene hat nur den Wert von Notizen gehabt. Jetzt kommt es richtig. Ich verlange mir sehr, Dir diese 12 Seiten zu zeigen.

20. Mai, an Leopold von Andrian (BW 257):
In meiner Arbeit machen sich die wohltätigen Folgen Deiner Anwesenheit und der unvergleichlichen Aufmerksamkeit, die Du so gut warst, dem neuentstandenen Teil zu schenken, sehr wohltuend fühlbar.

27. Mai, an Ottonie Degenfeld (BW 359):
In diesen gräßlichen Wochen habe ich vielleicht das schönste Capitel von dem Märchen geschrieben: wie der Kaiser zu den ungeborenen Kindern kommt. Ich habe keinen Tag ausgesetzt. Eberhard sagte mir vor ein paar Monaten, wie wenig, wie nichts diese erträumten Harmonien doch mit dem Leben zu tun hätten, und wie über alles beglückend es doch wäre, daß sie da wären und immer welche entstünden.

3. August, an Rudolf Pannwitz (Deutsches Literaturarchiv, Marbach a. N.):
Mir versagt sich in den letzten Teilen des Märchens manches Einzelne mit
Beharrlichkeit, so dass ich manchmal niedergedrückt und in mir selbst ratlos
bin. Vielleicht bringe ich es in den nächsten Tagen über mich, eine solche
Schwierigkeit in einem Brief deutlich auseinanderzulegen. Dass dann Ihr
Erwidern darauf, wenn Sie dazu Zeit finden, mir sehr viel helfen könnte,
glaub ich blindlings, denn es handelt sich um das Mythische, worin nie
jemand stärker war als Sie sowohl selbst ins Tiefe zu sehen als einen andern
sehen zu machen.

4. August, an Rudolf Pannwitz (MESA 5, Herbst 1955, 29–31):
... ich bin an einem Punkt in der Arbeit an dem ›Märchen‹ qualvoll ins
Stocken geraten – ich erkenne klar, um was es geht, und der Knoten will
sich nicht lösen – mir ist der Gedanke gekommen, es Ihnen zu sagen, vielleicht können Sie mir durch ganz wenige Worte oder durch eine längere
Reihe sehr entscheidend helfen. Ich getraue mich, es zu tun, weil Sie mir
mehr als einmal gesagt und geschrieben haben, dass im Vergleich zu Ihrer
Arbeit all solche Dinge Ihnen wie nichts erscheinen.

Es handelt sich um die Gestalt des Efrit, dessen die Amme sich bedient,
um die Färberin zu verführen. Sie erinnern sich der Scene wo die Alte ihn
der Färberin zuführt, – dann kommt der Färber vorzeitig nachhause, der
Efrit verschwindet. In dieser Scene hat der Efrit etwas phantomartiges, ist
nur zweidimensional. Weiterhin muss er eine dritte Dimension haben, muss
Gestalt werden wenn auch unter besonderen Gesetzen stehend. (Es scheint
mir nach wie vor durchaus richtig dass in dem Ganzen nur vier Menschen
vorkommen, eben jene beiden Paare; die übrigen menschlichen Figuren,
wie die Brüder, sind nur Requisit; was aber die beiden Menschenpaare bewegt, sind Geister oder Dämonen: wie die Ungeborenen, die Amme, der im
Geheimnis verbleibende Keikobad und eben der Efrit.)

Wie die Amme der Menschenart nahe aber von ihr differenziert ist durch
absolute Unfähigkeiten (ihr kann nichts Menschliches nahe gehen, dafür ist
sie chemisch unangreifbar) andererseits den Menschen überlegen und gefährlich durch allzumenschliche gesteigerte Gaben (Schlauheit) so muss
auch der Efrit durch ein Zuviel und Zuwenig dem Menschenwesen nahe
und ferne sein. (Die Entstehungsweise ist ähnlich wie die von Lionardos
Carricaturen aus dem normalen menschlichen Gesicht.) Gewisse Dinge nun
kann ich nicht finden, eben die, durch welche er sich verleiblichen, Gestalt
werden würde. Mir fehlt also offenbar geistige Intuition über ein Wesen
dieser Zwischenart, denn aus dem Geistigen folgt dann zwingend sein Leibliches, die Erscheinung. Seine Function muss diese sein: (in diesem Sinn
benutzt ihn die Amme, die ihn wohl genug kennt, um ihn zu nutzen, sein
Tieferes aber nicht kennt; er ist ihr nicht direct übergeordnet, aber doch ein
Wesen, das eher höherer Ordnung ist) –: er ist Verführer, Agent des Chaos;

er treibt den Menschen, auf den man ihn loslässt, an seine äussersten Grenzen und über diese hinaus, er wirkt durch Blick und Hauch wie ein besonders gefährliches aufwühlendes Gift geistiger Art – soweit ist er absolut gefährlich wo jeder irdische Verführer nur relativ gefährlich ist. –
Nun muss ich genau wissen, was dabei in ihm vorgeht, was dieses Spiel ihm bedeutet, was ihn weiterlockt von einem solchen Handel zum andern, wie der ihm eingeborene ewige Auftrag lautet. Letztlich: Er darf nicht halb Maschine halb Casanova sein sondern etwas darüber hinaus: etwas Metaphysisches muss ihn regeln und befriedigen, dem er aber in der realsten Sphäre fröhnt. Er muss nach der anderen Seite geschlossen sein, nach der der Handlung abgewandten; ich muss sein alibi haben, seinen Aufenthaltsort, den Ort seiner Pausen, die Form seiner Ruhe. Dies ist ein wichtiger Punkt: er darf kein perpetuum mobile sein! Welchen letzten Sinn hat für ihn, seiner besondern Funktion gemäss, das Liebesspiel? und was von sich reserviert er – denn er reserviert ja sein Eigentliches, er ist ja nicht wirklich Liebender, das beileibe nicht, – hier liegt die grosse Schwierigkeit für meinen vielleicht momentan schwachen Kopf: dass er nicht Mensch werde, nicht Requisit, Maschine werde – sondern mögliches Zwischenwesen bleibe! Ich weiss dass alles aus einem Keim hervorwachsen muss. Ihre Intuition für all diese Zwischensphären ist so ungeheuer, vielleicht können Sie mir den Keim hinwerfen.

23. November, an Max Mell (Privatbesitz):
Ich habe mich aus der auf die Dauer etwas niederdrückenden Schwierigkeit des ›Märchens‹ zeitweilig in eine leichte u. muntere Arbeit geflüchtet[1]

1919

11. Juni, an Ottonie Degenfeld (BW 387):
ich schreibe am vorletzten Capitel des Märchens, es wird schön aber es kostet mich grosse Mühe denn die Kraft ist geschwächt.

12. Juli, an Leopold von Andrian (BW 301):
Ich gehe nach Ferleiten per Bruck Fusch Salzburg mich erholen u. das Märchen fertig schreiben. Deine Teilnahme ermutigt mich sehr bei dieser schweren Arbeit. Für das Kapitel der Begegnung des Kaisers mit den Kindern gab mir der sehr starke Beifall Mells und des jungen Burckhardt die Gewähr, daß es nicht mißlungen. Der Rest ist noch sehr schwer.

27. Juli, an Leopold von Andrian (BW 302):
ich werde alles tun, um diese heikle und epinöse Arbeit (das letzte Capitel des ›Märchens‹) bis zum 10ten fertig zu bringen . . .

---

[1] Dame Kobold.

7. August, an Robert Michel:
Ich habe hier das Märchen von der Frau ohne Schatten zu Ende geschrieben, September 1913 schrieb ich die ersten Zeilen davon und glaubte im ersten Frühling 1914 damit zu Ende zu sein.

11. August, an Rudolf Pannwitz (Deutsches Literaturarchiv, Marbach a. N.):
Märchen so gut wie beendet.

23. August, an Berta Zuckerkandl:
Ich war in Ferleiten 15 Stunden des Tages allein, sah 25 Tage keine Zeitung, Sie verstehen, dass ich wieder ich-selbst wurde, dass das ›Märchen‹ fertig wurde, dass über die Futilität die sogenannte Wirklichkeit glorreich die wirkliche Wirklichkeit sich aufbaute.

23. August, an Ludwig von Hofmann:
Eine märchenartige Erzählung wird in diesen Tagen fertig. Im Herbst 1913 schrieb ich die ersten Zeilen daran.

16. September, an Leopold von Andrian (BW 307):
Das Märchen ist nun absolut fertig.

18. September, an Richard Strauss (BW 450):
nun das ›Märchen‹ vollendet ist und in diesen Wochen erscheint...

29. September, an Leopold von Andrian (BW 311):
Letzte Correcturbogen des Märchens erledigt.

22. Oktober[1], an Raoul Auernheimer (NZZ, 18. August 1974, Fernausgabe Nr. 380):
ich lege die Erzählung in Ihre Hände, es stecken sechs Jahre Arbeit in dem Buch, alle guten reinen Momente, die ich diesen finsteren Jahren entreißen konnte, und eine unsägliche Bemühung – das geht aber niemanden was an, hoffentlich haftet nichts davon als Schwere dem Buch an.

Es wäre mir schon sehr lieb, wenn Sie der Mühe wert fänden, es anzuzeigen, dann wird die Besprechung kein unreines u. kein käufliches Wort enthalten, sondern den Ausdruck einer reinen u. anständigen Gesinnung über ein schwer deutbares, tief im Subiect verwurzeltes, im Innersten der Epoche widerstrebendes Stück Poesie.

Ich habe zu dieser Erzählung die Feder erst angesetzt, als die Gestaltung für Musik u. Bühne fertig da lag, das meine ich Ihnen erzählt zu haben.

---

[1] im Druck irrtümlich 12. September.

31. Oktober, an Dora von Bodenhausen (BW Bodenhausen 253):
Im September habe ich das ›Märchen‹ vollendet – die Erzählung der ›Frau ohne Schatten‹ – das Eberhard lieb hatte und worin mich seine Teilnahme mehr ermutigte als die irgend eines andern Menschen – dann am Ende aber Pannwitz Teilnahme am meisten ... Von 1913 bis 1919 hab ich daran gearbeitet; jede reine Stunde daran gewandt, dann wieder verzagt, es liegen gelassen oft 3/4 Jahr lang – dann wieder aufgenommen, oft mit Qual, öfter mit Lust. Die Menschen sagen, es ist gut geworden.

2. November, an Arthur Schnitzler (BW 287):
Inzwischen ist das Märchen von der Frau ohne Schatten zu Ihnen gewandert, und, hoffentlich, seit langem in Ihren Händen.
Ich habe, in fast sieben Jahren, unsäglich viel Mühe an diese kleine Arbeit gewandt – hoffentlich merkt man ihr dies nicht an. Wenn sie Ihnen und Olga ein bißchen Vergnügen gemacht hat, so schreiben Sie mir ein paar Zeilen darüber – wessen Beifall sollte man denn wünschen u. suchen, als der paar Menschen mit denen und durch die man das Leben gelebt hat.

2. November, Rudolf Pannwitz an Hofmannsthal (Deutsches Literaturarchiv, Marbach a. N.):
es[1] scheint einzig in unserer literatur zu stehn und ist überhaupt schwerer vergleichbar als ich annahm. für 1001 Nacht, dem es natürlich in seinem zauber und vielen vorstellungen sehr nahe steht ist es zu europäisch zu sehr problem. für alle erzähldichtung ist es an jeder stelle zu rund zu geschlossen – nur der stil die form im ganzen erinnert mehr noch als an Goethe (Novelle) an Goethes und Ihre gleiche quelle: die italienische novelle. aber nun ist es mit ungeheurem gehalt belastet ohne beschwert zu sein und wird dadurch wieder eigentümlich anders ... der zusammenhang mit Mozart (auch dem geiste des textes der Zauberflöte) ist ja sehr groß.

4. November, an Raoul Auernheimer (NZZ, 18. August 1974, Fernausgabe Nr. 380):
Nun will ich aber mit der Aufrichtigkeit, die in einem Verkehr wie dem unseren sich so leicht in einer zarten aber bestimmten nuance erhalten läßt – es auch aussprechen daß es mich so überaus überrascht hat, daß Sie in Ihrem Brief diese zwei Gebilde, die Oper u. die Erzählung, einer Art von Vergleichung unterziehen. Und so lebhaft u. unverhohlen ich mir wünschen würde, daß durch eine Anzeige von Ihnen dieses Buch in meiner Vaterstadt denjenigen Menschen, die für ein Phantasieproduct empfänglich sind, anempfohlen würde, so weit es, als eine Erzählung Ihnen, einem Erzähler u. Schätzer von Erzählungen, zu gefallen vermocht hat – so bin ich ganz maßlos betroffen u. verdutzt davon, daß Ihnen dabei nur im entferntesten der Gedanke kommt – Sie könnten dabei in die Lage kommen, die Existenz

---

[1] *Das Märchen.*

einer Oper gleichen Namens auch nur zu streifen – und also mit dem Musikkritiker in eine Polemik kommen.

Dies: die Würdigung einer vor Ihnen liegenden Erzählung, mit einer thematischen Vergleichung dieser Erzählung mit einer Oper, verbinden zu wollen – käme mir, verzeihen Sie, so sonderbar vor, als wollten Sie ausreiten und dabei zugleich mit dem einen aus dem Steigbügel gelösten Fuß spazierengehen. Erlauben Sie mir, daß ich, dieses ungereimte scherzhafte Gleichnis verlassend, mich über dieses Problem ein wenig ausbreite.

Eine Erzählung und ein Drama sind doch jedes für sich, wofern sie auf den Namen Poesie Anspruch haben und von einem ernst zu nehmenden Kopf hervorgebracht werden, in sich geschlossene Gebilde, ja geschlossene magische Welten. Wenn sie das Geringste miteinander zu schaffen hätten, im geringsten von einander Ergänzung oder Belichtung borgen müßten, was für ein unbegreiflicher Mensch wäre ich dann wenn ich – den Schrank voll Scenarien und den Kopf voll Figuren neun Jahre an die Ausarbeitung der zweiten Form gewandt hätte – wäre sie nicht ein völlig Neues.

Vor dem Versuch, hier Einzelnes, weil es an der analogen Stelle steht, tatsächlich zu vergleichen – stehe ich so ratlos und befremdet, wie vor einem ganz müßigen Tun. – Der Schluß – ja mein Gott, das letzte Kapitel des Märchens ist eben der Schluß eines Märchens – wo alles bildhaftes Geschehen und beinahe alles stummes, zauberhaftes, im Kleinsten symbolhaftes Geschehen ist, alles Magie für das innere Auge – und der Schluß der Oper ist eben ein Opernschluß, ganz genau ein Opernschluß, nicht Schluß eines Dramas (einen solchen könnte ich Ihnen skizzieren) sondern Schluß einer Oper, wo vier Personen gleichzeitig den Mund aufmachen u. ihr Inneres aussprechen u. es wird eben ein Quartett daraus! –

Und der Vergleich des »Phantoms eines Jünglings« mit dem »Efrit« aus dem Märchen ist mir wieder so verwunderlich, als wollte jemand den Hauptmann, später Major, aus den ›Wahlverwandtschaften‹ mit dem Jarno aus ›Wilhelm Meister‹ vergleichen, weil eben beide Majore sind. Das »Phantom eines Jünglings« in dem Musikdrama – wo alles sich in Charakteren vollzieht, und die Charaktere sich in lyrisch gefärbter Psychologie, in gesungenem Dialog u. Monolog enthüllen – ist zarteste Sehnsucht der Frau, an der Grenzlinie des Verbotenen, Hallucination oder Phantom geworden – ganz im Bereich des durchaus Menschenhaften, zum Moralischen strebenden der Oper, die sie nun einmal ist. Dagegen in dem Märchen, wo die Psychologie ganz subordiniert ist einem Magischen, alle Kräfte vergestaltenden, eben märchenhaften Geschehen – ist der Efrit Wesen für sich, Gestalt gewordene Unterwelt (Hölle, Chaos) – wie die Ungeborenen Gestalt gewordene Ueber-menschenwelt (der Zeit nicht untertan, Ahnen zugleich u. Nachkommen) wie das Bergesinnere – das in der Oper nur »Decoration« – dort Gestalt-gewordenes Geheimnis u.s.f. u.s.f.

Vergeben Sie mir, mein lieber Dr. Auernheimer, nein, vergeben Sie mir

wirklich, ohne den Schatten einer Ungeduld. Ich scheine unbescheiden, beinahe schulmeisterlich und bin doch nur – sehr beteiligt an dem Thema.
Und wenn Sie es irgend mir zu lieb tun können, so lassen Sie die Erzählung auf sich wirken wie sie ist, ohne je Ihren Blick zugleich auf das Andere, das Bühnenwerk zu tun – wie sollte ein solcher Blick nicht Ihnen Augenschmerzen machen und nach außen als schielend erscheinen?! – lassen die geheimen und schönen Verhältnisse – zwischen Mann u. Frau, zwischen Eltern u. Kindern – die in dem Märchen so verborgen als offenbart sind, rein vor sich hintreten – und zeigen es dann, wenn Sie mir einen großen Dienst erweisen wollen an ... dies glaube ich durch den Ernst u. den Gehalt der Arbeit verdient zu haben.
PS. Vielleicht würde es empfehlen, dem Aufsatz den Titel zu geben: ein Märchen oder so ... nicht den der Oper identischen!

6. November, an Gertrud von Hofmannsthal:
Von Pannwitz zwei wunderschöne Briefe über das Märchen bekommen, freut mich sehr.

7. November, an Raoul Auernheimer (NZZ, 18. August 1974, Fernausgabe Nr. 380):
Als Ausgangspunkt könnte dies gelten – ich meine als Ausgangspunkt für das Denken, welches sich auf diese Arbeit[1] einstellen will: daß ich etwa vor mir selbst mir vorgesetzt hätte, eines Platzes unter den von mir geliebten deutschen Erzählern würdig zu werden, nach Geschlossenheit, Schönheit und Gehalt – und ob ich dessen, gerecht u. ernst geurteilt, würdig geworden sei?

14. November, an Marie Luise Voigt (BW Borchardt 146):
Mit der heutigen Post geht das ›Märchen‹ an Sie, die Geschichte von der Frau ohne Schatten, an der ich, wie an einer Handarbeit, die ganzen finstern Kriegsjahre gearbeitet und viele traumhafte Gedanken und Hoffnungen und Intuitionen hineingestickt oder -gefädelt habe.

26. November, an Rudolf Pannwitz (Deutsches Literaturarchiv, Marbach a. N.):
An dem Aufsatz über die Erzählung[2] ist mir das Wunderbare der Ton, die Wucht verbunden mit der Nüchternheit; das Treffende nehm ich als selbstverständlich hin. Vieles Einzelne hat mich besonders gefreut, so dass Sie das »Runde« – von jedem Punkt aus – als vorhanden bekräftigen, das ich unterm Arbeiten beständig gesucht habe.

[1] *Die Besprechung des Märchens.*
[2] *erschienen in: Der Neue Merkur, Dezember 1919, S. 509–512.*

Was Hofmannsthal unter dem Runden verstand und was er in seinem Märchen erreichen wollte, sagt er auf einem undatierten Notizzettel, der, nach Schrift und Duktus, um dieselbe Zeit wie die Arbeiten an den letzten Kapiteln der Frau ohne Schatten *entstanden sein muß*: Der Kreis: Man scheint sich am Rande, ist in der Mitte. Jedes führt jedes herbei. In der kleinsten Handlung ist auf das Grösste Bezug. Das überwunden gewähnte tritt wieder hervor. Das Vergeudete, Vergewaltigte wird gewaltig und furchtbar. Eigener Falschheit entrinnt man nie wieder. Alles muss abgebüsst werden, oder zurückgekauft. Das Gewaltige und Furchtbare wird freundlich – zart. Man ist in der Gewalt seiner früheren Handlungen. Das Vergangene ist immer als Gegenwärtig anzusehen.
Menschen Gunst erworben und verscherzt auf dem selben Wege. Eben darum ein Unaufhörliches Wiederanfangen möglich, ein Immer wiederzurückkommen. Ich kann ein Individuum auf immer frische Weise anblicken, ja anbeten.
Wir sind nicht in jedem Augenblick fähig, alles dies zu fassen: aber es liegt in uns, dass wir dies, und mehr, fassen können.

26. November, an Dora Michaelis (NR 59, 1948):
Damals, in Ferleiten, zwischen dem 15. Juli und dem 9. August schrieb ich endlich die drei letzten Capitel des Märchens. Im Mai 1918, während mein gütigster treuester Freund Eberhard Bodenhausen starb und begraben wurde schrieb ich das vierte Capitel, die Begegnung des Kaisers mit seinen Kindern, ihm zu Ehren, an ihn denkend – den Anfang hatte ich im Herbst 1913 und Frühling 1914 geschrieben – so ist dieses furchtbare Stück Leben, das wir alle hinter uns haben – eingewebt in diesen bunten Teppich.

11. Dezember, an Walter Brecht (Original verschollen, Kopie in Privatbesitz):
Ihr Brief weist mich auf eine Stelle hin, wo ich die märchenhaften Bedingungen etwas unscharf habe erfüllt sein lassen; mit ein paar Zeilen, die ich für spätere Auflagen gerne einfügen möchte, ließe sich dies präsizieren.

12. Dezember, an Oscar Bie (Fischer Almanach 87, 1973, 131):
Finden Sie die Möglichkeit die Erzählung irgendwo anzuzeigen, so ist es mir sehr lieb; denn ihr Recht zu bestehen neben dem Textbuch wenn auch aus gleicher Wurzel entsprossen – aber gewichtiger als dies kann ihr nur durch Menschen wie Sie vindiciert werden.

20. Dezember, an Raoul Auernheimer (NZZ, 18. August 1974, Fernausgabe Nr. 380):
Eins hat mich gewundert – unter so vielem Feinem u. absolut Richtigem: daß Sie schreiben[1]: er hat ... die Oper »in ihre Bestandteile aufgelöst« –

---

[1] *Die Besprechung von Auernheimer erschien in der Neuen Freien Presse.*

wo mir, in meinem Falle, die Erzählung die noch viel strengere Synthese zu sein scheint, kein Wort keine Gebärde keine Situation ohne strengste Bezogenheit, alles abgewogene Werte, Gewichte, valeurs so im Gegenständlichen als in der Bedeutung. –

1920

23. Januar, an Arthur Schnitzler (BW 291):
Bitte blättern Sie die Stelle im Märchen auf und schreiben Sie mir, wodurch Ihr Eindruck von Baraks physischer Erscheinung als einer widerwärtigen sich so fixiert hat. Ich überlas die Stelle, die mir vorschwebte, fand sie relativ harmlos, in groben episch-primitiven Zügen: ein Maul wie ein Spalt – das heißt aber doch nicht: eine gespaltene Lippe. Ich würde es gerne retouchieren.

1922

12. März, an S. Fischer (Fischer Almanach 87, 1973, 136):
ich möchte auch das Operntextbuch ›Frau ohne Schatten‹ fortlassen[1] ... Mit der Weglassung der Operndichtung ›Frau ohne Schatten‹ glaube ich auch der von mir sehr geliebten märchenartigen Erzählung gleichen Namens innerhalb der Ausgabe einen Dienst zu erweisen.

ERLÄUTERUNGEN

109, 23 Keikobad *Name eines Königs: ›Re Cheicobad‹, der in ›Turandot‹ von Gozzi erwähnt wird. (Le fiabe di Carlo Gozzi. A cura di Ernesto Masi, Bologna 1884, Bd. 1, S. 226. Der Band befindet sich in Hofmannsthals Bibliothek.)*
Auch in einem Vers aus den ›Rubáiyát‹ des Omar Khayyám, aus denen Hofmannsthal in den Notizen zum 4. Kapitel der Frau ohne Schatten (S. 331, 12-14) zitiert, kommt der Name ›Kaikobád‹ vor. (Omar Khayyám: Rubáiyát, engl. Übersetzung von Edward Fitzgerald, Edinburgh, London 1903, S. 3)

110, 20 Alles ist an eine Zeit gebunden *Goethes ›Noten und Abhandlungen zum west-östlichen Divan‹ beginnen mit den Worten: »Alles hat seine Zeit!« (Hamburger Ausgabe, Bd. 2, S. 126)*

112, 2f. *In der 5. Nacht von ›1001 Nacht‹ wird die Geschichte des Königs Sindibâd erzählt, der eine Gazelle jagt: »Da warf der König seinen Falken hinter ihr drein, der sie einholte und herabstieß und ihr die Sporen in die Augen schlug und sie*

---

[1] in der Gesamtausgabe.

*verwirrte und blendete« (Die Erzählungen aus den Tausendundein Nächten, Leipzig
1907–1908, I, S. 67) Auch der weitere Verlauf der Geschichte weist Ähnlichkeiten
mit der* Frau ohne Schatten *auf: Der König kommt an einen Baum, von dessen
Zweigen Wasser herunterfließt. Er will davon trinken, doch sooft er den Becher
gefüllt hat, stößt der Falke ihn mit seinen Flügeln um. Vor Zorn über dieses Verhalten schneidet der König ihm die Flügel ab. Da macht ihn der Falke durch Zeichen mit
seinem Kopf auf eine Vipernbrut aufmerksam, die auf dem Baume haust. Ihre Gifttropfen hatte er für Wasser gehalten.*

120, 24 Barak   *›Barach‹ ist der Deckname von Assan, dem Diener des Prinzen
Calaf in Gozzis ›Turandot‹ (a.a.O.).*

123, 16 – 18 *Lenau: ›Anna‹:*

> *Wag' es nur und kehre wieder
> Nach dem ersten Wochenweh,
> Komm und spiegle deine Glieder
> Dann im peinlich klaren See.*
>
> *Komm und schau dann mit Entsetzen
> Deine Brüste, junges Blut,
> Gleich gezognen Fischernetzen
> Zitternd schwimmen in der Flut.*
>
> *O dann frage deinen Schatten:
> Wangen, seid ihr mein, so bleich?
> Augen mein, ihr hohlen, matten?
> Weinen wirst du in den Teich.*

*(Nicolaus Lenau's sämmtliche Werke in einem Bande. Hrsg. v. G. Emil Barthel.
Leipzig o. J., S. 284)*

126, 17 – 20 *Bei der Behandlung des Jason-Mythus kommt Bachofen auf die mythische Bedeutung des Schuhs zu sprechen (Mutterrecht, Zweite unveränderte Auflage,
Basel 1897, S. 158 f.): »Links ist die Mutterseite, der Schuh das Zeichen der
chthonischen Fruchtbarkeit«. Auf die Fruchtbarkeit soll die Färberin verzichten.
Darum muß der linke Fuß bekleidet sein, denn »in der Entblößung des linken Fußes
liegt die Darbringung des linken Schuhs an die Muttergottheit«. Die rechte Seite
bedeutet das aktiv zeugende Prinzip. Die Fische sollen mit der linken (mütterliches
Prinzip) Hand über die rechte Schulter, also entgegen der zeugenden Richtung,
geworfen werden.*

133, 36 das eine seiner Augen größer ... als das andere   *Vom Kalifen
Vathek heißt es: »but when he was angry one of his eyes became so terrible, that no
person could bear to behold it, and the wretch upon whom it was fixed instantly fell
backward, and sometimes expired.« (Beckford, Vathek, 5. Aufl. London 1878,
S. 1)*

ERLÄUTERUNGEN   431

133, 38 Efrit *Die Efrit, in ›1001 Nacht‹ als »Ifrit«, bei Beckford als »Afrit« bezeichnet, sind Dämonen der arabischen Sage, eine Unterart der Dschinn.*

138, 2f. O Tag des Glücks, o Abend der Gnade! *In der ›Geschichte des Lastträgers und der drei Damen‹ aus ›1001 Nacht‹ singt der Lastträger: »O Tag des Glücks! O Tag der göttlichen Gnade!« (9. Nacht).*

141, 28f. das Ende verflocht sich mit dem Anfang *Der Brief der Kaiserin wie später der Teppich (S. 146, 2–4), beide als Spiegel des Lebens, werden so gekennzeichnet. Über Herkunft und Bedeutung dieses Ausspruchs vgl. R. Hirsch in: Hofmannsthal Blätter, Heft 6, Frühjahr 1971, S. 493f. Bei Goethe findet sich folgender Satz: »Der ist der glücklichste Mensch, der das Ende seines Lebens mit dem Anfang in Verbindung setzen kann.« (Maximen und Reflexionen, Hamburger Ausgabe Bd. 12, S. 515; aufgenommen in: Goethe, Sprüche in Prosa, Leipzig: Insel 1908, S. 17). Rudolf Hirsch weist zusätzlich auf Goethes Gedicht ›Dauer im Wechsel‹ hin (Hamburger Ausgabe Bd. 1, S. 247f.), das er in seinem Aufsatz nicht erwähnt und dessen letzte Strophe beginnt: »Laß den Anfang mit dem Ende | sich in eins zusammenziehn!«.*

146, 2–4 *Vgl. S. 141, 28f. und Anmerkung dazu.*

147, 15–17; 147, 24–26 C. M. Wieland: ›Musarion‹:

>   *Das Schöne kann allein*
>   *Der Gegenstand von unsrer Liebe sein;*
>   *Die große Kunst ist nur, vom Stoff es abzuscheiden.*
>   *Der Weise fühlt. Dies bleibt ihm stets gemein*
> 5 *Mit allen andern Erdensöhnen:*
>   *Doch diese stürzen sich, vom körperlichen Schönen*
>   *Geblendet, in den Schlamm der Sinnlichkeit hinein,*
>   *Indessen wir daran, als einem Widerschein,*
>   *Ins Urbild selbst zu schauen uns gewöhnen.*
> 10 *Dies ists, was ein Adept in allem Schönen sieht,*
>   *Was in der Sonn ihm strahlt und in der Rose blüht.*
>   *Der Sinnensklave klebt, wie Vögel an der Stange,*
>   *An einem Lilienhals, an einer Rosenwange;*
>   *Der Weise sieht und liebt im Schönen der Natur*
> 15 *Vom Unvergänglichen die abgedrückte Spur.*
>   *Der Seele Fittich wächst in diesen geistgen Strahlen,*
>   *Die, aus dem Ursprungsquell des Lichts*
>   *Ergossen, die Natur bis an den Rand des Nichts*
>   *Mit fern nachahmenden nicht eignen Farben malen.*
> 20 *Sie wächst, entfaltet sich, wagt immer höhern Flug,*
>   *Und trinkt aus reinern Wollustbächen;*
>   *Ihr tut nichts Sterbliches genug,*

>   *Ja, Götterlust kann einen Durst nicht schwächen*
>   *Den nur die Quelle stillt. So, meine Freunde, wird,*
>   *Was andre Sterbliche, aus Mangel*
>   *Der höhern Scheidekunst, gleich einer Flieg am Angel,*
>   *Zu süßem Untergange kirrt,*
>   *So wird es für den echten Weisen*
>   *Ein Flügelpferd zu überirdschen Reisen.*
> *(Poetische Erzählungen von Wieland, Leipzig o.J., S. 26f.)*
> *Die Zeilen 1–3 und 22–29 der hier zitierten Passage werden von Silberer: Probleme der Mystik und ihrer Symbolik, Wien 1914, wörtlich angeführt. Die ersten 3 Zeilen nimmt Hofmannsthal später auch in das Buch der Freunde auf (A 67).*

148, 22 – 25 wenn du... zurückzukehren? *In ›Les Caractères‹ von La Bruyère, einem Buch, dem Hofmannsthal besonders für seine Komödien viel verdankt, lautet eine in seinem Exemplar (1885 in Paris von Charles Louandre herausgegeben) angestrichene Stelle (S. 148): »n'entrer dans une chambre précisément que pour en sortir; ne sortir de chez soi l'après-dînée que pour y rentrer le soir, fort satisfaite d'avoir vu en cinq petites heures trois suisses, une femme que l'on connoît à peine et une autre que l'on n'aime guère! Qui considéreroit bien le prix du temps, et combien sa perte est irréparable, pleureroit amèrement sur de si grandes misères.«*

149, 5 Ihre ganze Seele lehnte sich aus ihrem Auge *Das Bild verwandte Hofmannsthal schon 1897 in* Der Kaiser und die Hexe, *worin der Kaiser zu Tarquinius spricht:*
>   ... nur Seele seh ich,
>   Die sich so aus deinen Augen
>   Lehnt, wie aus dem Kerkerfenster
>   Ein Gefangner nach der Sonne *(GLD 265)*
(Vgl. S. 150, 11; 186, 1f.)

157, 5 es war, als ob sie mit geschlossenen Füßen auf ihn zugehe *Dieses Bild, das hier die Ungeborenen charakterisiert (vgl. auch S. 184, 28 und 186, 4), gebrauchte Hofmannsthal schon in dem Ballett* Der Triumph der Zeit *(1900). Dort kommt das Mädchen* wie mit geschlossenen Füßen *auf den Dichter zu (D I 359).*
In der Walpurgisnacht erscheint Faust Gretchens Bild:
>   *Sie schiebt sich langsam nur vom Ort,*
>   *Sie scheint mit geschloßnen Füßen zu gehen.*
(Goethe: Faust I, Hamburger Ausgabe Bd. 3, S. 151)

159, 24 *Goethe zitiert in den ›Noten und Abhandlungen zum west-östlichen Divan‹ ein altes arabisches Gedicht, dessen 4. Strophe lautet:*
>   *Stumm schwitzt er Gift aus,*
>   *Wie die Otter schweigt,*

ERLÄUTERUNGEN 433

Wie die Schlange Gift haucht,
Gegen die kein Zauber gilt.
(Hamburger Ausgabe, Bd. 2, S. 131)

163, 15 f. werde ich das Korn sein, wird er das Huhn sein und mich aufpicken! *vgl. Anmerkung zu S. 355, 38f.*

166, 9 – 12 Maultieren... und unfruchtbar seien die ja auch. *In der 699. Nacht von ›1001 Nacht‹ beschimpft die Frau ihren Mann, der sich grämt, daß sie keine Kinder haben: »du bist ein plattnäsiges Maultier« (a.a.O. VIII, S. 287) und: »Du bist ein Maultier, das nicht zeugt!« (a.a.O. VIII, S. 289).*

170, 3 deinen Verbrechen *In einem Entwurf (30 H) fragen die Brüder konkret: was hast du getan? hast du abgetrieben?*

177, 3f. gegen das Innere des Gebirges; denn so ging hier der Zug des Wassers. *Am 26. Juli 1895 hatte sich Hofmannsthal in Göding in seinem Tagebuch notiert:* Unheimlich: ein Quell der zu seinen Anfängen zurückgeht ein kinderloser Mann, der sein Leben in seine Eltern eingießen will

182, 10 Das goldene Wasser *Ein goldenes Wasser, das zum Leben erweckt, kommt in ›1001 Nacht‹ vor: »das goldene Wasser von der durchscheinenden Klarheit; wenn man von dem nur einen Tropfen in ein Becken tut und es in den Garten stellt, so füllt das Gefäß sich alsbald bis zum Rande, und es speit Strahlen nach oben gleich einem Springbrunnen; und ferner hört es nie auf, zu spielen, und alles Wasser fällt, wenn es nach oben geflogen ist, in das Becken zurück, und nie geht ein Tropfen davon verloren.« (a.a.O. IX, S. 166)*
»Sprenge ein wenig von dem goldenen Wasser aus der Flasche auf die Steine, die umherliegen, und durch seine Kraft wird ein jeder wieder zum Leben erstehen.« (a.a. O. IX, S. 188)
Über die Bedeutung des Wassers in der hermetischen Kunst als lebensspendend und verwandelnd vgl. Silberer, a.a.O., S. 103f.

191, 33 – 39 »Zum Gewinnen des Lebenswassers ist es mythisch meistens notwendig, in die Unterwelt (Ištars Höllenfahrt), in den Bauch eines Ungeheuers u. dgl. hinabzutauchen« (Silberer, a.a.O., S. 65). »Dem Hinabsteigen in die Unterwelt (Introversion) entspricht als Zeichen der erfolgten Wiedergeburt das Emporsteigen ans Licht mit dem befreiten Schatz (Zauberwort, wie oben, Lebenswasser wie bei der Höllenfahrt der Ištar usw.).« (ebd. S. 199)*

292, 6 Das Gedicht von Keats lautet:

›Under the flag
Of each his faction, they to battle bring
Their embryo atoms.‹ – Milton.

Welcome joy, and welcome sorrow,
Lethe's weed and Hermes's feather;

> *Come to-day and come to-morrow,*
>   *I do love you both together!*
> *I love to mark sad faces in fair weather;*
> *And hear a merry laugh amid the thunder;*
>   *Fair and foul I love together:*
> *Meadows sweet where flames are under,*
> *And a giggle at a wonder;*
> *Visage sage at pantomime;*
> *Funeral and steeple chime;*
> *Infant playing with a skull;*
> *Morning fair, and shipwrecked hull;*
> *Nightshade with the woodbine kissing;*
> *Serpents in red roses hissing;*
> *Cleopatra regal-dressed;*
> *With the aspic at her breast;*
> *Dancing music, music sad;*
> *Both together, sane and mad;*
> *Muses bright and muses pale;*
> *Sombre Saturn, Momus hale;*
> *Laugh and sigh, and laugh again;*
> *Oh! the sweetness of the pain!*
> *Muses bright and muses pale,*
>   *Bare your faces of the veil;*
> *Let me see; and let me write*
>   *Of the day and of the night—*
> *Both together:—let me slake*
>   *All my thirst for sweet heart-ache;*
> *Let my bower be of yew,*
>   *Interwreathed with myrtles new;*
>   *Pines and lime trees full in bloom,*
> *And my couch a low grass-tomb.*

(*The Poetical Works of John Keats*, London, New York 1892, S. 331)

297, 38 Das Hängen der Hündin ... In einer Version (S. 385, 22–36) zaubert die Amme den Efrit aus einem Hund hervor. Das Hängen der Hündin im vorliegenden Kapitel ist als Symbol des Unterganges der Färberin durch die Vereinigung mit dem Efrit zu verstehen. Darauf spielt auch S. 352, 38 an. Bachofen schreibt im ›Mutterrecht‹: »Der Hund ist der hetärischen, jeder Befruchtung sich freuenden, Erde Bild. Regelloser, stets sichtbarer Begattung hingegeben, stellt er das Prinzip thierischer Zeugung am klarsten und in seiner rohesten Form dar.« (a.a.O., S. 11)

Im 5. Kapitel (S. 355, 16 f. und 358, 33 f.) wird Hündin von der Kaiserin als Schimpfwort für die Färberin gebraucht.

ERLÄUTERUNGEN   435

298,4 Das junge Weib ›*Ein junges Weib*‹ *ist der Titel einer Erzählung von Dostojewski. Die Szene im 2. Kapitel, worin in einer meisterhaft geschilderten Atmosphäre erotischer Spannung die drei Hauptfiguren zusammen Wein trinken, war die Vorlage für die Begegnung zwischen dem Efrit und der Färberin, wie sie die erste Fassung dieser Episode in der* Frau ohne Schatten *schildert. Die wörtlichen Zitate, aus denen die Zeilen 3–11 auf S. 298 bestehen, bestätigen das. Sie kehren zum Teil in 2 H (S. 298, 41 ff.; 299, 8 f.) und 3 H (S. 300, 12 ff. und 37 f.) wieder. Hofmannsthal besaß diese Erzählung in dem 15. Band der II. Abteilung von Dostojewski* ›*Sämtliche Werke*‹ *mit dem Titel* ›*Helle Nächte. Vier Novellen*‹, *München, Leipzig 1911. Die Übersetzung stammte von E.K. Rashin. Dieses Buch befindet sich heute nicht mehr in Hofmannsthals Bibliothek.*
   Die von Hofmannsthal zitierte Stellen lauteten in dieser Ausgabe:
»*Der eine ihrer schimmernden Zöpfe, die sie zweimal um den Kopf geschlungen trug, hatte sich gelöst und gesenkt und bedeckte das linke Ohr und einen Teil der heißen Wange. Ihre Schläfen glänzten feucht.*« *(S. 206)*
»*Die Zeit ist gekommen, jetzt steh für dich ein!*« *(S. 207)*
»*…bis ihre Stimme bei den letzten Worten die Gewalt über sich verlor, als risse ein Wirbelsturm ihr Herz mit sich fort. Ihre Augen blitzten, und ihre Lippen schienen leise zu beben.*« *(S. 207)*
»*Je mehr er trank, um so bleicher wurde er.*« *(S. 208)*
   Vgl. auch S. 443, 39–444, 6.

298,18 Gethsemane *Der Garten Gethsemane als Sinnbild höchster Einsamkeit findet sich bei Hofmannsthal schon in den frühen Aufzeichnungen. In Göding am 25. Mai 1895 notiert er:* Im Garten Gethsemane. Ganz verlassen sein. Ganz unzugänglich diese Schlafenden *(A 119) und im Juli desselben Jahres:* Garten Gethsemane, grosses Alleinsein; die Todten in ihrer Burg, dem Nichtmehrsein.

298,41–299,1 *Vgl. S. 298, 3–11 und Anmerkung zu S. 298, 4.*

299,8f. *Vgl. S. 298, 3–11 und Anmerkung zu S. 298, 4.*

300,12–14 *Vgl. S. 298, 3–11 und Anmerkung zu S. 298, 4.*

303,6 *Möglicherweise sollten die in der Niederschrift 4 H des 2. Kapitels gestrichenen Stellen: S. 295, 17–36 und 296, 2–13 hier eingesetzt werden.*

303,6 *H. Silberer zitiert die englische Mystikerin Jane Lead (17. Jh.), die schildert, wie ihr in einer Vision die Weisheit erscheint, die ihr die tiefste Weisheit Gottes entsiegeln will und sich als ihre wahre Mutter bezeichnet,* »*denn aus meinem Leibe und Behrmutter sollst du, auf Art eines Geistes, ausgeboren, empfangen und wiedergeboren werden*«. *In einer weiteren Vision fordert die Weisheit von ihr, alles Irdische abzutun. Es* »*soll gleichsam Gott als Brandopfer dargebracht oder in einem Feuerofen weggeschmolzen werden, in einem Gefäß von reinstem Metall.*« »*Indem ich* nun, als allein das Gefäß und Feuer vor mir sehende, hierüber in Gedanken stunde, und die Sache bey mir erwoge, auch mit Isaac zu fragen willens war, wo ist aber das *Lamm*? beantwortete Sie (die Sophia) solch mein stilles Fragen mit diesen Worten: Du selbst must dis Osterlamm seyn, das geschlachtet werden soll. Darauf wurde ich unterrichtet zu sagen oder zu bitten; so gib doch diesem Lebens-Pulß einen solchen Schlag, wodurch er völlig wiederkehren möge! Und weil ich dem liebe-flammendem Schwerte meinen *Hals* (so zu reden) dergestalt darstreckte, fühlte ich empfindlich, daß eine Scheidung oder *Enthauptung* geschehen war. O wie süß und anmuthig ist es, das Lebens-Blut in den Brunnen derselben Gottheit wieder einfließend zu empfinden, aus welchem es herkame.« (Silberer, a.a.O., S. 241f.)

305, 4 findet die Frau von den Menschen zurückkehrend   *Diese Notiz ist noch nahe an der Handlung der Oper, worin der Kaiser beobachtet, wie die Kaiserin zusammen mit der Amme von den Menschen in das Falknerhaus zurückkommt (D III 191).*

305, 7 lieblich lagernde wie N. und Gulchenruz   *Nouronihar und Gulchenrouz sind Gestalten aus Beckfords* ›Vathek‹. *Von ihnen heißt es:* »Nouronihar, sitting on the slope of the hill, supported on her knees the perfumed head of Gulchenrouz« *(a.a.O., S. 67).*

305, 20f. *In Hofmannsthals Bibliothek befindet sich noch heute Paul Claudels* ›Connaissance de l'Est‹, *erschienen in Paris 1907. Das Zitat stammt aus dem Kapitel* ›Ça et la‹. *Es steht auf Seite 177 und ist von Hofmannsthal angestrichen.*

306, 23 Der Kaiser durchdrungen von der Flüchtigkeit des Herrlichen (S. 64)   *Die entsprechende Stelle in* ›Vathek‹, *a.a.O., S. 64 (die zweite Hälfte des Zitats ist von Hofmannsthal angestrichen) lautet:* »Are the Peries come down from their spheres? Note her in particular whose form is so perfect, venturously running on the brink of the precipice, and turning back her head, as regardless of nothing but the graceful flow of her robe; with what captivating impatience doth she contend with the bushes for her veil! could it be she who threw the jasmine at me?«

306, 24f. *Um sich den Giaur wohlgesinnt zu machen, bereitet Carathis ein Brandopfer aus Mumien und Knochengerippen, durchtränkt mit Schlangenöl, und schließlich werden auch noch die treuesten Untertanen Vatheks, die ihn durch das Feuer in Gefahr glaubten und zu seiner Hilfe herbeieilten, dem Giaur geopfert. Als Zeichen seiner Zufriedenheit läßt der Giaur den gräßlichen Scheiterhaufen mit einemmal verschwinden und statt dessen befindet sich an derselben Stelle ein glänzend gedeckter Tisch (*›Vathek‹, *a.a.O., S. 36). Diese Stelle ist von Hofmannsthal in seiner Ausgabe angestrichen. Sie lautet:* »Scarcely were they gone when, instead of the pile, horns, mummies and ashes, the Caliph both saw and felt, with a degree of pleasure which he could not express, a table covered with the most magnificent repast; flagons of wine, and vases of exquisite sherbet floating on snow.«

Auch in Gozzis ›La donna serpente‹ *erscheint in einer Einöde plötzlich ein gedeckter*

ERLÄUTERUNGEN 437

Tisch, und bei der ersten Begegnung Farruscads mit der Fee Cherestani befand sich auf dem Grund des Stromes eine Tafel mit vollen Schüsseln.

308, 28–40 *Die Stelle steht deutlich unter dem Einfluß von Herbert Silberer und den von ihm dargelegten mythischen Vorstellungen von Tod und Wiedergeburt. Der Befruchtungsvorgang wurde in früheren Zeiten mit der Idee der Fäulnis oder Verwesung des Samens verknüpft.* »*Der Mutterleib wurde der Erde verglichen, in der das Getreidekorn* »*verwest*«« *(a.a.O., S. 69). Das Sperma muß faulen, um zu befruchten. In der Alchemie heißt das:* »*Zu den Tätigkeiten der Zerlegung der Materie, welche der Zusammensetzung oder dem Wiederaufbau vorangehen, gehört nebst Waschung und Zerreibung auch die Putrefaktion oder Fäulung. Ohne diese ist kein fruchtbringendes Werk möglich. Aber auch an die befruchtende Wirksamkeit des Düngers ist zu denken, will man die Assoziation Faulen – Zeugen genetisch recht verstehen.*« *(a.a.O., S. 81).*

Diese Anschauung demonstriert das folgende Zitat (S. 308, 34–39) aus dem VII. der Autumnus-Sonette von Rudolf Borchardt. (Borchardt, Gesammelte Werke in Einzelbänden, Gedichte, Stuttgart 1957, S. 81). Es war der Dualismus: Sein-Werden, der Hofmannsthal in den Autumnus-Sonetten auch später noch interessierte. (Vgl. R. Hirsch: Hugo von Hofmannsthal über Rudolf Borchardt. Fragmente. 1920. In: Philobiblon XIII, 3, August 1969, S. 222)

309, 9 *Hofmannsthal streicht seine Formulierung zugunsten derjenigen, die Goethe in seinem* ›*Märchen*‹ *verwendet. (Vgl. S. 278)*

309, 18–23 *Zitat aus der Versdichtung* ›*Undine*‹ *von Rudolf Pannwitz. In einem Brief vom 4.10.1917 (Deutsches Literaturarchiv, Marbach a.N.) bittet Hofmannsthal ihn, u.a. die* Transcription der Undine zu dem geplanten Zusammentreffen auf dem Ramgut mitzubringen. von dieser Behandlung des Elementarischen verspreche ich mir etwas so Bestimmtes, fast empfinde ich eine zauberische Wirkung davon im voraus. *Das Treffen mit Pannwitz fand vom 11.–13. Oktober statt. Unter dem Datum X. 17 überträgt Hofmannsthal die folgende Passage aus der* ›*Undine*‹ *in sein Tagebuch, überschrieben:* Pannwitz. Zusammentreffen auf dem Ramgut. Aus Undine III.
Kühleborn spricht ...
    Das weib nun ist es dreizehn vierzehn fünfzehn
    Jahr alt geworden so voll innigkeit
    Ist dann sein wesen so rein elementes
    Dass diesen schatz zu wahren auf ein leben
    Es sichern würde wollte es ihn wahren.
    Es sind gefahren. denn die rohen menschen
    Verstehen nichts vom letzten in der seele
    Die nicht mehr seele ist und noch nicht leib
    Die urgewalt ist wasser eins mit feuer,
    Und ohne zwist doch unermesslich leidend
    Durch grösse der geburt die sich vollzieht

Des wahren wesens. aus dem wächst der mensch
Und alles andere was nicht vermag
Und schwebt in sternen darin festzuwurzeln
Ist frevel wahnsinn vielheit schlamm vom schlamme
An diesem masse prüfet euch! errettet
Euch solang frist ist! wurzelt wachst zurück!
Das gröszeste ist auch das zarteste.
Das menschlichste kann sich fast nie erhalten.
Furchtbar ist scham vor niederträchtigen lachern
Bei der alliebe zu dem element
Des schicksals welche in der scheuen ehrfurcht
Auch vor dem niederträchtigen sich beugt
Und keiner lüge weiss. so schon dem kind
Ist alles schein und darum alles wahr.
Und es versucht sich fromm hinein zu fügen
Mit einer übermächtig blöden stummen
Geheimen und mit angst vermischten liebe
Die nur ein allgeist völlig fassen könnte.
Allehrfurcht und alliebe aller ewgen
Allein pflanzt das gemeine ungebrochen
Von stückelzeit hinfort in stückelzeit.
Alliebe könnte sein und heilge Ordnung
Und mehr bedürfts nicht doch das grausge ist
Noch grösser und was ist will sein das grösste.
Urvaterschmerz! ich weiss es alles ich
Bin und will sein das grösst: Urvaterschmerz.

314, 6 zerstreut = gesammelt *vgl. Anmerkung zu S. 343, 30 f.*

314, 12–15 *Dieser Gedanke findet sich bei Hofmannsthal schon 1895. Eine Notiz, die zu der geplanten Erzählung eines Stoffes aus ›1001 Nacht‹: ›Die Geschichte der beiden Prinzen Amgiad und Assad‹ gehört, lautet:*
Es ist möglich dass in dem Gemach des Prinzen Assad eine wundervolle ornamentale Tapete, das Leben der Thiere des Waldes darstellend, hängt und dass die beiden so lange getrennten Brüder von diesem Kunstwerk reden, statt von vielen anderen Dingen, theils aus allzugrosser Ergriffenheit, theils auch weil sie verlernt haben, im Reden eine Erleichterung des Daseins zu suchen

322, 5 *H. Silberer, a.a.O., S. 197: »Es ist unbekannt, ob mein Leib Fleisch oder Fisch.« Das sagt Taliesin, der identisch ist mit dem wiedergeborenen Gwyon, in der »keltischen Legende«, die auf den Seiten 195–198 abgedruckt ist.*

322, 37–41 *Vgl. Silberer, a.a.O., S. 116 ff. über die Bild- und Zeichensprache der Rosenkreuzer und Freimaurer.*

325, 34 Die ›Proverbs of Hell‹ von William Blake besaß Hofmannsthal in deutscher Übersetzung in dem Band: William Blake, Ausgewählte Dichtungen. Übertragen von Adolf Knoblauch. Verlag Osterheld u. Co., Berlin 1907. Das Exemplar befindet sich noch heute in seiner Bibliothek. Es enthält Anstreichungen. Einige dieser ›Sprüchwörter der Hölle‹ übernahm Hofmannsthal in seine Notizen für das Buch der Freunde. *Die Prophezeiungen des Kochs sollten im Stil der ›Proverbs of Hell‹ gehalten werden. Einen bestimmten dieser Aphorismen zu übernehmen, hatte Hofmannsthal wahrscheinlich nicht beabsichtigt.*

325, 36ff. *Vgl. das Zitat aus Silberer in der Anmerkung zu S. 308, 28–33.*

326, 23 la pointe acérée de l'infini   *Charles Baudelaire: Petits Poèmes en Prose, III, Le Confiteor de l'Artiste :* »*car il est de certaines sensations délicieuses dont le vague n'exclut pas l'intensité; et il n'est pas de pointe plus acérée que celle de l'Infini.*«
In seinem Exemplar: Oeuvres complètes de Charles Baudelaire, IV, Paris o.J., das sich auch heute noch in seiner Bibliothek befindet, strich Hofmannsthal auf Seite 9 diesen Satz dick an und schrieb daneben: Motto. Unter dem Datum 29 VI 17. *nahm er ihn in seine Notizen zum* Buch der Freunde *auf.*

329, 28 Schneesammler   *Schnee diente im Orient zur Kühlung von Speisen und Getränken. Er wurde im Sommer von den Bergen geholt.*

331, 12–14 *Die Zitate stammen aus dem Band* ›Rubáiyát‹ *(Vierzeiler) des persischen Dichters Omar Khayyám (um 1017–1123 oder 1124) in der englischen Übersetzung von Edward Fitzgerald. Das Buch befindet sich noch in Hofmannsthals Bibliothek.*
Epigramm XX:
 Ah, my Belovéd, fill the cup that clears
 TO-DAY of past Regrets and future Fears –
  To-morrow? – Why, To-morrow I may be
 Myself with Yesterday's Sev'n Thousand Years.
Epigramm XXIV:
 Alike for those who for TO-DAY prepare,
 And those that after a TO-MORROW stare,
  A Muezzín from the Tower of Darkness cries
 »Fools! your Reward is neither Here nor There!«
Epigramm XXVIII:
 With them the Seed of Wisdom did I sow,
 And with my own hand labour'd it to grow:
  And this was all the Harvest that I reap'd –
 »I came like Water, and like Wind I go.«
Die erste Zeile nimmt Bezug auf das vorangehende Epigramm:
 Myself when young did eagerly frequent
 Doctor and Saint, and heard great Argument

              About it and about: but evermore
              Came out by the same Door as in I went.
Vgl. auch S. 346, 25–28.

333, 7 Schäfer im Vathek   *Um Vathek eine letzte Gelegenheit zu geben, von seinem zur Verdammnis führenden Unternehmen abzulassen, erscheint ihm ein guter Genius in der Gestalt eines Schäfers, dieser* »took his station near a flock of white sheep on the slope of a hill, and began to pour forth from his flute such airs of pathetic melody, as subdued the very soul, and, awakening remorse, drove far from it every frivolous fancy« *(a.a.O., S. 104). Ihre Wirkung auf Vathek und sein Gefolge äußert sich zunächst in Angst und Selbstanklagen.* »Amidst these complicated pangs of anguish they perceived themselves impelled towards the shepherd, whose countenance was so commanding, that Vathek for the first time felt overawed, whilst Nouronihar concealed her face with her hands.« *(a.a.O., S. 105) Der Schäfer versucht, Vathek zu bekehren, doch dieser ist zu stolz, um auf seine Vorhaltungen einzugehen, und vertut damit seine letzte Chance, gerettet zu werden.*

334, 5–7 *Die Namen* Adschib *und* Kundamir *zitiert Hofmannsthal nicht, weil die Geschichte, in denen sie vorkommen, für ihn wichtig ist, sondern weil es ihm auf die Namen selbst ankommt; vielleicht wollte er sie übernehmen.*

Die Zeilen 6 und 7 enthalten Formulierungen, die in ›1001 Nacht‹ *oft wiederkehren. Hofmannsthal übernahm sie in* Die Frau ohne Schatten *(Vgl. S. 335, 1 und 336, 24, ebenso S. 342, 5 und 342, 32).*

337, 7 *Abgewandeltes Zitat aus Rudolf Borchardt:* Autumnus, *a.a.O., S. 78. Vgl. auch S. 339, 10. Die Stelle lautet bei Borchardt:*
            Und zeigte mir die Schlafende, die Brand
            Und Lindrung ist in mir, und Lohn und Strafe,
            Das Nun-für-nimmer, Untergang für Traum

339, 10 *Vgl. S. 337, 7 und Anmerkung dazu.*

340, 14 zugleich gesammelt und namenlos zerstreut   *vgl. Anmerkung zu S. 343, 30f.*

343, 30 f. Mühe gesammelt zu bleiben ... Baudelaire   *Im dritten Kapitel:* ›Le théatre de Séraphin‹ *der* ›Paradis artificiels‹ *zitiert Baudelaire eine Beschreibung, wie der Haschischgenuß auf ein* »tempérament littéraire« *wirkt:*

»Du reste, j'étais à peine entré dans ma loge que mes yeux avaient été frappés d'une impression de ténèbres qui me paraît avoir quelque parenté avec l'idée de froid. Il se peut bien que ces deux idées se soient prêté réciproquement de la force. Vous savez que le haschisch invoque toujours des magnificences de lumière, des splendeurs glorieuses, des cascades d'or liquide; toute lumière lui est bonne, celle qui ruisselle en nappe et celle qui s'accroche comme du paillon aux pointes et aux aspérités, les candélabres des salons, les cierges du mois de Marie, les avalanches de rose dans les couchers de soleil. Il paraît que ce misérable lustre répandait une lumière bien insuffisante pour cette *soif insatiable de clarté; je crus entrer, comme je vous l'ai dit, dans un monde de ténèbres, qui d'ailleurs s'épaissirent graduellement, pendant que je rêvais nuit polaire et hiver éternel. Quant à la scène (c'était une scène consacrée au genre comique), elle seule était lumineuse, infiniment petite et située loin, très-loin, comme au bout d'un immense stéréoscope. Je ne vous dirai pas que j'écoutais les comédiens, vous savez que cela est impossible; de temps en temps ma pensée accrochait au passage un lambeau de phrase, et, semblable à une danseuse habile, elle s'en servait comme d'un tremplin pour bondir dans des rêveries très-lointaines.*

. . .

Les comédiens me semblaient excessivement petits et cernés d'un contour précis et soigné, comme les figures de Meissonier. Je voyais distinctement, nonseulement les détails les plus minutieux de leurs ajustements, comme dessins d'étoffe, coutures, boutons, etc., mais encore la ligne de séparation du faux front d'avec le véritable, le blanc, le bleu et le rouge, et tous les moyens de grimage. Et ces lilliputiens étaient revêtus d'une clarté froide et magique, comme celle qu'une vitre très-nette ajoute à une peinture à l'huile.« (a.a.O., S. 186–188)

344,31 *Im Kommentar zu der Ausgabe von* ›Vathek‹, *die Hofmannsthal besaß, heißt es:* »It has been usual in eastern courts from time immemorial, to retain a number of mutes; these are not only employed to amuse the monarch, but also to instruct his pages in an art to us little known, of communicating everything by signs, lest the sounds of their voices should disturb the sovereign.« (a.a.O., S. 131)

346, 25-28 Vgl. S. 331, 9–14.

350, 40 *Ursprünglich sollte sich die Kaiserin am Ende des 3. Kapitels in ein Lamm verwandeln. (Vgl. S. 303, 6)*

352, 31 f. *In dem Kapitel* ›L'Homme-Dieu‹ *der* ›Paradis Artificiels‹ *beschreibt Baudelaire die verschiedenen Stadien des Haschischrausches. Im ersten Stadium gewinnt die Umwelt eine neue unbekannte Schönheit:* »l'universalité des êtres se dresse devant vous avec une gloire nouvelle non soupçonnée jusqu'alors«. *Der Mensch fühlt sich als Mittelpunkt des Universums und betrachtet alles als alleine für ihn gemacht.*

In Hofmannsthals Exemplar, das zahlreiche Anstreichungen und einige Annotationen enthält, trägt das Kapitel ›L'Homme-Dieu‹ *die Lesedaten Juni 17 und Mai 18. Doch hat Hofmannsthal dieses Kapitel sicher auch schon früher gelesen. Die oben zitierte Stelle ist von ihm auf Seite 207 angestrichen. Auf einem rückwärtigen Vorsatzblatt dieses Bandes befindet sich die Notiz N 87.*

Vgl. auch S. 355, 3; 356, 22f.; 356, 39–357, 3.

352, 38 Vgl. S. 297, 38 *und Anmerkung dazu.*

354, 13 f. *In den* ›Noten und Abhandlungen zum west-östlichen Divan‹ *schreibt Goethe über die Religion der Parsen:* »Reinlichkeit der Straßen war eine Religionsangelegenheit, und noch jetzt, da die Guebern vertrieben, verstoßen, verachtet sind

und nur allenfalls in Vorstädten in verrufenen Quartieren ihre Wohnung finden, vermacht ein Sterbender dieses Bekenntnisses irgendeine Summe, damit eine oder die andere Straße der Hauptstadt sogleich möge völlig gereinigt werden.« (Hamburger Ausgabe, Bd. 2, S. 136)
  Vgl. auch S. 355, 28 f.

355, 3 Euphorie der Kaiserin. *Baudelaire beschreibt in den ›Paradis Artificiels‹ die, wie Hofmannsthal in einer Annotation sie nennt,* stärksten Momente des Haschischrausches: *als das absolute Glück. Alle philosophischen Probleme sind gelöst.* »*Toute contradiction est devenue unité. L'homme est passé dieu.*
  Il y a en vous quelque chose qui dit: ›*Tu es supérieur à tous les hommes, nul ne comprend ce que tu penses, ce que tu sens maintenant. Ils sont même incapables de comprendre l'immense amour que tu éprouves pour eux. Mais il ne faut pas les haïr pour cela; il faut avoir pitié d'eux. Une immensité de bonheur et de vertu s'ouvre devant toi. Nul ne saura jamais à quel degré de vertu et d'intelligence tu es parvenu. Vis dans la solitude de ta pensée et évite d'affliger les hommes.*‹
  Un des effets les plus grotesques du haschisch est la crainte poussée jusqu'à la folie la plus méticuleuse d'affliger qui que ce soit. Vous déguiseriez même, si vous en aviez la force, l'état extra-naturel où vous êtes, pour ne pas causer d'inquiétude au dernier des hommes.«
  Der erste und der letzte Absatz sind von Hofmannsthal angestrichen. Sie befinden sich auf Seite 378 seiner Ausgabe.
  Vgl. auch N 71 mit zugehörigen Erläuterungen und S. 356, 39–357, 3.

355, 28 f. *Vgl. S. 354, 13 f. und Anmerkung dazu.*

355, 38 f. *Dieses Bild, das die Unentrinnbarkeit der Färberin verdeutlichen soll, spielt auf die von Hofmannsthal schon weiter oben (S. 322, 4 f. und S. 326, 5) erwähnte Keltische Legende an, die H. Silberer abdruckt. Dort versucht der von der Zauberin Ceridwen verfolgte Gwyon durch Verwandlung in immer neue Tiergestalten zu entkommen. Schließlich verwandelt er sich in ein Weizenkorn. Ceridwen nimmt darauf die Gestalt einer schwarzen Henne an und verschluckt das Korn. (Silberer, a.a.O., S. 196)*

356, 39 ff. *Vgl. N 71; S. 355, 3 und Anmerkung dazu sowie S. 356, 22 f.*

358, 19 u. 31 unterm Bogen *Das Bild vom menschlichen Leben als Bogen ist geläufig: das Leben verläuft in einer sanft aufsteigenden und dann wieder ebenso sinkenden Linie. Stifter gebraucht es in seiner Erzählung* ›Der Waldgänger‹ *(die das Motiv der Kinderlosigkeit zum Thema hat):* »*jetzt sind wir älter; der Bogen steigt nicht mehr so rasch hinan, wer weiß, ob er sich nicht schon sanft gegen die andere Seite hinüberzukrümmen beginnt*« *(Adalbert Stifter: Gesammelte Werke, Bd. 3, Frankfurt am Main 1959, S. 484). Unterm Bogen sein bedeutet: sein Schicksal auf sich nehmen.*

ERLÄUTERUNGEN 443

358, 42 Adamssöhnen   *In ›1001 Nacht‹ oft gebrauchter Ausdruck.*

359, 12 f. Was hier über die Efrit gesagt wird, schreibt Beckford im ›Vathek‹ den Gulen zu. (a.a.O., S. 106f.)

364, 38 f. In seiner Einleitung zu der deutschen Ausgabe von ›1001 Nacht‹ zitiert Hofmannsthal schon 1907 aus der Geschichte von Alischar und Summurud (316. Nacht): »Ruhm und Preis Dem, den niemals Schlummer befällt« (P II 276). *In der von ihm eingeleiteten Ausgabe lautet die Formulierung:* »Preis sei ihm, der nimmer schläft«. *Schon in der Oper verwandte Hofmannsthal den Satz in der Abwandlung:*

    Gepriesen, der die Finsternis nicht kennt
    und dessen Auge niemals zufällt
    Einer unter allen! *(D III 205)*

366, 32 Das Bild übernimmt Hofmannsthal von Pannwitz, der in der ›Krisis der europäischen Kultur‹, Nürnberg 1917, schreibt: »Goethe ist oder sollte sein der geometrische ort für den deutschen zur welt...« (S. 150f.). *Diesen Ausspruch nimmt Hofmannsthal später in das* Buch der Freunde *auf.*

367, 34 Whitman   *Walt Whitman's ›Leaves of Grass‹ las Hofmannsthal wiederholt und mit großer Begeisterung. 1913 empfiehlt er es immer wieder Ottonie Degenfeld (BW Degenfeld 251, 254). Das Lesedatum in dem Exemplar, das sich noch heute in seiner Bibliothek befindet (David McKay Verlag, Philadelphia) lautet* Mai 1915 *(S. 290). Am 14.4.1919 schreibt er an Ottonie Degenfeld:* ... bin ich ein paar Tage mit dem Whitman hier in der Au spazierengegangen, hab sehr viel davon gehabt.

Der Hinweis auf Whitman an dieser Stelle läßt sich sowohl auf die Ideologie der uneingeschränkten Lebensbejahung, von der das Gesamtwerk Whitmans getragen wird, beziehen, als auch speziell auf das in den ›Leaves of Grass‹ enthaltene ›Poem of Joys‹, das die Freuden des Lebens und des Todes aufzählt (in der Ausgabe Hofmannsthals auf den Seiten 377–385). Am 22.2.1913 hatte er besonders dieses Gedicht, neben zwei anderen, O. Degenfeld empfohlen.

Eine von Hofmannsthal angestrichene Stelle in dem Gedicht ›The Sleepers‹ lautet:

    It seems to me that everything in the light and air ought to be happy,
    Whoever is not in his coffin and the dark grave, let him know he has enough
                                                                 (S. 213)

Auch auf dieses Gedicht macht Hofmannsthal Ottonie Degenfeld aufmerksam: Ein unsagbar schönes Gedicht (beim ersten Lesen gar nicht zu fassen) heißt Sleepers, steht Seite 210. *(BW Degenfeld, S. 254)*

368, 38–41 Die Verse sind wörtliche Zitate aus der Oper: D III 195.

385, 13–15 Zitat aus Dostojewski: ›Ein junges Weib‹. Die Stelle lautet dort: »Von der Fülle der noch nie empfundenen Verzückung bebte seine Stimme, die tief aus seinem Innersten hervordrang, wie der Ton einer Saite, die man in Schwingung gebracht.« (a.a.O., S. 170) Das Zitat ist in den Entwurf 26 H integriert (S. 386, 39–387, 2).

Einer Tagebucheintragung zufolge las Hofmannsthal diese Erzählung Dostojewskis im Sommer 1918 wieder, zusammen mit ›Helle Nächte‹ und ›Ein Jüngling‹. Sie war schon für das 3. Kapitel der Frau ohne Schatten von Bedeutung (vgl. S. 298, 3–11 und Anmerkung dazu).

385, 18–386, 7 Vgl. Anmerkung zu S. 297, 38.

386, 27 Wer sich erkannt sieht ... Dieser Satz stammt aus einem Brief von Rudolf Pannwitz, wie aus einer Notiz in einem Tagebuch Hofmannsthal hervorgeht, wo er unter dem Datum VIII. 18 zitiert wird. In dieser Niederschrift, die für das Buch der Freunde bestimmt ist, strich Hofmannsthal das und und ersetzte es durch ein oder. Der Satz lautete in dem Brief von Pannwitz vom 21. Juni 1918: »Wer sich erkannt sieht nun beginnt zu lieben und zu hassen« (Vgl. Ernst Zinn in der von ihm besorgten Ausgabe des Buch der Freunde, Frankfurt am Main 1965, S. 115).

386, 39–387, 2 Vgl. S. 385, 13–15 und Anmerkung dazu.

392, 34 Wolynski A. L. Wolynski, russischer Literaturkritiker, schrieb u.a. kritische Studien über Dostojewski, deren erster Band ›Das Buch vom großen Zorn‹ in der deutschen Übersetzung von Josef Melnik, Frankfurt am Main 1905, sich noch heute in Hofmannsthals Bibliothek befindet. Es enthält Anstreichungen von Hofmannsthals Hand.

In dem Kapitel über ›Das Schöne‹, das von Hofmannsthal, dem von ihm eingetragenen Datum am Anfang des Kapitels zufolge, am 24. V. 1917 gelesen wurde, handelt Wolynski über die Dämonie der Schönheit: »Der Anblick einer jeden lebenden Schönheit, einer ganzen, in sich geschlossenen und in ihrer Harmonie furchtbar kraftvollen Schönheit, weckt im Menschen gewisse dämonische Kräfte, fordert zur Rebellion auf, zum Abfall von jenen Heiligtümern, die seine wilde Natur zähmen. ... Nein, die Schönheit ist kein Engel – und nicht deshalb, weil sie, gleich einer Maske, hinter sich eine scheussliche Seele versteckt, sondern deshalb, weil sie die vollkommenste, hinreissendste Aeusserung des persönlichen Elementes ist, das in seiner Geschlossenheit, in seinem Abfall von der Gottheit, ein böses, elementares, dämonisches Element ist. Die Schönheit ist an und für sich kein Engel, sondern ein Dämon.« (S. 211f.)

Vgl. S. 393, 13–24.

393, 13 ff. Vgl. S. 392, 34 und Anmerkung dazu.

393, 18–20 Nach Silberer (a.a.O., S. 60) ist der Garten »eines der ältesten und unbezweifeltsten Symbole für den weiblichen Leib«. Die Mauer bedeutet Hemmung, zugleich auch »die Unzugänglichkeit oder Jungfräulichkeit des Weibes«.

ERLÄUTERUNGEN 445

394, 9 f. ihre Gedanken ... gelesen. *»gute Gedanken muß man auch von rückwärts anschauen können« lautet ein Satz, den Hofmannsthal Novalis zuschreibt und ins* Buch der Freunde *aufnahm (A 45).*

408, 19 ad Höhle: Yeats *In dem Essay ›Die Philosophie in den Dichtungen Shelleys‹ (William Butler Yeats: Erzählungen und Essays. Übertragen und eingeleitet von Friedrich Eckstein. Leipzig 1916) handelt Yeats ausführlich über die Höhle als Symbol der Welt (a.a.O., S. 90–92).*

410, 28–34 *Von dieser Stelle, die im Endtext der Oper nicht mehr erhalten ist, lautet ein Entwurf (Bibliotheca Bodmeriana):*

    Stimmen der Kinder.

    Denkt ihr Euch allein
    sinkt ihr schwer wie Stein
    Aber mitsammen
    mit Kreisende Lebende
    bleiben wir Schwebende
    freudig wie Flammen.

    Hört wir gebieten Euch
    lebet und traget
    dass unser Lebenstag
    herrlich uns taget

    Wie ihr dem Lebensschacht
    Wonnen entreisset
    uns in der Vortodnacht
    funkelts und gleisset

Die erste und letzte Strophe wurden wie folgt umgearbeitet:

    Wähnt Euch alleine ihr
    sinket wie Stein ihr
    grässlich hinab
    glaubten wir uns allein
    was wäre unser Sein
    ewiges Grab

    Was ihr in Prüfung
    standhaft durchleidet
    uns ist zur funkelnden
    Krone geschmeidet

NACHWORT

Der Bibliotheca Bodmeriana, Genf Cologny, der Nationalbibliothek Wien, dem Deutschen Literaturarchiv, Marbach, Frau Christiane Zimmer, New York, und privaten Sammlern, die Handschriften zur Verfügung stellten, danke ich vielmals. Für die Entzifferung der Stenographie danke ich Frau Dr. Isolde Emich, Wien. Wichtige Hinweise erhielt ich von Dr. Rudolf Hirsch, Frankfurt/Main, Professor Dr. Heinz Otto Burger, Hofheim/Taunus und Hans-Gerd Claßen, Marburg. Ihnen gilt mein besonderer Dank.

Bad Nauheim, im August 1975 *Ellen Ritter*

WIEDERHOLT ZITIERTE LITERATUR

Hugo von Hofmannsthal. Gesammelte Werke in Einzelausgaben. Herausgegeben von Herbert Steiner, Frankfurt:

A   *Aufzeichnungen, 1959*
D I   *Dramen I, 1964*
D II   *Dramen II, 1966*
D III *Dramen III, 1957*
D IV *Dramen IV, 1958*
E   *Die Erzählungen, 1953*
GLD *Gedichte und Lyrische Dramen, 1963*
P I   *Prosa I, 1956*
P II   *Prosa II, 1959*
P III *Prosa III, 1964*
P IV *Prosa IV, 1966*

B I Hugo von Hofmannsthal, Briefe 1890–1901. Berlin 1935.
B II Hugo von Hofmannsthal, Briefe 1900–1909. Wien 1937.

TB II *Schicksalsjahre Österreichs 1908–1919. Das politische Tagebuch Josef Redlichs. II. Bd. 1915 bis 1919. Bearbeitet von Fritz Fellner, Graz – Köln 1954.*

MESA. *Edited by Herbert Steiner. Number Five, Autumn 1955.*

Hugo von Hofmannsthal – Leopold von Andrian, Briefwechsel. Hrsg. von Walter H. Perl, Frankfurt 1968.

Meister und Meisterbriefe um Hermann Bahr. Ausgewählt und eingeleitet von Joseph Gregor. In: Museion, Veröffentlichungen der Österreichischen Nationalbibliothek in Wien, Wien 1947.

Hugo von Hofmannsthal – Richard Beer-Hofmann, Briefwechsel. Hrsg. von Eugene Weber, Frankfurt 1972.

Hugo von Hofmannsthal – Eberhard von Bodenhausen. Briefe der Freundschaft. Hrsg. von Dora Freifrau von Bodenhausen, Düsseldorf 1953.

Hugo von Hofmannsthal – Rudolf Borchardt, Briefwechsel. Hrsg. von Marie Luise Borchardt und Herbert Steiner, Frankfurt 1954.

Hugo von Hofmannsthal – Ottonie Gräfin Degenfeld, Briefwechsel. Hrsg. von Marie Therese Miller-Degenfeld unter Mitwirkung von Eugene Weber, Frankfurt 1974.

Hugo von Hofmannsthal – Willy Haas. Ein Briefwechsel. Hrsg. von Rolf Italiaander, Berlin 1968.

Hugo von Hofmannsthal – Harry Graf Kessler, Briefwechsel 1898–1929. Hrsg. von Hilde Burger, Frankfurt 1968.

Hugo von Hofmannsthal – Helene von Nostitz, Briefwechsel. Hrsg. von Oswalt von Nostitz, Frankfurt 1965.

Hugo von Hofmannsthal – Arthur Schnitzler, Briefwechsel. Hrsg. von Therese Nickl und Heinrich Schnitzler, Frankfurt 1964.

Richard Strauss – Hugo von Hofmannsthal, Briefwechsel. Hrsg. von Willi Schuh, Zürich 1970.

ABKÜRZUNGEN

a.a.O.	*am angegebenen Ort*
a.R.	*am Rand*
B I	*Hofmannsthal, Briefe 1890–1901*
B II	*Hofmannsthal, Briefe 1900–1909*
Bd.	*Band*
Bde.	*Bände*
BW	*Briefwechsel*
DVjs	*Deutsche Vierteljahresschrift für Literaturwissenschaft und Geistesgeschichte*
E	*in Signaturen: Eigentum der Erben Hofmannsthals*
FDH	*Freies Deutsches Hochstift*
GRM	*Germanisch-Romanische Monatsschrift*
H	*in Signaturen: Eigentum der Houghton Library, Harvard University*
hrsg.	*herausgegeben*
JDSG	*Jahrbuch der Deutschen Schillergesellschaft*
NR	*Neue Rundschau*
NZZ	*Neue Zürcher Zeitung*
o.J.	*ohne Jahr*
pag.	*Seitenzählung Hofmannsthals*
s.	*siehe*
S.	*Seite*
sen.	*senior*
TB	*Tagebuch*
V	*in Signaturen: Eigentum der Stiftung Volkswagenwerk*
Zgnr.	*Zugangsnummer*

EDITIONSPRINZIPIEN

I. GLIEDERUNG DER AUSGABE

Die Kritische Ausgabe Sämtlicher Werke Hugo von Hofmannsthals enthält sowohl die von Hofmannsthal veröffentlichten als auch die im Nachlaß überlieferten Werke.

GEDICHTE 1 | 2

I   Gedichte 1
II Gedichte 2 *[Nachlaß]*

DRAMEN 1–20

III Dramen 1
Kleine Dramen: Gestern, Der Tod des Tizian, Der Thor und der Tod, Die Frau im Fenster, Der weiße Fächer, Das Kleine Welttheater, Der Kaiser und die Hexe, Vorspiel zur Antigone des Sophokles, Landstraße des Lebens, Die Schwestern, Kinderfestspiel, Gartenspiel

IV Dramen 2
Die Hochzeit der Sobeide, Das gerettete Venedig

V   Dramen 3
Der Abenteurer und die Sängerin, Die Sirenetta, Fuchs

VI Dramen 4
Das Bergwerk zu Falun, Semiramis

VII Dramen 5
Alkestis, Elektra

VIII   Dramen 6
Ödipus und die Sphinx, König Ödipus

IX   Dramen 7
Jedermann

X   Dramen 8
Das Salzburger Große Welttheater, Gott erkennt die Herzen [Pantomime]

XI   Dramen 9
Cristinas Heimreise, Silvia im »Stern«

XII   Dramen 10
Der Schwierige

XIII   Dramen 11
Dame Kobold, Der Unbestechliche

XIV   Dramen 12
Timon der Redner

XV–XVI   Dramen 13/14
Das Leben ein Traum, Der Turm

XVII   Dramen 15
Die Heirat wider Willen, Die Lästigen, Der Bürger als Edelmann [1911 und 1917], Die Gräfin von Escarbagnas, Vorspiel für ein Puppentheater, Szenischer Prolog zur Neueröffnung des Josephstädter Theaters, Das Theater des Neuen

XVIII–XIX   Dramen 16/17
Trauerspiele aus dem Nachlaß: Ascanio und Gioconda, Die Gräfin Pompilia, Herbstmondnacht, Jemand, Xenodoxus, Phokas, Dominik Heintl, Die Kinder des Hauses u.a.

XX–XXII   Dramen 18/19/20
Lustspiele aus dem Nachlaß: Der Besuch der Göttin, Der Sohn des Geisterkönigs, Der glückliche Leopold, Das Caféhaus oder Der Doppelgänger, Die Freunde, Das Hotel u.a.

OPERNDICHTUNGEN 1–4

XXIII   Operndichtungen 1
Der Rosenkavalier

EDITIONSPRINZIPIEN   451

XXIV   Operndichtungen 2
Ariadne auf Naxos, Danae oder Die Vernunftheirat

XXV   Operndichtungen 3
Die Frau ohne Schatten, Die aegyptische Helena, Die Ruinen von Athen

XXVI   Operndichtungen 4
Arabella, Lucidor, Der Fiaker als Graf

BALLETTE - PANTOMIMEN - FILMSZENARIEN

XXVII   Der Triumph der Zeit, Josephslegende u.a. – Amor und Psyche, Das fremde Mädchen u.a. – Der Rosenkavalier, Daniel Defoe u.a.

ERZÄHLUNGEN 1 | 2

XXVIII   Erzählungen 1
Das Glück am Weg, Das Märchen der 672. Nacht, Das Dorf im Gebirge, Reitergeschichte, Erlebnis des Marschalls von Bassompierre, Erinnerung schöner Tage, Lucidor, Prinz Eugen der edle Ritter, Die Frau ohne Schatten

XXIX   Erzählungen 2
Nachlaß: Geschichte von den Prinzen Amgiad und Assad, Der goldene Apfel, Das Märchen von der verschleierten Frau, Die Heilung, Knabengeschichte u.a.

ROMAN - BIOGRAPHIE

XXX   Andreas – Der Herzog von Reichstadt, Don Juan d'Austria

ERFUNDENE GESPRÄCHE UND BRIEFE

XXXI   Ein Brief, Über Charaktere im Roman und im Drama, Gespräch über die Novelle von Goethe, Die Briefe des Zurückgekehrten, Monolog eines Revenant, Essex und sein Richter u.a.

REDEN UND AUFSÄTZE 1-3

XXXII   Reden und Aufsätze 1

XXXIII   Reden und Aufsätze 2

XXXIV   Reden und Aufsätze 3

XXXV   Reden und Aufsätze 4 [Nachlaß]

XXXVI   Reden und Aufsätze 5 [Nachlaß]

AUFZEICHNUNGEN UND TAGEBÜCHER 1 | 2

XXXVII   Aufzeichnungen und Tagebücher 1

XXXVIII   Aufzeichnungen und Tagebücher 2

II. GRUNDSÄTZE DES TEXTTEILS

Es ergibt sich aus der Überlieferungssituation, ob der Text einem Druck oder einer Handschrift folgt. In beiden Fällen wird er grundsätzlich in der Gestalt geboten, die er beim Abschluß des genetischen Prozesses erreicht.

Es bietet sich bei den zu Hofmannsthals Lebzeiten erschienenen Werken in der Regel an, dem Text die jeweils erste Veröffentlichung in Buchform zugrunde zu legen. Sind im Verlauf der weiteren Druckgeschichte noch wesentliche Eingriffe des Autors nachzuweisen, wird der Druck gewählt, in dem der genetische Prozeß zum Abschluß gelangt. Kommt es zu einer tiefgreifenden Umarbeitung, werden beide Fassungen als Textgrundlage gewählt (hierbei ist die Möglichkeit des Paralleldruckes gegeben).

Dem Text werden Handschriften zugrunde gelegt, wenn der Druck verschollen, sonstwie unzugänglich, nicht zustandegekommen oder die Werkgenese nicht zum Abschluß gelangt ist. Während die ersten Fälle bei Hofmannsthal nur selten anzutreffen sind, hat der letzte wegen des reichen handschriftlichen Nachlasses eminente Bedeutung. In all diesen Fällen wird im Textteil die Endphase der spätesten Niederschrift – unbeschadet ihres möglicherweise unterschiedlichen Vollendungsgrades – dargeboten.

III. VARIANTEN UND ERLÄUTERUNGEN (AUFBAU)

Dieser Teil gliedert sich wie folgt:

1. Entstehung
Unter Berücksichtigung von Zeugnissen und Quellen wird über die Entstehungsgeschichte des jeweiligen Werks berichtet (vgl. III/4).

2. Überlieferung
Die Überlieferungsträger werden (möglichst in chronologischer Folge) sigliert und beschrieben.
a) die Handschriften- bzw. Typoskriptbeschreibung nennt: Eigentümer, Lagerungsort, gegebenenfalls Signatur, Zahl der Blätter und der beschriebenen Seiten;[1] sofern sie wesentliche Schlußfolgerungen erlauben, auch Format [Angabe in mm], Papierbeschaffenheit, Wasserzeichen, Schreibmaterial, Erhaltung.
b) Die Druckbeschreibung nennt: Titel, Verlagsort, Verlag, Erscheinungsjahr, Auflage, Buchschmuck und Illustration; bei seltenen Drucken evtl. Standort und Signatur.
Die Rechtfertigung der Textkonstituierung erfolgt bei der Beschreibung des dem Text zugrundeliegenden Überlieferungsträgers.

3. Varianten (vgl. IV und V)

4. Erläuterungen
a) Die unter 1. verarbeiteten Zeugnisse und Quellen werden – ggf. ausschnittweise – zitiert und, wo nötig, erläutert.
b) Der Kommentar besteht in Wort- und Sacherklärungen, Erläuterungen zu Personen, Zitatnachweisen, Erklärungen von Anspielungen und Hinweisen auf wichtige Parallelstellen. Auf interpretierende Erläuterungen wird grundsätzlich verzichtet.
Literatur wird nur in besonderen Fällen aufgeführt; generell werden die einschlägigen Bibliographien vorausgesetzt.

---

[1] *Beispiel: Die Signatur E III 89.16–20 (lies: Eigentum der Erben Hugo von Hofmannsthals, Lagerungsort FDH / Handschriftengruppe III / Konvolut 89 / Blätter 16 bis 20) schließt, sofern nichts Gegenteiliges gesagt wird, die Angabe ein, daß die 5 Blätter einseitig beschrieben sind. Ausführliche Beschreibung des Sachverhalts kann hinzutreten.*

IV. GRUNDSÄTZE DER VARIANTEN-DARBIETUNG

Kritische Ausgaben bieten die Varianten in der Regel vollständig dar. Hiervon weicht das Verfahren der vorliegenden Ausgabe auf zweierlei Weise ab:
   Die Darbietung der Werkvorstufen konzentriert sich entweder auf deren abgehobene Endphasen oder erfolgt in berichtender Form.
   Da beide Verfahren innerhalb der Geschichte Kritischer Ausgaben neuartig sind, bedürfen sie eingehender Begründung.

   Die Herausgeber haben sich erst nach gründlichen Versuchen mit den herkömmlichen Verfahren der Varianten-Darbietung zu den neuen Verfahren entschlossen. Die traditionelle und theoretisch verständliche Forderung nach vollständiger Darbietung der Lesarten erwies sich in der editorischen Praxis als unangemessen. Hierfür gab es mehrere Gründe:
   Die besondere Art der Varianz bei Hofmannsthal wäre zumeist nur unter sehr großem editorischem Aufwand – d.h.: nur mittels einer extrem ausgebildeten Zeichenhaftigkeit der Editionsmethode – vollständig darstellbar. Als Ergebnis träten dem Leser ein Wald von Zeichen und eine Fülle editorisch bedingter Leseschwierigkeiten entgegen. Besonders bei umfangreichen Werken, z.B. Dramen, deren Varianten sich über Hunderte von Seiten erstrecken würden, wäre ein verstehendes Lesen der Varianten kaum mehr zu leisten. Vor allem aber ergäbe die Vollständigkeit für die Erkenntnis des Dichterischen, der Substanz des Hofmannsthalschen Werkes relativ wenig. Die Varianz erschöpft sich auf weite Strecken in einem Schwanken zwischen nur geringfügig unterschiedenen Formulierungen. Der große editorische Aufwand stünde in keinem Verhältnis zum Ergebnis. Überdies wäre die Ausgabe in der Gefahr, nie fertig zu werden.
   Zur Entlastung der Genese-Darbietung wurden daher die oben erwähnten Verfahren des Abhebens und des Berichtens entwickelt.[1]

   Die Abhebung der Endphase[2] *wird insbesondere bei Vorstufen solcher Werke angewendet, die Hofmannsthals Rang bestimmen.*
   Die Entscheidung für die Darbietung der abgehobenen Endphase beruht darauf,

---

[1] *Zwei Werke, deren editorische Bearbeitung vor der Entwicklung dieser entlastenden Verfahrensweisen schon weitgehend beendet war –* Ödipus und die Sphinx *und* Timon der Redner *–, erscheinen mit vollständiger Variantendarstellung. Diese dient so zugleich als Beispiel für Art und Umfang der Gesamt-Varianz Hofmannsthalscher Werke. Die hier geltenden Richtlinien werden im Apparat dieser Werke erläutert. Für die Varianten-Darbietung im* Rosenkavalier *wurde ein eigenes Verfahren entwickelt.*

[2] *Steht die abzuhebende Endphase dem im Textteil gebotenen Wortlaut (oder der Endphase des im Abschnitt »Varianten« zuvor dargebotenen Überlieferungsträgers) sehr nahe, so werden ihre Varianten, gegebenenfalls in Auswahl, lemmatisiert, oder es wird über den betreffenden Überlieferungsträger lediglich berichtet.*

daß sie nicht einen beliebigen, sondern einen ausgezeichneten Zustand der jeweiligen Vorstufe bzw. Fassung darstellt. Sie ist dasjenige, was der Autor ›stehengelassen hat‹, sein jeweiliges Ergebnis. Als solchem gebührt ihr die Darbietung in vorzüglichem Maße.

So ist auch ein objektives Kriterium für die ›Auswahl‹ der darzustellenden Varianten gefunden. Das bedeutet sowohl für den Editor als auch für den Leser größere Sicherheit und Durchsichtigkeit gegenüber anderen denkbaren Auswahlkriterien. Ein von der Genese selbst vorgegebenes Prinzip schreibt dem Editor das Darzubietende vor. Dieser ›wählt‹ nicht ›aus‹, sondern ›konzentriert‹ die Darbietung der Genese gemäß derjenigen Konzentration, die der Autor selbst jeweils vornahm. Der leitende editorische Gesichtspunkt hat sich, der Hofmannsthalschen Schaffensweise gemäß, gewandelt. Die Abfolge der jeweiligen Endphasen – von den ersten Notizen über Entwürfe und umfangreichere Niederschriften bis hin zu den dem endgültigen Text schon nahestehenden Vorstufen bzw. Fassungen – ist die Abfolge nicht mehr der lückenlosen Genese, sondern ihrer maßgebenden Stationen.

Der Bericht wird dagegen als bevorzugte Darbietungsform der Varianten solcher Werke verwendet, deren Rang den der Werke in der zuvor beschriebenen Kategorie nicht erreicht.[1] Der Bericht, der in jedem Fall auf einer Durcharbeitung der Gesamtgenese beruht, referiert gestrafft über die wesentlichen Charakteristika des betreffenden Überlieferungsträgers; er weist auf inhaltliche und formale Besonderheiten hin und hebt gegebenenfalls Eigentümlichkeiten der Varianz, auch zitatweise, hervor. Die Berichtsform wird durch eine Fußnote im Abschnitt »Varianten« kenntlich gemacht.

Sowohl den abgehobenen Endphasen als auch den Berichten werden in Ausnahmefällen ausgewählte, wichtige Binnen- bzw. Außenvarianten[2] der jeweiligen Überlieferungsträger hinzugefügt. Bevorzugt werden dabei Varianten, die ersatzlos gestrichen sind, und solche, deren inhaltliche oder formale Funktion erheblich von der ihres Ersatzes abweicht.

Diese Binnen- bzw. Außenvarianten werden mit Hilfe der im Abschnitt V erläuterten Zeichen dargestellt.

V. SIGLEN · ZEICHEN

Siglen der Überlieferungsträger:

H   *eigenhändige Handschrift*
h   *Abschrift von fremder Hand*
t   *Typoskript (immer von fremder Hand)*

---

[1] Ist ein Werk einer dieser Kategorien nicht eindeutig zuzuweisen, so wird dem durch eine weitgehend gleichgewichtige Anwendung des Abhebens bzw. Berichtens Rechnung getragen.
[2] Binnenvarianz: Varianten innerhalb ein und desselben Überlieferungsträgers – Außenvarianz: Varianten zwischen zwei oder mehreren Überlieferungsträgern.

tH *eigenhändig überarbeitetes Typoskript*
th *von fremder Hand überarbeitetes Typoskript*
D   *Druck*
DH *Druck mit eigenhändigen Eintragungen (Handexemplar)*
Dh *Druck mit Eintragungen von fremder Hand*
N   *Notiz*

Alle Überlieferungsträger eines Werkes werden in chronologischer Folge durchlaufend mittels vorangestellter Ziffer und zusätzlich innerhalb der Gruppen H, t, D mittels Exponenten gezählt: 1 H¹ 2 t¹ 3 H² 4 D¹.¹

Ist die Ermittlung einer Gesamt-Chronologie und also eine durchlaufende Zählung aller Überlieferungsträger unmöglich, so werden lediglich Teilchronologien erstellt, die jeweils die Überlieferungsträger der Gruppen H, t, D umfassen. Die vorangestellte Ziffer (s.o.) entfällt hier also.

Gelingt die chronologische Einordnung nur abschnittsweise (z.B. für Akte oder Kapitel), so tritt entsprechend ein einschränkendes Symbol hinzu: I/1 H¹.

Lassen sich verschiedene Schichten innerhalb eines Überlieferungsträgers – aufgrund evidenter graphischer Kriterien – unterscheiden, so werden sie fortlaufend entsprechend ihrer chronologischen Abfolge gezählt: 1,1 H¹ 1,2 H¹ 1,3 H¹.

Da eine chronologische Anordnung von Notizen oft schwer herstellbar ist, werden diese als N 1, N 2 ... N 75 durchlaufend gezählt, jedoch – wenn möglich – an ihren chronologischen Ort gesetzt.

Das Lemmazeichen] trennt den Bezugstext und die auf ihn bezogene(n) Variante(n). Die Trennung kann auch durch (kursiven) Herausgebertext erfolgen. Umfangreiche Lemmata werden durch ihre ersten und letzten Wörter bezeichnet, z.B.: Aber ... können.]

Besteht das Lemma aus ganzen Versen oder Zeilen, so wird es durch die betreffende(n) Vers- oder Zeilenzahl(en) mit folgendem Doppelpunkt ersetzt. Das Lemmazeichen entfällt.

Die Stufensymbole

I	II	III
A	B	C
(1)	(2)	(3)
(a)	(b)	(c)
(aa)	(bb)	(cc)

dienen dazu, die Staffelung von Variationsvorgängen wiederzugeben. »Eine (2) kündigt ... an, daß alles, was vorher, hinter der (1) steht, jetzt aufgehoben ... ist;

---

[1] *Da die Bearbeitung des vorliegenden Bandes vor der endgültigen Formulierung dieser Bestimmung beendet war, werden in ihm die Exponenten noch nicht verwendet.*

*ebenso hebt die (3) die vorangehende (2) auf, das (b) das (a) und das (c) das (b) ...«
(Friedrich Beißner, Hölderlin. Sämtliche Werke, Stuttgarter Ausgabe, I, 2, S. 319).*

*Die Darstellung bedient sich bei einfacher Variation primär der arabischen Ziffern. Bei stärkerer Differenzierung des Befundes treten die Kleinbuchstaben-Reihen hinzu. Nur wenn diese 3 Reihen zur Darbietung des Befundes nicht ausreichen, beginnt die Darstellung bei der **A**- bzw. **I**-Reihe.*

Die Stufensymbole und die zugehörigen Varianten werden in der Regel vertikal angeordnet. Einfache Prosavarianten können auch horizontal fortlaufend dargeboten werden.

Ist die Variation mit einem von der Grundschicht abweichenden Schreibmaterial vollzogen worden, so treten zum betreffenden Stufensymbol die Exponenten S für Bleistift, T für Tinte.

Einfache Variation wird vorzugsweise mit Worten wiedergegeben. An die Stelle der stufenden Verzeichnung treten dann Wendungen wie »aus«, »eingefügt«, »getilgt« u.s.f.

Werden Abkürzungen aufgelöst, so erscheint der ergänzte Text in Winkelklammern ⟨ ⟩ in aufrechter Schrift; der Abkürzungspunkt fällt dafür fort. Bei Ergänzung ausgelassener Wörter wird analog verfahren.

Kürzel und Verschleifungen werden stillschweigend aufgelöst, es sei denn, die Auflösung hätte konjekturalen Charakter.

Unsicher gelesene Buchstaben werden unterpunktet, unentzifferte durch möglichst ebensoviele xx vertreten.

INHALT

Das Glück am Weg 5
Das Märchen der 672. Nacht 13
Das Dorf im Gebirge 31
Reitergeschichte 37
Erlebnis des Marschalls von Bassompierre 49
Erinnerung schöner Tage 61
Lucidor, Figuren zu einer ungeschriebenen Komödie 71
Prinz Eugen der edle Ritter. Sein Leben in Bildern 75
Die Frau ohne Schatten 107

VARIANTEN UND ERLÄUTERUNGEN

Das Glück am Weg
   Entstehung 199
   Überlieferung 200
   Varianten 200
   Erläuterungen 200

Das Märchen der 672. Nacht
   Entstehung 201
   Überlieferung 201
   Varianten 202
   Zeugnisse · Erläuterungen
      Zeugnisse 206
      Erläuterungen 213

Das Dorf im Gebirge
   Entstehung 215
   Überlieferung 215
   Varianten 215

INHALT

Reitergeschichte
  Entstehung 217
  Überlieferung 218
  Varianten 219
  Zeugnisse · Erläuterungen
    Zeugnisse 219
    Erläuterungen 221

Erlebnis des Marschalls von Bassompierre
  Entstehung 222
  Überlieferung 224

Erinnerung schöner Tage
  Entstehung 225
  Überlieferung 227
  Varianten 227
  Erläuterungen 233

Lucidor
  Entstehung 235
  Überlieferung 239
  Varianten 241
  Zeugnisse · Erläuterungen
    Zeugnisse 254
    Erläuterungen 255

Prinz Eugen der edle Ritter
  Entstehung 259
  Überlieferung 260
  Varianten 261
  Zeugnisse · Erläuterungen
    Zeugnisse 263
    Erläuterungen 266

Die Frau ohne Schatten
  Entstehung 270
  Überlieferung
    Allgemeine Notizen 282
    1. Kapitel 282
    2. Kapitel 283
    3. Kapitel 283
    4. Kapitel 283
    5. Kapitel 287

6. Kapitel	289
7. Kapitel	290
Allgemeine Notizen · Nachträge	291
Drucke	291
Varianten	
Allgemeine Notizen	292
1. Kapitel	292
2. Kapitel	295
3. Kapitel	296
4. Kapitel	304
5. Kapitel	350
6. Kapitel	389
7. Kapitel	410
Allgemeine Notizen · Nachträge	413
Zeugnisse · Erläuterungen	
Zeugnisse	414
Erläuterungen	429
Nachwort	446
Wiederholt zitierte Literatur	447
Abkürzungen	448
Editionsprinzipien	449

Einband- und Umschlaggestaltung: Dieter Kohler
Gesetzt aus der Monotype Garamond Antiqua
Satz und Druck: Druckerei Gebr. Rasch & Co., Bramsche
Einband: Gerhard Stalling AG, Oldenburg/Oldbg.
Papier: Scheufelen, Lenningen
Iris-Leinen der Vereinigte Göppinger-Bamberger-Kalikofabrik, GmbH, Bamberg